U0126226

# ◆文化密碼—語言解碼◆

## 第九屆社會與文化國際學術研討會論文集

盧國屏　主編

臺灣　學生書局　印行

# 序言㈠

語文是人類文化的重要內容，人是通過語文思考、創造、保存、發展出所有的文化內容，我們實在無法想像一個沒有語文的文化。正是因爲語文乃是文化主要表現管道，因此，我們亦可以語文爲中心，展開文化的反省與整合，這正是淡江大學中文系致力推動漢語文化學研究的主要用心所在。

《莊子・天下》言及當時文化之現象，指出諸子之學固有其精采，然而卻也只是一曲之士，道術之全早已爲天下裂，而其〈齊物論〉之用心無他，亦正是要重新安頓、整合諸子之種種物論，以期重回道術之全而已。如果我們暫時拋開價值之評價，則莊子在此亦正透露出人的基本存在處境。人的生命乃是在時間中展開，因而人的生命及其內容乃是依時間而逐次展開之歷程，此歷程一方面不斷自我否定、自我保存、自我創新，以維持其生命不息之發展與創新；另一方面，此歷程既爲一動態之發展，是以必有其方向，此即人之特殊性與差異性所在。簡言之，人是依其特有之要求，展開其生命辯證之歷程。基於此特有之要求與方向，人必然會集中心力面對部分之內容，當然，在此同時也無法以同樣的注意力面對其他事物。此中集中心力之內容即爲個人生命主要之特色，此爲人之所得，然而亦爲人之所限。所謂溝通與整合，不過就是將個人之所得與他人交換，由是而突破自身之限制，邁向更爲開放而豐富之生命內容。

就此而言，人的專業訴求乃是必然的，然而人如果不願以此有限之內容自滿，則其必然要採取開放與整合之態度，此種態度正是漢語文化學的基本預設之一。

如前所論，人將心力集中在部分之對象或內容上，此乃是一實然之事實，此中雖然有合理性的成分，但並不代表是全然的合理行爲。理由很簡單，我們之所以集中心力於某對象之部分內容，並非是因爲其他內容沒有價值，而是因爲人的能力有限。因此，當我們具備更豐富之能力時，實在沒有理由拒絕對其他事物之理解。擴充此義，則漢語文化學正是一種努力的開端，它要以漢語爲核心，展開相關文化內容之整合研究。此中，我們並不排斥專門之研究，因爲專門的學問正是彼此對話的基礎之一。然而，我們尤其歡迎整合而客觀的研究成果，並期望以此研究爲基礎，發展出新的論題與理論。尤其在21世紀人類資訊科技如此發達之際，如何提供一整體通觀之可能，以避免「見林不見樹」之弊，則有賴我人的共同努力，而漢語文化學學術會議之召開，亦正是爲此而展開。

值得一提的是，淡江大學中文系及漢學研究中心在推動漢學研究方面，亦已展開十分可觀的努力與願景。首先，在東亞漢學方面，與日本、韓國、大陸及新加坡等國之學術單位及學者合作，推動「東亞漢學會議」之定期召開，並輪流在各國召開，以逐步整合東亞之漢學研究成果。歐洲方面，我們首先與瑞典斯德哥爾摩大學漢學系合辦二屆中瑞漢學國際學術會議，並計劃每年爭取一所歐洲姐妹校之漢學系加入，以逐步整合歐洲漢學之研究。此外，加拿大的白潤德教授、美國的顧史考教授，將是我們整合北美漢學的主要伙伴，而澳洲漢學的發展，亦將是我們所重視的重點之一。而最具代表性的活動，將是2001年6月初在淡江大學舉辦之漢語文化學會議，在邀請所有淡江姐妹校的漢學家參與之際，也將建立日後整合發展之基礎，淡江的中文系及漢學研究中心，可望在近三年內逐步完成初步之全球漢學之整合網路。行文至此，實難掩心中興奮之情。

最後，我要代表中文系及漢學研究中心，感謝所有與會學者、經費贊助單位以及學校各單位之支持，尤其要感謝周彥文教授在系主任任內的推動，盧國屏教授的籌辦以及黃麗卿老師、吳春枝助教、黃慧鳳助教、吳麗雯助教的全力投入，並預祝2001年的漢語文化學會議圓滿成功。

淡江大學中文系系主任
漢學研究中心主任
高柏園　序於淡水　2001. 3. 5

# 序言(二)

本系對於語文方面的研究，在前任系主任周彥文教授、現任系主任高柏園教授的大力支持推動下，有了嶄新的面貌，那就是「漢語文化學」這個漢語研究的新領域。除了在系所已開設了相關課程之外，更促成了此次會議的召開，邀請國內及來自日本、韓國、新加坡、瑞典、中國大陸等地的國際學者共聚一堂，爲這個國內首創的領域提供眞知灼見。

就學術歷程來說，研究語言與文化之關係，並不是一個新創的領域。中國傳統語文研究從周代發端時，本就植基於文化的詮釋。當春秋三傳積極從事語法詮解時，其對象是春秋史事；當爾雅初始匯集同義詞時，其材料來源多爲六經。經書與史料是族群文化的結晶，語文是文化記載的型式，換言之，語文的研究其實就是文化的詮釋，語言與文化是一體之兩面。以近代西方來說，二十世紀初期，當美國人類語言學家E.Saper和B.L.Whorf展開對印地安人的社會文化和語言關係的研究時，他們認爲調查及研究任何語言，都應該同時了解被研究對象的社會文化、經濟結構、宗教信仰、地理環境、風俗習慣等內容，而後他們在此基礎上提出了相關語言理論，試圖在語言結構和文化結構之間建立起對應的關係。類似的研究，在語言學的範疇中，又稱爲「語言文化學」。從這些學術研究的歷程來看，顯然「漢語文化學」和「語言文化學」在科學命題上，其實是同一體系的。

當代的漢語研究，在清代考據學的影響下，數十年來多數走在純粹理論語言學的路子上，學者的研究如此，學校裡的教學亦是如此。導致原本活潑實用的語文學習與應用，成了漢學其他領域學者與一般學生口中艱深冷僻的代名詞。就算學習了理論部分，也不知如何應用在其本身的研究領域，殊爲可惜。本系推動「漢語文化學」的研究領域，其實除了回歸到語言與文化的同體本質上來做關照外，更冀望的是能扭轉學者、學生上述的成見，使大家在研究與學習上，能具備有應用的方法與樂趣，除了豐富語文研究的內涵外，更爲長期的漢語發展及悠久的文化傳承盡一份心力。而此次的國際會議，便是在這個理想與目標引領下，本系爲長期努力所跨出的一大步。

感謝國內及各國學者不遠千里而來，與我們攜手努力，分享研究成果。更令我感動的是本系所有教授先生的支持；黃麗卿講師、黃慧鳳、吳春枝、吳麗雯、吳淑菁助理、研究生蔡琳堂的全力協助。從他們身上，我看到了淡江中文系對於學術的責任感與無窮活力，我身處其中，快慰之情，溢於言表。

淡江大學中文系教授
漢學研究中心漢語文化學研究室
中華民國漢語文化學會籌備處
盧國屏　謹序 2001. 3. 12

# ☙ 第九屆社會與文化國際學術研討會 ❧

## 一、緣　起

「社會與文化國際學術研討會」爲本系發展重點之一，本會議之主要目標；以關注中國學術與社會文化問題爲探究重點，並以中國文化爲立足點，察時變與現代之間，彙通中外文學、思想、政治、社會等範疇，省視我國學術文化發展之問題及重要精神，由此統合中外文化觀以及文學與社會間的關係，進而拓展國際學術研究視野，建構當代中國學術之特色。本會議之歷屆主題如下：第一屆「晚明思潮與社會變動」、第二屆「晚清文學與文化變遷」、第三屆「晚唐社會與文化發展」、第四屆「戰爭與社會之變動」、第五屆「俠與中國文化」、第六屆「人物類型與中國市井文化」、第七屆「近、現代中國文學與文化變遷」、第八屆「中國武俠小說」等，在歷屆研究成果之下本屆將從「漢語文化學」等論點加以探討，藉此期能強化本系之研究成果。

## 二、本屆會議宗旨：

1、探討中國社會與文化之歷史、結構、變遷及未來發展。

2、透過不同主題之研討，深入了解中國社會與文化之內涵、價值。

3、交流海內外學者對中國社會文化議題之差異觀點，促進彼此認知，提升研究水準。

## 三、本屆會議主題：「漢語文化學」

範　疇：

1、語言與社會
2、語言與文化
3、語言與思想
4、語言與文學
5、語言與修辭
6、應用語言學
7、比較語言學
8、方言與社會文化
9、語文理論與應用之融合
10、漢語文之改革與發展
及其他漢語研究相關議題。

# 議　程

## 「第九屆社會與文化國際學術研討會~漢語文化學」議程表

The Ninth International Conference on Chinese Society and Culture ~ Cultural Studies in Han Language

地點：淡江大學淡水校園覺生國際會議廳

| 日期 | 時　間 | 主持人 | 主　講 | 論　文　題　目 |
|---|---|---|---|---|
| 西元二000年五月廿五日(星期四) | 08:30~09:00 | 報　到 | | |
| | 09:00~09:20 | 開幕式 ------- 張校長紘炬先生致詞 | | |
| | 09:20~09:50 | 專題演講：龔鵬程(臺灣佛光大學)—漢語文化學的歷程 | | |
| | 09:50~10:10 | 茶　敘 | | |
| | 10:10~11:00 | 姚榮松<br>臺灣<br>師範大學 | 陳邁平<br>瑞典<br>斯德哥爾摩大學 | 再論中國文化的「聚變」效應 |
| | | | 連清吉<br>日本長崎大學 | 中國語文與中國人的思想特質 |
| | 11:00~11:10 | 茶　敘 | | |
| | 11:10~12:00 | 王曾才<br>臺灣<br>淡江大學 | 王克喜<br>大陸<br>徐州師範大學 | 論邏輯的個性 |
| | | | 黄復山<br>臺灣淡江大學 | 文字學世俗化-測字術 |
| | 12:00~13:30 | 午餐時間 | | |

| 日期 | 時間 | 主持人 | 主講 | 論文題目 |
|---|---|---|---|---|
| | 13:30~14:20 | 黃湘陽<br>臺灣<br>輔仁大學 | 房永青<br>新加坡<br>南洋理工大學 | 《新加坡21》中英文版本之比較：過分自信與追求風險 |
| | | | 卓福安<br>臺灣淡江大學 | 由符號學的角度析荀粲之「言不盡意」論 |
| | 14:20~14:40 | 茶敘 | | |
| | 14:40~16:00 | 王仁鈞<br>臺灣<br>淡江大學 | 林淑珠<br>韓國<br>京畿大學校 | 漢字語在韓語中的運用與發展 |
| | | | 鄭志明<br>臺灣南華大學 | 從《說文解字》談漢字的鬼神信仰 |
| | | | 韓耀隆<br>臺灣淡江大學 | 從《顏氏家訓》看魏晉六朝的詞彙系統 |
| | 16:00~16:10 | 茶敘 | | |
| | 16:10~17:30 | 蔡信發<br>臺灣<br>銘傳大學 | 秋吉收<br>日本佐賀大學 | 中日比較文學試論--魯迅和與謝野晶子 |
| | | | 崔亨旭<br>韓國京東大學 | 中國文獻對韓國漢字教育及文化的影響—論《明心寶鑑》韓國版 |
| | | | 盧國屏<br>臺灣淡江大學 | 蒼學蟲魚箋爾雅，晚知稼穡講豳風—《爾雅》〈釋蟲〉〈釋魚〉篇的文化詮釋 |
| | 18:00 | 觀海堂 | | |

| 日期 | 時　間 | 主持人 | 主　講 | 論　文　題　目 |
|---|---|---|---|---|
| 西元二〇〇〇年五月廿六日（星期五） | 08:30~09:00 | 報　到 | | |
| | 09:50~10:20 | 徐富昌<br>臺灣<br>臺灣大學 | 宿久高<br>大陸吉林大學<br>日本關西學院 | 試論語言交流與生活、文化形式變異之關係 |
| | | | 王永炳<br>新加坡<br>南洋理工大學 | 華語與傳統文化及其教學-以新加坡爲例 |
| | | | 殷善培<br>臺灣淡江大學 | 緯書篇目命名的語言策略 |
| | 10:20~10:40 | 茶　敘 | | |
| | 10:40~12:00 | 周世箴<br>臺灣<br>東海大學 | 吳英成<br>新加坡<br>南洋理工大學 | 同文同種的中國幻想曲：中、臺、新中華語言文化比較研究 |
| | | | 張學謙<br>臺灣臺東師院 | 漢字文化圈的混合文字現象 |
| | | | 程俊源<br>臺灣<br>明志技術學院 | 異文化的時空接觸--論閩南語中的底層詞彙殘跡 |
| | 12:00~13:30 | 午餐時間 | | |
| | 13:30~14:50 | 許錟輝<br>臺灣<br>東吳大學 | 丁　鋒<br>日本<br>熊本學園大學 | 《中山傳信錄》琉漢對音中反映的吳方音和官話語 |
| | | | 王書輝<br>臺灣長庚大學 | 從押韻現象看《京本通俗小說》各篇的創作時代 |
| | 14:50~15:10 | 茶　敘 | | |

| 日期 | 時　間 | 主持人 | 主　講 | 論　文　題　目 |
|---|---|---|---|---|
| | 15:10~16:30 | 竺家寧<br>臺灣<br>中正大學 | 若木太一<br>日本長崎大學 | 從「名所」與「惡所」論日本近世的文化環境 |
| | | | 張愛東<br>新加坡<br>南洋理工大學 | 《詩品》之形象喻示批評 |
| | | | 高柏園<br>臺灣淡江大學 | 莊子思想中的語言觀 |
| | 16:30~16:40 | 茶　敘 | | |
| | 16:40~17:20 | 專題演講：羅多弼(瑞典斯德哥爾摩大學)- | | |
| | 18:30 | 圓山晚宴 | | |

# 開幕致詞

淡江大學校長張紘炬

各位學者女士、先生；各位貴賓大家好：

我是本校校長張紘炬，「社會與文化國際學術研討會」今年堂堂邁入了第九個年頭。我首先要代表校方，對與會的專家、學者、來賓，尤其是遠道而來的各國友人，表示熱忱的歡迎之意。各位不遠千里而來，對本校追求國際化的學術目標與理想，全力支持，本人在此也深表謝意。

本校中文系，是一個充滿國際學術活力的系所。多年來致力於整合國際漢學研究，先後舉辦過「中華民族宗教國際學術會議」、「東南亞華文國際學術會議」、「海峽兩岸儒學會議」、「中日社會與文化國際學術研討會」、「兩岸文獻學會議」，與瑞典斯德哥爾摩大學合辦「中瑞漢學學術研討會」等等具成效之重要學術會議，其追求國際化之旺盛企圖心，在在展現於大家的眼前。此次盛大舉辦「第九屆中國社會與文化國際學術研討會」，其目的也就在凝聚各位專家學者之研究成果，共同找尋漢學研究國際化之新方向。

藉此，我也要很高興的向大家報告一個好消息，那就是中文系經過了激烈的競爭，在上個月，剛剛獲得了本校重點系所的榮譽。未來四年，本校將以大量的經費及行政支援，支持並鼓勵中文系的各項發展計畫。「重點系所」是本校系級單位的最高學術榮耀，中文系此次能脫穎而出，不但是校方對其過去各項努力成果的肯定，更代表了本校對漢學領域的支持與期望。

我們期望，從中文系大學部到本校的漢學研究中心，一貫的教學及研究環境，能積極的掌握世界各國漢學研究之發展特色、並且彰顯出中國文化的時代意義及價值。此次會議有我國及世界各國，研究中國文學的頂尖學者參與，共同展現特殊專長、發表最新研究成果、並相互比較各國漢學家之研究方法、觀摩不同的學術觀點，正符合了本校漢學中心設立之目的。希望本校中文系所有師生，能由此次會議出發，逐步整合歐、美、亞、澳、大陸等世界漢學重鎮之研究成果，進而擴展世界漢學之整合研究，使漢學各範疇之內涵具有最新的時代意義。而這也正是本校對各項學術邁向國際化的殷殷期盼。

在座的學者、來賓，有些是本校的老朋友，有些或許是第一次來到淡水，初次給予本校指導。不論是新朋友、老朋友，本人與校方都在此表示最竭誠的歡迎之意。會議期間，無論任何的問題或困難，希望各位能隨時提出，我們一定全力配合、協助解決，務使各位嘉賓有一次愉快的學術之旅。也希望中文系，全力作好主人的工作，賓主盡歡。

最後，祝各位嘉賓平安、愉快！大會順利、圓滿、成功！謝謝大家！

# 文化密碼－語言解碼

## 目　錄

# 漢語文化學的歷程

龔鵬程*

## 一、為撫陳編弔廢興

一九七三年，我進淡江中文系就學時，許世瑛先生方逝。我雖能感受到許先生精擅的文法學在系裡之影響，畢竟無法接受相關的教育，因爲此後幾年系裡均未再開設文法課程。而事實上我們當時也無法再期待這類課程了。大學一年級，光是國語語音學就整得人人七葷八素。

國語誰不會說？可是語言學基本知識誰也沒有。上課除了讀「石氏食獅史」及「廟門兒對廟門兒，裡面住了個小妞人兒」之類東西覺得好玩以外，就是戴著耳機練習發音，或者用剛學會的羅馬拼音寫信去整同學。一封信得寫幾個小時，收到信的人如看天書，也要花上幾個小時才能解碼破譯。

這樣胡鬧了一學期，下學期讀《中原音韻》，更是不知所云。

---

* 佛光大學校長

幸而臨考試時去央求倪台瑛助教惡補，始能勉強應付。

二年級文字學，本是周何老師的課，許多學長都回來旁聽，把瀛苑邊的花廳擠得壅塞不堪。但周老師因師大系所長任內事忙，隨即讓沈秋雄師來教。從六書名義講起，逐字解析示例。以《說文解字》爲基，參證甲金文以求本義。這門課我倒是讀得不錯，有九十幾分的好成績。

當時去師大參加轉學考，文字學共四題，我寫了三題，得了七十五分。剩下一題，問「無聲字多音」的現象，則完全無法作答。監考的陳文華先生問我爲何不答，我告以沈老師並未教著。後來才明白文字學在國內也彷彿武林人士分門派，它有好幾派的。同在師大，沈師所教，近於魯實先先生之說；而無聲字多音，則爲林尹先生聞諸黃季剛者。

黃侃乃章太炎門人，故林尹先生門下均以章黃學派傳承自居。我當時雖未獲教於此一系統，但接著大三的聲韻學即立刻接觸到這一宗風了。

張文彬先生即林尹弟子，他教聲韻學甚爲嚴格。上學期的守溫三十六字母、反切上下字系聯，令我同學人人如坐五里霧中，下課則拚命做系聯作業，苦不堪言。下學期更縋幽探秘，直入古音分部、韻部通轉及韻圖的縱橫譜陣中。讀之讀之，漸至於面無人色。

聲韻學乃中文系一大險關，重修、三修者不乏其人，終於因此而慘遭死當者更不罕見。能闖得過，也別忙高興，訓詁學又等在前頭呢。修這門課，同時並須點讀《說文》及段玉裁注。然後是利用《廣雅》、《爾雅》、《經籍纂詁》等去解讀古書。其結果，當然又是一片哀鴻遍野。

其時，系裡另有于大成先生精於校勘；韓耀隆先生精於古文字，教我們《尚書》；王甦先生亦魯門高弟，教我們《詩經》；張卜庥先生則教我們修辭學。修辭學主要是以古書文句示例說明修辭格，並以此說明古人詩文修辭構語之妙。王仁鈞先生也做這類研究，有幾篇論文，很在我們學生之中流傳。張夢機師講詩法，其實也接近這個路數，但不直接說修辭格，而是從古人詩法詩話中整理條例。此外，詩詞曲這類課程，因爲都涉及格律及押韻的問題，因此與聲韻學也是頗有關係的。張老師除了教我們用平水詩韻、背韻字，亦講古詩「聲調譜」，對於拗救和入派三聲等問題，亦三復致意。傅試中老師教詞，當然也會命我們依《詞律》、《詞林正韻》試塡習作。考音定律，比詩還要嚴格。到了下學期教曲，本以爲可以擺脫了，誰曉得，呀，又繞回《中原音韻》的世界了。……

這即是我們那一代中文系學生所接受的語文訓練概況。或許有點代表性，或許沒有，但起碼可說明一部分現象。

## 二、詮言詁字似秋蠅

現象之一，是語文課程及其相關訓練，是中文系課程的主幹。文字、聲韻、訓詁、國語語音學、文法、修辭、板本、校勘，固然已占了課程的大部分，連詩選、詞選、曲選、六朝文選也均與之有關。某些人選擇進中文系，是耽於美感審味，並未料到會有這麼多無福消受的大餐在等著他，因此可能反而得了厭食症，或有些消化不良。現象之二，是這些語文課程不僅學分、時數及類別多，老師與學生大抵也對之不敢輕忽，視爲中文系眞正的專業課程。當然，物極者必反，由於太過重視這個部分，也使得喜愛文藝和思想的學生對中文系大失所望，萌生反彈之意。對語文課應付不來的人，則倍感沮喪，在中文系中毫無生路。現象之三，是這些語文課的教學目標非常單一，全都集中在「解讀古書」上。

這是因學脈傳承使然。師大、政大、文化等校，受林尹、高明、潘重規諸先生之影響，講章黃學派而上溯於章太炎、俞樾、孫詒讓、王念孫、戴震，以爲統緒。治學方法本諸乾嘉考據，謂「訓詁明而古經明，古經明而我心同然之義理乃因之以明。古聖賢之義理非他，存乎典章制度者是也」（《漢學商兑》卷中之下）。故治學以小學（兼及典章制度考證）始，以明古經終，目的是爲了讀古代經籍。臺大一脈，雖若與師大、政大系統頗有壁壘，自命爲繼承北大風氣，然而正如胡適之講考證、傅斯年創辦中研院歷史語言研究所那樣，學風亦有偏於史料、考證、語言學之勢。中研院院士屈萬里先生兼臺大系所主任，其《古籍導讀》是中文學界共用的治學方法教本，其法即不脫樸學經學範圍。龍宇純先生繼掌臺大門戶，亦以文字聲韻名家，我們讀《韻鏡》時，均用其校注做爲課本。

因此那時候主持各校中文系所的，如臺大龍宇純，師大周何、李鍌，文化陳新雄、李殿魁，東吳劉兆祐、林炯陽，高師黃永武，東海江舉謙、方師鐸，淡江于大成、王甦、傅錫壬、韓耀隆諸先生，幾乎都治文字聲韻之學。系所開課程亦以此爲大宗，博碩士論文更是多以此爲題。

此即使得中文系變得古意盎然。

其他的問題先不談，專就語文研究這一點來看。欲明訓詁以明經義，則治學當然僅以經典所涉及者爲範圍。故文字學以《說文》

爲主，參考篆、籀、旁證以甲骨金文。於是隸、八分、楷、草、行等各體書，雜體、書樣學或漢喃漢朝漢西夏文字比較等，便因與經籍解讀無甚關係而罕人理會。俗體字的研究，因敦煌文獻有益於治經，尚有些討論，宋元明清俗字即少人問津。所以我們雖讀了文字學的課程，若問起文字源流及文字在社會各階層中運用的情況，大抵對之茫然，僅能略說六書分類，談某字本字本義爲何，並粗辨甲篆字形而已。

聲韻學也一樣。主要是以《廣韻》爲主，由中古音去擬測上古音之狀況，以明聲音文字之原。而近代漢語已少論及，現代漢語更乏探究。中文系之外的語言學界，雖熱衷於國語語句分析及方言調查，但與中文學界並無太大關係，因爲那些都對解讀古書之用處不大。只有某些語句分析，和中文學界講文法而受結構語言學影響者有些交集，則是因中文系畢業生往往需從事中學國文教學工作，這些分析偶爾可以派上用場之故。這樣子理解語言語音，自然也是狹窄極了的。

不僅所知僅偏於古代，它的工具性也不足。教我們的老師總是說小學是個工具，可以幫我們讀古書。但事實上有許多時候是每個字都認得，整句或整篇的意思卻難以理解。每個人讀書時都有這種經驗，而文字聲韻學所能提供的工具作用卻完全無法解決這類問題。傳統訓詁學也不能有效應付此一困境，因其中甚少處理語境與語義、詞義與概念、模糊與歧義、寓義與蘊含等語義學的論題。它所講的，只是依古訓、辨假借、考異文、因聲求義、探求語源，以及遞訓、推因之類方法，功能只在指導語文教學、整理古籍和編纂辭書。但即使是在解讀古書方面，其效能亦如上所述，極其有限。

也就是說，只是種功用不大的工具。

而這種工具又無法推展到其他地方。當然也不乏學長們利用這些方法校注詩集詞集，做《楚辭用韻考》、《東坡詞用韻考》之類。可是除此之外，這些語文訓練對我們研究文學能發揮多大的工具效能呢？講中國哲學史、宋明理學，要如何與此語文知識相聯結？做做《莊子內七篇「之」字用法考》《論語「斯」字考》，對哲學義理能有多大的闡發？是我們當時學生心裡都在嘀咕，而老師們又很少回答的疑惑。

處在那個考證學風濃烈的時代，我其實並不反對語文訓練的所謂小學方法，我自己也嘗試校注《莊子》《論語》、考詮古史，努力汲取此一學風的養分。但我們常處於焦慮中，苦惱它學來不易，卻在許多場合中無用武之地，苦惱它不能解決許多文義解釋上的問題，苦惱我們對人類的整體語文活動所知太少……。

因此，大部分中文系畢業的學生都覺得大學生涯中被語文課程壓迫太多了，可是實際上我們的語文知能並不是太多而是太少。且這些語文課所獲得的知識是封閉的，只在幾十本經典中彼此迴環互證而已，根本通不出去。能通出去的，反而是文學。

## 三、鑿光欲借西鄰火

前面講過，當時中文學界教文學也常涉及語文知識訓練，不像現在也許僅就寫實主義、女性主義、後殖民主義談談就可以了。這些語文訓練，從語文課程的角度看，乃是邊緣性的，不如文字聲韻訓詁文法之類課程直接且重要。對學習者來說，也認爲是次要的，不如美感品賞高妙有趣。但教者與研究者，卻實質上是在此著力的。

當時中文系對文學作品的教學與研究，也是考證式的，具有歷史主義的風格；利用板本、校勘，確定文件；再以語文訓詁，確定文句的意思；然後知人論世，考其生平、創作時地、寫作動機，而講其詩旨。不過，中文系的歷史研究向來稀鬆，大概說說「時代背景」、考據考據寫作緣起，便以爲足以知人論世。故功力所在，實僅在前半部。而且那時比較優秀的說詩者，尙能由語文來論美感，此中本領所繫，即爲前文已介紹過的修辭學及對詩詞體製格式的掌握。

修辭學本來就是古代的文學批評術，元人王構《修辭鑑衡》可證。古或稱爲文法、詩法、筆法。如《文則》、《古文筆法》、《作文軌範》、《孟子文法讀本》等均屬之。把文法和修辭分開來，分別指文句的構成與文句之修飾，一重是非，一講美惡，是《馬氏文通》引進西方文法觀念以後的事。成爲獨立的修辭學之後，論斯學者，歸納古人所說修辭法則，形成「條例」，或稱「修辭格」，如互見、倒裝、脅題、夸飾、雙關、頂眞、跳脫、重出等。以此繩衡古人作品，即不難徵見昔人匠心修飾以求美之處，且可示後學以津梁，頗便金針於渡人，接引後昆。當時如黃永武《字句鍛鍊法》、黃慶萱師《修辭學》、張夢機師《近體詩發凡》，就很能發揮這種功能。

這種功能後來因機適會，大獲發揚，是由於形式主義新批評在臺流行之故。當時外文系正推動比較文學，顏元叔先生不但也解析中國詩，更要說中文系不會解詩，無法說明詩的美感何在（考證文句、說說背景，就能分析出詩的美感嗎？）。葉嘉瑩先生與之辯論，反被譏爲「歷史主義之復辟」，令中文學界憤憤不已。這時有力的抗衡者，就是既能在格律、文句、史地知識之掌握上優於外文系學者，又能運用類似新批評講張力（Tension）、反諷（Irony）、悖論（Paradox）、隱喻、象徵等那樣的術語與概念，來說明詩之美感所在的人了。黃永武先生隨即推出《中國詩學》設計篇、鑑賞篇；吳宏一先生也邀集中文學界青年學者編出《小橋流水》等大套詩詞賞析。張夢機、顏崑陽、李瑞騰與我也都各編了一些，蔚爲風尚，先後成編十數種，流通至今。

這些賞析，特點都是略說史事及字句文獻考證，便就其辭語構撰之匠心，講其美感特性。因此從中文學界的學術角度看，覺得有點「輕」，屬於通俗讀物。然而它事實上打開了一條生路。

一方面，修辭學及文學作品的語言形式性知識（如格律、用韻、對仗、押韻、聲調、詞曲牌、拗救、務頭、聯套等），本來是從對作品的審美歸納中組織化系統化而得，如今又轉而應用於文學批評中。這對正爲不知學了半天文字學聲韻學能有什麼用的人來說，實在是個有啓發意義的事。

另一方面，這與形式主義文評也形成了有意義的對話，不只是反駁和對抗，發抒義和團式的快感，更刺激出了對中國文學作品究竟應如何詮釋的方法學思維，逐漸發展出後來一些方法學的論述及詮釋學的流行。二、對中國文學語言形式的討論，也接上了西方形式批評的脈絡，使得中文學界在傳統的語文學之外，關聯上了世界的語文學研究。

以形式批評來說，當時影響臺灣者，乃是五、六十年代在美國居主流勢力的新批評學派。這是因臺灣赴美留學生去美國剛好學了這一套，便回來演示推銷的緣故。與現今臺灣流行女性主義、後殖民論述，道理是一樣的。可是這派批評本身卻屬於一個大思路之中，那就是近代形式主義文論。

這個系統，始於二十年代的俄國，其後是三十年代的捷克布拉格，然後在四十、五十年代美國有新批評，歐洲則於六十年代出現法國結構主義、敘述學（narratiologie）、七十年代的符號學等。這些理論，並不是一下就被我們摸清楚的。臺灣的學術環境，使得批發商或零售店盛行。流行於美國的思潮，係分批由外文系學者批售引進，歐洲思潮大抵也待美國流行後才再被引進臺灣。因此我們並不能立刻就掌握這個脈絡，而是新批評、結構主義、記號學、布拉格學派、敘事學、以迄羅蘭巴特符號學等，分段、分批、後先淩雜地逐步接受，再慢慢串起來的。

在此同時，當然臺灣還介紹進來了許多其他的文評路數，如現象學、詮釋學、新馬克思主義等等。在這麼多的批售店舖中，讓我們得以將整個形式主義文評譜系繫聯起來，發現它們乃是加盟店或連鎖店，屬於同一個陣營，主要的線索，即因它們均是以語言學爲基幹發展成的。

俄國形式主義，係依索緒爾（Ferdlnand de Saussure）《普通語言學教程》音位學的理論，把詩學視爲語言學之分支、整個符號理論的一部分。其後的布拉格學派也將語言學與詩學關聯起來說。新批評則亦被稱爲語境批評（contextual criticism）、本文批評（textual criticism）、詩歌語義學批評（semantic criticism of poetry）等。法國結構主義，更是直接受索緒爾、雅可遜（Roman Jakobson）的影響。這派思想在心理學、社會學、歷史學、哲學諸領域均有發展，而李維·史特勞斯即認爲它們全部奠基於語言學，甚至是音位學。在《結構人類學》中，他說道：「音位學對於社會科學，必然像核子物理對於整個精密科學領域一樣，起著同樣一種革新者的作用」，故他也用分析語言的方法，去分析整個人類文化的基本原則，如親屬、食物、婚姻、烹飪等。他雖無文學批評著作，但其他人對此卻著墨不少，如巴特《寫作的零度》、格雷馬斯的《結構語義學》、托多洛夫的《文學與意義》、《十日談的語法》、日奈特的《辭格》一、二。在詩學、敘事學、符號學方面成果斐然。其後德希達論解構（daconstruction），著有〈人文科學話語的結構、符號和遊戲〉、《書寫與差異》、《言說與現象》、《論書寫學》等，也是從語文結構之問題開展而成的。

這個脈絡，在我從新批評找著一個切入口之後，上溯下索，逐漸進入，愈炙愈深，愈感其龐大複雜。因此耗了不少時間與氣力去跟這些理論搏鬥，從讀碩士班到博士畢業，幾乎有十年時間，在片斷、零碎、後先錯置、詰屈聱牙、甚至還有不少錯誤的繹述、簡介、或借用的實際批評中去摸索揣摩。其辛苦，殆與大學時讀文字聲韻學相彷彿。

## 四、呼渡難期夜客

可是讀這些，跟在大學及研究所裡讀文字聲韻學感覺並不相同。學文字聲韻訓詁時，除了能訓讀古書、考文字本義、知古音古韻以外，不但不知它還能幹什麼；更會覺得學此頗窒性靈，不利於從事文學創作和研究；其法亦由「漢宋之爭」導出，講理學哲學義理，所謂「生命的學問」也者，均不必採此方法，亦反對此等方法。然而，在讀這些形式主義思想時，我看到的卻是完全相反的情景。

在人類學、詩學、敘述學、符號學中，在論神話、論親屬、論民間故事、論藝術、論圖騰制度、論婚姻儀式、論流行服飾時，語言學是無所不在的。任何非語言的材料，都可以使用語言學的方法去分析，更不用說詩文這類語言表現物了。個別去讀這些派別的理論，會覺得繁雜無比，彼此歧互紛紜，茫茫然難尋其頭緒。但只要把索緒爾的結構主義語言學弄懂了，稍微誇張點說，其他由此發展演繹而來之各色論點，非特如網在綱，粲若列眉，幾乎也可以不學而能。換言之，語言學不僅可通之於各種學術，更是各門學問的基石。

可是且不論傳統的文字聲韻訓詁學，就是同樣的結構主義語言學，在我們這裡，從趙元任以降，就只能做方言調查和語法結構分析。涉及語言與文學之相關性者，趙元任大概只有〈語言成分裡意義有無的程度問題〉中論「意義的程度在文學上的地位」一小節。而這樣的討論，在我們研究文學理論的人來看，也實在嫌其淺略。趙先生論〈漢語中的歧義現象〉，則完全沒有講到詩的歧義問題。跟西方結構主義語言學下開無數詩學、敘事學、符號研究法門之風景相比，我們始於語言而亦終於語言，實在顯得局束寒傖。縱或後來湯廷池先生等人做國語變形語法研究，這種現象亦無根本之改變。

類似的情形，我也在哲學研究方面看到。

眾所周知，西方哲學史可分成三個階段，古希臘時期，哲學以形上學爲主，旨在探索存在的來源、現象背後的本質。近代哲學，從笛卡爾開始，哲學轉向認識論，從研究世界的本體或形上來源，轉向探討人的認識來自經驗抑或理性、認識之方法與途徑、認識之限度等。現代哲學，則號稱「語言學的轉向」，認爲哲學上的許多爭論，其實僅是語言與語意的問題。

從維根斯坦將哲學最主要的工作界定爲對語言進行邏輯分析以來，弗格雷、羅素由語言形式分析形成邏輯實證主義，並發展英美分析哲學。摩爾及後期維根斯坦則爲日常語言學派，亦屬英美語言哲學之重要部分。歐陸語言哲學則可分成三條路線發展，一是由現象學、存在主義發展；二是由古典解釋學、哲學解釋學到批判詮釋學；三就是前面談過的，從普通語言學、結構語言學、結構主義，到後結構主義這條路，這條路既是語言學的發展，也同時即是當代哲學中的重要一支。

這幾條路線，非常有趣的地方，在於因專注於語言研究，故對語言中最精最美的文學、語言藝術，也就多所著墨，故均與文學批評關係密切。與僅進行日常語言分析、或致力發展科學語言的英美分析哲學頗不相同。在現象學方面，伊戈頓（Roman Ingarden）有《文學藝術作品的認識》《藝術本體論研究》等，馬洛龐蒂（Maurice Merleau-Ponty）有《眼睛與心靈》等，杜夫海納（Mikel Dufrenne）有《審美經驗現象學》等，對文學與美學，貢獻卓著。晚期海德格更是越來越偏於詩。在詮釋學方面，早期聖經解釋學，是類似我國經學箋注訓詁之類工作，其方法也與漢學方法頗有相通相似之處，狄爾泰以後，逐漸用之於歷史學，做爲歷史詮釋之方法，形成歷史主義。伽達瑪之後，處理文學與美學越來越多，如他《美學與解釋學》《短篇論文集》《美的現實性》諸書，赫希《解釋的有效性》

等都是。這個現象，呼應了我們在語言學領域中曾經觀察到的想法，在當代學術發展史上，語言學、哲學、文學，乃是完全關聯在一塊兒的。

我們在語言學領域觀察到的另一個狀況，是語言學不僅與文學、哲學等相關聯，且語言被置於核心地位，語言研究成爲所有研究基礎。在哲學中亦是如此。胡塞爾試圖建立一種純粹的邏輯語法，以語言符號和語言表達式爲主要研究對象，探討對一切語言都適用的那些共性問題。他說：「語言問題無疑屬於建立純粹邏輯學之必不可少的哲學準備工作」（1913，《邏輯研究》，2卷1冊）。馬洛龐蒂則把現象學看成一種關於語言的一般理論，認爲語言問題比所有其他問題使我們更好地探討現象學（見《符號》，1964）。海德格更強調語言，他認爲語言並非僅僅是一種用以交流思想的工具，而是存在的住所（Hous des Seins）。伽達瑪在他的哲學解釋學中謂語言是理解的普遍媒介，詮釋學現象本身就是語言現象，對語言的理解是哲學詮釋學的基礎。說：「語言問題是哲學思考的中心問題。」又說：「語言就是我們存在於其中的世界起作用的基本方式，是世界構成的無所不包的形式。」（均見《哲學詮釋學》）

面對現代西方哲學的發展，我們的情況實在令人不敢樂觀。國內哲學界，受邏輯實證論的影響，走英美分析哲學之路者，固然占一大支，但僅是順著羅素、卡納普、石里克、塔爾斯基、蒯因、皮爾士的東西講。接引歐陸學風者，也以介紹、消化、整理其說爲主。在語言理論或語言哲學上，其實並無太多自己的見解，也極少專力於語言哲學者。研究中國哲學的人，以新士林學派和新儒家學派爲兩大陣營，故形上學、倫理學仍爲其主要內容。

在新儒家方面，因牟宗三先生之緣故，新儒家也做一部分邏輯和語言哲學研究，如馮耀明、岑溢成等均是。但並無一人能再像牟先生譯述維根斯坦、撰寫《認識心批判》那樣，深入語言哲學之研究。而即使是牟先生，他講中國哲學時，也僅將他對語言與邏輯之研究所得，施之於先秦名家墨家和荀子而已。其意蓋謂西方邏輯之類心靈與學問，中國固亦有之，名墨荀子等，即「一系相承之邏輯心靈之發展」（見《名家與荀子》）；只不過後來中國不朝此走，儒道釋三教均別有所重罷了。

這種態度，當然使得講中國哲學、中國哲學史，除了談先秦名墨荀一段和六朝隋重佛教思想那一段時，會涉及部分語言哲學外，幾乎對此絕不染指。對於清代漢學，牟宗三及其後學，大抵將之排除在哲學領域外，勞思光《中國哲學史》雖略述其事，但主要是對它的批評。新儒家中，徐復觀先生最能深入漢學領域去反清儒之所謂漢學，又譯有日人中村元的《中國人的思維方法》，本來很有希望能由漢學的文字聲韻訓詁之中，發現漢語與中國人思維特點上的關聯，進而有所申論。可惜徐先生之漢學考證本領，局限於文獻比對與解讀，在語言文字方面並無鑽研，故亦無法致力於此。其他哲學系出身的學者，大抵缺乏中國語文相關知識之訓練，自然就更談不上要如何從事這樣的研究了。

## 五、滄海已隨人換世

在摸索西方現代思潮以及對中文學界的悲觀焦慮中，一九八五年，梅新先生創辦了《國文天地》月刊，由我負責編務。隔了兩年，我因讀到龍宇純先生的《荀子論集》，感慨國內語文學界頗昧於世界大勢，發了一頓牢騷，並說：

> 語言對人有什麼重要性呢？最基本的，當然是因爲人必須靠語言來溝通。但你不要誤以爲語言只是溝通的「工具」。我們使用語言時，是憑著信實的動機和正當的行爲，才能讓語言準確傳示意義；所以準確的語言，是誠實社會生活的先決條件。假若語文一片紊亂，充滿了虛飾、誇張，或者牽強、枯萎與錯誤普遍存在，則溝通便不可能，而社會也生病了。……其實當代思想家無不致力於語言之探索。……要用語言來抵禦智力之蠱惑的，把現代的邏輯跟科學方法，視爲一種形式語言和科學語言的運作，而在哲學上引發了方法學的大革命，開啓了邏輯經驗和語言分析的各種流派。把語言放到社會中訊息之傳擴與溝通情境中去觀察的，發現語文不但是最普遍的溝通、交換符號，也是一切溝通行爲中結構最嚴明，意義最清楚的；一切社會間聯姻、貨幣關係，均可以語言結構來了解，遂又形就了符號學、結構主義、語言心理學等學派。而那些注意到溝通問題中道德因素的人，則相信穩定清晰的語言，是民主而開放社會的必要條件，因爲唯有祛除了語言的暴力與欺罔，社會才能眞正清明。因此，我們雖不敢說對語文的關切，是一切當代思潮的特質；但忽略了這一點，確實無從掌握這個世紀的思想脈動與社會發展。而且，恐怕也沒有資格做一個現代人。（1983，3卷1期，〈中國學術語言有沒有生路？〉）

這裡，第一是批評中文學界長期以語文學爲小學，且以小學爲工具之觀念；第二是介紹如上文所說的，我所理解的世界學術大勢；第三則說明語文研究之社會實踐功能。

當時我早因撰文批評國內文學博士的養成教育及論文水準而有「盛氣善罵」之名。罵人太多，大家早已見怪不怪，故對我所說，或亦漫然視之，無甚反響。實則這是另一個非常重要的面相。

在前面我們所介紹過的西方現代與語言有關之學說中，許多並不僅出於理論的興趣，它還會有社會實踐功能，企圖由此進行社會改革。例如哈伯馬斯的批判詮釋學，就是針對晚期資本主義社會的反省。它把人的行爲分成兩類：工具行爲與溝通行爲。工具行爲，即人依技術進行的勞動，涉及的是人與自然的關係。溝通行爲，是人與人之間的相互作用，通過對話，達成人們的理解與一致。而人類奮鬥的目標，並非勞動之合理化，而是溝通行爲的合理化。因爲前者意味著技術控制力的擴大，後者才能有人之解放含意。在晚期資本主義社會，卻恰好是因科技越來越發達，人的勞動越來越符合科技之要求，技術的合理性變成了對人之統治的合理性，以致人的溝通行爲反而越來越不合理。故而，要改造這個社會，我們就必須強調生活主體間進行沒有強制性的誠實溝通、對話，以求得相互諒解。要達到此等理想，一是得承認和重視共同的規範標準，屬於他所謂「溝通倫理學」範疇；二是須選擇恰當的語言進行對話，他稱爲「普遍語用學」。

哈伯馬斯之說，不過是一個例子，諸如此類，企圖從語言上覓得改善社會之鑰者，實不乏其人。遠的不說，殷海光提倡邏輯實證論，就是以爲此有助於社會的科學化、民主化的。

但在語言學界或中文學界，這個面向異常缺乏。靜態的結構分析、封閉的言說體系、在古書中穿梭的技術，對生活世界均漠不關心。語言在這個社會中實際的存在及發展狀況、在社會交往中的語言、語文的教育、語文的運動、語文的政策，研究者都極少極少。更不用說覃思如何透過語言進行社會實踐及文化改造了。

可是我辦《國文天地》，用心正在於此。故我在該刊一周年時曾說：

> 在一個資訊傳播快速的新時代裡、在一個大眾消費文化興起的新世紀中，我們是不是應該面對這許多問題，以新的方式，整合人力和傳播功能，重建一個國文的社會輔助教學系統，以介紹一般國文知識，探索文化走向？這就是當初創辦《國文天地》雜誌的原因。事實上，這本雜誌不同於民國以來所有同類刊物，這不僅因爲它是大開本國文綜合月刊，更是由於它在編輯理念上和媒體功能上較爲特殊。首先，我們認爲語文教育不只是學校教師或學生的事。整個社會的語言環境，有賴大家共同參與創造，而語文之學習，更是每個人終身教育的重點。只要一個社會還有心反抗語文的污染、思索語文的問題、提供語文的潤澤，即應該有這樣一份刊物。何況，語文的強化，對於國家社會來說，不獨是傳統的延續，更是文化重塑的第一步，屬於一種社會工程，需要花極大的氣力和關注來處理。（1986，2卷1期，〈徜徉在國文的新天地裡〉）

在《國文天地》刊頭上，我特意標明了這是一本「知識的、實用的、全民的」國文刊物。每期策劃了國文在民間、資訊時代的國語文、編輯工作中的文字問題、科學與中文、經典與現代生活、生活裡的國文、文學改良以後、國文教授論報紙標題、廣電傳播媒體的語文問題、中等學校詩詞教學答客問、問題重重的大學國文……等專題與座談會。我當然也關心學校裡的語文教學，但我不是要編一本讓學生補充學習之讀物；協助教師們教好課本，也只是附帶的目的。我要做的，是改革原有的教學體制與觀念，強調國語文不只是現在學校裡的那一套。那些，僅屬於「歷史語文學」，亦即語文的一部分歷史現象。可是語文有其現世流變性，也有其社會性。因此，我在發刊詞中說：

> 語文本身是不斷演變的，一個社會對語言的處理也不會一成不變。尤其是在目前社會文化大變遷的階段，國文本身所遭受的衝擊、使用及研究國文的方法態度，均有了重大的改變。例如社會上流行的語辭、招牌廣告的用語，就反映了我們這個社會對國文的運用；翻譯，也嚴重影響了我們的語法、語彙和思考模式，豐富或扭曲了國文原有的範域。這些，都應該在這本刊物中展現出來，而不能再侷限於原有的國文知識體制和教學方式。同樣的，整個國文環境都不同於往昔了，資訊與科技涉入我們每一天的生活，社會結構與組織規制劇烈變動，國文及其教學的功能、目標、性質，自不可能仍與從前相同。（1985，1卷1期，〈開創國文的新天地〉）

這是一個社會語文學的新天地，其中雖也不少歷史語文現象的討論，但精神意趣，畢竟別有考量。故主要撰稿人固然仍是中文學界學者、中小學國文教師，亦有大量作家、媒體傳播工作者、社會人士參與。在討論廣告、科技用語、流行語、外來語、新生語等問題時，也往往因學者們本來都沒有從事過這類研究，而不得不拉人逼稿、趕鴨子上架。但胡拼蠻湊，總算是打開了一個新局面，社會語文學的討論，漸漸成形。

雜誌編至1987年7月，我返回淡江大學中文系負責系務。這個刊物幾經轉折，現仍在發行中，且仍有很好的聲譽與銷路。但編輯方針似乎已調整爲歷史性的、國文教學輔助刊物，封題注明它是「發揚中國文化，普及文史知識，輔助國文教學」。也許，這較符合中文學界的興趣，也較適合國文學者的能力吧。

可是社會語文學的面向與發展，並不因此而受阻。我在淡江規劃了「文學與美學」「社會與文化」兩個系列研討會，社會變動與文化變遷，乃成爲我們研究各種問題時，必須經常要考慮到的因素。次年成立研究所，我與竺家寧先生商量，開「詞彙學」，請李瑞騰先生開「文藝行政學」，又由何金蘭先生、施淑女先生和我同開「文學社會學」，都是臺灣前所未有的嘗試。

## 六、鳩鷹相化水成冰

1988年底，我赴杭州大學、復旦大學參訪，申小龍來找我，我才曉得兩岸學風的發展竟有異曲同工之處。

大陸的語文學研究，早期與臺灣的情況相近，也是到八十年代以後，才開始展開社會語言學的研究。1987年12月，中國社會科學院語言應用研究所才召開第一屆社會語言學會議，出版論文集《語言·社會·文化》。次年，語用所所長陳章太〈從漢語的實際出發研究社會語言學〉一文，說明了這個學科興起的原因，一是引進了六十年代美國的社會語言學，二是：「建國以來，人們只注意到調查研究方言和標準普通話兩端的情況。……我們國家有許多語言政策（包括新時期語文工作的方針任務、雙語雙方言問題等），需要從社會語言學的角度對它做出解釋」（《中國語文》，1988，2期）。這兩個原因，臺灣都沒有。但不同的社會脈絡與學術環境，卻不約而同地在八十年代中期出現了社會語言學的研究，實在可說是件有趣也有意義的巧合。

大陸的社會語言學，形成的主要原因既然是爲政府政策做說明，則其研究必然「突出了實踐意義」（1993，北京語言學院出版社，《語言與文化多學科研究》，書首陳原的〈寫在本書前面的幾句話兒〉）。只不過這種實踐與我在前文所說的社會實踐不同，還是政治實踐的意味較多些，故其主要推動機構，乃是中共國家語言文字工作委員會。其前身就是1952年即成立的「中國文字改革委員會」，是負責中共文字改革之最高指導及執行機構，各省市皆有分會。但除了有關政策之制定外，它亦爲一龐大的研究單位，在學術上納入「中國社會科學院」，稱爲應用語言研究所。行政管理方面，該委員會與新聞出版署、文化部、國家教委、中國地名委員會等，有直接關聯。學術研究方面則與各省級研究機構、中國語言研究學會、方言學等團體有密切聯繫。

幾十年來，該委員會主要策劃推動的文字改革，包含以下各項：一是漢語拼音；二是正詞法基本規則及施行細則；三、整理異體字，淘汰1050字；四、規範漢字字形，共計整理了6196字，對文字的筆順、筆劃次序、筆劃數等，皆予以標準化；五、更改地名生僻字；

六、淘汰部份複字計量字，如千瓦、英寸等；七、漢字歸首及查字法，1983年提出統一部首查字法草案，爲201部；八、簡化漢字；九、推行普通話；十、漢字資訊工程等。

這些工作，事實上也就是社會語言學裡主要的內容。但陳章太說過，他們的研究除了要對之進行解釋外，「還需要進行預測，以便提供政策依據」（同上）。要預測，即須注意社會變遷，注意社會變遷所帶來的社會及社會心理變動，對語言變異造成的影響。

1989年八月，我與周志文、竺家寧、朱歧祥、黃沛榮、李壽林諸先生，同赴語委會，與陳章太先生等人討論兩岸的文字問題。討論的內容，另詳我〈簡化字大論辯〉（收入1991年三民書局《時代邊緣之聲》一書）。

出版這本書時，我已轉至行政院大陸委員會文教處服務，兩岸語文問題即爲我主要處理事項之一。同年十一月我推動成立中華兩岸文化統合研究會，周志文出任會長。1992年8月，即與北京師範大學合辦海峽兩岸漢字學術座談會，與北方工業大學合辦海峽兩岸文化交流研討會，其後出版《從文字到文化》。後來周志文、李壽林等又在大陸推動了若干次相關活動，與袁曉園、徐德江諸位也有合作；在臺北另有中國文字學會、《國文天地》辦了一些活動，共同促進這類討論。第一次辜汪會談在新加坡舉行時，兩岸語文問題亦已納入雙方共識之中，我政府中國科會、教育部、資策會、僑委會、文建會、新聞局之相關業務，則都與此議題頗有關涉。

1993年暑間，我辭去陸委會職務後，又隨周志文去北師大辦「漢字與信息處理研究所」，希望對中文在資訊上的運用，及資訊社會中之語文環境，做點研究。目前這個所已有十幾位博士了。

當然，大陸仍然堅持其語文政策，但兩岸交流、社會結構變遷及科技發展，對其語文生態仍有不可忽視的影響，例如港臺語彙之流行、正體字回潮、正簡體文字轉換技術更新等，均值得深入觀察。而同樣地，在這十年之間，臺灣的語文環境也有極大的變化。

八十年代後期，因解嚴而解放的社會力，隨著政治權力爭奪、經濟結構調整，導致本土化思潮逐漸加溫。我在臺灣學生書局擔任總編輯時，出版了鄭良偉的《從國語看臺語的發音》，讓我了解到一個與社會、政治、權力、感情、意識型態相糾結的語文論爭時代終於來了。鄭先生推動臺語話文運動，一九八九年、九〇年分別又在自立報系出版社出版《走向標準化的臺灣話文》《演變中的臺灣社會語文》。這個臺灣話文運動既已如此展開，我便在一九九〇年的文學與美學研討會上，邀廖咸浩對此進行討論。不料他從語言理論上寫出〈臺語話文運動之囿限〉，引起了很大的爭論，弄得他很不愉快。事實上這本來就不是語言學理的問題，而是政治問題或社會問題。這個問題嗣後持續發燒，遂成爲語言學界熱門領域，由之形成了語言政治學或語言社會學的樣貌。許多本來做形式分析的先生們轉而從事於此，例如黃宣範即表示早先所做抽象的形式系統頗爲不足，「宣布加入開拓臺灣語言社會學的行列」（1995，文鶴出版社。《語言、社會與族群意識：臺灣語言社會學的研究》序）。中文學界中羅肇錦、姚榮松諸先生對客語、閩南語的研究，有時也涉及這個領域。

語言學界重要課題對象，過去是國語，現在則是臺語、客語、南島語系。而且這些語言亦非「方言」這個概念所能涵括或指涉，整個研究更有離開漢語，以建立該語言之文化主體性意味。

不過，無論我們如何理解與評價兩岸語言文字學之進展，誰都不能否認：社會語言學已經成爲語文研究的新貴，縱或它尚未占居主流，然而風氣轉移，現在連要找人做語言結構形式分析，或出版這類著作，恐怕都不容易了。

## 七、老夫尚喜不知鬧

社會語文學又是關聯於文化研究的。前文所引陳原的文章就曾說過:「社會語言學這門學科在這裡的發展道路是具有中國特色的，這特色可歸納爲兩點，一點是它突出了實踐意義，另一點是它重視了文化背景」。由後面這一點看，文化語言學可以是社會語言學之一部分，但文化語言學也可僅從哲學、文學、語言、宗教、藝術方面進行語言研究，此即非社會語言學所能限。不過兩者間頗有交涉及關聯性，則是非常明確的。

文化語言學雖然一九五〇年即有羅常培的《語言與文化》，但語言學界並無繼聲。八十年代中期以後，大陸興起文化熱，語言學界逐漸從社會文化角度去看語言。一九八九年上海教育出版社出版《語言文化社會新探》，第一章就是「文化語言學的建立」，一九九〇年邢福義主編了《文化語言學》(湖北教育出版社)，一九九三年申小龍出版《文化語言學》(江西教育出版社)。一九九二年第三屆社會語言學學術研討會並以「語言與文化多學科」爲主題。同年亦召開了第一屆全國文化語言學研討會。文化語言學顯然已正式成爲一個學門，在大陸已形成熱烈的討論。

但若觀察大陸之相關研究，可說基本上仍不脫羅常培的路子。

羅氏《語言與文化》下分六章，分別從詞語的語源和演變看過去文化的遺跡、從造詞心理看民族的文化程度、從借字看文化的接觸、從地名看民族遷徙的蹤跡、從姓氏和別號看民族來源和宗教信仰、從親屬稱謂看婚姻制度。這六章也就是六個方向，若再加上方言、俗語、行業語、秘密語（黑話）、性別語等特殊用語的文化考察，差不多也就涵蓋了今天大陸有關文化語言學的研究了。但文化語言學焉能僅限於此？我覺得它仍大有開拓範圍之必要。而且，老實說，他們談文化也都談得很淺，缺乏哲學意蘊和文化理論訓練。看起來，雖然增廣了不少見聞、增加了不少談助，卻不甚過癮。

再者，是所謂「文化語言學」，它的基底是語言學。因此僅從語法、語彙、語意、語用方面去談，忽略了漢文化中文字的重要性，以及文字與語言之間複雜的關係，或將文字併入語言中含糊籠統說之，殊不恰當。

何況，要從語言分析去談文化，有許多方法學的基本問題要處理。不從嚴格的方法學意義去從事這樣的文化說解，其實只是鬼扯淡。例如把人名拿來講中華文化，人名有名爲立德、敦義、志誠、志強者，也有水扁、添財、查某、罔舍之類，任意說之，何所斷限？或把古代詞書《說文》、《爾雅》找來，就其所釋文字，指說名物，介紹古人稱名用物之風俗儀制，而即以此爲文化詮釋，斯亦僅爲《詩經》草木鳥獸疏之類，非詮釋學，亦非文化研究。從語言去談文化，不是可以這樣曼衍無端的。否則語文既爲最主要的人文活動，什麼東西都可以從語言去扯。隨便解一首詩，例如，嗯，韓翃的〈寒食〉好了，「日暮漢宮傳蠟燭，輕煙散入五侯家」，不是就有許多典故（五侯、晉文公與介之推故事、漢宮）、民俗文化（寒食）可說嗎？隨便一句罵人的話「龜兒子」，也就可以從古神話、四靈崇拜，講到妓院文化、社會風俗、以及相關罵人俚語、語用心理等等。如此扯淡，固然不乏趣味，實乃學術清談，徒費紙張，無益環保。

在陳原《社會語言學專題四講》第二講「文化」中，他說：「語言的結構眞的會決定或者制約文化的方式以及思維的方式麼？我不以爲然。看來研究社會語言學的學者不贊成這個說法的越來越多。」「我們這裡只能討論一下：從社會語言學出發所發現的中國文化有哪些値得注意的特點。頭一點値得注意的是：至少在近代，我們的文化從總的傾向說是封閉型的。應當說，這種封閉性質的文化同封閉型社會經濟結構是吻合的。……第二點値得注意的是巫術的作用」（1988，語文出版社）。後面這些他所發現的中國文化特點，是怎麼得來的呢？難道沒有意識型態偏見嗎？難道與中共過去所持之文化觀點不是相呼應嗎？這就顯示了語言的文化詮釋涉及了語言邏輯中的「意義」和「理解」問題，也涉及符號解釋的主體問題，以及「符號解釋共同體」的問題。這些問題在語言哲學中均有繁複之爭論，不能不有進一步的討論，而不是採獨斷式論述即可的。前面那一段，問題尤其嚴重。語言結構倘與文化或思維方式無關，那麼申小龍等人一系列由漢語語法句型特色來申論中華文化特點的論著，豈不根本動搖？而語言結構與文化有關的講法，事實上洪堡特（Wilhelm von Humboldt, 1967-1835）《論人類語言結構的差異及其對人類精神發展的影響》即曾倡言之。洪堡特繼承者施坦塔爾（Heymann Steinthal）主張透過語言類型去了解民族精神，包括思維與心理等，甚至想把語言學建設爲民族心理學。現在我們由語言分析去申論文化特徵者，是要重回洪堡特、施坦塔爾的老路嗎？抑或別有所圖？我們的方法論、語言與文化聯繫的觀點爲何？

洪堡特的路子其實也不是不能發展的。在臺灣，我看過關子尹先生《從哲學觀點看》裡兩篇很精采的論文：〈洪堡特《人類語言結構》中的意義理論：語音與意義建構〉〈從洪堡特語言哲學看漢語和漢字的問題〉。他敏銳地抓住洪堡特對漢語與漢字特性（漢字爲「思想的文字」、漢語爲「文字的類比」）的分析，結合胡樸安的語音構義理論和孫長雍的轉注理論，討論漢語語法之特性在精神而不在形式、意義孳乳之關鍵則在漢字（1994，東大公司），頗有見地。

然而，所謂意義孳乳之關鍵在漢字、漢文爲思想之文字云云，類似的觀念，在大陸某些朋友們手中，卻還做了更強的推論。如石虎〈論字思維〉（1996，《詩探索》，2期）、王岳川〈漢字文化與漢語思想：兼論字思維理論〉（1997，《詩探索》，2期，收入同年四川人民出版社，《文化話語與意義蹤跡》），認爲漢字是漢語文化的詩性本源，而漢字之思維是「字象」式的，具有意象的詩性特質，由本象、此象、意象、象徵，而至無形大象，故詩意本身具有不可言說性。因爲這種思維及漢語文化具有自身的邏輯開展方式，我們應強化說明此一特色，以與西方文化「強勢話語」區別開來。這民族主義的氣魄誠然令人尊敬，但這種特色既然是從漢詩上發現到的，謂其具有詩性、爲字象思維，豈非廢話？且一個漢字接著一個漢字，構成「意象並置」之美感型態，葉維廉先生也老早談過，而且談得更深入、更好。而即使是葉維廉式的講法，也僅能解釋一小部分（王孟、神韻派或道家式）的詩作，對許多中國詩來說，並不完全適用。字象說、詩意不可說理論，能解釋杜甫、韓愈和宋詩一類作品嗎？此又能做爲漢字及漢語文化之一般特色嗎？論理及敘事文字也是如此嗎？在國外，如陳漢生（查德·漢生，Chad Hansen）《中國古代的語言和邏輯》也從漢語本身的特點來談中國哲學，但他卻反對說中國人的心理特殊以及認爲我們有特殊的邏輯，他認爲過去用直觀、感性、詩意、非理性等所謂「漢語邏輯」諸假說來解釋中國哲學，其實均無根據。漢語最多只是由於它以一種隱含邏輯（implicit logic，或稱意向性涵義）的方式來表達，與印歐語系有些不同罷了，這並不能說它即屬於另一種不合邏輯或特殊邏輯的東西（1998，社會科學文獻出版社，周云之等譯）。他的看法固然也未必就對，可是關於這類的論述，似乎都仍要矜慎點才好。

## 八、能説桃花舊武陵

我自己做文化研究，其實較受卡西勒（Ernst cassirer）的影響，由符號形式論文化哲學，跟以語言學爲基礎的語言符號學（Semiology）並不一樣。對結構主義不做歷史研究，殊不贊成；對它以進行語言內部結構分析即以爲已然足夠的做法，也不以爲然。因爲語言以外的外部因素（文字、聲音、符象、號幟、社會、歷史、人物、藝術、宗教……），以及它們與語言的互動終究不能忽略。結構主義的非人文氣質，更令我無法親近，不能喜之。它發展蓬勃，運用到各人文及社會領域中，固然勢力龐大；但其文化分析其實就是不做文化分析，只分析語言結構，然後類比到文化事項上來，或根本就把語言結構和現實結構看成是同一的。

同時，依我對漢語文的理解，我也不能贊成僅從語言來討論文化，在中國文化裡，文字比語言更重要。西方語言中心主義的傳統，要到後結構時期的德希達（Jacques Derrida）才開始試圖扭轉，重視文字。而漢字與漢文化，恰好在這方面，與西方文化傳統足資對照。可是從清朝戴震以來，樸學方法，自矜度越前修之處，其實正是轉傳統之以文字爲中心，而改由聲音去探尋意義的奧秘。此種建樹，連反對漢學的方東樹，在《漢學師承記》中都不禁讚嘆：「就音學而論，則近世諸家所得，實爲先儒所未逮」（卷中之下）。此不僅指其音韻之學，更應兼指其以音韻爲中心的訓詁方法。如戴震所謂：「得音聲文字詁訓之原」，或王念孫所稱：「詁訓之指，存乎聲音。字之聲同聲近者，經傳往往假借。學者以聲求義，破其假借之字，而讀以本字，則渙然冰釋」（《經義述聞·序》引）；一直到林尹先生講因聲求義、形聲多兼會義；魯實先先生說形聲必兼會意，聲義同原，得其語根可以明其字義等等，都是以語音爲釋意活動之中心的。文字學訓詁學統統以此爲樞紐。此與後來語言學界逕以語法爲文法或包攝文法，將文字視爲「書面語」、「文學語」，乃至「漢語文化學」這個名稱，均爲同一性質之發展。這都是語言中心主義的，也都無法眞正契會中國文化傳統，必須予以改造，重新重視漢字以及語與文立互動關係，才是正理。

我的《文化符號學》（1992，臺灣學生書局），即是這種具有歷史性，同時關注文化之性質與變遷，並由中國傳統「名學」發展而成的符號學。卷一論文字文學與文人；卷二論以文字爲中心的文化表現，其中分論哲學、宗教、史學；卷三論文字化的歷史及其變遷。自以爲打開了一個新的漢語文和漢文化研究的空間。其中談哲學的部分，我曾以《爾雅》、《釋名》、《說文解字》等書爲例，說中國哲學偏於文字性思考，與西洋哲學不同，深察名號即爲中國哲學最主要之方法，哲學與文字學乃是一體的。對於我這種「哲學文字學」的講法，學棣黃偉雄曾有一文評析如下：

> 哲學文字學，就龔鵬程的構想上，其重要之處有二：㈠哲學文字學是中國哲學的主要方法；㈡哲學文字學是中國哲學的基本型態。
>
> 說哲學文字學是中國哲學的主要方法，其主要的論點有三：（W1）中國哲學的語言，其語義的元素是「文字」，而非「命題」，故以西方哲學以邏輯學（Logic）爲方法的命題分析，不適用於中國哲學的研究。（W2）哲學文字學的方法論，建立在以《說文解字》爲典範的字義分析與詮解的基礎上。（W3）哲學文字學的目的，在於「正名」。通過「正名」，賦予萬物的秩序與和諧，達到存有論的目的。此即「深察名號」。
>
> W1顯然是不充分的。就任何一套語言系統L1而言，理論上均可改寫爲另一套語言系統L2。就L2而言，「命題」可以是其語義的元素，進一步作命題分析。就日常經驗的事實上，可以舉出兩種常見的改寫：一是就文本的解讀上，文言改寫爲白話。一是就文本的解讀上，中文改寫爲外文。若我們把中文作爲語言系統L1，把德文作爲語言系統L2，則就「改寫」的結果上，我們可以推斷出W1的不充分性。
>
> 雖然W1是不充分的，但其意義在於揭示中國哲學的特殊性。中國哲學的特殊性有二：㈠中國哲學的本質，因爲哲學語言的特殊性，而異於西方哲學。㈡中國哲學的意義，因

爲哲學書寫的特殊性，而異於西方哲學。

就中國哲學的本質而言，龔先生提出的看法見於W3。這個意思是説，中國哲學的本質，就是哲學文字學。哲學文字學作爲中國哲學的方法論，其結果是哲學文字學爲萬事萬物「正名」；萬事萬物通過了「正名」，得到了萬事萬物的本質。因此哲學文字學的工作，代換了中國哲學的工作，進而取代了中國哲學的位置。中國哲學在上述的意義而言，取得了與西方哲學不同的獨特本質，不會成爲所謂「一般哲學」（General Philsophy）的西方哲學意義下的「地方哲學」，同時卻也冒著自我取消的危機。不過，縱使我們失去了中國哲學，我們還有哲學文字學。

W2以《説文解字》作爲哲學文字學的方法論，正足以説明哲學文字學等同中國哲學，並進一步代換了中國哲學。《説文解字》作者許愼的〈自序〉，表明了《説文解字》的方法論及其哲學企圖。他説：「其建首也，立一爲端。方以類聚，物以群分，同條牽屬，共理相貫，雜而不越，據形系聯，引而申之，以究萬原。畢終於亥，知化窮冥」。由此可以得出《説文解字》的方法論原則：⑴分類。⑵引申。⑶究原。

我們從W3可以得出哲學文字學的另一個方法論原則：正名。據此，我們可以得出哲學方法學的方法論原則有四：⑴分類。⑵引申。⑶正名。⑷究原。因此我們可以看出龔鵬程和許愼的主張之差異，在於「正名」。我認爲《説文解字》不只是哲學文字學的方法論，更是「前哲學文字學」。因此作爲哲學文字學的研究，對於《說文解字》的研究是其必要條件。

W3是以「正名」作爲「究原」的方法，其原則是「名實相符」。「名實相符」不同西方哲學的「符應說」（correspondent theory），因爲「正名」的目的有二：㈠賦予萬事萬物的本質。㈡賦予萬事萬物存在的價值，此價值不只是存有論上的，而且是倫理學上的。

結論：哲學文字學還原了中國哲學，也可能顛覆了中國哲學。

他的結論很好玩。其評論，我也有可再申辯之處。不過我不想在此斷斷爭是非。引此只是表示我的講法其實尚有發展性，裡面點出了一些有趣的問題。不只是哲學文字學，在史學、文學、宗教、藝術、社會各方面，也都可賡續討論，建立一個足以與西方對話的符號學文化研究。

1996年陳界華、李紀祥、周慶華諸位在中興大學舉辦了「中國文史論述與符號學」會議，也是以中文書寫特性來對文化進行考察。同年我聘李幼蒸先生至南華管理學院擔任研究員，推動在世界符號學會中設中國符號學圓桌會議。後雖未果，但李先生另寫出了《欲望倫理學：佛洛伊德和拉康》（1998，南華）。南華文學所學生也興辦了「文學符號學研討會」，邀請各校參加。我則與林信華等人組織了符號學會，並獲教育部補助成立了符號學研究室。林信華亦出版了《符號與社會》（1999，唐山出版社），從「做爲文化科學的符號」討論符號的意義與社會生活、傳播意義的符號系統、書寫符號系統的文化表現能力、藝術生活的符號結構、佛洛伊德與拉康的符號理論等。周慶華則有《語言文化學》（1997，生智文化公司），對各種語言現象加以文化解釋，評述大陸的文化語言學發展概況，並討論後現代的語言文化觀，強調應以溝通理性建立相互對諍權力意志的合理性。此外，則如南方朔，近年亦對語言學大感興趣，出版了《語言是存在的居所》、《語言是我們的星圖》（1997、1999，智慧田出版）。他們的著作，代表了語文符號之文化研究的最新進展。

回顧這個進展的歷程，思緒總不免會飄回二十八年前。在淡江上課時，師長教我識字辨音之情景，猶在目前，而少年子弟江湖老矣。數十年間，所歷萬端，老了少年，也變了江湖。昔日榮景繁勝的文字聲韻領域，眼看它風華退散，逐漸少人問津；而又見它路轉峰迴，由社會語文學、文化語文學、符號學等處展開生機。這其間，或假西學以接枝、或汲往古而開新、或移花換木、或么弦別彈、或隔溪呼渡、或曲徑通幽，種種機緣，各色樣貌，足以徵世變，而亦可卜其未來必然是大有發展的。只不過，重回淡江，開這樣的會，講這樣的歷史，終究是教人感慨莫名的。

——2000.5.26，淡江大學，漢語文化學研討會，主題演講

# 再論中國文化的「聚變」效應

## ——一個文化語言學角度的補充說明

陳邁平*

在 1998 年淡江大學和斯德哥爾摩大學聯合舉辦的第一屆研討會上，我曾以「西方文化的裂變和中國文化的聚變」爲題發言，指證中西文化的發展基本上是兩種不同的模式，而且這種不同有其歷史、宗教和哲學根源，我也簡要分析了兩者在目前文化全球化語境中的關係。

我的看法是，西方文化，特別是現代文化，因其認同結構具有強烈「主體／個體」意識，主要是以個體定位自我，而在個體之間互相排斥，求異不求同，自設自生他者並排斥他者，由此衍生發展，因而表現爲裂變態，而中國文化認同結構具有強烈「客體／整體」意識，主要是以整體定位自我，自我是作爲整體的一部分而不是一個個體存在，因此只有在和外部他者的相互關聯中才能完成文化認

* 瑞典斯德哥爾摩大學中文系講師、《今天》文學雜誌編輯

同，求同不求異，因此對本來異己的外來文化能不斷調整並兼收並蓄，表現爲聚變態。我強調的差別當可簡言之爲個體主義和整體主義之別。個體主義，「一」爲個體，「一」人即是人，同時「一」爲主體，其自身之變就爲裂變，正如以一生二，以二生四，不斷分裂和擴張。整體主義，「一」爲整體，萬物爲「一」，「一」不是個人，天、地、人皆備於「一」，同時「一」爲客體，所包萬物之變就爲聚變，正如合二以一，會不斷凝聚和充實。

強調這一差別並不意味著我對西方文化或中國文化作價值的評判，而是就「裂變」或「聚變」現象本身來分析其變化的內在原因，並且對兩者之間的互動關係作出判斷。我由此得出的一個判斷是，以這種差別來觀察當今的文化全球化，裂變的西方文化表面雖處於強勢或高位，咄咄逼人，但這種強勢或高位最終會在中國文化所具備的「聚變」效應中消解，而成爲未來中國文化中有機的組成部分。這恰如滔滔江河，從高處向大海壓來，其壓力卻最終被大海消解。

中西文化的這種發展模式必和各自語言的發展緊密相關。語言作爲文化的表徵和傳媒，作爲各自族群的思維、表意和記憶符號，必然受各自不同文化哲學內涵的左右。那麼，中西文化的「裂變」和「聚變」的差異也必定在語言發展中表現中西各自語言的「裂變」和「聚變」的差異。因此，本文將從文化語言學的角度進一步論証中西文化的這種差異。我還想特別指出中國文化的「聚變」效應在語言發展上的可能性，借此和一些驚呼漢語危機的同仁商榷。誠然，西方語言在近代對漢語構成了強大衝擊，在五四運動時期甚至有人鼓吹要漢語拉丁化，但漢語不亡，反而通過白話文運動促成了現代漢語的誕生。現在也有人在感嘆所謂網絡時代英文的壟斷強勢，擔心在文化全球化過程中漢語會逐漸消亡，然而，在我看來，漢語雖不會成為全球化的語言，就像大海也不會把全球淹沒，但也不會被其他語言取代，不會消亡，消亡論者是對中國語言本身的「聚變」機制缺乏了解和缺乏信心所致，實在有點「天下本無事，庸人自擾之」。

或許，有人認為我的「西方文化的裂變和中國文化的聚變」一說，只是一種理想或者新的想像，不具學術根據，但此說其實只不過是對一種早已有目共睹的歷史事實或文化現象作了比較大膽而且籠統的總結陳述而已，有許多歷史佐證。當然也並不是我的甚麼新發現。「裂變」（Fission）和「聚變」（Fusion）本是借助核物理學名詞，但它們表述的變化其實不局限於形而下的物質世界，也見於人類社會的發展，見於形而上的精神和文化界，可以說是無處不在的普遍現象。在準備本文的材料時我還意外發現，早有社會語言學家和社會人類學家指出，「裂變」和「聚變」也是人類種族發展消長的兩種常態，而語言則和這種種族發展消長的過程密切相關❶。也就是說，從來沒有一成不變的所謂「自古以來」就如何如何的種族，當我們在定義種族時引入了「時間」的向度，從人類發展史看，就發現如今的種族其實多有共同的祖先，這也是當前有關人

---

❶ 關於此點的詳細論述，可參考荷羅維氏（D. L. Horowitz）所著《種族認同》（Ethnic Identity）1975版，第111至140頁，以及哈拉爾德·霍爾曼（Harald Haarmann）所著《種族特點的語言：對基本生態學關係的一種考察》（Language in Ethnicity. A View of Basic Ecological Relations）的第二章〈種族裂變和聚變過程中語言的作用〉（the role of language in processes of ethnic fusion and fission），見該書1986年柏林版，第37頁。

類基因的科學研究所証明了的。或分或合，或聚或散，很多種族就因此產生，也有很多種族就因此消亡。有的是自然的推演，也有的是人爲的制作。而在人爲的因素中，語言則是一大手段。比如說歐洲很多的所謂民族國家，其實都是利用建立一種語言，人爲地建立起來的，因此被定義爲「語言國家」（language nations，德語Sprachnationen）❷。一位近年頗受注意的美國學者安德森指出，民族國家的制作實際只是一種想像的過程，換句坦率的話說，只是無中生有罷了❸。另一位專論後殖民主義的學者也指出，通過想像營造民族國家，也是在前殖民地的地區常見的現象。❹

由此可見，那些今天還在利用建立一種語言，兢兢業業或蠅蠅苟苟努力打造小族群意識的人，從歷史的向度來看，也是很有些可憐可疑的，因爲這種努立不僅從歷史來看都是權宜之計，在新的文化全球化過程中也是難以成功的。即使想像成功，也遲早會消亡。

---

❷ 可參考赫・克羅斯（H. Kloss）所撰〈二十世紀種族政策的基本問題〉（Grundfragen der Ethnopolitik im 20. Jahrhundert.），《正確和暴力的語言共性》第七卷（Die Sprachgemeinschaf-ten zwischen Recht and Gewalt. Ethnos, vol. 7.），1969年。

❸ 見本尼迪克・安德森（Benedict Anderson）著《被想像的群體：對民族主義起源和擴張的反思》（Den föreställda gemenskapen. Reblexioner kring nationalismens ursprung och spridning），瑞典戴達洛斯（Daidalos）出版社1996年出的瑞文版。原文爲英文（Imagined Communities. Reflections on the Origin and Spread of Nationalism）1991年版。

❹ 見利拉・甘地(Leela Gandi)所著《後殖民主義理論評述》(Post-colonial Theory, A Critical Introduction）第六章〈想像群體：民族主義的問題〉（Imaging communiyty: the question of nationalism），愛丁堡大學出版社（Edinburgh University Press）1998年版，第102頁。

舉例來說，在曾是丹麥屬國的挪威，長期以來使用的國家語言實際是和丹麥語大同小異的「國語」（riksmål），被挪威人引爲民族驕傲的現代戲劇之父易卜生就是用這種語言寫作的，因此在丹麥人看來易卜生是一位丹麥作家。有強烈民族主義心態的一些挪威人當然想擺脫這種尷尬，希望能建立一種擺脫了丹麥語影響的民族語言，於是，1905 年挪威獨立以後，就有作家根據挪威中部的一種方言制訂了「新挪語」（nynorsk），並經過多年努力，終於在六十年代獲得挪威國會多數通過，也正式成爲一種官方語言。挪威於是成爲世界上罕見的一國使用兩種「民族」語言作爲官方語言的國家，從此，挪威的政府文件、貨幣、郵政、公費學校的教材和圖書館的書等都要有兩種文本，甚至在原有的國家劇院之外建立了專門用「新挪語」演出的國家劇院，徒增了國家一筆巨大開支。然而，原來只是一種方言的「新挪語」始終代替不了「國語」的地位，因爲挪威大部份地區的人並不使用「新挪語」。這種民族主義的努力不僅沒有成功，而且在歐洲新的「聚變」效應的影響下也有些徒勞。由於民族主義情懷，挪威現在還是爲數甚少的一二個拒絕加入歐洲聯盟的西歐國家，但最近的民調顯示，已有半數以上的挪威人改變了立場，不願再被排斥在歐盟之外。

和我的想法不謀而合的是，有些學者認爲，在西方，種族（族群）和語言的發展雖然也存在過「聚變」，比如羅馬化時代拉丁語曾一度對歐洲各地區有過壟斷性的影響，但是，從總體來看，「裂變」是更爲基本的模式，尤其在現代西方，在馬丁·路德的宗教改革以來，在民族解放運動之後，「語言民族」國家興起，情形就更明顯，「聚變」則都是小規模的。今天，歐洲很多國家的所謂「民族語言」其實都是同一種早先的語言「裂變」演化而來的，它們也只不過是同一根系同一枝幹的語言大樹上的分杈而已，借用安德森的話來說，不過是「舊語言，新模式」❺而已。我還記得，過去在大陸，當局稱頌馬克思的偉大，說他會十四種語言，讓人佩服得五體投地。到歐洲實地生活之後，就知道掌握多種語言並非難事。生活在北歐的人都知道，丹麥文、瑞典文和挪威文實際上是相通的，其區別大蓋還沒有北京話和上海話或廣東話的差別那麼大。這些國家的人在一起開會或者在電視上辯論，可以自說自話，卻完全不妨礙交流，構成了國際語言界少有的的風景。

如果籠統地說，西方語言像個不斷分杈的樹系，今天的漢語應像是一個不斷合流的水系。它源遠流長，且源頭很多，方言系統也很多，但文字形式卻早已統一。即使現代又出現了繁簡體之別，但也只是政治操作的結果，實則還是大同小異，稍加調整，仍可歸一。不誇張地說，漢語已是當今世界最古老，覆蓋面最大，使用人口最多而又仍然在被日常使用的活語言。

且不追溯更遠，僅就和西方基督教文化發展平行的過去兩千多年來看，非漢語文化大規模進入漢語地區曾發生多次，先有印度佛教的傳播，有宋代以降北方民族的多次大規模南侵，甚至建立了龐大的元朝和清朝帝國，蒙語或滿語和漢語分庭抗禮，後有現代西方化的衝擊，有文化全球化的波及，但同西方語言相比，漢語生命力之持久，它的族群凝聚力以及親和同化異族異質文化的能力之強大都是非常突出的。在此，我借用大陸作家李銳的話來說，「漢語文

---

❺ 同注❸，第73頁。

化曾經有過多次外族入侵的經歷，也有過魏晉南北朝時期數百年的混亂，有過多少次的改朝換代，可是都沒有能亂了『天下』，沒有能超出漢語文化的回答能力。」❻。確實，我們可以看到，原爲梵文的佛教轉化爲漢語的禪宗，很多原屬阿爾泰語系的北方民族也改用漢語北方方言，而滿語也影響了北方方言，北方方言甚至南侵遠至川黔滇桂地區，成爲今日漢語國語或普通話語音體系的主幹，以及在西方語言影響下再造的現代漢語及其文法語法體系等，這些都是漢語對外來語言的有力回應，也是中國文化有強大「聚變」效應的明証。

如將漢語和拉丁語作一比較，「聚變」和「裂變」之分就更加明顯。拉丁語也和漢語一樣，曾有統一不同族群的工具作用，在歐洲顯赫一時，成爲一種大面積的權威語言。但是，隨著政教分離、宗教改革，隨著民族國家的興起，很多民族根據拉丁語來再造民族語言，換言之，隨著一次次「裂變」，拉丁語出現了很多變種，而其原型則現在差不多已成了一種死語言，除科學家和語言學者之外，不再有常人使用。現在的歐洲中學生幾乎無人再能讀懂拉丁語文獻，甚至今天的法語學生也不再能讀懂數百年前剛從拉丁語發展過來的所謂法語文獻。對比來看，漢語文字則自秦漢以來幾乎不變，當代中國的中學生仍可直接學習閱讀二千多年前的文章，甚至在日常口語和寫作中仍然使用當時的成語熟字，這種情況怎麼能不讓語言學家感到嘆爲觀止呢？

---

❻ 見李銳：〈我對現代漢語的理解——再談語言自覺的意義〉，《今天》，1998年第3期，第190頁。

拉丁語消亡而漢語長存的情形恰好成鮮明對比。其中的原因當然很多，而最重要的是兩者代表的權力不同，語言和權力的關係也不同。拉丁語實際是代表著教權的一種語言，也通過教權來維繫語言自身的存在和發展，當《聖經》被譯成不同民族文字，也就表示教會權力的減弱和分散，或者說一種「裂變」的發展，拉丁語自然就不再有舉足輕重的地位。前述美國學者安德森說，「應該記住，拉丁語在中世紀的西歐達到的普遍程度從來不能和某些普遍化的政治制度相比。形成對比的就是皇權統治下的中國，在那裡官僚的統治和象形文字基本上是結合在一起的，這一對比很說明問題。其實，自從西羅馬帝國崩潰，西歐解體是因爲沒有一個統治者能維持拉丁文的壟斷地位，使它成爲自己獨有的國家語言，因此拉丁文的宗教權威從來沒有在政治上達到相應的地位。」❼顯然，安德森言之有理，漢語自秦代書同文以來實際是代表一種政治權力，它一直是泛政治化的。普天之下，皆爲王土，普天之下，也皆用漢字。

其實，語言之所以能代表一種權力，也因爲語言是一種行使權力的工具。語言的工具作用表現在它的共通性。所以，語言的消長主要是共通性問題。拉丁語是表音文字，它對不同語音的人就沒有共通性，不同族群的人因語音差別形成不同表音文字系統，從而演變爲互不相通的拉丁語族各種文字。而漢字則主要是表義文字，不論漢語言區內的人的方言口音如何，使用的都是同樣的漢字，而字義是有共通性的，可以凝聚不同語音的人，因此它有一種普遍的共通性，可以跨越不同方言區，有「聚變」的效應。大家都讀用漢字

---

❼ 同注❺，第49頁。

來書寫的四書五經，任何一個方言區的人也沒有必要根據方言語音把四書五經寫成不同文字。於是，掌握了漢字，能讀懂四書五經，就能通行全國，也就意味著掌握了一種權力，中國的所謂讀書人或士大夫的地位就是這樣建立起來的。

由於漢語的共通性，相對來說，倒是那些外來文化想在中國發生影響就不得不把自己的經典也譯成漢語漢字，比如佛經和《聖經》都要譯成漢字，而事實上這也意味著向漢語語言權力的屈服，融入中國文化。最初的佛經翻譯者用「道」來表示概念不詳的Dharma，即「法則」或「教義」。而「道」字本是老莊要義，用來表示萬物之極致，也爲儒家所用，用來表示天地之秩序，成爲孔孟之「道」。此外，儒家的術語「孝順」被用來翻譯梵文的Sila，即「道德行爲」。而道家的術語「無爲」被牽強地用來翻譯梵文Nirvana，即「涅槃」。借用這些中國傳統術語來翻譯佛經可能會吸引一些儒道信徒皈依外來的佛教，然而，這些術語同時也成了顛覆佛家教義的工具。❽後來《聖經》的翻譯也不得不借用漢語本身的「道」字來表示其最高教義。用「道」字來論說佛理，論說基督教義，對漢語讀者的文化引導絕不可能純粹引向原詞的所指，必然結合了中國本土儒道文化的因素。所以，雖然看起來這只是語言層面的翻譯問題，而實際上也恰恰是我說的中國文化「聚變」效應在語言層面的應証。

近讀有關唐力權先生「場有哲學」的論著，深受啓發，可從又一哲學角度再証我的中西文化「聚變」「裂變」之別的看法，也可對漢語的共性通性有進一步的哲學的理解。簡單來說，唐先生認爲，

---

❽ 此處參見馬悦然：〈論翻譯家的角色〉，《今天》，1992年第1期，第224頁。

西方傳統哲學一般重視的是「有」（be），而中國傳統哲學重視的是「場」（field）。「有」爲實，是個體，可分可裂，有時間性和空間性，而「場」爲虛，是整體，不可分而只可包容，也無法鎖定其時間和空間。如是，則不僅中西文化「聚變」「裂變」一說不謬，中西語言之別也可以得到進一步的哲學解釋。❾

以「場有哲學」解析中西語言之別，那麼漢語側重的其實是一個「語言場」，而西方語言一般來說重視的是「語言實體」或語言的主體之有或存在，也就是亞里斯多德的簡單化的所謂「主辭——謂辭」兩分法。「語言場」表現的是語言的整體性，「語言場」不但包括了發出和書寫語言者，也總是包括接受語言者，包括了空間和時間。漢語的一切言詞語句都必須在這個「語言場」中才有正解，因此，漢語文字本身可以不區分不固定名動形副等詞的具體形式，一字多義、一字多用現象也遠遠超過西方語言；漢語也不用分別單複數，不用分別陰性陽性，不用分別動詞的時態，不用變格變位，而它的主語常常可以缺席。只要在「場」，語言者自然都明白是單數還是複數，是陰性還是陽性，是甚麼時態甚麼位格，也自然明白主語。事實上，如果像西方語言那樣出現「語言實體」，比如在王維詩「返景入深林，復照青苔上」一句中加上主語，變成「山人返景入深林，月光復照青苔上」，那不僅大煞風景，也破壞原詩之意，破壞了原詩的「語言場」。

---

❾ 請參考唐力權主編：《場與有——中外哲學的比較和融通》第一輯至第5輯，中國社會科學出版社，1994年至1997年。特別參看第三輯中，宋繼杰文〈涵攝、歷程與境界開顯——唐力權場有哲學述評〉，見該輯第190頁。

有的西方語言學家和翻譯家曾把漢語看成是孤立的語言，說漢語沒有同時表示可以「是」又表示「有」的字（be），認爲這是漢語的缺陷。比如馬悅然曾說，漢語無法翻譯中世紀本體論的箴言Deus bonus est, ergo Deus est，因爲句中出現兩次的拉丁語動詞est的原形esse，和英語動詞be或瑞典語動詞vara一樣，既可當聯繫動詞表示「是」，又可當不及物動詞表示「有」或「在」，而「漢語沒有這樣雙重功能的動詞，所以任何想把這種箴言譯成漢語的企圖都注定失敗。」❿馬悅然的論斷從西方「語言實體」的角度來看不無道理，但他可能並沒有想到漢語的「語言場」的「聚變」能力。實際上，在漢語的「語言場」中表示「是」的聯繫動詞是可以隱含的，不必出現的。有「場」即「是」，有「場」即「在」。顯然，我們不用說「東風是無力、百花是凋零」而說「東風無力百花殘」。我們不用把英文I am home譯成「我是在家」而可以譯成「我在家」，不用把英文She is beautiful譯成「她是美」而可以譯成「她美」，如此等等。在此，我願意斗膽把馬氏認爲「譯成漢語注定失敗」的中世紀本體論箴言試譯成漢語「神善故神在」。我不用硬譯成「神是善故神在」，完全可以把「是」字隱去。

近年來，有不少中國學者和作家對文化全球化影響下漢語的前途表示了憂慮，比如前面提到的大陸作家李銳還這樣寫道：「中國文化不但跌入了深淵，而且在西方文化『全球化』的進逼之下，變成了一種『區域文化』，漢語也變成了一種『方言』。儘管現在已經有了『後殖民』理論，有了對於『西方中心主義』的批判，可也

---

❿ 同注❽，第224頁。

還是不能改變漢語作爲『方言』和『區域文化』的次等身份。這不僅僅在於『強勢』和『弱勢』，更在於漢語對於人類現在的『全球一體化』的處境沒能做出有力的回答。落在這樣的文化深淵中，漢語的寫作和言說，常常會是也不得不是一種散落的碎片。」⓫

李銳描繪的這一情景看起來很讓人沮喪，但也確實反映了很多當代漢語作家眞實的焦慮心理。作爲還用漢語進行一些文學創作的作家，也作爲常和海內外漢語作家打交道的《今天》文學雜誌的編輯，我深知海內外很多漢語作家在文化全球化語境中的困擾。同時，我作爲一個從事過中西文學雙向翻譯的譯者，也作爲一個在西方從事漢語教學的教師，作爲一個在漢語作家還從來沒得過的諾貝爾文學獎的故鄉瑞典常住的華裔，我也深能體會漢語在和西方語言交鋒中的許多問題。

首先是地位不平等或關係不平衡的問題。我在〈西方文化的裂變和中國文化的聚變〉一文中已經說明，近代中西方文化關係確實不平等，西方文化處於強勢或高位，這是不用否認的事實。西方語言自然也如此，相對漢語來說處於強勢或高位。從馬建忠《馬氏文通》的問世到漢語拼音的使用，我們可以明顯看到西方語言對漢語的衝擊和影響。我們的現代漢語，其實也是源自西方的現代性在漢語中最突出的呈現。關於現代性的很多詞語，如「主體性」、「個人」、「自我」、「民主」、「民族」、「人權」如此等等，在古代漢語中根本不存在，都是西方現代性概念的轉譯。目前，西方語言的入侵還表現在許多拉丁字母在漢語中的直接使用，比如直接用

---

⓫ 同注❻，第190頁。

IT或GSM等科技術語等。有的人在漢語中夾雜西方語言詞匯的目的很簡單，不是實際需要，而只是用來表示一種權力和身份，不是借用這些詞匯的所指，只是這些詞匯的能指的象徵意義。⓬

由此導致的是現代漢語歐化的問題，或者所謂翻譯體的問題。自 1862 年清政府設立京師同文館，一百多年來被譯成漢語發表的西方著作汗牛充棟，對漢語自身發展的影響自然非常之大，越到晚近越是明顯。五四運動時郭沫若等人創作的自由詩，大陸文革結束後在《今天》雜誌上展露頭角的「朦朧詩派」，至少在語言形式上都是模彷翻譯成漢語的西方浪漫派或現代派詩歌。《今天》詩人北島和顧城都曾經撰文坦承他們受到翻譯文體的影響，也因此才可以擺脫大陸官方話語的束縛嚴控，另闢蹊徑。其實，現在我們每個人寫的文章和說的日常口語，多少都會有歐化的痕跡。舉例來說，我這篇文章中大量使用的「的」字，大多是歐化的一個結果。但這種歐化不是沒有意義的，它能凸顯「語言實體」，有了「的」字的使用，我們就可以區分「臺灣大學」和「臺灣的大學」有甚麼不同。歐化也是漢語「聚變」效應的一種不可避免的產物。

不過，在今天，人們一說到語言歐化，往往是帶著貶義，暗指傳統漢語文化身份的喪失和一種文體的弊病。可見，翻譯體的影響也是正面負面兼而有之，正如譯作也有出色和蹩腳之分，蹩腳譯作往往還佔更大比例。而甚麼是正面影響，甚麼是負面影響，完全在於歐化的「度」。適「度」的歐化，可能豐富漢語，可能是他山之

---

⓬ 關於外語的這種身份作用，可參考哈拉爾德・霍爾曼著《外國語的象徵價值》（Symbolic Values of Foreign Language），1988年柏林版。

石可以攻玉，而過「度」的歐化，可能是不倫不類，東施效顰，是崇洋媚外趨炎附勢。最近香港《明報月刊》登載了金聖華先生文章，專門談到譯文體對現代中文的負面影響。他所批評的句子，幾乎全是過「度」歐化的範例。⓭當然，甚麼是適「度」，仍是可爭議的問題，沒有絕對標準。

相對來說，漢語對西方語言的影響則幾乎等於零。查遍英文字典，大概也只有Kowtow「磕頭」或china「瓷器」等微乎其微的幾個詞能顯出漢語的色彩。雖然漢語是聯合國的工作語言之一，但在很多國際性學術會議上，漢語也不能成爲正式語言，因爲多數西方人不懂漢語。大陸作家韓少功在其散文〈世界〉中特別提到他在巴黎參加一個關於漢語文學的會議，一個臺灣代表也來發言，這位代表明知在座的差不多都懂漢語，卻堅持用法語發言，這讓不懂法語的韓少功不僅尷尬和憤怒，斥責此代表的崇洋媚外，也由此感到在這個「世界」上漢語地位的屈辱。⓮

中西語言的不平等關係還表現在雙方語言文學的對話和交流方面。西方文學被翻譯成漢語的數量和漢語文學被翻成西語的數量是不成比例的，其傳播和影響更差距懸殊。例如，今天稍有修養的中國人都知道莎氏比亞，然而西方人又有幾人能知道和莎氏比亞同年出生且有相似成就的中國偉大劇作家湯顯祖。莎氏的全集已有了多個漢語的譯本，也常常有劇作上演，而湯顯祖的劇作只有個別劇作

---

⓭ 見金聖華：〈「活水」還是「泥淖」？——譯文體對現代中文的影響〉，載《明報月刊》2000年第3期第57頁。

⓮ 見韓少功：〈世界〉，原載《十月》文學雙月刊，1991年第10期，北京。後收入散文集《世界》，湖南文藝出版社1996年。

被譯成西方語言，上演次數寥寥可數。我們還可以用卡夫卡和差不多同時代的漢語作家魯迅爲例。卡夫卡現在差不多成了世界現代主義文學的一個座標，也是一個標籤，研究卡夫卡的書也已數量可觀，而文學成就旗鼓相當的魯迅在世界文壇幾乎還是無足輕重的人物。一個中國大陸作家的寫作一旦有了類似卡夫卡的風格，就被批評界說成中國的卡夫卡，而西方誰又會說哪個作家受過魯迅作品的薰陶？同樣的例子還不勝枚舉，不用在此一一說明了。

如何能使漢語文學在世界文學中獲得應有尊重，贏得和西方語言文學同樣的榮耀和影響，比如說也獲得諾貝爾文學獎，已經是一個讓漢語作家越來越關注甚至焦慮的問題了。而事實証明，這種焦慮也會影響漢語本身的發展。漢語作家似乎越來越在乎自己作品的翻譯，有的甚至在漢語原作的創作中就開始考慮到翻譯的因素。我作爲《今天》文學雜誌的編輯曾有這樣一段親身經歷：一個詩人給我打電話，要我把他即將在《今天》發表的一首詩作中的「選」字改成「選舉」；我當時有些好奇，問他爲甚麼這麼改，他說，據他所知，「選」字如果翻譯成英文有三種可能：select「挑選」，choose「選擇」和elect「選舉」，而他要表達的意思是elect「選舉」，一個更具政治涵義的詞，爲了不使譯者誤譯，所以他要把漢語原文改得更明確一些；我當時聽了就有些喫驚，因爲傳統的漢語詩作，一字一音都有講究，都會影響到詩的韻律和節奏，絕不可能隨意添加一字。然而，我們今天的漢語詩歌作者卻可以因爲翻譯的原因而改變原作，顯而易見，譯本如何已成了他在創作中考慮的因素。

然而，可能正是這種對譯本的關注，這種想獲得世界承認的焦慮，反而妨礙了一些漢語作家寫出眞正優秀的作品。哈佛大學漢學教授斯蒂芬·歐文曾在一篇頗引起爭議的文章中說，很多當代漢語作家有一種想獲得全球影響的焦慮，當這個全球仍在西方文化霸權控制之下時，這些作家錯把世界的承認就看成西方的承認，會自覺或不自覺地按西方的模式創作，於是他們的作品常常成了西方文學的中國翻版，讀起來就讓人聯想到西方文學自己的作品。⓯愛丁堡大學東亞系教授杜博妮也認爲，上世紀的中國文學大都平庸之作，是因爲作家常常模仿西方文學作品，毫無原創性。⓰另一位瑞典文學批評家格萊德在評論一位《今天》詩人時也提到，他讀這個詩人的譯成西方語言的作品，就像看到一輛原來在西方發明生產的自行車，現在又被中國詩人複製了一遍，雖然製作得精巧，但還是複製品。⓱有很多漢語作家對上述的這些批評不以爲然，認爲這些批評本身是一種西方中心主義和文化霸權的體現：一種以我爲主踞高臨

---

⓯ 見斯蒂芬·歐文（Stephen Owen）：〈甚麼是世界詩？——全球影響的焦慮〉（What Is World Literature? The Anxiety of Global Influence），原載美國《新共和》雜誌（The New Republic），1990年11月號第19期，第28至32頁。中譯文後載《傾向》文學季刊，1992年第3期。

⓰ 見杜博妮（Bonnie S. McDougall）：〈外在影響的焦慮——創造性、歷史和後現代性〉（The Anxiety of Out-fluence: Creativity, History and Postmodernity），載《內象外顯——中國文學文化的現代主義和後現代主義》(Inside Out-Modernism and Postmodernism in Chinese Lit-erary Culture)，溫迪·拉申（Wendy Larson）和魏安妮（Anne Wedell-Wedellsborg）合編，丹麥奧爾胡斯大學出版社（Aarhus University Press），1993年版，第99頁。

⓱ 見約然·格萊德（Göran Greider）：〈甚麼樣的自行車？〉，陳邁平譯，載《今天》，1990年第1期。原文爲英文，爲作者在1990年《今天》編輯部和斯德哥爾摩大學中文系聯合舉辦的《中國作家在海外》研討會上的發言。

下的評判姿態。⑱我倒覺得這些批評都有其道理，也反映了西方學者對翻譯成西方語言的漢語作品的一種普遍立場。他們不希望看到自身文學的複製品，而希望看到漢語文學的獨特和不同之處，是和他們的文化「自我認同」相區別的「他者」。

然而，把漢語文學在世界上缺少影響和平等地位單純歸因於西方語言霸權的蠻橫地壓制，其實還是一種誤解。因爲這種狀況是我在〈西方文化的裂變和中國文化的聚變〉一文中談到的文化單向流動性決定的，就好比水總是從高處向低處流，一般來說不會從低處往高處流。一條河的上游可影響下游，而下游卻不容易影響上游。就流水來說是自然現象，就文化來說是本質作用，並非人爲的導向和別有用心的壓制。中西語言間的複雜關係也要從這個角度來看。簡單來說，就是西方語言和漢語之間也有一種單向流動的關係，雙方之間的可流通性差別很大，通約可能很小。處在高位和「裂變」態的西方語言對漢語有壓迫性和可流通性，處在低位和「聚變」態的漢語對西方語言缺少壓迫性和可流通性。西方語言容易譯成很好的漢語，而漢語難以譯成很好的西方語言。換言之，「語言實體」可以比較容易地轉化成「語言場」，而「語言場」難以轉化成「語言實體」。顯然，我們在翻譯西方文學時可以按照現代漢語保留主語、語態時態、單數複數等，從而完整地保留「語言實體」，也可

---

⑱ 關於對歐文文章的反駁，可參考奚密：〈差異的焦慮，一個回響〉，載《今天》，1991年第1期，第96頁。安德魯·瓊斯（Andrew F. Jones）也討論過對歐文文章的反映，見：〈世借文學交換中的中國文學〉，李點譯，載《今天》，1994年第3期，第88頁。

以很容易按照傳統漢語習慣省略主語、語態時態、單數複數等等，從而創造出「語言場」的效果，而西方語言在翻譯漢語作品時卻幾乎無法保留漢語「語言場」的特點。諾貝爾文學獎評委馬悅然在解釋爲甚麼至今沒有中國作家得獎時曾說，中國不是沒有好的作家和好的作品，但是一直沒有好的翻譯，這實際上也是一種誠懇的解釋。我只想補充說，以我這些年的翻譯經驗來看，這不光是沒有好的翻譯，也是不可能有好的翻譯。很多優秀的漢語文學作品，翻成西方文字後就失去了漢語原作的美感。這讓人遺憾，但又是我們不得不面對的事實。

儘管如此，我們完全不必爲此沮喪，就像大海不必因爲自己不會流向高山而沮喪。因爲漢語是「聚變」態而不是「裂變」態的，它有接受性而沒有進攻性，它並不會也不應該去征服世界，不會攪得洪水滔天、水漫金山。但它自身也不會乾涸、不會枯竭、不會被征服，它只會不斷豐富，不斷有新的發展。它是柔不能變剛但它能以柔克剛、剛柔相濟。回顧近百年漢語的發展歷史，其變化已足可証明這一點。從上世紀初梁啓超等人的半文不白的新小說，到五四時期的白話文運動，到三四十年代革命的大眾文化的勃興甚至氾濫，並在大陸文化革命中形成了統治一切的毛文體，而最後毛文體又在世紀末的市場經濟中土崩瓦解，如此等等，漢語變數可謂大矣。它不斷地吐故納新，不斷地接受新的資源，通過一次次「聚變」發展自己。所謂毛文體，實際是西方馬克思主義列寧主義教條和中國平民大眾化語言「聚變」的產物，把一種現代意識形態通過老百姓通俗易懂的語言灌輸到社會各個階層。[19]「翻身鬧革命」、「解放」、「推翻三座大山」、「打倒×××」、「×××萬歲」，共產黨就是依靠這種婦孺皆知的語言掌握了權力，打敗了尊孔讀經以文言治國的國民黨。以個人的淺見，毛澤東的革命的勝利，與其說是軍事的勝利，不如說是語言的勝利。而毛澤東文化革命的最後失敗，也是因爲毛文體缺乏現代性，所以鄧小平也不得不用另一種更實際的「黑貓白貓」語言來取代毛文體。但八十年代大陸改革開放的結果不是鄧小平的一言堂，而是各種不同的聲音出現，各種語言競相合唱，形成了世紀之交漢語「聚變」的新的可能、新的「語言場」。

漢語工作者和漢語作家們應該焦慮的問題，其實不是漢語會不會被西方語言霸權扼殺，不是漢語能不能獲得世界承認，而是漢語自身在新的「聚變」中能不能再生、能不能「涅槃」。最重要的問題根本不是抵抗，在西方語言和漢語之間再劃上界限，也不是去占領高地稱霸世界，而是如何做好漢語自身的清理工作，是金聖華所說的使漢語成爲「活水」還是「死淖」問題。因爲「語言場」也不是萬能的，「語言場」可能像一個物理磁場那樣強大且能吐故納新，也會堆滿文化垃圾，成爲一個藏垢納污之所。正如現在的江河給大海帶來的不光是水源，也是更多的泥沙、更多的污染。如果我們不能清除這種污染，那我們這些在漢語大海裡游蕩的魚類才眞正岌岌可危呢！

---

[19] 關於毛文體，可參考李陀：〈汪曾祺和現代漢語寫作——兼談毛文體〉，載《今天》，1997年第4期，第1頁。

# 中國語文與中國人的思想特質

連清吉*

## 摘　要

六書皆造字法。象形是具體物象的描寫，指事是抽象概念的形體化，會意是文字的組合，形聲是形符和聲符的組合，假借是文字的借用，轉注是本義的再生。

比較同屬於「文」的象形和指事，象形文字的字數遠多於指事，即具體事物描寫的文字多於概念形體化的文字，可以說古人於具體物象的表現能力遠超過表達抽象概念的能力。至於此一現象或許也可解釋爲理性主義之思惟方式下的產物。

屬於「字」的會意、形聲爲數較多。特別是形聲字更多，大概是其他形體文字的總合。就中國文字發展而言，

*　日本長崎大學環境科學部副教授

頻繁將象形、指事文字用組合、借用或再生等方法，創造出新的文字，即在既存的典型上，加以整合而製造新的事物。可以說古人未必有創新的發明能力；卻具有在既存事物上加工而轉精出新的能力。至於此一現象或許也可解釋爲中國人尊重典型的思想性格。

中國語有單音節語、孤立語，文法不發達的特質。此特質也在中國的社會結構及中國人的性格上有所反映。中國人所關心的不是社會和國家；是個人和家族。至於具有強烈個人意志，崇尚自由悠遊而不受拘束之自由主義，則是中國人性格的特徵。

從中國語文所反映出中國人理性主義、尊重典型、自由主義的思想特質，也表現在中國文學上。如文學素材以日常生活經驗爲多，是理性主義的象徵；以《詩經》、《楚辭》爲詩賦的源流，尊崇杜甫爲詩聖，「文必秦漢、詩必盛唐」的文學主張，則是典型在夙昔的陳述。至於田園山水的寄懷，性靈神韻的主張，則是超越世俗拘限的表現。

## 一、六書皆造字之法

中國文字的結構，古有「六書」之說。《周禮・地官・保氏》的鄭司農注曰：「象形、會意、轉注、處事、假借、諧聲」。《漢書・藝文志》曰：「象形、象事、象意、象聲、轉注、假借」。許慎《說文解字・序》則曰：「指事、象形、形聲、會意、轉注、假借」。六書的名稱與順序雖然有異，其所指的大抵相同。至於六書的界定，根據〈說文序〉的解釋則是：「指事者，視而可識，察而見意，上下是也。象形者，畫成其物，隨體詰詘，日月是也。形聲者，以事爲名，取譬相成，江河是也。會意者，比類合誼，以見指撝，武信是也。轉注者，建類一首，同意相受，考老是也。假借者，本無其字，依聲託事，令長是也。」即象形是像繪畫似的，將具體的物體畫成文字；指事則是抽象的、概念的普遍化，乃以點或線表達事物的性質，二者可以說是最基本的造字方法，即「文」。至於形聲以下的四種，則是據「文」而孳乳的「字」。所謂形聲的「事」，是指其所屬的範疇，即形符；「譬」則是假借其他的文字以爲聲符，組合這兩種成文，創造出新義的文字。會意則是組合二、三個文字而形成新的文字。轉注是以意符爲主的文字系列，即以文字的部類統攝相關的文字。❶至於假借則是有音無字，乃借用同音而既已存在的文字來表達其字義。

在六書的解釋上，於象形、指事、會意、形聲的界定殆無甚大的差異；但是對於假借、轉注的解釋則是眾說紛紜。例如清許宗彥提出部首說，即先設定部首，再以部首配置其他「初文」而組合爲數甚多的新的文字，此類文字於意義上皆有關聯。江永則提出引伸說，其以本義的展轉引伸而產多義的爲轉注；無引伸關係而皆爲音韻之假借者爲假借。戴震則以異名同義的文字相互爲訓而主張互訓說。日本京都帝國大學中國文學研究所教授狩野直喜則提出部首互訓說，即以部首共通者，其意義亦有相通，謂之轉注。

---

❶ 以轉注爲文字系列的主張，參白川靜《漢字の世界1》（頁21，東洋文庫281，平凡社，1976年1月）

在六書構造上的主張，大抵以象形、指事、會意、形聲爲創造文字的基本方法，轉注、假借則是文字的活用法，即所謂「四體二用」❷之說。但是日本立命館大學教授白川靜則根據《漢書．藝文志》所載的「六書皆造字之本也」而主張六書皆造字之法。轉注爲意符系列化的造字法，如「各」爲神靈降臨之義，凡以「各」爲意符的文字一皆有祈神賜福的意思，如格、恪、客即是。至於假借則是音符系列化的造字法，即假借有音無字者，借用同音而既已存在的文字，以行其字義。如「我」的本義爲「鋸」借用以行「人稱代名詞」之義。「無」爲「舞」的初文，借用爲「否定詞」。

白川靜以爲假借是根據音符的文字系列，轉注則是字義的文字系列。實則二者有借用與歸還的關係，即假借是有音無字者，借用音韻相近的文字而行其字義，轉注則是重新創造文字以再生其久假不歸的本義。換句話說假借是以借用，轉注則是以再生的方法而造字的。例如

一、云（A）→ 云曰之「云」（B）→ 雲（C）

二、或（A）→ 某（B）→域（C）

三、由（A）→ 由來之「由」（B）→ 油（C）

四、亦（A）→ 亦又之「亦」（B）→ 奕（C）→ 神采奕奕（B）→ 腋（C）

---

❷ 「四體二用」爲戴東原所主張的。狩野直喜的部首互訓說，見於其《支那文學史》（頁18-23，みすず書房，1970年6月）白川靜於假借、轉注的解說，見於所著《漢字の世界1》（頁21-22，東洋文庫281，平凡社，1976年）《字統》（頁4，平凡社，1994年3月）。又六書皆造字之法的主張，魯實先的《轉注新義》亦敘述及之。

（A）爲本義，（B）爲假借他用之義，（C）爲再生、即轉注而生的文字。一、「云」的本義爲「雲」，被借用而行「云曰」之義，乃再造「雲」字以行「云」的本義。「云曰」的借用，是由於音韻的關係，「雲」字以再生「云」本義的，則是「形」「聲」的關係。二、三之假借與轉注的情形亦然。至於四、「亦」到「腋」的是「亦」的本義是「腋」，被借用爲亦又之義，而造「奕」字以行「腋」之義。其後「奕」字再被假借爲神采奕奕之義，乃再造「腋」字以行「亦」的本義。

綜上所述，象形是具體物象的描寫，指事是抽象概念的形體化，會意是文字形符的組合，形聲則是形符與聲符的組合，假借是文字的借用，轉注則本義的再生，故可以說六書皆造字之法。

# 二、從六書的孳乳看中國人思惟的形成過程

文字的形成經緯，根據許慎《說文解字·序》說：「倉頡之初作書，蓋依類象形，故謂之文。其後形聲相益，即謂之字。文者物象之本，字者言孳乳而寖多也。」描寫事物形體的是「文」，即初文；組合初文，增益音韻而滋生的是「字」。就六書而言，「象形」與「指事」是初文；「會意」、「形聲」、「假借」、「轉注」則是孳乳而生的「字」。分析六書的內容，「象形」是生活環境中，天地自然之存在物象的具體描寫，如

㈠亦、尢、牙、頁、肩、口、見、交

㈡日、月、雨、云、虫、魚、象、烏

㈢囧、耒、舟、臼、午

㈣鬼、異、畏.壺、巳、豈、角

㈤王、干、戈、兵、弓、軍

㈠是與人的肢體與行爲有關的，㈡是描寫自然萬物的，㈢是日常生活用品之類的，㈣是與祭典、儀式及其道具有關的，㈤是表現戰爭與權利的。再就文字的結構而言，雖有「亦、牙、口、日、月、云、虫、魚、巳、角、王、戈、瓜、衣、行」之「獨體象形」；「頁、肩、見、異、畏、壺、果」之「合體象形」；「尢、交」之「變形象形文字」的區別，大抵皆爲單純的記號或繪畫以表現具體物形的文字。《易．繫辭傳下》所說的：「古者包羲氏之王天下也，仰則觀象於天，俯則觀法於地，觀鳥獸之文與地之宜，近取諸身，遠取諸物」，不但說明了象形文字的特徵，也敘述著象形文字是中國文字的原型。

指事是抽象概念的文字化。唯指事所使用的符號，卻有意識疏通而達成共識的軌跡可尋。例如「一、二、三、四、十、上、下、本、末」等，是用點、線等符號來表現抽象概念，而此符號之成爲共通的文字，乃說明古代中國人在符號使用以表現抽象概念上有共同的意識。換句話說指事的形成，是以記號表達意象，由於記號具有普遍化，乃成爲通行的文字，此普遍而通行的形成，即意味著思惟上有了共同的意識存在。❸

從文字發展的過程來說，指事比象形的構造較爲複雜，文字所表示的思考方法也較爲進步。換句話說象形逼眞地顯現物體原來的

---

❸ 同前註，白川靜《字統》頁13。

形貌；指事則是表達事物的文字，抽象概念的居多。雖然如此，就六書而言，象形與指事依然是單純的圖像、符號的文字化，畢竟還是獨體的初文。再從文字構造的發展過程來說，象形與指事是文字形成的第一階段而已。

會意是象形或指事的兩個或兩個以上的形（形符）、意（意符）組合而成的。形或意的組合，則含有複數構造之組織化的意識。如「臭」是「自」與「犬」的組合，取義於鼻與犬之敏銳的嗅覺。又如「豫」是「予」與「象」的組成，予是引伸，象鼻最長，故有猶豫延長之義。由此可知會意文字的組合，顯示出古代中國人有豐富的聯想力。❹

再者意符的組合，即以部首而統攝的字群，則蘊含有文字系列之分野意識。因此，會意可以說是文字構造的第二階段。

形聲與會意同爲複數初文組合而成的文字，唯會意是意符結構；而形聲則是形（形符）與聲（聲符、或有意義的聲符）的組合。再者，部分的會意文字是以分野意識而構成的部首字群；形聲則是形符分野與聲符分野的再組成的文字系列。換句話說形聲是超越形符之固定分野的概念，以形符與聲符之不同分野而進行文字的重新組合。因此，以跨越兩個領域的意識而創造出來的形聲，可以說是文字構造的第三階段。

會意與形聲是既已存在的初文的組合，假借則是爲了有音無字者的文字化而進行的文字的借用，轉注是被借用的文字的本義的再生。換句話說假借是無而生有，轉注是本字久假的復歸，無論是借

---

❹ 藤堂明保《漢語と日本語》（秀英出版社，1992年3月），頁26-34。

用或再生，都是抽象意念的運作與表現。再就文字結構而言，形聲是音韻關係的文字借用，轉注則是根據初文（root）的文字系列。因此，可以說假借與轉注是綜合文字分野意識與字群組織性而產生的文字，也顯示出古代中國人之總合性能力，爲文字構造的最終階段。

以六書的文字構造表現中國人思惟的形成過程，大抵如是：

象形·指事（第一階段）

具體的形體→素樸

抽象的記號→抽象的概念

會意（第二階段）

文字組合→複數構造（組織意識）

特殊組合→聯想力

字群→分野（分類）意識

形聲（第三階段）

文字組合→複數構造

聲符與形符的組合→固定化野意識的超越（再構造意識）

假借·轉注（最終階段）

借用、再生→再創造

部首之文字系列→組織化意識（總合性能力的象徵）

## 三、從六書的孳乳看中國人思想的特質

### 甲、由「具象描寫優於抽象思考」的現象說中國人有重視現實的性格

六書的字數如下表。❺

| | 六書略 | 高本漢《漢文經緯》(Chinesische Grammatik) |
|---|---|---|
| 象形 | 608 | 608 |
| 指事 | 107 | 107 |
| 會意 | 740 | 740 |
| 聲形 | 21810 | 21810 |
| 轉注 | | 372 |
| 假借 | | 598 |

初文之象形與指事的字數相比，象形的字數約爲指事的六倍。如上所述《易·繫辭傳下》所載「近取諸身，遠取諸物」的敘述與文字創造形成的經緯有密接的關聯。其所謂的「取諸身」，即取象於日常生活周遭具體物象，至於「取諸物」則是抽象事物的普遍化。就行諸文字的字數而言，具體物象描寫的初文遠比概念形狀化的爲多。由此看來，古代中國人於具體物象的表現能力甚強；但是於抽象概念的表達能力則較爲欠缺，此一性格則成爲中國人思想事物而重視現實的特質。

一般而言，中國人是經常從現實的角度來觀察事物，思考問題

❺ 《大漢和辭典》卷二〈六書〉（大修館書店，1986年9月修訂。），頁63；「高本漢《漢文經緯》（Chinesische Grammatik）」的語譯，乃根據鹽谷溫《中國文學概論》（講談社學術文庫607，1991年8月），頁18。

的民族。中國人未必擅長於理論的創立和抽象性的思惟；但是對於現實生活和人生問題的反應卻極爲靈敏，而且在解決現實問題時，也發揮了人類最大的才能，頗能提出完備周衍的方法。因此，可以說中國人的思想特質是現實理性主義。❻

中國人性格的特色是對政治的強烈關心與對社會的責任感，此一性格的根源在於儒家思想。所謂「修己治人」，即政治與道德的學問乃是中國人社會最現實的問題。「修己」與「治人」非分別爲二而了無相涉；是以道德爲中心而形成的「內聖外王」的究極。如《孟子·離婁上》篇的「天下之本在國，國之本在家，家之本在身」，《大學》的「格物、致知、誠意、正心、修身、齊家、治國、平天下」，都是由「內聖」而「外王」的體現。此以道德爲中心而窮究人之所以爲人之究極理想的陳述，足以說明儒家思想所重視的乃是現實人生的問題，而《論語》的主旨亦在於是。孔子雖未必無視人如何而誕生，死後又如何的問題；卻未曾深入地探索其究竟。其以「未能事人，焉能事鬼。未知生，焉知死」（〈先進〉篇）而回答子路「事鬼神」的質問，可以窺知孔子面對神秘不可知或不能用理性判斷的問題時，乃抱持著避免正面答問的態度。至於「自然」一詞，《論語》也極少敘述及之，《論語》全篇有五百多章，提及自然的，只有十章而已，可見孔子並不重視自然界的景物或理則。雖然如此，相反地，這正可以說明孔子所關懷的是現實社會的人生問題。從各角度深入探討人在社會所宜扮演的角色，及對社會所擔負的責任，

---

❻ 金谷治〈儒教の現實主義〉（《中國思想を考える》，中公新書，1993年3月），頁31。

則是《論語》思想的特色。此一思想特色正反映出中國人對日常生活的現實問題有強烈關心的性格。

二十世紀八十年代以來，由於東亞經濟蓬勃發展，儒家思想與現代資本主義有密接關連，即所謂儒學現代的意義的問題，成爲近年學術界的重要話題。對於儒家思想重新省察的結果，一般以爲儒家思想非但不是封建倫理的代表，相反的，其影響所及卻極爲深遠，而最有益於今日世界的是「儒家的合理主義」。❼

所謂理性主義，是以人之理性爲中心而展開合乎邏輯性必然性之思惟的理論。一般以爲理性主義是歐美的產物，東方則不甚發達，特別是近代科學理性主義，東方就根本未曾萌芽。雖然如此，並不能因此而以爲東方就沒有理性主義的傳統。近年以來，所謂孔子思想有掃除神秘色彩，強調理性的傾向，則成爲普遍性的共識。如貝塚茂樹的《孔子》（1951年5月，岩波新書）、吉川幸次郎的《中國的智慧》（《中國の知恵》，1958年，新潮社）即是其代表性的著作。孔子確實有強烈的理性主義的傾向，再就中國二千五百年前的情勢而言，孔子的理性主義則具有特殊的性質。如《論語・爲政篇》的：

由，誨汝知之乎？知之為知之、不知為不知，是知也。

即是。所謂「知之」是認知作用，即一般所說的人的理性思惟。至於「知之爲知之、不知爲不知」則是明確地解釋了理性思惟的所指，換句話說「知之爲知之、不知爲不知」是理性主義的根本原則。至

❼ 金谷治「儒家的合理主義」，同前註，頁61。金谷治所謂的「儒家的合理主義」是指儒家重視現實問題的理性主義。

於如何而能「知之」，則是通過「下學」以「上達」的鍛鍊而達成的。孔子說：「多聞闕疑、慎言其餘、則寡尤。多見闕殆、慎行其餘、則寡悔。」（同上）即廣博見聞而做理性的判斷，排除疑惑不安或曖昧不明，擇取確當鑿實的而做為自身言行的根據，乃能無怨無悔。如此審慎地區別知與不知，進而從事理性的判斷，則是理性主義的基本態度。由此可知儒家由學而知的進程，乃是積累理性的認知與判斷而究明眞實的理性思惟的過程。至於儒家認知作用與表現爲何，則由《論語・雍也》所載孔子與門人樊遲的答問，可以窺知一二：

樊遲問知。子曰：「務民之義，敬鬼神而遠之，可謂知矣。」

朱注曰：「專用力於人道之所宜，而不惑於鬼神之不可知。知者之事也。」即盡己之所能於吾人所宜行的事；至於鬼神或神怪等神秘不可知的存在則敬而遠之。「務民之義」的重視，是人之所以爲人之現實問題的究極；「敬鬼神而遠之」之「敬遠」是愼重地處理神靈存在的問題。畢竟在春秋末期的時代，孔子自不能完全抹殺神靈的存在，基於對現實存在的尊重，故愼重其事而敬遠之。故孔子之「敬遠」，乃是考慮當時現實存在的現象而做的理性叙述，或可稱之爲是一種合於時宜的理性主義。

《論語》有關人的生存方式和政治社會的理想形態的內容隨處可見，可知孔子所關懷的是現實社會的人生問題。此與其理性認知的學問態度有密切的關聯，而理性認知的重視也成爲中國儒學的傳統。此一理性認知的思想傳統亦反映在中國文學上，即中國文學作品的題材大抵以政治社會與吾人日常生活爲主。再就文藝作品的數量而言，中國文學於記述社會事實的詩文爲數甚多；但是運用想像力之神話與小說則較少。現代的文藝作品亦然，例如小說的創作，雖然比往昔多了，但是在內容上，依然以反映現實的爲多，富有想像性的推理小說則甚少。對於中國文學的此一特質，吉川幸次郎說：

> 中國文學不重虛構而尊重日常實際存在的經驗，散文以敘述、詩以敘情為主流。……此一現象未必見於其他國家的文學。……由於中國文學繼承並發展中華文化之尊重人之日常生活的性質，故無論詩或散文皆不以虛構為文學創作的任務，而以吾人日常的經驗思考吾人存在的普遍問題，則是中國文學最大的特質。❽

由於中國人重視現實，即徹底地以人爲中心之性格的影響，無論是文字的創造或文學的表現，大抵是以吾人日常生活爲素材的居多。

關於唐代中葉，經過宋元而到明清的將近千年間的文學發展，吉川幸次郎說：

> 由於文學的關心傾向於現實的人間社會，因此文學的體裁也由以詩為主而轉型至為以散文為主的時期。又由於強烈追究事實的反動，而促成虛構文學的產生。……在宋代依然如伏流存在的戲曲，到了十三世紀的元朝，則發展成「雜劇」，而歷來為文學所忽視的庶民階層的生活和感情則被發揮得淋漓盡緻。……宋代的話本小說，至

❽ 見〈中國文學の性質〉，《中國文學入門》(講談社學術文庫23，1992年5月），頁109-119。

> 十四世紀的明初，出現《水滸傳》、《三國演義》，十六世紀的明代中葉有《西遊記》，至同世紀末的《金瓶梅》則已不再是講談筆錄的形式，十八世紀的清朝的《紅樓夢》，則是自覺的以虛構而探究吾人存在的代表作。❾

由於社會形態的轉型，一般庶民的言動取得了文學體裁的市民權，在文體的選擇上，則以散文比詩較為適宜反映庶民生活和思想，故散文成為中國文學的主流，小說也因此得以在中國文學史上登場。至於虛構性質的文學創作，則意味著反動思想的產生與想像空間的擴大。雖然如此，吉川幸次郎說：中國文學到底是以人間社會的事實為中心，虛構的戲曲、傳奇、小說的數量體畢竟少數，而發生的時期也甚遲。可以說中國人尊重日常實在經驗的性格，也反映在文學作品的創造上。❿

## 乙、由「字多於文」說中國人有尊重典型的傾向

由上述的六書字數表，可以看出「字」的字數遠多於「文」，特別是形聲的字數更多，約為其他的總合。即中國文字的創造過程中，大抵是根據既已存在的初文：即象形、指事，而頻繁地進行組合、借用和再生，以創造新的文字。由此現象可以說中國人有尊重典型的傾向，即在既有的典型之上，下工夫而衍生孳乳。換句話說，與其創新，寧尊重典型，是中國人性格的特質。在人格的養成上，所謂「聖人」，是道德修養的究極理想，而「典型在夙昔」，即意

---

❾ 〈中國文學の四時期〉，同前註，頁101-108。

❿ 〈一つの中國文學史〉，同前註，頁82-83。

味著以古代聖賢的行儀為人生在世的典範。此一尊重典型的傾向亦見於思想傳承與文學創作上。宋明儒學，即以發揮孔孟儒學的眞義為依歸，而展開理學與心學的新局面。魏晉玄學則以老莊為其思想源流之一。貝塚茂樹說戰國諸子的思想不但皆有獨創性，也居於中國思想史上開山始祖的地位，故「戰國時代是中國思想史的黃金時代」⑪。換句話說，中國的思想傳承是以先秦諸子為典型而展開的。至於經學歷史亦然，經書大抵形成於戰國時代，經兩漢經注、唐代正義而有清朝考證學的發展。

在中國文學的文體方面，詩雖大成於盛唐，然四言詩蓋源於《詩經》，五、七言與樂府的形式，大抵見於漢代。絕句、律詩的近體詩雖亦隆盛於唐代，魏晉南北朝時，即有對句之法、音韻之學，平仄的格調亦略具雛形，至唐而詩法益形嚴密，詩的形式底定，詩的面目一新。散文的發展亦復如此，唐宋古文家固然有「文以載道」、「文以明道」的提倡以振興八代之衰微；在行文的體裁上，則以秦漢的散文為宗尚，故八大家的古文頗有先秦諸子的神韻，如蘇洵取法《戰國策》的縱橫奇策而長於論辯，蘇軾有《莊子》豪邁飄逸的風格，王安石則有《韓非子》壁壘森嚴的格局。至於黃山谷江西詩派的「換骨奪胎」，李攀龍的「文必秦漢，詩必盛唐」，更是尊重典型以創作詩文的典型論說。

綜上所述，典型的尊重，即重視既有存在學說或行為，然後於表現方法上推敲琢磨，以進行新的開展，乃是中國人創造性根源的

---

⑪ 《諸子百家》（岩波新書，1987年4月），頁1。

所在。⓬

# 四、結語

在心爲志，發言爲詩，思想是人類心靈的鼓動，語言是傳達思想的工具，而語言的結晶是詩詞歌賦，其昇華則是理論體系。相傳伏羲氏創作八卦，結繩記事，是中國文字的雛型。至於其所根據以製作的文與字，則如《易·繫辭傳下》所說的：「古者包羲氏之王天下也，仰則觀象於天，俯則觀法於地，觀鳥獸之文與地之宜，近取諸身，遠取諸物。於是始作八卦，以通神明之德，以類萬物之情。」即取象於自然界的天文與地理，而通達人間社會的事物情理。換句話說，文字的創作固然取法於天地自然，而中國人思惟的基本特質之一的「對」的思想也是得自於天地萬物而產生的智慧。天地、日月、陰陽、上下、左右等宇宙諸現象自然成對，而中國思想主流的儒家與道家也是相對的存在。現實人生的問題，即吾人如何善美地生存於人間世界，固然是儒家思想與道家思想共同的關懷，但是儒

---

⓬ 吉川幸次郎以爲尊重典型是中國文學的特色之一。至於形成尊重典型的原因，是由於中國特有的地理環境與社會環境。中國幅員廣大，在與外國文學接觸之前，中國的思想、文學已經相當發達，只要尚古繼往，就能有新的開展而無需外求發展。科舉制度也是推動典型主義形成的一大助力。就典型尊重的事例而言，杜甫之所以被稱爲「詩聖」，除了杜詩、特別是近體詩格律爲後世詩人所取法以外，日常生活的事物皆成爲詩的題材，誰人皆可模倣，再者杜詩所展現的是人生無限可能的希望，詩的道理無遠弗屆，圓滿具全，猶如聖人的存在。〈中國文學の特色〉，吉川幸次郎述、黑川洋一郎編《中國文學史》第一章，岩波書店，1992年2月，頁31-39。)

家主要的關心在於人之所以爲人的人文世界，所架構的是現實理性的社會；道家並非忽視人際關係的問題，而是擴大其視野於自然，從自然界全體的角度來詮釋吾人的所在。故可以說道家所營設的是寄情自然的理想的情意世界。就相對而言，儒家與道家的差異是

| 儒　　家 | 道　　家 |
| --- | --- |
| 工作 | 遊心 |
| 成就、充實 | 超越、快意 |
| 材用 | 不材、無用 |
| 善（秩序） | 美（藝術） |
| 道 | 藝 |

然而中國知識階層的生存方式經常是儒家與道家兩行並存的，即以經世濟民爲抱負，又寄情於山水田園而創作詩文，亦即以充實且快意的生活爲其理想的人生。換句話說，老莊思想是人生的哲學，也是文學創作的泉源。

「小國寡民」是《老子》的理想境界。百姓安於所處，樂其所居，是天下太平的條件，此異於當時諸侯爲了確保廣大的領土和眾多的勞動力而銳力施行的「富國強兵」的政策，可說是《老子》省察現實世界而構築的富有深厚哲理的觀念世界。其所說的「隣國相望，雞犬聲相聞」，看似理想社會的描繪，其實是自古以來村落共同體所可以見到的實際景緻。換句話說，純樸的農村的模式，是《老子》理想的寄託。而《老子》所描述的理想世界對於後世有莫大的影響，陶淵明的〈桃花源記〉即是人生理想的寄託。因此，「小國寡民」的山水田園雖然是超越時空而刻畫的理想國，卻也是中國文

學中的樂園的表象。⓭

莊周夢蝶的適意自在，大鵬怒飛的自由逍遙，不但提出了超越既定俗成的思維方式，更創造了廣闊無垠的自由世界與想像空間。此縱橫無際的想像力，而讓人嘆服感動的創造力，乃是文學創作的泉源。⓮

---

⓭ 以《老子》所描寫的「小國寡民」爲中國文學中的樂園表象的說法，參見金谷治《老莊を讀む》（大阪書籍，1988年3月），頁130-135。

⓮ 大鵬怒飛的豐富想像力是文學創作的泉源，乃參考小川環樹《老子莊子》（世界名著4，中央公論社，1978年7月，頁7）而提出的。

# 論邏輯的個性

王克喜*

## 摘　要

邏輯作爲一門科學，一向被認爲是全人類的、普遍的，並且是唯一的。本文通過對語言影響思維、邏輯推理，進而影響邏輯學的論證基礎上，提出了不同民族因語言不同，因而產生和發展、引申的邏輯也不盡相同，墨子不是亞里士多德，中國古代的邏輯理論與思想也不是西方傳統的形式邏輯。所以，受語言等因素影響的在不同民族獨立引申、發展起來的邏輯也必然具有其個性。

**關鍵詞**　普遍邏輯　邏輯個性

邏輯學作爲一定的歷史的產物，會有其產生和發展的獨特的歷史條件，而這些獨特的歷史條件又使邏輯學具有各自的獨特性或特

*　大陸徐州師範大學成人教育學院副院長

殊性。中國古代的邏輯理論和思想、古代印度的因明以及古希臘亞里士多德的邏輯學，由於其受不同的一定歷史時期的政治、經濟、科學技術，特別是受與思維緊密聯繫的語言條件的影響，而使得這三大邏輯除了具有很多共通、共同的地方外，還有很多彼此不同的地方。「我們是馬克思主義的歷史主義者，我們不應當割斷歷史。」❶我們應當從歷史的角度去考究中國古代的邏輯理論和思想，在看到它與古希臘亞里士多德邏輯、與古代印度因明的相同的同時，還應當能夠看到它們之間彼此獨特的地方。「邏輯史也和其他歷史科學一樣，是通過由大量個別性因素所呈現的歷史的東西，去認識這門科學的內在結構及其歷史發展的規律性的，這是邏輯史作爲歷史科學的最重要的價值，它對於人們總結過去、面向未來，以指導現在的邏輯學研究，無疑是意義重大的。」❷正是在這種思想指導下，我們認爲探討中國古代邏輯理論和思想的特點，有其相應的重要意義。

## 一、從《馬氏文通》到《邏輯指要》

著名的語言學家王力在《中國語言學史》中明確指出中國古代沒有系統的文法學、語言學，而只有考文訂字的語文學。王元化先生認爲中國漢代以前沒有任何理論科學，所有這些都表明中國古代

---

❶ 毛澤東〈中國共產黨在民族戰爭中的地位〉，《毛澤東選集》四卷合訂本，頁499，轉引自《中國邏輯史・緒論》(五卷本)甘肅人民出版社1989年11月版，第24頁。

❷ 《中國邏輯史・緒論》(五卷本)甘肅人民出版社1989年11月版，第24頁。

理論科學發展的不足，因此，我們也認爲中國古代並未形成十分完整的、系統和完善的邏輯科學體系，但確確實實發生發展了很多邏輯理論和思想，諸如推理理論、概念理論等。

從邏輯學發生發展的歷史來看，邏輯學的產生總是伴隨著廣義語言學即語法學、修辭學的產生，邏輯學與語法學總是具有交叉的研究對象，甚或是同一對象，只不過是研究的目的不同罷了。邏輯學與語法學分道揚鑣只是在中世紀以後的事。在中國，眾所周知，系統的漢語語法研究的歷史應從《馬氏文通》的出版開始，在這短短而又漫長的一百年裡，中國語法學的研究已經有了長足的發展。但是《馬氏文通》對中國語法界的影響卻是深遠的。這種影響有正面的、積極的，也有負面的、消極的。就正面的、積極意義來說，《馬氏文通》開中國語法研究的先河，系統的語法理論曾經使中國的語言學工作者耳目一新。它深深地影響了王力、陳望道、呂叔湘、黎錦熙等一大批語法工作者，並在他們的努力下，形成了以西洋語法的特徵爲主的漢語語法學。就其負面的、消極的影響而言，「然而漢語和英語的現行語法體系之相似，卻又大大超過別的語法體系之間的相似。漢語的一些語法學家還嫌相似得不夠，還希望通過比較研究，使兩種語法體系『一致起來』。一些共性論者更認爲，中國語法研究成果不大，其原因並非是模仿主義干擾，恰恰相反，是因爲語法研究者極大忽視了、或者說沒有能夠透過中西語言表面上的相似之處發掘出深層的共同性，因而要把研究共性作爲『中國語言學的當務之急』」。❸運用西洋文法研究而建立起來的漢語語法學事實上已使漢語語法中的詞、詞類、句子、主語、賓語等基本範

---

❸ 潘文國〈比較漢英語語法研究史的啟示〉，《語言教學與研究》，1996年2期。

疇，歷經幾十年的論爭而仍然無法獲得合理的解釋。正如張世祿先生在〈關於漢語語法體系問題〉一文中指出的那樣：「漢語語法的建立，從開始到現在，已經快要一個世紀了。在這八九十年中間，研究和學習漢語語法的，幾乎全部抄襲西洋語法學的理論，或者以西洋語言的語法體系做基礎來建立漢語的語法體系。」以致在詞類、結構形式、句子類型這三方面的洋框框，「好像是三條繩索，捆著本世紀的漢語語法學，使它向著複雜畸型的方面發展。」❹中國語法學的研究由於受《馬氏文通》的影響，始終擺脫不了西洋語法研究的羈絆，這恐怕是馬建忠先生當初苦心撰寫《馬氏文通》所始料不及的。進入本世紀八九十年代以來，中國的一些語法學家清醒地意識到這一點，他們在漢語人文精神、漢語的文化特徵以及漢語所反映的民族思維特徵等方面，努力開拓著自已的漢語語法研究，努力建構不同於西洋語法的漢語語法體系，並取得了一定的成果。

無獨有偶，在西學東漸或者說是在借鑑西洋文化的過程中，邏輯學在中國的輸入和發展有很多地方與語法學在中國的發生發展具有驚人的相似之處。邏輯學在中國的輸入和引進，自始至終都是在「邏輯起於歐洲，而理則吾國所固有」❺的局囿下進行，認爲「因而人類邏輯思維的形式及其規律也必然是一致的、共同的。」❻於是，章士釗先生便「以歐洲邏輯爲經，本邦名理爲緯，密密比排，

---

❹ 《復旦大學學報》1980年，轉引自龔鵬程《文化符號學》，臺灣學生書局，1993年版，第4頁。

❺ 章士釗《邏輯指要》，生活·讀書·新知三聯書店，1962年版。

❻ 彭漪漣《中國近代邏輯思想史論》，上海人民出版社，1991年5月版，第17頁。

蔚成一學，爲此科開一生面，」❼寫成《邏輯指要》一書。《指要》的寫作同《馬氏文通》「鈞是人也，天皆賦之以此心之所以能意，此意之所以能達之理。」「常探討畫革旁行諸國語言之源流，若希臘、若辣丁之文詞而屬比之，見其字別種而句司字、所以聲其心而形其意者，皆有一定不易之律。而以律吾經籍子史諸書，其大綱蓋無不同」❽如出一轍。《馬氏文通》功在模仿，使中國有了第一部系統的語法著作，「自馬氏著《文通》而吾國始有文法書，蓋近四十年來應用歐洲科學於吾國之第一部著作也。其功之偉大，不俟論也。」❾；《馬氏文通》的過也在模仿，他的「以洋人之本，謀華民之生」的抱負，同西方唯理普遍語法的認識相拍合，《馬氏文通》一書出，則「中國傳統的虛字、句讀釋經之學就這樣在具有時代責任感，自覺負起在思想文化領域披荊斬棘、拓荒播種任務的維新派手中嘎然而止。代之而起的是面目全非的西方語言理論體系。」❿導致了中國「文化斷層」，以致時過近百年，中國的語法界驀然回首，尋找中國語言的獨特所在，苦苦追求具有漢語特色的語法學。

邏輯學的引進與輸入，與語法學的引入有可相比較的地方。嚴復翻譯《穆勒名學》、《名學淺說》，同馬建忠的想法一樣，意在救國救民。嚴復認爲學習西方科學技術固然重要，但更重要的是學習西方科學技術研究的方法和門徑。他說：「如汽機兵械之倫，皆

---

❼ 章士釗《邏輯指要》，生活・讀書・新知三聯書店，1962年版。

❽ 馬建忠《馬氏文通・後序》，引自申小龍《語文的闡解》。遼寧教育出版社，1991年12月版，第186頁。

❾ 楊樹達《馬氏文通刊誤自序》，引自申小龍《語文的闡解》，第189頁。

❿ 申小龍《語文的闡解》，第186頁。

其形下之粗跡，即所謂天算格致之最精，亦其能事之見端，而非命脈之所在。其命脈云何？苟扼要而談，不外於學術則黜僞而崇眞，於刑政則屈私以爲公而已。」⑪嚴復一方面看到了西方「二百年學運昌明，則又不得不以柏庚（培根）氏之摧陷廓清之功爲稱首。」⑫同時也看到了「中土之學，必求訓詁」⑬的一面。對比中西學術研究方面差異，「吾國向來爲學，偏於外籀，而內籀能事極微。」⑭「舊學所以多無樸者，第其所本者，大抵心成之說，持之似有故，言之似成理，媛姝者以古訓而嚴之，初何覺取其公例，而一考其所推概者之誠妄乎？此學術之所以多誣，而國計民生之所以多病也。」⑮嚴復翻譯西方邏輯學著作，除了上述原因外，還由於他認爲中國古代沒有系統的邏輯學，意在引進這一被培根稱作「一切法之法，一切學之學」的西方治學的根本，改變中土學術研究的風氣。孫詒讓成《墨子閒詁》一書，爲研究《墨經》中的邏輯思想提供了可能，梁啓超、章太炎等訓詁大師更是千淘萬漉，欲從《墨經》一書中找尋出西方的邏輯學來。他們的研究成果有目共睹，沒有他們的比較邏輯的研究，就沒有今天的中國邏輯史的研究（這是在一定程度上而言）。但他們的研究也確實存在很多不妥貼之處，胡適就專此批評了章太炎的作法，指出「這種演譯法的理論不需要三段論的形式，只需要故必須與法一致。」⑯我們反對「東亞向無論理學，有佛家

⑪ 嚴復〈論世變之極〉。
⑫ 嚴復〈原強〉。
⑬ 嚴復〈原強〉。
⑭ 嚴譯《名學淺説》，商務印書館1981年版，第64頁。
⑮ 嚴譯《穆勒名學》部乙，按語，商務印書館，1981年版，第199頁。
⑯ 《先秦名學史》，學術出版社，1983年12月版，第87頁。

所謂因明者略似之。我國古時所謂名家似是而非，」⑰但我們也必須承認中國古代的邏輯理論和思想與亞里士多德的邏輯學確實存在著很多不盡相同的地方。胡適先生就強調了墨家邏輯理論和思想與亞氏邏輯學在形式上的差別，所謂「（墨家邏輯）有學理的基本，卻沒有法式的累贅。」

後《邏輯指要》一書出，「第一次用系統講述傳統邏輯內容的專著的形式，就傳統邏輯（或普通邏輯）科學領域內的所有問題進行了有關中外邏輯思想、邏輯理論的系統對比分析對照解釋，」⑱這是該書的貢獻，同時也帶來了該書的不足：「『以歐洲邏輯爲經，以吾國名理爲緯』的這種中西邏輯思想、邏輯理論的結合和融合，實際上只不過是將中國古代的邏輯思想和邏輯理論納入西方邏輯的框架之中，也就是運用中國古代邏輯思想和邏輯實例去說明和解釋西方邏輯體系的基本思想和理論而已。這就勢必在一定意義上要抹煞中國古代邏輯思想和邏輯理論的特點，把那些不可能爲西方邏輯體系所包括的具有中國特色的思想和理論有意或無意地忽視或忽略。因此，這樣的『融貫中西』，實際上是以『西』統率『中』，使『中』從屬『西』。」⑲

隨著西方邏輯引進的逐步深入。「邏輯之名起於歐洲，而邏輯之理存乎天壤」的思想在我國文化界很快占了上風，中國邏輯思想史的研究也就因此而興起了比附參同的研究之風，〈墨辯〉等中國

---

⑰ 蔣維喬《倫理學講義》，轉引自《中國近代邏輯思想史論》，上海人民出版社，1991年5月版。

⑱ 彭漪漣《中國近代思想史論》，上海人民出版社，1991年5月版。

⑲ 彭漪漣《中國近代思想史論》，上海人民出版社，1991年5月版。

古代的邏輯理論和思想也被解釋成了西方傳統邏輯的中國型。馮友蘭先生曾非常形象地把這種參同比附的做法稱作秀才候榜：「我說中國人現在有興趣之比較文化之原因，不在理論方面，而在行爲方面；其目的不在追究既往，而在預期將來。因爲中國民族，從出世以來轟轟烈烈，從未遇見敵手。現在他忽逢勁敵，對於他自己的前途，很無把握。所以急忙把他自己的既往的成績，及他的敵人的既往的成績，比較一下，比較的目的，是看自己的能力，究竟彀不彀。這一仗是不是能保必勝。好像秀才候榜，對於中不中毫無把握，只管把自己的文章反覆細看，與人家的文章反覆比較。若是他中不中的命運已經確定，那他就只顧享受那中後的榮華，或者嘗那不中後的悲哀，再也不把自己的文章，與人家的文章反覆比較了。」⑳

亞里士多德的邏輯體系的形成和完善，是建基於西方文化背景的氛圍之中，可以說它是西洋文化、西洋文明的產物。而我們有時卻以爲好像亞里士多德的邏輯體系也應發生、存在並發展於世界所有的文明、所有的文化、所有的語言體系、所有的思維樣式，甚至於所有的民族的思維的實際之中。實際上，章士釗的《邏輯指要》也還是多少注意到了西方傳統邏輯與漢語體系之間的不協調，並指出：「中國語言，往往包括相反兩面。……凡出語兩意兼收，令相克而相成，諸如此類，不勝枚舉。」㉑可惜的是，我們後人對此卻未能給予足夠的注意，使得我們的中國古代的邏輯理論和思想的研

---

⑳ 馮友蘭《三松堂學術文集》，北京大學出版社，1984年版，第44頁。

㉑ 溫公頤主編《中國邏輯史教程》，上海人民出版社，1988年4月版，第387頁。

究在一定程度上偏離了漢語的實際情況，偏離古代先人們的邏輯思維的原本面貌，或者說沒有能夠突出中國古代的邏輯理論和思想的特點。其實，說思維是全人類的，邏輯學也具有其普遍性或共性，這並沒有什麼問題，但要看是在什麼層次上，從什麼角度上去說思維是全人類的，邏輯學具有普遍性。我們認爲，思維和邏輯學，都是人類極爲重要的文化現象，不同民族之間具有共同性，但也具有特殊性、個別性，不能只強調共性而忽略忽視了個性，或者只強調個性而忽略忽視了共性。我們都承認中西語言上有差異，因而思維樣式上也有距離，思維中推理類型也參差不齊，如果就這些情況而言，就不太好說思維是全人類的，邏輯學也是全人類的一致的。因此，以具體的不同民族的推理爲研究對象的各自獨立產生的三大邏輯應該既有共通之處，也同樣應該具有其各自不同的民族特徵。這正如季羨林先生指出的那樣：「這（指吳文俊教授所談的中西數學上的差異）證明不但人文社會科學中、西不一樣，就連自然科學也是中、西不一樣。這個不一樣，並不是說中國就能 2十2=5，不是這個意思，而是說西方是從公理出發，中國是從問題出發，從實際出發。」㉒

## 二、普遍語法與邏輯

不單單在邏輯學研究中出現過邏輯學是全人類的思想，就是在看來區別非常之大的語言研究中，也出現過相類似的「普遍語法」

㉒ 季羨林〈對21世紀人文學科建設的幾點意見〉，《文史哲》，1998年1期。

的思想，此二者之間的比較會給我們的問題研究提供一些有益的啓示。

十七世紀，隨著唯理主義哲學流派的出現，語言學的研究出現了一股語法邏輯化潮流，研究語法的人們傾向於把一切語言的語法範疇都看成是邏輯範疇的體現。如果語言的某些現象與邏輯的公式相出入，就會被認爲是不合理智而應該徹底消滅。邏輯成了語言研究的尚方寶劍，成了一切語言研究的水準。唯理主義者努力使語言法典化，強行規定一些十分嚴格的法規，使語言呆板、教條、缺乏生氣，語言變化已幾乎不可能。倘若有語言現象超越出法規的範圍，就會被認爲是使用錯誤或歸咎於人的理智的不完善。唯理主義的語法研究導致了普遍語法（也叫理性語法、哲學語法）的產生。

第一部《唯理普遍語法》是由僧侶學者克洛德·蘭斯洛和安東·阿爾諾在巴黎近郊的波爾洛瓦雅爾修道院編寫而成，1660年在巴黎用法語出版，因此該語法也被稱作波爾洛瓦雅爾語法。

蘭斯洛和安爾諾在他們的著作中努力去創設「一切語言共同的原則及其存在主要差異的原因。」他們學說的理論基礎是笛卡爾（笛卡爾派）哲學，他們把語法與邏輯聯繫起來，甚至等同，認爲如果語言表達思維，那麼語言範疇就應該是思維範疇（邏輯範疇）的體現。他們十分強調邏輯學在語法研究中的作用和地位，認爲邏輯學應該成爲一切語法研究的依據，並且語法應該是理性的、邏輯的，既然說邏輯是全人類的，那麼由此觀點出發，語法也應該是全人類共同的（共通的）、普遍的。儘管各民族語言形形色色、千奇百怪，但所有這些語言的語法都可以依據邏輯而化歸爲一，所以，建立各種語言獨立的語法在哲學上是缺乏依據的，在邏輯上也是不能成立的，而創設普遍語法就成了當務之急。

波爾洛瓦雅爾語法一出，在當時頗受好評，眾多的語法書競相效仿，這種影響是深遠的。它的唯理主義原則在十九世紀上半葉的語法著作中仍屢見不鮮，例如1836年在德國出版的《德語詳解語法》（卡·貴·貝克爾）就是依據黑格爾的邏輯要領為基礎而框架的普遍語法著作；1858年出版的《俄語歷史語法》（費·伊·布斯拉耶夫），也是依據邏輯學定義去解釋詞和句子。

普遍語法的提出，可以說是普遍邏輯思想在語法研究中的映射。所謂普遍邏輯就是認為邏輯學是全人類的，對任何民族的思維、對任何民族的語言都是普遍有效的、正確的。在西方邏輯史中，普遍邏輯一詞並不多見。最早當屬古羅馬和中世紀為注釋古希臘亞里士多德的著作而出現的《關於普遍邏輯問題》（In Universal Logical Questions）的文章。以前的研究者都認為是約翰·鄧斯·斯考特（1266－1308）的著作，在1639年盧克·瓦丁（Luke Wadding）出版的鄧斯·斯考特著作的第一卷中可以找到這篇論文。威廉·涅爾和瑪莎·涅爾所著的《邏輯學的發展》認為該文為偽斯考特的作品。《關於普遍邏輯問題》一書對波菲利〈導論〉和亞里士多德〈工具論〉（除了《論辨篇》）提出的問題進行了一系列的討論。

如果說《關於普遍邏輯問題》是普遍邏輯思想在西方的表現，那麼像「尋邏輯之名，起於歐洲，而邏輯之理，存乎天壤。其謂歐洲有邏輯，中國無邏輯者，讆言也。」㉓則是中國式的普遍邏輯。我們研究中國邏輯史仍然是在走「以歐洲邏輯為經，本邦名理為緯，

㉓ 章士釗《邏輯指要·自序》，生活·讀書·新知三聯書店，1962年版。

密密比排」的路子，通過比附，硬是要在先秦典籍中挖掘出和亞里士多德式一模一樣，完全相同的邏輯學來，似乎如果中國古代不存在亞里士多德式的邏輯學那麼中國人就矮人一等似的。於是墨子儼然成了亞里士多德，「名」即是概念，「辭」既是西方邏輯學的判斷，「說」便成了論證、推理。這種比附，連非常熱衷於把中國古代的邏輯理論和思想同亞里士多德邏輯學相比較的梁啓超也覺得有些削足適履之疑惑：「近人或以經文全部，與印之因明、歐之邏輯同視，子武以爲……經說雖往往應用辯術，然並非以釋辯爲主。若事事以因明、邏輯相附會，或反有削趾適履之虞。」㉔「這種一味認同的比照對應，很難避免牽強比附的成分，也很難對墨家辯學有別於西方傳統邏輯的特質所在和決定這種特質的社會與文化背景，給予特別的關注並作出令人信服的剖析。」㉕

在當代，喬姆斯基接過普遍語法的思想，認爲語言學研究的是人類的心智掌握的和運用語言的那部分機制，他要探索的最終目的是要通過分析說話人的內在語法機制來揭舉出不管講什麼語言的人都必然具有的那種語法……普遍語法。喬姆斯基斷定在每個兒童的頭腦裏必定生存有一部普遍語法，這部普遍語法的形式是一系列語言結構的必然條件，它規定了人類語言所必定具有的大致框架。

然而，在語言的研究中，哪些是可以歸爲普遍語法的，哪些是可以歸爲具體語法的，在目前並沒有一個客觀的鑒定標準。具體語

㉔ 梁啓超爲張其煌《墨經通解》所作的序。見李先焜〈章太炎、梁啓超、章士釗的中西邏輯思想比較研究〉，湖北大學學報，1988年3期。

㉕ 崔清田主編《名學與辯學·名學·辯學與邏輯》，山西教育出版社，1997年11月1版。

法與普遍語法之間缺乏有效的界限。語言世界觀理論非常清楚地告訴我們，漢族和英語民族，一個在東方，一個在西方，一個是以農墾爲主的民族，一個是以游牧和海洋生活爲主的民族。兩者的「世界觀」應該是很不相同的，而一般學習外語的人經過初步接觸，直感也會告訴他兩種語言差距非常之大。用語言學家英語專家許孟雄的話來說，叫做Poles-apart languages。㉖西方的語言學家，如洪堡特、薩丕爾、斯威特、高本漢等，都把漢語與英語看作是差異極大的語言類型。但是，現行漢語與英語語法體系之間的相似，卻又大大超過別的語法體系之間的相似，確實令人吃驚、令人疑惑。

喬姆斯基的生成語法不僅帶來了語言學「革命」式的巨大變化，並且在整個人文科學領域內引起了廣泛的注意，但他的普遍語法理論仍然是一個待證的假說，儘管喬姆斯基積四十年之研究，初衷不改，似乎對這個問題仍未能得到圓滿的令人滿意的解決。相反，印度狼孩的故事，卻又像是一記致命的打擊，使他的理論基礎遭到毀滅性的動搖。我們認爲不管普遍語法也罷，普遍邏輯也罷，都只能是相對的，而不是絕對的，都必須從相應的具體語法、具體的邏輯理論和思想中概括出來，並以具體的語法，具體的邏輯理論和思想的存在作爲自己存在的前提。沒有具體的語法，就不存在普遍的語法，同樣，沒有具體的邏輯理論，就沒有普遍的邏輯學，反之亦然，因爲「普遍」與「具體」是相互依存、輔車相依的關係，不能只強調一方的存在，而忽視另一個方面的存在。

---

㉖ 張今《英語句型的動態研究·許序》開封：河南大學出版社，1990年。

## 三、邏輯的個性

半個多世紀以前，金岳霖先生在爲馮友蘭先生著的《中國哲學史》寫的〈審查報告〉中，用了很大篇幅談了他對中西比較問題的看法，這些看法，對我們今天研究中國古代的邏輯理論和思想具有十分重要的指導意義和借鑒意義。金岳霖先生指出：「現在的趨勢是把歐洲的論理當作普遍的論理。如果先秦諸子有論理，這論理是普遍的呢？還是特別的呢？這也是寫中國哲學史一先決問題。」㉗半個多世紀後的今天，西方的邏輯學的全人類性、普遍性仍在困擾著我們的邏輯學研究，困擾著中國古代的邏輯理論和思想的研究。儘管有的研究者意在努力走出比附的困境而大聲疾呼：「如果中國古代名學與辨學的對象、性質與內容，均與西方傳統形式邏輯一致，那麼名學與辨學就是邏輯。如果中國古代名學與辨學的對象、性質與內容，不與西方傳統形式邏輯一致，那麼名學與辨學就不是邏輯，或不是指稱西方傳統形式邏輯意義下的邏輯。這是討論『中國邏輯史』的一個根本性的先決問題。」㉘然而金先生的話並沒有在很大程度上引起我們的注意和反思，正因爲此，我們強調在研究邏輯學共性的同時，必須加強邏輯學個性的研究。

我們這裏提出邏輯學的個性與共性問題，不是要否定邏輯學的共同性，相反，我們認爲只有有了邏輯學的共性，才能去理解邏輯

---

㉗ 馮友蘭《中國哲學史》(下冊)，中華書局，1961年新版。

㉘ 崔清田主編《名學與辯學·名學·辯學與邏輯》，山西教育出版社，1997年11月1版。

學的個性，反之亦然，就邏輯學本身而言，它是一個共性與個性相統一，共性與個性分層級的系統，即一種邏輯學既包含有爲所有或其他邏輯學所共有的一些規律，又包含有爲一種邏輯學所獨有而其他邏輯學所不具有的特徵。在這裏，邏輯學的個性和共性相互滲透、相互過渡，相互依賴，共同交織成一種邏輯系統，共同構成世界邏輯學的整體。正如恩格斯所指出的那樣：「事實上，一切眞實的、詳盡無遺的認識都只在於：我們在思維中把個別的東西從個別性提高到特殊性、然後再從特殊性提高到普遍性。」㉙關於這一點，列寧也指出了共性與個性之間的相互依存、相互轉化的關係：「從一定觀點看來，在一定條件下，普遍是個別，個別是普遍。」㉚

在語言學史上，從十七世紀的波爾洛瓦雅爾語法直到今天的喬姆斯基的轉換生成語法（普遍語法），從公元前四世紀的巴尼尼語法到當代的描寫語法學（具體語法、個別語法）之間的爭論推動了語言學的深入發展，二者的存在價值是顯而易見的。因此，對於邏輯史的研究乃至對於整個邏輯學的研究，不能只停留在所謂的「普遍邏輯」的層次上，這樣做只會使邏輯學停滯不前。而必須注重在具體邏輯學（邏輯個性）的研究上，通過對具體邏輯學的研究，從而豐富人類的普遍的邏輯思想和理論。「如果研究中國邏輯史不但要注意總結中國古代邏輯和國外邏輯在邏輯本質方面的共同點，而且要注意於發展中國古代邏輯在表現形態、內容及其發展規律的不同點時，這就是說，如果能發現古代中國人不但有一個和其他國家相同

---

㉙ 《馬克思恩格斯選集》第3卷，第554頁。
㉚ 《列寧選集》第38卷，第188頁。

的邏輯思想，而且還有一個和其他國家不同的具有中國特色的邏輯思想時，那麼世界邏輯史就會變得豐富多彩，這自然是人們盼望的。」㉛其實，中國古代的邏輯理論和思想有很多與西方傳統形式邏輯相異的地方，中國古代的邏輯理論和思想是特殊的、還是普遍的，這個問題必須回答，而要回答這個問題，我們便從思維的載體——語言影響思維，影響思維過程的邏輯推理，從而影響以思維中的邏輯推理爲研究對象的邏輯學中獲得答案。

一般的看法是，語言是民族的，思維是全人類的，因而邏輯學也是全人類的。其實，這些看法並不錯，只是需要甄別思維是在什麼樣的層次上具有全人類性，邏輯學又是在一個什麼樣的層次上具有全人類性。我們認爲，人類的思維過程中必須經過概念、判斷、推理等過程，而這一點則是全人類共通的，至於如何形成概念作出什麼樣的判斷，採用何種推理形式，不同的民族會有差異，中西思維樣式的整體與分析，具象與抽象的不同就充分地證明了這一點，在古希臘，古希臘語影響了他們的民族的思維樣式，影響了他們民族對推理類型的選擇，而這些推理的類型又表現在古希臘語言中，因此，亞里士多德及古希臘的先哲們很快地從古希臘語言中極早地盤旋、發展了性質判斷，並很快地發展了三段論的推理理論。而在中國則不然，由於受漢語的影響、系詞的缺乏，因之在中國人的思維過程中就不可能產生西方思維中的那樣的性質判斷，因此也就沒有西方思維中的那樣三段論推理類型，自然也就不會產生總結這些推理類型的西方式的傳統邏輯。正是從這個意義上，我們認爲邏輯

---

㉛ 《中國邏輯史》(五卷本·先秦卷)，甘肅人民出版社，1989年11版。

學作爲研究人類思維的科學有其自身特殊性。中西邏輯的比較研究，求同固然重要，可以總結出邏輯學發生、發展的共同規律，但求異似乎更重要，因爲中西邏輯各自發生、發展，千百年不曾通約過，通過求異，以期尋找出不同邏輯各自發生、發展的規律。前賢已經明確指出過，由於受地理環境不同、人文風俗之差異、社會制度有別、民族習慣存異、意識基礎有歧等方面的影響，中國古代的邏輯理論和思想、古代印度的因明、亞里士多德的邏輯學三者之間的發生、發展上也存在很大的差異，不可能產生完全相同的邏輯學來。

我們認爲，導致三大邏輯的不同，除了上述諸多因素外，更主要的是語言因素。語言影響人們的思維，也就影響了人們的推理，從而必然影響以邏輯推理爲研究對象的邏輯學。各民族的語言不同，從而他們的推理類型有異，對反映一定的推理類型的民族語言的研究而形成的邏輯學也應當不一樣。「The difference between Latin，French，English and German grammatical form do not result in any difference between Aristotelian logic and their respective rules of reasoning，because they belong to the same language family. Should this logic be applied to Chinese thought，it will prove inappropriate. This fact shows that Aristotelian logic is based on the structure of Western Systems of language.」(拉丁文、法文、英文和德文語法形式的區別)，並不會產生任何亞里士多德邏輯與它們各自的推理規則的差別的後果，因爲它們屬於同一個語族。如果將這種(亞里士多德的)邏輯運用中國人的思維，它將證明是不合適的。事實表明，亞里士多德的邏輯是建立在西方語言系統結構的基礎之上。[32]邏輯作爲一種文化形態存在，不可能不受到語言的深刻影響。「文化不論何種類型，歸根到底可以用語言形式來存在。科學、技術、文藝、宗教、哲學是用語言爲形式存在的。風俗、習慣、制度雖是行爲文化，但也可以用語言來表述，並且只有用了語言特別是文字規定下來，才能成爲一種嚴格的行爲文化。」[33]有的研究者認爲哲學具有民族性乃是因爲「各民族的言語的文法不同，所以其哲學自然不同了。」[34]馮友蘭先生認爲這種觀點其實就是主張「哲學的思想是受言語支配的。言語必是某民族的言語，」故爾哲學必是某民族的哲學，「我們亦以爲某民族的哲學之所以爲某民族底是與其言語有關，……則言語支配思想的主張，恐怕不能成立了。」[35]我們認爲，語言不能支配人們的思想，但語言會對人們的思想具有影響作用。「這就是說，如果一種語言制約著一種認識的話，那不是指由於人類的語義世界的差異性而影響著人類的世界觀，而是由於不同的符號化過程使本來基礎大體相同的語義世界得到不同形態的反映，因而從最終結果上看，不同的語言產生著有差異的世界圖像。」[36]不同的民族語言，通過影響整個民族的思維樣式而影響人們的推理類型，也從而影響以推理爲研究對象的邏輯學。

---

[32] Chang Tun-sun，“A Chinese philosopher's Theory of knowledge”，in“Our Language and Our world,” ed. s. l Hayakawa（New York：Harper and Bros.1959）p304轉引自Chad Hansen 《Language and Logic in Ancient China》，The University of Michigan press 1982年p16。

[33] 韓民青《文化論》，廣西人民出版社1989年5月版，第54-55頁。

[34] 《三松堂學術文集》，北京大學出版社1984年版，第430頁。

[35] 《三松堂學術文集》，北京大學出版社1984年版，第430頁。

[36] 張黎《文化的深層選擇--漢語意合語法論》，吉林教育出版社1994年6月版，第13頁。

關於中西邏輯的差異，章士釗在他所寫的〈論翻譯名義〉一文中曾明確指出過：「然辯雖能範圍吾國形名諸家，究之吾形名之實質，與西方邏輯有殊。」㊲因此，翻譯西方的「Logic」一詞不能用「名」，也不能用「辯」，只能採取音譯的方法。「愚意不如直截以音譯之，可以省去無數葛藤。」「至Logic，吾取音譯而曰邏輯。實大聲宏，顛扑不破，爲仁智之所同見，江漢之所同歸，乃嶄焉無復置疑者矣。」㊳孫中山先生在他的《孫文學說》一書第三章中談到Logic時，也明確地指出：「近人有以此學用於推理特多，故有翻譯爲『論理學』者，有翻譯爲『辯』學者，有翻譯爲『名』學者，皆未得其至當也。夫推理者，乃邏輯之一部，而辯者又不過推理之一端，而其範圍大小，更不足以括『邏輯』矣。至於嚴又陵氏所翻『名』學，則更爲迂東白豕也。夫名學者，乃那曼尼利森（Nominalism）。」㊴章士釗、孫中山先生都認爲名學、辯學與西方的傳統邏輯不論從內涵上說還是從外延上說都不是相等的，故不能採用意譯，只能採用音譯「邏輯」或另譯成「理則」。由此可見，中國古代的邏輯理論和思想不是亞里士多德式的邏輯，亞里士多德式的邏輯也不是中國古代的邏輯理論和思想。不同民族的邏輯自有其自身的特殊性、獨特性或者說是個性。

---

㊲ 轉引自溫公頤主編《中國邏輯史教程》，上海人民出版社，1988年4月版，第385頁。

㊳ 轉引自溫公頤主編《中國邏輯史教程》，上海人民出版社，1988年4月版，第385頁。

㊴ 轉引自張身華譯《邏輯概論》第一章導論，臺灣幼獅文化事業公司，1975年7月版，第1頁。

美國人Chad Hansen在他的《Language and Logic in Ancient China》一書中認爲中國古代沒有產生邏輯（意指亞里士多德那樣的邏輯）原因在於古代漢語缺乏抽象性。「The Issue I am addressing is whether or not there were theories dealing with abstract entities in anything ressembling the way Western theories of abstract entities did. I shall show that there were only nonabstract theories. The explanation for this fact about Chinese thought stems partially from the grammar of Chinese …Chinese philosophers could not possibly have expressed such abstract theories…there is no Point in saying that some Chinese character means the same thing in Chinese philosophy as an abstractly inflected noun does in Western philosophy.」（我要談的是，是否有某些理論以類似於西方抽象實體理論的方式處理抽象實體。我將證明中國只有非抽象理論。對有關中國思想的這一解釋，部分地導源於漢語語法。……中國的哲學家們也不可能表達這種抽象理論。……在沒有任何關於抽象或心靈實體或物質的理論，或某種結構相似的理論的情況下，說某個漢字在中國哲學中與一個抽象曲折的名詞在西方哲學中意指同一事物，這是毫無意義的）。[40]這種觀點，其實是對漢語言的一種偏狹之見。「語言對事物的反映，不像形象那樣直觀，它作爲形象的代替物是一種無形象的抽象符號。列寧說：『任何詞（語言）都已經是在概括，在語言中只有一般的東西』。語言的抽象性、概括性，使它具備了邏輯運演的功能，能夠

---

[40] Chad Hansen《Language and Logic in Ancient China》，The University of Michigan press 1982 p39.

以純邏輯活動來形成意識成果和人工智能成果。」[41]漢字作爲無聲語言，同漢語作爲有聲語言一樣，同樣具有抽象性、概括性，或者更加確認些說，由於漢語的書寫語言——漢字具有象意性，它所體現出來的邏輯運演功能更強，不論是「比類合誼（義），以見指撝」，還是「視而可識，察而見意」，「畫成其物，隨體詰詘」,也還是「以事爲名，取譬相成」都需要一番複雜的思維過程的。正是由於漢字的這種特點，錘鍊了漢民族的推類思維能力。漢字所體現出來的邏輯運演比拼音文字的約定俗成，在訓練人們的思維能力方面一點也不差。

其實，任何一種語言都體現出相應的邏輯思維來，因爲語言本身是思想的直接實現，不然整個語言系統就無法達到交際的目的，就無法實現表情達意的目的。對這種體現了一定邏輯思維的語言的研究（研究語言深層的邏輯推理），就產生了邏輯學。邏輯學的產生一定是建立在對一定的具體的語言的研究基礎上，沒有對語言的分析和研究，就不能理解一個民族的邏輯推理的形式，也就不可能產生邏輯學。有人曾對世界上的語言種類作過統計，認爲全世界現存至少兩千多種語言（有的認爲有6000種），還不包括那些已經消失或絕種了的語言。而在這眾多的語言家族中，只有古代印度、古代希臘、古代中國被認爲是產生了邏輯理論和思想，而其他語言種類就沒有產生出邏輯學來。歸結起來，其他原因也存在，但沒有相應的語言研究是這些語言沒有能產生邏輯理論和思想的重要原因。

由於語言的千姿百態，由於研究方法的形形色色，更由於受語

---

[41] 韓民青《文化論》，廣西人民出版社，1989年5月版，第173頁。

言影響思維的樣式不同，從而推理的類型也不同，古代中國、古代印度、古代希臘所產生、發展的邏輯理論和思想也一定不一樣，這即是說亞里士多德邏輯並不是全人類的思維通律，各個民族都可以發展出自己獨特的邏輯理論和思想，就如同不同的邏輯學家各自都有自己對邏輯學的不同理解一樣。邏輯學因人而異，也因語言、民族等的不同而存異。誠如錢穆所言：「若謂西方人之邏輯乃人類思維通律，不懂邏輯即無法運用思想。然則中國古來向無邏輯（指亞里士多德邏輯 —— 引者注）一項學問，即不啻謂中國人自始皆不能思想，抑或中國人思想皆不合邏輯……此處正是中西文化思想相歧點，不得厚彼薄此。」㊷漢語「字有定義，言有定義，此思辯之始基」㊸因此漢語言（包括漢字）是漢民族邏輯理論和思想的根本。

卡爾納普說：「在邏輯上，無道德可言。每人都有隨意建立他自己的邏輯即他自己的語言形式的自由。」㊹邏輯學因人而異，並且因語言而異，所以，邏輯學一定有其自身的特殊性、個性。中國古代的邏輯理論和思想所具有的特徵性使我們深信，中國古代的邏輯理論和思想不僅屬於中國，也屬於世界，它不僅可以豐富人類對邏輯理論和思想的認識，而且也必將推動人類對邏輯理論和思想的發展。

---

㊷ 錢穆《雙溪獨語》，臺灣學生書局，1996年3月3版，第149頁。

㊸ 嚴復譯《穆勒名學》，轉引自《金岳霖學術思想研究》，四川人民出版社1987，年5月版，第167頁。

㊹ 卡爾納普《語言的邏輯方法》(倫敦1937)第51、52頁。轉引自（美）威拉德·蒯因《從邏輯的觀點看》，江天驥等譯，上海譯文出版社，1987年9月版，第8頁。

# 文字學世俗化——測字術

黃復山*

民國82年4月，我為了發表一篇與周亮工《字觸》有關的論文，除了將他的《賴古堂集》、《書影》蒐檢幾過，查閱與拆字有關的文句外❶，更將《字觸》全書391條拆字資料重新整理：一是依年代編次各條，以見拆字的歷史流變；再則依各條內容類分，以了解他拆字的原則。當時翻遍臺北各處書肆，發現寶島的算命風氣與命理書籍的出版雖然蓬勃，而「測字」卻備受輕忽，除了偶爾有些家傳、私淑的街頭執業者外，坊間只找到有關的書籍九種。遂於研討會後，繼續留心此一議題。

由持續數年的觀察中，發覺測字古籍文獻，書坊多半摘要附錄於題名宋朝邵康節的《梅花易數》中，少有獨自刊行。雖然早在民

* 淡江大學中國文學系教授

❶ 本文標題「測字」，一般稱作「拆字」，但是二者仍有相當程度的差異，具體的說，「拆字」或稱「破字」，是平面的文字遊戲，例如拆字詩、字謎、現今流行的文字造型；「相字」、「測字」，則涉及到未知的心靈層面，從文字的體相或所蘊涵的神祕動能，去推測吉凶。《字觸》的內容有拆字，也有測字。

國初年，海虞丁初我先生就已經藏有題名謝石的抄本《相字眞傳祕訣》，後來上海某書肆加上了程省的《測字祕牒》，合刊成冊，書中的測字基本原理已屬包羅完備，但是命理書坊仍似不知其書，出版社也少有翻印。所以四、五十年來，竟然未見再版。

民國53年，臺北文星出版社發行清初陳夢雷編纂的《古今圖書集成》後，有心者得以在第747、748《拆字部彙考》兩卷中，找到明代流傳的測字理論。將它與55年新竹竹林印書局出版的邵康節《梅花易數》五卷本比對，其中的卷四、五，與《拆字部》條文相同，僅缺載〈拆部紀事〉15條記事；但是《梅花易數》此兩卷充塞「六神主事、五形行式、宜神、用神」等卜筮術的標目，又未更作與「測字」有關的解說，實在讓人看不出與測字的關係。稍後，竹林又將此兩卷略作解說，刊爲《拆字數學》一冊。但是此書未受重視，在該書局的諸多銷售廣告中，也一直未見宣傳，隨即再無蹤影。

民國七十二年前後，「大家樂」的賭風瀰漫，整個寶島瘋狂地進行猜數字的遊戲。很多求取「明牌」的人，常在一大堆莫名其妙的圖畫中，尋找可能隱藏的數字，以求中獎。甚至瘋狂到了求問於鄉間弱智或智障者的地步，民間稱這一類的弱智者爲「阿炮仔」。「大家樂」的迷哥迷姊們跟著阿炮仔在大街小巷裏鑽來鑽去，對著阿炮仔隨地亂畫的符號，絞盡腦汁猜出是什麼明牌。這種猜測，可說是一種簡單的測字方式，有時也眞巧合矇對了幾次，他們就對阿炮仔更堅信了，認爲阿炮仔是可以通靈的，所畫的圖案中隱藏明牌數字，也是有根據的。

那時猜數字的方式頗爲怪異，例如「林」以草寫來看（ささ），可以當作「88」；「名」拆成「夕口」，依據形體解作「90、70」，還能讓人接受；但是又能當成「40」，就令人費解了。說穿了其實也很簡單，因爲「夕口」以臺語而言，可以讀作「夕空」即「40」。還有一次，某神壇出詩句「魏延撞破七星燈」，竟猜中了1122期（民國75年2月26日）的明牌「40」。追究道理，還眞是學問不小。因爲《三國演義》記載，諸葛孔明爲延壽救蜀而設七星燈，卻不幸被魏延無意撞翻，導致死亡。所以這句詩解爲「孔死」或「死孔」，就是「04」或「40」❷。風氣影響下，江湖術士也開始在市場、夜市和廟宇旁擺起攤來測字了❸。不過，由於沒有測字範本，那班術士們也只能胡天扯地一番，未能造成氣候。

76年解嚴後，有線電視（時稱第四臺）如雨後春筍冒出，由於節目需求量大，方便討好的命理節目也就應運而起，命理專書也在斯時突然多起來，除了老字號的臺中瑞成、新竹竹林外，又有五洲、華聯、武陵、文翔、大方、王家、希代，直到近年來的時報文化、益群、益林、林鬱等等，加上偶爾出版命書如文津、雲龍等，總數已超過五千種，但是「測字學」的書籍卻仍然只有23種，其中本省作者更僅有14位、專書17種❹。（詳見〔附表一〕）在汗牛充棟的命

---

❷ 洪丁木：《籤詩、神字詳解》（臺北：協進圖書公司，民國76年6月），頁68。

❸ 執業於高雄的洪美雄說：「記得民國70年左右（已不記得正確時間），開始流行著測字方面的風潮，那時候的報章雜誌、電視新聞也有報導此方面的新聞。無論在菜市場、路邊、商店騎樓等人口聚集之處，總有擺著攤位爲人測字，也就是在那時候開始形成一股研習測字學的風潮。」（《測字玄機》頁249）

❹ 業餘測字家游書翟說：「大約在三年前，我有一位朋友送給我一本書，要我研究測字學。在這以前，我根本就沒有摸過什麼測字學，豈料看完這本

理書海中，測字類專書何以僅如滄海一粟？其間或值得玩味。

## 一、測字學的興起

漢代劉安的《淮南子·本經篇》說：「昔者倉頡作書，而天雨粟，鬼夜哭。」意指人類發明了文字之後，藉以提高征服自然的能力，農業生產自然增加，對鬼神的依賴與恐懼相對減少，鬼神爲了自己的前途黯澹竟然痛哭了起來。依現代科學眼光來看劉安的話，當然覺得可笑，但也點出了文字的發明，的確是文明的一大進步，人類可以鉅細靡遺地將經驗、智慧、科學知識忠實地記錄下來，累積傳承的結果，使得人類文明日新月異，並且超越其他物種。所以文字對於文化的發展，具有一種神奇的穿透力量。

因爲古人認爲倉頡創造文字，讓中國文明得以躍昇，所以對文字由愛惜而生崇敬之心，於是寫了字的紙張，連帶的被尊崇了起來，即使荒郊野外目不識丁的村夫愚婦，也把書籍當作神明的化身，不敢隨意丟棄；在路邊看到帶有文字的破紙片，多半會小心翼翼的撿起，用火焚化❺。古代善書還流傳一種〈文昌帝君惜字功過律〉，

---

書，引起我很大的興趣，於是收羅所有在書店中能看到的測字學，總共只有三本，就是根據這三本，全心全力投入在測字學中。」（游書翟《現代測字學》，頁18） 游書出版於民國87年，循此上推，只看到三本測字學的時候，可能是民國83年？可見此一門類研習者甚少。

❺ 半十老人〈不動尊佛——文字有神〉：「我記得孩提初學寫字，如果膽敢把字寫在地上，甚而用腳去踩、去抹，讓母親給看到了，那準有一頓藤條、一番教訓！母親常說：『文字是孔聖人造的（母親是受舊式教育的女子，識字不多，不知文字不始於孔聖人；但那虔敬之心，不是今日大多數人所

對於惜字和褻字，帝君都有明確的賞罰❻。在這種惜字焚紙的習慣影響之下，從宋代開始，出現了惜字亭；到了明、清更爲普遍，不但在官衙、學堂等時常用紙的地方造惜字亭，連鄉遠偏僻之地，也造聖蹟亭，定時焚紙以祭拜文聖倉頡，以祈求提昇當地文風。他們甚至相信懷著虔敬心意所燒化的紙灰，會化成蝴蝶，飛到天上，告訴文聖倉頡說，人間並沒有輕忽上天賜給他們的文字。

在這種崇敬的觀念下，文字逐漸提昇了地位，成爲「有神靈」的被膜拜對象，宋人就稱造字的倉頡爲「倉王」，還尊之爲「不動尊佛」，以爲「禍福甚驗，事之極恭」（《石林燕語》）。測字術也就在這種氛圍下，漸次興盛了起來。❼

管洛《測字》說：

> 將漢代以來的文字讖，變成一種具有廣泛影響的實際創始人，其中最重要的人物要推南宋徽宗、高宗時的謝石，

---

能想像萬一的！）聖人的字，怎可以在腳下踩！你這樣不尊敬聖人，怎麼能把書讀好？！』我們小時候有字的紙張，絕不許亂丟，何況拿來包東西？我們家有字紙簍，不要的字紙收集滿了之後，母親不是拿去煮食飯引火，那是不敬！他老人家一定在天庭之中，當著老天爺的面前，畢恭畢敬地燒在金紙鼎裏！」（半十老人：《字中天地》，頁1）

❻ 〈文昌帝君惜字功過律〉（臺中：聖賢雜誌社，民國71年，3月）：〈惜字功律〉二十四條，如：平生遍拾字紙至家，香水浴焚者，萬功。多收字紙、字灰深埋淨地者，一千功。遇字紙污穢，漂淨水中，百字一功。〈褻字罪律〉二十九條，如：家中破書廢紙，換碗、換糖、作踐者，八十罪。己身不敬重字紙，反笑人者，十五罪。以字磚墊路者，三罪。

❼ 拙著〈文字學世俗化——周亮工《字觸》述評〉對測字術的興起，已有所述，此處不再贅言，詳《第二屆明清之際中國文化的轉變與延續學術研討會論文集》，頁199—206，民國82年4月。

他是中國測字的實際創始人。……南宋以後，由於測字所使用的符號和人們最接近、最親密，測字方式又簡便易行，測字中能反映中國人對漢字的崇拜心理，如此等等，於是這種方術活動迅速漫延開來，成為中國古代方術中最重要、流行最廣的形式。」（《測字》，頁6）

由於宋人的熱愛，測字術的種種奇蹟也就附會在他們身上，如《齊景至理論》說道宋人齊景遇到一位異人，異人告訴他說：「混沌判肇，倉頡制字者，余也。自傳書契天下，天下大定，後登天爲東華帝君，今居於此，乃東華洞天。余曾有奇篇，昔付謝石，今當付汝，今子之來，可熟記速去，不然塵世更矣。」於是齊景拜而受之，退而密觀奧妙，奇篇是《玄黃妙訣》、《神機解字》二書。齊景既得測字方法，眞是「妙如谷之應聲，善惡悉見，禍福顯然，定生死於先知，決狐疑於豫見」。❽這一傳承系統，讓測字學者深深相信文字的確是有神力的，如半十老人就認爲：「創造文字的人是神，那麼文字有神，不是頂順理成章的事嗎？文字有神，當然能預示福禍吉凶了。」❾蕭蕭也很感性地揣想：

《淮南子》說道倉頡造字時，天雨粟，鬼夜哭，字創造

---

❽ [清]陳夢雷編：《古今圖書集成·拆字部》（臺北：文星出版社，民國53年）卷747，頁59029。此處的「謝石」，《四庫全書總目》作「安石」，考王安石曾作《字說》，解說字義時，仿南朝齊楊承慶《字統》體例，「不本《說文》成例，然詮解字義，新而不詭於理」，所以測字先生奉《字說》爲拆字經典。

❾ 半十老人《字中天地》，頁4。

了人類文明，是不是也隱藏了人類無可預測的命運？字的點畫撇捺之間含蘊著什麼樣的奧秘與玄機？（《測字隨想錄》頁8）

## 二、拆字遊戲與測字

事實上，中國字由於造型獨特，本來就具備了高級的文字遊戲功能，古人留下許多利用字形猜謎的消遣，或可說是測字的濫觴，例如用減去筆劃的方法，猜數字「一」至「九」：

「天不大」㈠，「夫非人」㈡，「王去直」㈢，「罪無非」㈣，「吾無口」㈤，「交失足」㈥，「切無刀」㈦，「貝無目」㈧，「丸不點」㈨，「田無口」㈩。

謎底非常簡單，謎面卻要弄造字的技巧，例如「罪無非」一題，「罪」字底下的「非」沒了，當然只剩上頭的「四」。但是，依小篆來說，「罪」字是「网非」的會意字❿，所以這種文字遊戲多是曲解了字

❿ 許愼《說文解字》說：「罪，捕魚竹网，從网、非聲，秦以爲辠字。」看來此字原是捕魚用具，屬於形聲字，但是段玉裁說：「始皇改爲會意字也。……始皇以辠字似皇，乃改爲罪。」可見六書在秦、漢之際，原本已不甚固定，形聲之「罪」（捕魚器），秦代已經當作會意之「罪」（罰）了。其餘楷書、小篆與籀文、甲骨文的字形變改狀況，也非常錯綜複雜，所以寫字時，究竟該用古早字體，抑須謹守六書原理，其實也是值得商榷的。是以測字作者游書翟也頗爲不滿的說：「測字學是不必雞蛋裏挑骨頭，只要意思到了就可以。如果你很計較文字的寫法，我請你寫出『龜』、『鹽』、『獻』、『竊』的正楷字，不知道你能不能得滿分呢。」（游書翟《現代測字學》頁232）。

形，也不合六書原理，不能與正統的文字學混為一談。不過，既然當作遊戲，也就不必太認眞了，況且這些謎面，有些還稍具一些古人的哲理，如「天不大」認為老天並沒有那麼大的控制力量，一切都還要人們自己的努力；「吾無口」有點兒勸人沈默是金，少開尊口的意味；「交失足」，則含警惕意味，告訴人們交友不愼容易一失足成千古恨。

測字術其實也運用了這種猜謎方式，例如有人以「六」字問交友情形，測字先生可能就用「交失足」作為預測；寫「二」測婚姻，測字先生就可能會說些「遇人不淑」之類的話。這也算是不傷大雅的人生預測與開解呀！

如果心情再放輕鬆一些，標準更看寬一點，甚至許多錯別字，在文字遊戲的寬容下，都成了有趣的的遊戲成語，例如：

衠：衝動。學生答題時，寫字太快，將兩個字合成一個新的會意字，眞太「衝動」了。

哭：欲哭無淚。「哭」字少寫了一點，眞是讓一向認眞的國文老師淚水都掉乾了。

馬：露出馬腳。太多人都是這樣寫「馬」字的，眞愛亂露他們馬虎難看的腳丫。

其他像是「殺」字少一點，意味著「殺人不見血」；「擧」多一橫成了「多此一擧」⓫。如果求測者寫出了這一類的錯字來，測字先

⓫ 《說文》：「擧，對擧也，從手與聲。」本來就不應寫作從「丰」的「舉」，現在「舉」成了正字，「擧」卻成為「多此一擧」的錯字，這是文字世俗化中對錯顚倒的弔詭現象。

生也很自然地用相對的成語作答，除了很可能顯示求測者的心理外，似乎也頗富佛偈的機鋒！所以愛測字的國文老師兼詩人蕭蕭認爲：

> 面對字，我往往有面對世界的感覺。無限的人生我有無限的好奇。字與人生是不是也有某種可循的軌跡、不可循的邏輯？文學想像在字之中飛翔，哲學的理趣在字裏迸放，五行的推演，四季的輪迴，吉與凶的探索，得與失的體會，這是生命裏的另一種山水，可以詠歌、可以棲遲、可以遠眺，我喜歡字裏的歲月，點化人間的世界。
>
> （《字字玄機》，頁5）

「文學想像在字之中飛翔，哲學的理趣在字裏迸放」，正是古代測字高手如謝石、周亮工等人的世界，試看他們傳留下來的著作，周亮工原本即是辭藻雅健的作家，無庸置疑；布衣相士謝石的〈細推字理〉、〈測字歌訣〉中，也充滿了俯拾皆是的美文，如「陰陽相配妙天然，日喜晴兮月喜圓；莫道明槍容易避，要知暗箭最難防」（明）、「雨落林中漸漸生，森森茂盛草先盈；開花結果宜春夏，霜雪相侵便不寧」（霖）、「何字分明是可人，但無倚賴志難伸；家宅人口無難過，看取荷花草又生」（何）、「三人共路各謀生，萍水相逢本薄情；近日收成雖淡薄，春來花滿洛陽城」（落），此類斷例歌訣，除了析字寓意十分貼切外，更透露他與世無爭的胸懷。悠遊文字，棲遲歌詠，誰曰不宜！

# 三、臺灣的測字現況

執業臺北已久，又在多處傳媒闢有專欄的了然山人，述及臺灣的測字概況：「現在行走江湖的所謂測字，僅能就自己選定的二、三十個字，放在鐵罐中讓顧客摸出一字，先後照本宣科，將預先擬好的答案背誦如儀，其幼稚與無知，眞令識者爲之啼笑皆非。」⓬而蕭蕭臺北市的讀者老張，於民國78年底也曾寫信給蕭蕭說：「我在上個月找相士測字，抽得『日』、『玉』兩字，由於相士語意不詳，所以請蕭蕭先生代爲解字。」⓭由此可見，臺灣命理界的測字術，似乎並不熱門。

其實，算命先生是很不願意碰觸測字學的，從〔附表三〕可以看到，想要熟悉測字，有著四、五十種的歌訣、斷例須要背誦，其中僅是程省《測字祕訣》中的兩種：〈測字十二法〉（裝頭、接腳、穿心、破解、包籠、添筆、減筆、對關、摘字、觀梅、九宮、八卦），以及〈心易六法〉（〈會意測法〉、〈假借測法〉、〈諧聲測法〉、〈指事測法〉、〈轉注測法〉、〈象形測法〉），就合計十八目內容了；再說，比較簡單的〈辨字心得〉也強調：「凡書字，筆法有濃淡、肥瘦、長短、闊狹、反復、順逆、曲直、高低、大小、軟硬、清濁、虛實、凹凸、平正，等三十餘種區別。必須先將歌訣讀熟，臨時方能一目了然，隨寫隨斷。」⓮三十多條體勢歌訣一一記熟，也僅佔其中一種而已，遑論

---

⓬ 了然山人《測字看人生》，頁17。

⓭ 蕭蕭《字字玄機》，頁36。

⓮ 謝石《測字祕訣》，頁8。

其餘。所以業餘測字者游書翟說：「在臺灣以占卜為生的大師們，大都是學問不很高的人，這種屬於中文學術性的占卜術更是遙不可及的存在，更不敢奢想一窺堂奧，只好敬鬼神而遠之了。」⓯至於熱愛命理，研究心旺盛的日本人呢？他說：「模仿性最強的日本人也沒有一個知道中國有一種神祕深奧的測字學，縱然知道，也是力不從心吧！連中國人自己本身都無法完全了解，日本人更不用說了。」⓰我們從坊間現況來看，日本人的確沒有撰寫任何一本測字書。雖然日本因漸棄漢字而無法學習測字，但也證明了測字學不是任何人都能學會的。

那麼，少數幾位檯面上的測字專家，他們是怎麼進行這一行業的？年紀長一輩的大都是有國學根柢，加上閱歷廣，反應快，所以測起字來駕輕就熟，沒有多大困難，像半票居士就說：

> 測字之學，是一門包羅萬象，綜合易理、命象、星卜，旁通六書、國學，以及人生百態，世間萬物，無不包涵之。是以欲談測字，第一必須有文字學基礎，第二要有國學的修養，第三要有廣博的學識與豐富的社會經驗，第四要具有敏銳的觀察力與靈敏的反應，第五要有捕捉靈機的敏感心智。五者之中缺一，則非測字學之最高境界，故絕非一般江湖術士所能為之。（《測字趣談與學理》，頁17）

了然山人也是占卜與文字學兼精的專業人士：

---

⓯ 游書翟《現代測字學》，頁19。

⓰ 同前註，頁19。

> 測字除了基本的專業素養外，還得兼通文字學，不學無術者很難冒充內行，坊間掛牌專門測字的不多，可見這門飯不容易吃。其次，測字千變萬幻，沒有固定模式，但必成理，方能令人折服，既含哲理，亦饒趣味。（《測字看人生》，頁16）
>
> 若僅具占卜技能，縱能測出結果，知其然不知其所以然，很難作出明確交代；反之，祇懂文字結構，不具占卜技能，充其量祇是一種文字遊戲而已。（仝上，頁54）

至於國文碩士蕭蕭，是爲了研究所考試，誤打誤撞，學起了測字：

> 爲了投考國文研究所，我幾乎買全了重慶南路有關「文字學」的書，潛心研讀，也因爲這樣的蒐購，我買到了幾本「測字學」的相關書籍，仔細分析，頗有領會。（《測字隨想錄》頁7）

既有會心，於是開始一步步探究下去：

> 測字所以令人著迷，使我沈潛（一沈潛就是二十年），主要的不是它眞能指引人生迷津，逢凶化吉，而是讓我更深一層去探究中國字的奧妙，減減增增好像小孩子的積木，可以有多種造形不同的組合，這是一種基本的「文字學」的理趣。（《字字玄機》，頁17）

另一位測字愛好者游書翟，則是63歲才開始的：

> 大約在三年前，我有一位朋友送給我一本書，要我研究測字學。在這以前，我根本就沒有摸過什麼測字學，豈料看完這本書，引起我很大的興趣，於是收羅所有在書店中能看到的

> 測字學，總共只有三本，就是根據這三本，全心全力投入在測字學中。……我已經是六十三歲剛步入老年的壯年人，所餘的歲月已經是所剩無幾。（《現代測字學》，頁18）

學習的過程裏，他感受到很大的困難，也終於想到了一個反其道的速成辦法：

> 在深入研究中，我發現了文字學和姓名學確實有所關連，和中國的成語以及諺語更是有著密不可分的關係，……要把成語倒背如流已是難如登天，更何況由一個字想出一句成語或數句成語，這是談何容易的事啊！（仝上，頁20）
>
> 我就是著眼於最高境界的成語，良久苦思不得其法，不得其門而入。忽然有一天深夜，坐在庭園的涼亭暝想，腦中有如一道閃電，不得正門而入，何妨走後門，這正是反其道而行的道理。翌日立刻前往書局購買一本成語辭典，由成語中構思文字的組合。（仝上，頁102）

第三位是執業於高雄的命相師洪美雄：

> 開始學測字，除了已經有八字基礎之外，就是看國語字典。隨便翻開字典的任何一頁、找一個字，從該字的注音、字義，如何分解、拼湊，如何解釋、應用，如何的變化，有那些諧音，有那些同音、同字不同音、同義不同字……的相關聯來聯想。之後又買書研習、探討，有了心得之後，就是實際測字論斷，把理論應用在實際的論斷上，以求理論跟實際是否有準確性。……一而再，再而三的求證，不停的求證、證明，

所得到的就是個人的秘訣。（《測字玄機》，頁252）

以八字的基礎，加上常常翻閱、使用字典，再三的求證，也就訓練出寫一本測字書的能力了。但是這只是速成的方法，眞正要成爲高手，得做到「任問事者隨時書寫、或口講一字，而能口若懸河，占斷吉凶，絲毫不爽」⑰，這可眞是非要胸羅萬卷，心機靈敏者不辦。

俗云：「讀一書則不足以知書。」測字也不例外，除了文字學基礎外，最好能有其他學問作爲配合。管洛《測字》說得頗爲明白：「漢字能發展成一種迷信活動，還與中國古代流行《周易》學說、陰陽五行學說、讖緯符應、天干地支、夢驗說、六神說等有關。……這樣長期以來，測字的內涵愈來愈擴大，成了中國傳統文化的有機組成部分，在發揮其迷信的本質之外，還包蘊廣泛的歷史文化內容。」（頁3）可見測字的內涵並非簡單地拆解字形，即可剖析清楚。游書翟認爲：「要學測字，先學面相學，先由面相察言觀色，一語道破最有把握的一點，這是下馬威，讓你雌伏在他的裙下，然後進行商談。」⑱洪美雄由於在民國76年、77年「開始學習八字、紫微斗數、姓名學、卜卦、擇日、風水等學術以來，發覺到有一共同的重點，那就是十天干……十二地支……五行……等之基本常識一定會用到」⑲。所以他認爲「學習測字，除了須有命理基礎常識，了解陰陽五行的生剋制化、文學學識能力，及當時的人、事、物種種自然有形、無形的現象之外，尚須臨場的隨機應變、察顏觀色，行

⑰ 謝石《測字祕訣》，頁18。

⑱ 游書翟《現代測字學》，頁13。

⑲ 洪美雄《測字玄機》，頁250。

爲舉動……等等做爲測字時的論斷依據，變化萬千，難以論斷。」⑳不過這種方式游書翟並不贊成，他說：

> 如果要在此學問中加上天干地支、九宮八卦或五行、陰陽等，或許有人認爲這是融會貫通，但是以我個人的理念，那是旁雜之學而不是專門的一技之長，總覺得是不足取。把一門學問變成市井無賴之術，學者變成江湖術士而已。（《現代測字學》，頁216）
>
> 原來的測字學和姓名學並沒有任何的關聯性，三千多年來一直是占卜事物的學問直到今天。測字學在發展途中難免融合其他的占卜學，如天干、地支、五行、陰陽等學說。所以測字學越變越複雜，更加難懂，變成一門獨特的學問和文化。這種學問絕不允許其他占卜學的追隨。（仝上，頁100）

不過，從謝石開始，所有的測字先生其實都是精通陰陽五行生剋與八字之術的，〈謝石測字眞傳〉說：謝石「爲一飽學寒士，貧不自給，侘傺無聊，自書一字，以《易》理推闡，知必有意外遭逢。謝本兼通子平術，因其以相字得名，後世遂無人知其兼精命理者也」㉑。今存的《測字祕訣》中幾乎連篇累牘地使用到了五行、八卦、六神、干支等。

再說測字的準確性，由近十年來坊間刊行的測字專書十三種（詳〔附表一〕），所載記的測字事例來看，幾乎都很神準。但是稍微思

---

⑳ 洪美雄《測字玄機》，頁1。

㉑ 謝石《測字祕訣》，頁17。

考一下，這十位作者預測的事例，總計應該超過三千例，而書中摘錄的還不到三百例，是割愛的斷例太多？還是準確性太低？關於測字的準確程度，初學者游書翟開玩笑式的說：「一般的占術師最是相信自己的占卜學，可能有很多人患有妄想症自信是天下第一，說眞的，我也是其中一。據我個人的經驗以及道聽途說所獲得的資料顯示，一般的對於過去的事都蠻準的，但是對於將來的預言似乎命中率都很低。我也不知道爲什麼，或許上蒼只能透露給你一個人的過去訊息，……如果讓人們能預知未來，天堂和地獄豈不是要關蚊子了。」㉒不過，他倒是頗以自己的準確度高興的，所以他認爲「測字學應是天下第一的預測學，……是專門預測未來，鐵口直斷，一語斷生死，……是就是是，不是就是不是，一點也不拖泥帶水，……一語點醒夢中人，結果是意猶未盡，餘音嫋嫋，回味無窮，這才是藝術的極致。」㉓他說得不錯，因爲論斷的準確度，一般說來其實是很低的，測字老手了然山人就說：「山人概略估計，命相師能有三成準確率，已可列入『高竿』之林，若能達到五成，必定門庭若市、名利雙收。」㉔

只是，根據他的《命運與人生》，他的準確度有時似乎微有刻意修飾過，例如他在該書前部分誇耀自己的準確度：「太太接受山人建議，立刻前往大陸，以老闆娘身份在工廠坐鎭，果然發現丈夫與一位會計小姐有染」㉕；但是到了後半部說得詳細時，才知他其

㉒ 游書翟《現代測字學》，頁10。
㉓ 游書翟《現代測字學》，頁20。
㉔ 了然山人《命運與人生》，頁29。
㉕ 了然山人《命運與人生》，頁31。

實沒有斷準：「她每隔半年去大陸團聚一次，見到全廠五十位員工中，竟有四十八位是女性，丈夫亦無小別勝新婚的熱烈。另有小道消息說丈夫與會計小姐經常出差，令他聯想到所謂資金的不足是否與此有關，因而用『資』字求測丈夫有沒有越軌？」可見妻子早已發現問題了，而了然山人的論斷是：「還好，截至目前爲止，丈夫是有外向之心，但尚無具體行動，若不及時釜底抽薪，一旦成爲事實，則悔之晚矣。」㉖與書前部分的肯定態度，截然不同。如此說來，測字又似以心理建設爲主，不見得須要高度的準確性了。

## 四、測者、問者的互動關係

### （一）相師是醫生、問者是病人

《測字全書》記載一個故事：有人懷白刃欲尋仇，先問測字先生曰：「我欲行一事可否？」測字先生聽其言可疑，又見其面有殺氣，因而不講字理，只以利害極言之。其人恐懼而去，久之怒釋，不再尋仇，後來就以此事告訴別人，慶幸自己免了一劫㉗。可知測字先生並不只依字理斷事，也應具有息事寧人，與人爲善之心。了然山人也說：「命理業者應扮演『社會醫師』角色，要跟隨社會步調，與現代生態結合。」㉘游書翟很認同此一觀點，自謂：「我是把占卜師當作是醫生，求卜者是以患者做比喻。如果患者並不說出

㉖ 了然山人《命運與人生》，頁83。

㉗ 謝石《測字祕訣》，頁140。

㉘ 了然山人《測字看人生》，頁4。

自覺症狀，醫生怎能知道你那裏不舒服。……有了所需要的任何詳細資料，醫生才能針對症狀做進一步的診斷或是使用各種檢驗方法來尋找你的病源，以便針對下藥，一針見血。」㉙

蕭蕭替女學生測父母的婚姻，學生寫了「愛」字，希望父母之間情愛長存。可是蕭蕭卻斷言愛字有「憂」（感情不佳）和「爪」（動手）之形，「講到這裏，學生的眼淚已撲簌簌掉下來，我不忍再說下去，……我選擇了『嬡』字跟她說，一個好女兒，好好愛爸爸，好好愛媽媽，愛仍然有積極的意義」㉚。所測的「愛」字雖然已經充滿不祥的感覺，蕭蕭還是嚥下想繼續說出父親方面「曖曖不明」的話，以免徹底擊潰了女孩單純的孝心，改用積極正面的「嬡」來鼓勵一顆已受創傷的心靈。

了然山人也是在適當的情景下，順勢勸導了國中畢業的潘小妹。潘小妹「常因喝咖啡而有心律不整症狀，很喜歡打網球，用『網』字求測是否會因打球而發生危險」。了然趁機開導說：「咖啡是成人飲料，對發育中的青少年會造成傷害，必須立即戒除，否則身體會越來越壞，網字的主體是個『罔』字，解釋是『不要』，這不要包括咖啡與劇烈運動，網字的結筆是個『亡』字，雖不一定意味死亡，但有一切終成泡影之意，愼之愼之。」㉛

因爲叛逆性強的青少年往往不願聽父母的規勸，外人反而成了他們傾訴的對象，了然山人這也算是盡了心理輔導的功效了。山人

---

㉙ 游書翟《現代測字學》，頁12。

㉚ 蕭蕭《字字玄機》，頁21。

㉛ 了然山人《測字看人生》，頁80。

還舉了一件頗令自己懊悔的斷例，認為自己當時未善加處理，以致發生意外。那是關於一位年輕醫生的妻子紅杏出牆的問題：

> 山人當時曾稍有猶豫是否應該告知對方。其後認為受過高等教育的人，應有圓融而理智的方式處理感情，乃據實以告。不料事情的發展令人十分遺憾，……前程似錦的醫師被判重刑，鋃鐺入獄。此事曾是十多年前報紙社會版的頭條新聞，山人雖是局外人，但總覺耿耿不安。如果當時我的語氣並不那麼地斬釘截鐵，甚至將答案予以隱瞞，是不是就可避免造成遺憾呢？山人一再強調，卜測業者負有一份社會教化責任，在應否隱瞞及如何隱瞞之間，稍有不慎，便會造成難以挽回的後果，不能不加警惕。（《命運與人生》，頁27）

當時山人若能像《測字全書》所為，極力剖析利害，這件悲劇或許就不會發生了。所以測字先生的醫生角色之扮演，其實是蠻有社會調和功能的。

## （二）問者誠意，測中率才高

測字先生既然扮演醫生，求測的人就應該像病患，把自己的疑慮、問題，儘可能的提供出來，所以測字的原理，就是「讓你隨意寫出一個字，是挖掘內心中隱藏的自保意識，用命理方面的專業知識，去捕捉你的靈感，從而找出一條最安全的路」[32]關於這一點，游書翟說：

---

[32] 了然山人《命運與人生》，頁20。

我是把占卜師當作是醫生，求卜者是以患者做比喻。如果患者並不說出自覺症狀，醫生怎能知道你那裏不舒服。……有了所需要的任何詳細資料，醫生才能針對症狀做進一步的診斷或是使用各種檢驗方法來尋找你的病源，以便針對下藥，一針見血。所以當有人來求我時，我都問他們詳細的資料，如果有人要我猜，我必定請他吃閉門羹，我不是神，怎能有一〇〇%的命中率，實在沒把握，有七〇～八〇%的命中率，相互間就應該偷笑了。（《現代測字學》，頁12）

測、問雙方能開誠布公，就像是求診一樣，這是最好的狀況，謝石也說：「凡事不明根柢，何從判斷吉凶？測字亦然。如遇求斷生意財氣，必須問明獨資經營，還是合股經商，還是幫夥，還是老闆？……論斷方有把握。」[33]只是有許多人「故意隱瞞若干關鍵性資料，來測試業者功力，這種心態殊不可取。因爲當今之世不可能有未卜先知的活神仙，占卜業者只能以本身所學的專業知識，參酌求測者的不同背景，來尋找出最適切的答案，準與不準，除了業者的功力與求測者的誠意之外，還得加上一點機運」[34]。

蕭蕭也認爲「測字最好是面對面，面對面會產生許多特殊的機遇，雙向的溝通也可以最速地找到雙方所要表達的意涵。」[35]當讀者徐小姐用「堅」字測問婚姻，蕭蕭一看字形，有兩度婚姻之象，因爲不知道「徐小姐到底結婚了沒有？爲了愼重起見，我特地撥了

---

[33] 謝石《測字祕訣》，頁11。

[34] 了然山人《測字看人生》，頁22。

[35] 蕭蕭《字字玄機》，頁29。

電話給她，徐小姐坦然說明目前離婚在家，她要問的是有沒有再婚的可能」㊱。可見雙方若未有對話的機會，有時可能造成某些誤導論斷的。

由此可見，測字是一互動關係十分密切的預測術，了然山人也強調：「機是機鋒，也就是現代人所謂的『靈感』，測者用專業知識來捕捉靈感，求測者則必須提供詳盡的背景資料，在一瞬間緊密結合，發生神奇效應，若求測者有開玩笑，甚或惡作劇心態，不但不會靈驗，甚至造成場面尷尬，宜予避免」㊲。

## （三）單向式的測字場景

測字先生通常是受到求測者尊敬推崇的，只是這種尊崇對於預測的準確性有無幫助？其實正是測字先生們的一種無奈，游書翟說：「有很多案例都是我瞎說，聽者頻頻點頭的莫名其妙的現場氣氛。我心中雖有些許高興，但是心中的尷尬實不足爲外人道。」㊳在美國開業測字的袁聖俞，也常碰到這種悶葫蘆似的求測者，有一次，年輕的求測者只回答「1995年3月生」、「問今年的運氣」、「有什麼解救的法沒有」三句，聽完後很心服地鞠躬連說「謝謝」，就走了。所以袁結語：「我完全憑字測事，我並沒有問他原因是什麼。」㊴又一次，另位年輕人用「靜」字問正在交往的女友有無結果，袁拆「靜」字爲「青」年「爭」取的對象，女方非常漂亮，在

㊱ 蕭蕭《字字玄機》，頁51。
㊲ 了然山人《測字看人生》，頁19。
㊳ 游書翟《現代測字學》，頁178。
㊴ 袁聖俞《測字漫談》，頁261。

「今年農曆『十二月』以前，這些『競』爭便平息了，有了結論，便安『靜』下來了」。說完了，看看青年的氣色未見歆喜，而且「今年年底到明年開春以前，並無特殊的喜色」，只好說若沒有緣分，是強求不來的。青年不太滿意，臨走時，倒底拋下了句：「她已拿到碩士學位，今年年底一定要回臺灣的。」㊵這可替袁老解了剛才「十二月」等一堆話的悶葫蘆。不過，了然山人就針對這一點，很有心地作了改進，他說：

> 預測準確與否，連相命師本人都不會知道，因爲預測是針對未來的事，必須假以時日，方能驗收成果。但命相師與顧客之間，缺乏連絡管道，銀貨兩訖之後，各不相干，根本無法驗證。所以，命相師想要精進，必須和顧客連繫，才會知道對在哪裏、錯在哪裏，這就是所謂前事不忘，後事之師。山人目前在兩家報社、三家雜誌社和兩家廣播電台闢有專欄，對讀者來信都予以編號歸檔，部分讀者會在事後來信告知預測是否準確，山人最喜歡接到這些來信，檢討之後，會和原先來信釘在一起珍藏。這種工作雖然繁瑣耗時，但卻是進步的最大動力，也是寫作上的最佳題材。（《命運與人生》，頁30）

秉持學術研究的精神，將「讀者來信都予以編號歸檔」，再將它「和原先來信釘在一起珍藏」，其實就是溫故知新的最便法門，對自己預測準確度的提升，也有著具體的幫助。測字術如果能在這種踏實的努力下，逐漸開展，它的神祕色彩應該也會逐漸淡化的。

---

㊵ 袁聖俞《測字漫談》，頁162。

## （四）不作預測的事情

測字也是服務業的一種，本來是該「顧客至上」的，但是它又牽涉了微妙的神機，用錯了地方想來會不利於天理自然的循環，所以測字先生們也都本著心，為自己定下了幾條不測的原則。例如蕭蕭有一次被玩笑似地設計了，替學生預測英文週考分數，雖然也測中了，他仍然懊惱地說：「不過我還是不喜歡有關數字的測字。」[41]了然山人也認為測字先生「必須念念不忘社會責任，以社會醫生自我期許、自我規範。基於此一理念，山人替自己設下『三不測』關卡，那就是：考試成敗不測、金錢遊戲不測、勸人離婚不測。」[42]在《公論報》開闢「測字論人生」專欄的飛雲山人，更是明白列舉了六項「不預測」：

（1）攸關「生死大事」絕不論測。

（2）非本人書寫求測，絕不論測。

（3）「測字別」之書寫，故意以象形字體或其他藝術性字體求測，絕不論測。

（4）任意以其他看似非尊重型之紙類書寫「測字別」之來信求測，絕不論測。

（5）連續來信求測，具「調皮型」求測者，絕不論測。

（6）違反求測誠意、違反自然書寫方式、違反相互尊重之模式之求測，絕不論測。[43]

---

[41] 蕭蕭《字字玄機》，頁25。

[42] 了然山人《命運與人生》，頁33。

[43] 飛雲山人《測字藝術趣談》，頁8。

可見從事測字已久的行家們，都深深地領悟到，尊重自己、誠懇處事的求問者，才能與測者達到靈感交合的最佳預測狀況。

# 五、測字實例

測字的方式沒有定規，由〔附表三〕所列的數十種斷案祕訣來看，真令人眼花撩亂，不知從何處著手。不過，命理方術，本來就有點詭詐，所謂「江湖一點訣」，一般最常用到的方式，還是可以從諸家的書中窺其門徑，簡化為「拆解、字體、靈動、觀梅」四項，有時為了迎合時代潮流，可能要加上一些現代化的知識。

## （一）拆解字形

中國字具有方便拆裝、組合的特色，有時一個字可以作細部分解，每個部分都是一個獨立的字；有時又把一個字重疊幾次，成為一個新字。前者如「重」字，可以分解成：千、中、日、申、土、甲、里、二、口、古、十、壬等十二個字。另外，「囨」符號，也可以拆出：一、二、三、木、米、上、田、困、王、日、十、士、土、口、山、下、川、干等十八字。後者如重疊兩次的「林、戔、炎」，重疊三次的「晶、淼、焱、森、猋」，不勝枚舉。又因為中國字的同音字很多，或是有些字易混淆，所以在日常生活中，也有將字體拆開說明，以利表達的，如：介紹姓氏時，說自己姓「弓長張」或是「立早章」，是「耳東陳」或是「禾口壬程」，其餘「木易楊」、「草頭黃」、「木子李」也是。

這就是簡單的拆字，古代命相師藉用此法在預測術上，就成了內容豐富的的「拆字」，例如：掠是「半推半就」、過是「取禍之道」、錢是「金氣摧殘」、小是「兩邊阻隔」，這些自創成語，活靈活現的表達出意義明確的論斷，都曾被歷代測字先生使用過。

藉拆字來預測禍福，是測字術裏使用最頻繁的方式。用「意」字占財利，是得意之餘，切記「六一日小心」；結果不幸在第六十二日遭竊[44]。又有人促狹用「周」字測婚姻，拆解開來有「月、用、吉」三形，於是測者斷曰：已經「用過大吉」了，一「月」內將結婚。把問者說得目瞪口呆，面紅耳赤，悔不該自取其辱[45]。至於用「國」字測家庭，則是大口包小口，小口以戈抵禦大口，雙方都竭盡所能，不讓對方踰越雷池一步[46]。

業餘愛好者游書翟的廖姓朋友，元月用「偉」字測運勢，字形含有「人、口、五、韋」等形，韋又與「違、圍、衛」相關連，所以游的綜結是：五月中旬可能有車禍，當心被圍。五月中旬，廖某「去客戶那裏，把車停在馬路轉彎的地方，進去客戶家沒多久，聽到一聲碰撞聲，出去一看，他的車已是面目全非，被沙石車由後面追撞，再往前撞上電線桿，被夾殺出局了。」[47]

不久前，我國駐索羅門大使謝棟樑，也說過自己的三次測字經驗。他說，外交部的駐美代表處有位善於測字的「范大師」，大約民國80年左右，謝趁著赴美開會之便，走訪范公，並以「史」字相詢，范說：「有做大『使』的雛型，只差個『人』。」隔年，謝再

---

[44] 佚名《測字秘訣》，頁9。

[45] 游書翟《現代測字學》，頁163。

[46] 梁正宏《測字時空學》，頁52。

[47] 游書翟《現代測字學》，頁77。

訪范，詢以「來」字，范恭喜道：來字可拆成「一大人、兩小人」，應有「一館長、兩館員」的使館職務。第三年，謝三訪范，再詢以「毛」字，范肯定地說：「『毛』者，反手也，當大使是易如反掌。依此字末筆勾畫，應屬南方近赤道處。」隔兩年，謝果眞被發表爲駐索羅門大使㊽。只是這一則斷例，前後費了五年時間才結案，是否足以採信？其實還是要各憑心證了。不過，這些繪影繪形的拆解事例，似乎把測字術包裝得奇準無比，不得不信了。

## （二）字體論斷

以字體類型作爲論斷，是測字術中稍具理性依據的預測法，但是有時也被使用者附會得失去了眞實性。現今頗爲流行的「筆跡鑑定術」，其實與這一原則相同，而更具科學驗證。測字術中的《齊景至理論》說道：「人稟陰陽造化，五行妙思，一言一語，一動一靜，然後揮毫落楮，點畫勾拔，豈不從於善惡，得之於心，懸之於手。心正則筆正，心亂則筆亂；筆正則萬物咸安，筆亂則千災竟起。」㊾《五言作用歌》也說：「斷事不可泥，變通方是道。細細察根源，始識先賢奥。十人寫一字，筆法各不同；一字占十事，情理自然別。」㊿謝石〈辨字心得〉具體提出：「富人之字，多穩重無枯淡；貴人之字，多清奇長劃肥大；貧人之字，多枯淡無精神；百工之字，多挑趯。」都點出字體的點畫勾勒，顯示出一個人潛藏於心靈深層的意識與運勢；這些字體分析的結論，都成了測字先生斷事時候的一

㊽ 《聯合報》，民國87年7月23日，記者周怡倫〈謝棟樑測字，歡喜任大使〉。

㊾ 《古今圖書集成·拆字部》，卷747，頁59029。

㊿ 同前註，卷748，頁59042。

項依準[51]。

例如一對經商卻不賺錢的夫婦，寫「財」字求問理財之道於了然山人。了然斷語中言及：「寫來的『財』字將左邊『貝』字的二小橫寫成一豎，表示內部節流的關卡已不存在，賺來的錢一瀉而下，更糟的是左下方應該閉合之處有了缺口，使一瀉而下的財富流失，這是節流方面的漏洞。至於開源，右邊的『才』字寫得力量十足，表示賢夫婦才氣不在人下，但結筆的一撇稍短，致使『才、貝』之間形成疏離，關係不夠密切。」[52]

有個大三的女同學寫了個「志」問愛情，「士」的兩橫離得太開，看來就像小孩畫的線條飛機，所以我告訴她：「男朋友飛走啦！」果眞，男方已經赴美留學了，一直都沒有聯絡。還有個大男生用「完」字來測，末筆「L」拉得太長，像煞缺了兩點的「心」字，所以我說：「只是關起門來自己想，現在還沒有心理準備吧。」他說，的確羨慕別人，可是不敢行動。看來只好繼續等了。

揚雄說過：「言為心聲，字為心畫。」一個人的潛意識確實會顯現在字跡裏頭，所以半十老人常告訴別人：「改造命運，除了唸佛、積陰功、讀書之外把字寫得筆畫端正，也是一大助力。」[53]

## （三）觀梅測法

觀梅測法是測字術裏，趣味與難度僅次於靈動法的。簡單說來，就是用準備預測的「字」和其它相關的一切事物作聯想。這就必須

---

[51] 謝石《測字祕訣》，頁8。

[52] 了然山人《測字看人生》，頁171。

[53] 半十老人《字中天地》，頁4。

有純熟的經驗，能細心觀察一切事物，又善於臨機應變，才能言談微中的。話說有人求測婚姻，卻在紙捲筒裏抽得個「死」字，懊喪之餘，測字先生卻恭喜他道「好事已至」。一個旁觀者見了歆羨，也指著那個「死」字，要測婚姻。沒想測字先生卻告以「成功無望」。圍觀的人都覺得奇怪，測字先生解釋道：先抽的時候，剛好有人抱了床錦被走過，現出「一床錦被蓋鴛鴦」的意象；而第二人測的時候，卻來了個扛木棍的人，豈不應了「棒打鴛鴦兩路分」？這就是以周遭景物作依據，以推論測字的結果，因爲方法與邵雍《梅花易數》裏「觀梅以雀爭勝布算」[54]的道理相同，所以稱作「觀梅法」。

觀梅法到了現代還是同樣管用，有一次，蕭蕭的同事在打牌之前，用紅筆寫了個字叫測，蕭蕭看都不看就說「見紅有利」；有個學生拿樣學樣，也用紅字測分數，蕭蕭還是沒看，說道：「紅字當然不及格。」[55]這麼地利用週遭或當事景物，就是觀梅法。

在鳳山執業的相師梁正宏，有次中午在公司用餐時，有同事以「病」字測身體。他一思量，覺得頗爲不祥，因爲病字「音殯，先吃飯後書病爲吃病。吃病音『出殯』，不吉之音。」[56]又有一位女郎以「木」字請半十老人測婚，半老在恭喜之餘，說道：男方「個性比較強，和他父母兄弟處得不是很好。」女郎認同並且訝異問何以看出，「木字加上鳥字，不是梟字嗎？鳥在木上，有巢可棲，這是

---

[54] 邵雍「偶觀梅，見二雀爭枝墜地，……因占之：……明晚當有女子折花，園丁不知而逐之，女子失驚墜地，遂傷其股」。此一占筮傳說，坊間銷售之各種《梅花易數》，皆有載錄及解說。

[55] 韓小芾〈蕭蕭神奇測字實證錄〉，見蕭蕭《字字玄機》，頁172。

[56] 梁正宏《測字時空學》，頁54。

家可以成的徵象；但是梟又是不孝鳥，所以斷和家人不太相得。」女郎問：「幹嘛要在木上加鳥，而不加別的呢？」半十老人笑笑，指著窗外：「妳聽，那是什麼叫聲呢？」窗外，鳥正叫得聒噪呀！57

半十老人又說了一個「絕非杜撰」的親身經歷：1995年陽曆5月18日，星期四，中午時分，已連綿幾天雨，昨夜到今朝還是暴雨呢！氣象報告說大陸鋒面接近本省，要到星期六才可望放晴。下午他還要騎機車上山到學校授課，深怕暴雨不停，所以自占一字，得「雨」。占時正有一部機車剛發動，聲音「吃吃然」響。他斷道：「下午準定沒有雨。」因爲：

(1)既然翻到「雨」字，則雨已下了，過了，該停了。《老子》也說：「驟雨不崇朝，飄風不終日。」

(2)午時翻得此字，正是火最旺的時候，雨水遇到午火，不是蒸乾了嗎？

(3)機車引擎「吃吃然」，「吃」頗像「齊」聲，「雨」下加「齊」，正是「霽」字；霽，雨晴也。

果然到了當晚十時三十五分，依舊乾爽無水。58

這就是觀梅之一法，只是各種細節都準確得令人訝異，信是不信，只有各憑主斷了。

## （四）機鋒靈動

測字是所有算命術中最講究「靈動」的，測字之靈驗與否，全

---

57 半十老人《字中天地》，頁61。

58 半十老人《字中天地》，頁92。

看測字者能否觸動靈機而斷。謝石《測字祕訣》也說：「相字云者，蓋端相字體，據理而言，全在臨時見機，立言尤貴活變，一落拘泥呆滯，測機之價値喪失矣。」（頁18）至於「測機」是什麼？宋凌雲說：「所謂『測機』是指外圍的人、事、時、地、山川、鳥獸乃至草木等皆可以入字，動靜配合而爲一體，所以論斷時才能面面俱到，而不以字限義。」[59]這種測字時外物的配合，半票居士稱它作「靈機」，並解說道：「名家之測字，全憑靈機。什麼叫靈機？靈機又稱爲測機，就是機鋒的俗名。……機者如弩牙，所以發矢；鋒者是箭之鋒，機括一觸即發，故無從捉摸，箭鋒犀利無比，觸之即受傷，故不可以依傍。」[60]半票居士更以自己多年的實務經驗，具體描述這種感覺：

> 這種靈機的反應，係人類先天之神明，用現代的術語說，就是第六感的反應是也。測者的第六感之反映，在於占者提示文字，說出問占之事物時，在當場周圍的一切偶發、偶感之事物反映，就時間言，是很短促的。此時，測者必須靈台清明，心無雜念，專心把日常生活所能所知的，與廣博的學識經驗，融會臨測當場的四周環境，及偶發情事、景象以產生用神，而後引出靈機，這一串的反映測機，說來話長，但實際上自占問者，提示之文字時，通過大腦反應出來的機鋒，不過是短短的幾秒鐘而已，這種無從捉摸的反應，全賴敏銳的第六感是也。（《測字趣談與學理》，頁23）

憑測者當時眼中所見，耳中所聞的第六感反應，這種反應的

---

[59] 宋凌雲《測字玄談》，頁189。
[60] 《測字趣談與學理》，頁22。

> 感觸，必須立即把握，並即下定論斷其吉凶，不可猶豫，否則，不可能有再現的。古來之測字大家，皆因能把握霎時出現的朕兆感觸，所以所測莫不徵驗非常。（仝上，頁30）

這種幾秒鐘霎時隱現的「靈機」，沒有一定跡象可尋，也無法由自己觸動與捕捉，「完全是以測者當時第六感的運用」。這種知能的由來，「一部分是先天之神明，其次就是後天腦筋的鍛鍊，養成有敏銳的反應力，必須有廣博的學識爲基礎」[61]。半票居士更以所斷案例爲證：

> 測字完全是靠機鋒的靈感，剛才張先生寫『張』字占問令堂之病，我一見『張』字，腦中即湧現問病有關吉凶的種種因素，其中，喪門是主喪亡，弔客主疾病，兩者對於問病皆不吉，而今所寫『張』字，隱有二凶神之徵兆，使我立即觸動靈機，而下斷語爲『弔客、喪門』齊現也。……至於靈機觸動之故，係你所寫『張』字，用正楷寫成矮胖的『弓』形如『弔』字；右邊『長』字的最後四筆『𠀍』形，與『喪』字的末幾筆同，因而聯想到『喪門』。」（《測字趣談與學理》，頁68）

「弓」似「弔」字、「長」有「喪」形，因而靈機觸動，想到「弔客、喪門齊現」。這全靠測者的經驗和靈動而來，與周遭景象無關，所以與「觀梅」不同。半票居士又說了另一個斷例，在高雄的好友歡迎會中，有位專科老師寫「申」字請測財運，他「腦海中馬上有

---

[61] 半票居士《測字趣談與學理》，頁37。

個直覺的反應，這不是很像一個『陀螺』嗎」！於是斷道：最近一、二年雖然很忙碌，但是始終空歡喜一場，所以財運不佳。在座者都很認同，說事實的確如此。62

一般測字書都喜歡宣揚謝石用「靈動法」論斷高宗字相的故事，來證明測字術的神奇，如《相字應驗》載：

> 昔謝石以測字聞名天下，宋帝高宗私行遇石，以杖於土上畫一「一」字，令相之。石思曰：「土上一畫成王字，必非常人。」疑信之間，旁又畫一「問」字令相，爲田土所埂，兩旁俱斜側飄飛，石大驚曰：「左看是君字，右看是君字，必是主上。」遂下拜。上曰：「毋多言。」石俛伏謝恩，帝因召官之。（謝石《測字祕訣》，頁142）

謝石看到地上有「一」，認爲寫字者「必非常人」；又看見「問」字「兩旁俱斜側飄飛」，就大驚道：「左看是君字，右看是君字，必是主上」；哄得高宗龍心大悅，召他作官。但是這一則故事版本眾多，作者有如一旁親身參與，有的還附會到徽宗身上，可信度其實不高。

不過，今年初我倒也碰巧遇到類似斷例。好友吳君與我同行，都是教師，由於眼高手低，又痴情於初戀，致使年過四十了還摽梅未獲。春節時，吳君竟得趙姓美女作陪過訪蝸居，名爲拜年，其實想知道自己此役勝算如何。我請趙小姐寫來一字，得「問」，奇巧的竟也是「兩旁俱斜側飄飛」，我靈光一閃，結局立見，私下告訴

---

62 半票居士《測字趣談與學理》，頁51。

吳君說「不用想了」。因爲字形清清楚楚地表明此女「左右逢源」，字體飄斜則爲當時此女心意不正，而「吳、趙」又組成了「誣鑿」騙人的用詞。如此一來，怎麼可能成功？只是字形既有「兩君共一口」的入室跡象，吳君當然陷落已深，所以他不相信命運，直到現在仍然堅苦卓絕地爲自己的幸福奮鬥。

執業測字家了然先生也說出自己的靈動經驗，他說：人都有一種超能力感應，當測者與問者「兩者的波段在運行中偶一相遇時，會發生一種奇妙感應，這種感應十分微弱，唯有夙具慧根或對命理之學研究有成的人，才會感受得到，其精準度就像木製傢俱接合處的榫頭」[63]，「山人多年來的自我評估，百分之百準確的答案，幾乎都在瞬湧現，不必思考就能衝口而出，但這樣的機率僅有二成左右，有緣人才會碰到。其餘八成就得經過思索，用求測者的背景資料與測得的答案相互推敲」[64]。如果能夠遇到這麼難得的「有緣人」，測字眞似再簡單不過的事了。當然「這樣的機率僅有二成左右」，所以不能遇合時，清代的《測字全書》也已說過了：

> 凡遇有字，與事絕無一點關合，難於推測者，只云：「事無頭緒，且少待之。」（謝石《測字祕訣》，頁110）

游書翟更是明白表示：「我非常重視緣份，如果求卜者和我談話很投緣，命中率很高，如果不投緣，腦中所知有限，再怎麼絞盡

---

[63] 了然山人《命運與人生》，頁24。
[64] 了然山人《命運與人生》，頁25。

腦汁也搾不出所以然來，這時我會舉白旗投降」[65]。

這麼看來，測字先生雖似無所不知，卻也不免三十六計走爲上策的時候，溜倒成了不得不用的最後法寶。不過，求測者若能與測字者誠意配合，這種「溜」的情況應會改善不少。

## 結　語

對於耽久書堆的人來講，須要引經據典的學術論文好寫；可是要將世俗化、難有理據的測字術也像模像樣的寫來，就令人不止十次以上的頹然擲筆而歎了。說得眞了，流於宣揚迷信的撻伐中；寫得規矩些，又讓心存期盼的人感到失望。不過，既然頂著「學術會議」的大纛，似乎應該走在大家可容忍的範圍內，這其實也算是一種知識良心吧，如果還有哪些偶爾錯失的步子，可能是投入的時間稍嫌倉卒的緣故。本文引用許多測字專家的著作，只是單純地想顯示他們對於測字術的認同與鑽研，儘量不作對錯的分析。因爲文字學既然世俗化了，本來就已經不是學術中所看到的永垂不朽的傳統樣貌。其實，當我們把文字視爲心理意識的呈顯，藉用爲預測遊戲的工具時，「文字」已成一種被賦予新義的符號，不再是我們熟識的文字，也不須要再替它進行什麼理性的分析。或許測字學的好者游書翟的輕鬆話頭，可以作爲本文的結語：

> 文字和人一樣也有個性，有時俏皮，有時道貌岸然一付老學究的樣子，有時卻是尖酸刻薄諷刺人類的各種心態，有時候

---

[65] 游書翟《現代測字學》，頁12。

是文學家，又有時候是藝術家。我們常以爲文字是被我們所驅使所利用，其實文字卻在暗地裏默默地看著人類創造文化，又毀於文化的過程吧。（《現代測字學》，頁234）

# 【附表一】測字書籍與文獻

〔宋〕謝石等：《謝石、程省測字祕訣》，臺北：武陵出版社影印海虞丁氏藏本，1996年6月。

〔清〕周亮工：《字觸》，臺北：新興書局《筆記小說大觀》第21編第10冊。（1647撰）

〔清〕陳夢雷編：《古今圖書集成·拆字部》，臺北：文星出版社，民國53年。（1706撰）

〔清〕鐵筆子：《測字入門》（實即謝石、程省二書合刊），臺北：新象書店（附於《十二生肖命運》書後），民國73年2月。

孔日昌：《測字學精髓》，臺南：王家出版社，民國64年7月。

佚　名：《測字秘訣》，臺北：中國婦女家政文化出版社，民國70年9月。

宋凌雲：《測字玄談》，臺北：希代出版公司，民國71年12月。

水　銀：《字相學》，臺南：王家出版社，民國76年10月。

陳詔埕：《測字精通》，臺北：武陵出版社，1987年11月。（1992年1月2版2刷）

蕭　蕭：《測字隨想錄》，臺北：合森文化事業公司，民國78年 9月。

蕭　蕭：《字字玄機》，臺北：健行文化出版社，民國79年8月。

蕭　蕭：《神字妙算》，臺北：躍昇文化公司，民國79年10月。

楊　昶、宋傳銀：《神秘的測字》，廣西：廣西人民出版社，1991年4月。

孔日昌：《測字學精髓》，臺南：王家出版社，民國80年5月。

知幾山人：《一字定乾坤》專欄，中央日報《星期天專刊》，民國81年2月—82年6月。

梁正宏：《測字時空學》，臺南：王家出版社，民國81年12月。

劉幼生等主編《中國命相研究——測字》，山西：山西人民出版社，1992年12月。

管洛、易元：《中國古代測字大觀》，北京：人民中國出版社，1993年3月。

黃復山：〈文字學世俗化——周亮工《字觸》述評〉，第二屆《明清之際中國文化的轉變與延續》學術研討會，民國82年4月。

楊　昶：《文字游戲測字術》，爲《中華神秘文化》第二十五章，湖南：湖南出版社，1993年6月。

了然山人：《測字看人生》，臺北：九儀出版社，民國82年11月。

管洛、易元：《測字——人的智力遊戲》，臺北：學鼎出版公司，民國83年1月。

楊　昶、宋傳銀：《測字術注評》，臺北縣：雲龍出版社，1994年4月。

半票居士（張正體）《測字趣談與學理》，臺北縣：長圓圖書出版公司，民國83年8月。

楊　昶、宋傳銀：《神秘的測字》，臺北：書泉出版社，1994年9月。

楊　昶：《中華測字術》，臺北：文津出版社，民國84年3月。

了然山人：《命運與人生》，臺北：漢欣文化事業公司，民國84年8月。

飛雲山人：《測字藝術趣談》，臺南：綜合出版社，民國85年1月

了然山人：《測字看人生》，臺北：九儀出版社，民國85年9月。

容留君：《鬥陣算好命——測字篇》，臺北：中國時報，民國86年4月起。

半十老人：《字中天地——測字基礎篇》，臺北：孚嘉書局，民國86年5月。

游書翟：《現代測字學》，臺北：美工圖書社，1998年3月。

洪美雄：《測字玄機》，臺北：益群出版社，民國87年5月。

袁聖俞：《測字漫談》，臺北：林鬱文化事業有限公司，1999年9月。

# 【附表二】測字書籍一覽表

| 人物及著作 | 出版年月 | 出版時年歲 | 出版處 | 學歷 | 經歷或測字方法 |
| --- | --- | --- | --- | --- | --- |
| 1. [宋] 謝石《測字祕訣》 | 傳聞約 1150 年 | | 臺北：武陵 | 貧士 | |
| 2. [清]程省《測字祕牒》 | 傳聞爲清初人 | | 臺北：武陵 | | 測字先生 |
| 3. [清]周亮工《字觸》 | 順治 4 年（1647） | 36 歲。 | 臺北：新興 | 舉人 | 縣令、御史、作家 |
| 4. [清]陳夢雷編《古今圖書集成・拆字部》 | 康熙 45（1706） | | 臺北：文星 | 大學士 | 奉敕編纂《集成》 |
| 5. [清] 鐵筆子《測字入門》（實即謝程書） | 傳聞晚於程省 | | 臺北：新象 | | 測字先生 |
| 6. 孔日昌《測字學精髓》 | 1975 年 6 月 | 約 50 歲 | 臺南：王家 | 具國學根柢 | 約民國 50 年執業於臺南 |
| 7. 佚名《測字秘訣》 | 1981 年 9 月 | | 臺北：婦女 | | 業餘 |
| 8. 宋凌雲《測字玄談》 | 1982 年 12 月 | 約 40 歲 | 臺北：希代 | | 熟稔測字理論 |
| 9. 水銀《字相學》 | 1987 年 10 月 | 約 40 歲? | 臺南：王家 | | 編輯命理叢書 |
| 10.陳詔埕《測字精通》 | 1987 年 11 月 | 約 75 歲? | 臺北：武陵 | 具國學根柢 | 習測字 20 餘年，光復前即執業於臺南 |
| 11.蕭蕭（蕭水順）《測字隨想錄》、《字字玄機》、《神字妙算》 | 1989 年 9 月<br>1990 年 8 月、10 月 | 43 歲。<br>44 歲。 | 臺北：合森<br>臺北：健行、躍昇 | 師大國文所碩士 | 詩人、作家，歷任景美、北一女國文教師，輔大夜間部兼任講師。 |
| 12.宋傳銀等《神秘的測字》（與楊昶合著） | 1991 年 4 月 | 約 35 歲? | 廣西：人民 | 華中師大歷史碩士 | 華中師大歷史系講師 |
| 13.知幾山人《一字定乾坤》專欄 | 1992 年 2 月起 | | 中央日報 | | 解析字體筆勢 |
| 14.劉幼生等主編《中國命相研究——測字》 | 1992 年 12 月 | | 山西：人民 | | 介紹與批判「測字」 |

| | | | | | |
|---|---|---|---|---|---|
| 15.梁正宏《測字時空學》 | 1992年12月 | 約40歲? | 臺南：王家 | | 業餘，熟稔命理。 |
| 16.管洛、易元《中國古代測字大觀》 | 1993年3月 | | 北京：人民 | | 白話類編古代測字書 |
| 17.楊昶《文字游戲測字術》(《中華神祕文化》中)《測字術注評》(與宋傳銀合著)《中華測字術》 | 1993年6月<br>1994年5月<br>1995年3月 | 45歲。<br>46歲。<br>47歲。 | 湖南：湖南<br>臺北：雲龍<br>臺北：文津 | 華中師範大學歷史系碩士 | 華中師大歷史系副教教、文獻所古籍整理研究室主任，碩士導師。 |
| 18.了然山人《測字看人生》、《命運與人生》 | 1993年11月<br>1995年8月 | 約62歲<br>約64歲 | 臺北：九儀<br>臺北：漢欣 | 台大商學系畢業。 | 教師、記者。自幼自學命理，報章、雜誌測字專欄 |
| 19.牛票居士（張正體）《測字趣談與學理》 | 1994年8月 | 73歲。 | 臺北縣：長圓 | 家傳命相、易理 | 國小校長、糧食局苗栗主秘，著國學、命理書籍多種 |
| 20.飛雲山人《測字藝術趣談》 | 1996年1月 | 約48歲 | 臺南：綜合 | 大專畢業 | 《臺灣公論報》測字專欄 |
| 21.容留君塀門陣算好命——測字篇塄 | 1997年4月起 | | 中國時報 | | 以筆畫成卦而占筮 |
| 22.牛十老人《字中天地——測字基礎篇》 | 1997年5月 | 約50歲? | 臺北：孚嘉 | 具古文字學根柢 | 熟稔測字理論與實務 |
| 23.游書翟（游象平）《現代測字學》 | 1998年3月 | 63歲。 | 臺北：美工 | | 居宜蘭，60歲以後始學測字 |
| 24.洪美雄《測字玄機》 | 1998年5月 | | 臺北：武陵 | 民國76學八字等 | 執業於高雄縣約民國83年習測字 |
| 25.袁聖俞《測字漫談》 | 1999年9月 | 78歲。 | 臺北：林鬱 | 大學畢業 | 大二起偏愛命理。執業於美國。 |

# 【附表三】古今測字專書內容比較表

| 字體推論祕訣 | 1 謝石測字祕訣 | 2 程省測字祕牒 | 3 周亮工字觸 | 4 陳夢雷拆字部 | 5 鐵筆子測字入門 | 6 孔日昌測字學精髓 | 7 佚名測字祕訣 | 8 宋凌雲測字玄談 | 9 水銀字相學 | 10 陳詔埕測字精通 | 11 蕭蕭 1 測字隨想錄 | 2 字字玄機 | 3 神字妙算 | 12 宋傳銀神密的測字 | 13 知幾一字定乾坤 | 14 劉幼生等測字 | 15 梁正宏測字時空學 | 16 管洛古代測字大觀 | 17 楊昶 1 遊戲測字術 | 2 測字術注評 | 3 中華測字術 | 18 了然 1 測字看人生 | 2 命運與人生 | 19 半票居士測字談趣 | 20 飛雲山人測字藝術 | 21 容留君門陣算好命 | 22 半十老人字中天地 | 23 游書翟現代測字學 | 24 洪美雄測字玄機 | 25 袁聖俞測字漫談 |
|---|---|---|---|---|---|---|---|---|---|---|---|---|---|---|---|---|---|---|---|---|---|---|---|---|---|---|---|---|---|---|
| 測字總訣 | △ | | | | △ | | | | | | | | | | | | | | | | | | | | | | | | | |
| 測字排場 | △ | | | | △ | | | | △ | | | | | | | | | | | | | | | | | | | | | |
| 字體推論祕訣 | △ | | | | △ | | △ | | | | | | | | | | | | | | | | | | | | | | | |
| 隨事取斷祕訣 | △ | | | | △ | | △ | | | | | | | | | | | | | | | | | | | | | | | |
| 六神形式圖解 | △ | | | △ | △ | △ | △ | △ | △ | | | | | | | | | | | | | | | | | | △ | | | |
| 邊傍歌訣 | △ | | | | △ | △ | △ | △ | △ | △ | | | | | | | | | | | | | | | | | △ | | | |
| 細推字理 83 條 | △ | | | | △ | △ | | | | | | | | | | | | | | | | | | | | | △ | | | |
| 測字取格祕訣 | △ | | | | | | | | | | | | | | | | | | | | | | | | | | | | △ | |
| 五行相生地支 | △ | | | △ | | | | | | | | | | | | | △ | | △ | | | | | | | | △ | | △ | |
| 五行四季旺相 | △ | | | △ | | | | | | | | | | | | | △ | | △ | | | | | | | | △ | | △ | |
| 干支所屬五行 | △ | | | △ | | | | | | | | | | | | | △ | | △ | | | | | | | | | | | |
| 喜忌見聞例斷 | △ | | | △ | | | △ | | | | | | | | | | | | | | | | | △ | | | | | | |
| 四時時辰例斷 | △ | | | △ | | | | | | | | | | | | | | | | | | | | | | | | | | |
| 添減字劃舉例 | △ | | | △ | | | | | | | | | | | | | | | | | | | | | | | | | | |

| | | | | | | | | | | | | | | | | | | | | | | | | | | | | | | |
|---|---|---|---|---|---|---|---|---|---|---|---|---|---|---|---|---|---|---|---|---|---|---|---|---|---|---|---|---|---|---|
| 反體字 | △ | | | △ | | | | | △ | | | | | | | | | | | | | | | | | | | | | |
| 即物諧音象形 | △ | | | | | | | | | | | | | | | | △ | | | | | | | | | | | | | |
| 古人相字實驗 | △ | | | | △ | | | | | | | | | | | | | | | | | | | | | | | | | |
| 測字十二法 | | △ | | | △ | △ | △ | △ | △ | △ | | | | | | | △ | | △ | △ | △ | | | △ | | | △ | △ | △ | |
| 心易六法 | | △ | | | △ | △ | △ | △ | △ | △ | | | | | | | | | △ | △ | | | | △ | | | △ | △ | | |
| 測字取格祕訣 | | △ | | | △ | △ | △ | | | △ | | | | | | | | | | △ | | | | △ | | | | | | |
| 雙句格法 | | △ | | | △ | | | | | △ | | | | | | | | | | △ | | | | | | | | | | |
| 至理測字實驗 | | △ | | | △ | | | | | | | | | | | | | | | △ | | | | | | | △ | | | |
| 拆字數 | | | | △ | △ | △ | | | △ | △ | | | | | | | | | | | | | | | | | | | | |
| 1.指迷賦 | | | | | | | | | | | | | | | | | | | | | | | | | | | | | | |
| 2.玄黃剋應歌 | | | | △ | △ | △ | | △ | △ | △ | | | | △ | | | | △ | | | △ | | | △ | | | | | | |
| 3.玄黃序 | | | | △ | △ | △ | | | △ | | | | | | | | | | | | △ | | | △ | | | | | | |
| 4.玄黃歌 | | | | △ | △ | △ | | | △ | | | | | | | | | | | | | | | △ | | | | | | |
| 5.花押賦 | | | | △ | △ | △ | | | △ | | | | | | | | | | | | | | | △ | | | | | | |
| 6.探玄賦 | | | | △ | △ | △ | | △ | △ | | | | | | | | | | | | | | | △ | | | | | | |
| 7.齊景至理論 | | | | △ | | △ | | △ | △ | | | | | | | | | | | | | | | | | | | | | |
| 8.字畫經驗 | | | | △ | | | | | △ | | | | | | | | | | | | △ | | | | | | | | | |
| 9.字體要訣 | | | | △ | | | △ | | △ | | | | | △ | | | | △ | | | △ | | | | | | △ | | | |
| 10 四季水筆 | | | | △ | | | | | | | | | | | | | | | | | △ | | | | | | | | | |
| 11 畫有陰陽 | | | | △ | | | | | | | | | | | | | | | | | △ | | | | | | | | | |
| 12 八卦斷 | | | | △ | | | | | △ | | | | | | | | | △ | △ | | △ | | | △ | | | △ | | | |
| 新訂指明心法 | | | | △ | | | | | | | | | | | | | | | | | △ | | | | | | | | | |
| 1.相字心易 | | | | | | | | | | | | | | | | | | | | | | | | | | | | | | |
| 2.辨字式 | △ | | | △ | △ | | | | | | | | | | | | | | | | △ | | | △ | | | | | | |
| 3.筆法筌蹄 | △ | | | △ | | | | | △ | △ | | | | | | | △ | △ | | | △ | | | | | | △ | | | |
| 4.字畫指迷 | | | | △ | | | | | | | | | | | | | | | | | | | | | | | | | | |
| 5.六神筆法 | | | | △ | | | | | △ | △ | | | | | | | | | △ | | △ | | | | | | | | | |
| 6.玄黃筆法歌 | | | | △ | | △ | | | | | | | | △ | | | △ | △ | | | | | | | | | | | | |
| 7.五行體格式 | | | | △ | | △ | | | △ | | | | | | | | | | | | | | | △ | | | △ | | | |

| | | | | | | | | | | | | | | | | | | | | | | | | | | | | | | |
|---|---|---|---|---|---|---|---|---|---|---|---|---|---|---|---|---|---|---|---|---|---|---|---|---|---|---|---|---|---|---|
| 8.干支辨 | | | | △ | | | | | | | | | | | | | | | | △ | | | | | | | | | | |
| 9.七言作用歌 | | | | △ | | | | | | | | | | △ | | | | | | △ | | | | | | | | | | |
| 10 易理玄微 | | | | △ | | | | | | | | | | | | | | | | | | | | | | | | | | |
| 11 斷富貴貧賤 | | | | △ | | | | | △ | | | | | | | | | | | | | | | | | | | | | |
| 12 六十甲子歌 | | | | △ | | | | | | | | | | | | | △ | | | | | | | | | | | | | |
| 13 渾天甲子局 | | | | △ | | | | | | | | | | | | | △ | | | | | | | | | | | | | |
| 14 四言獨步 | | | | △ | △ | △ | | △ | △ | | | | | △ | | | | △ | | | | | | | | | | | | |
| 15 五言作用歌 | | | | △ | △ | △ | | △ | △ | | | | | | | | | △ | | | △ | | | | | | | | | |
| 16 別理論 | | | | △ | △ | △ | | △ | △ | | | | | △ | | | | | | | | | | | | | | | | |
| 17 六言剖斷歌 | | | | △ | △ | △ | | △ | △ | | | | | | | | | △ | | | △ | | | | | | | | | |
| 18 格物章 | | | | △ | | △ | | | △ | | | | | | | | | | | | | | | | | | | | | |
| 19 物理論 | | | | △ | △ | △ | | | △ | | | | | | | | | | | | | | | | | | | | | |
| 20 辨五行六神 | | | | △ | △ | △ | | △ | △ | | | | | | | | | △ | | | △ | | | △ | | | △ | | | |
| 21 金聲章 | | | | △ | △ | △ | △ | | △ | | | | | | | | | | | | | | | | | | | | | |
| 22 拆字部紀事 | | | | △ | | | | | | | | | | | | | | | | | △ | | | | | | | | | |

# 《新加坡21》中英文版本之比較：過分自信與追求風險

李紓，房永青*

## 摘　要

《新加坡21：全民參與，共攀高峰》被認為不僅是描繪未來的藍圖，而且是引導全體新加坡國民迎接新世紀挑戰的指南。然而，其英文版本與中文版本在語義上存在著明顯的不同。本研究測量了222名新加坡大學生的過分自信以及追求風險分數，借此比較中英兩版本的《新加坡21》是否對決策行為產生相同的影響作用。實驗結果表明：兩種版本均鼓勵、促進被試更規避過分自信，被試在閱讀兩種版本前後所表現的追求風險傾向則保持不

* 新加坡南洋理工大學南洋商學院助理教授

變，而兩種版本在引發人們的過分自信以及追求風險的程度上，沒有統計上的顯著差異。

關鍵詞：過分自信　追求風險　新加坡21遠景

## 一、問題提出

在即將邁入21世紀之際，由新加坡政府倡議成立的新加坡21世紀委員會，在1999年4月22日提呈了一份名《新加坡21：全民參與，共攀高峰》的報告書❶。根據《聯合早報》（1999年8月9日）報道，這是一份經過一年多時間，向各階層國人廣泛收集意見後所得出的報告。它由五大理想組成，是一項更全面的建國遠景，範圍超越了經濟與物質的成就，並探討了人們在社會中的價值觀、態度、角色與關係，可說是代表了許多新加坡人所希望擁有的將來。概括了《新加坡21》五大理想的英文版本如下所示：

All Singaporeans matter

Strong families are our foundation

Opportunities for all

The Singapore heartbeat

---

❶ 《新加坡21：全民參與共攀高峰》（新加坡：總理公署公共服務處屬下新加坡21委員會，1999年）。

Active citizens: making a difference

其中文版本如下所示：

各盡所能　各有貢獻

家和民旺　立國之本

機遇處處　人材濟濟

心繫祖國　志在四方

群策群力　當仁不讓

心細的讀者可注意到，中文版與英文版的《新加坡21：全民參與，共攀高峰》在字面和語義上都顯然存在許多不同之處。隨之產生的疑慮是兩者是否能產生相同的預期效果。

爲回應這疑問，本研究選擇在過分自信（overconfidence）和追求風險（risk-taking）這兩個特定的決策度量上，對中文版與英文版的《新加坡21》進行檢驗。

在此，「追求風險」指的是人們偏愛或者賭注大輸大贏的抉擇。在測量「過分自信」常識題中，被試先作一個二擇一選擇題，如：哪個城市的人口更多？（a）墨西哥城（b）開羅。然後，要求被試判斷自己的選擇是正確的概率在什麼範圍（50-100%）內。若被試判斷自己的選擇是正確的平均概率大於被試實際選擇正確的百分比，則被認爲是過分自信（overconfidence）；若被試判斷自己的選擇是正確的平均概率小於被試實際選擇正確的百分比，則被認爲是自信不足（underconfidence）。

出乎一般人的意料，行爲決策領域的研究表明華人在過分自信和追求風險的表現與傳統的「中庸」、「謙遜」刻板形象大相逕庭。亞洲人在常識問題中表現出的「過分自信」更甚於歐洲人。例如，Wright曾經在《行爲決策理論》一書中報告他所研究的多國比較決策行爲❷。他發現英國的學生相對於香港、印尼、馬來西亞的學生對於不確定性的評估能力較強。同樣的，英國的政府職員也比香港和印尼的經理有較強的不確定性評估的能力。Wright認爲比較教條式的文化往往比較沒有彈性，也比較不能夠去估計事情產生的或然率。此外，根據Hofstede（1994），Hofstede（1980）以及Goodstein, Hunt和Hofstede（1981）在《管理科學》、《組織動力》學報上發表的論文報告，相對於歐洲、亞洲以及阿拉伯國家而言，香港人及新加坡人規避風險行爲的分數非常的低❸。又如，在《組織行爲和人類決策過程》及《行爲決策》學報上新近發表的跨文化系列研究表明：中國人比美國人更追求風險；面對常識和機率判斷問題，中國人比美國人更過分自信；中美雙方對對方的追求風險的判斷均與事實相左❹（e.g.,Weber et al,1998;Hsee&Weber,1999; Yates et

---

❷ 參見Wright, G. （1984）. Behavioural Decision Theory: An Introduction. Harmondsworth: Penguin.

❸ 參見Hofstede, G. （1994）. Management scientists are human. Management Science. 40（1）, 4-13.； Hofstede, G. （1980）. Motivation, leadership, and organization: Do American theories apply abroad? Organizational Dynamics, 9（1）, 42-63.；Goodstein, L. D., Hunt, J. W. & Hofstede, G.（1981）. Commentary: Do American theories apply abroad? Organizational Dynamics, 10（1）, 49-68.

❹ 參見Weber, E. U., Hsee, C. K. & Sokolowska, J. （1998）. What folklore tells about risk and risk taking? Cross-cultural comparisons of American, Germanand

al,1998;1997;1996）。

Weber等人建議，研究者可從文化的厚實底蘊去探索華人更冒險的原因。其中一途徑是探究民間諺語對人們決策行爲的影響❺。據Weber等人的研究，在15000條中國諺語和10000條美國諺語中，約有549條中國諺語和187條美國諺語是與風險有關聯的。其中國諺語如「一失足成千古恨」，美國諺語有如“A bold attempt is half success”。他們發現集體主義文化的諺語（如：中國諺語、德國諺語等）比個人主義文化的諺語（如：美國諺語等）更鼓勵人們冒險。

Weber等人還提出了一所謂「軟墊效應」（cushioneffect）來解釋集體主義文化的社會成員的冒險傾向。該效應認爲，集體主義文化的社會成員之所以更容易作出冒險的決策，是因爲他們比個人主義文化的社會成員更可能得到其他成員的資助。而這些社會網的功能便成了冒險失敗、摔跤時的「軟墊」，親朋好友的幫助使得知覺

---

Chinese proverbs, Organisational Behaviour and Human Decision Processes, 2, 170-186.；Hsee, C. K. & Weber, E. U. （1999）. Cross-national differences in risk preference and lay predictions. Journal of Behavioral Decision Making,12, 165-179.；Yates, J. F., LeeJ. W. & Shinotsuka, H. （1996）. Beliefs about overconfidence, including its cross-national variation. Organizational Behavior and Human Decision Processes, 65, 138-147.；Yates, J. F., Lee, J. W. & Bush, J. G. （1997）. General knowledge overconfidence: Cross-national variations, response style, and "reality." Organizational Behavior and Human Decision Processes, 70, 87-94.；Yates, J. F., Lee J. W. & Shinotsuka, H. （1998）. Cross-cultural variations in probability judgement accuracy: Beyond general knowledge overconfidence? Organizational Behavior and Human Decision Processes, 74, 89-117.

❺ 同前註。

的風險比實際的風險小得多。

爲此，本文作者認爲，若將《新加坡21》的五大核心價值看作一特定的「諺語」來檢驗其中英兩種版本對決策行爲的影響，應具有理論和實際意義。

# 二、實　驗

## 2.1　實驗設計

### 2.1.1 材　料

本研究採用「測驗–再測驗」實驗設計。測量「追求風險」的方法採用 Hsee 和 Weber（1999）所討論的：⑴偏愛抉擇（preferential choice）法和；⑵願意出價（willingness to pay）法❻，其風險問題的博弈參數（不確定的得失）取自 Li（1994）的設計❼。測量「過分自信」的方法採用 Yates 等人（1997）所討論的常識選擇題法❽，其具體情節是本文作者特爲「千年蟲」問題所設計的判斷，即要求

---

❻ 見 Hsee, C. K. & Weber, E. U.（1999）. Cross-national differences in risk preference and lay predictions. Journal of Behavioral Decision Making,12, 165-179.

❼ 參見Li, S.（李紓）（1994）. Is there a problem with preference reversals? Psychological Reports, 74, 675－679.

❽ 參見Yates, J. F., Lee, J. W. & Bush, J. G.（1997）. General knowledge overconfidence: Cross-national variations, response style, and "reality." Organizational Behavior and Human Decision Processes, 70, 87－94.

被試在千禧年來臨之前對 Y2K 是否會引發飛機失事作判斷。包含三種方法的問卷如下所示：

1. Suppose that you are faced with 2 investment option, A and B.

If you choose OPTION A, you may either rmake $920 or lose $200.

If you choose OPTIONB, you may either make $110 or lose $10.

Please indicate your choice by circling a number onthe7-oint scale given below:

| 7 | 6 | 5 | 4 | 3 | 2 | 1 |
|---|---|---|---|---|---|---|
| Definitely Choosing OPTION **A** | | | Indifferent | | | Definitely Choosing OPTION **B** |

2. In this task, each of the following gambles represent a lottery ticket with the odds of winning and the amount to be won. Your task is to determine the maximum price at which you would be willing to buy each ticket. Write this price in the blank space to the left of each alternative.

[$ ] Lottery A provides an unknown chance of winning $110 and an unknown chance of losing $10

[$ ] Lottery B provides an unknown chance of winning $920 and an unknown chance of losing $200

3. By January 3,2000, Y2K problems will

（a）cause at least one reported aircraft accident

Or

（b）not lead to any reported aircraft accident

Please indicate your choice by circling（a）or（b）above.

Probability that your chosen answer is correct.（50%-100%）:____________%

反應順序爲：(1)在沒有閱讀《新加坡21》的條件下全體被試對以上三問題作答，其指導語爲："Please give your response to the following questions"；(2)在閱讀了《新加坡21》的條件下對以上三問題作答（一半被試閱讀中文版本，另一半被試閱讀英文版本），其指導語爲"Assume you adopt the *S21values*, how would your espond to the following questions?"問卷調查在1999年底前結束。

2.1.2　被　試

111名南洋理工大學的華族學生與111名新加坡國立大學的華族學生自願參加了實驗。答完問卷後，實驗者即簡要說明實驗目的和意義。

## 2.2　實驗結果與討論

問題一是一道測量冒險的選擇題。選擇（A）意味著偏愛冒險，而選擇（B）意味著偏愛保守。在所得的分數範圍（1-7分）內，分數越高意味著越冒險。圖一顯示了實驗結果：兩種版本（中文版本vs英文版本）和兩種測量條件（閱讀前vs閱讀後）下的冒險水平。雙向方差分析表明，閱讀《新加坡21》前的追求風險水平與閱讀《新加坡21》後的追求風險水平之間無顯著差異，F（1，220）=0.02，p=0.88。兩個不同版本之間的追求風險水平亦沒有顯著差異，F（1，220）=1.001，p=0.31。不同版本與閱讀前後之間的交互作用不顯著，F（1，220）=2.401，p=0.12。

問題二也是一道測量冒險的選擇題。所不同的是它採用「願意出價」（willingness to pay）的方法測量冒險傾向。這意味著出價越高越冒險。實驗結果（見圖二和圖三）的雙向方差分析表明：對於博弈A，閱讀《新加坡21》前的追求風險水平與閱讀《新加坡21》後的追求風險水平之間無顯著差異，F（1，220）=2.512，p=0.11。兩個不同版本之間的追求風險水平亦沒有顯著差異，F(1，220)=0.932，p=0.33。不同版本與閱讀前後之間的交互作用不顯著，F（1，220）=0.413，p=0.52。對於博弈B，閱讀《新加坡21》前的追求風險水平與閱讀《新加坡21》後的追求風險水平之間無顯著差異，F（1，220）=1.016，p=0.31。兩個不同版本之間的追求風險水平亦沒有顯著差異，F（1，220）=1.586，p=0.21。不同版本與閱讀前後之間的交互作用不顯著，F（1，220）=0.68，p=0.41。

問題三是一道測量過分自信的常識題。在此，被試的過分自信被定義爲：

> 偏差（Bias）=被試判斷自己的選擇是正確的平均概率（AJ）－被試實際選擇正確的百分比（PC）。

其中，平均偏差越大意味著越過分自信。實驗結果如圖四所示。其雙向方差分析表明：閱讀《新加坡21》前的過分自信水平（平均偏差）與閱讀《新加坡21》後的過分自信水平（平均偏差）之間的差異顯著，過分自信的程度在閱讀《新加坡21》後明顯降低，F（1，220）=15.95，p<0.00。兩個不同版本之間的過分自信水平沒有顯著差異，F（1，220）=0.001，p=0.98。不同版本與閱讀前後之間的交互作用不顯著，F（1，220）=1.049，p=0.31。

## 三、結 語

新加坡21委員會認爲《新加坡21：全民參與，共攀高峰》突顯新加坡國民共同的追求的目標。我們的測試結果表明《新加坡21》的確能像諺語般起勸導作用，能對人們的行爲和決策傾向產生一定的影響作用。其中英兩種版本均更鼓勵、促進被試規避過分自信，使得被試的過分自信的程度有了明顯的降低。但是《新加坡21》並非對人們的所有決策行爲和決策傾向都產生影響。雖然過分自信的程度受到了一定程度的消弱，被試的冒險傾向卻沒有受到顯著的影響。無論是採用偏愛抉擇（preferential choice）法還是採用願意出價（willingness to pay）法測量被試的冒險傾向，被試的冒險傾向均沒有產生顯著的變化。也就是說，被試既沒有變得更加冒險也沒有變得更加保守。

儘管《新加坡21：全民參與，共攀高峰》強調家庭的價值觀念，如「家和民旺」、“Strong families are our foundation”，本實驗並沒有觀察到支持「軟墊效應」（Weber等人，1998）的結果—促使人們更加追求風險。在本實驗中，被試閱讀《新加坡21》後其追求風險的水平仍保持不變。爲了弄清「軟墊效應」在冒險行爲中究竟扮演什麼角色，還需作進一步的後繼研究。

中文版與英文版的《新加坡21：全民參與，共攀高峰》在字面上和語義上都顯得明顯不同。但是，兩者在引發人們的過分自信以及追求風險的程度上，並沒有統計上的顯著差異。對於決策中的冒險傾向，兩種版本均沒有產生任何影響；而對於過分自信的程度，兩種版本均產生了類似的顯著作用，即都使被試的過分自信程度顯著減弱。推出中英兩平行版本的新加坡21委員會應樂於見到這樣的檢驗結果。

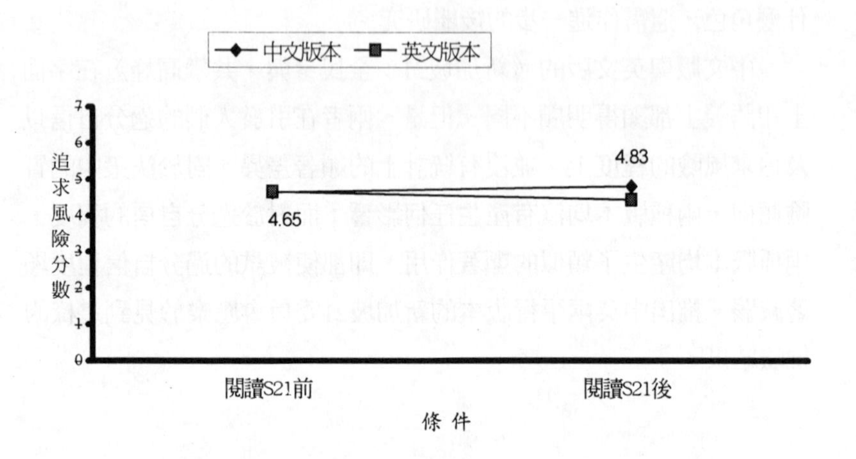


圖一 被試的追求風險（偏愛選擇）表現，分數越高越冒險

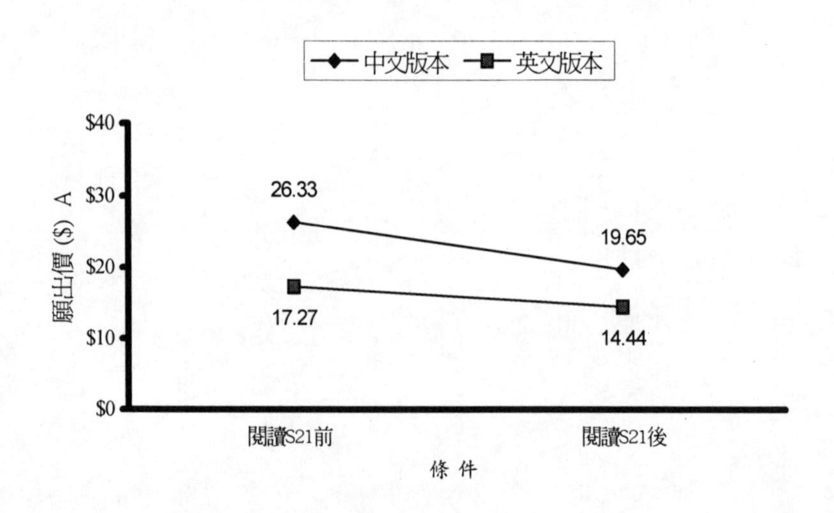


圖二 被試的追求風險（願出價/博弈A）表現，出價越高越冒險

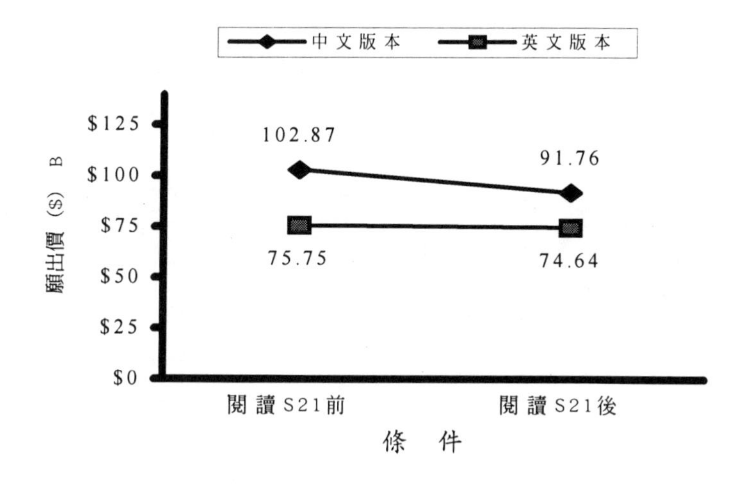


圖三　　被試的追求風險（願出價/博弈B）表現，出價越高越冒險

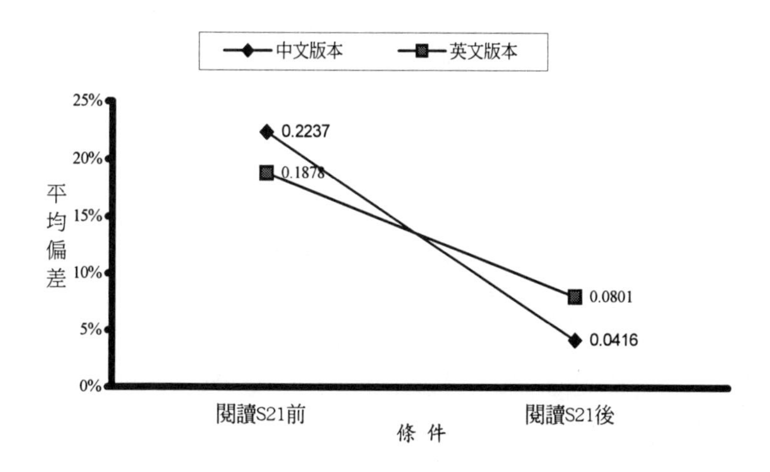


圖四　被試的過分自信（平均偏差）表現，平均偏差越大越過分自信

# 由符號學的角度析荀粲之「言不盡意」論

卓福安*

## 一、序　言

「言意之辨」是魏晉玄學的主要論題之一，討論的內容是「意念」與「言辭」的關係，即究竟「言」能不能「盡」「意」的問題。魏晉玄學家所謂的「言」主要是出自聖人或大賢的「微言」，所謂的「意」也往往是指「聖人之意」。根據《藝文類聚》卷19所收錄之晉歐陽健〈言盡意論〉所說的「世之論者以爲『言不盡意』由來尚矣，至乎通才達識咸以爲然。若乎蔣公之論眸子，鍾、傅之言才性，莫不引此爲談證。」可知「言意之辨」在魏晉時期是個熱門的話題，並且影響深遠。只是有關「言意之辨」論點的典籍多已亡佚，

*　淡江大學中國文學系講師

我們雖還可以看到本於「言不盡意」論寫成的文章，但關於「言」與「意」的關係之論述，只有王弼與荀粲的談論至今猶存有較完整的資料❶。

語言能不能完全傳達聖人之「意」或至極之理？從《莊子》的一些篇章，如〈天道〉、〈秋水〉都認為精微的「意」無法由語言傳達。然如果因語言無法完全傳遞聖人之「意」而「無言」，則會造成「子如不言，則小子何述焉？」的困擾。（語出《論語·陽貨》頁633-634）《周易·繫辭傳》對這問題的解答是「立象盡意」，「設卦盡情偽」以及「繫辭盡言」。然而，是否通過這三個步驟之後便能解決「言」與「意」的問題？荀粲就此提出創見，其見解對後來的「言意之辨」影響深遠，因此本文擬以《三國志·魏志·荀彧傳注》所引的何劭〈荀粲傳〉為範圍，由符號學的角度討論其「言不盡意」說。

在過去有關於魏晉玄學中的言意之辨的討論，（如袁行霈先生的《魏晉玄學中的言意之辨與中國古代文藝理論》、湯用彤先生的《魏晉玄學論稿·言意之辨》、王葆玹先生的《玄學通論》第三章及第四章、牟宗三先生的《才性與玄理·魏晉名理正名》、許抗生先生《魏晉思想史》第一章的〈「得意忘象」和「得象忘言」的認識論〉以及唐翼明先生的《魏晉清談·清談的內容考察》）都對「言意之辨」的主題、演變及影響進行過相當深入的解析。雖然他們在看法上，對魏晉之際的「言意之辨」所衍生出的

---

❶ 《三國志·魏志·荀彧傳注》所引的何劭〈荀粲傳〉尚可看到荀粲的言論，王弼之論則主要見於《周易略例·明象》。

命題有不同的意見❷，然而他們都試圖進一步說明語言與思想之間的關係以分析各家持論的優劣以及對後世的影響。然而，「意」與「言」的關係畢竟並不是一個可以具體呈現的事物，也是一種「應於心，口不能言」的抽象經驗，因此以上各家的解釋雖然相當精闢，但是由於他們沒有應用任何有系統的語言學方法，所以在分析時的所用的語言往往不夠精確，也交代得不是很清楚。袁行霈先生的《魏晉玄學中的言意之辨與中國古代文藝理論》是篇討論「言意之辨」對文藝理論之影響的專文，可以說是以上諸篇當中談論「語言」與「思想」關係最詳細的文章。針對荀粲提出來的「言不盡意」論，袁先生分析道：

> 語言和思想之間的確存在著一般與個別的差別，語言不可能將人們所想的那些特殊的、個別的東西完全表達出來。語言和思想的差別還表現爲這樣一種情況：當思想借助語言進行時候，這語言是無聲的，它的結構形式往往是片斷的、跳躍

---

❷ 湯用彤先生與袁行霈先生認爲「言意之辨」的討論有三種不同的意見：(1) 言不盡意論。(2) 得意忘言論。(3) 言盡意論。(袁行霈、湯用彤等《魏晉思想》（甲、乙編），臺北：里仁書局，1995年8月31日初版)；牟宗三先生認爲王弼的意見與荀粲的意見相同，所以「言意之辨」只有兩派：(1) 言不盡意論，(2) 言盡意論。(牟宗三《才性與玄理》，臺北：臺灣學生書局，1993年2月修訂8版)；唐翼明先生認爲「言意之辨」可粗略分爲 (1) 言不盡意論與 (2) 言盡意論，但魏晉清談也存在著「象盡意」與「象不盡意」之爭。(唐翼明《魏晉清談》，臺北：東大圖書公司，1992年10月初版)；王葆玹先生認爲只有「言盡意」與「言不盡意」及張湛、郭象的「言意兼忘」三派，而荀俁是在「立象盡意」前提底下的「言不盡意」論者。(王葆玹《玄學通論》，臺北：五南圖書出版公司，1996年4月初版1刷)

> 的、富於啓示性的而缺乏明確性，有的語言符號只能爲自己所理解，而不一定爲別人所接受。但是，一旦要將這無聲的語言變成有聲的別人也能理解的語言，就須經過一番整理和加工。這時可能會遇到「應於心，口不能言」的困難。特別是那些深刻的道理、複雜的感情、豐富的想象，更不容易爲它們找到適當的言辭「毫髮無遺憾」地表達出來。因爲任何一個人所掌握的詞彙以及他所熟悉的表達方式都是有限的，即使大作家也常有言不盡意的苦惱。所以，語言本質上是同思想直接聯繫的，但就每一個單獨的人來說，並不一定能將他所想到的全部都訴諸語言。語言的表達和思想之間存在著距離。言不盡意論雖然沒有將道理講得這樣透徹，但它指出了言辭和意念之間的差別和矛盾，頗有值得肯定的地方。

在這段話裏袁先生意圖更清楚地說明「言」與「意」之間的差距，以進一步論證「言不盡意」。然而，在論述的過程中，明顯地袁先生也碰到了「言」不能「盡」「意」的困難。首先，袁先生強調「語言和思想之間的確存在著一般與個別的差別」，然後他提出「語言不可能將人們所想的那些特殊的、個別的東西完全表達出來」，說明語言與思想之間的距離，他認爲思想的活動結構與語言的形式是不完全相容的，思想必須「經過一番整理加工」才能形諸語言。這樣的說法在經驗上可以令人接受，但實際上袁先生的敘述也是含糊、而富於「啓示性」的，並沒有具體地說明什麼。如他說：「當思想借助語言進行時候，這語言是無聲的」，但「無聲」的語言如何爲人感知？又「有的語言符號只能爲自己所理解，而不一定爲別人所接受」，所謂「有的」是指那一些？當然從袁先生文章的脈絡來看，不難理解是指「特殊的、個別的」思想成份，但所謂的「特殊的」、「個別的」又是何指？我們如何判斷某些成份是「特殊的」、「個別的」？其判斷基礎又在哪呢？若是如此，作爲讀者的我們大概都能接受袁先生所說的「語言的表達和思想之間存在著距離」，然其具體情況如何，就也只能憑著自己的經驗去體會了。因此筆者認爲，袁先生在論述上只點出了問題，多舉了一些例子但並沒有做到眞正的分析。

另外，袁先生應該從兩個角度分析荀粲與荀俁的對話，一個角度是思想如何表現爲語言，另一個角度是別人（聽者）如何透過語言來瞭解其中所表達的思考。因爲「言不盡意」除了是語言表達思想的發送問題之外，還包含了如何透過語言去理解思想的接受問題，否則我們如何知道自己的「意」能不能爲別人所理解呢❸？因此袁行霈先生的這段論述在用語上便缺乏了清晰性，在論述範圍方面周延性略嫌不足，同時就語言與思想之間關係的分析則顯得含糊不清。

以上的評論，並不表示袁先生的這篇文章一無是處，事實袁先

❸ 筆者認爲荀粲的說法裏也含有「立象」與「解象」兩個層面。如他說：「蓋理之微者，非物象之所舉也。」是指「立象」的問題，說：「然則六籍雖存，固聖人之糠秕。」則是指讀者是否可以透過六籍理解聖人之意的「解象」問題。筆者認爲「言意之辨」應分爲兩方面探討：一是作者能否透過「言」表達他的「意」，二是接受者（讀者）能否通過作者所說之「言」理解作者所欲傳達之「意」，如果能的話，其效果如何？而「言」、「象」則是作爲溝通作者與接受者的中介。

生對於「言意之辨」對中國古代文藝理論影響的部份還是有其洞見，只是語意與思想之間的關係並不容易講得很清楚。我們使用語言思考，也使用語言表達，語言與思考在這個意義上本爲一體，「思考」很難作爲一個被語言描繪的對象。再者，思考是流動性的，並非爲一個靜止的狀態，思考的進行也同時受到各個感官的刺激，其域界❹本就大過作爲聽覺或視覺（文字）的語言功能，因此要把思想表達於語言或把語言還原於思想，就牽涉到人類的認知系統以及符號系統如何運作的問題。在這方面，傳統的中國學術體系並沒有深入探究語言、文字、圖象等思想的工具如何構成意義，所以我們只能在語言上纏繞，以語言解釋語言，而造成「只緣身在此山中」的迷惘。「他山之石，可以攻玉」，筆者認爲借用西方的符號學知識，再配合對中國思想脈絡的理解可以更清晰地分析這個問題。

## 二、符號學的基本理論及適用性

「『符號學』（Semiotics）是研究意義的產生、傳達和釋義過程的學說。」❺符號學建立在認知的機制上❻，以系統性的方式研

❹ 這裏所說的「域界」是指訊息的容量以及其多元性。

❺ 這個論點源自戴維·斯萊斯(David Sless)的論著In Search of Semiotics,(1986,頁29）所說的：「意義是符號學的支點，提取符號就是準備談意義。符號就是有意義，二者無法分開。」請參閱趙毅衡《文學符號學》，(北京：中國文聯出版公司，1986年)，頁1。

❻ 所謂的「認知機制」（Cognitive structure）是指人類透過感官接收訊息而認知外面的世界的作用，換言之，它是一種個人的學習與認知的運作與行爲。

究人類如何創造符號，這些符號以何種方式攜帶信息，而接受者又如何解讀這些信息。符號又可分爲「能指」（signifier 指符號本身如聲音、圖象、文字等）與「所指」（signified所指涉的對象，如訊息、意義等），符號的作用便是使接受者在看到「能指」之後，獲得「所指」所顯示的意義。所以符號的作用是 1.關係到兩個事物（符號與要表達的事物）2.一個事物是可以感知的（如聲音、文字）3.另一個事物是不在場（absent）或未出現的（如感覺）4.這種傳達的方式對使用約定性的方法使它的接受者有效（如Zhuo Fuan懂得漢語拼音系統的人就知道指的可能是卓福安）5.這個傳達提示那個事物的某些有關情況但是不能加以取替（如「花」這個字可提示自然界中的花，或美女，但是我們不能由「花」這個字嗅出香味），完整的符號行爲可以由下圖表示：（引自趙毅衡《文學符號學》中國文聯出版公司，1986，頁6）

發送者 --〉 能指 → 所指 --〉 接受者

（編碼） （信息） （解碼）（decode）

符號之所以能夠形成並被接收必有一套固定的規則在起作用，所以發送者便須「編碼」（以文字而言，不同的文字便有不同的編碼方式），接受者若要理解「能指」所指涉的意便必須能夠「解碼」。以上所述只是符號學的基本原理，詳細的操作還包括了發送者如何「編碼」、「能指」與「所指」之間的關係、「解碼」的條件以及環境及文化的影響等，茲不贅述，容下一節作具體分析時再加以展現。以符號學來分析「言意之辨」是否合適？筆者認爲就釐清意義的產生、傳達與「言」如何傳達「意」的層面而言是毫無疑問的，因爲「言意之辨」的範疇是屬於認識論（epistemology）的。另外，誠如布拉格學派的符號學家慕卡洛夫斯基所說的：「所有的人文學科多少都是在研究符號的信質，因爲符號是一種雙重的存在：既存在於感官知覺中，又存在於集體意識中。」（轉引自趙毅衡《文學符號學》，北京：中國文聯出版公司，1986年，頁3）「言意之辨」所牽涉到的問題並不止於個人的思想如何傳達及接收，也包含了如何去解讀符號背後豐富的社會意涵以及文化意識。

## 三、荀粲「言不盡意」論的符號學分析

提到「言意之辨」不能不提到荀粲的言論，《三國志．魏志．荀彧傳注》引何劭〈荀粲傳〉：

> 粲字奉倩。粲諸兄並以儒術論議，而粲獨好言道，常以爲子貢稱夫子之言性與天道，不可得聞，然則六籍雖存，固聖人之糠秕。粲兄俁難曰：「《易》亦云聖人立象以盡意，繫辭焉以盡言，則微言胡爲不可得而聞見哉？」粲答曰：「蓋理之微者，非物象之所舉也。今稱立象以盡意，此非通於意外者也；繫辭焉以盡言，此非言乎繫表者也。斯則象外之意、繫表之言，固蘊而不出矣。」及當時能言者不能屈也。

這段文字有幾個重點：1.荀粲認爲聖人已逝，聖人的體會無法透過文字重現，所以「六籍雖存」只是「聖人之糠秕」而已。2.荀俁認爲如果聖人留下來的著作只是糠秕，不能反映聖人精微的思想，那《易》又爲何稱說「聖人立象以盡意，繫辭焉以盡言」？3.荀粲辯說：「理之微者，非物象之所舉也。」認爲義理的精微之處不能以物象表達。在使用符號學的理論之前，我們必須先瞭解荀粲

兄弟所引之典故以及其中隱含之意義。就以上引文的第一行至第二行，從荀粲的思想可以到兩處相應的典故，一是出自《論語·公冶長》，另一個則出自《莊子·天道》，現引原文如下：

> 子貢曰：「夫子之文章可得而聞也，夫子之言性與天道，不可得而聞也。子路有聞，未之能行，唯恐有聞。」（《四書集註·論語·公冶長》，臺南：東海出版社，1988年，頁26-27）
>
> 桓公讀書於堂上，輪扁斲輪於堂下，釋椎鑿而上，問桓公曰：「敢問，公之所讀者何言也？」公曰：「聖人之言也。」曰：「聖人在乎？」公曰：「已死矣。」曰：「然則君之所讀者，古人之糟魄❼夫!」輪扁曰：「臣也以臣之事觀之。斲輪，徐則甘而不固，疾則苦而不入。不疾不徐，得之於手而應於心，口不能言，有數存焉其間。臣不能以喻臣之子，臣之子亦不能受之於臣，是以行年七十而老斲輪。古之人與其不可傳也死矣，然則君之所讀者，古人之糟魄已夫。」(《莊子集釋·天道》，臺北：華正書局，1985年8月，頁490-491)

就有關於「夫子之言性與天道」的言論在原出處的對照下，可以發現荀粲所論已非《論語》之原義，《論語·公冶長》在「夫子之言性與天道，不可得而聞也」之後接著說：「子路有聞，未之能行，唯恐有聞。」討論「言」與「行」的問題，偏向談論道德修養。然荀粲把「夫子之文章可得而聞也」及後半段攔腰更易成「六籍雖存，固聖人之糠秕」，已把它改造爲「言」與「意」之間關係的命

---

❼ 據郭慶藩輯《莊子集解》（華正書局，1985年8月版）頁491「釋文」：「『魄』本又作粕，音同。」

題，把重點放在「六籍」（見諸於文字的聖人之言）僅是聖人的糟粕的「言」與「意」之間的關係，因此在理解的脈絡上，我們必須把它放在《莊子·天道》，而非原來儒家的典籍進行理解。

從輪扁的言論來看，斵輪是一項活動，其精微之處是「得於手而應於心，口不能言」，認爲語言不能傳達經驗中的微妙之處。以符號學的角度而言，輪扁碰到的是「編碼」的問題，發送者無法找到適當的「能指」，以把訊息發送出去。桓公與輪扁之子的問題則有兩處，一是透過語言文字（「能指」）無法完全瞭解其意義（「所指」），另一個問題則是語言文字無法完全承載發送者的訊息❽。爲何會如此呢？

以接受者的角度而言，桓公與輪扁之子並不是直接看到訊息本身（那是不可能的），他們看到是承載訊息的媒介物「能指」，「能指」的可感知物質形式稱爲「中介」（medium）。在這裏桓公看到的是文字，而輪扁之子可能是聽到語言，也有可能是聲音、語言與動作。然而符號從發送者到接受者還須經過一個過程，這個過程含有四個要素，那就是「能指」、「所指」、中介（medium）以及符碼（code 即編碼及解碼的方法）❾。首先接受者會先接受到「能指」（如

---

❽ 筆者必須先在這裏說明魏晉人士並無符號學的觀念，從符號學的角度論述只是要釐清「言」與「意」之間的關係，以促進我們對「言意之辨」更進一步的理解而不是欲替魏晉之人強作解釋。

❾ 這個說法采自雅布森（Roman Jakobson），「符號過程」（process of signification）的圖示如下：

所指（signified）、能指（signifier）、中介（medium）、符碼（code）

發送者（sender）-------------------------------------------------------------------→接收者（receiver）（另請參閱趙毅衡《文學符號學》，北京：中國文聯出版公司，1986年，頁45-50）

輪扁告訴他的兒子斲輪要「不疾不徐」），這個「能指」必須通過「中介」傳播（可感知的物質形式，如聲音、文字或圖象等）才能傳達，接下來他的兒子便須了解「不疾不徐」的「符碼」（這包含了字句的文法，以及聲音的所指等），待他以相應的符碼解開了「能指」之後，其意義（「所指」）便能清楚地呈現出來❿。從輪扁斲輪的寓言來看，《莊子・天道》的作者⓫認爲「意」是無法透過語言文字完全傳達，因此接受者所接觸的語言文字自然是不能盡「意」的糟粕無疑了。

從發受者的角度而言，輪扁要把心得形諸於「言」這個「中介」的時侯，無法成功地「編碼」，因此也無法形成能「盡意」的「中介」。在此，他們所遭遇到的困難是「中介」轉換的問題：以「解碼」而言，「符碼」是固定的，只要懂得文法，就不難理解文字的意義，只是這文字所傳達的，眞的就是發送者所要傳達的「全部」意思了嗎？答案是否定的，因爲「編碼」並不是任意的。任何可作爲溝通的「中介」都有其一定「編碼」規律。以「言」而論，語言必須放在一個系統即其「深層結構」（deep structure）裏才能構成意義。所謂的「深層結構」是種社會性的存在，包括詞匯、語法、慣用法等個人不能任意改變的組合，不透過語言的「深層結構」，語言只是毫無意義的成串音節。輪扁若要把心得形諸語言，就必須順從這套規矩。然而，輪扁的斲輪心得是個人的特殊體會，並沒有

---

❿ 這個問題應還有接受者如何把「意」化爲「行」的問題，然就輪扁斲輪的寓言裏，《莊子》僅把重點放在「意」不能完全爲「言」的表達上，並沒有作後繼的討論。

⓫ 〈天道〉屬於《莊子》外篇，其作者到底是何人到目前爲止尚有爭議，因此筆者在此不具作者之名。

可供依循的範例，即欲道前人所未道又得受制於語言的「深層結構」，不能逾越語言的共同規則。「深層結構」表現在語言上是隱喻（metaphor）（如以花喻少女），是一種語辭運用上的相似關係，而這種相似關係的制約基礎往往是約定俗成性強的社會性⓬。如此，在「中介」的運用上便不是隨意的，「中介」的「編碼」須具有普遍性，而這普遍性的基礎往往是社會的、通俗的，發送者表達的時候並不能與心無間，暢心所欲，因此我們不難理解輪扁有口難言的苦處⓭。

若語言無法有效地傳達人們的心意，那我們又如何透過語言溝通呢？我們先看荀俁的反駁再繼續分析：荀俁引《周易・繫辭上》的話說：「《易》亦云聖人立象以盡意，繫辭焉以盡言，則微言胡爲不可得而聞見哉？」案《周易・繫辭上》有關這段話的全文如下：

---

⓬ 如以漢語系統而言，梅花可喻爲春，也可喻爲高尚的品格，「龜」可以是長壽的象徵，但也可能是指皮條客或諷刺「夫綱不振」的男人等。因此語義的解讀不能只以割裂的方式看待個別的能指/所指關係，而是必須把它放在一個系統之中（如上下文、語境、歷史環境等）才能掌握言所要傳達之「意」。

⓭ 通常前人所未道之物既是未之有「名」，不能以一個簡單的名詞指稱的事物或概念須用描述性的語言傳達。例如：如何說明「道」？「道」是什麼？「道」這個「名」既不能完整地標示其意涵，便只能使用具有相似概念的事物進行表述。這類表述爲了使人了解便不能偏離語言的「深層結構」。以《易》作爲例子，聖人固人可以自行編出一套「象」來涵攝其「意」，這個「編碼」是武斷性的，任何人都須依循聖人的「符碼」，但是爲了要說明這套「符碼」便不得不使用卦爻辭的輔助說明，才能完成傳達訊息的目的。

> 子曰：「書不盡言，言不盡意。」然則聖人之意，其不可見乎？子曰：「聖人立象以盡意，設卦以盡情僞。繫辭焉以盡其言。變而通之以盡利，鼓之舞之以盡神。乾坤其易之縕邪？」
>
> （《周易·繫辭上》引自臺北：華正書局，1992年初版，頁554）

在此荀俁是由《繫辭》的脈絡進行討論，認爲聖人透過卦象與卦辭是可以傳達「意」的。這裏的「意」其實是涵攝乾坤的道，《周易·繫辭上》曰：「夫象，聖人有以見天下之賾，而擬諸其形容，象其物宜，是故謂之象。」（樓宇烈《王弼集校釋》頁545）所謂的「象」是指「象其物宜」；即「天下之賾」的形容，因此「象」是天道透過聖人的整理而形成的符號。然而「卦」是什麼呢？《周易·繫辭下》曰：「八卦成列，象在其中矣。」（樓宇烈《王弼集校釋》頁556）又《周易·明夷·象傳》曰：「明入地中，明夷。」（樓宇烈《王弼集校釋》頁396）可以得知明夷卦的「象」是指「地」（坤）與「火」（離），是含在卦（上坤下離）之中的，因此卦含有多個「象」。而「象」是聖人用以盡「意」的符號；卦辭是用以盡「言」的符號，《易》以卦爻辭解釋象；因此，「言」的功用顯然是用以解釋「象」的。

以符號學的角度觀之，「意」在轉換成「象」之後，實際上是換了一個「中介」，但「中介」如果沒有貫入意義的話便等於是「零符號」，對誰也不能構成意義，爲了使「象」成爲帶有意義的「能指」，聖人還必須使用一套一致的「符碼」，然後讀者再通過「符碼」的內在規則解碼，從而獲得聖人之「意」。然而這裏要注意的是這裏所提出來的「中介」有兩個，一個是「象」，另一個是「文字」，文字可以用來解「象」，而「象」則可以見聖人之意，透過「辭」、「象」的解讀，於是聖人之意就可以理解了。荀俁在這裏顯然是認爲只要能理解聖人的「象」與「辭」（符號），就可以聞見聖人之「意」了。因此以荀俁的論點類推，他其實是預設了符號的「中介」可以自由轉換而所運載的訊息不會流失，因此理解聖人之意的關鍵在於「符碼」：聖人之「意」已完全包含在「中介」之中，只要能掌握「符碼」，便能掌握所指，以「辭」解「象」，以「象」解「意」，理解聖人之「意」。

這樣的說法也不無道理，在魏晉時人的思想中，「聖人」是可以洞察幾微，而直接體道的，所以他們不會懷疑「象」是否足以成爲「天下之賾」的形容這個基本假設。如此，「編碼」的過程是擱置不論的，這裏的問題與輪扁的「口不能言」不太一樣⓮。由這樣的脈絡思考，如果眞有「言不盡意」的現象，問題的關鍵不在於聖人不能表達，而是在於後人不能解讀。

然而，同樣生活在魏晉時代，荀粲也沒有懷疑「聖人」的「編碼」能力，而是把注意力放在「中介」上，荀粲注意到了「中介」轉載時「意」的減損⓯，而荀俁則是較重「符碼」的解讀性而不談

---

⓮ 筆者認爲，較直接地影響中國古典文學創作理論的應是由《莊子》而來，因爲《莊子．天道》除了談到閱讀的層面外，也觸及了創作的「意」與表達的問題。

⓯ 若純以符號學的角度來講，應是「損益」而非「減損」，因爲不同的「中介」具有不同的表意向度，故「解碼」之後也會有附加意義的產生，而造成過度「解碼」，然不論「解碼」的過度或不足皆不能獲得原來的「意」。這裏說「減損」是針對荀粲等人的思考脈絡而言，蓋聖人之「意」是直接體道的，「意」的域界絕對超語言。因此，當「意」轉爲以「中介」呈現

「中介」在轉換時，其所運載的「意」會否有所減損的問題。他們的觀點顯然不同，所以荀粲的答覆是：「蓋理之微者，非物象之所舉也。今稱立象以盡意，此非通於意外者也；繫辭焉以盡言，此非言乎繫表者也。斯則象外之意、繫表之言，固蘊而不出矣。」清楚地提出「意」非不能由「象」、「言」傳達，而是「理之微者」無法以其他物象代爲表現。荀粲的說法可以在《莊子》之中找到相應的話語：

> 夫精粗者，期於有形者也；無形者，數之所不能分也；不可圍者，數之所不能窮也。可以言論者，物之粗也；可以意致者，物之精也；言之所不能論，意之所不能察致者，不期精粗焉。(《莊子集釋·秋水》，頁572)

以此脈絡理解，荀粲並不是認爲「言」不能達「意」，而是認爲「言」不能「盡」「意」，他認爲凡是可以用物象表達的都是「物之粗」者，「理之微者」只能「意致」，無法形諸語言或圖象。「物之粗」者是可以言論的，若以今日的語言學知識類比，類似於「可教的語言」（teachable language）。「可教的語言」是日常生活中可以直接表達的事物，它的特徵是意義比較單一的。根據認知心理學家科尤聯（Quillian）的理論，一個複合的概念在思考活動中是由各個單一概念組成的；如「鳥」可以分解成「有翅膀」、「能飛」、「有羽毛」、「兩隻腳」等單一概念，學習者可以由這些單一概念的組合理解「鳥」這一複合概念，而且知道的相關聯之單一概念越

---

時，其所運載之「意」絕對是「損」而無「益」之可能。

多，則對「鳥」的理解愈深入。根據科尤聯的理論，一般的可以直接構成意義的語言結構便是以此對應關係呈現。以符號學的角度來說，「可教的語言」是種訊息運載量小的符號，並且它也是種「強編碼」，即「符碼」（code）是強制式的，理解是較爲絕對的。依此邏輯思考，「物之粗」之所以能由言論傳達，是因爲其訊息量小，而釋義也較爲絕對的關係。荀粲所謂的非物象所能舉的「理之微者」相應於《莊子·秋水》所說的「物之精者」，依其論說脈絡，應是指孔子所說的「性」與「天道」。這類的語言並不能進行成份的分解，也不能以可見的有形物象替代。這類的語言往往含有文學語言的特質，無法以「名」直接指稱，於是便只好以比喻的方式迂迴地進行描述。如清代的劉熙載在《藝概》中說：「山之精神寫不出，以煙霞寫之；春之精神寫不出，以草木寫之。」，袁先生所說的啓示性應是指此。這種語言符號是無法透過掌握「符碼」便能了然其所指，因爲其「能指」並非直接標示其「意」，接受者只能由「所指」找到與「意」存在著某種關係（如轉喻、隱喻、象徵等）的意義而非「意」的本身。因此「意」的理解並不能由「解碼」完成，還須在獲得「所指」之後進一步思索其與未形成符號前聖人的「原意」[16]。

由符號學的角度理解，「物之精者」不能以言論的關鍵，是訊息發送者無法找到適當的「能指」，但依照荀粲的意思，似乎是把

---

[16] 漢儒在解經時非常注意聖人的「原意」，反映在文學的閱讀上，便傾向於「還原」作者之意。以現代的眼光來看，這種企圖是不可能成功的。關於這點，也可以從現代文學理論把注意力從作者的意向轉向讀者的閱讀角度反映出來。這或也顯示了「言不盡意」至今還是項共同的經驗。

注意力放到作爲運載體的「中介」上。荀粲說道：「蓋理之微者，非物象之所舉也。今稱立象以盡意，此非通於意外者也；繫辭焉以盡言，此非言乎繫表者也。斯則象外之意、繫表之言，固蘊而不出矣。」荀粲認爲「意」還有所謂的「象外之意」，「言」則還有「繫辭之外」的⓱「繫表之言」，換而言之，聖人之「意」並不能完全藉由「象」與「言」表達，「象」與「言」所傳達的僅是「意」的一部分。所謂的「象」與「言」均是「中介」的一種形式，「中介」的轉載會對「意」的傳達造成怎麼樣的影響？

就符號學的角度而言，由於「能指」必須透過「符碼」以及「中介」才能到達「所指」，因此「能指」與「所指」之間並不是直接的對應關係。根據美國符號學家皮爾斯的觀點，「能指」與「所指」之間的聯繫有三種方式：

標示（indexicality）：標示所體現的「能指」/「所指」關係主要是由因果關係形成的。（如沙漠綠洲標示有水源）

象似（iconicity）：靠象似性聯繫「能指」與「所指」。（如向遺像致敬）

規約性（conventionality）：無「根據性」可言，「能指」與「所指」關係只是相沿成習。（如「五」讀音wu而非san）

如果「象」的形成是「規約性」的話，代表聖人之「意」的「象」即是靠相沿成習的慣例來標顯意義，如果是這樣的話那麼意義的傳

---

⓱ 這裏「繫表之言」的理解是根據王葆玹先生的解釋，指的是可以「盡意之言」即荀俁所說的「微言」。請參閱王葆玹《玄學通論》，臺北：五南圖書出版公司，頁215-216。

達就相當穩定了，因爲規約性越強，「編碼」性就越強，符號就可以用來指示固定的意義。然而事實顯非如此。因爲⚊代表陽、⚋代表陰雖有可能是規約性的，但是☰（乾）☷（坤）☵（坎）☲（離）以及其組合如䷣（明夷）顯然就有象似性與標示性的成份了。在這裏，卦可以透過多種組合排列而衍生不同的「象」及意義，而就是這「意義」本身也不斷地衍生、轉化，變成一個龐雜無比的符號系統⑱。如《周易．說卦》曰：

> 乾，健也。坤，順也。震，動也。巽，入也。坎，陷也。離，麗也。艮，止也。兌，說也。
>
> 乾爲馬，坤爲牛，震爲龍，巽爲雞，坎爲豕，離爲雉，艮爲狗，兌爲羊。（頁578）

標示性與象似性的符號成份多了，所帶來的結果便是意義的多重性與不確定性，如此一來在解碼上便顯得十分困難，因此接受者不易從符號中獲得精微之「意」。以「中介」所扮演的角色而言，不同的「中介」能運載的訊息容量與質量並不相同。按照這條進路，任何「中介」的轉變都會改變「能指」/「所指」之間的聯繫方式。

---

⑱ 由於衍生的意義過於蕪雜，所以王弼提出「得意忘象」、「得象忘言」以廓清之，《周易略例．明象》說道：「是故觸類可爲其象，合義可爲其徵。義苟在健，何必馬乎？類苟在順，何必牛乎？爻苟合順，何必坤乃爲牛？義苟應健，何必乾乃爲馬？而或定馬於乾，案文責卦，有馬無乾，則僞說滋漫，難可紀矣。互體不足，遂及卦變；變又不足，推致五行。一失其原，巧愈彌甚。從復或値，而義無所取。蓋存象忘意之由也。忘象以求其意，義斯見矣。」

如圖象性較強的「象」的規約性比較小，包含了字與聲的「辭」的規約性比較高。規約性較高的文辭所傳達的意義較明確，因此以它來解釋「象」是有道理的。然而意義較明確所帶來的結果，便是其完整性被削弱了。所謂「極天下之賾者存乎卦」(《周易·繫辭上》)，卦象的訊息量是非常豐富，而每個卦是由六個爻組成，在結構上是非常地簡易了。由一個簡易的圖象要傳遞如此豐富的訊息，其聯想空間是很大的。另外，聯想空間的大小與「解碼」的確定性恰成反比。「象」並不是個傳遞單一的訊息的符號，以致接受者難以適度的「解碼」，可能會因聯想過度而造成過度「解碼」，也有可能因爲理解不夠而不足「解碼」。所以另一個「中介」(文字)便因此加入以促進正確及適度的「解碼」，如此一來，文字的加入的實際作用是規範了「象」的解讀方向，也間接地減少了其作爲符號文本所傳達的信息⑲；因此，「象」與「言」與聖人之「意」必是不相等的。由這個角度而言，「象外之意」果眞是「蘊而不出」了。

---

⑲ 就符號學而言，中介的多元化究竟使符號文本的意義豐富了？還是減少了？是個複雜的問題。一首詩加上情緒性的朗讀，或一份報告加上插圖，成爲多「中介」文本，原文本的意義可能比較模糊、比較廣泛，其他「中介」的加入使它的意義受到了限制，比較「清晰」了。因此，在一般情況下，複「中介」文本中的各個「中介」互相修正，可以使釋義明確化。請參閱趙毅衡《文學符號學》，北京：中國文聯出版公司，1986年，頁38－45。

# 四、結　語

以《三國志·魏志·荀彧傳注》所引的何劭〈荀粲傳〉，荀粲與其兄荀俁的討論似乎始於後世能否聞見聖人所言之性與天道。在此，荀俁引《周易·繫辭傳》，認為聖人可以透過「象」與「辭」以盡其「意」。然荀粲則認為「言」、「象」部分傳達，但「意」無法由「言」、「象」而盡。

透過符號學的解析，荀粲所謂「六籍之所存」是聖人之糠秕，其原因是聖人之「意」無法由現成的文字（「中介」）進行有效的「編碼」，造成文字無法完全運載「意」而失去價值。荀俁不讚同聖人之「言」完全沒有價值，認為「象」、「言」（「中介」）可以傳達聖人之「意」，「言」能不能盡「意」是「解碼」的問題。最後，荀粲辯說作為「中介」的「象」、「言」只能傳達一般粗淺的「意」，聖人精微的「意」是超過「象」、「言」所能負載的範疇，因此「言」是不能完全傳達「意」的。

從以上的分析觀之，荀俁與荀粲所說都各有道理，只是荀粲之說更為精細；「言」能否盡「意」不只是「解碼」的問題，其中更具影響的是「中介」的因素。如果我們認為文字與「象」是聖人所創，自然可以完全運載聖人之「意」，那「言」能否「盡意」的問題便落在「解碼」上；是接受者解讀的問題。但如果我們從經驗出發，便會意識到把「意」（包含思想、概念、體會等）化為可見的物質形式（「中介」）的過程（「編碼」）是困難、曲折的，問題理應在「意」形成「能指」的過程上。然從荀粲的言論脈絡，從魏晉時人對「聖人」的觀念及他後來所說的「理之微者，非物象之所舉也」，可以看出荀粲是把「言」能否盡「意」的關鍵放在「中介」上，而擱置「編碼」過程的問題，就這一點上不同於輪扁所說的「得之於手應於心，口不言」的「編碼」困境。

如果略過「編碼」程序不談，「中介」所運載的「所指」能不能盡「意」確是值得討論的，不同的「中介」會產生相異的「能指」與「所指」關係，從而對訊息的接收造成重要的影響。「言意之辨」之「意」並非具體的物象，因而只能以描述性的語言傳達。「象」由於是套專用的符號系統，必須由更普及的符號 —— 辭（文字），提供「符碼」，因此使得理解「意」須透過多個「中介」，而最後接受者透過「中介」接受到的「所指」，已非原來之「意」了。由此邏輯類推，「言」可達「意」，但難以盡「意」，可知「言不盡意」論是比「言盡意」論更站得住腳的。當然，荀粲腦海中並無符號學的理論，他所提出來的「言不盡意」論也非以此為依據，筆者只是希望以符號學的理論為工具，把「言不盡意」論的內在深度展現出來。

# 漢字語在韓語中的運用與發展

林淑珠*

## 一、漢字語的流入與使用的背景

人不能孤獨生存，文化和語言也一樣。在這個世界上幾乎沒有不經與其他文化的接觸交涉而自己獨立發展起來的文化的例子，同樣的在這個世界上也沒有在數百年甚至數千之間不經與其他外國語言的交涉接觸而完全自己獨立發展起來的語言。換言之，任何一種語言都曾與外來的文化和語言接觸交涉過，不同的只是各自在接受程度上有所差異，和所納進來的外來語原本是存在哪種語言裡的而已。而任何民族的語言體系幾乎都在下列的三種情況或條件下借用或納進其他語言的。

第一，被征服。卽原本普遍使用着的某種語言，被外來的異

* 韓國京畿大學校東洋語文學部教授

於母語（固有語）性質的新語言完全抹殺蓋住。這種情況通常與原住民的意願無關，征服者的語言在被征服區域內成爲公用的語言。使得原住民無法不得不過着使用雙重語言的生活。其結果是令原住民在不知不覺之中，由征服者的語言裡借用了爲數相當多的單位語言（通常以名詞為主）。

第二，具有高度水平文化的語言衝進流入較低水平文化的語言區域。這種情況通常是低水平的一方在憧憬嚮往着高水平一方的同時興起振奮樹立自己語言的現象。

第三，與彼此文化水平的高低無關，純粹是因爲地理位置鄰近的關係，雙方彼此的語言就很自然地在互相往來與接觸交涉中起了相互借用的關係。（譯自《國語生活》國語研究所1988第四號P.14）

朝鮮半島❶上的民族是在什麼時候開始使用漢字語、文的？漢字語、文又是在什麼時候傳入朝鮮半島的？至今還是個謎，其確切的時期尙不得而知。古代住在朝鮮半島上的民族可爲分爲南北兩個系統，一爲以高句麗爲首的北方民族，一爲南方的韓族。現在朝鮮半島上所使用的語言，主要是由北方系統的夫余語和南方韓族的語言演變而成的。但在世宗25年（西元1443年）創制屬於韓民族自己的文字——訓民正音——問世之前，朝鮮半島上的民族在文字生活上除了漢字、漢文的使用之外，就現今的時點而言，尙未發現有其他固有文字所記載的文獻證據。

漢字語、文是於何時傳入朝鮮半島的，其確切的時期雖不得

❶ 以下在本文中使用到的朝鮮半島和漢語等語詞的用法，是按一般廣義的客觀說法而言的。

而知，但可推知使用在朝鮮半島上的漢字、漢字語，無疑是在中國人創制漢字且在中國本土相當普及之後，再經由種族或宗族間的交涉而慢慢地流入朝鮮半島的。根據文獻的記載推算，朝鮮半島上的民族自三國時代初期起，在文化上卽受到鄰國漢族人相當大的影響，在語言生活上也不例外。依據韓國《國史大事典》（李弘植編）與《韓國史》（震檀學會編）的記載，可獲知漢字、漢字語在衛滿朝鮮時期已傳入朝鮮半島。這可確信是隨着當時（漢武帝時，在朝鮮半島上設置四郡）的漢族移民政策與當時的土著民族尚未有文字之故，漢族人的文化、語言、文字才得以順其自然地流入朝鮮半島的。

## 二、漢字語的發展

漢語的書面語（漢字語）如此隨着漢族人的文化傳進朝鮮半島，亦卽朝鮮半島上的土著民族，從漢族人那兒引進漢字和漢文之後，才開始了以漢字作爲書寫媒體的表記生活。但是漢語和朝鮮半島上的固有語，原本就是兩種體系不相同的語言。欲利用漢字來表記固有語時，若不是同時具有對漢語和該固有語在構文方式上與在音韻體系上等認識，亦卽，若無讀解漢字文的知識是無法進行的。而朝鮮半島上的土著民族，在西元三世紀的後半期，就有能將學問輸出到日本的水準了！百濟的王仁在古爾王52年（西元285年）時，就把《論語》和《千字文》傳到了日本。根據《日本書紀》等的記載，「向百濟人習文的日本太子無不通曉諸家典籍的」（譯自岡井愼吾《日本漢字學史》，東京堂，1934，P.11）。證明當時已有深具漢字、漢文修養的學者。

西元六世紀時起，朝鮮半島上的土著民族即已達到能利用漢字的音和義來表記固有語的水平，足見現今韓國人的祖先當時對於漢字與漢文的研習是多麼地重視與嚴謹。新羅的智證王，不但把國號定爲新羅，且爲第一個使用王稱號的（西元503年）。如此、可見漢字語的使用在三國時代已開始普及且一般化。到了統一新羅時代，漢字語文在朝鮮半島上可說是已經完全土著化。這意味着當時朝鮮半島上的文化水平已相當的高，已有能任意驅使漢字語文的能力。半島上的土著民亦從此過上音聲語言（口語）和文字語言（書面語）兩種迥然不同的雙重語言的生活。而漢字語的從流入朝鮮半島到在固有韓語中的生成名份，也在這個時期才始得以正式的被認定。

如上面所述，新羅的智證王和之後的法興王（西元514年）把國號、王號改定爲漢字語，並且開始使用年號、諡號等，是漢字語在固有韓語中生成的開端，而正式製造漢字語則是在統一新羅之後的事。此一時期不僅在政治制度上、學術上、藝術上等的各個領域裏都有着未曾有的興隆期，在宗教上則也是佛教的最興盛期，而這些各種文化上的進步與發達，是在增加漢字語數上最大的原動力。更由於統一後的行政改革、軍事組織的改編、土地制度的重編等，也都大大地增加了漢字語的量與範圍。之中，要以儒學和漢文學的發達對漢字語的增加最具影響力。依據《三國史記・職官志》裡有關說明最高教育機關「國學」的職責，在教科內容上的記載如下：

> 教授之法：以《周易》、《尚書》、《毛詩》、《禮記》《春秋左傳》、《文選》，分而為之業，博士助教一人，或以《禮記》、《周易》、《論語》、《孝經》，或以《春秋左傳》、《毛詩》、《論語》、《孝經》，或以《尚書》、《論語》、《孝經》、《文選》教授之。

如此以漢文和儒學爲最優先的敎育政策，就更快加速了漢字語的增加速度。而漢字語在如此正式的敎育，製造與不斷增加的過程中，順理成章自然而然地便深植到固有韓語的語彙體系中去。

繼新羅而起的是高麗時代，一直到高麗末期興起的斥佛運動爲止，支配高麗這一時代的思想和信仰的是佛敎。而光宗實行的科擧制度，成宗標榜的儒敎入閣政治，曾培養出傾向於以詞章和文藝爲語言中心的巨儒碩學。一言以蓋之，承擔高麗一代文化的是儒學和佛敎。而儒佛的葛藤卻促使貴族社會的漢文學與詩文學更爲發達，也因而促使漢字語在繼統一新羅後興起的高麗這一時代裡，有着史無前例的急劇增加與發達的趨勢。漢字語在韓語中繼續不斷地增加與發達的這一趨勢，一直持續到十九世紀的中葉。

## 三、固有韓語和漢字語的競爭與替代

朝鮮半島上的民族在借用漢字來記錄自己的固有語時，使用的是利用漢字本身所特有的，所謂形、音、義之中的音和義上的兩種特性，用來記錄朝鮮半島上固有語中的人名、地名、官名，和詩歌等的借字表記法，而有關漢文文章的構成方式，則原封不動的採用原來的漢文方式記錄書寫。如此一來，朝鮮半島上的固有語（口語）才文字（書面）化。但隨着漢字、漢文的普及，固有語的語彙卻因此而不得發達伸展，反而演變成漢字語從此滲透到所有領域的固有語裏去。而原本的固有語的語彙卻只剩下一些基礎語彙，像抽象性的，或比較具體性的語彙，則由漢字語所替代。不但由漢字語新造的有關文化的、知識的，或概念性的語彙，在數量上開始超越了固有的韓語，有些固有的韓語也開始被漢字語取而代之。這完全是由於朝鮮半島上的土著民族，在把自己的固有文化發展至高水平之前，就傳來高水平的漢文化和漢字、漢文所致。

漢字語的加速增加可追溯到統一新羅那個時代，景德王16年（西元757年）時，在全國設置九個州，而州、郡、縣的名稱改成採用兩個字的中國式的漢字語；在景德王18年時，又把文武官職的名稱改成漢字語。如此一來，便使得原本用來標記純粹固有語的鄉札式記錄也開始出現了漢字語。例如從現存的鄉札體所記錄的資料中，在14首新羅鄉歌中可以找到類如以下的漢字語。（※以下本節的例子引自《韓國語文의諸問題》P.134～137）

君　臣　民　往生　彌勒　慈悲　功德　西方　彌陀刹
乾達婆　無量壽佛　善化公主　千手觀音

另外，再從君如大師的「普賢十願歌」中，亦可發現到幾乎都與佛敎有關的漢字語。以下卽爲其例。

> 法界　南無佛　須彌　菩提　淨戒　造物　三業　緣起　衆生　煩惱　佛影　化緣　佛到　苦行　大悲　一切　法性　普賢行願

到了高麗時代，如前面所說，光宗施行的科舉制度，成宗標榜儒敎入閣的政治制度，都曾使漢學和漢文學因此而大大地發達了起來。再加上因崇尙佛敎的緣故，透過佛敎的經典，漢字語就更爲廣泛地傳播開來。例如從高麗時代文人們的作品景幾體歌中，來看高麗時代的俗謠〈靑山別曲〉等的話，它本是使用着比較多固有語的，但卻仍然使用着無數的漢字語在其中。這意味着有相當多的漢字語在上層社會中已經開始一般化。又例如從景幾體歌的〈翰林別曲〉中就可找到如下列的漢字語：

> 黃金酒　栢子酒　五加皮酒　文卓琴　宗武中芩　雙伽耶琴　琵琶　杖鼓　琥珀盃

之外，又如在由中國人記錄的高麗語資料，卽十二世紀的《雞林類事》裡面，屬於基礎語彙的單詞也有使用漢字語記錄的。例如：

> 千　萬　春　夏　秋　冬　田　海　江　銅　靑　黑

等等卽是。而這些單詞在十五世紀的資料《朝鮮館譯語》裏面，卻是使用韓國的固有語記錄的。由這些例子看來，證明了到高麗時代，漢字語仍尙未滲透到一般大衆的日常生活裏去。

到了朝鮮時代，因爲一開始就標榜着儒教建國，崇尙性理學，特別是尊崇朱子學爲國學。更以此爲中心實行科擧，由是一般大衆的整個生活就無處不受到儒學和漢文學的影響的。亦因此，盡管在世宗25年（西元1443年）時，就創制了固有文字的訓民正音，但以使用漢字、漢文爲主的文字生活卻持續了千年以上的歲月，一直到十九世紀的後半。換言之，雖有了能暢所欲言、能隨心所欲可用來記載固有韓語的文字，但在十五世紀之後，卻反而成了漢字語在韓國國語裏頭的生存空間顯得更爲活躍，更爲確切的時期。甚至於連在十五世紀所書寫的固有語，在朝鮮時代的五百年當中幾都被漢字語替換或排擠而變成了死語。例如：

즈믄 ⇒ 천（千）　온 ⇒ 백（百）　아ᅀᆞᆷ⇒ 친척（親戚）　뫼 ⇒ 산（山）

等卽是最具代表性的例子。而且在造語法上，無形中漢字語和固有語也已能很自然地結合，可以製造新的複合語，這便使得漢字語的數量，更是有增無減。例如：

약（藥）밥　분（粉）때　장（醬）김치　색（色）종이
（藥食飯）　（粉垢）　（醬漬菜）　（彩色紙）

等等卽是。而漢字語之所以能在韓國國語中穩健地發達起來，除了局限於韓國固有語本身的語彙無法發達之外，更重要的是每遇到與固有語有相同意義的語彙的情形時，漢字語總是被認爲比較高尙，比較優雅，因而棄舊有的固有語而擇用新的漢字語。例如：

아버지⇒父親　남의 어머니⇒慈堂　거름⇒肥料
똥⇒大便　　별똥⇒流星　……

等等的例子即是。而諸如此般地使用漢字語的態度就更增擴了漢字語在固有韓語中的生存空間。再加上利用猶如上面所述的借字表記法，亦即借用漢字的音與義來記錄固有語的。則可舉例如下：

혁거세⇒弗矩内（赫居世）　쇠귀⇒우이（牛耳）
한발⇒대전（大田）　터골⇒기곡（基谷）

但一般人並不以固有語來讀念這類的單語詞，通常是習慣於以漢字的讀音來念。無形之中就又增加了類如：柿田（시전。감발, 柿子園）、新基（신기。세터, 新的基地）等的漢字語。不僅如此，連魚類、植物類、果實類的名稱也都喜歡讀成使用漢字表記的漢字語音。例如：

백송⇒白松　낙엽송⇒落葉松　숭어⇒秀魚（鯔）　작약⇒芍藥

等類的漢字語的例子，亦即因此而逐漸地在韓國國語的語彙裏落實的。還有，雖然例子不多，但是也有源自於漢字語的副詞，例如：

급기야（及其也）　어차피（於此皮）　어언간（於焉間）
좌우간（左右間）심지어（甚至於）　별안간（瞥眼間）　부지불식간（不知不識間）

等等的例子即是。而這樣的單詞類，現在卻因爲都是使用韓國的固有文字書寫的關係，其原語本是漢字語一事已到了不爲人所知的程度。

諸如這般，漢字語逐漸地滲透到固有韓語全領域去的情形，若就漢字語和固有語的使用比率而言，在二十世紀的中葉，漢字語至少已占有百分之三十的比率。例如在1964年沈在箕氏的〈龍飛御天歌〉之中，漢字語和固有語的比率是701：1306（百分比爲34.9比65.1），和被認爲採用固有語構詞最多的，例如在松江的〈關東別曲〉、〈思美人曲〉、〈續美人曲〉、〈星山別曲〉、〈將進酒〉之中的漢字語和固有語的比率是479：1208（百分比爲29.2比70.8）。

後來，從十九世紀的後半期到二十世紀初之間，隨着從西洋傳入的許多新學問、新技術的文物而流入不少新的西洋語詞，當時在翻譯這些新的用語時，使用的幾乎都是漢字語。不僅如此，也借引不少由在中國或日本翻譯的漢字語。如此一來，韓國國語裏的漢字語更是只增無減。雖然漢字、漢字語曾不斷地遭到各種批評和非議，而漢字語至今仍然有增無減亦是不爭的事實。

漢字語在韓語的語彙體系中占有絕對的優勢，不僅數量多過於固有的韓語，而且就全體語彙而言也已遠超過百分之五十。漢字語的數量無疑可由漢字本身增加，而在語意類似的固有韓語和漢字語並存時則就互相競爭，其競爭的結果則猶如上面所述，通常是絕大多數的漢字語取代了固有的韓語。

# 四、漢字語的使用狀況

在現代的韓語中，仍然使用着很多漢字語的背景，也與半島上的民族在開化期（十九世紀末到二十世紀初）以後，接受西歐語系等外來語的方式有着密切的關係。一般而言，在借用另外一種語言時，通常是有借用該外國語的（單位語言）語形或該外國語的原音，和把該外國語翻譯寫成本國語言的兩種情形。開化期以後，韓國人在借用西歐語系的外來語時，通常是把西歐語系的外來語，以用漢字語翻譯的方式借用的情形爲最多。這種的翻譯漢字語，其中雖有韓國人本身直接翻譯的（引自《국어생활》1988 가을 제14호 P.16），例如：

查頓（親家，姻親）　人君（王）　閣氏（新婦）

但在數量上卻比不過早先翻譯成的漢語或者借自日語中的漢字語。換言之，韓國人當時在與西歐的文物接觸時，並不是直接輸入西歐的語言，而是採用輸入由在中國或日本翻譯好的漢字語，因此，在科學、哲學、藝術，經濟等各個領域裏，無形中又引進了不少新的漢字語。這也是促使現代韓國國語的漢字語語彙大幅增加的重要原因之一。

還有，在借用的外來語中一般借進的是名詞，原語是名詞的話就一樣以名詞的功能或語形使用它，原語不是名詞的話，就設法把它變形也借用成爲本國國語中的名詞。若想把這些借用的名詞當做動詞來使用時，只要在這些名詞之後加上接尾詞等卽可使用。在韓國國語中的漢字語絕大多數是不但可當名詞來使用，同

時，也可在詞尾加上接尾詞「—하다」，就變成具有動詞功能的用言，可當韓國語式的動詞來使用。例如：

| 名　詞 | 動　詞 |
|---|---|
| 出入 | 出入하다 |
| 約束 | 約束하다 |
| 選擇 | 選擇하다 |
| 幸福 | 幸福하다 |
| 旅行 | 旅行하다 |

如此這般，韓國人在實際的言語生活中所使用的漢字語要比料想中的多得多是理所當然的。

又如上面所述韓國人早在三國時代就與漢語、漢文有接觸，尤其是在韓國人創造自己的文字—訓民正音—之前，由於漢字、漢文是唯一的書寫媒體，無形中便受到漢字、漢文巨大無比的影響。除了基礎語彙之外，在任何領域的韓語中都有漢語系的語彙，換言之，漢字語已經滲透到整個韓國國語的領域空間。不管是親人家族間的稱呼，或是記載每天日子的數詞，就連動植物，或魚貝類等具體的名稱，乃至如同表示希望，和睦等抽象的概念詞，近兩千年來無一不是以使用漢字語過來的。甚至連佛教經典的使用也是採用來自中國的漢譯經文本，而不是直接採用梵文版等的原文經典。以此方式借用由在中國翻譯的西歐語系的語彙，有如早在朝鮮時代傳入的「耶蘇、天主、千里鏡、幾何、自鳴鐘、永吉利、歐羅巴」，和日後借自日本的「鐵道、昇降機、飛行機、汽船、（火）輪船、不正行為、雅片、瓦斯」（引自《국어

생활》1988가을，제4호，P.16）等等的漢字語。這種借用由在中國或日本以漢字語意譯或音譯的漢字語彙的方式，一直盛行到十九世紀中葉的後半。如此一來，無疑地就更自然而然地增加了漢字語在韓國國語中的發達與使用頻率。但不論是借自中國或是日本的漢字語彙，一概讀成韓國語音。雖然日語這個外國語曾在朝鮮半島上以公用語（國語）的身份滯留了三十多年，但至今仍然除了提供漢字語的語彙形態外，日語式的獨特讀音（訓讀）並未被採用。

# 五、漢字和漢字語的使用實況

朝鮮半島於1945年脫離日本的統治之後，不久就分爲南、北韓兩個國家。半個世紀以來，由於政治社會背景的不同，朝鮮半島上的語言也因此而一分爲二，以下就半個世紀以來南、北兩韓在語言政策上，有關漢字和漢字語的教育與使用實況做一簡單的分析。

## （一）北韓的情形

北韓在1949年初就實行在新聞報紙和雜誌文章等的印刷品上完全不使用漢字的政策。1949年底起，不僅科學技術的書籍，連記述民族古典的文物，也開始僅限於使用固有的民族文字。但卻因如此廢止漢字的後遺症，使北韓不得不採取實施整頓國語和整理漢字語與外來語等的運動。終至1959年的8月始編纂了第一本漢字教科書；隨即在高級中學校採用透過學習國（朝鮮）漢字語混用體的文章，而習取漢字和漢字的語彙。但卻又因在同一年的10月，廢止高級中學校，改成人民學校四年，中學校三年，技術學校二年，高等技術學校二年，大學四～五年等的學制，而使得漢文的教科書無法在學校課堂上一展身手。

之後，有關北韓對於漢字和漢字語的語言政策，可從金日成在幾次的講話聲明中，看出北韓在語言政策上的基本方針和具體的實施方案。例如在1964年1月3日的〈關於發展朝鮮語的幾個問題〉（《문화어학습（文化語學習）》1968年2號）的聲明中，曾談到關於重新使用漢文的方式和重新書寫漢字語的造語法。其內容可簡述如下：

1. 新的漢字語依朝鮮語的語根製造一個體系。
2. 無須廢棄已成朝鮮語的漢字語。
3. 使用漢字語時不可僅改讀中國語的發音。
4. 無須改變語根的漢字。

("조선어를 발전시키기 위한 몇 가지 문제에 대하여"……①새로운 한자어는 우리말 어근에 따라 하나의 체계로 만들고，②우리말로 굳어진 한자어는 비릴 필요가 없으며，③한자어를 쓸 때 중국 말을 발음만 고치써서는 안고，④어근이 한자로 된 것은 고칠 필요가 없다고 하였다.)

即指示「制定須用的而且可採用朝鮮語和漢語混用的漢字語，要求避免反複增減漢字語的工作」。還有，若無需要，任何印刷品物就不能使用漢字，表明廢止使用漢字的基本立場。但在這一聲明之中，卻又作了「只要南朝鮮繼續使用國、漢字，因事關統一大業，漢字在一定期限內，得繼續使用。」的保留態度。

在1966年5月14日的聲明中，指示儘管在把漢字語改成朝鮮語時，以不書寫漢字爲主，但仍應該教給學生們需要的漢字。這時候指示有關教育學習漢字方案的內容可簡述如下：

1.舊時代的書籍由具有漢文知識的人翻譯。並在金日成綜合大學裏設置如同古典文學科的部門，招收數十名的優秀人員，授予漢文和文學的知識。

2.授予學生們所需漢字的讀音與寫法。但不管以何種方式授予學生們漢字，卻不准在教科書上使用漢字。

(①옛날 책의 번역은 헌문 지식이 있는 사람에게 시킨다. 김일성종합대학에 고전문학와 같은 것을 따로 두고 똑똑한 사람 들을 몇 십명씩 받아서 한문을 가르쳐 주며 또 문학 도 가르쳐 준다.
②학생들에게 필요한 한자를 들어 쓰는 법도 가르쳐야 한다. 그러나 학생들에게 한자를 가르쳐 준다고 하여 어떤 형식으로든지 교과서에 한자를 넣어서는 안 된다.)

而有關於1963年12月3日金日成聲明在學校教育裏，教育應該學習漢文（漢字）的必要性及其方向之事是在這個聲明之後復活的。雖在1966年5月14日做了「不准在教科書上印上漢字」的聲明，但在學校教育裡所使用的漢文教科書卻已經完全採用國（朝鮮）漢文混用體的方針。在1968年以國漢文混用體刊行出版的四種漢字教科書裏即載有1500個的漢字，而到大學原則上一共是要授予3000個的漢字。

1972年3月出版的大學用《국한문독본(國漢文讀本)》的初版裏，明示着「在學校裏學習漢文是非常重要的，這關係着祖國統一的大業。將來祖國統一的話，不也得閱讀南方刊行出版的報章雜誌嗎!？」。不管學習漢字語的動機如何，反正，在北韓，實際上也是擺脫不了漢字與漢字文的言語生活的。

根據資料的記載，1970年代的北韓由初、中等學校到技術學校得學習2000個漢字，到了大學得另學1000個漢字。北韓自1972年9月起就實施11年制的義務教育，在1年的學前義務教育課程和4年制的人民學校(國小1～4年級)裏不教漢字，在6年制的高等中學校(國小5～6，中學1～3，高中1年級)裏教授1500個漢字。在兩年制的技術學校裏教授500個漢字，到了大學則除了教授復習高等中學校的1500個字和技術學校的500個字之外，得另外教授1000個新的漢字。依據1979年由平壤教育圖書出版社刊行的高等中學校2、3、4年級用的「漢文」中，可推算出在1年級裏教277個字，2年級裏教265個字，3年級裡教238個字，4年級裏教226個字，換言之，在高等中學校1～4年級(即中學班)裏一共教授了1006個字。由此可知在高等中學校5～6年級(高等班)裏大概教授500個字。根據1983年3月「人民學校高等中學校課程案」(教育委員會普通教育部)的內容，有關高等中學校第一學期和第二學期每週的「漢文」授課時間，可列如下表。(為便於參考，加列國語國學和外國語的授課時間。)

北韓高等中學校的漢文等授課時間

| | 1年級 | 2年級 | 3年級 | 4年級 | 5年級 | 6年級 | 總時數 |
|---|---|---|---|---|---|---|---|
| 漢　文 | 2 | 2 / 1 | 1 | 1 | 1 | 1 | 246 |
| 國語國學 | 5 | 5 | 4 | 4 | 3 | 2 | 769 |
| 外國語 | 3 | 3 | 2 | 2 | 2 | 2 | 496 |
| 一週時數 | 31 | 32 | 34 | 34 | 34 | 34 | 6626 |

北韓在普通教育的課程和大學的課程裏議定授於3000個的漢字，大都以能熟識思想教養用的國漢混用文裏的漢字語爲主。重點放在漢字的音和義，以及成語的學習，原則上是不學習漢詩文的。因此，在教育用的漢字裏含蓋了大部分的部首漢字，把有關部首、造字法和成語的組合等固有理論做系統化的傳授。唯未能充分認識到成語是種概念語，有它的體系和難易度，終而造成有關漢字的教育實際上卻只停留在意識性教育的階段。另外，透過金日成綜合大學設有的「漢文」（民族古典選）課程，可推測出在北韓確實另有教育培養專業性的漢詩文研究者的機構。（以上參考《북한의 말과글》（北韓的語與文）PP.197～219，을유문화사 고영근 편집 1989.）

## （二）南韓的情形

1945年隨着日本帝國的敗亡，韓國人可自由地使用自己的國語和文字，成了祖國光復的象徵。日本在1941年爲了把韓國人變成眞正的「日本帝國國民」，除了强化常用所謂的國語（日語）外，還廢止了在學校的「朝鮮語教育」，禁止韓文的使用，在日常生活中也禁止使用韓國人本身的語言。如此被中斷的韓國國語教育在1945年隨着日本帝國的敗亡才得以重見天日。而隨着國語教育的復活，當時在教師和教科書上的急需是可想而知的。由是屬民間團體的「朝鮮語學會」（現爲「韓國語學會」）便着手編纂國語教科書，並擧辦各種韓國國語講習會，多少紓緩了一些急需。但民間團體的能力到底有限，因此，當時的美軍政廳當局就出面處理這個問題。這就是行政當局在光復後的第一個有關文字的，亦卽處理漢字問題的案件。在這個時候做出的結論，至今仍幾乎一成不變地施行着。當時的情形和議決事項可簡述如下，美軍政廳學務局決定爲了提高韓國的教育，而在1945年11月設置名爲「朝鮮教育審議會」的咨詢機構。由八十餘名指導層人士組成十個分科委員會，分別負責審議教育理念、教育制度、教育行政等不同的主題。教科書的問題由第九個分科委員會負責。而有關教科書上文字問題的決議事項則如下：

廢止使用漢字，在初等、中等學校的教科書上全部使用韓國的國字，但依所需可把漢字寫在括弧之內。

(한자 사용을 폐지하고, 초등·중등 학교의 교과서는 전부 한글로 하되, 다만 필요에 따라 한자를 도림（괄 호）안에 적어 넣을 수 있음.)

這一決議案在全體會議中做成報告討論後，於1945年12月8日經由多數採決議定。由左而右的橫寫方式也在此時議定的。這就是有關只用韓國國字最初的、正式的決議案。

1948年8月15日韓國政府成立之後不僅承襲了這一決議案，並在同年的10月9日以「法律」六號公布「한글專用法（限專用國字法）」，把這種表記的方式擴大到公文書面上。其內容如下：

大韓民國的公用文件以國字書寫。唯，一定期限內必要時可倂用漢字。

(대한 민국의 공용 문서는 한글로 쓴다. 다만, 얼마 동안 필요할 때에는 한자를 병용할 수 있다.)

光復後，由「朝鮮教育審議會」議定的這一政策在强行之後，限專用韓文的政策實際上至今仍持續着，而任由漢字混用，在一般社會各個領域裏的情形也是事實。在1960年代和1970年代，可謂是韓國在學校教育裏有關漢字是否存廢的問題，議論得最爲激烈的時期。依1963年所公布的有關初等學校（國小）的教育課程，自1965年起改編的各級學校教科書上，排定國小應學習600個，中學400個，高中300個的漢字。依在1965年改編成的國小教科書上一共排定了602個漢字（4年級201個字，5年級201個字，6年級200個字），在1966年改編的中等學校教科書裏有1000個，1968年改編的高等學校教科書裡有1300個的漢字。但依據1968年在朴正熙總統的「한글 전용 촉진 7개 사항（促進限專用國字的7個事項）」之中「제6항 각급 학교 교과서에서 漢字를 없앨 것（第六項 廢除在各級學校教科書裏的漢字）」的決議，在1969年的9月改編教育課程之後，便削除了所有教科書上的漢字。

但，隨着標榜着「限專用國字時機尚早，各級學校應該恢復漢字教育」而在1970年7月創立的「韓國語文教育研究會」的出現之後，有關漢字教育的問題從此就變成了更令人矚目的熱門話題。1971年8月，韓國語文教育研究會等學術團體向政府當局建議恢復漢字教育，同年9月，學術院發出答復國務總理咨問有關上述建議事項的支持覆函，同一時期執輿論牛耳的言論機關也贊成恢復漢字教育，10月便在對文教部（教育部）做國政監察的國會中提出正式的討論。在1972年2月文教部就決定另設漢文科目，恢復漢文教育的方針。接着明示在中高等學校授予漢字的選定原則，同年6月選定1800個「漢文教育用基礎漢字」，公布於9月開始施行教育。在1974年7月文教部正式公布改編1975年度起的中高等學校的教科書體裁，在一般教科書上可併用漢字。而這一連串的恢復漢字教育的舉動，卻引起了反對恢復漢字教育派聲勢浩大的反駁。最終的結果是文教部於1976年8月宣布決定在國小教育裡仍然不施行漢字教育，在中高等學校裏也僅限於在漢文科目裏教授漢字，在國語等科目裏堅持僅使用國字的教育。不過，以韓國語文教育研究會爲中心提倡恢復漢字教育的活動至今仍然持續着。

綜合上述韓國在光復後，有關當局在漢字教育的政策措施上，若就出現在中、高等教科書上的措施和資料而言，依李應百先生的理論，可分成以下四個時期。卽

1.併用漢字期　　1945～1964／8
2.一部分混用漢字期　　1964／9～1970／2
3.除去漢字期　　1970／3～1975／2

4.部分併用漢字期　　1975／3～現在

每一個時期的併用書寫方式可簡述如下：

⑴併用漢字期

此一時期，不管那一門科目，爲了理解內容上的需要，無任何限制，只要有其必要性都可把漢字寫在括弧內。卽任何單詞的表記形態都可書寫成例如「학교（學校）」的形式，由於是韓國的國字與漢字併用的關係，故把這一持續將近二十年的時期稱爲併用漢字期。併用書寫的形態也有類如學校/학교的，亦卽以附記的方式在韓國國字的上邊寫上縮小的漢字。但仍以類如前述的把漢字寫在括弧裏的例子爲多。

⑵一部分混用漢字期

此一時期乃如上所述，在將近二十年之間，因採隔離禁用漢字，限專用韓國固有國字的副作用而起。依一般社會大衆的需求，把在1957年選定的臨時許用的1300個漢字混用在中、高等學校的「國語」科目裏，積極地施行敎育漢字。在國定的「國語」科目裏採混用的方式，在其他科目裏則仍採原來的併用形式，故把此一時期稱爲一部分混用漢字期。當然，亦可把它看成是廣義的併用漢字期。

1300個漢字在國小、中學、高中等學校的國語敎科書裏分配的情形如下：

| | | | |
|---|---|---|---|
| 小　學 | 4年級 | 200個字 | 600個字 |
| 小　學 | 5年級 | 250個字 | |
| 小　學 | 6年級 | 150個字 | |
| 中　學 | | | 300個字 |
| 高　中 | | | 400個字 |
| 計 | | | 1300個字 |

在這個時期，若超出這一1300個範圍的漢字，而有必須用漢字的時候，可以採用上述併用漢字期的方式，卽把漢字寫在括弧內。這個時期儘管只是短短的五個年，但在這期間就因按「有其必要性」的學習原理，所以在有關教育漢字的學習上，有着令人刮目相看的成果。卽，令人可以充分地察覺到在這期間接受到漢字教育的人，在驅使漢字，或對於識別漢字上的能力與信心。而這個得來不易可正常學習漢字的機運，卻依1968年12月24日國務總理訓令68號的規定，在1969年的第二個學期卽宣告終了。

⑶除去漢字期

這是一個去除所有教科用圖書裏的漢字的時期。韓國政府爲了徹底實踐在1948年10月9日公布的有關專用固有國字的法令，依韓國政府公文處規定（1965年2月24日大統領令第2056號），公用文件必須以固有國字書寫，但以未能徹底實踐爲原由，才指示頒布上述的國務總理訓令68號，要求徹底實施固有國字的使用。下

面僅列該訓令的〈1.한글 전용（限專用國字）〉項的末頁上所記載的部分內容以供參考。

> 但，非漢字即難以達意的，可在括弧內使用被認許的（1300個）漢字無妨。自1970年的1月1日起必須完全使用國字。
> (다만, 한자가 아니면 뜻의 전달이 어려운 것은 괄호 안에 사용 한자 `임시 어용 한자 1300자를 뜻함`의 범위 안에서 한자를 표기해도 무방하며, 1970.1.1.부터는 완전히 한글로만 표기하도록 한다.)

依據這一訓令在1970到1974的五個年之間，除去大學課程和高等學校國語教科書中古典的一部分還有漢文的課程之外，在所有的教科用圖書上完全廢止漢字的使用。因而造成不僅是國語科目的教師，就是其他科目的教師也不例外，從此爲了解釋以固有國字所表記的漢字語，而虛費了這些教師們許多時間的異常嘲諷。因爲如此一來就不能理解文章中無法明確地表示出概念的單詞是理所當然的，同時也因此而造成阻礙了原本可依語彙的擴張與選用來伸張作文能力的非常現象。爲了解決這一不合情理的現象，韓國的文教部又自1971年12月1日起，開始着手於制定漢文教育用基礎漢字的作業，在1972年的8月16日公布，在中、高等學校各自授予900個所確定的，共計1800個的漢字。並於翌年的3月起在中、高等學校的漢文教科書裏開始使用。

⑷部分併用漢字期

上述純粹使用國字或一部分混用漢字的時期，在1975年的新學期裏，又有了新的轉變。即，首先限定在國定的國語教科書上可並用漢字，且不受1800個的基礎漢字所限。翌年增加到在國史、或與國民精神教育有關的反共教養的科目，亦可併用漢字。但並未限制其他科目仍然僅能使用純粹的國字，故稱此一時期爲部分併用漢字期。

韓國自1945年光復後，在有關文字生活的政策上歷經無數的迂迴曲折。其間的種種陣痛問題，啓示韓國人不管是在教育的效率層面上，或是在文字生活的能率層面上，適切的使用漢字，在韓語中混用着漢字是旣方便又有其必要性的事實。

# 結　語

本稿依據各種相關連的文獻資料以①漢字語的流入（朝鮮半島）與其（被）使用的背景，②漢字語（在固有韓語中）的發展，③固有韓語和漢字語的競爭與替代，④漢字語（在1945年脫離日本統治之前）的使用狀況，⑤（二分南、北韓之後）漢字和漢字語的使用實況等五個單元做了上述有關漢字語在韓語中的運用與發展的介紹與分析。總的說來，不管是在北韓或南韓，尤其是在學校裏有關施行漢字、漢文、漢字語的教育政策，都因爲現實生活上擺脫不了使用了千年以上的漢字、漢字語之故，演變成在有關使用漢字和漢字語的政策上，禁也不是、不禁也不是的現象。因爲漢字和漢字語就如上所述，早已融爲朝鮮半島上民族語言裏不可欠缺的成分要素。若除去漢字語，那麼現今的韓語就殘缺不全、無法詞達意矣。

這可舉實例做證。有關北韓的漢字和漢字語的使用實况，因資料有限和不夠客觀，故僅在此附上今年（2000年）初，在南韓國內外相當馳名的成均館大學校校長沈允中先生的兩篇講稿做爲參考。1月1日的稿子（附一）是對該大學全體成員的講詞，3月1日記的稿子（附二）是針對教授先生們的講詞。附三、四的資料是筆者把附一、二中的漢字語換用漢字寫上（畫有底線）的。從這兩篇講稿中可發現到因爲視聽對象的不同，所使用的文體形態也就大有所別。從這兩篇講稿中卽可證明：①漢字語在韓語中的重要份量。②現實言語生活中所使用的漢字，並不僅限於1800個教育用漢字。③倂用漢字語的書寫方式非常的自由。④漢字語不等於是漢語。⑤韓國人的祖先在借用漢字、漢語時，就如同現今在借用外來的西歐語一樣，在借音的同時也借其義，因爲音、義不離，故非常容易融合於固有韓語中。

由上述這些因素看來，漢字語將因其本身的優越性與其在韓語中的融通性，而將繼續在韓語中運用且發展下去是不容置疑的。

# 附錄一

새 천년의 첫 아침을 맞으며

사랑하는 성균가족 여러분!

마침내 새 천년의 아침이 밝았습니다. 바야흐로 서기 2000년의 첫 해오름과 함께 지난 2천년의 성상(星霜)들이 하나의 매듭이 되어 영겁 속에 묻히고, 우리 모두에게 희망을 주는새 천년의 동이 텄습니다. 참으로 가슴 벅찬 새 천년의 시작입니다. 이 새로운 시작의 밝은 정기가 우리 성균가족 모두의 가슴속에 녹아내려 새로운 희망과 소명을 실현할 수 있는 원동력이 될 수 있기를 진심으로 기원합니다.

성균가족 여러분! 오늘 이 순간 지구촌의 온 인류는 너나할 것 없이 새 천년에대한 갖가지 의미를 부여하고 내일을 설계하느라 여념이 없을 것입니다. 오늘 저는 여러분과 함께 새 천년의 열린 지평 위에서 우리 대학의 어제와 오늘을 되짚어보며 성균가족 모두가 공유해야 할 우리 대학의 미래의 모습에 대해 이야기 하고자 합니다.

지난 수년간 우리 성균관대학교는 참으로 많은 변화를 경험하였습니다. 사회적으로도 시대정신과 가치의 중심축이 달라지고 그동안 당연시 되어 왔던 수많은 사고들이 하루아침에 뒤바뀌는 등 가히 문명사적 대 전환기 답게 급격한 변화가 있었습니다. 이와 함께 우리 대학도 주변환경의 변화에 발맞추어, 끊임없이 자신을 돌아 보며 더 나은 가르침과 풍요로운 인성을 갖춘 능력 있는 인재의 양성을 위해 최선의 노력을 경주한 시간이었습니다. 무한 경쟁의 원칙아래 휘몰아치는 변화의 흐름 속에 살아남는 가장 훌륭한 길은 그 변화의 흐름에 뛰어들어 남보다 한 걸음 더 먼저 빨리 변하는 것이라는 대학 구성원들의 공감대 속에서, 우리는 대학 교육에 대한 인식의 변화, 발상의 전환으로 대학개혁에 앞장서 왔습니다.

아울러 지난 1998년에는 자랑스런 건학 600년을 맞아 세계대학 총장 학술회의를 개최하여 온 나라에, 아니 온 세계에 우리 대학의 유구한 학통과 면면한 교육의 역사를 과시한 바 있습니다. 세계 유수의 대학총장들이 한 자리에 모여 우리 민족의 정신세계를 주도해온 본교를 직접 방문하고 장구한 역사와 그 찬란한 성과에 대해 감탄하였으며, 모든 성균가족들 또한 우리가 성균인임을 뿌듯한 자긍심으로 느낄 수 있었던 기회였습니다.

그뿐 아니라 IMF 관리체제라는 최악의 경제상황 속에서도 재단인 삼성그룹의 아낌없는 헌신적인 투자로 열악한 교육환경을 획기적으로 개선하여 21세기를 선도 할 대학으로서의 위용을 갖추었습니다. 또한 국내·외적으로 탁월한 연구업적을 지닌 교수 진용의 확충과 함께 자유로운 연구와 학문의 열정이 마음껏 결실을 맺을 수 있도록 물적·인적 지원체계도 정비하였습니다. 이렇듯 우리는 21세기를 선도하고 새 천년에는 세계지성사의 중심으로 우뚝 서기 위하여 많은 노력을 기울였습니다.
새 천년과 21세기의 주인공이 될 성균가족 여러분!

그동안 우리는 변화를 두려워하지 않고 한 발 앞서 우리 대학의 먼 미래와 그 결과를 내다보는 안목으로 과감한 개혁조치를 단행한 결과 우리 성균관대학교는 국내 대학 중 가장 훌륭한 개혁의 성과를 거두었습니다. 교육부의 '두뇌 한국 21' 사업 에도 적극 참여하여 국가가 인정하고 지원하는 대학원 중심 연구대학으로 확실한 자리매김을 하였습니다. 저는 이 모든 성과와 영광이 재단을 포

위한 성균가족 모두의 개인의 희생을 감수한 피나는 노력과 헌신의 결과임을 잘 알고 있습니다. 그 동안 참기어려운 고통을 오로지 학교 발전이라는 대의명분아래 인내하면서 개혁과 전진의 대장정에 흔쾌히 동참해준 교수와 직원 여러분과 그리고 학생여러분께 머리 숙여 더 없는 감사의 말씀을 드립니다.

**그러나 우리는 여기서 멈출 수 없습니다. 우리 앞에는 아직도 넘어야 할 산도 많고 건너야 할 강도 만만치 않습니다. 그 이유는 21세기는 우리 성균관대학교가 세계 적 명문대학으로 도약하여야 하며, 우리 성균인들의 영광의 역사가 기록되는 세기가 되어야 하기 때문입니다.**

이제 마침내 우리 성균관대학교가 재단과 학교, 우리 성균인 모두의 단합된 힘속 에서 찬란한 601년의 전통을 바탕으로 이 나라, 이민족 최고의 배움터로 비상해야 할 때가 되었습니다. 그러기 위해서는 우리는 이제 바깥과 함께 우리 내부도 돌아보아야 합니다. 대학은 인재를 길러내는 도야의 장입니다. 외형의 화려함이나 웅장함보다 자기점검과 자기비판의 냉철한 눈길로 스스로를 돌아보고, 인재의 질을 높이는 데 최선을 다해야 합니다. 큰 일에 올바로 대응하기 위해서는 작은 걸음으로 꾸준히 걸어가되 그 시야는 먼 곳에 두어야 할 것으로 믿습니다. 저는 총장으로서 이런 자세로 어떠한 어려움에도 흔들림 없이 세계적 명문대학 건설이라는 (至難)한 과제를 수행하는 데 앞장서 나갈 것을 새천년 새출발에 밝힙니다.

존경하고 사랑하는 성균가족 여러분!

우리 성균인 모두는 대성문 안으로 첫걸음을 내딛고 명륜당과 대성전을 지나 금잔디 광장 앞에 우뚝 서는 순간 이미 영원한 성균인이자 하나의 성균가족일 수밖에 없는 운명을 같이하고 있습니다. 언제 어디에서나 우리의 몸짓과 숨결이(仁・義・禮・智)의 향기를 내뿜는 한 인재나 성균인, 성균가족일 것입니다. 비록 배움의 갈래가작은 오솔길로 나누어져 있을지라도 그 작은 길들이 성인재(成人材) 균풍속(均風俗)의 큰 길로 합류하는 것을 막지는 못할 것입니다. 그러므로 성균인 여러분 한 사람, 한 사람의 뜻과 의지가 세계적 명문대학 건설이라는 목표아래 합해질 때 찬란한 21세기 성균관대학교의 웅장한 청사진이 그 모습을 드러낼 것입니다. 특히 대학의 안과 밖에서 대학의 발전을 위한 지원에 흔쾌히 동참해주신 성균인 여러분께 다시 한번 감사의 말씀을 올립니다. 여러분 한분 한분의 그 고마운 정성이 우리 대학의 위대한 발전의 초석으로 쓰일 것을 약속드립니다.

성균가족 여러분!
새로운 시작은 새로운 희망과 실천의 (交織)을 약속할 때만이 아름다운 출발일 수 있을 것입니다. 이제 세계적 명문대학 건설이라는 막중한 책무를 짊어진 총장으로서,새 천년의 첫걸음을 여러분과 함께 웅비하는 성균관대학교의 빛나는 미래를 위해 힘차게 내딛고자 합니다. 이제 새천년과 21세기에는 모든 성균인들의 걸음 걸음이 성균관대학교 飛翔의 길로 모아질 것으로 믿어 의심치 않습니다.
끝으로 새 천년과 21세기의 첫해인 (庚辰)년에는 우리 성균인 모두가 승천하는 용의 기상으로 하시고자 하는 모든 일에서큰 뜻을 이루시고, 성균인 모두의 가정에 건강과 행운이 함께 하시길 두손 모아 기원합니다. 새해 복 많이 받으십시요.

2000년 1월 1일
성균관대학교 총장 심 윤 종

# 附錄二

존경하는 (成均家族) 여러분! 안녕하십니까?

(歷史的)으로나 (民族史的)인 관점에서 새로운 전환점이 될 대망의 2000년대를 맞이한 지도 이는 덧 2개월이 지나고 있습니다. 세계적으로 명문대학을 목표로 'VISION 2010'이라는 대학 (長期發展計劃)을 수립하여 추진 5년 째를 맞이하고있는 성균관대학교의 입장에서 올 해는 새 천 년의 대학의 미래를 (豫斷)해 볼 수 있는 중요한 한해가 될것으로 보입니다. 여러분과 여러분의 가정에도 올 한해는 분명 새로운 꿈과 (希望)을 (現實)로 만들어나가는 데 없어서는 안될 소중한 한 해로 자리매김할 것으로 생각합니다.

한국사회 전체가 IMF파동에 휘싸인 채 해방이후 최대의 경제난국을 맞이했던 지난 2년 이 동안 우리 사회는 실로 엄청난 소용돌이와 변화를 거쳐오면서 이전과는 전혀 다른 새로운 패러다임과 환경에 적응해가고 있습니다. 이는 정부의 정경유착 차단 및 재벌과 금융권 개혁, 민간부문의 과소비 추방과 근검절약, 기업의 스스로 뼈를 깎아내는 대규모 구조조정, 임금감축 등의 종합적 결과로 생겨난 새로운 (秩序)라 하겠습니다. 대학사회도 예외는 아니어서 (倒産)하는(大學)이 생기나고, (企業)의 (經營技法)이 (導入)되고, (有數)의 국내외 대학과 (競爭)하여 살아남아야 하는 (生存)의 (法則)이 지배하는 처지에 이르렀습니다.

그러나 성균관대학교는 지난 1997년이래 삼성그룹이 학교경영에 참가하면서 (危機)를 (機會)로 삼은 천금같은 기간이기도 하였습니다. 그 결과 4년연속 (大學改革) (最優秀大學)에 선정되었고 국책산업인 '두뇌한국21'에서 전국 대학중 최다 (事業分野)를 (獲得)한 대학이 되었습니다. 교육연구와 학사부문에서는 명실상부한 (學部制)의 최초 실시, 교수 (研究業績評價制) 도입 및 학생들의 졸업필수요건인 (三品制)의 채택 등내실을 다지는데 최선을 다해 왔습니다. 그리고 대모 (教育施設) (投資)를 단행하여 600주년기념관, 의과대학건물, 종합강의동 C동 등을 완공하였고 지난 1월 에는 종합연구동 신축에 착수하였습니다.

이 모든 (成果)는 성균관대학교에 재직하고 있는 모든 교수와 직원들이 혼연일 체가 되어 민족정통대학으로서 성균관대학교의 위상을 드높이고자 하는 (熱意)와 (愛情)이 없었다면 불가능했을 것입니다. 저는 이보다 더욱 중요한 것은 재직 교직원들이 직장에서 각자의 직무에 충실할 수 있도록 (物心兩面)으로 (配慮)해 주시고 (內助)해 주시며 건강관리를 위해 힘써주신 존경하는 (父母)님과 (家族)여러분의 (獻身的)인 (努力) 덕택이라고 믿고 있습니다.

물론 우리 대학이 다른 대학의 선망을 받으며 (躍進)에 약진을 거듭하는 과정에서 재직하고 계시는 교수 · 직원들이 겪으신 남다른 (苦衷)과 아픔, 그리고 폭증한 업무량을 소화해내기 위해 흘린 땀방울의 의미가 무엇인지 저는 잘 알고 있습니다. 그렇다고 여기서 발전의 고삐를 늦출 수는 없는 일입니다. 지금과 같은 추세로 조금만 더 학교와 교수 · 직원, 그리고 여러 성균가족이 (三位一體)로 똘똘뭉쳐노력 한다면 반드시 조속한 시일 안에 본교는 (安定的)인 (發展軌道)에 (進入)할 수있 을 것이라고 확신합니다.

(親愛)하는 (成均家族) 여러분!

여러분의 남편, 아내, 자제가 재직하고 있는 성균관대학교는 그 분들의 노력에 힘입어 분명히 다른 대학과는 환연히 구별되는 (世界的)인 (名門大學)으로 거듭날것입니다. 여러분의 가정에 다소간의 어려움은 있으실 것으로 생각됩니다만, 그분들이 계속 (勤務)에 (充實)하실 수 있도록 (諸般與件)을 만들어 주실 것을 간곡히 부탁드립니다. 가까운 훗날 학교는 여러분들의 (勞苦)에 걸맞는 최고의 보람으로써 (報答)해 드릴 것을 약속합니다. 아울러 여러분들의 남편, 아내, 자제가 편안하고 안정적인 분위기 속에서 근무하실 수 있도록 (處遇)와 (福祉) 및 (勤務環境) (改善)에도 많은 (關心)을 기울이고자 합니다.

(大望)의 (庚辰年) 새해에는 댁내 (幸福)과 (平安)이 가득하시기를 (衷心)으로 (祈願)하며, 새 해 인사에 가름하고자 합니다.

감사합니다.

2000년 3월 1일

成均館大學校總長　沈允宗

# 附錄三

人事말

새 千年의 첫 아침을 맞으며

사랑하는 成均家族 여러분!

마침내 새 千年의 아침이 밝았습니다. 바야흐로 西紀 2000年의 첫 해오름과 함께 지난 2千年의 성상（星霜）들이 하나의 매듭이 되어 永劫 속에 묻히고, 우리 모두에 게 希望을 주는 새 千年의 동이 텄습니다. 참으로 가슴 벅찬 새 千年의 始作입니다.

이 새로운 始作의 맑은 精氣가 우리 成均家族 모두의 가슴 속에 녹아내려 새로운 希望과 所望을 實現할 수 있는 原動力이 될 수 있기를 眞心으로 祈願합니다.

成均家族 여러분! 오늘 이 瞬間 地球村의 온 人類는 너나할 것 없이 새 千年에 對한 갖가지 意味를 賦與하고 來日을 設計하느라 餘念이 없을 것입니다. 오늘 저는 여러분과 함께 새 千年의 열린 地平 위에서 우리 大學의 어제와 오늘을 되짚어보며 成均家族 모두가 共有해야 할 우리 大學의 未來의 模襲에 대해 이야기 하고자 합니다.

지난 數年間 우리 成均館大學校는 참으로 많은 變化를 經驗하였습니다. 社會的으로도 時代精神과 價值의 重心軸이 달라지고 그동안 當然視 되어 왔던 數많은 事故들이 하루아침에 뒤바뀌는등 可히 文明史的 大轉換期 답게 急激한 變化가 있었습 니다. 이와 함께 우리 大學도 周邊環境의 變化에 발맞추어, 끊임없이 自身을 돌아 보며 더 나은 가르침과 豊饒로운 人性을 갖춘 能力 있는 人才의 養成을 위해 最善의 努力을 競走한 時間이었습니다. 無限 競爭의 原則 아래 휘몰아치는 變化의 흐름 속에 살아남는 가장 훌륭한 길은 그 變化의 흐름에 뛰어들어 남보다 한 걸음 더 먼저 빨리 變하는 것이라는 大學 構成員들의 共感帶 속에서, 우리는 大學 教育에 대한 認識의 變化, 發想의 轉換으로 大學 改革에 앞장서 왔습니다.

아울러 지난 1998年에는 자랑스런 建學 600年을 맞아 世界 大學 總長 學術會議를 開催하여 온 나라에, 아니 온 世界에 우리 大學의 悠久한 學統과 綿綿한 教育의 歷史를 誇示한 바 있습니다. 世界 有數의 大學總長들이 한 자리에 모여 우리 民族의 精神世界를 主導해온 本校를 直接 訪問하고 長久한 歷史와 그 燦爛한 成果에 대해 感歎하였으며, 모든 成均家族들 또한 우리가 成均人임을 뿌듯한 自矜心으로 느낄 수 있었던 機會였습니다.

그뿐 아니라 IMF 管理體制라는 最惡의 經濟狀況 속에서도 財團인 三星그룹의 아낌없는 獻身的인 投資로 劣惡한 教育環境을 劃期的으로 改善하여 21世紀를 先導할 大學으로서의 威容을 갖추었습니다. 또한 國內·外的으로 卓越한 研究業績을 지닌 教授 陣容의 擴充과 함께 自由로운 研究와 學問의 熱情이 마음껏 結實을 맺을 수 있도록 物的 · 人的 支援體系도 整備하였습니다. 이렇듯 우리는 21世紀를 先導하고 새 千年에는 世界知性史의 重心으로 우뚝 西紀 爲하여 많은 努力을 기울였습니다.

새 千年과 21世紀의 主人公이 될 成均家族 여러분!

그동안 우리는 變化를 두려워하지 않고 한 발 앞서 우리 大學의 먼 未來와 그 結果를 내다보는 眼目으로 果敢한 改革措置를 斷行한 結果 우리 成均館大學校는 國內 大學 中 가장 훌륭한 改革의 成果를 거두었습니다. 教育部의 '頭腦 韓國 21' 事業에도 積極 參與하여 國家가 認定하고 支援하는 大學院 重心 研究大學으로 確實한 자리매김을 하였습니다. 저는 이 모든 成果와 榮光이 財團을 包含한 成均家族 모두의 個人의 犧牲을 感受한 피나는 努力과 獻身의 結果임을 잘 알고 있습니다. 그동안 참기어려운 苦痛을 오로지 學校 發展이라는 大義名分아래 忍耐하면서 改革과 前進의 大長征에 欣快히 同參해준 教授와 職員 여러분과 그리고 學生여러분께 머리 숙여 더 없는 感謝의 말씀을 드립니다.

그러나 우리는 여기서 멈출 수 없습니다. 우리 앞에는 아직도 넘어야 할 山도 많고 건너야 할 江도 만만치 않습니다. 그 理由는 21世紀는 우리 成均館大學校가 世界的 名門大學으로 跳躍하여야 하며, 우리 成均人들의 榮光의 歷史가 記錄되는 世紀가 되어야 하기 때문입니다.

이제 마침내 우리 成均館大學校가 財團과 學校, 우리 成均人 모두의 團合된 힘속에서 燦爛한 601年의 傳統을 바탕으로 이 나라, 이 民族 最高의 배움터로 飛上해야 할 때가 되었습니다. 그러기 위해서는 우리는 이제 바깥과 함께 우리 內部도 돌아 보아야 합니다. 大學은 人材를 길러내는 陶冶의 場입니다. 外形의 華麗함이나 雄壯함보다 自己點檢과 自己批判의 冷徹한 눈길로 스스로를 돌아보고, 人材의 質을 높이는 데 最善을 다해야 합니다.

큰 일에 올바로 對應하기 위해서는 작은 걸음으로 꾸준히 걸어가되 그 視野는 먼 곳에 두어야 할 것으로 믿습니다. 저는 總長으로서 이런 姿勢로 어떠한 어려움에도 흐트러짐 없이 世界的 名門大學 建設이라는 至難한 課題를 遂行하는 데 앞장서 나갈 것을 새千年 새出發에 밝힙니다.

尊敬하고 사랑하는 成均家族 여러분!

우리 成均人 모두는 大成門 안으로 첫걸음을 내딛고 明倫堂과 大成殿을 지나 금잔디 廣場 앞에 우뚝 서는 瞬間 이미 永遠한 成均人이자 하나의 成均家族일 수밖에 없는 運命을 같이하고 있습니다. 언제 어디에서나 우리의 몸짓과 숨결이（仁・義・禮・智）의 香氣를 내뿜는 限 언제나 成均人, 成均家族일 것입니다. 비록 배움의 갈래가 작은 오솔길로 나누어져 있을지라도 그 작은 길들이 성인재（成人材）균풍속（均風俗）의 큰 길로 合流하는 것을 막지는 못할 것입니다. 그러므로 成均人 여러분 한 사람, 한 사람의 뜻과 意志가 世界的 名門大學 建設이라는 目標아래 合해질 때 燦爛한 21世紀 成均館大學校의 雄壯한 廳舍陣이 그 모습을 드러낼 것입니다. 특히 大學의 안과 밖에서 大學의 發展을 위한 支援에 欣快히 同參해주신 成均人 여러분께 다시 한 번 感謝의 말씀을 올립니다. 여러분 한분 한분의 그 고마운 精誠이 우리 大學의 偉大한 發展의 礎石으로 쓰일 것을 約束드립니다.

成均家族 여러분!

새로운 始作은 새로운 希望과 實踐의 交織을 約束할 때만이 아름다운 出發일 수 있을 것입니다. 이제 世界的 名門大學 建設

이라는 莫重한 責務를 짊어진 總長으로서, 새 千年의 첫걸음을 여러분과 함께 雄飛하는 成均館大學校의 빛나는 未來를 위해 힘차게 내딛고자 합니다. 이제 새千年과 21世紀에는 모든 成均人들의 걸음 걸음이 成均館大學校 飛翔의 길로 모아질 것으로 믿어 疑心치 않습니다.

끝으로 새 千年과 21世紀의 첫해인 庚辰年에는 우리 成均人 모두가 昇天하는 龍의 氣相으로 하시고자 하는 모든 일에서큰 뜻을 이루시고, 成均人 모두의 家庭에 健康과 幸運이 함께 하시길 두 손 모아 祈願합니다. 새해 福 많이 받으십시요.

2000년 1월 1일

成均館大學校 總長 沈允宗

# 附錄四

尊敬하는（成均家族）여러분! 安寧하십니까?

（歷史的）으로나 民族史的인 觀點에서 새로운 轉換點이 될 大望의 2000年代를 맞이한 指導 어느 덧 2個月이 지나고 있습니다. 世界的으로 名門大學을 目標로 'VISION 2010'이라는 大學（長期發展計劃）을 樹立하여 推進 5年 째를 맞이하고있는 成均館大學校의 立場에서 올 해는 새 千年의 大學의 未來를（豫斷）해 볼 수 있는 重要한 한해가 될것으로 보입니다. 여러분과 여러분의 家庭에도 올 한해는 分明 새로운 꿈과（希望）을（現實）로 만들어나가는 데 없어서는 안될 所重한 한 해로 자리매김할 것으로 生覺합니다.

韓國社會 全體가 IMF波動에 휩싸인 債 解放以後 最大의 經濟難局을 맞이했던 지난 2年 餘 동안 우리 社會는 實로 엄청난 所用돌이와 變化를 거쳐오면서 이전과는 전혀 다른 새로운 패러다임과 環境에 適應해가고 있습니다. 이는 政府의 政經癒着 遮斷 및 財閥과 金融圈 改革, 民間部門의 過消費 追放과 勤儉節約, 企業의 스스로 뼈를 깎아내는 大規模 構造調整, 賃金減縮 등의 綜合的 結果로 생겨난 새로운（秩序）라 하겠습니다. 大學社會도 例外는 아니어서（倒産）하는（大學）이생겨나고,（企業）의（經營技法）이（導入）되고,（有數）의 國內外 大學과（競爭）하여 살아남아야 하는（生存）의（法則）이 支配하는 處地에 이르렀습니다.

그러나 成均館大學校는 지난 1997年이래 三星그룹이 學校經營에 參加하면서（危機）를（機會）로 삼은 千金같은 期間이기도 하였습니다. 그 結果 4年 連續（大學改革）（最優秀大學）에 選定되었고 國策産業인 '頭腦韓國21'에서 全國 大學中 最多（事業分野）를（獲得）한 大學이 되었습니다. 教育研究와 學事部門에서는 名實相符한 （學部制）의 最初 實施, 教授（研究業績評價制） 導入 및 學生들의 卒業必修要件인 （三品制）의 採擇 等內實을 다지는데 最善을 다해 왔습니다. 그리고 大規模（教育施設）（投資）를 단행하여 600週年紀念館, 醫科大學建物, 綜合講義棟 C棟 等을 完工하였고 지난 1월 에는 綜合研究棟 新築에 着手하였습니다.

이 모든（成果）는 成均館大學校에 在職하고 있는 모든 教授와 職員들이 渾然一 體가 되어 民族正統大學으로서 成均館大學校의 位相을 드높이고자 하는（熱意）와（愛情）이 없었다면 不可能했을 것입니다. 저는 이보다 더욱 重要한 것은 在職教職員들이 職場에서 各自의 職務에 忠實할 수 있독록（物心兩面）으로 （配慮）해 주시고 （內助）해 주시며 健康管理를 위해 힘써주신 尊敬하는（父母）님과（家族）여러분의（獻身的）인 （勞力）더택이라고 믿고 있습니다.

勿論 우리 大學이 다른 大學의 羨望을 받으며 （躍進）에 躍進을 거듭하는 過程에서 在職하고 계시는 教授·職員들이 겪으신 남다른（苦衷）과 아픔, 그리고 暴增한 業務量으 消化해내기 위해 흘린 땀방울의 意味가 무엇인지 저는 잘 알고 있습니다. 그렇다고 여기서 發展의 고삐를 늦출 수는 없는 일입니다. 지금과

같은 趨勢로 조금만 더 學校와 教授·職員, 그리고 여러 成均家族이 (三位一體) 로 똘똘뭉쳐努力 한다면 반드시 早速한 時日 안에 本校는 (安定的) 인 (發展軌道) 에 (進入) 할 수있 을 것이라고 確信합니다.

(親愛) 하는 (成均家族) 여러분!

여러분의 남편, 아내, 子弟가 在職하고 있는 成均館大學校는 그 분들의 努力에 힘입어 分明히 다른 大學과는 確然히 區別되는 (世界的) 인 (名門大學) 으로 거듭날것입니다. 여러분의 家庭에 多少間의 어려움은 있으실 것으로 生覺됩니다만, 그 분들이 繼續 (勤務) 에 (充實) 하실 수 있도록 (諸般與件) 을 만들어 주실 것을 간곡히 부탁드립니다. 가까운 훗날 學校는 여러분들의 (勞苦) 에 걸맞는 最高의 보람으로써 (報答) 해드릴 것을 約束합니다. 아울러 여러분들의 남편, 아내, 子弟가 便安하고 安定的인 雰圍氣 속에서 勤務하실 수 있도록 (處遇) 와 (福祉) 및 (勤務環境) (改善) 에도 많은 (關心) 을 기울이고자 합니다.

(大望) 의 (庚辰年) 새해에는 宅內 (幸福) 과 (平安) 이 가득하시기를 (衷心) 으로 (祈願) 하며, 새 學期 人事에 가름하고자 합니다.

感謝합니다.

2000년 3월 1일

成均館大學校 總長 沈 允 宗

# 從《說文解字》談漢字的鬼神信仰

鄭志明*

## 一、前　言

文字是一套記錄與傳達語言與思維的書寫符號，漢字由於起源甚早，標誌了中國早期社會的原始思維與信仰文化。近年來，已有不少學者注意到漢字背後所蘊藏的觀念符號系統，以及其所保留的古代社會意識與思維模式。即漢字的形體結構，不只是記錄語言的符號，還保存著造字時的文化訊息，反映了當時根深蒂固的價值觀念。

東漢許慎的《說文解字》收錄了九千多個漢字及釋文，仍保留了不少文字簡樸的本義，反映了古代集體思維下共有的文化感情，尤其在取象取類的創造過程中，深入於古老的意識傳承的系統之中，彰顯出當時特殊的生活禮儀與象徵意蘊。《說文解字》可以說是一部包羅萬象的中國古代社會的百科全書❶，登錄了長期積累下

* 南華大學通識學院院長、宗教文化研究中心主任

❶ 臧克和，《說文解字的文化說解》（湖北人民出版社，1994），頁156。

來的民情風貌與文化景觀，以文字符號進行穩固的智慧傳承與文化傳播。

本文以「鬼」字的原始本義作爲意象聯繫的線索，探究中國古老社會鬼神崇拜的意識形態與宗教傳統。鬼神崇拜可能早於漢字創造以前，是生活中的文化經驗與思維傳承，影響了漢字的符號創造與形象意涵。這要推到文字之前的語言神話時代所形成的鬼神崇拜的信仰內涵，從渾沌一體的鬼神觀念中，發展出豐富的精靈信仰與巫祭宗教。

## 二、「鬼」字的字源取向與語源內涵

「鬼」這個概念反映的是古老社會豐富的神祕世界，意識到人體以外一種超自然存在的生命實體，肯定自然界萬物都有著與人相同的生命，或可稱爲「精靈」。「鬼」字的本義應該是指精靈，人死爲鬼，只是精靈的一種形態而已，許愼未深究出「鬼」字的本義，而以引申義來代本義，如云：

> 鬼，人所歸爲鬼。从儿甶，象鬼頭，从厶。鬼陰氣賊害，故从厶，凡鬼之屬皆从鬼。（頁439）❷

「鬼」字的本義是指「精靈」，比較有力的證據，可舉《墨子》的〈明鬼下〉篇爲例，將「鬼」等同於「鬼神」，作了較爲周延的解釋云：「古之今之爲鬼，非他也，有天鬼，亦有山水鬼神者，亦

---

❷ 本文所引用的文本爲段玉裁的《説文解字注》（蘭臺書局，1977年五版）。

有人死而為鬼者。」墨子對「鬼」字的定義是採廣義的方式，包含了一切「天神」、「地祇」、「人鬼」等精靈，也反映出對這些靈體渾然不分的信仰觀念。

「鬼」的概念是怎麼來的呢？《說文解字》提供了一個重要訊息，來自於「甶」字，以「甶」字為部首的，有下列幾個字：

> 甶，鬼頭也，象形，凡田之屬，皆从甶。（頁441）
>
> 畏，惡也，从甶、虎省，鬼頭而虎爪可畏也。（頁441）
>
> 禺，母猴屬，頭似鬼，从甶内。（頁441）

「甶」字的本義，許慎解釋為鬼頭，是象形字。問題是什麼是鬼頭呢？是怎麼象形的呢？所謂「鬼頭」或稱「鬼面」，是指象徵「鬼」的面具。這種「鬼」面具起源很早，在有六千多年的河姆渡遺址中，就已有了以鬼面歌舞的巫文化❸。「鬼頭」就是「鬼面具」，「甶」字才可能是象形字，象鬼面具之形。鬼面具是來自於古老的儺文化，是一種帶著面具的驅邪舞蹈，所謂「邪」是指為害人間的邪惡精靈，驅邪者必須帶著「鬼面具」，面具則企圖摹倣這種邪惡精靈的形象，達到「以惡制惡」的鎮壓效果。如此「鬼頭」就帶有著醜惡的意思，如「畏」、「醜」等字，反映出鬼頭的可怕形象。

「鬼頭」的形象是怎麼來的呢？可能來自於圖騰崇拜時一種動物變形的形象，即鬼頭大致上具有動物形象的造型，才有「禺」字，一種似鬼頭的母猴。「鬼頭」就是一種精怪的造型，與古代的精怪崇拜有密切的關係，如下列代表精怪的字：

---

❸ 林河，《古儺尋蹤》（湖南美術出版社，1997），頁157。

魖，秏鬼也。从鬼、虛聲。（頁439）

魃，旱鬼也。从鬼、犮聲。周禮有赤魃氏，除牆屋之物也。詩曰旱魃爲虐。（頁440）

离，山神也，獸形。从禽頭，从厹，从屮，歐陽喬説：离，猛獸也。（頁746）

螭，若龍而黃，北方謂之地螻，从虫、离聲。或云無角曰螭。（頁676）

魑，鬼厲。从鬼、从离，离亦聲。（大徐本新附）

魅，老物精也，或从未。（頁440）

蛧蜽，山川之精物也。淮南王説：蛧蜽狀如三歲小兒，赤黑色，赤目、長耳、美髮。从虫、网聲。國語曰：木石之怪夔蛧蜽。（頁679）

自然精怪或從「鬼」字，或從「虫」字，説明了自然精怪與動物崇拜、圖騰崇拜等有密切的關係，意識到大自然有各種反常的精靈存在，「鬼」字造形的本義，應該是用來指稱這種反常的自然精靈，後來才有泛指一切精靈的廣義用法，以及專指人死爲鬼的狹義用法。「鬼」應是自然精靈的總稱，或者專用來指稱大自然魍魎魑魅等妖魔鬼怪的靈體，但人們對這些妖魔鬼怪帶有著畏懼與恐怖的心理，因爲這些精靈具有著幻變莫測的靈性，是伴隨著人們的生存環境而共同成長的，因其難以捉摸，而又無所不在，很容易以其靈性成爲作祟人間的邪惡力量。

「鬼」對人是善的，還是惡的呢？這涉及到人對「鬼」的複雜心理，當人意識到萬物都有靈性時，這種「萬物有靈」的觀念仍然是一種渾沌的想法，無所謂善惡的，是將人投入於宇宙之中，進行靈性的相互交換，產生了對萬物的泛靈思想，認爲萬物也是有意志、有行動、有欲望、有情感的行動者，發展出「類人情欲」的鬼觀念❹。自然精靈的「鬼」，應該是人心靈世界的投射，建立出一個超自然而又神祕莫測能起主宰作用的精靈世界。此時的「鬼」就是「鬼神」，形成了泛靈的信仰理念，意識到人與各種靈體有著交相的互滲作用，進而期待「鬼」能護持人的生存環境，進而產生了泛靈的信仰心理與崇拜行爲。

由於人的情欲有好惡的兩面性，產生了吉凶禍福的心理，「鬼」可以帶來福，導致風調雨順，也可能降下禍，遭受天災地變。在崇拜之情的背後，人們也注意到與人敵對的精靈力量，造成生活上的各種疾病禍害。此時的「鬼」就是「鬼怪」，帶有著動物外貌形象的精靈，常會入侵或作祟於人間。在傳統文獻裏記載了不少這種來自於大自然的精怪，最詳細的是《莊子》的〈達生〉篇記載了齊桓公因見「鬼」而病，與管仲論鬼的存在：

> 桓公曰：「然則有鬼乎？」曰：「有。沈有履，灶有髻；户内之煩壤，雷霆處之；東北方之下者，倍阿鮭躍之；西北方之下者，則陽處之。水有罔象，丘有峷，山有夔，野有彷徨，澤有委蛇。」

〈達生〉篇的「鬼」是指自然界的精靈，應爲「鬼」字的本義，

❹ 苗啓明、溫益群，《原始社會的精神歷史構架》（雲南人民出版社，1993），頁39。

共列出了十種精靈，大約分爲兩類，一類是常住人間里宅之中的精靈，一類爲自然山野水澤之中的精靈❺。幾乎生活每個角落都有精靈的存在，精靈是與人類共生在同一個生態環境之中，彼此間可以兩利，也可能兩害。人們由於缺乏對這種靈性的制裁能力，常感受到鬼怪的吃人或害人，深怕他們干預了人的生活，帶來了疾病與災禍。

當「鬼」爲精怪時，就變成了害人的鬼物與怪獸，是大自然的各種老物精，王充《論衡》的〈訂鬼〉篇就從這樣的觀念將「鬼」字定義爲凶惡的物靈，如云：「鬼者，物也，與人無異。天地之間，有鬼之物常在四邊之外，時往來中國，與人雜，則凶惡之類也。」如此，「鬼」字的內涵偏向於爲惡的物魅，逐漸喪失了包含天神、地祇的爲善靈體的概念。「鬼」字成爲魍魎魑魅這一類精怪的統稱，俗稱爲「鬼物」。

民眾是厭惡鬼物的，不喜歡與精怪打交道，更厭惡鬼物侵入人間帶來災禍，如魃就是一種帶來旱災的鬼物，這些精怪常會糾纏人們的現實生活，迫使民眾不得不採取對應的宗教行爲，以壓勝的巫術來驅趕爲害人間的精怪，這就是前面所謂的「儺文化」或「儺禮」，是古代逐疫驅邪的巫術，把一切不祥或作祟的鬼物加以驅逐，驅逐的方式則是帶上這些鬼物的面具，進行以精怪對治精怪的巫術活動。這種古老的巫術行爲是伴隨著鬼怪信仰而來，企圖經由法術來控制鬼怪或制服鬼怪，不讓鬼怪降下災禍，已降下災禍，強迫其速速離開。

---

❺ 鄭志明，《神明的由來—中國篇》（南華管理學院，1997），頁117。

# 三、「儺」的逐鬼儀式

當人們無力避免厄運與鬼怪的侵擾時，企圖使用一些有效的巫術，在巫師的指導下，戰勝鬼祟以保平安，發展出原始逐鬼驅邪的儺祭文化。有關「儺」的本義原與逐鬼儀式無關，如《說文解字》云：

> 儺，行有節也。从人、難聲。詩曰佩玉之儺。（頁372）

段玉裁注云：「其毆疫字，本作難，自假儺爲毆疫字，而儺之本義廢矣。」即「儺」字是「難」的假借字，專稱各種「驅除魍魎」與「索室毆疫」的宗教儀式。

「儺」作爲「難」的假借字由來已久，商周時代行儺儀式已被宮廷化，規模龐大，周代是以方相氏爲巫官，舉行大儺索室毆疫的儀式，如《周禮》的〈夏官〉篇云：

> 方相氏，掌蒙熊皮，黃金四目，玄衣朱裳，執戈揚眉，帥百隸，而時難，以索室毆疫。

方相氏的主要職責就是帥百隸以除凶惡，在儀式的過程中，進入房室搜尋與驅逐鬼疫。方相氏在行儺逐疫時，其裝扮是：蒙著熊皮，穿著玄衣朱裳，執戈揚盾，不管是裝扮或逐疫的方式，來源於古代的巫儀❻。儺儀與鬼信仰是密切相關的，是古老的宗教儀式，其起

---

❻ 張紫晨，〈中國儺文化的流布與變異〉（《民俗曲藝》69期，1991），頁50。

源年代過於久遠，學界眾說紛紜，尚無定論。有學者認爲儺是一種驅祟的神舞，是從原始人與獸搏鬥轉化而來，認爲只要將不利於人的惡祟逐趕以後，就可獲得平安與幸福❼。這是一種古老的文化與思維意識，所形成的驅逐鬼怪的巫術活動，以「儺」字來假借「難」，也是有意義的，整個儀式的進行，即是「行有節」，有一定的過程，穿上規定的服裝與面具，方能達到驅鬼逐疫的作用。

所謂「時儺」是指定期驅邪的歲時儀式，根據《禮記》的〈月令〉篇記載，春、秋、冬等三季都有儺儀，成爲周期性、節令性的積極巫術儀式❽，認爲鬼的邪氣與自然的生命旋律相關，必須以定期的儀式來去除四方妖邪，在逐害與祈禳的作用下，保證作物豐收與人畜平安。如此逐鬼儺禮成爲經常性的生活習俗，除了定期性的活動外，一遇到「魖」、「魃」等鬼魅與災異時必然進行打鬼毆儺的儀式，立即對鬼魅加以驅趕，經由儀式的完成，象徵惡鬼已經遠離，平安將要到來。

驅鬼毆疫實際上是面對人間的災難與疾病，尋找解決與對應之道，以化裝的驅邪跳舞，以毆疫的象徵作用，來驅鬼與療疾，在儀式的過程中，有著神聖交感的神祕性與權威性，達到袪邪逐瘟禳災祈福的宗教目的。這種交感巫術背後含藏著對超自然力的崇拜，相信有神祕的超自然力來幫助人們對治反常的靈力，即「邪不勝正」，「正」的儀式可以治「邪」。這種撥亂反正的儀式，《說文解字》

---

❼ 蔣嘯琴，《大儺考—起源及其舞蹈演變之研究》（蘭亭書店，1988），頁29。

❽ 蕭兵，《儺蠟之風—長江流域宗教戲劇文化》（江蘇人民出版社，1992），頁128。

還記載了下列幾種：

> 祓，除惡祭也。从示、犮聲。（頁6）
>
> 禜，設緜蕝爲營，以禳風雨雪霜、水旱厲疫于日月星辰山川也。从示、从營省聲。一曰禜，衛使災不生。（頁7）
>
> 禳，磔禳祀除厲殃也。古者燧人禜子所造。从示、襄聲。（頁7）

當人意識到鬼怪會帶來災難時，也必然產生一系列對應的操作巫術，希望獲得某種超越力量的護持，在祭祀的過程中能夠除惡解殃，使災不生。這涉及到神祕交感的問題，儀式協助人與神聖領域相交，獲得了對治鬼怪的超越力量，從恐懼的災難心理中解脫出來。「祓」、「禜」、「禳」等儀式雖然沒有「儺」那種驅鬼的具體行爲，但是其儀式的作用是相同，經由祭祀的靈驗性來爲人排憂解難。

什麼是對治鬼怪的超越力量呢？此時引起「神」的存在，期待「以神治鬼」來免除人間的災難。可是《說文解字》中「神」這個字好像不是用了很準確，似乎「神」不是圓善的靈體，還會在人間作祟致禍，如云：

> 祟，神禍也。从示出。（頁8）
>
> 禍，害也，神不福也。从示、咼聲。（頁8）
>
> 祅，地反物爲祅也。从示、芺聲。（頁8）

《左傳》：「天反時爲災，地反物爲妖。」「神」的概念與「妖」差不多，仍是一種「反時」與「反物」的靈體。這種想法，還是有根據的，《說文解字》的「神」字原從「鬼」旁，作「鬼申」字，可見「神」字原先是從「鬼」字而來，意謂鬼與神同具有著超自然的性能，能治病也會致災，其福禍的屬性是不定的，人若冒犯了神靈，也會招來神禍。

初期或許鬼與神是不分的，神還是會降災降禍的，對人事也會佑與不佑，反映了人與神之間有著相感應的性質❾。後來人們對鬼神的態度有了清楚的判定標準，形成了惡鬼與善神的對立，反映出趨利避害的對應態度，形成了兩種完全不同的儀式策略，對鬼採取強烈驅趕的疏遠態度，對神則採取取悅親近的友好態度，以頂禮膜拜或犧牲祭獻的方式，冀求神靈的保護，強化生存的能力，甚至以善神的力量來戰勝惡鬼、驅逐惡鬼。

人們對鬼似乎沒有完全消滅制裁的能力，只能以驅趕疏遠的態度來擺脫鬼怪，仰賴神聖的儀式、靈驗的神巫，及其背後超越的神能。人親近神靈是虔誠眞心的，直接祭請神靈保佑諸事的吉祥順利，有濃厚的求福心態，如《說文解字》云：

> 禮，履也，所以事神致福也。从示、从豊，豊亦聲。（頁2）
> 祈，求福也。从示、斤聲。（頁6）
> 禱，告事求福也，从示、壽聲。（頁6）

「禮」、「祈」、「禱」等字，說明了祭典中事神致福的基本心態。「神」是不同於「鬼」，神與人是處在友好的關係上，從而借助神靈的力量來滿足求福消災的生存願望。可見，人是依賴神的，將對鬼的害怕、恐懼與敬畏之情，轉化成對神的祈福、感恩與報謝之心。

所謂「以神治鬼」，就是經由神人溝通的聯繫，隔斷了人鬼之

❾ 朱存明，《靈感思維與原始文化》（學林出版社，1995），頁241。

間的利害糾纏。人經由向神的祈求保佑，可以獲得良性的互動，交通了人神之間的感情，獲得神聖的保證，在靈神的護佑下，能夠驅離鬼怪的入侵與作祟。宗教儀式大多建立在「以神治鬼」的心理下，以神靈的顯赫神力與儀式的靈驗法力，滿足人們納吉避凶的祭祀需求。

神靈不只是善的，還要滿足人們實現願望，共同成就人間的美善。如此，神靈成爲宇宙中的最高主宰，是人間最高的控制力量，且以這種力量參與人間道德秩序的運作，天地萬物可以成爲神祇，而人也可以修煉成仙，如《說文解字》云：

> 神，天神，引出萬物者也。从示、申聲。（頁3）
> 祇，地祇，提出萬物者也。从示、氏聲。（頁3）
> 天，顚也，至高無上。从一大。（頁1）
> 帝，諦也，王天下之號。从二朿聲。（頁2）
> 僊，長生僊去。从人从䙴，䙴亦聲。（頁387）

「神」、「祇」可以超越生死，而人也能夠「長生僊去」，實現人對抗生死的願望，企圖參與神聖的自然節律，感應著深層的宇宙脈動，體悟了「引出萬物」與「提出萬物」的生化能力。從天神人們意識到神性的至高無上，進而創造了統攝百神的至上神天帝，認爲宇宙中有著至高無上的主宰，掌控了自然界，也維持了社會的人文秩序[10]。

從天神到天帝，強化了神靈的內在屬性，擺脫鬼怪作祟的形象，

---

[10] 王友三主編，《中國宗教史（上）》（齊魯書社，1991），頁128。

甚至成為對治鬼怪的神聖力量，意識到神靈應該是超越至上，是宇宙圓善的象徵。即神靈以其至高的靈性主宰了自然界與人世間，對人來說應該是普施恩德，不會像鬼那般的作祟人間。神靈對人來說，是不會作祟的，但會降災，降災是人邪惡行為招惹出來的，所謂「神不福」不是神未主動的福佑下民，而是下民的胡作非為，引出「神禍」來。「神禍」不會減損神靈圓善的本性，反而取代帝王的地位時時監督人間，以其威力的神能來作為社會生活秩序的裁判者，成為宇宙中的最高主宰。

「天帝」不是單一的，「神」只要具有至高無上的靈性，就具有著「天帝」的屬性，成為替人消災解厄的主宰力量，成為人間秩序的監督者與維護者，當人們作善就降之百祥，當人們作惡就降之百殃，形成報應性的天命觀念與道德倫理。人要順著神的意志才能趨吉避凶，遠離災厄，獲得福報，獲得福報的人，可以長生成仙而去，進入到與神靈同在的生命境界之中。

## 四、人交感神靈的方法

當人意識到神與人是互通時，以儺儀來驅趕鬼，就發展成以祭祀來親近神。人渴望經由各種管道與神靈親近，期求神靈的保佑與致福，因此人們熱衷於各種親近神明的巫術與儀式，讓神可以聽到人的聲音，而人也可以獲得求自於神的訊息。

人與神的各種訊息是如何交通的呢？就早期的生命觀來說，人的生命是可以通向神的生命，二者是一種相互滲透融合的精神生命，理論上人都可以與神相感通，人可以經由自身能量的開發進入到神靈的世界。但是現實上不是每個人都具有這種能力，只有少數人能成爲通神的巫師，有著溝通神意的巫術與祭祀的交通方法。

巫師介於人神之間，作爲傳達人願與神意的橋樑，成爲人與神相互交往的中介者，以語言或動作來讓人更親近神，人的願望可以上達於神，神的旨意可以下傳於人。這種溝通神人間的巫祭與巫師，《說文解字》有下列相關的字：

> 祰，告祭也。从示告聲。（頁4）
> 祝，祭主贊詞者。从儿口，一曰从兑省。易曰兑爲口爲巫。（頁6）
> 巫，巫祝也，女能事無形，以舞降神者也，象人兩褎舞形，與工同意。古者巫咸初作巫，凡巫之屬皆从巫。（頁203）
> 覡，能齊肅事神明者，在男曰覡，在女曰巫。从巫見。（頁204）
> 靈，巫也，以玉事神，从玉霝聲，或从巫。（頁19）

「祝」、「巫」、「覡」、「靈」等都是通神的人，以告詞或舞蹈來交通人神，進入到無形的神聖世界之中。巫師的通神主要就是靠巫術，有其特定的巫技與巫法來建構人神交感的神聖氣氛⓫。巫師在古代社會就是一種溝通無形的特別人物，其職責就在於告神、降神與事神，負責將人的心願向上稟告於神，然後在降神與事神的過程中垂示休咎禍福之意。

所謂「降神」，就是一種神靈附於巫師而傳語的儀式，巫師被神靈附體在言行中體現了神的旨意，這是一種最直接的通神方式，

---

⓫ 張紫晨，《中國巫術》（上海三聯書店，1990），頁38。

巫師在儀式的過程中成爲神靈的代言人，甚至成爲神靈在人間化身，關心人們的生活疾苦，直接以語言或動作的現身，傳達了神靈直接參與濟世救民的特殊能力，滿足民眾的需要與願望。「降神」是人類最初的一種宗教形式，是通過一定的儀式行爲操作出某種超人的神祕力量，影響人類生活與自然界的事件，以達到某種目的⓬。降神是人的一種涉神活動，滿足人與宇宙同源共命的心理願望，在集體交感的悸動性儀式下，讓民眾免除恐懼、焦慮與絕望之苦，以神力來化解生存的困境與解消原本不確定的疑慮，獲得心理的安慰與行爲的貞定。

巫師與巫術可以說是古代社會主要的醫療系統，以超自然的力量來治療疾病與消災祈福。或者說，「巫」與「醫」是同源的，巫師負有防治疾病之責，經由降神巫術來找出作祟的鬼怪，並在巫技與巫法下，來感動神靈，或以神靈來驅除與制服作祟致病的鬼怪，達到祛疾消災的目的⓭。從《說文解字》得知「醫」或從「酉」，或從「巫」，可見，與「酒」、「巫」等有密切的關係：

> 醫，治病工也，从殹从酉，殹惡姿也，醫之性然得酒而使，故从酉。王育說：一曰殹病聲。周禮有醫酒，古者巫彭初作醫。（頁757）

巫師爲了通神有不少的巫技，用酒也是通神的重要工具，可以幫助巫師快速進入到交涉神明的最佳狀態，進而也將酒運用到醫療上

---

⓬ 馮天策，《信仰導論》（廣西人民出版社，1992），頁94。

⓭ 薛公忱主編，《中醫文化溯源》（南京出版社，1993），頁127。

面，如《漢書·食貨志》云：「酒，百藥之長，嘉會之好。」說明了酒的治療作用，早期「酒」也常運用於通神祭祀等巫術活動，由巫師所壟斷，亦用於祛疾療病⓮。在古代巫師算是比較高水平的知識分子，除了以巫術與儀式來交通鬼神外，也累積了不少眞實有效的醫藥知識與治療方法。

除了降神外，巫師還經由占卜來溝通超現實的靈性力量，作爲預卜吉凶禍福的方法，以決定自己行爲的遵循方向。占卜也是一種古老的巫術，經由某些神聖的占卜物，來傳達神意，指示人們如何趨吉避凶。中國古代占卜術不少，主要有骨卜、龜卜與蓍占等，來爲人們占卜成敗與預言休咎。這種占卜術不是讓神明直接說話，卻也是通神的主要方式，人企圖掌握了某些與神靈相通的神聖訊息，以產生靈感的效用，如《說文解字》云：

> 卜，灼剥龜也，象灸龜之形，一曰象龜兆之縱衡也，凡卜之屬皆从卜。（頁128）
>
> 占，視兆問也。从卜口。（頁128）
>
> 貞，卜問也。从卜貝，以爲贄，一曰鼎省聲，京房所說。（頁128）

「卜問」、「兆問」等，表達了人有許多疑問需要獲得解答，占卜雖然沒有像降神般直接展示神存在的靈力，但仍然認爲神的靈力是無所不在的，人依舊可以經由各種管道與方法，來請求神靈幫助人們選擇與決斷。占卜比降神在使用上更爲廣泛，隨時都可以進行人

---

⓮ 何裕民、張曄，《走出巫術叢林的中醫》（文匯出版社，1994），頁80。

神的相互溝通，掌握到最新的神意來逢凶化吉，尋找到最佳的生存情境。

占卜術還可以擴大到占星、占夢等，顯示人與神靈有多種交通的管道，要善用宇宙中所顯示的神靈訊息，探知神靈所預示的吉凶禍福。占卜的目的在於避凶求吉，當凶無法躲避時，必須借助巫師更激烈的通神手段，以咒語、符籙等強烈的控神法術直接役使神靈來驅鬼治病與除邪鎮妖。咒語是語言的魔力，符籙是文字的魔力，可以作爲表現神靈威力的象徵符號，具有著鎮邪除災的直接功效。巫師除了通神達靈外，還要具有著操控神能的法術，隨時能以神靈能力來對治鬼靈，在符咒的協助下，發揮了鎮邪納祥的神聖能力。

最常見的通神事神活動則爲祭祀，將巫術制度化，成爲一種固定的儀式，增加了人與神靈交接的機會，表達了人對神靈的依賴感與敬畏感。在祭祀的過程中，使人與神的關係更加接近，人可以經由各種儀式來親近神，向神祈求，同樣地，神也趨向於人，以回報來滿足人的祈求。《說文解字》記載了一些祭祀的名稱：

> 祭，祭祀也。从示，以手持肉。（頁3）
>
> 祀，祭無巳也，从示、巳聲。（頁4）
>
> 祡，燒柴燎祭天也。从示、此聲。虞書曰：至於岱宗祡。（頁4）
>
> 禘，諦祭也。从示、帝聲。周禮曰五歲一禘。（頁6）
>
> 祼，灌祭也。从示、果聲。（頁6）

祭祀應該是中國宗教最大的特色，發展出各式各樣祭祀的禮儀，豐富了人神交感的宗教形式，祭祀雖然不如降神或占卜與神靈有直接感通的神祕經驗，但是將通神經驗加以禮儀化、規範化與社會化，成爲集體通靈涉神的共同活動，在祭典的過程中，主持儀式的祭司也要具有巫師通神的經驗，要有向善神求援與惡神搏鬥的能力，經由系統性的宗教儀式，讓參與的民眾獲得心理與精神的支撐，亦能獲得納吉避凶的生存保證。

祭祀也可以視爲降神儀式的昇華，不要讓神靈直接透過巫師來現身，而是將神靈轉化成一個祭拜的實體，在「祭神如神在」的心理下，讓神靈下降於其所依附的實體，將降神儀式改變爲請神、迎神與送神的儀式。在周代祭祀已成爲主要的宗教活動，如《禮記》的〈祭統〉篇云：「凡治人之道，莫重于禮；禮有五經，莫重于祭。」祭祀成爲重要的國家大事，人們依舊渴望經由涉神活動來獲得神明的福佑。

「祭」字的「以手持肉」，是象以手持肉獻於神主之形，反映了古代以牲肉祭的文化⓯，體現了祭祀時的虔誠與恭敬，其目的還是希望能與神明相交接。爲了讓神靈願意降臨，特別重視供獻的各種祭品，發展出犧牲、粢盛、酒鬯、籩豆盛品、鼎簋壺豆、玉帛等複雜的供獻制度⓰，對祭品極爲講究，要奉上人間的美物，以請神明享用，其中又以食物最爲重要，反映出民以食爲天的文化背景，尤其在用牲上要特別講究，古代以牛、羊、豬等爲祭品，但對於祭品的大小、毛色、牝牡等都有嚴格的要求，也重視屠宰與處理等方

---

⓯ 劉志誠，《漢字與華夏文化》（巴蜀書社，1995），頁186。

⓰ 詹鄞鑫，《神靈與祭祀－中國傳統宗教綜論》（江蘇古籍出版社，1992），頁227－264。

式，比如祭拜天神要採用將供品加以燒化的燎祭，祭拜地祇要採用將供品埋在土裏的瘞祭，或將供品沈到水裏的沈祭。

祭祀只是各類宗教儀式的總稱，因祭祀的對象、目的、時間、場所等不同，分化出不同的祭祀名稱與內容。「祡」祭是祭天儀式，又稱爲「燎祭」，是天子才有的祭天禮，祭禮開始時，燔柴升烟，柴上加赤色犢牛及蒼色璧玉，謂之「禋祀」。「禘祭」又謂「諦祭」，是指五年一次行於宗廟的大祭。「祼」是指「灌鬯」之祭，是一種迎神的儀式，《禮記》的〈郊特牲〉篇云：「周人尙臭，灌用鬯臭，郁合鬯，臭陰達于淵泉，灌以圭璋，用玉氣也。既灌，然後迎牲，致陰氣也。」以香氣迎神，灌鬯於地是爲了招致黃泉的祖先神。

祭祀的複雜性，反映出人與神交感的多元性，不單純只是原始的神靈崇拜，還反映了社會人際關係的運作，顯示祭祀的政治作用逐漸濃厚，神權與政權的結合，導致通神的儀式也成爲政治運作的主要媒介。如此，與神靈相交，還涉及到個人與族群整體發展的契機，必須完全仰賴祭祀的操作，方能感通神靈，以獲得趨吉避凶的生存庇護。

人在神靈崇拜的過程中，也意識到自我靈性的存在，肯定人性是與神性並存的，進而是同類的親己關係，彼此有著神祕的聯繫，在靈性上是會通在一起的。人的靈性主要分成「魂」與「魄」兩種，如《說文解字》云：

> 魂，陽氣也。从鬼、云聲。（頁439）
> 魄，陰神也。从鬼、白聲。（頁439）

人身上帶有著「陽氣」與「陰神」，本來就是以靈力與靈氣，來與神靈相感應的，人與神靈在某些訊息上是彼此溝通的，可以經由神聖的方法進行靈性的交涉，進而相信人的生死、吉凶與禍福等都是由神靈在感應下所安排的。故人可以善用自己的「魂魄」，來交感神靈，甚至達到神靈的生命境界。「魂魄」不單是人的靈魂而已，也是人自身形而上的靈性⑰，可以感通於神靈。

## 五、結　論

語言文字是其文化的訊息系統，反映了該民族的信仰觀念與宗教內涵。漢字本身就是一套文化信仰體系，是共同約定俗成的交際工具⑱，表達了早期華夏先民的思維方式與宗教活動，是祖先智慧的結晶，還保存著造字時的文化信息，包含當時的思想意識與價值觀念⑲。

從鬼到神，解說了古代精神理念的長期發展與變遷，由自然的靈性中思考人與鬼神的對應之道，在巫術與祭祀的操作體系下，從對鬼的驅趕疏離到對神的取悅親近，這兩種相反策略，都是早期人們面對靈體的自我調適之道，表達了對惡鬼的恐懼與厭惡，也反映了對善神的感念與喜好，冀望如何借助神靈的力量從險惡的環境中跳脫出來。

遠古萬物有靈的觀念下，人與神是可以互相感通，具有著神祕

⑰ 錢穆，《靈魂與心》（聯經出版事業公司，1976），頁63。

⑱ 達世平、田松青，《神奇的漢字》（上海古籍出版社，1998），頁41。

⑲ 何九盈、胡雙寶、張猛等主編，《中國漢字文化大觀》（北京大學出版社，1995），頁180。

互滲的性質，經由降神、占卜與祭祀等儀式媒介，人與神能夠發生感應，借助神靈的力量以參人事，達到納吉解凶的生存願望。這種古老原始的靈感文化，正是先民們自我的文化創造，從現代的文化立場來看，是有些荒唐可笑，卻是人類最早的思維理性，是來自於生活需要的精神文明。

# 從《顏氏家訓》看魏晉六朝的詞彙系統

韓耀隆*

北齊顏之推所作的《顏氏家訓》（以下簡稱《家訓》）是中國家訓著作的典範，影響深遠，至今流傳不輟。作者顏之推，始仕於南朝蕭梁，又歷仕北齊、北周，終仕於隋。《家訓》的成書年代，大約在隋煬帝即位之前。

顏氏生活在一個歷史上社會持續動亂，語言上南北交融的時代。由於《家訓》之作，文詞質樸，一般人皆能誦其詞而知其義。這樣的撰寫宗旨和語言風格，使南北朝時的許多習俗語詞借此書而保存。而魏晉六朝又是漢語發展史上的重要轉折點，因此《家訓》一書可說是探究六朝語詞最直接的管道。本文擬就《家訓》所反映的具有魏晉六朝時代特點的語詞，作一些基礎的整理與探析，借以掌握中古時期詞彙新型式的生成與發展的基本模式。

---

* 淡江大學中國文學系教授

# 一、從《家訓》看魏晉六朝語詞與先秦兩漢語言的承傳關係

《家訓》中有許多沿承秦漢的古詞古義，本節欲討論的是魏晉六朝書面語與口語中習見，而又往往不能從字面簡單解釋、且現代已消失或和原義有較大差異的語詞。源於先秦兩漢的這類語詞舉例如下：

**1、「爾」作「如此」、「此」解。**

如此用法，來源甚古。《尚書·康誥》：「自作不典，式爾。」注：「言故用如此也。」《禮記·雜記》：「有君命焉爾也。」注：「爾，此也。」這種用法的「爾」到了六朝成爲習用語，如〈風操〉篇：「北俗則不爾」、〈勉學〉篇：「不意乃爾」、〈文章〉篇：「亦以爲爾」，均作「如此」解。同期作品亦多見，如《世說新語·排調》：「安石，卿何事至爾。」、《搜神記》卷十七：「自爾後，有役召事，往造定國。」、《列異記》：「新死不習渡水故爾。」。

**2、「運為」指「作為」、「行為」。**

「運爲」在《易·繫辭》中本作「云爲」：「變化云爲，吉祥有事。」指言論行爲，是並列詞組。到了漢代，「云」產生新義，《漢書·李尋傳》：「君不修道，則日失其度，暗昧無光，各有云爲。」王先謙補注曰：「云獲所也。」「云爲」即表示作爲、行爲。六朝沿此義，《家訓·教子》：「飲食運爲，咨其所欲。」。

### 3、「神明」指人的精神、神智。

《荀子・解蔽》：「心者，形之君也，神明出焉。」即是。《家訓・養生》：「若其愛養神明，調護氣息。」、〈省事〉：「以彼神明，若省其異端，當精妙也。」二例均同《荀子》之義。

### 4、「周章」指奔走或恐懼。

「周章」一詞《家訓》凡三見：〈風操〉：「周章道路，要候執事。」〈勉學〉：「周章詢請」爲奔走周旋義。〈文章〉：「周章怖懾」爲恐懼義。溯其源當始於《九歌・雲中君》：「聊遨游兮周章」。

### 5、「貴游」指權貴富裕之家。

「貴游」一詞六朝、隋唐使用頻仍，如《家訓・勉學》：「貴游子弟，多無學術。」《抱朴子・博喻》：「家喻集則孤陋邈於貴游。」等。唐詩多以「貴游」名篇，而《周禮》早已有「貴游子弟」之稱。

### 6、「物」指「人」、「衆人」。

此亦六朝習見，《家訓》之〈文章〉、〈慕賢〉篇均有：「物無異議」、〈風操〉有：「物情怨駭」；《世說新語・方正》：「不爲物所許。」、《南齊書・焦度傳》：「眞健物也」。「物」指人乃先秦古義，《左・昭十一年》：「物以無親」注：「物，人也。」、《國語・周語》之「美物」亦指美人言。

### 7、「乾沒」指僥倖取利、貪求。

《家訓·文章》：「潘岳乾沒取卷」乃用《晉書·潘岳傳》：「（岳）性輕躁，趨世利。其母數誚之曰：爾當知足，而乾沒不已乎。」之事。又如《三國志·傅嘏傳》：「豈敢寄命洪流，以徼乾沒。」而始例可追溯至《史記·酷吏傳》：「張湯始爲小吏乾沒。」

### 8、「品藻」指品評、鑒定。

《漢書·揚雄傳》：「爰及名將尊卑之條，稱述品藻。」顏師古注：「品藻者，定其差品及文質。」此詞雖見自漢，但到魏晉六朝更活躍。《世說新語》有「品藻」門，《家訓·涉務》：「吾見世中之士，品藻古今。」《抱朴子外篇·崇教》：「品藻妓妾之妍蚩。」江淹〈雜體詩序〉：「雖不足品藻淵流，亦無乖商榷云爾。」等均品評、鑒定義。

### 9、「彈射」指批評、指摘。

在《漢書·宣帝紀》：「彈射飛鳥」，是動詞連用，但凝合成詞表批評、指摘的抽象意義，亦見於漢張衡的〈西京賦〉：「街談巷議，彈射臧否。」魏晉六朝品評之風熾盛，使這一詞語更得以廣泛流行。《家訓·文章》便有：「江地文制，欲人彈射。」之句。

以上這部分語詞，反映了魏晉六朝用語和秦漢語言繼承的一面，也在一定程度上反映了詞彙的發展樣貌。六朝詞彙，遠肇先秦，承聯兩漢與隋唐，正處在中古前期與後期的連接點上，從此也得到很好的實證。

# 二、《家訓》所見魏晉六朝的新語詞

本文以《史記》、《漢書》、《論衡》、《淮南子》及漢代一些筆記文的詞和義例，作爲界定新詞新義的標準，雖欠謹嚴，但已是小小短文力所能及的最好辦法。另外，本是詞組，此期始凝合成詞的也歸入新詞一類。這樣檢索所得的《家訓》中難以直接按照字面意義理解的魏晉六朝新詞約四十多個。如：檢跡、並命、詩筆、分張、早晚、佳快、往復、饑虛、放臂、尋跡、感慕、粉墨、素業、性靈、翹秀、注連、手談、坐隱、隱囊、優借、專輒、較具、供頓、格令、比例、比膊、分齊、神爽、內教、外教、清巧、取會、流比、生資、塞默、孤露、書本、節量、身手、黯黯等。

這部分語詞最能反映時代信息，最值得我們注意和研究。還有親屬稱謂、地名中的新詞，以及一批和現代用法無異的複音詞未計入內。全書總字數六萬餘字，這樣的新詞數量是很可觀的，有力地說明了魏晉六朝是新詞大量繁生的時期，茲舉例如下：

## 1、「翹秀」

「翹」本鳥尾之長毛，引申爲「高」，有突出義，與「秀」組成同義複合詞，指出類拔萃的人才，當起源於晉。葛洪《抱朴子·勖學》：「陶冶庶類，匠成翹秀。」、《家訓·文章》：「凡此諸人，皆其翹秀者。」同例用。

## 2、「分張」

「分張」爲同義複合詞，本指分散、分布，如鍾會〈檄蜀文〉：

「而巴蜀一州之眾，分張守備，難以御天下之師。」。由分散再引申為分離，《魏書》有多例，如〈彭城王傳〉：「但在南百口，生死分張。」，庾信〈傷心賦〉：「兄弟則五郡分張，父子則三州離散。」「分張」與「離散」互文見義。《家訓·風操》：「我已年老，與汝分張，甚似惻愴。」用同。

### 3、「供頓」

「頓」本是表處所的名詞，《古今韻會舉要》引《增韻》：「頓，食宿所也。」引申之，食宿所需之物也叫頓，供給行旅宿食所需即叫「供頓」。北魏崔光〈諫靈太后幸嵩高表〉：「供頓迎候，公私擾費。」又叫「置頓」。「供頓」有張羅飯食的意思，因此引申為設宴請客，《家訓·風操》描寫江南試兒習俗，上文有「親表聚集，致宴享焉。」，下文為「無教之徒，雖已孤露，其日皆為供頓。」「供頓」與「宴享」互文見義。若旅途中休息、吃飯則叫「中頓」或「出頓」，《洛陽伽藍記·城東》：「崇儀里東有七里橋，以石為之，中朝杜預之荊州出頓之所也。」

### 4、「注連」

「注」又作「疰」指傳染病，《釋名·釋疾病》：「注病，一人死一人復得，氣相灌注也。」《宋書·沈演之傳》：「托注病叛，遂有數百。」前句即假託有傳染病而逃走。《神仙傳·趙瞿》：「當及生棄之，若死於家，則世世子孫相疰耳。」「注連」指傳染病不斷傳佈，得病之人更相復連。《家訓·風操》：「章斷注連」即向上天拜呈奏章，斷絕死者的殃禍傳染連累家人之意。《赤松子·章歷》：「斷亡人復連章」當即《家訓》：「祓送家鬼，章斷注連。」一語所本。

### 5、「神爽」

指「神魂」、「心神」，語本先秦之「精爽」而演化，《左·昭七年》：「用物精多則魂魄強，是以有精爽至于神明。」，其成詞則在晉時。晉無名氏〈晉成帝哀策文〉：「大業未究，神爽遷背。」與《家訓·省事》：「況於己之神爽，頓欲棄之哉。」之用無別。《世說·文學》注引孫楚〈除婦詩〉亦曰：「神爽登遐，忽已一周。」

### 6、「佳快」

「快」有「好」義，約起於魏晉。如《三國志·魏志·華陀傳》：「快自養，一月可小起。」《搜神記》卷十七：「我獨行，得君為伴，快不可言。」「佳」亦「好」義，王凝之〈書〉：「產后何似？宜佳消息。」、《家訓·勉學》：「人見鄰路親戚有佳快者，使子弟慕而學之。」「佳快」同義連用，指佳人快士，即優秀人才。

### 7、「書本」

「書本」本指副本和底本，劉向《別錄》：「讎教，一人讀書，校其上下，得謬誤為校。一人持本，一人讀書，若怨家相對，為讎。」到了六朝「書」、「本」詞義混同，凝合成詞，泛指一般書本，《家訓·書證》：「而江南書本，多誤從手。」即其例。

### 8、「分齊」

指本分、分寸。《家訓·教子》：「不知分齊」《一切經音義》有「分劑」一詞，引《玉篇》云：「分，猶限界也。」今則作「分際」。

另外，有些詞語的出現和當時的社會生活習尚關係十密切。如〈勉學〉：「憑斑絲隱囊」中的「隱囊」即供士大夫清談下棋時憑依的靠枕，是爲當時的新器物命名的新詞。與此相關的有「手談」、「坐隱」，成爲圍棋的代稱。而由於佛教的傳入，有「內教」、「外教」分指佛教、儒教；「內典」、「外典」分指佛書、儒書的稱說。《家訓》所見的新詞，不少是當時的習用語，也有部分並不習見，甚至有的使用範圍很窄。但都表現了濃厚的時代色彩、社會意義，在中國詞彙史的研究上，有其重要價値。

## 三、《家訓》所反映的魏晉六朝時期的新義

魏晉六朝也是新義大量產生的時期，《家訓》中可以看見許多用例：

### 1、「鵠起」

「鵠起」本於莊子之說：「鵠上城之垝，巢於高榆之顛，城壞巢折，凌風而起，故君子之居時也，得時則義行，失時則鵠起。」本喻指處於不利的時勢，見機運引。六朝常用作美詞，如《家訓·歸心》所引謝朓〈和伏武昌登孫權故城詩〉：「鵠起登吳台，鳳翔陵楚甸。」謝靈運〈述征賦〉：「初鵠起于富春，果鯨躍于川湄。」等均爲乘勢奮起義。

## 2、「早晚」

「早晚」表何時之義，始於六朝之北朝。《洛陽伽藍記》：「(浮圖)未知早晚造」、《北齊書·琅邪王儼》：「君等所營宅早晚當就？」、王獻之〈雜帖〉：「彼郡今載甚不能佳，不知早晚至？」均與《家訓·賞譽》：「尊侯早晚顧宅」同用。

## 3、「委」

「委」六朝、隋唐作「知」解很普遍。《高僧傳》：「此寶公與江南者，未委是一人也？兩人也？」、王羲之〈雜帖〉五：「白屋之人，復得遷轉，極佳，未委幾人？」《家訓·勉學》亦云：「欲其觀古人之達生委命。」，「委」亦知也。

## 4、「門生」

趙翼《陔餘叢考》：「六朝時所謂門生，非門弟子也。其時仕宦者，許多募部曲，謂之義從；其在門下親侍者，則謂之門生，如今門子之類耳。」顧炎武《日知錄》亦曰：「《南史》所稱門生，今之門下人也。」《家訓·教子》：「門生僮僕」並提，可見門生亦僕役之類。但既是「親侍者」，其地位當稍高於一般門隸。

## 5、「慘」

「慘」作狠毒、厲害義已見於先秦，六朝又產生疼痛、刺痛義。《家訓》中兩義均見，〈文章〉：「沙礫所傷，慘於矛戟。」爲古義；〈教子〉：「不忍楚撻，慘其肌膚耳。」爲新義。鮑照〈登大雷岸與妹書〉：「嚴霜慘節，悲風斷肌。」之「慘」亦爲刺痛義。此義後代已極少見。

另外，如「功夫」指功力、造詣，見於〈勉學〉：「而玩習工夫頗至」；「問訊」表省視、慰問，見於〈風操〉：「裴政出服，問訊武帝。」；「輕脫」表粗疏、馬虎，見於〈養生〉：「但須精審，不可輕脫。」等，均爲六朝新生之義。新詞新義使此期語詞形成許多字面普通而意義特殊的情況，無論套用古義或今義都得不到正確解釋，尤需詳細加以辨視。而詞彙系統所展現的時代意義，亦賴此而體現。

# 四、魏晉六朝詞彙體系的特質

## 1、新詞新義形成的主要模式

「並列合成」是魏晉六朝新詞組成的第一個模式，如：「節量」，節制度量；「感慕」，感念思慕；「流比」，流輩比類；「比例」，比照類推；「詩筆」，有韻之文與無韻之文；「佳快」，佳人快士。又如「孤露」、「親識」、「翹秀」、「分張」、「粉墨」等，並列複合詞在這一時期的複音詞中出現許多。

比喻、借代、用典和相關引申是形成新詞新義的第二個模式。如：

「粉墨」本指白粉與黑墨，粉白墨黑，對比鮮明，因引申作區別、分別。粉墨可作繪畫顏料，亦是演員化妝的用品，因以喻修飾、潤飾。如《家訓・風操》：「凡親屬名稱，皆須粉墨，不可濫用。」

「領袖」本衣領和袖子，爲衣服的主要部份，以喻能提攜他人或爲人表率的人。凝合成詞，六朝多見。如：《世說·賞譽》：「後來領袖有裴秀」；《家訓·文章》：「此諸人者並其領袖。」後來「領袖」指國家、政團領導人，當由六朝義再引申發展而成。

「膏粱」本指肥肉與小米，爲富貴人家所食。以爲富貴之代稱，亦始於六朝。《家訓·音辭》：「膏粱難整」即其例。

又如「門戶」代稱家庭、門第，此當是與門閥制度有關的魏晉新義，如《家訓·止足》：「汝家書生門戶」。六朝人多有「掉書袋」之習慣，割裂式的代稱多見，又往往和駢體文喜好用典相結合，造成一批古奧艱澀的特殊用語。如以「孔懷」代稱兄弟、「微管」代重臣、「流霞」代仙酒、「孔方」代錢幣等等。這種詞彙破壞了語言的純正和社會性，但卻也顯示出六朝詞彙的時代意義，不可忽略。

## 2、詞的使用範圍拓寬、詞義擴大。

六朝許多活躍、出現頻率高的語詞，成爲了一批複合詞的共同語素，組成了龐大的意義相關的詞群。使得詞的使用範圍拓寬、詞義擴大。如：

「清」字，因魏晉士大夫侍才傲物，標榜清高，遂成爲美辭，由「清」組成的褒義詞很多，任意翻檢《世說新語》、《高僧傳》、《家訓》即有「清巧」、「清華」、「清塵」、「清歌」、「清談」、「清望」、「清梵」、「清弦」、「清瑟」、「清辭」、「清言」、「清流」、「清能」、「清悟」、「清婉」、「清致」、「清暢」、「清譽」、「清令」、「清正」、「清朗」、「清敏」等等，難以盡舉。《家訓・文章》：「自謂清華，流布丑拙。」「清華」與「丑拙」對文反義，多用以形容六朝詩文的清麗華美；又可形容門第、職位，如《家訓・雜藝》：「王褒地冑清華」。另如「清幹」指清明能幹，《家訓・文章》：「齊世有席毗者，清幹之士。」大凡和高雅相關的人、事、物，幾乎都可用「清」字來形容。「清」字褒美用法之膨脹，當由於魏晉社會風氣、習俗使然。

「家」字指朝廷，《家訓》凡三見：〈風操〉：「後漢有鄭翁歸、梁家亦有孔翁歸。」、〈終制〉：「值梁家喪亂」、〈書證〉：「晉家渡江後」。此乃由姓氏之家引申用於朝代之名而來。

又如「委曲」本義彎曲，曲折延伸則無所不至，引申為周全，又引申為隱晦，因有詳盡、詳細與原委、底細之義。六朝用例甚多，《家訓・風操》：「其兄子肅仿品委曲」為底細義；〈雜藝〉：「粗知大意，又不委曲。」為詳細義。此二義用作動詞，則為詳知、詳細分別、詳細設法等義，如鮑照〈代升天行〉：「備聞十帝事，委曲兩都情。」、《抱朴子》卷十二：「令周孔委曲其采邑，分別其揚名。」「委曲」與「分別」互文，可見在六朝「委曲」的詞義比上古和現代都寬泛得多。

### 3、同步引申現象造成特殊語義和斷代義

同步引申又叫相因生義，是由語言的類化作用形成的。一個詞的延伸變化，往往牽動相關詞彙的相隨演變。這樣的詞義體系，往往具有其時代性所造成的特殊語義。如以下兩組例子：

首先，南北朝人稱賓主問答為「往反」，《世說・文章》：「丞相與殷共相往反。」；之後因「往復」與「往反」動詞意義相同，

也獲得了表示討論辯難的意義，如《家訓·勉學》：「賓主往復，娛心悅耳。」、《高僧傳》：「於是研核大小，往復移時。」即是。「反復」也由類化作用而獲得同樣的意義，如《幽明錄》：「相與反復數過，甄殊無動意。」、《搜神記》卷十六：「瞻與之言良久，及鬼神之事，反復甚苦。」《世說·排調》：「隱與陸雲在張華坐語，互相反復，陸連受屈。」等均是。在現代漢語中，此諸詞已無討論辯論之義了。

又如「寒暄」本指冷暖的反義並列詞組，《素問·運行大論》注：「暄，溫也。」《家訓·治家》：「均適寒暄。」仍用此。人們相見，喜談天氣、詢問冷暖，因此成爲問候起居之詞。「寒溫」與「寒暄」本義相同，因此也相因生義，成爲應酬問候語，如《世說·品藻》：「王黃文兄弟三人俱詣謝公，子猷、子重多說俗事，子敬寒溫而已。」、《搜神記》卷十六：「忽有客通名詣瞻，寒溫畢聊談名理。」有趣的是，「寒暑」、「溫涼」也與「寒溫」同用，如《世說·文學》：「劉洮濯料事，形容端正，處之下坐，唯通寒暑，神意不接。」、《搜神後記》卷八：「（女）向前便入，並將二婢，形容端正，或亂似生人。便即賜坐，溫涼已訖，景伯問曰：女郎因何單夜來至此間？」甚至「燥濕」亦產生與「寒溫」相近的用法，如《搜神記》卷五：「愧燥濕不至，何敢蒙謝？」注：「猶言寒溫」，不過這裡是表示照顧不周的意思。但是以上各詞在後世的傳承中，只有「寒暄」至今仍是問候義，其餘並皆爲六朝之斷代義。

## 4、魏晉六朝是新舊詞義交替共存的重要時期

在此階段，一詞多義現象迅速發展，詞的多義系統普遍形成、

擴張。如：

「消息」源出於易，爲反義並列詞組，表消長、盛衰、增減義。增減損益需作衡量斟酌，因此引申爲斟酌。《家訓》中「消息」共三見，均用此義，〈風操〉：「蓋聞名須有消息。」、〈文章〉：「當務從容消息之。」、〈書證〉：「考校是非，特須消息。」；疾病的增減，與休息調理密切相關，因又引申爲休息、調養義。《古文苑》酈炎〈遺命書〉：「消息汝躬、調和汝體。」，「消息」與「調和」互文見義。《魏書・彭城王勰》：「勰以高祖神力虛弱，唯令以食味消息。」；而「消息」的音訊義始自東漢蔡琰的〈悲憤詩〉：「迎問其消息，輒復非鄉里。」；至於表示消長的古義，六朝仍有，如《世說、政事》：「天地四時，猶有消息。」、《搜神記》卷五：「雖消息升降，化動萬端。」此外，變化、停止、平息、徵兆、端倪等義六朝亦夥。如此一來，「消息」一詞的詞義在中古時特別豐富，形成了龐大的多義系統。

又如：「信」之本義是言語眞實。由「眞實」這一中心義引申出誠實、守信用、信物、憑証、相信、聽任等義，又虛化爲副詞「確實」。這些意義均已見於先秦。至漢產生音訊義，揚雄《太玄・應》：「陽氣極於上，陰信萌乎下。」；六朝又新生「使者」義，程大昌《演繁露》：「普人詩問，凡言信至或遺信者，皆指信爲使人也。」；一般都釋「信」爲傳送信物或函件的人，其實用法更廣，凡派遣的人都可謂「信」，如《神仙傳》卷七：「須臾信還，得一油囊酒，五斗許。」、《西京雜記》卷九：「其遠道人不能往者，皆因使或持器遺信之。」；「信使」連用已見於漢司馬相如〈喻巴蜀檄〉：「故遣信使曉喻百姓。」；「信命」連用指使者傳送命令或書信，

《家訓·治家》：「惟以信命贈遺。」；「信問」亦連用，《搜神記》卷十六：「女悅之，私交信問。」；「信」的書信義也始於六朝，如《幽明錄》：「便得家信云：母亡。」；「信」的眞實、誠信、相信、信賴、聽任等已六朝亦常用，《家訓》中均有例。足見，六朝「信」的詞義也是在各歷史時期中最爲龐雜的。

## 5、結　語

經由對《家訓》上述語詞及同時期作品有關用語的考察，可以看到魏晉南北朝是漢語詞彙從舊型態向新型態過渡，新詞孳乳繁衍的重要階段。這一時期的新詞，大量來源於社會習俗語詞，範疇則主要爲一般詞彙。新詞新義的產生與當時的社會生活及時代習尚有密切關係。如清談、品評與用典之風、文藝批評的掘起、佛教的傳入等。這些新詞新義，構成了魏晉時代漢語詞彙的特色，它們大多反映著一種語體的色彩，說明魏晉時期語詞影響的迅速擴大，和秦漢時期的文言體系形成了差別。

這一時期新詞的構成，以複音詞占絕大多數。除本文所列之外，《家訓》中還有許多複音詞義和用法與現代無別的例子，如器械、奢侈、驚駭、安全、調節、散漫、信譽、沉緬、告別、條例等現代常用詞均已出現。經本文粗略統計，《家訓》中的複音詞超過了一千組以上，可見魏晉六朝是漢語詞彙向複音化演變的重要階段。

另外，這一時期又是詞義趨於複雜紛繁，多義系統普遍形成的重要關鍵。語言的演變是漸變而非突變，《家訓》爲我們提供了一份新舊語詞共存的很好的研究材料。這部書中相當大一部份單音詞和部分複音詞仍承襲古詞古義，包括成爲魏晉六朝習用語的一部分詞語，也和秦漢有著直接的淵源關係。這些沿古的詞語和基本守舊的語法體系，與大量融入的當時的習俗語詞共處一體，形成一種特殊的語言風格，對後世的訓誡和語類之流的作品也產生了深遠的影響。

作爲上古與中古後期間漢語發展史重要轉折階段的魏晉六朝，賴著《顏氏家訓》一書呈現出了該轉折的細微之處。本文的論述，以《家訓》詞彙爲出發點，希望凸顯的是對魏晉六朝詞彙做全面收集整理研究工作的急迫性。一九九七年，上海教育出版社出版了三部近代語言詞典之作，分別是唐五代語言詞典、宋語言詞典、元語言詞典，對近代漢語詞彙系統之梳理，頗具意義。希望不久將來，魏晉六朝的類似研究與整理，甚至更早的上古漢語部分，也能有類似的作品出現。

# 中日比較文學試論
## ——魯迅和與謝野晶子

秋吉收*

## 一

本世紀三十年代初，中日兩國的文學家剛開始進行的友好交流，就不幸被戰火所中斷。在戰亂中，日本女文豪與謝野晶子（1878-1942）感慨於日本侵華之先聲——上海事件（1932）的爆發，並寄托著對席卷於炮火之中的魯迅等中國文學家的思念，寫出了以下的詩句：

魯迅和郭沫若，
胡適和周作人，
他們和我們之間，
雖然並沒有塹壕，
炮聲卻震耳欲聾。❶　（與謝野晶子〈上海事件〉）

* 日本佐賀大學教育學部助教授

❶ 與謝野晶子〈上海事件〉，原載不詳（1932年5月《冬柏》？）。見《定本與謝野晶子全集》第十卷，（1980年，日本講談社）。

與謝野晶子和中國的關係並不是從她寫這首詩才開始的。事實上，在日本現代文學家中，與謝野晶子是最早被介紹給中國的一位。她的〈貞操論〉，經周作人翻譯，第一次被刊登在1918年5月的《新青年》4卷5號上。而同期又刊登了中國新文學的第一篇巨作—魯迅的〈狂人日記〉，以及魯迅其他三篇白話詩等重要作品。魯迅和與謝野的主張有著強烈的共鳴，他在〈貞操論〉發表之後的《新青年》5卷2號上發表了〈我之節烈觀〉，深刻揭露了把婦人視爲欺壓對象的中國社會的現實，和與謝野的理論相呼應。周作人在翻譯的序文裡這樣寫道：

> 與謝野晶子是日本有名詩人與謝野寬的夫人。從前專作和歌，稱第一女詩人。（中略）後來轉作評論，都極正大。據我們意見，是現今日本第一女流批評家。

由此可見，魯迅、周作人兄弟很早就強烈地意識到與謝野晶子這個人。現在，提及魯迅和與謝野晶子關係的人不少，但僅限於婦女解放這一方面。而在今天的發表中，我想從「草」這個全新的角度，來進一步探討魯迅和與謝野的關係。

## 二

〈貞操論〉的譯者周作人非常留意收集與謝野的作品，在他的著作和日記中也時常能看到與謝野晶子的名字和其作品。例如，他在〈女子與讀書〉一文中這樣說：

（與謝野晶子）感想文集有十四冊，則差不多陸續得到了。

還有，在他的日記裡也有有關與謝野的著作的記載：

「1918年3月31日」

譯〈作爲人和女人〉中文，至十二時睡。夜風。

「1918年9月6日」

在申江堂、日本堂買《我們需求什麼》等四冊，又買雜物返。

「1918年9月30日」

得中西屋十三日小包，內《給年輕的朋友》等二冊，

「1919年3月22日」

得中西屋五日寄小包，內《心頭雜草》等二冊。❷

與謝野晶子的著作在日本發表僅兩、三個月，周作人就已經得到了。

翻譯〈貞操論〉的兩年多後即1920年10月，周作人在北京《晨報副刊》上翻譯刊登了與謝野晶子的詩〈野草〉，而引人注目的是，翌年8月，同時又被他刊登在《新青年》9卷4號上。把同一首詩發表在兩種當時最重要的兩種文藝報刊上，周作人是特別喜歡這首詩的。下面，我們看以下這首詩的具體內容：

野草眞聰明呵，

在城裡野裡，留下了人的走路

---

❷ 《周作人日記》，《新文學史料》1983年第4期，(北京：人民文學出版社)。

青青的生著。

野草眞公正呵，
什麼窪地都塡平了，
青青的生著。

野草眞有情呵，
載了一切的獸蹄鳥跡
青青的生著。

野草眞可尊呵，
不論雨天晴天，總微笑著，
青青的生著。❸

這一首像野草一樣寂靜的詩，在以往的研究中並未被人注意。我認爲與謝野晶子的〈野草〉很有可能對魯迅執筆散文詩集《野草》有所啓發。我以前曾論及過這首詩和魯迅的同名散文詩集《野草》的關係。詳細內容今天由於時間關係，無法論及，如有興趣，請參看小論❹。

而周作人喜歡上了這首詩似乎也並不是偶然的。因爲他曾經寫了很多有關「草」或者植物的文章。他一直對野草就有著特別的感思。周作人翻譯與謝野晶子的〈野草〉的時侯，他和魯迅都住在北

❸ 與謝野晶子〈野草〉，初見《橫濱貿易新報》1918年2月24日，收錄於《給年輕的朋友》，（1918年，白水社）。

❹ 秋吉　收〈魯迅的《野草》與北京《晨報副刊》〉，《九州大學中國文學論集》第22號，1993年12月。

京，無論是在生活上，還是在文學活動中，他們總是形影相隨、關係密切。很有意思的是，他們倆對「草」的感思這一點上，也表現出相同的情感。下面我們就看看「草」和魯迅的關係吧。

## 三

仔細地閱讀魯迅的著作，就會發現魯迅提及到「草」的地方是不少的。他一直都很熱切地關注著這個渺小的植物。例如，在散文詩集《野草》的〈秋夜〉裡，作者是這樣敘說的：

> （夜的天空）將繁霜灑在我的園裡的野花草上。
>
> 我不知道那些花草眞叫什麼名字，人們叫他們什麼名字。我記得有一種開過極細的小的粉紅花，……

還有，魯迅往往把文學作品比作「草」，這可以說是魯迅寫「草」的一個特徵吧。散文詩集《野草》就是其代表。除此以外，還有不少例子。比如，1929年，魯迅在跟年輕作家柔石等一起出版的《近代世界短篇小說集·小引》裡，也這樣說：

> 祇要能培一朵花，就不妨做做會朽的腐草的近乎不壞的意思。還有，是要將零星的小品，聚在一本裡，可以較不容易於散亡。

1936年3月，即魯迅去世的半年前寫的〈譯文復刊詞〉裡，也提到了「草」：

> 這與世無爭的小小的期刊，終於不能不在去年九月，以「終刊號」和大家告別了。雖然不過野花小草，但曾經費過不少移栽灌溉之力，當然不免私心以爲可惜的。

我們翻閱魯迅傳記的話，就可以看得出他從小就對野草本身抱有很強烈的愛惜心情。1928年出版的回想錄《朝花夕拾》裡，他表述了對這「祇有一些野草」的「百草園」的特別懷念的心情：

> 我家的後面有一個很大的園，相傳叫做百草園。現在早已併屋子一起賣給朱文公的子孫了，連那最末次的相見也已經隔了七八年，其中似乎確鑿祇有一些野草；但那時卻是我的樂園。

在魯迅的傳記中，「草」令人注目之處還在於，魯迅從日本留學回國以後在故鄉做中學教師時期的一段經歷。從回國的1909年到1912年，他相繼在浙江兩級師範學堂和紹興府中學堂任教。當時，他還擔任了講授植物學課的日本教師的翻譯，並經常到野外實習。魯迅當時的同事楊乃康等人的回憶道：

> 魯迅在浙江兩級師範學堂，採制植物標本：由魯迅擔任翻譯的植物學課，每隔一星期就要到野外實習一次。（中略）學生不認識所採得的植物，是屬於哪一科哪一目時，就隨時請教魯迅先生，他會詳細而耐煩地講給你聽。
>
> 魯迅與自然科學：魯迅在杭州和紹興教書時，仍然對植物學很感興趣，每有空閑，就到郊區採制植物標本。據楊乃康先生說，魯迅在杭州教書時，在廣泛調查研究的基礎上，曾想

> 編寫《西湖植物志》，（中略）就是帶學生出去遠足的時候，魯迅也從不放過採集植物標本的機會。紹興府中學堂學生吳耕民先生回憶說：「魯迅先生領隊，還在肩上背著一只從日本帶回來的綠色洋鐵標本箱和一把日本式的洋桑剪。沿路看到有些植物，他就用洋桑剪剪了放進標本箱內。」❺

跟魯迅一起到日本留學，回國以後也同在一個學校做教師的許壽裳回想起當時的情景，也寫道：

> 他在杭州時，星期日喜歡和同事出去採集植物標本，徘徊於吳山聖水之間，不是爲遊賞而是爲科學研究。每次看他滿載而歸，接著做整理、壓平、張貼、標明等等工作，樂此不疲，弄得房間裡堆積如丘，琳瑯滿目。❻

這一回憶在當時（1910年11月15日）魯迅寫給許壽裳的信中也得到了印證。信裡魯迅是這樣說的：

> 僕荒落殆盡，手不觸書，惟搜採植物，不殊曩日，又翻類書，薈集古逸書數種，此非求學，以代醇酒婦人者也。

從這段記敘中，我們不難看出當時的魯迅對花草等植物是何等的情有所鍾而密不可分。

下面，我們再看看魯迅的三弟、科學家周建人的回憶錄〈魯迅

---

❺ 張能耿《魯迅早期事跡別錄》，（河北人民出版社，1981年）。

❻ 許壽裳〈《民元前的魯迅先生》序〉，見《我所認識的魯迅》（北京：人民文學出版社，1952年）。

先生與植物學〉裡的記述：

> 魯迅先生自幼非常喜歡植物，他所種的大都是普通的花草，沒有什麼「名貴」或奇異的植物，這正是表示他眞正喜歡植物。❼

## 四

提起與謝野晶子，一般人們就會聯想到戀愛歌集《亂發》（1901）吧。這一作品以清新的聲調，毫無顧忌地讚美愛情，爲日本短歌的歷史開闢了一個新時代。另外，發表於日俄戰爭爆發後的反戰詩〈你不能死去！〉（1904）也非常有名。因爲她由於這首詩而被攻擊爲「亂臣賊子」。還有，在本文的開頭已經提到的作爲婦女解放運動的推動者，她也給人們留下了強烈的印象。可是，與謝野晶子在一生中也寫下了許多歌頌植物的詩歌，就像在詩〈野草〉裡看得出來的那樣，似乎她對「野草」有特別的感思。而周氏兄弟也許是著眼於與謝野的「野草」的唯一的文人。除了〈野草〉以外，她還寫過很多以「——草」爲題名的作品和作品集。比如，《毒草》（和其夫與謝野寬合著，1904）、〈櫻草〉（1914）、〈草之夢〉（1922）等。另外，短歌作品也很多。〈野草與女〉十首（1921年12月《婦人俱樂部》）、〈野草〉十五首（1927年8月《文藝春秋》）等，不勝枚舉。

---

❼ 周建人〈魯迅先生和植物學〉，見《略講關於魯迅先生的事情》（北京：人民文學出版社，1954年）。

1916年出版的她的評論集《作爲人和女人》中，也有題爲〈野草〉的短文。値得注意的是，同評論集還收錄了由周作人翻譯的〈貞操論〉的原文。也就是說，周作人肯定會看到〈野草〉這篇文章，而且魯迅也很有可能看到過。

野草在庭院中繁殖。我讓野草在庭院的一半生長而不去除掉它。當每天早上洗臉時注目四看，稀疏的野草指引人意。爲人熟知的樹木花草缺乏新的刺激，而野草首先從其名稱開始就是我的研究課題。我想歌唱野草的風情和姿態並將之彙集成冊。

歌唱野草的作品集當然不是指魯迅的散文詩集《野草》，因爲在魯迅執筆《野草》之前十年，與謝野晶子就已構想過。後來魯迅創作了《野草》詩集，他是以什麼樣的心情去翻閱與謝野的作品呢？

魯迅的「野草」和與謝野的「野草」當然不能一概而論的。與謝野晶子被「野草」所吸引的一個原因就是她出生時的悲劇。因爲她是不受父母歡迎的女孩子，所以出生後馬上就被送去寄養了。這個事情在與謝野的心中深深扎了根，並給她帶來了一生也難以消除的自卑感。與謝野晶子對「野草」的共鳴可以說是她自身孤獨的投影吧。那麼，魯迅的「野草」又是怎樣的呢？　它一方面是溫暖的、被愛惜的對象，而另一方面又是戰士的劍似的很堅強的形像。它也可以說被看作是魯迅文章充滿戰鬥性的象徵。儘管魯迅和與謝野寄託在一根一根「草」上的感情是有區別的，但是，他們都把自己的創作和自身融合在「草」的形象之中。

與謝野晶子和魯迅，兩個人都很少提及到對方。與謝野晶子直接提起魯迅的，據我所見，衹有一處，這就是本文開頭的那首詩。從當時的情況來看，與謝野所能看到的魯迅的文章可能比較少。因爲當時魯迅的作品在日本翻譯得不多。可是魯迅對與謝野晶子應該是很熟悉的，因爲周作人很熱衷於與謝野著作的收購和翻譯。如上所說，魯迅自己也曾經受到與謝野的啓發而創作。他會了解到與謝野晶子的著作中的一個主題是「野草」，他後來似乎實現與謝野晶子的願望，執筆散文詩集《野草》。

但出乎意料的是，在龐大的《魯迅全集》中，提到與謝野晶子的名字的，也祇有一處，即《兩地書》裡1926年12月12日寄給許廣平的信中：

> 你常往上海帶書，可否替我買一本《文章作法》，開明書店出版，價七角，能再買一本《與謝野晶子論文集》則更佳。

這裡魯迅提到的《與謝野晶子論文集》，是1926年6月上海開明書店作爲《婦女問題研究會叢書》的一種而出版的。內收由張嫻女士翻譯的與謝野的二十三篇論文。這是在當時中國出版的唯一的與謝野晶子選集。魯迅在這本書出版後很快就表示要買，而且特意託許廣平去買，可見在戰亂的中國，魯迅對日本的與謝野晶子也寄託了遙遠的思念。

## 五

從本文開頭的引詩〈上海事件〉裡可以窺見，當時與謝野晶子的思想還是極爲正常的。可是，在上海事件爆發之後不久的1932年5月，他又寫了題爲〈支那的不遠的將來〉一文：

> 日本國民對支那民眾不僅毫無侮辱之心，而且敬贊他們是勤勞奮勉的國民，並希望作爲永久的友鄰而繼續親密地交往。這次上海事件的爆發，據我所知，是由於他們國家的軍閥政府和一部分學生的反日思想和行爲所致，而並不是日本國民對支那民眾產生憎惡。因此，對在日的支那人有所加害的事件一點也沒有發生。橫濱各地的支那人在安心就業，而在支那本土，他們的民眾對日本國民也並不敵視。❽

我認爲，這篇文章極爲深刻地向我們闡述了戰爭的可怕，戰爭會使正常的人失去感覺和理智。

---

❽ 與謝野晶子〈支那的不遠的將來〉（1932年5月5日寫），收錄於《作爲優勝者吧》（1934年，天來書房）。

# 中國文獻對韓國漢字教育及文化的影響

## —論《明心寶鑑》韓國版—

崔亨旭*

## 前　言

很多的中國人並不知道《明心寶鑑》這一本中國書，但在韓國卻很少有人不知道這一本書，而且多數人還以為它原是本韓國書。

本人在臺灣國立政治大學中國文學研究所碩士班畢業後，回國已十三年，目前在一所大學裡教初級中國話及漢文。而我校漢文的相關課程所採用的教材正是《明心寶鑑》，這是因為其所用的漢字大多不難，很適合於漢字教育，而且其內容以勸誡庶民進德修善為主，更適合於道德教育。

* 韓國漢城漢陽大學中語中文科助理教授

本人開始以《明心寶鑑》為教材以來，發現此書有若干待解決的問題，故趁著本次會議，作有關《明心寶鑑》的研究，向各位請教。本文分前言、《明心寶鑑》的內容、編者、流傳、價值、主要韓國版本、結語等六個部分。

## 一、《明心寶鑑》的內容

兒童教育教材，統稱蒙書。中國蒙書發達甚早，種類亦極豐富，有以識字為主的，有以教授知識為主的，又有道德教育為主的。《明心寶鑑》即屬於道德教育類之蒙書，對於此種性質，范立本❶在《明心寶鑑》序中明確地說明：

> 集其先輩已知通俗諸書之要語，慈尊訓誨之善言，以為一譜，謂之《明心寶鑑》。賢者幸甚覽之，亦可以訓其幼學之子弟，有補於風化敦厚。❷

可知《明心寶鑑》即主要以進行道德教育為主，多採擷經史集中歷代先賢的佳言懿行以為學者楷模。並且，由於此書亦兼具勸誡庶民進德修善之性格，亦可說是近於善書的蒙書。

《明心寶鑑》完本❸分上下兩卷，各十篇，共收文字七百六十六條。由全書篇名可窺知其內容。其目錄如下：

---

❶ 很可能是《明心寶鑑》的編者。本文第三章將仔細討論。

❷ 見李佑成解題《清州版明心寶鑑》，影印本，(漢城：亞細亞文化社，1990年)，頁6。

❸ 是節本的相對概念，又稱詳本，指註❷之書。

| 卷　上 | 卷　下 |
|---|---|
| 繼善篇第一 | 省心篇第十一 |
| 天理篇第二 | 立教篇第十二 |
| 順命篇第三 | 治政篇第十三 |
| 孝行篇第四 | 治家篇第十四 |
| 正己篇第五 | 安義篇第十五 |
| 安分篇第六 | 遵禮篇第十六 |
| 存心篇第七 | 存信篇第十七 |
| 戒性篇第八 | 言語篇第十八 |
| 勸學篇第九 | 交友篇第十九 |
| 訓子篇第十 | 婦行篇第二十 |

從思想方面而言，《明心寶鑑》所引用的七百六十六條文章當中，其出處百分之八十大略可知，其中百分之七十左右則屬於儒家的；百分之十六則屬於道家的，百分之六則屬於佛家的。因此可以說此書以儒家思想爲骨幹，兼及道家、佛家及其他雜家之思想。詳審全書的內容，最多引用的即爲《論語》，其次爲《景行錄》❹，又次爲《孟子》、《老子》、《荀子》、《禮記》、《素書》、《莊子》、《書經》、《說苑》、《性理大全》等，主要以儒家經典爲主，下及唐宋元等先賢之要語，兼及佛教、道教等通俗書籍之法語以及民間格言諺語。內容可說網羅百家，雜揉三教。蓋此點符合韓國人圓融會通的文化傳統，於是在朝鮮六百年歷史中普遍流行。

❹ 佚書，元・史弼於世祖至元丁亥年（1287）所編的儒家類之書。

## 二、流　傳

一般而言，蒙書或善書之類的民間通俗讀物，自來知識份子並不重視，大多爲史志所不錄。《明心寶鑑》的初版本已不可得，此書雖在中國明代流傳，亦因缺乏記錄，不可得而知。雖然如此，但從一些資料可以看到在明清時期此書的影響不少；臺灣的鄭阿財、陳慶浩先生有詳細研究，可參考，在此不再煩贅❺。

《明心寶鑑》不僅在中國流行，亦在其他受到漢字文化影響的國家傳播，而且因著種種原因，甚至比在中國還盛行。尤其是韓國，從朝鮮時代以來一直爲學習漢文者必讀的古典良書之一，因此，在韓國刊行的《明心寶鑑》版本非常多，大體上分爲完本（又稱詳本）、抄略本（節本之意）、抄略本之增補本等三類。其中抄略本最多，各類均有漢文本、懸吐本及翻譯本。❻最初在韓國流傳的情況擬於本文下一章詳細探討。

日本版《明心寶鑑》版本亦甚多。目前所知，最早的是中野道伴於1631年所刻的，是據明·王衡（1564～1604）校本翻刻的。於是，有些學者誤認王衡即爲《明心寶鑑》的編者。❼另一方面，日本人

---

❺ 鄭阿財〈流行域外的明代通俗讀物《明心寶鑑》初探〉，臺灣，《法商學報》，1991年6月。陳慶浩〈第一部翻譯成西方文字的中國書—《明心寶鑑》〉，臺灣，《中外文學》，1992年9月。

❻ 據本人所調查，目前韓國國立中央圖書館所藏的《明心寶鑑》共有五百多種。

❼ 向達在《唐代長安與西域文明》一書中曾提出此種說法。（香港：三聯書店，1957年）。

所編的很多蒙書或將《明心寶鑑》部分照抄，或仿照此書作成，亦或從多處引用而成，可見此書於日本之影響巨大。❽

除韓日兩國外，《明心寶鑑》亦盛行於越南。早在明、萬曆二年（1574）初刊的嚴從簡所編《殊域周咨錄》中即記載安南國「如儒書則有《少微史》……《太公家教》、《明心寶鑑》、《剪燈新話・餘話》等書。」❾而且越南漢文小說《傳奇漫錄》中〈范子虛遊天曹錄〉一篇有：「種瓜得瓜，種豆得豆；天網灰灰，疏而不漏」句，作註的人即於此句下指出：「此句出《明心寶鑑》」。❿另外還有越南孔學會於1957年出版《明心寶鑑》的中越對照本。⓫由此可見，《明心寶鑑》在越南亦相當普及，廣受重視。

最後，我想說更重要的是此書在西方的流傳，《明心寶鑑》是第一部翻譯成西方文字的中國書。此點具有重要意義，對於其具體內容，本文第四章將作詳細說明。

# 三、編　者

## ㈠、韓・秋適（1246～1317）所編說

1972年12月13日，在韓國慶尚北道達城郡城西面本里洞（今大

---

❽ 詳細內容，可參見日人內田晶子的論文〈《明心寶鑑》の流通〉，「第二屆中國域外漢籍國際學術會議論文」，臺北：1987年10月。

❾ 見嚴從簡《殊域堝咨錄》，(臺北：華文書局)，頁342。

❿ 此句出自《明心寶鑑・天命篇》。見陳慶浩、王三慶主編《越南漢文小說叢刊》第一冊，(臺北，臺灣學生書局，1987年4月)，頁242。

⓫ 此書亦藏於臺灣大學圖書館。

邱市達西區本里洞）的仁興齋舍大樑上發現了《明心寶鑑》的木刻本版木三十一枚，⓬此版乃朝鮮高宗六年（1869）時所刻。

《明心寶鑑》版本，大多僅有本文，前既無序，後亦無跋，更無編者姓名。然而「仁興齋舍版《明心寶鑑》」不但有栗谷李珥（1536～1584）等人的序和跋，而且凡例中還提及「露堂先生裒葺詔後學之書，獨賴此篇之存，世遠板刓，多有訛誤，故改正鋟梓。」⓭此外，刻刊此版本時的金海府使性齋許傳（1797～1886）就據露堂先生後裔的家乘作序，其中說：

> 高麗，藝文官提學文下侍中文憲公秋霅堂神道碑，我哲宗朝，春官大宗伯，申公錫愚，序而銘之……其文曰，先生諱適，字慣中，以秋溪爲籍，性豁達，無檢束，學門則曰受學于竹溪先生安裕、又曰櫟公李齊賢、曰安文成公，葺國學修庠序，舉李晟、秋適、崔元中等，一經置兩教授，於是，縫掖薦紳之徒，多以通經學古爲事，其大概也。其書有《明心寶鑑》一卷……今其苗裔居達城者，世文鶴九基豊，夏署雨，數百里而來，徵辨卷之文，固辭而固請，嘉其追遠之誠，謹按其家乘而序之……。⓮

露堂先生，姓秋，名適，謚號文憲公，高麗忠烈王（1275～一1308）時的儒臣，仁興齋舍即爲奉他的祠堂。此本一出，秋家後裔及很多

⓬ 見〈明心寶鑑木板發見〉，載《韓國日報》，1971年12月15日。

⓭ 見《明心寶鑑·凡例》，大邱，仁興齋舍，高宗六年（1869）。

⓮ 見許傳〈明心寶鑑序〉，同前註，葉4b~9a。

學者即據以探討立論，從而主張《明心寶鑑》乃是秋適所編著的漢學基本教材。

但此說法，主要以秋家家乘爲依據，其他證據不夠，反而有甚多疑點。具體言之，⑴對於秋適編《明心寶鑑》之事，在《露堂全集》及高麗史傳等過去文獻中，均無言及。⑵李珥不是刻刊此版本時的人物，他的序跋均不見於《栗谷文集》，而且其序跋中並無有關秋適編《明心寶鑑》的言論。本文推斷李珥的序跋爲後人所僞託之可能性甚大。因爲除他以外，作序跋的均爲當時代（1860年代）的人物。⑶此本凡十九篇，二四九條，僅有完本（詳本）的三分之一。其他韓國版本中，題爲《明心寶鑑抄》的本子所引用的文章數量與此本差不多，因此可說此本很可能是完本的抄略本（節本）之一。

但《秋氏九百年史》一書就非常明確地說，高麗忠烈王五年（1305）秋適參考中國和尚曇秀於1230年所編的《人天寶鑑》而編《明心寶鑑》，後來其孫子秋濡（1343～1404）於1363年到中國去幫助朱元璋建立明朝，當兵部侍郎、左諫議大夫，秋濡去中國時帶其祖父所編的書，以後就在中國廣泛普及起來。⑮此一說法，目前沒有其他證明資料，但需要繼續調查研究。

## ㈡、明·范立本所編說

一般而言，蒙書之類的通俗讀物，由於普遍流行，不斷翻刻，以致歷代均會有增減改編的情況，加以民間善書一類讀物，多半出

---

⑮ 見秋三衎《秋氏九百年史》，(漢城：秋氏國際花樹會，1985年)，頁153－154。

自仕途失意的文人之手，編者姓名多不易確認，也難以考定。⑯此即《明心寶鑑》的版本大多前後無序跋，更無編者姓名之原因。

但是，1977年李佑成教授在韓國發現的《新刊校正大字明心寶鑑》則不然。此本爲韓國最早的即景泰五年（1454）在清州所刊的初刊原本，其卷首有編者的序文，其中說：

> 集其先輩已知通俗讀書之要語，慈尊訓誨之善言，以爲一譜，謂之《明心寶鑑》，……洪武二十六年，歲在癸酉二月既望，武林後學范立本序。⑰

到目前爲止，比上面所引用的序文更正確而詳細的資料還沒有發現。而且其卷末有當時清州儒學校教授官庾得和的跋文，其中即有「此書但有唐本」之言及。此外，范立本亦編《治家節要》一書，此書於永樂四年（1406）由朱敏校正而刊行，他在其後序中說，「近武林范氏從道，乃編《明心寶鑑》，集其間廣采群書傳記……。」⑱而此書之韓國刊本題爲《新刊明本治家節要》⑲，尹祥作的跋文中說：

---

⑯ 參見鄭阿財〈流行域外的明代通俗讀物《明心寶鑑》初探〉，臺灣，《法商學報》，頁275。

⑰ 見范立本〈明心寶鑑序〉，註❷所引書，頁6。

⑱ 見朱敏〈治家節要後序〉，從金東煥的〈明心寶鑑書誌的研究〉轉引，(漢城，中央大學圖書館系博士論文，1994年)，頁7。

⑲ 此本已佚傳，但幸虧其寫本現存於日本。（參見金東煥〈明心寶鑑書誌的研究〉，前註所引文，頁7。）

今監司曹胡國致奉使中原，幸得一本，欲以廣布，刊于蜜陽……宣德六年辛亥仲冬有日，中直大夫知大邱郡事，禮泉尹祥敬跋。⑳

大略可知此書到韓國傳來的情況。就是說，蜜陽監事曹致於世宗二年（1420）十月奉命到中國，翌年二月回國時，帶中國皇帝賜給的中國書籍而來，㉑《明心寶鑑》及《治家節要》等范立本之書很可能一起傳來。

## ㈢、其他諸說

發現前面兩節所敘述的資料之前，由於自來史志無錄，而一般流傳的版本大多無署名，又無序跋等資料可考察，因此長久以來一直不詳。直至1957年向達在《唐代長安與西域文明》一書中始提出《明心寶鑑》爲明·王衡（1564～1604）所編的說法。㉒此大概因爲向達依據元祿五年（1692）及十二年（1699）在日本刊的和刻本《明心寶鑑》而誤作「太倉緱山王衡著」。此一日本刻本即據日本內閣文庫藏《新鍥京版音釋提頭大字明心寶鑑正文》及「日本寬永辛未（1631）三月道伴刊」之《新鍥京板正訛音釋提頭大字明心寶鑑》卷首有「太倉緱山王衡校書林弼廷氏樟」而誤作之。㉓

---

⑳ 尹祥〈新刊明本治家節要跋〉，轉引自前註所引文，頁7。

㉑ 此事見於《世宗莊憲大王實錄》第七冊，影印本，(漢城，國史編纂委員會)，頁409、424。

㉒ 向達，《唐代長安與西域文明》，三聯書店，1957年。

㉓ 同註❺，頁274。

此外，韓國朝鮮時代有著名的禪師，法名休靜，又稱西山大師。這位大師於1564年編了《三家龜鑑》一書，由於此書與《明心寶鑑》所引用的很多文章一致，一些佛家人士就主張休靜所編說，㉔但是除這一點之外此說法沒有證據。

最後，一些學者又主張「范立本編，秋適略」之說法，因范氏比秋氏晚一百多年，故可說此說法完全不對。

總而言之，至今最可靠的說法乃是范立本所編說，但仍然沒有完全確定。

# 四、價　值

《明心寶鑑》一書爲中國明代民間流行的重要蒙書兼善書，雖一向不受中國知識份子的重視，然在外國人的立場觀之，則不難發現有極爲重要的價值，茲今約而言之如下。

## ㈠、把中國文化傳授到外國之重要資料

《明心寶鑑》在韓國、日本、越南等漢字文化影響地域，受到保存與重視，尤其在韓國一直被視爲學習漢文的寶典，在朝鮮六百年歷史裡，位於私塾必備的漢文教材之地位。

朝鮮時代的教育機關可大分爲公立與私立，公立以鄉校與成均館爲代表；私立則以書院與書堂爲代表。官學及私立書院的教育內容大體上以小學、經學、史學、詞章爲主，《明心寶鑑》不能成爲

---

㉔　申法印〈明心寶鑑著者에대한〉，頁159－168。

教育內容。但是，書堂則不然。首先其設立與教育內容基本上並無限制，一般百姓包括賤民均可在書堂受基礎教育。㉕一般而言，書堂的教育課程即《千字文》、《童蒙先習》、《明心寶鑑》、《小學》、《通鑑》、《大學》、《論語》、《孟子》、《中庸》、《詩》、《書》、《易》之順序，〈启蒙篇〉、《禮》、《春秋》、《唐詩》等亦可包括在內。其中，《明心寶鑑》即特別受到一般民眾的歡迎，蓋其原因在於⑴《明心寶鑑》的文字並不很難，⑵其內容很適合於道德教育，⑶雖朝鮮朝開國以來一向獨重視儒學，然一般民眾的文化傳統基於儒佛道三家圓融會通之精神，《明心寶鑑》即符合此一傳統。

總而言之，韓國及其他外國以《明心寶鑑》作爲中國及東方人道德與思想的代表之一，長久以來流行於廣大民間，成爲庶民教育的寶典，並不是沒有緣故的，可說需要進一步的研究與重新評價。

## ㈡、中國第一部西譯書

就目前所知，第一部翻譯成西方文字的中國書就是《明心寶鑑》，此點亦具有重要意義。茲今概述如下：

《明心寶鑑》於1590年翻譯成西班牙文，其譯者是西班牙傳教士嗃哃羨（Juan Cobo, ? ~ 1592）㉖嗃哃羨先抵達菲律賓準備到中國去傳教，他在菲律賓學習中文四年後就完成《明心寶鑑》譯本當作

---

㉕ 參見孫仁洙《韓國教育史》，(漢城：文音社，1995年)，頁290－320。

㉖ 嗃哃羨是其著作《無極天主正教眞傳實錄》時自署的漢名，是閩南譯音。其生平事略可參考陳慶浩〈第一部翻譯成西方文字的中國書〉嗃哃羨的生平一節，同註❺，頁76－80。

其本人初學中文的入門書籍。

1592年夏天，嗃㖿羡奉西班牙駐菲總督之命，出使日本，同年秋天出使之事圓滿成功後，回菲律賓時，不幸在臺灣海域出事，飄流至岸而爲土人所殺。逝世後三年，《明心寶鑑》被伯納維特（Miguel de Benavides）神父帶回馬德里，獻給西班牙國王斐理伯二世。以後此書的流傳情況，亦不可知，直到1929年被已故法國漢學家伯希和( Paul Pelliot )發現而開始介紹，並於1959年稿本《明心寶鑑》西班牙文譯本才正式出版。㉗總之，由於西班牙漢學研究並不很發達，西譯《明心寶鑑》並沒有引起廣泛注意，但此第一本西譯中國書在中西文化交流史上具有重要意義。

## ㈢、其他幾點

嗃㖿羡西譯《明心寶鑑》，半面西班牙文，半面中文，即爲西中對照本。在此值得一提的是，因嗃氏在菲律賓師事的中國人是閩南人，故對譯《明心寶鑑》時，凡是遇到專有名詞及難以意譯的地方，則採取音譯的方式，其所注字音，就是閩南音。因此這批音譯材料在研究閩南方言音方面極爲珍貴。㉘

此外，《明心寶鑑》亦有意想不到之價值。簡單而言，⑴保存大量當代流行之通俗格言諺語，⑵開啓後世格言諺語通俗讀物之先河，⑶內容援引諸家之材料可資輯佚。對於這些方面，鄭阿財教授的論文作深入研究，實在值得參考。

---

㉗ 參見前註所引文，頁 72－80。

㉘ 詳細內容可參考王三慶的〈第一部中國西譯書《明心寶鑑》中載存的閩南語譯音研究〉（臺北，《華岡文科學報》，第十八期，1991. 11。）及註❺陳慶浩之引文。

# 五、主要韓國版本

## (一)、完本—《新刊校正大字明心寶鑑》

此本根據洪武二十六年(1393)明・范立本所編的《明心寶鑑》原本，而在韓國朝鮮朝端宗二年(1454)在忠清道清州所刊的木版本，此本亦成爲以後韓國各地刊行的抄略本之底本。

此本於1977年在韓國東海岸地區被成均館大學李佑成教授發現，由於刊行地爲清州，稱之爲《清州本》，與其後來的抄略本(節本)相較，又稱完本(詳本)。

此本一出，有關《明心寶鑑》的編者問題就找到了端緒，因爲此本的前後均有編者范立本的序及刊者庚得和的跋㉙。

此本正文分上下兩卷，各十篇，共有二十篇，引用文達七百六十六條、書名中有校正二字，表示刊行時對中國本加以校正，然實際上常見誤字及脫字。

## (二)、抄略本

到了十七世紀，在韓國開始出現如上面所述的詳本之節本，由於這些節本大多題爲《明心寶鑑抄》，韓國人稱之謂抄略本。玆舉其重要者概述如下：

①辛丑年刊《明心寶鑑抄略》

韓國《明心寶鑑》版本的最大特色就是抄略本之多。韓國精神

㉙ 詳細内容請參考本文第三章。

文化研究院所藏的此本亦是抄略本，引用文只有二百四十八條，僅達完本的三分之一，此本卷末有「辛丑仲春」之刊記，然無法考察正確的刊行年代。

②丁丑年刊《明心寶鑑抄》傳寫本

傳寫的年代不詳，但其底本有「崇德二年丁丑季夏開刊」之刊記，可知1637年刊行。較完本缺第十九〈存信〉篇，共有二百四十八條。

③泰仁孫基祖版《明心寶鑑抄》

由「崇禎後甲辰春泰仁孫基祖開刊」之刊記，可知是在全羅道泰仁地區的孫基祖刊行的，但不能完全確定崇禎後最初甲辰年即1664年刊行的。因爲孫基祖的生卒年代不詳，而且「崇禎後甲辰」會是「崇禎後再甲辰」或「崇禎後三甲辰」。比上面傳寫本少一條，共有二百四十七條。

④完版《明心寶鑑抄》

在全羅道完山（今全州市）所刻的木版，韓國精神文化研究院藏兩種，一種卷末有「丙午季春完山」；另一種有「乙巳仲春完新刊」之刊記。據研究，此兩本蓋各於1846年與1905年刊行。兩本的篇章與上述的孫基祖版大略相同。

⑤武橋版《明心寶鑑抄》

刊記寫「戊辰至月武橋新刊」，戊辰蓋指1868年，武橋即爲漢城市武橋洞。其篇章亦與孫基祖版相同。

⑥仁興齋舍版《明心寶鑑》

本文第一章及第三章裡說過，此本乃慶尙道達城郡城西面本里洞（今大邱達西區本里洞）仁興齋舍大樑上發現的木版本。由於刊記寫「當宁己巳新刊匡板于大邱仁興齋舍」可知此本於高宗六年（1869）刊行。此本前有李珥及當代諸儒如許傳、李源祚、趙基升、柳疇睦之序；後亦有李珥及申佐模、李彙載、秋世文之跋。較孫基祖版等多兩章，較傳寫本則多一章，共有二百四十九條，此本雖無「抄」一字，且在正文前後有序和跋，但亦爲抄略本之一。

## ㈢、增補本

1910年代以後，《明心寶鑑》的韓國版本更爲豐富，除抄略本外，亦出現抄略本的增補本，到現在不斷有爲《明心寶鑑》作懸吐註解或翻譯成韓文的。其中木版本之類的篇章大多與朝鮮時期的抄略本相同，但新鉛活字本之類大部分則爲抄略本的增補本。茲今簡單地考察所謂增補本。

①《懸吐具解增補明心寶鑑》

1914年新舊書林所刊的，抄略本十九篇外，增加〈增補篇〉、〈孝行篇續〉、〈廉義篇〉三篇，一共二十二篇，共二百六十一條。

②《增補註解明心寶鑑》

1919年匯東書館所刊的，共有十九篇，與抄略本相同，但其引用文增加到三百零四條。

③《訂正增補無雙明心寶鑑》等

1922年新舊書林所刊的，比較《懸吐具解增補明心寶鑑》來，增加了〈八反歌八首〉一篇，共有二十三篇、二百六十二條。其他眾多增補本與此本大同小異。

最後，1918年以後所刊的本子書名上沒有「抄」一字，並且到了現代，在抄略本的二十篇上，又增加了〈增補篇〉、〈八反歌〉、〈孝行續篇〉、〈廉義篇〉、〈勸學篇〉五篇的《明心寶鑑》翻譯本，其增補的內容也包括韓國人的言論及逸事。

## 六、結語—《明心寶鑑》在韓國

古代韓國的文字，除韓文外亦有自先進中國來的漢文，幾乎較韓文占更重要的地位。於是，無論官私學，均教漢文。其中，在教一般民眾的私塾也就是所謂書堂的課程當中，《明心寶鑑》因其文字不難於教基礎漢文，適合於道德教育，且符合於韓國人民圓融會通的文化傳統，結果廣泛盛行，一向被視爲學習漢文的寶典。

此書以儒家爲骨幹，兼及道家、佛家及其他雜家之思想，所引用的文章亦以儒家經典及道家寶典爲主，下及唐宋元等先賢之要語，兼及佛教、道教等通俗書籍之法語以及民間格言諺語。

從此書於韓國及幾個國家的流傳、諸版本的情形與其內容，細加考察，可以說明朝范立本於1393年所編的說法最可靠，至於韓國高麗朝秋適所編等說法，均難以相信。

自朝鮮時代以來，在韓國各地刊行的各種《明心寶鑑》版本，幾乎不可勝數。韓國版本的最大特色，就是所謂抄略本（節本）甚多，甚至有抄略本之增補本，其增補之內容則加入了韓國人自己的言論及逸事。

眾多韓國版本中，最重要的就是《新刊校正大字明心寶鑑》，1974年被李佑成教授發現，景泰五年（1454）在清州地方跋刊的詳本，也就是目前所知世界最早的。不僅如此，其他本子大多前後無序跋，更無編者姓名，此本則保存編者范立本的序文。

如上面所述，《明心寶鑑》在朝鮮六百年教育史上，具有不可忽略的地位。然而，到現代西歐式的教育占主流之後，《明心寶鑑》亦逐漸被忘記。尤其1970年代以後，因專用韓文政策等，故社會上越來越忽視漢字。其實，韓國教育部早於1972年已制定以一千八百個漢字爲漢文教育用基礎漢字，然因忽視漢字風氣太重，有的雖身爲大學生，也不易認識五百字以上。

幸虧最近隨著東方國家開始主導世界文化及經濟，而且強調東方國家之間的互相交流，遂逐漸再重視其媒介，也就是漢字。同時，由於我們也無法漠視漢字對於韓國傳統文化及語言生活方面的深厚影響，政府與一般社會，於是又逐漸強調學習漢字的重要性。

在上述的情況之下，《明心寶鑑》由於兼具道德教育之功能，逐漸受到韓國人的愛護，從而重新成爲一本韓國人的書，因此《明心寶鑑》的價值確實不容抹殺，甚至是值得發揚的。

# 舊學蟲魚箋爾雅，晚知稼穡講豳風*

## ——《爾雅》〈釋蟲〉〈釋魚〉篇的文化詮釋

盧國屏**

## 摘　要

語言是文化的載體、文化賴語言而傳佈，語言與文化本來就是一體之兩面。於是，古代的語言資料可以視為古文化的直接記錄，古文化的形式與內涵也因古代的語言資料而獲得保存與呈現，《爾雅》便是這樣的一部書。它以訓詁詞書的基本形式躋身經書的文化形式之列，便是語

*　語出陸游〈晨起〉詩

**　淡江大學中國文學系教授

詞、訓詁與經書同具文化性格的最佳證明。

《爾雅》書中所記錄的昆蟲魚類也具有文化性格嗎？仔細想想，人的歷史並不比昆蟲魚類早，當我們思索歷史以來人是否曾經「離蟲魚群而索居」時，這個問題也就可以不言而喻了。其實人與蟲魚是共同寫著他們的文化的。

本文以前述的觀點，對《爾雅》〈釋蟲〉、〈釋魚〉篇中的昆蟲魚類作人文思考，也反思《爾雅》一書的文化意涵。待我們以同樣的關照，檢視完詁、言、訓、親、宮、器、樂、天、地、丘、山、水、草、木、鳥、獸、畜等其餘篇章後，「爾雅文化學」也就於焉成立。

# 壹、緒論：爾雅銓釋方法的反思與建構

## 一、觀念與方法的提出

《爾雅》一書在漢語文發展與研究的歷史上，標誌了一個優良語文傳統的典範型式，其價值不容低估。但在現代，研究與閱讀《爾雅》的人卻是越來越少了。這二者之間的矛盾，究係今人疏於實學的錯誤，還是前人對《爾雅》的評價做了高估？其實這不應是誰對誰錯的問題，究其原因，無非是吾人在面對《爾雅》語詞與文化時的時代疏離感；及詮釋方法的局限與停滯所造成。

要協調這種矛盾，則建立文化銓釋的原始訓詁觀點，便是一個該走的新路線。蓋語詞與文化是一體的兩面，語詞之古遠固然使後人難以驟知，但這並不代表語詞之死，反而是文化的沉積。當後人面對承接轉換自古文化而來的新文化之際，適應力未隨之提升；更重要的是，研究者的詮釋機制，也未隨之調整時，自然就產生了舊語詞與新語詞、舊文化與新文化間的矛盾。因此建立一個能協調二者的詮釋方法，是當代面對《爾雅》時的必須工作，那也就是本文所欲強調的文化詮釋系統與架構。

## 二、語詞分類的文化延伸

《爾雅》的基本性質與體例，是條列式的釋詞之書。全書分類編排，計有2047個條目，所收詞數約4300個，包括一般通用詞與專用詞兩大類。如此型式的一部書，讓一般學者不知如何入手，甚至望而卻步。但只要我們很簡單的就它十九個篇目作分類，就可以輕易瞭解，《爾雅》的編者所要提供的絕不只是語文釋義的狹隘功能而已。其十九篇可以如此分類：

| 社會科學 | 釋詁、釋言、釋訓、釋親、釋樂 |
|---|---|
| 應用科學 | 釋宮、釋器 |
| 自然科學 | 釋天、釋地、釋丘、釋山、釋水、釋草、釋木、釋蟲、釋魚、釋鳥、釋獸、釋畜 |

更可以如此分類：

| 人事 | 一般語詞 | 釋詁、釋言、釋訓 |
|---|---|---|
| | 人物稱謂 | 釋親 |
| | 日常器用 | 釋宮、釋器、釋樂 |
| 自然 | 天文地理 | 釋天、釋地、釋丘、釋山、釋水 |
| 生物 | 動植物 | 釋草、釋木、釋蟲、釋魚、釋鳥、釋獸、釋畜 |

如此的分類，只是大類的區別而已。在每大類之下，《爾雅》的編者又井然的以捨異求同的原則，再分出若干小類，並且以古代文獻的可徵爲斷。僅從以上簡單的「類聚群分」便可感受到，此書除了釋義功能外，更可認識到古人思想意識中，所概括反映出的客觀對象是如何的一個輪廓。人事、自然、生物，其實已是文化層面的問題，而使我們不能把《爾雅》看成是雜字攈集的東西了。

本文以下就擬循著《爾雅》對人、事、物「分類」的觀念，以〈釋蟲〉、〈釋魚〉二篇爲例，來觀察蟲、魚二篇本身、及《爾雅》一書所涵蓋的文化層面，也作爲建立「爾雅文化學」之理論系統的初步。

## 貳、蟲魚二篇的類聚群分

蟲與魚雖是低等的生物，但對高等的人們而言，不論是生活、經濟甚至是財產性命，都與蟲魚息息相關，是不可須臾相離的。古人如此，今人又何嘗是離「蟲魚」群而索居，這段人與蟲魚交往的歷史文化，爾雅提供了端倪。首先來看人與那些蟲魚產生了關係：

## 一、〈釋蟲〉篇的分類

〈釋蟲〉篇計收詞條八十三條，經文無有分類類目。茲取〈釋蟲〉原文，將其分類編排，並制爲標目：

㈠螻蟻　1.螜，天螻。

2.蚍蜉，大螘。小者螘。蠪，朾螘。螱飛螘。其子蚳。

㈡臭蟲　1.蜚，蠦蜰。

㈢蚯蚓　1.螾衝入耳。

2.螼蚓，豎蚕。

㈣蟬屬　1.蜩，蜋蜩；螗蜩；蚻，蜻蜻；蠽，茅蜩；蝒，馬蜩；蜺，寒蜩。

2.不蜩，王蚥。

㈤蜻蜓　1.蜓蚞，螇螰。

2.虰蛵，負勞。

㈥蟑螂　1.蛣蜣，蜣蜋。

㈦桑蟲　1.蝎，桑蠹。

㈧天牛　1.蠰，齧桑。

㈨蜉蝣　1.蜉蝣，渠略。

㈩甲蟲　1.蛈，蟥蛢。

⑾瓜蟲　1.蠸，輿父，守瓜。

⑿水蛭　1.蝚，蛑螻。

2.蛭蝚，至掌。

⒀米蟲　1.蛄蠪，強蛘。

⒁螳螂　1.不過，蟷蠰、其子蜱蛸。

2.莫貈，螳蠰，蛑。

㈤蜈蚣　1.蒺蔾，蝍蛆

㈥蟋蟀　1.蟋蟀，蛬。

㈦蛤蟆　1.螯，蟆。

㈧馬陸　1.蚭，馬蠲。（百足之蟲，似蜈蚣。）

㈨蝗蟲　1.蝗螽，蠜；草螽，負蠜；蜤螽，蜙蝑；蟿螽，螇蚸；土螽，蠰谿。

2.蝝，蝮蜪。（蝗蟲子）

㈩毛蟲　1.蛅，毛蠹。

2.螵，蛅蟴。

(十一)蠹蟲　1.蟫，白魚。

(十二)蛾　1.蛾，羅。

(十三)紡織娘　1.螒，天雞。（莎雞）

(十四)蠅類　1.強，蚚。

(十五)蜥蜴　1.蛶，螪何。

(十六)蠶蛹　1.螝，蛹。

(十七)蝶類　1.蜆，縊女。

(十八)蜘蛛　1.次蟗、鼅鼄、鼄，蝥。土鼅鼄。草鼅鼄。

2.蠨蛸，長踦。

3.王蛈蝪。

(十九)蜜蜂　1.土蜂、木蜂。

2.果蠃，蒲盧。螟蛉，桑蟲。

(二十)桑蟲　1.蟦，蠐螬。蝤，蠐螬。

2.蝎，桑蠹。

3.蚅，烏蠋。

㈢螢火蟲　1.熒火，即炤。

㈢蚊蟲　1.蠓，蠛蠓。

㈢蠶　1.蟓，桑繭。雔由，樗繭，棘繭，欒繭。蚢，蕭繭。

（食桑葉之蠶）

㈣其他　1.諸慮，奚相。（郭注：未詳。郝疏：疑與噬桑一類）

2.蟠，鼠負。（未詳）

3.傅，負版。（未詳）

4.伊威，委黍。

5.國貉，蟲蠁。

6.蠖，尺蠖。（屈伸蟲）

7.密肌，繼英。（郝疏以為即說文「蛷」，多足蟲也。）

㈤蟲類特性：翥醜罅。螽醜奮。強醜捋。蜂醜螸。蠅醜扇。

㈥蟲災別名：食苗心螟。食葉蟘。食節賊。食根蟊。

㈦蟲豸之別：有足謂之蟲、無足謂之豸。

## 二、〈釋魚〉篇的分類

〈釋魚〉篇計有四十二條，經文無有分類類目。茲取〈釋魚〉原文，將其分類編排，並制為標目：

㈠魚類　1.鯉。

2.鱣。（黃魚）

3.鰋。

4.鯰。

5.鱧。

6.鯇。

7.鯊鮀。

8.鮂，黑鰦。

9.鰹大鮦，小者。

10.魾，大鱯，小者鮡。

11.鰝，大鰕。

12.鯤，魚子。

13.鱀是鱁。

14.鱦小魚。

15.鮥、鮛、鮪。（鮪魚）

16.鮥，當魱。

17.鮤，鱴刀。

18.鱎鮬，鱖鯞。

19.魚有力者鰴。（鯨）

20.魵，鰕。

21.鮅，鱒。

22.魴，魾。

23.鮤鯠。

24.鯢，大者謂之鰕

㈡泥鰍 1.鰼，鰌。

㈢孑孓 1.蜎，蠉。

㈣水蛭 1.蛭，蟣。

㈤科斗 1.科斗，活東。

㈥蛤類 1.魁，陸。

2.蜪，蚅。（未詳）

(七)蛙類　1.鼁鼁，蟾諸。在水者黽。

(八)蚌類　1.蜌，螷。

2.蚌含漿。

3.蜃小者珧。

(九)蝸牛　1.蚹蠃，螔蝓。蠃小者蜬。

(十)螺類　1.蜎蠌，小者蟧。

(十一)龜　1.鼈三足能，龜三足賁。

2.龜俯者靈，仰者謝，前弇諸果，後弇諸獵，左倪不類，右倪不若。

3.一曰神龜、二曰靈龜、三曰攝龜、四曰寶龜、五曰文龜、六曰筮龜、七曰山龜、八曰澤龜、九曰水龜、十曰火龜。

(十二)貝類　1.貝居陸贆。在水者蜬。大者魧。小者鰿。玄貝貽貝。餘蚳。黃白文。餘泉白黃文。蚆博而頯。蜠大而險。蟦小而椭。

(十三)蜥蜴　1.蠑螈，蜥蜴。蜥蜴，蝘蜓。蝘蜓，守宮也。

(十四)蛇類　1.鴩蜸。螣，螣蛇。蟒，王蛇。蝮虺博三寸，首大如擘。

(十五)魚骨之形：魚枕謂之丁，魚腸謂之乙，魚尾謂之丙。

# 參、釋蟲篇的文化詮釋

## 一、蟲豸的正名辨物是社會史實的反映

原始先民早在穴處巢居之時，就已經在切身的生活經驗中，認識了許許多多的「蟲」。但古人所謂的「蟲」究係何物？〈釋蟲〉篇說：「有足謂之蟲、無足謂之豸。」原來古人在長期的生活體驗中，接觸且熟悉了各種各樣的動物，並根據經驗對它們進行分類，區別於魚類和禽獸類以外的其他小動物統稱作「蟲豸」。若進一步細分，則「蟲」和「豸」又有分別，「蟲」指有足的昆蟲類，如〈釋蟲〉篇所收的「蜘蛛」、「螟蛉」、「�蠓」等。「豸」專指無足的、靠支體屈伸爬行的小動物，如蚯蚓、尺蠖一類皆是。這類無足之豸，一般是肢體渾圓而細長，爬行時「穹隆其脊」，所以《說文》用「豸豸然」形容猛獸捕食時肢體先捲曲然後伸直猛撲出去的姿態。

在文獻資料的實際使用中，「蟲」與「豸」的分別並不嚴格，無足者也可叫做「蟲」，常見「蟲豸」並用。章炳麟《新方言·釋動物》：「今浙西或謂蟲爲蟲豸。」由於「蟲豸」是禽獸以外的小動物，《漢書·五行志》說：「蟲豸之類謂之孽。」所以「蟲豸」有旁枝孽生、卑微低賤的意思，而用作叱罵之詞。如《新五代史·盧程傳》：「爾何蟲豸，恃婦家力也！」魯迅小說《阿Q正傳》：「打蟲豸，好不好？」

在〈釋蟲〉篇中，不但分門別類的記載許多蟲豸，甚至也辨別了若干蟲豸的幼蟲名稱，如「蟷蠰」幼子名「蜱蛸」、「蚍蜉」小

者名「螘」、其子名「蚳」。這樣的區分，反映了上古人們對蟲豸生態的精細觀察，尤其當蟲豸為災時，這種生活觀察，成了人與蟲鬥時的制勝先機。例如蝗蟲一類，〈釋蟲〉篇就記錄了「蝗螽」名「蠜」；「草螽」一名「負蠜」；「蜇螽」又名「蜙蝑」；「蟿螽」又名「螇蚸」；「土螽」又名「蠰谿」等不同型態樣貌的蝗蟲與其異名。蝗蟲以五穀作物為食物，來襲時大量成群、蔽空而過，所到之處往往餘穀未存。二十世紀的今日，蝗蟲為害仍時有所聞，何況先民初為農稼之時，更視其為大禍，若能辨其形貌、知其習性，自然也可在初時預為防患，減少損傷。〈釋蟲〉所收諸蝗蟲之名，正反映了先民的觀察結果。

尤其漢李巡《爾雅注》在蝗蟲條下云：「皆分別蝗子、異方之語。」可見《爾雅》所收蝗蟲之詞，包括了不同方言的異音、詞彙，以為溝通。如此的正名辨物，幫助了先民認識蝗蟲異種、防堵蝗災，其實也正代表了先民與蟲鬥爭、戰勝自然的一頁社會史實。

## 二、蟲豸的災異文化與訓詁的人文關懷

〈釋蟲〉篇所收之蟲豸，有的是人類的朋友，如「蟓」是食桑葉的蠶，即一般的家蠶；「雔由」是食樗葉的野蠶；此外還有食棘葉的野蠶；食艾蒿莖葉的野蠶等。但更多的則是危害莊稼果樹的害蟲，例如「螜」（螻蛄）食害農作物的根和嫩莖；「蚻」群聚在草叢中，以稻花為食，使稻不結食；「蝎」又名「桑蠹」，是樹木及果實中的蠹蟲；「蠰」又名「齧桑」，喜齧桑樹。再如「螟」、「蟦」、「賊」、「蟊」都是食害莊稼和果樹的害蟲。另有一些危害人身健康的害蟲，如「蒺藜」即蜈蚣，有毒腺能分泌毒液；「蜭」又稱為

「毛蠹」，即毛毛蟲，遍體有毛，有毒，能螫人；「蟫」又叫「白魚」、「蠹魚」，能蛀食衣物、書籍。

這些害蟲對古人的生產生活造成危害，有的甚至釀成大災，而爲史書記載，如《左傳·莊公二十九年》：「秋有蜚，爲災也。」我們的祖先經過漫長時期的實踐，逐漸熟悉了這些昆蟲的習性，從而在與大自然的抗爭中掌握主動權。古書中就有不少這類記載，如《詩經·大雅·桑柔》：「降此蟊賊，稼穡卒痒。」「稼穡」指莊稼，「痒」是患病的意思，這是說明蟊賊危害莊稼。又《詩經·小雅·大田》：「去其螟螣，及其蟊賊，無害我田稚。」這是呼籲要消滅田中的螟、蟊、賊等害蟲的。人們痛恨這些危害生產生活的害蟲，也推及人類中的一些禍害別人的小人，於是也就用害蟲名稱去稱呼他們。例如「蟊」、「賊」是專門囓食莊稼禾桿和果樹根部的害蟲，於是用「蟊賊」來斥責那些賊害內部的敵人。又如「蠹」專門蛀食衣物，韓非子就有一篇有名的政論文，稱禍害國家利益的五種士民爲「五蠹」。

《爾雅》記錄了這些害蟲，其實也就記錄這段人與蟲爭的歷史文化。尤其我們還觀察到了一段屬於《爾雅》的「人文關懷」，那就是「蛭蝚，至掌。」「蛭蝚」就是「水蛭」，是水澤中一種細長之豸，能吸附人體、吸食人血、危害性命。先民居處多水澤，自然是多所畏懼。至於「至掌」的異名，是如何而來？《爾雅》之前的典籍也未見此名，郝懿行《義疏》的解釋甚好：「蛭屬有在草泥山石間者，並能囓人手足，恐人不識，是以《爾雅》留至掌之稱矣。」原來《爾雅》編者恐人不識水蛭而遭囓咬，遂以「至掌」之名使人小心。

看到此，不禁讓人想起傳統儒家經書中的人文關懷本質，縱是辭書性質的經書《爾雅》，亦是如此用心，《爾雅》原來是不能狹隘觀之的。而許慎《說文》解「蛭」亦曰：「蛭蝚，至掌。」便承《爾雅》而來。

## 三、蟲膳文化

許多昆蟲是可以食用的，現代人食用昆蟲的情況大概較少了，但在先秦時，透過《爾雅》的記錄，還可以見到一些例子，如「土蜂」、「木蜂」即今蜜蜂，郭《注》云：「土蜂，今江東人呼為大蜂，在地中作房者為土蜂。啖其子，即馬蜂。」又：「木蜂似土蜂而小，在樹上作房，江東亦呼為木蜂，又食其子。」原來「土」、「木」之分視其築窩之所在。蜜蜂如何食用呢？根據郝懿行的考證：「蜂子肥白，古人珍之，《嶺表錄異》云『宣歙人脫蜂子，鹽炒曝乾，寄京洛為方物。』」原來不但可食，且為一種地方特產呢。又《說文》釋「蜂」曰：「飛蟲螫人者，蜂甘飴也。」指的便是今人仍常食用的蜂蜜。《爾雅》之前呢？《禮記·內則》篇總論人君四時膳食用物，有「爵鷃蜩范」之物，鄭玄注：「范，蜂也。」孔穎達疏曰：「皆人君燕食所加庶羞也者。」顯然中國人食蜂子、飲蜂蜜，由來已久了。

蜜蜂、蜂蜜至今仍普遍，但吃螞蟻就特別了。〈釋蟲〉在「蚍蜉，大螘」條下特別記錄了「其子蚳」，《說文》也說：「蚳，螘子也。」「螘」即今所謂「螞蟻」，小者為「蚳」。這「蚳」究竟何用，而《爾雅》特別收錄？據《禮記·內則》有「腶脩蚳醢」之食，「腶脩」指肉乾、「蚳醢」便是蟻醬了。又《周禮·醢人》篇載其職有「饋食之豆蚳醢。」顯然蟻醬在先民生活中還頗普遍呢。而且這蟻醬甚至作爲祭祀之食物，《大戴禮記·夏小正》：「二月抵蚳」疏：「蚳，螘卵也，爲祭醢也。」便是。這些記錄讓我們對先民食蟲的文化多所了解，其所提供的史實，絕不止在語詞而已。

## 四、昆蟲氣象臺

古人在對大量昆蟲的生態觀察中，發現了它們與時令、氣候的密切關聯，因此培養出通過觀察某些昆蟲的生態變化特質，作爲掌握時令依據的習慣。如《大戴禮記·夏小正》：「五月，良蜩鳴。」；《禮記·月令》：「（季夏之月）腐草爲螢。」即螢火蟲。

又如《詩經·豳風·七月》是一首有名的農詩，把一年的生產、生活、行事按月細數，之間記述了不少自然界的生態變化，昆蟲便是其一。如「五月斯螽動股，六月莎雞振羽。」「斯螽」在《爾雅》裏作「蜤螽」，是蝗蟲一類的昆蟲，能振動翅膀發出聲音。古人認爲斯螽大腿之間磨擦會發出聲音，所以叫「動股」，斯螽鳴叫，時令一般在夏曆五月。「莎雞」即《爾雅》中的「天雞」，俗稱「紡織娘」，也能振動翅膀發出聲音，時令一般在夏曆六月。

〈豳風·七月〉又說：「七月在野，八月在宇，九月在戶，十月蟋蟀入我床下。」其觀察更爲細緻，注意到蟋蟀怎樣隨著氣候變涼，而由田野躲到屋簷下，再進了門，鑽入床腳下。這種對昆蟲生態的細緻入微刻劃，無疑是長期生活經驗的積累，也反映了古人處在大自然懷抱中的融融樂趣。

尤有甚者，《毛詩陸疏廣要》之〈蟋蟀在堂〉云：「獨促織曰莎雞、曰洛緯、曰蛬、曰蟋蟀、曰寒蟲之不一其名，或在壁、或在戶、或在宇、或在床下，因時而有感。夫一物之微，而能察乎陰陽動靜之宜，備乎戰鬥攻取之義，是能超乎物者甚矣，其可取也遠矣。」此記蟋蟀之異名，比喻蟋蟀之環境適應爲洞悉天地陰陽、掌握鬥爭藝術，讚其超乎他物。陸疏的內容是生態記錄、更是一種超越的人文省思。後世以鬥蟋蟀爲樂、以鬥蟋蟀爲賭之人，應看看這段省思吧，否則到底是人勝了蟋蟀、還是蟋蟀勝了人呢？

## 五、昆蟲文學之一：寒蟬鳴淒切卻也噤鳴若寒蟬

古來文人發抒幽情，取周遭事物比興聯想，草木蟲魚成了最直接的對象之一。〈釋蟲〉裏的許多蟲類，就曾在歷代的文學作品中，擔任過要角。例如「蜺、寒蜩。」，「蜩」即「蟬」、「寒蜩」即「寒蟬」，是文學作品中的常客。《禮記·月令》說「孟秋之月寒蟬鳴。」即此蟬，蓋以入秋鳴叫，遂又稱「秋蟬」。其聲淒清，故文人好以之說愁，如江總〈賦得一日成三賦應令〉詩說：

樹密寒蟬響，簷暗雀聲愁。

歐陽修〈自岐江山行至平陸驛〉詩說：

山鳥囀成歌，寒蜩嘒如哽。

張載〈七哀〉詩：

陽鳥收和響，寒蟬無餘音。

而在宋朝大詞人柳三變的作品中，以「寒蟬淒切，對長亭晚。」起句的〈雨霖鈴〉，則更是膾炙人口的不朽佳作。

不過揚雄的《方言》在記錄到這蟬的時候，卻是這麼說的：「應，謂之寒蜩。寒蜩，瘖蜩。」「瘖」指無聲，「瘖蟬」爲無聲之蟬，那又如何能鳴聲淒咽呢？難道此蟬非彼蟬，諸位大詩人生物學不及格了？其實不然，根據《淮南子·月令》高誘注說：「寒蟬，青蟬也，蟲陰類感氣鳴也。」又蔡邕《月令章句》也說：「寒蟬應陰而鳴，鳴則天涼，故曰寒蟬。」原來此蟲並非無聲，乃不與其他蟬類鳴於夏季，故《方言》稱爲「瘖蟬」，但當入秋天涼，陰氣上升，便感應而鳴，故又稱「寒蟬」，以是有此二稱了。

寒蟬淒清鳴叫，造就了許多偉大的詩篇；而當其不鳴之時，對中國人而言，竟也饒富興味，《後漢書·杜密傳》有個故事說：「劉勝位爲大夫，見禮上賓，而知善不薦、聞惡無言，隱情惜己，自同寒蟬。」今所謂「噤若寒蟬」原來是這麼個由來呢！政治的險惡、環境的不測、外戚的自私、宦官的無情、魏晉的玄言、名士的清談……似乎在這兒找到了個頭。不說話，好像嚴肅了些，到後來連不「表態」、不「西瓜偎大邊」❶都是一種罪過，所以只好清談清談了。「噤若寒蟬」與「清談」，是幽默乎？是悲哀乎？是誰幽默？又是誰悲哀？《爾雅》也始料未及吧！

玄言、哲理；魏晉、東漢；劉伶、杜密；歷史、政治；昆蟲、典故；生態、成語；三變、妓女；六一、秋聲；聯想、比興；詩賦、經學；方言、訓詁；漢書、爾雅；清談、不談……原來通通可以一夥談！

---

❶ 當代臺灣政治語言，取自閩南俗語。此指政治人物向掌握權貴、利益的更高層靠攏。

## 六、昆蟲文學之二：寄蜉蝣於天地

〈釋蟲〉篇中記錄了一種毫不起眼、卻爲人熟知的昆蟲：「蜉蝣，渠略。」它究竟甚麼樣子？根據昆蟲學的記載，蜉蝣屬「擬脈翅類」，長五六分，色綠褐。頭部短，口器退化，觸角如針狀。前翅大，後翅小，尾端有長尾毛三條。幼蟲體長八九分，色淡褐，棲水中，捕食小蟲，約三年，脫皮爲成蟲。成蟲交尾產卵即死，生存期只數小時，看來果眞絕無特色。❷但萬萬沒想到，它卻把自己短暫卑微的身驅，貢獻給了幾千年來中國人的興觀群怨。

春秋時代曹國是個弱小國，危難多。而曹昭公卻任小人、好安逸，不圖國事。《詩經・曹風・蜉蝣》便說：「蜉蝣之羽，衣裳楚楚。心之憂矣，於我歸處。」根據〈詩序〉說法：「蜉蝣，刺奢也。昭公國小而迫，無法以自守，好奢而任小人，將無所依焉。」世人原來是把蜉蝣的虛有其表、朝生暮死，拿來譏刺昭公的。宋朱熹的《詩集傳》也說：「此詩蓋以時人有玩細娛而忘遠慮者，故以蜉蝣爲比而刺之。」其說與詩序相近。

「蜉蝣」是一種生命極爲短暫的小昆蟲，而且還多側身污穢之中，〈釋蟲〉郭璞注便說：「（蜉蝣）身狹而長，有角黃黑色，叢生糞土中，朝生暮死，豬好啖之。」正因如此，歷來在文人哲思的筆下，它就成了渺小卑微的代名詞。不獨如此，像「競誇浮華，不切實際。」、「人無遠慮，必有近憂。」的興觀群怨也就連帶而出了。《淮南子・說林訓》曰：「鶴壽千年，以極其游。蜉蝣朝生暮

❷ 參郝懿行《爾雅義疏・釋蟲》篇，及《中文大辭典》第八冊〈虫部・蜉蝣〉條，(臺北：文化大學出版社，1985年)，頁393。

死，而盡其樂。」所以郭璞注完了《爾雅·釋蟲》後，「蜉蝣」也成了他〈遊仙詩〉的主角：「借問蜉蝣輩，寧之龜鶴年？」又難怪，後世堂堂蘇東坡以黃州團練副使之微遊赤壁，想那曹操一世梟雄，如今安在？而己身浮沉宦海，不知未來時，也不免要發抒「寄蜉蝣於天地，渺滄海之一粟」的感嘆了。

## 七、昆蟲文學之三：火金姑的美麗與哀愁

〈釋蟲〉篇：「螢火，即炤。」現代人說「螢火蟲」，原來古人也說「螢火」。而閩南人說的「火金姑」，也還是那「螢火蟲」。

「螢火蟲」在中國人眼中，比那「蜉蝣」可就美麗多了，星光、光明、晶瑩、閃亮、亮麗、亮晶晶，都是源自於它的聯想。宋玉〈高唐賦〉說：「玄木冬榮，煌煌熒熒。」、《史記·趙世家》：「美人熒熒兮，顏若苕之樂。」、王昌齡〈送竇七〉詩：「情江月色傍林秋，波上熒熒望一舟。」、杜牧〈阿房宮賦〉：「明星熒熒，開妝鏡也。」都是直取了螢火蟲的晶瑩光亮作形容；杜牧〈秋夕〉詩：「銀燭秋光冷畫屏，輕羅小扇撲流螢。」更借著螢火蟲，點出了閨房孤寂的淒楚。它是古典文學作品中，不可或缺的素材；也是人們生活中的伴侶、美麗的希望與幻想。《爾雅》收錄了它，不是沒有原因的。

不過，也許「自古紅顏多薄命」，美麗是要付出代價的。螢火蟲在先民的現實生活與觀念中，它承擔了美麗、卻也同時背負了陰暗面。《詩經·豳風·東山》：「熠耀宵行，不可畏也，伊可懷也。」說征夫夜行，道多螢火，而不覺畏懼，只因心繫伊人故也。那小小螢火蟲不是美麗的嗎？怎會令人懼怕呢？〈東山〉篇《毛傳》說：

「熠耀，燐也，熒火也。」《淮南・氾論》則說：「久血爲燐。」高誘注：「燐爲鬼火。」原來先民暗夜行走，道遇螢火飄忽，遠視畏之，遂以爲鬼火。《禮記・月令》說：「腐草爲熒」，大約也是此心態背景下的產物了。

正因如此，「熒」在中國人心態中也就有了陰暗面，甚至衍生出「炫惑」之意，《史記・孔子世家》：「匹夫而熒惑諸侯者，罪當誅。」、《漢書・霍皇后傳》：「熒惑失道。」、〈孝惠本紀〉：「以熒亂富貴之耳目。」皆爲此意。而原來「熒惑」還是火星的別名呢！古人以爲火星出現，乃是凶兆，《史記・天官書》：「熒惑出則有兵，入則兵散。」指的便是火星。在宋朝徽宗大觀年間，景德鎮所造之瓷，皆因窯變而呈脂紅色，世人都稱說熒惑星失其軌道，甚不吉利，遂稱此種窯變爲「熒惑之變」，工匠們甚至毀其成品，以避凶趨吉。原來螢火蟲、熒火，在中國文化歷史中，並非全然皆美呢！

現代中國人已經遺忘了「熒惑」是什麼星、也不知道什麼「熒惑之變」了。所以現代人對螢火蟲可眞親切多了，只欣賞它的美麗，倒忘了那段「悲情」。《爾雅・釋蟲》篇記錄了「熒火」之名，提示了我們這些美惡吉凶、耐人尋味的、屬於我們血緣的傳統歷史文化。當臺灣在一九九九年的世紀末，人們以爲是老天爺對臺灣人奢侈浮華、兩國論等「罪狀」，施予慘痛震災的凶兆教訓時，臺灣人是否發覺，我們和「熒惑之變」、「燐爲鬼火」、「宋朝人」、「漢朝人」是具有相同的「文化根」的！雖然螢火蟲只是昆蟲、地震乃是地殼變動；不是燐火、也不因地牛，但這不正是祖先和我們、我們和祖先的「血緣性格」嗎！

# 肆、釋魚篇的文化詮釋

## 一、魚與蟲什麼關係

古人關於魚的概念，與今天的理解並不完全相同。《說文》對魚的解釋是「水蟲也。」即認爲凡水生動物都可統稱爲魚。〈釋魚〉篇題下的邢昺疏也說「《說文》云：水蟲也，此篇釋其見於經傳者，是以不盡載魚名。至於龜蛇貝鱉之類，以其皆有鱗甲亦魚之類，故總曰釋魚也。」亦認爲凡有鱗甲亦魚之類。

綜觀〈釋魚〉所收，其中大部分確實當屬魚類。但除此之外，〈釋魚〉還解釋了蝦、蚌、貝、螺、蛇、龜、青蛙、蟾蜍、蝌蚪、蜥蜴等不同於魚的名物詞。神話傳說中的螣蛇，據說身上有鱗，是爲龍類，也在〈釋魚〉之列。就連蚊子的幼蟲「孑孓」，因爲生活在水中，也被視爲水族而收入本篇。因此可以看出古人的魚類概念，較之今天要寬泛得多。這也說明對於物種的分類，在當時尚處於較爲初步的階段。

另外，我們還可以從兩件事情上，來觀察古人對蟲與魚的概念。一是在〈釋蟲〉篇中的「蟫，白魚。」究竟「蟫」是蟲還是魚？其實蟫即是所謂的「蠹蟲」，郭璞注說：「衣書中蟲，一名蛃魚。」《穆天子傳》：「蠹書於羽陵。」其注云：「暴書蠹蟲，因曰蠹書也。」既是蠹書之蟲，又何以有「白魚」之異稱？據清尹桐陽《爾雅義證》：

> 蟫，白魚，彈尾類之蟲。衣服書籍間得濕氣之所生者，體長橢圓形而扁，大四五分。初為青色，老則被以細白之鱗粉，光如銀。多足善走，尾分二歧，略似魚尾，蠹食衣服書籍等，故本草謂之衣魚。《廣雅》：「蛃魚也」，象其尾形言耳。

魚乃水蟲，此「蟫」又形似水中魚類，故名之為魚，且收入《爾雅·釋蟲》，古人蟲魚一類，於此可見。

另外「水蛭」這種蟲，兩見於《爾雅》：一在〈釋蟲〉篇「蛭蝚，至掌。」、一在〈釋魚〉篇「蛭，蟣。」。「至掌」之名，乃因水蛭囓人手足而得名；❸「蟣」則郭璞注曰「今江東呼水中蛭蟲入人肉者為蟣。」乃是一方之異語。同一水蛭，一入〈釋蟲〉、一入〈釋魚〉，顯然古人對蟲魚的概念是差不多的。本文將蟲、魚兩篇合論，也正基於古人此種概念。

## 二、魚的圖騰文化

魚與中國文化的關係，從典籍中就可以看到許多。如《詩經·陳風·衡門》：「豈其食魚，必河之鯉。豈其取妻，必宋之子。」以食魚之珍貴，比娶妻之高貴；《衛風·碩人》：「鱣鮪發發，葭菼揭揭。」「發發」形容魚觸網跳動的樣子、「揭揭」形容植物不斷往上長的挺立之象，皆指衛莊姜嫁衛時之盛大；《小雅·魚麗》：「魚麗于罶，鱨鯊。君子有酒，旨且多。魚麗于罶，魴鱧。君子有

---

❸ 見本章貳之二〈蟲豸的災異文化與訓詁的人文關懷〉。

酒，多且旨。魚麗于罶，鰋鯉。旨且有。」說宴請賓客時，魚肉酒食之豐盛，且看到了上古以罶捕魚的方式。

魚與人的密切關係，同人類社會早期曾經歷的漁獵階段有關。此外，還可能有更深的文化淵源。考古發現，在新石器時代的仰韶文化彩陶上，魚紋是最有代表性的紋飾之一。據研究，這些魚紋的繪製並非爲了裝飾，而是用以標記氏族而使用的圖騰徽識。耐人尋味的是七八例人面含魚紋：人面作圓形，耳旁有兩條魚紋，嘴角兩邊也各有一條魚紋，像人口中含著兩條魚：

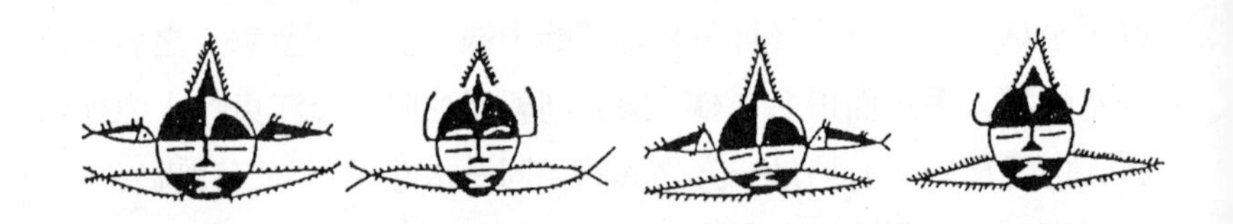

更富意味的是有一例爲人面與魚形合體，在一個魚頭形的輪廓裏面，現出一個人面形，暗示人魚本是一體，這些人面含魚紋實即圖騰臉譜❹。仰韶文化的魚圖騰徽識，後來經過發展，演變爲象徵中華民族的龍形象。神話傳說中會飛的螣蛇（即神龍）收在〈釋魚〉篇，以及古代認爲龍爲「鱗蟲之長」，又如流傳至今的「鯉魚躍龍門」的神話傳說，「鯉魚送子」的吉祥用語等等，都暗示了「魚」所具有的不同尋常的象徵意義❺。這很可能是經籍和詩歌中出現大

❹ 參徐莉莉《爾雅—文詞的淵海》第八章〈動物〉，(上海：上海古籍出版社，1998年)，頁284。

❺ 參本章下文，參之五〈鯉躍龍門〉。

量「魚」的內容的文化內涵吧。

## 三、魚的哲思與聯想

魚與中國人的文化淵源既如此深厚，那麼從魚引申而出的哲思與聯想，必然也是豐富的了。《爾雅》記載了魚，也記載了它們。

### ㈠鯈魚之樂

最爲人熟知的〈秋水〉篇「莊子觀魚」：「莊子與惠子游於濠梁之上，莊子曰：『鯈魚出游從容，是魚樂也。』惠子曰：『子非魚，安知魚之樂？』莊子曰：『子非我，安知我不知魚之樂？』惠子曰：『我非子，固不知子矣。子固非魚也，子之不知魚之樂全矣。』莊子曰：『請循其本，子曰汝安知魚樂云者，既已知吾知之而問我，我知之濠上矣。』」世上之物性不同，水陸殊異，但若通達其理者，便可以體察其情，無妨物性之異。莊子借觀魚之樂，表達了此種哲思。當年莊子所觀的，正是《爾雅・釋魚》所載的「鯈魚」，俗稱「白魚」，郝懿行《義疏》：「性好群游，其形纖細而白。」難怪莊子觀其從容而覺喜樂。偉大的哲理，因「鯈魚」而出。

### ㈡魚相忘於江湖

《莊子》書中還有一個闡釋「溫和眞聖」的道理，也從魚來。〈徐無鬼〉：

> 羊肉不慕矣，蟻慕羊肉，羊肉羶也。神人惡眾至，眾至則不比（和），不比則不利也。故無所甚親，無所甚疏，抱德煬

（溫）和以順天下，此謂眞人。於蟻棄之，於魚得計，於羊棄意。

意思說：蟻，是至微之物，而猶未盡能無知；羊，是至愚者也，而猶未盡能無意。唯眞人則無知矣，無意矣，不過份親近，不過份疏遠，溫和以順天下，故曰「於蟻棄之」、「於羊棄意」，需如魚之在水，悠悠自得之計。眞人之自處，便如魚般。唐陸德明《莊子釋文》說：「魚相忘於江湖，人相忘於道術，何羶之可慕哉。」便是了。

㈢魚水之樂

儵魚樂於水，為莊子所察，後之人遂賦予魚、水「相得」之意。如：《三國志·蜀志·諸葛亮傳》：「先主與諸葛亮情好日密，關羽、張飛不悅，先主解之曰：『孤之有孔明，猶魚之有水也，願諸君勿復言。』」《晉書·山濤傳論》：「委以銓綜，則群情自抑，通乎魚水，則專用生疑。」李白〈讀諸葛武侯傳〉詩：「魚水三顧合，風雲四海生。」乃以「魚水」喻「君臣之相遇」。《管子·小問》：「桓公使管仲求甯戚，甯戚應之曰：『浩浩乎，管仲不知。』婢子曰：『詩有之，浩浩者水，育育者魚，未有室家，而安召我居，寧子其欲室乎？』」則以魚水喻夫婦。孟郊〈秋宵會話清上人院〉詩：「但嘉魚水合，莫令雲雨乖。」岑參〈先主武侯廟〉詩：「感通君臣分，義激魚水契。」中「魚水合」、「魚水契」指的便是君臣或夫婦之情盛而深，這樣的比喻，也一直用到了今日。

㈣人為刀俎我為魚肉

魚雖水蟲，然其形可愛，故人多愛之。而魚又不能須臾離水，離則無以維生，不待外力之迫。故世人又多以魚肉喻弱小無力之人，《史記・張儀傳》：「楚夫人鄭袖言懷王曰：『秦使張儀來，王未有禮而殺儀，秦必攻楚，妾請子母具遷江南，毋爲秦所魚肉也。』」又《漢書・灌夫傳》：「太后怒不食曰：『我在也，而人皆藉吾弟，令我百歲後皆魚肉之乎。』」皆喻無力抵抗，任人欺陵屠戮，如魚肉之任人宰割。今曰：「人爲刀俎，我爲魚肉。」便此也。

㈤鯉躍龍門

〈釋魚〉篇收魚類數十種，但排在篇首第一條的乃是「鯉魚」。《爾雅》編者可非隨意而此，郝懿行《義疏》就說：「鯉魚最爲魚之主形，既可愛又能神變，乃至飛越江湖。」這樣的說法，其實是有其文化背景的。本文前節提及仰韶文化中魚的圖騰形象，以及魚化爲龍、龍又成爲後世中國人的新圖騰的過程。這精化成龍之魚，在中國人的心目中，很可能就是鯉，《三秦記》中曾記載「鯉躍龍門」之事說：「河津一名龍門，桃花浪起，魚躍而之上，躍過者爲龍，否則皆點額而還。」本不專指鯉魚，但後人皆謂「鯉躍龍門」，孔子的兒子甚至就直接名爲「鯉」。除了鯉魚本就性喜跳躍之外，很顯然中國人是把龍的前身也歸之於鯉了。《爾雅》的編者，將鯉魚置於篇首，確實不只是一般辭書的考慮而已，看《爾雅》也應該從這個角度才是。

## 四、魚類工藝與文化

考察魚與人的深遠關係，除了從形而上的哲思與人文傳說作省思外。最實際的莫過於掌握以魚爲材料的工藝製品了。

㈠魚印、冠、杯、簪、杖

〈釋魚〉：「魚枕謂之丁，魚腸謂之乙，魚尾謂之丙。」意指魚枕（魚骨頭）形狀像小篆丁字、魚腸像小篆乙字、魚尾則像小篆丙字，故前人又多以甲、乙、丙稱之。而其中的魚枕，用途可大了，一可作印章，《郭注》：「枕在魚頭骨中，可作印。」；二可作冠，蘇軾〈魚枕冠頌〉：「瑩淨魚枕冠，細觀初何物。」三還可以作杯子，蘇軾〈送范中濟經略侍郎贈以魚枕杯四馬箠一〉詩：「贈君荊魚杯，副以蜀馬鞭。一醉可以起，毋令祖生先。」另外〈釋魚〉「鰝，大蝦。」條下郝懿行《義疏》曰：「《北戶錄》云：海中大紅魟，長二丈餘，頭可作盃，鬚可作簪、杖。」以魚骨爲印、爲冠、爲杯、爲簪、爲杖，今日多不復見，只可據文獻以想其瑩淨剔透之靈巧了。

㈡魚　服

先秦典籍中所見的魚工藝，在《詩經》中所載之「魚服」算是很早的了。〈小雅・采薇〉：「四牡翼翼，象弭魚服。」《毛傳》：「魚服，魚皮也。」《鄭箋》：「服，矢也。」《疏》：「以魚皮爲矢服。」這「魚服」原來是個箭袋子，想像起來頗覺別緻，江淹〈横吹賦〉就說：「具胄象弭之威，織文魚服之容。」陸璣《草木鳥獸蟲魚疏》則進一步考證了其形製：「魚服，魚獸之皮也，似豬，東海有之，一名魚貍。其皮背上斑文、腹下純青，今以爲弓鞬步叉者也。」顯然以魚皮爲箭袋，有過很長的一段歷史，還並非稀有之物呢。

㈢魚　燭

此外古人還以魚脂作蠟燭，《史記・秦始皇本紀》：「秦始皇葬驪山，以水銀爲百川江河大海，機相灌輸，上具天文，下具地理，以人魚膏爲燭，度不滅者久之。」便指出了「魚燭」的使用。在王捧珪〈日賦〉中說：「若螢火聚然，魚燭並熱，明月高映，繁星遠列。」這「魚燭」似乎還不只始皇這類帝王才用呢。

後世製蠟燭的原料，有了改變，分黃白二種，黃蠟取自蜂房，俗稱蜜蠟，也有白色者；白蠟則取自蠟蟲。《本草綱目・蜜蠟》：「蠟乃蜜脾底也，取蜜後煉過濾入水中，候凝取之。色黃者俗名黃蠟，煎煉極淨，色白者爲白蠟。非新則白而久則黃也，與今時所用蟲造白蠟不同。」又〈蟲白蠟〉：「其蟲嫩時白色，做蠟。及老則赤黑色，乃結苞於樹枝，初若黍米大，入春漸長大如雞頭子，紫赤色。累累抱枝，宛若樹之結實也，俗呼爲蠟種，亦曰蠟子。」

從仰韶文化中的魚形圖騰，到魚印、冠、杯、簪、杖、燭，我們了解魚對上古中國人而言，不只是飲食維生之用而已。它是精神的文化，更是落實的生活。而不同的時空，有不同的物質環境、人文現象，這就是文化。我們觀察文化、溝通古今的樂趣，乃至開創未來的目的與價值，也就在這裡。

## 五、楚惠王和他的救命恩「蟲」

在一九九九年十一月十六日的電視新聞中，報導了一則醫學新聞：有一名德國婦女赴美觀光，在行程中參觀 Pizza 店，並學習製作。當Pizza製作完成，準備分切食用時，她竟不小心的以滾輪刀切斷了自己的一根手指。送醫後，醫生緊急爲其縫合，並且於手術後的復原期中，放了一條水蛭在其傷口處，成爲療程的一部分。一般人以爲水蛭嗜血，傷及人命，但沒想到，該婦女傷口癒合的情況卻十分良好。主治醫師此種大膽而成功的嘗試，成了該日全球新聞中的「醫學新知」。

水蛭究竟有何能耐？我們先來翻閱一下中國古籍，看看中國人知不知道這個「新知」。《爾雅・釋魚》：「蛭，蟣。」《郭注》：「今江東呼水中蛭蟲入人肉者爲蟣。」；《說文》：「蛭，蟣也。齊謂蛭曰蟣。」；王充《論衡・福虛》：「蛭之性食血。」；《廣韻》：「蛭，水蛭。」引《博物志》曰：「水蛭三斷而成三物，蓋此物至難死，碎斷能復活也。」《本草綱目》：「水蛭一名馬蜞，汴人謂大者爲馬蟥，腹黃者爲馬黃。」郝懿行《爾雅義疏》：「喜生濁泥水中，有大如姆指者，其小者囓人尤猛也。」原來水蛭這蟲，性喜囓食人血，又會「猛」傷人。古人早已知曉了，不是什麼「新知」！

更特別的是，在賈誼《春秋連語》中，早就記錄了水蛭醫病的事：「楚惠王食寒菹而得蛭遂吞之，是夕也，惠王之後而蛭出，其久病心腹之疾皆癒。」那楚惠王竟是吞下了水蛭而病癒，什麼病呢？《論衡・福虛》記載說：「蛭之性食血，惠王殆有積血之疾，故食食血之蟲，而疾癒也。」看來，該上醫學「新知」節目單元的，應該是我們兩千多年前的楚惠王。那位二十世紀末的德國婦女、和美國醫生，尤其那位報導的記者，可知慚否！

## 六、「海底雞」也躍龍門

有一種魚，肉多味美，叫「鮪魚」。生於二十世紀的我們，如果只知道鮪魚好吃味美，其實意義無多，但如果你知道它過去數千年的「生命歷程」的話，那鮪魚的味道必然會更不同了。

《詩經・衛風・碩人》：「河水洋洋，北流活活。施罛濊濊，鱣鮪發發。葭菼揭揭，庶姜孽孽，庶士有朅。」齊莊公的女兒莊姜，將嫁予衛莊公，陪嫁之盛、士庶之眾，隆重無比。而此皆因齊國物庶民豐，河海浩大，既欲嫁衛，遂滿網鱣鮪，以陪且饋。那「鱣」是鯉魚；「鮪」便是人們喜歡的鮪魚，臺灣人把鮪魚碎肉製成罐頭，叫它作「海底雞」。

《爾雅・釋魚》：「鮥，鮇，鮪。」鮪魚至今猶頗珍貴，古人甚且以之祭祀，《周禮・天官・漁人》：「春獻王鮪……凡祭祀賓客喪紀共其魚之鮮槁。」《禮記・月令》也說：「以季春薦鮪於寢廟。」又〈夏小正・二月〉：「祭鮪皆以其新來重之也。」原來中國人說「鮪魚」、吃「鮪魚」，這歷史可久了。

鮪魚有個俗稱叫「尉魚」，陸璣《草木鳥獸蟲魚疏》記載了其原由：「鮪大者爲王鮪，小者爲鮇鮪。今東萊遼東謂之『尉魚』，或謂之仲明。仲明者，樂浪尉也，溺死海中，化爲此魚。」仲明是誰不可考，但以其「尉」官之職，化爲「尉魚」，以諧音「鮪魚」，是可以理解的。

有趣的是，魚類萬千，除了音諧，化爲其他不也可以，何必定要化爲鮪。這背後原來還有個「鮪躍龍門」的淵源呢！《漢書・李奇傳》注：「鮪出鞏縣穴中，三月溯河上，能渡龍門之浪，則得爲龍矣。」陸璣《草木鳥獸蟲魚疏》也說：「河南鞏縣東北崖上山腹有穴，舊說云此穴與江湖通，鮪從此穴而來，北入河西上龍門。」

原來這「化龍」、「躍龍門」的主角，還不止鯉魚而已呢！《淮南子·泛論訓》高誘注：「鮪，大魚，長丈餘。仲春二月，從西河上，得過龍門便爲龍。」又〈修務訓〉注：「龍門本有水門，鮪魚游其中，上行得過者便爲龍，故曰龍門。」另外《水經·河水注》亦云：「鞏縣北有山臨水，其下有穴，謂之鞏穴，言潛通淮浦，北達於河，直穴有渚，謂之鮪渚。」與前文陸璣諸說，皆相證明。前文所說「仲明尉化爲鮪魚」的傳說由來，當是仲明尉得東萊父老之心，其既溺於水，鄉人遂以爲他是良臣「化龍升天」吧。

## 七、「寶貝」與「BABY」什麼關係

我們通常以爲「寶貝」就是「Baby」、「Baby」就是「寶貝」，但是外國人叫心愛的小孩、愛人爲「Baby」，卻不會叫一串珍珠項鍊爲「Baby」。中國人就不同了，小孩是寶貝、愛人是寶貝、鑽石是寶貝、珍珠是寶貝，故宮博物院裏的「翠玉白菜」、「四庫全書」也是寶貝。顯然「寶貝」不是「Baby」，那麼是什麼呢？

寶貝的「貝」，指的是「貝殼」。因其大小、形式、色彩、紋路各異，所以貝在基本用途食用之外，還可以裝飾。《詩經·魯頌·閟宮》：「貝冑朱綅」《毛傳》：「貝冑，貝飾也。」《小雅·巷伯》：「咸是貝錦」《毛傳》：「貝錦，錦文也。」俱是指的貝類的紋飾。《周書·異域傳》：「婦人則多貫蜃貝以爲耳及頸飾。」則明顯可見穿戴爲飾。

但貝類與人更密切的關係，且影響深遠的，則是其「貨貝」的歷史。《說文》：「貝，海介蟲也。古者貨貝而寶龜，周而有泉，至秦廢貝行錢。」再看甲骨文及金文：

（殷虛書契前編五、10、2）

（鬲尊）

皆是像貝的外形。對於遠離海岸的商周民族來說，貝殼是難得的、珍貴的，以是後來取以爲流通的貨幣。《尚書・盤庚》：「茲予有亂政，同位具乃貝玉。」《疏》：「貝者，水蟲。古人取甲以爲貨，如今之用錢然。」貝當作貨幣使用時，經常是串在一起，以「朋」爲貨幣單位。《詩經・小雅・菁菁者莪》：「既見君子，錫我百朋。」《箋》：「古者貨貝，五貝爲朋。」又《漢書・食貨志》：「玄貝二寸四分以上，二枚爲一朋。小貝一寸二分以上，二枚爲一朋。」則指出一朋爲二貝。《詩經・豳風・七月》：「朋酒斯饗」指並列的兩樽酒，「朋貝」也當爲並列的兩串貝。後來用金屬鑄幣，貝不再當做貨幣，但金屬錢幣仍多模仿貝的外形。漢字中凡與財貨有關的字，多從貝構形，就如「財」、「貨」、「貴」、「賤」這幾個字，也正是貝作爲古代貨幣的明證。

貝類作爲貨幣流通，一些罕見的大形貝殼，自然就被視爲稀世珍品，且被中國人稱爲「寶貝」。相傳周文王被商紂囚禁在羑里的時候，文王的臣子散宜生，於長江和淮水邊取得如車輪般的大貝獻給紂王，文王才因而獲釋。《文選》晉木玄虛〈海賦〉：「豈徒識太顚之寶貝，與隨侯之名珠。」「寶貝」指貴重少見的大貝，與稀世之寶隨侯之珠相提並論，可知其彌足珍貴。後之中國人凡貴重、心愛的物也好、人也好，都可稱之爲「寶貝」，皆是從此處引申而來。與英文「Baby」意出於小孩，確實是不同的。

《爾雅・釋魚》記載大小、色彩、形狀不同的貝類之名，正是因爲貝在古代與人的生活關係密切，而有必要了解相關知識的緣故。直到今天，貝雖早已不再是貨幣單位，但它的美麗與特質，仍在中國人生活周遭活躍著。《爾雅》的語詞記錄，喚起了我們對它的記憶。

## 八、龜文化

〈釋魚〉篇：「龜俯者靈，仰者謝，前弇諸果，後弇諸獵，左倪不類，右倪不若。」此條乃解《周禮・春官・卜師》：「凡卜，辨龜之上下左右陰陽以授命，」及〈龜人〉之「六龜」：「龜人掌六龜之屬，各有名物：天龜曰靈屬、地龜曰繹屬、東龜曰果屬、西龜曰靁屬、南龜曰獵屬、北龜曰若屬，各以其方之色與其體辨之。」而來。另外〈釋魚〉：「一曰神龜、二曰靈龜、三曰攝龜、四曰寶龜、五曰文龜、六曰筮龜、七曰山龜、八曰澤龜、九曰水龜、十曰火龜。」則是解釋《周易・損卦》：「或益之十朋之龜」。不論那一條資料，都說明了龜文化的不容小覷。

### ㈠龜的傳說與圖騰崇拜

龜被古人視爲具有神靈，因爲它長壽。《史記・龜策列傳》記載了一個傳說：「南方老人用龜支床足，行二十餘歲。老人死，移床，龜尚生，不死。」因它長生不死，所以被神話爲崇拜的對象。商周青銅器族徽中屢見龜紋，就是一種圖騰崇拜的徽號。《禮記・禮運》：「麟鳳龜龍謂之四靈。」在上古的四靈崇拜中，龜作爲介蟲之長而爲四靈之一。傳說中北方神獸「玄武」的形象，是一頭與蛇搏鬥的英勇大龜。自古以來被視為非常神秘的「河圖」、「雒書」，也是由一頭身被紋彩的靈龜，從黃河雒水裏馱出來的。

㈡十朋之龜

龜的種種神奇之處，使它被視為至寶，且為吉祥的象徵。據說能獲得大龜者，小則致富發財，大則稱王強國。所以古代帝王諸侯凡求得寶龜，必將龜甲藏於廟堂，在祭祀先王的重大祭禮儀式中，寶龜陳列在最前面，其在人們心中的價值與寶鼎不相上下。

所謂「十朋之龜」就是十種奇異貴重的龜。其中的前六種，是它自身就有奇異之處。綜合各家傳注的解說，「神龜」是龜中最神明者，據說它的腹甲上有八卦中離卦和兌卦的圖案。「靈龜」是產於涪陵郡的大龜，舊以為占卜十分靈驗。「攝龜」形體較小，腹甲可以自行控制張閉，能與凶惡的蛇搏鬥，用腹甲緊緊把蛇夾住，最終吃掉蛇。小小的龜有如此鎮邪作用，所以傳統四靈崇拜中的北方神獸「玄武」，其圖像正是取龜與蛇相搏的場面。「寶龜」指已經歷千年之龜，毛色青純，世所罕見者。「文龜」背甲有紅色花紋組成的文字，相傳馱負河圖雒書出水的就是文龜。「筮龜」是一種潛伏在蓍草叢下守護的龜。

「山龜」、「澤龜」、「水龜」、「火龜」是就神龜生長的不同地方而作的分類。山川水澤本是龜所生棲之處，奇特的是「火龜」，據郝懿行《爾雅義疏》引郭璞《山海經》注：「有火山國，其山雖霖雨，火常燃。火中白鼠時出山邊求食，人捕得之，以毛作布，名之曰火浣布。」可知原來可能沒有真正生活在火中的龜，所謂「火龜」，實即火山國的火鼠。這是因為山澤水火為四種自然環境，古人爲求整齊，因此以火鼠爲火龜，同山、澤、水中的龜相配。

㈢龜的占卜

龜在古代被神話，受到尊敬，所以也被用於占卜吉凶。占卜也叫占龜，其作法是先灼烤龜甲，使它爆裂，出現「卜」字形裂紋，稱之爲「兆」，然後觀察兆紋特徵來預測行事吉凶。關於占龜，文獻中有不少記載。如《尙書·洛告》：「我乃卜澗水東，瀍水西，惟洛食。」《傳》：「卜，必先墨畫龜，然後灼之，兆順食墨。」古人決定重大事情，都要先行占卜，《詩經·大雅·綿》敘述周祖古公亶父率領部落到周原岐山安家時，做的一件重要的事就是「爰始爰謀，爰契我龜。」即先通過占卜，對居住地點作出決定，再在龜甲上刻契卜辭，記錄下占問的事情、兆象等。

由於占龜在古代的重要作用，所以古書中有許多相關記載，《周禮》中就有〈大卜〉、〈卜師〉、〈龜人〉、〈占人〉諸篇，都直接記載了占卜之事，〈卜師〉中的「六龜」及《爾雅·釋魚》所解釋的俯、仰、前、後、左、右之形，正是因爲古人在占卜前，要先對龜作「上下左右陰陽」的辨別，然後根據卜問的具體內容而「各用其龜」。這說明了，在占卜前對不同龜類的嚴格選擇。

# 伍、詮釋爾雅的宏觀思維

從以上蟲、魚二篇的文化詮釋爲基礎，再予以擴大，我們應該更進一步思索的方向，就是《爾雅》這部書除了「經書」、「辭書」、

「訓詁專書」的一般性質及印象外，它究竟還提供了甚麼樣子的功能與價值？當其成書約二千年後的今日，它是否仍具備有值得我們為其作更宏觀考察的特質存在？關於此點

，答案是肯定的，以蟲魚二篇為例，《爾雅》至少還具備了以下三種特質：

## 一、概括性的社會文化發展史

《爾雅》的編者本著捨異求同的原則，建立了一套古人思想意識中所概括反映出的客觀對象的輪廓。這個輪廓指的便是全書十九篇中所包括的自然、人事、生物三大部門的內容。

以生物這一部門作例，《爾雅》把它分做〈釋草〉、〈釋木〉、〈釋蟲〉、〈釋魚〉、〈釋鳥〉、〈釋獸〉、〈釋畜〉七篇。這對生物界的複雜紛繁的現象，是作了儘可能詳盡的分類的。這樣的分類，自然不能和現代生物學的分類相比，但《爾雅》卻已經作到了「類聚群分」、「雜而不越」的標準，實是難能可貴。比如它把植物分為〈釋草〉、〈釋木〉兩個單元，也就是分為兩大類，於是草和木的區別就不會混淆，所以一般有「譬諸草木，區以別矣。」這樣的習用語。

又如從獸類劃出馬屬、牛屬、羊屬、狗屬、雞屬和彘等六畜，使家畜與獸相對立，別為〈釋畜〉一篇，有它獨具的重要意義。這不僅是辨別野生和家養，辨別誰有甚麼特徵、習性、形狀、顏色而已，更重要的是先秦時代的人們早已認識到家畜的經濟價值，成為人民財產的一部份。因此其用語雖簡，但彼此間的同異卻非常明確。這能說不是古人對畜類觀察的眞實記錄？因此《爾雅》雖然並非全

部記錄生物方面語詞的書，但在全書其他語詞的記載方面，所採取的類聚群分，卻也隱然依照了生物必然可分的的現象來作區劃。

我國歷商、周、秦、漢，由田獵而畜牧、而農耕、由部落社會而封建社會，各種經濟生產逐漸有了相應的發展，名物繁增；又由於社會文化愈益發達，語詞逐漸豐富，訓詁也日增。因此從社會發展史實的角度來作觀察，先秦時代的思想意識和物質生活的具體情況，概括反映在《爾雅》裏的，絕非過於簡略、不切實際，書中所記錄的語詞，恰是當時社會現實所經常需用的。除了《爾雅》，在它的同一時代，還沒有第二部詞書可據，這就是《爾雅》難能可貴之處，要溝通古今，自然非依靠它不可。從文化史的角度上來說，《爾雅》實可謂是一部概括性的社會文化發展史。

## 二、漢語史上最早的詞彙學體系

文化的內涵是多元的、綜合的、複雜的人類活動。欲探索古文化，除了歷史、地理、文獻、考古等資料外，從語言學的角度出發，探究一個文化體的語言活動，更是積極且有效的途徑。而最直接的，便是針對其詞彙系統的掌握與認知。《爾雅》之所以能具備社會文化發展史的性質與架構，其記錄了精密且確實足以反映文化活動的詞彙系統，便是一個主要原因。

有關《爾雅》所收詞彙，是否足爲先秦一般詞彙的代表，殷孟倫先生曾經做了這樣的研究：以十三經中各經的總字數，與其所使用的單音詞做數量之統計、歸納與比較。❻其統計結果如下：

---

❻ 殷孟倫：〈從爾雅看古漢語詞彙研究〉，見《爾雅詁林敘錄·當代論文選編》，(湖北：湖北教育出版社，1998年)，頁429－432。

| 書　　名 | 全書字數 |
| --- | --- |
| 《周易》 | 24207 |
| 《尚書》 | 25800 |
| 《毛詩》 | 39224 |
| 《周禮》 | 45806 |
| 《禮記》 | 90920 |
| 《儀禮》 | 56624 |
| 《春秋左氏傳》 | 196845 |
| 《春秋公羊傳》 | 44075 |
| 《春秋穀梁傳》 | 41512 |
| 《論語》 | 13700 |
| 《孟子》 | 34685 |
| 《孝經》 | 1903 |
| 《爾雅》 | 13113 |

總字數並不足以觀察《爾雅》詞彙的概括性，於是殷先生再以單音詞做統計，結果是：

| 書　　名 | 單音詞數 |
| --- | --- |
| 《四書》 | 2328 |
| 《五經》 | 2426 |
| 《周禮》 | 310 |
| 《儀禮》 | 77 |
| 《左傳》 | 394 |
| 《公羊傳》 | 55 |
| 《穀梁傳》 | 24 |
| 《孝經》 | 2 |
| 《爾雅》 | 928 |

總計十三經中單音詞爲6544個字，這個字數的統計，是依照下列步驟而得出：

㈠、以出現在《四書》中的單音詞作爲基本，每個單音詞又只以始見一次的，作爲計算數字的單位。

㈡、《四書》以下各書的單音詞，如以見於四書的，就不再列入計算。只就不同的單音詞，方作爲計算數字的單位。

㈢、《五經》中不同於《四書》的單音詞，作爲一個總的計算數字的單位。

㈣、以下各書，每加一種，採取除同存異的辦法，同於前一書的就不計，而不同於前書的方始計算。

㈤、由於數字的逐書遞減，到了後來，某一書所獨有的單音詞越來越少，並不代表這部書中只用過這些單音詞。

《爾雅》是列舉各書的最後一部，它和前十二部書相比，不同於它們，而爲《爾雅》所獨有的詞語，以單字計是928個。《爾雅》全書共13113個字，除去928個字，它和其他各書相同的有12185個字。這個數目再用除同存異的核計法，它本身所有的詞語，約計爲3500個左右。而十三經的單音詞總數爲6544個字，除去各書所獨有的，這3500左右的數目確實又是《爾雅》和各書所共有的詞語數目。

大體說來，《爾雅》和其他各經的關係既如此密切，那麼《爾雅》的作用也就可以不言而喻。可以說掌握了《爾雅》裏的詞語，無異乎就掌握了其他各經的詞語，也就是掌握先秦時代一般詞語以及某些專名的主要部份。更確切的說，掌握《爾雅》裏的詞語，對於了解先秦時代的文獻和古漢語詞彙，是有重要幫助的。

尤其一部「十三經」可以說把先秦時代政治、經濟、社會、文化、語言等方面的主要情況都反映出來了，而從《爾雅》一書裏的詞語概括反映，我們還可以看到古人對客觀事物、現象、行爲、特徵的認識是如何的深細，而面對這些詞語的類聚群分，更可以看出《爾雅》編者的治學方法與觀念的切合實際。例如《爾雅》所載的草、木、蟲、魚、鳥的名稱，異名很多，有古今雅俗的不同，爲了便於理解，就採用了釋雅以俗、釋古以今的訓詁方式來解決；獸和畜的名稱，異名較少，對它們的命名稱謂，就從它們的形體特徵來作區別。這樣辨析事物，務在區同別異，也就相當程度顯示出古代所謂「正名」，其所掌握的原理原則的一般。

從本文對「釋蟲」、「釋魚」篇的詮釋，擴大來看，我們可以這麼說，《爾雅》總結了曾經通行過的古漢語的詞彙，類聚群分，勒成專書，其實這便爲古漢語詞彙的研究建立了基礎與體系。正因如此，這就使《爾雅》的性質與功能，由主要以服務於古代文獻的閱讀爲目的的著作，進而成爲獨立研究詞彙這一學科的開端著作，而且成爲最早一部研究古漢語詞彙規模初具的著作。從這個角度來看《爾雅》，它就不是零散不連貫的材料聚積，而是有其創始分類爲後代詞書樹立規模的不朽功績了。

## 三、構成古代知識體系的百科全書

爾雅全書十九篇，分類編排，次第井然，前人多所論列，本文緒論亦嘗以自然、人事、生物三種角度來爲之分類。若我們再就十九篇之標目及其內容，從學科分界的角度來思考，則其實《爾雅》又不失爲一部綜合性的古代百科全書，包括有社會科學、應用科學和自然科學初始的名詞概念，以及若干事實數據分類編排。

根據這個思考角度，我們可以將《爾雅》全書的分類再做如下之歸納：

| 爾雅 | 分類 | 篇名 | 條數 | 佔全書條數比例 | 經文字數比例 |
|---|---|---|---|---|---|
| 十九篇 | 社會科學 | 詁言訓親樂 | 737 | 36% | 40% |
| 2047條 | 應用科學 | 宮器 | 214 | 10% | 10% |
| | 自然科學 | 天地丘山水草木蟲魚鳥獸畜 | 1096 | 54% | 50% |

周代以下，生產與經濟活動增加，社會文化快速發達，語詞也相對映的增多。到了《爾雅》，不但所收詞彙足以代表一時之文化反映，更因如此之非類編排，遂形成了一個頗爲齊全的古代知識體系，而就全書體式來看，也就符合了一般百科全書的大致規模。本文前節舉〈釋蟲〉、〈釋魚〉二篇爲例，已感受到其對蟲魚的大致分類，且兼顧了文化意涵。若再加上〈釋草〉、〈釋木〉、〈釋鳥〉、〈釋獸〉、〈釋畜〉五篇合觀，應更可認知到古人對動物的分類與現代科學的接近。我們打開現代的百科全書，可以看到分科分屬的動物分類與介紹，想想《爾雅》不正也是類似的體式。跳脫「經書」、「詞書」、「訓詁專書」的傳統角度來看《爾雅》，則「中國古代的百科全書」是個頗堪玩味的新觀念，收穫也許更大呢。

# 陸、結論：建構爾雅文化學的積極意義

本文以文化的觀點，重新詮釋一般人不太接觸的《爾雅》〈釋蟲〉、〈釋魚〉篇，再以此爲基礎，擴充至《爾雅》性質的再檢討。

如此論述的形式與方法，乃是為了建構日後「爾雅文化學」的理論系統所作的初步研究。其動機如下：

## 一、語文傳統與現代觀念的銜接

在現代語言學的研究體系中，有所謂「語言人類學」這個分支，它是綜合運用語言學和文化人類學的理論和方法，研究語言結構、語言形式、語言變化及其和社會文化結構關係的學科。以西方而言，始於二十世紀初期美國人類語言學家 E.Sapar和 B.L.Whorf，對印第安人的社會文化和語言關係的研究。他們認為調查及研究任何語言，都應該同時了解被研究對象的社會文化、經濟結構、宗教信仰、地理環境、風俗習慣等內容。而後他們在此基礎上提出了相關語言理論，試圖在語言結構和文化結構之間建立起對應的關係。❼類似的研究，現在又稱為「語言文化學」，本文所謂「爾雅文化學」的觀念與內涵，便是漢語語言文化學的一環。

## 二、回歸中國語言研究的文化詮釋本質

就中國語言來說，上述的研究模式其實早已展開，那就是訓詁。訓詁是中國古代語言研究的起源，但它的本質卻是紮實的、文化性的經典闡釋。蓋春秋戰國時期，一來，諸侯割據，王權旁落；二來，學術繁榮，百家爭鳴，促使新思維出現，也造就了許多典籍的完成。但是，春秋以後，雅言的政治與語文功效，因著王權削弱，而擋不

---

❼ 參《中國語言學大辭典·語言新學科》「人類語言學」條，（南昌：江西教育出版社，1992年），頁652。

住以方言土音爲主的新興政治勢力，造成了語文因「時有古今，地有南北。」而產生了巨大差異。當春秋以下，各種文化歷經了大變革，有志之士急欲整合、創新之際，語文竟成了最大的障礙。於是文化的發展，便須以語文的專業理論與現代闡釋爲前提，而這就是訓詁。

當時，孔子爲了這些典籍，創立學校、編輯整理文化資料，刪定了六經。而要掌握這些經典的文化內涵，就必須如孔子所說：「熟知其故」，這個「故」既指「故事」而言，更指「故訓」。傳統訓詁在此環境下，成爲古代歷史文化及其語言演繹的統一力量，爲中國語言文字學的開端，奠定了一個文化闡釋型的語文訓詁的架構，之前的《春秋三傳》如此，之後的《爾雅》更是代表性的鉅著。

這種傳統訓詁所奠定的語文研究模式，使中國古代語言學在往後兩千年的發展中，以逐漸成型的解釋方式，從事文化闡釋工作；而在積極闡釋的過程中也掌握了漢語文問題的本質，豐富了漢語文的系統理論建立。這種語文與文化互動、具人文精神的研究型態，現代漢語研究如此，傳統訓詁更是如此。

## 三、爾雅詮釋方法與研究模式的承傳與開創

在跨世紀的今天，現代化的訓詁學早已完成其與同領域學科間的聯結，比如文字學、聲韻學，甚至增加了它在廣義語言學中的跨領域觸角，比如語法學、詞彙學、語源學、語言文化學等等，而這樣的成績其實是建立在傳統訓詁堅實而充分的基礎上才能完成的。一般人以爲傳統訓詁只是閱讀典籍時的語文問題，像《爾雅》般的傳統訓詁只從事單純的語文解釋，甚至後繼的訓詁學也只建構了形

訓、音訓、義訓的理論條例，而不能表裏全備。其實，這是不了解傳統訓詁、不了解《爾雅》，以及不了解訓詁歷史中觀念傳承與方法聯結的必要性所致。

本文提出「爾雅文化學」系統架構的研究方向，其目的，便是將觸角回到訓詁的語文解釋及文化闡釋的雙重功能上，以突顯其應有的文獻、文化價值。是漢語的學術研究，也是漢文化尋根的運動。〈釋蟲〉、〈釋魚〉篇的舉例，只是初步。

# 試論語言交流與生活、文化形式變異之關係

宿久高*

## 一、前言—語言與文化的關係

勞動創造語言，這是語言的源本論。語言是物質的、或抽象、或具體，所表示的即是客觀世界中的一切存在。而語言（詞語）的不同排列方式及其在排列中的變化，反映的正是語言的不同運用主體相似或迴異的思維方式和世界觀。人們在勞動中（體力的或腦力的），不斷地創造出表述，不斷湧現的事物和新現象的新的語言，而這種新的語言之所以得以流行，固定下來或者流變消失，其基礎正是語言所表示的現象或事物及其存在方式的存在和變異。

語言是流動的。縱向流動的歷史是一個國家或民族的發展史；而橫向流動的歷史，便是不同國家或不同民族之間的交流史。語言

* 大陸吉林大學外國語學院院長

隨著現象或事物的出現而產生，隨著現象、事物的變化而變化，或固定下來並被賦予新的內涵，或逐漸消失，由隨之出現的新的語言形式取而代之。

我國古代，尤其是唐代，高度的文明和優秀的文化曾對世界各國、尤其是亞洲諸國產生過重要的影響。這種優秀文化的輸出，是以作爲文化載體的語言的輸出爲媒體實現的。以日本爲例，遣隋使、遣唐使從中國帶回大量文化典籍，這些典籍作爲語言的綜合體傳入日本，爲日本文字的產生和日本文化的形成提供了條件。面對著全新的外來語言和「天書」般的外來文獻，古代日本人的仰慕與驚異是可想而知的。然而，在漫長的歷史進程中，他們從不知所措到逐步認識、理解、接受、消化到創造，不斷地賦予新的要素，從而將不同時代傳入的多種語言要素及文化混合在一起，創造出日本獨特的語言與文化。可見，一種新的語言賴以存在的語言及文化現象的傳播，足以影響或某種程度地改變接受主體的語言及文化形式。

## 二、語言文化傳播的規律—語言的先進性

語言及文化的傳播有其自身的規律。㈠、像大河流水，總是由高處流向低處，在人類發展史上的某一個階段，先進的、發達的文化總是與這種文化的表述形式——語言一同被傳播到非發達地域的。語言之所以在流動中得以傳播，主要在於被傳播的語言所表述的事物和現象的先進性。再舉日本爲例，日本大量輸入外來語言和文化，大致經歷了兩個高峰期：江戶時期爲止的古代，以我國的唐、宋時代（日本的奈良、平安和鐮倉時代）爲主，大量汲取了中國的語言

與文化。其傳播過程主要是通過遣唐使和以長崎、神戶港爲中心與我國開展貿易實現的。翻開日本的古典文獻，大多用漢語寫成。漢字與漢語詞彙具有的深刻內涵和豐富的表現力，在很長一段時間內，成爲日本民族生活及思維方式的表現手段。凡宮廷百官、高僧、文人必通漢學，必用漢字，日本古代文學史上一度出現的「國風暗黑時代」充分地說明了這一點。所謂「國風暗黑時代」，指的是日本平安時代出現的漢文、漢詩文學爲主流的時代。當時，雖然也有漢字假名混和體的日語存在，但只被視爲「女流文字」，不能登大雅之堂，眞正被視爲正統和有價值的文學作品仍然是漢文和漢詩。一千二百年前出現的日本古典日記文學名著《土佐日記》(日本國寶)，是當時被派遣到「土佐國」(今高知縣)任地方官的紀貫之，以女性的身分用日語文體創作的。人們在評價《土佐日記》的價值時，除了文學作品和史料的層面外，作品開創了日語文體的先河是受高度評價的重要標誌。其後由紫式部創作的《源氏物語》亦如此。紫式部在《源氏物語》中大量地引用了中國古典，也無可置疑地豐富了作品的內涵和知識容量。從而成爲日本古典文學的頂峰之作。另外，漢字獨具的象形、會意等特點，也爲日本先民創造日本文字(假名)和形成自己的文化提供了智慧與借鑑。由此可見，中國的語言和文化在日本多語言及文化的形成過程中曾起到過重要的作用。

第二個高峰期是明治維新。一八六八年的明治維新，把日本從閉關鎖國時代一舉帶入了開放時代，使國門頓開。以現代機械文明和科學技術爲主體的西方語言及文化洪水般地湧入日本，在由漢字和平假名組成的日語中又平添了大量的用片假名記載的外來西方語言。對於現代日本人來說，和歷史上中國語言、文化的傳入相比，明治維新後的西方語言的大量湧入，更大程度地對日本人的生活及文化形式產生了影響。迄今爲止不曾有過的飲食（各類西餐）、穿著（日本大正初期頒布西服著裝令，神户「三宮站」附近的公園内有西服石雕爲證）、娛樂（明治時期，在神户的六甲山頂建立了日本第一個高爾夫球場）等生活方式，連用語言一起被引入日本，成爲當今日本人日常生活中不可缺少的一部份。如果說古代中國的語言和文化對日本的影響主要在於思想、文化和精神史層面的話，那麼，近代西方語言和文化的傳入對日本的影響，更多的應該說是思想和大眾生活層面的。由於明治維新以後的西方文化的影響，使日本的近代生活和文化出現了西餐和日本料理同在，西服與和服並存的文化型態。而且，大量外來話（主要來源於英語）的使用，使傳統日語正在異乎尋常地發生著變異。

與日本相對而言，中國對外來語言和文化的攝取也經歷了兩個時期。一是「五四」新文化運動時期。大批知識份子把目光投向西方，主張學習西方，強兵富國，在介紹西方思想與文化的同時，引入了大量的外來語言。這個過程，很大程度上是間接地通過日本，通過翻譯和介紹大量的日文版西方社科著作實現的。一些是馬克思主義的理論著作（如《資本論》等）都是首先由日文版翻譯成漢語被介紹到國內，進而得以在國內傳播的。由於這些著作的漢譯，「社會」、「經濟」、「哲學」等詞語由日本反輸入回中國，成爲現代漢語中的一部份。這個時期輸入中國的言語和文化，多是精神與思想層面的，從根本上而言，我國當時的社會生活和文化形式，除了個別的暫時現象外，並沒有由此產生異樣的變化。除了我國的學西方運動不像日本的明治維新那樣徹底，以致於需要大量的西方先進思想和文化作先導外，根植於悠悠五千年歷史土壤中的中華文化的優越感和某種意義上的排他性，加之中國當時封閉的社會狀況，使得我國在輸入西方語言及文化時多受影響的程度和層面大大減小。

第二個時期是一九七八年改革開放以後。中國一九七八年，採取了改革開放的國策，打開閉鎖以久的國門，以四個現代化建設爲先導，與世界各國開始了政治、經濟、文化等諸多領域的廣泛交流。外國資本進入中國市場，合辦、合資、獨資企業雨後春筍般地出現，舶來商品擺上了商店的櫃檯。與西方物質文明的湧入相伴隨，西方的語言，文化及精神文明也一起湧了進來。西方文明中固然有人類文明精華，但也有資本主義世界的腐朽成份。中國民眾在泥沙俱下的西方文明中，以五千年的文化底蘊審視和選擇著最能表現自我存在，社會進步和最能融入中華文化的優秀成份。在自二十年前開始的這個時期（現在仍在繼續中），和第一個時期相比，西方文化的輸入對中國的影響，更多是社會生活和大眾文化層面的，有著明顯的具體性、商業性和可觀性。

## 三、語言文化傳播的規律——文化的包容性與創造性

語言和文化橫向傳播的第二個規律是，語言之所以能在異國被理解，被固定乃至被賦予新的含義，從而成爲輸入國語言的固有成份，主要在於輸入國固有文化傳統的包容性和創造性。古代日本，大量引進了中國的語言與文化，不但保留了下來，而且不斷地賦予了新的要素，從而與日本的固有語言和文化融爲一體，產生出日本

民族獨特的語言及文化形式。但是，過程是漫長且極為艱難的。

在漢字和漢語詞彙傳入日本以前，日本的先民就有語言，但無文字。漢字的傳入，日本先民面對著全新而陌生的異邦文化，首先是不知所措。他們認知漢字的第一步，便是努力把他們在現實生活中感知的現象和內心感覺與漢字所表述的現象、意象和感覺吻合起來。但是，漢字和漢語詞彙所表示的現象、意象和感覺，是在異民族生活的土壤中產生的，不可能和日本人在島國的生活感覺完全相同。於是，古代日本人就根據自己獲得的知識和感覺去聯想，與自己的知識和感覺相吻合時，便為我所用；否則，便去進行試圖最大限度地使其與自己已有的知識和感覺相吻合的某種修正。比如對「赤」的理解，漢語中的「赤」往往和「赤貧」、「赤腳」、「赤裸裸」等「裸」意相連，和表示鮮亮顏色的「紅」雖然有若干相通之處，但不是一回事。所以，漢語中表示鮮亮顏色時多用「紅」，而日本人在表示「紅」的意思是則用「赤」。在交通手段發達，人員交流頻繁的現代，許多語言的傳播是同語言所表示的事物和現象的傳播同步的。比如，需要引進「漢堡堡」快餐，不僅可以到異國實地考察製作過程，而且可以連同機器、製作方法乃至原料一併引進，把「漢堡堡」這一新詞和食物一同引入，使人們可以在最短的時間內把把語義和事物作為一個有機體印入腦海、融入生活，而且準確無歧解。但是，在交通手段落後，各國封閉的古代，是不可能做到這一點的。新的語言及文化的傳播者僅僅是極少數知識人，而且必須以字面開始。這樣，不但普及和固定需要漫長的過程，而且在其過程中「走樣」的機率也是很高的。一些抽象的、感性的詞彙更是如此。我國唐代詩人王維有詩云：「返景入深林，復照青苔上。」

崔顥有詩云：「煙波江上使人愁」。這「返景」是逆光，還是反射光，抑或夕陽殘照？「煙波」是霧靄和波浪，還是煙霧朦朧的波浪，抑或水上之霧靄？水上之蒸氣？對於凝視字面苦苦思索的古代日本人來說，對我國古代語言理解之難、之艱辛是可想而知的。任何一種語言，在被移植到異國後，其對語義的理解和原義之間大多不能形成一個完全大小的「同心圓」。其重合部分是語義得以被理解的內核，非重合部分則成爲引入主體獨特的理解（有時可能是歧解）。這個非重合部分的大小，決定了原有語言被賦予新的內涵的量的大小。量越大，包容和創造性越強，在此基礎上產生的源於原義又區別於原義的獨自要素越多。語言如此，文化現象亦同。經過漫長的過程，非重合部分被融入移植主體的固有語言和文化之後，便產生出包含了無限創造性的獨自的文化系統。日本語言和文化的形成，受到了中國語言和文化的巨大影響，與中國有相同之處卻又大相逕庭的原因即在於此。

## 四、語言交流與生活、文化型態變異的關係

中國儒教中的「仁」，是中國儒教最重要的內容，是人生追求的最高境界，體現著多方面的道德原則，是諸多善的品德的概括，包括恭、寬、信、敏、惠、智、勇、孝、悌等，核心是「愛人」－「泛愛眾生」，是一種造福於人類的理想。但是，日本的武士道對「仁」的理解卻是獨特的。日本人認爲，「仁」的內涵具有愛、寬容、慈悲、慈愛等諸多屬性，尤其強調「慈悲」與「慈愛」，是一

種「柔如母愛般的德」（山折哲雄〈日本人的精神支柱〉，見《創造的世界》1999年第112期第24頁）。這就與儒教的「仁」的原本含義有所不同，是日本式的獨特的理解。這種「柔如母愛般的德」，具體表現為對弱者的憐憫之情，對敗北者的同情和對自悲者的慈愛，進而形成了日本人的倫理感覺和道德感情。

再者，語言及其表述的事物或現象的傳播及由此產生的生活、文化形式的變異，與語言及其現象的接受主體— 人 —的生活環境有著不可分割的聯繫。這裡所說的生活環境，包括自然的、社會的，以及地域的諸種。在我國國內，沒有當地生活經歷的人，對於東北亞冬寒風刺骨冷，很難擁有「寒風刺骨」一詞所表示的冷的意象和感覺的真切體會；而沒有去過南方的人，對於有火爐之稱的南京、武漢的悶熱的理解，也只能是對熱的感受和對悶的想像的複合體。這種非同心圓現象，是生活在不同地域和環境中的人在對同一語言所表述的事物和現象的認知中經常存在的。同時，生活環境的變化，又對生活形式的變化產生一定的影響。據考證，辣椒十六世紀由我國傳入日本。由於樣子可愛，由青變紅，富於變化，日本人開始只將其栽到園子裡作觀賞用，繼而入藥治頭疼、腹疼，江戶時代始用作開胃食品。但因辣味長時間留於口中不消，與講究料理味道的日本料理不合，所以並不多用。現在，原意吃辣椒的日本人增多，尤其成為女青年每餐的必備酌料，消費量大增，正在改變著現代日本人的生活及文化形式。這種現象的出現，是部分現代日本人在內心寂寞時追求快樂和刺激所致。人的味覺分甜、酸、苦、鹹諸種。嚴格說來，辣並非味覺，而是生理上的一種刺激，一種痛感，一種灼傷般的感覺。在和平環境下，享受著先進科學技術和經濟高速發展恩惠的現代日本人，在平淡無奇、空聊寂寞的生活中，爲尋求刺激和快樂，便把這種痛覺潛意識地轉化爲一種快感和嗜好。嗜好的改變無疑也是隨著人在成長過程中的飲食和生活方式的改變而改變的。

中國剛剛改革開放的1978年，筆者在武漢「一米七軋鋼工程」（由日本引進）項目中做翻譯時，第一次聽到日本人唱「北國之春」。「婷婷白樺，悠悠碧空……」把我帶入日本的北國。那種對家鄉、對母親和戀人的思念之情，伴著悠揚與惆悵的旋律流出，久久迴盪不去。猛然抬頭望去，燈光下，演唱者眼中淚花不停地閃爍，繼而變成兩行晶瑩的淚水流過臉頰，好不令人感傷。一首「北國之春」，或許寄託了在異國「單身赴任」的這位日本人對遠在祖國日本的家人的思念。「北國之春」這首歌產生於日本的70年代初。60年代中期，日本爲舉辦東京奧林匹克運動會而掀起了建設高潮，爲整備道路、交通、比賽場館和服務設施大興土木，許多地方人遠離家鄉和親人，隻身來到東京，在艱苦的條件下從事著繁重的勞動。他們思念家鄉和親人，欲歸而不能，心中的懷念變成「何時能回我故鄉」的久久的期盼。「北國之春」這首歌反映的正是他們的思鄉情，是一首充滿感傷情調的「鄉愁歌」。然而，這首歌80年代末期被介紹到中國時，不僅譯詞與原作大相逕庭，而且旋律也變成了情緒高昂、節奏歡快的絕唱。由於文化背景和生活環境的差異，異文化傳播中的「非同心圓」、非重合部分之大，足以由此見一斑了。

如前所述，改革開放以後，漢語中引進了大量外來語言，大多是科技和大眾生活層面的。這些外來語言，被不斷地接受和固定下來，成爲現代漢語的一部分，並不同程度地影響著現代中國人的生活和文化形式。同樣是「洗髮液」，現在被稱作「香波（Shampoo），字面優美而浪漫，遠比「洗髮液」現代而新奇；「飄柔（Rojoy）」比「洗髮水」更令人感受到青年女子飄逸秀髮的無窮魅力；「超短裙」被「迷你裙（miniskirt）」所取代成爲時尚；「百威（Budweiser）」、「朝日舒波樂（asahi super Dry）」、「可口可樂（Coca cola）」、「美年達（mirinda）」等以前不曾見過的舶來飲品，帶著絲絲洋味被擺上中國普通百姓家的餐桌；「網民（net user）」比比皆是，在北京、上海等大城市，人們的日常寒喧已由「你吃飯了嗎？」變爲「你上網了嗎？」「電腦（Computer）」迅速普及，成爲人們工作和生活中不可缺少的工具；「捷達（Jetta）」轎車也不再是奢侈品和特權的象徵……。如此種種，外來語言及文化正在改變著中國人生活的各個層面，甚至逐漸形成一種現代人的價值觀念。當然，不言而喻，現代中國人在理解、接受這些外來語言及其所表述的事物和現象時，也不是、而且也不可能是百分之百的「原汁原味」的。

## 五、結語——語言文化傳播的特徵

語言與文化橫向傳播過程中的「死胡同」和「十字路口」現象，形成語言與文化交流中的又一特徵。在中國與日本的文化交流史中，這一特徵尤爲明顯。古代中國的繁榮和優秀文化的輸出，曾對亞洲諸國產生過重大的影響。古絲綢之路的起點（反之也可視爲終點）是日本，經過中國這個四通八達的大通道直至歐洲。位於「大通道」上的中國，雖然也從其他國家汲取了一些異文化成分，但更多的是「被拿去」、或贈與「過路人」、或被「過路人」或特意前來的人

「拿走」。日本的情況卻截然相反。不少國內已不存在的文化遺產，在當代日本仍可覓到，而且保存得十分完好。我國唐代的文學作品《遊仙窟》，奈良初期傳入日本，對《萬葉集》以及平安時代以後的日本文學產生過很大的影響，被日本視爲「珍貴文化遺產」，而國內早已不見蹤影，明治時期方從日本尋回，重新翻刻。古籍《菜根譚》，國內一直失傳，90年代初，吉林大學中國古籍研究所的王同策教授從日本購回，重新校注出版，才使這部失傳曠久的著作再次呈現在國人面前。此等現象，在我國歷史上並非罕見（本文談及的是文化現象，清朝以後至近代，西方列強和帝國主義者、殖民主義者對我國的強取豪奪以及戰火中的文化遺產佚失現象不在此列）。日本是個島國，是「始點（或説終點），而非「十字路口」。所以，文化一度傳來，雖然有島內交流，但一旦傳入就不再流出，很容易保留下來。日本文化，在漫長的歲月中，經歷了多方面的種族和文化的流入，不同來源、不同時代傳入的多種因素混在一起，形成了自己獨特的文化，並成爲「死胡同」文化的典型。當然，除了日本是個島國的地理條件以外，更主要的是，作爲引進和接受國，日本引進和接受的異國文化至少在其引進階段是高於日本文化的優秀文化，這是外來文化在日本得以被保留下來的主要原因。古代中國是文化交流的大通道和「十字路口」，加之是世界上最古老的文明發源地之一，輸出多於引進是必然的。但是，現在的情形卻不同。現在，中國的地理位置沒有變化，但引進並保存下來的當代外來文化卻不少。這是因爲，當代中國的經濟發展和現代化進程尚暫時落後於西方先進國家，需要和世界接軌，需要縮短與先進國家之間的距離，需要有意識地學習和引進外國的先進文化。

當今世界的發展和一體化進程，使語言與文化的橫向交流加速。社會越開放，外來語言的數量越多。外來語言數量的多寡，反映出一個民族的好奇心、上進性和時代的變化。漢語中外來語言的增多，反映出中國由計劃經濟轉變爲「以市場經濟爲主」的價值觀的轉變，同時，也反映出中華民族在古老燦爛的優秀文化的基礎上，認眞學習和汲取外來文化的優秀傳統。無論何時，我們對外來語言和文化的汲取，都應該採取有選擇的、積極的姿態。

# 華語與傳統文化及其教學——以新加坡爲例

王永炳*

## 一、前　言

信息革命時代分分秒秒地逼近，現代科技以人們來不及想像的速度翻轉著地球，急劇瓦解和改變著人類傳統的思維和行爲模式。西方如美國的社會結構似乎正以前所未有的速度在解體，危機四伏，犯罪、自殺、吸毒與家庭離婚率急劇升高，尤以青少年的犯罪最爲嚴重。於是，他們反思，把目光轉向東方傳統價值觀。1988年，75位諾貝爾獎獲得者發出倡議：人類要在21世紀繼續生存下去，避免混亂，必須恢復孔子道德。但在東方，受到西方文化的衝擊，面臨前所未有的嚴峻考驗，有識之士不禁擔心，中華傳統文化會否步其他古老文明的後塵，湮滅在現代科技的犁耙下？中國社會學家費

*　新加坡南洋理工大學中文系副教授

孝通提出，中華民族這一代成員對自己的文化應該具備「文化自覺」的能力。他說，當前世界各種文化都面臨改革，事關存亡絕續。「文化自覺」風氣已經在許多國家醞釀和展開，中國要抓住這個歷史機遇。

在這種大情勢下，新加坡的華文教育與傳統文化的情況是怎樣的？

## 二、新加坡情況

在以華人為多數的多元種族多元文化的國家如新加坡也面臨傳統文化消退的危機。新加坡自開埠至今，不過短短181年，獨立也僅35年。開埠之初，華人移民南來，絕大多數目不識丁，但由於長期生活在中華文化社會裡，所以也帶來了所秉承的中華文化中人與自然和諧共處的思想，強調道德修養，重視群體作用，維護家庭紐帶和成就感等品質。就是這些品質把一窮二白的新加坡建造起來。關於這點，前總理李光耀就明確地說：「新加坡成功的一個最強有力因素，就是50到70年代那一代人的文化價值觀。由於他們的成長背景，他們肯為家庭和社會犧牲。他們也有勤勞儉樸和履行義務的美德。這些文化價值觀幫助我們成功。我本身有了這種經驗，所以我很重視維護華族新加坡人的維護價值觀。」❶「我尊敬受華文教育者，他們對我國作出巨大的貢獻，他們奮發向上、不屈不撓和刻

---

❶ 新加坡聯合早報編：〈和祖先的歷史認同〉，《李光耀40年政論選》（新加坡：聯邦出版社，1993年），頁426。

苦耐勞，這都是拜華文教育和儒家思想的價值觀所賜。」❷

無可置疑的，上述的華族的優良品質是備受讚譽的，是值得保留傳揚的。但由於強勁的歐風美雨及強勢的英文教育的影響下，傳統文化受到嚴峻的挑戰與考驗。雖然，政治領導者一再強調華文教育的重要並作出努力以加強傳統文化價值觀的各種措施，華文教育的情況依然每下愈況，從收生率可見一斑：

| 年度 | 華文源流 | 英文源流 |
| --- | --- | --- |
| 1959 | 46% | 47% |
| 1965 | 29% | 62% |
| 1984 | 0.7% | 99% |

值得注意的是，由1962年開始，新生入學是採用自由報名的方式，即選擇學校完全由家長自行決定，報名就讀任何一種語文學校完全出於家長的自願。這種銳減現象引起新加坡中華總商會與華校教師團體的極度震驚。中華總商會爲此做了檢討，在1963年8月11日所發表的報告書中歸結銳減的原因有三：㈠華校畢業生就業出路受阻；㈡教育政策偏重英語之影響；㈢家長不明白母語教育重要性。同時提出補救辦法。儘管如此，華校生入學率下降如決堤之水。李光耀注意到華校新生人數銳減的趨勢，因此1966年8月26日在新加坡華文中學教師會暨職工會在人民協會舉行的學術演講會上說：「如果你要繼續用舊的辦法，不想改變，我認爲你不符合學生家長的要

❷ 〈華英校生矛盾將消除〉，《李光耀40年政論選》，頁431。

求，也不符合你的學生所面對的生活環境。這並不是要你完全扔去舊的東西。舊的東西也有很多寶貴而值得保留下來的。可是除了這個之外，還得灌輸新的科學知識，學習各種語言，改良各種各樣的設備。」❸從話意裏，看出他鼓勵華校進行改革，同時注重雙語教育，以配合新時代的父母的需求。後來教育部決定從1966年起，在所有學校教導第二語文（母語），並規定從1969年起，第二語文列爲會考科。於是，雙語教育政策正式制度化。

此後，新加坡學校再也不分華英校，在所有的學校內實施雙語教育（英華/英巫/英印）政策。這裏必須指出的是，新加坡雙語教育的含義與世界其他國家的不同：第一語文是英文，第二語文是母語。很明顯的，英語逐漸成爲各種族間的共同語，也是國家的行政語言，而「教導華文的最大價值是在於傳播社會行爲與道德行爲的準則。這主要是指儒家學說對做人、對社會以及對國家的思想與信念。」❹這個雙語教育在課程與時間的安排上是不對等的，在中學裏「華文」成爲單科用母語教學的科目，在小學裏只有「華文」與「公民與道德教育」是用母語教學。這樣的安排的確不得已，根據新加坡社會的特殊性，不得不實施雙語教育政策，根據實際需要如行政、與各族的溝通、吸取西方的先進科技等等，不得不加強英文的教育。這樣的雙語教育政策必須確保維持下去：「如果我們放棄雙語政策，我們就必須準備付出巨大的代價，使自己淪落爲一個喪失文化特性的民族。我們一旦失去了這種情感上的穩定因素，我們就不再是一個充滿自豪的獨特社會。相反的，我們將成爲一個僞西方社會，脫

---

❸〈雙語保障華語校前途〉，《李光耀40年政論選》，頁380。

❹〈加強雙語維護傳統〉，《李光耀40年政論選》，頁399。

離了我們亞洲人的背景。」❺表明政府的決心。在華人社會討論華文程度及文化價值觀形成一股熱潮，是關心華教及其前途問題的積極表現，是令人鼓舞的。但其中所提的一些負面的現象並不足代表整體情況。王賡武教授對新加坡華文程度的觀察很中肯：「新加坡的雙語政策算非常成功。能夠在這種環境下，在東南亞維持華文程度，而且維持到這個地步是很不容易的；當然可以再進步，不過已經是很不容易了。」❻

在這種制度下，華文課程經過好多次的大刀闊斧的修訂改進，目的是爭取在有限的時間內取得最大的成果，完成母語的教學目標與任務。但是，概觀20多年來的華文教學成績：學生在講方面流利，在讀寫方面的水準大不如前。學生對母語學習有不少顯得不熱衷，有些應付不來而表現消極甚至憎恨華文，更有的父母以孩子應付不了母語爲理由而移民。1999年12月國立大學社會學系高級講師張漢音博士對811名在校學生（包括中學生、初級學院學生和大專學生）和807名年齡介於33歲和65歲之間的學生家長做抽樣調查，目的之一是瞭解新加坡人在族群方面文化價值觀。

下表記錄了華族學生及其父母這兩組人針對族群認同所作的表態：

如果有來生，我最希望……

---

❺ 新加坡華文研究會於1989年12月26日至29日在區域語言中心召開「世界華文教學研討會」，李光耀應邀主持開幕。這是他致詞中的一段話，見《世界華文教學研討會論文集》，頁80。

❻ 香港大學前校長、現任新加坡東亞研究所王賡武教授於1996年7月16日在一個題爲「海外華人的民族主義」的公開講演會上提起這點。引自吳元華著《務實的決策》（新加坡：聯邦出版社，1999年），頁305。

| 組別 | 父母親一代 | 在校學生一代 |
|---|---|---|
| ……是華人 | 94.9% | 78.4% |
| ……是馬來人 | 0.9% | 1.5% |
| ……是印度人 | 0.5% | 1.7% |
| ……是白人 | 2.9% | 11.8% |
| ……是日本人 | 1.6% | 8.2% |

調查資料顯示，僅僅歷時一個代段，族群認同便滑落了17.5個百分點，如此迅速的巨變，令人大感震撼。這個調查報告一公佈，便引起廣泛的注意：大家對將近四分之一的年輕華人來生不想做華人感到震驚、不安、不解，他們通過不同角度發表意見，一時非常熱鬧。這是一個值得深思的問題？爲什麼身爲華人的青年人卻對自己的身份感到厭惡？當然原因很多，一時難於詳說。我想，一個是歷史的原因，另一個是教學的原因。

在英文爲強勢的教學媒介語的雙語教育制度下，華語文教育應如何做才能收效，才能「再進步」，也是近年來熱烈討論的課題。個人認爲，在這種教育制度下，學生受西方文化價值觀的影響很大，我們的教學方向與方法都必須改變。我們要務實地看待問題，對症下藥，華文的教學才能健康成長。

首先，我們必須瞭解華文與傳統文化的特性與關係，才能談到教學方向與方法。

## 三、華文與傳統文化

所謂傳統文化，根據《文化學辭典》的解釋：「由歷史沿襲而來的風俗、道德、思想、藝術、制度、生活方式等等一切物質和精神文化現象的有機複合體」❼。這段話中可看出三點：㈠時間性：歷史沿襲，自古至今；㈡內容：包括知識、信仰、藝術、道德、習俗等等一切物質和精神文化現象；㈢有機的複合體。所謂「有機」是指事物構成的各部分互相關聯協調，而具有不可分的的統一性，就像一個生物體那樣。文化之所以能傳延至今，主要是依賴於語言文字。沒有語言文字，文化現象無從貯存載傳；沒有精神與物質文化現象，語言自然無法爲生作用。

華語是由古流傳至今的語言，它記錄、貯存與傳承華族社會生活中一切精神與物質文化現象。從漢字的各方面考察，可以很清楚地看出漢字的特性與世界上其他民族的不同。漢字是世上最豐富的表意文字。表意文字採取的是概念—自然物象—字形的聯繫線路。當我們看到「山」字時，它的古字形如同「山」的形狀，使人聯想到山的物象。中國古代哲學就講求「觀物取象」，這是把抽象思維同形象思維交織在一起，與漢民族注重聯想、類比、悟性聯繫的經驗性理性思維契合。漢字本身的結構和文化內涵也有重要的作用。漢字的結構都已嵌入文化的內涵，如「故里」的「里」字，金文的上部是「田」，下部是「土」，這反映農業型的文化現象，人們處

❼ 覃光廣等《文化學辭典》，頁339。

處不離土地。人民「恃田而食，恃土而居」，所以「里」字成爲人們聚居點的名稱。因此，我們通過漢字的原形態的分析、解讀，就可瞭解古代社會以及流傳至今的生活面貌。如「家」字，字體雖然經過古代演變至今定型，但是表意的作用依然一樣。古代的「家」字表示在屋內有「豕」（豬）同住，現代的「家」早已與「豕」分家，但這個「家」字的構造形體依然保存不變，這說明了人對於事物的概念可以隨時間與社會的進展而改變，但文字卻滯後不變，所以，教學這個「家」字便可使學生瞭解古代「家」居的狀況，從而聯想到社會生活的進展。正如周清海所說：「我們今天學習的漢字，和古漢語裏用的漢字相同。這使得文化上的聯繫不會出現斷層的現象。」❽從英文字的 Family 絕對看不出過去的生活面貌。從這個角度講，這便是漢字的優點。

在造語用字方面，都受到傳統哲學觀、價值觀、審美觀等的深刻影響。如早在西周末年，人們就開始用「氣」解釋自然現象，以爲自然界起源於氣。

古代哲學家董仲舒、王充都把自然現象與萬物甚至人的生死，道德的善惡，智慧的賢愚看作是氣使然，在這方面，佛、道的看法也是一樣。這樣一來，漢語中便湧現了許多以「氣」爲詞根的辭彙，藉以說明天地（天氣）、人體的本源（元氣）、人的生理現象（氣色）、人的精神（神氣）與情感特徵（怒氣）等等。華人傳統觀念中很重視「和諧」的價值，因此產生了與「和」搭配的詞語如和睦、和悅、和善、謙和、和談、和平、和議等。華語的表述結構中，對偶、排

---

❽ 周清海：《華文教學應走的路向》，（新加坡：南洋理工大學中華語言文化中心，1998年），頁45。

比、語音、熟語的句式具有鮮明的和諧、對稱的語義特徵。生活中一些事物的形式，講求勻整對稱。在民風習俗中，也以偶數爲佳。表現在詩詞歌賦中的語言語音都是如此，即使人們喜歡的熟語如成語、諺語等無不如此，就以長短不拘的諺語來說，也儘量用對偶，如「路遙知馬力，日久見人心」、「貧無達士將金贈，病有閒人說藥方」、「慈悲勝念千聲佛，造惡徒燒萬柱香」，與五言詩、七言詩的對仗句完全一樣。特別要提的是，這些熟語不僅是傳統文化的凝聚，而且也是華族智慧的結晶。從熟語中，我們可以領會過去華族在各方面的謀略與智慧。它們以簡潔的語言，精煉地概括那些在歷史上閃爍聰明才智的經驗、警策和眞知灼見。它們跨越時空，依然極富生命力，發揮智慧力量。

談到傳統文化，它們可說是極其重要的一環。古代漢族是個重色彩的民族，因此漢族的色彩詞也是極其精彩而具有特定文化內涵意義的。如朱紫色爲高貴、吉利色，「紅紫不以爲褻服」（《論語·鄉黨》）；白色屬低賤（白丁）和喪事（白事）的文化語義相聯繫在一起。現代有些年輕人喜歡在新年期間穿全黑，老年人不高興，認爲不吉利。這是年輕人接受西方對語義的解釋與聯想，而摒棄華語裡對「黑」色的種種聯想與暗示。此外，華族一向很重視飲食文化。從古至今，人們不斷發現各種食品，提高製作的技藝，並且在實踐中研究火候、調味、烹飪等技術理論問題。由於華人重飲食的文化心態，使華語許多與飲食毫無關係的語詞，沾上吃的邊，成爲飲食文化擴散的語詞如辛酸、甜言蜜語、又酸又甜、苦笑、潑辣等。

有關華語與傳統文化的關係要談的實在太多，無法盡述。這兒只能略舉一些常見的事例以見。本論文試就雙語教育制度下語言與文化的密切相關上論及華語教學上所應注意的重點。

# 四、教學方向與教學法

從上所述，語言與傳統文化的密切關係已是不爭的事實，因此在華語教學上必須根據這個特點進行教學，才能收效。如果我們只停留在語言文字上的教學而忽略或割捨文化因素這部分，那是無法取得教學上的效果的，有時甚至是教學上的浪費。

既然每個民族的語言和文化都具有自己的特點，語言又是民族文化的表現形式、是民族文化的載體、負荷者，那麼在新加坡的雙語教育制度下進行母語（華語）教學時，就必須充分地意識到這三層意思。第一層意思是，進行母語的教學時，必須訓練與加強學生的聽說讀寫的努力。第二層意思是，進行母語教學時，必須瞭解母語的文化背景知識與語義的文化內涵。第三層意思是，進行母語教學時，儘量使學生瞭解母語與英文及多元種族的文化差異。

新加坡教育部與華文教師們對於華文教學的改進加強的工作始終努力不懈，課程與教材也進行多次修訂。華文課程綱要上兩個主要目標始終堅定不移。1983年《中學華文課程綱要》的教學總目標：㈠培養學生聽說讀寫四方面的語文能力；㈡使他們通過華文的學習，認識並吸收有價值的東方傳統文化。1995/96年出版的《中學華文》的教學總目標：㈠加強學生聽說讀寫的語文技能和思維能力，並提高他們學習華文的興趣；㈡進一步認識及吸收華族文化與傳統價值觀。教育部在1998年成立了新的華文檢討委員會，對華文課程與教材進行了全面的檢討，並提出了建議，爲今後的華文教學定下了方向。檢討委員會報告書肯定了雙語教育政策和母語教學的重要性，並爲華文教學定下了兩大目標：㈠教導學生在聽說讀寫方面的語文技能；㈡通過華文教學，灌輸華族文化與傳統價值觀。事實上，這兩大目標是具體明確的，符合華文的教學特點。如今，隨著時移世變，新加坡的雙語教育（以英文為主）實行多年，學生受西方影響日深，對西方文化的認識逐漸加強，如果我們在教學華文時不指出華英文的文化差異之處，恐怕學生在學習上的困惑更多，對華文的學習興趣更為低落，語文技能的培養目標恐怕更難達到。所以，華文的教學目標應加上：使學生在文化差異方面得到充分的理解。我想這是個教學新方向。

在華文教學法方面，經過多年來的努力，也大有進展。從以語法為綱的框框到偏向於實用功能的路途發展到著重於語言環境與語言得體性，接著是現在推崇的有系統的綜合教學法，做到結構—功能—文化相結合的教學原則。這種發展，固然是一種可喜的進步。但是，由於過去太過於強調語文技能的全面發展，一些教師一時不容易改變教學方法，在教學上還是專注於結構、句法及語文練習等，對於如何帶出文化意義與內涵，似乎並不看重，或者不知如何著手。長此以往，造成教學上的單調、枯燥乏味，自然引不起學生的學習興趣。這樣做，反而弄巧反拙，學生不但無法掌握語文的技能，而且連教導華文的最大價值（傳播傳統文化及道德行為準則）也失去，更不用說認識多元社會裏的文化差異了。

這裡略舉一些在華文教學時如何帶出文化意義的例子。

㈠解　釋

詞語解釋是華文教學中的一個主要部分。譬如有些成語如畫龍點睛、龍飛鳳舞、草木皆兵、愛屋及烏、臥薪嘗膽等，有時一個成語就是一個故事，一個經驗總結，一個教訓，一種啓發。遇到這類成語或語詞，千萬不要輕易放過，必須通過語言或其他媒介具體生動地加以解釋。比如「龍飛鳳舞」，教師如果只按照詞典上的解釋：形容書法筆勢活潑。這樣的解釋，學生很難理解，學習的味道大減。如果教師把這句成語的文化意義帶出，情況肯定不一樣。教師應說明在古代神話傳說中「麟、鳳、龜、龍」都是神異動物，也都是中華民族所崇仰的吉祥物的、神聖之物。所以，龍鳳進一步引申爲表示人中之英傑，同樣的，書法的筆勢活潑，也可用「龍飛鳳舞」來形容。

順便帶出文化差異這個層面來：「龍」在希臘、羅馬的神話中是兇殘動物。《聖經》上把「龍」作爲罪惡的象徵。因此，西方人對中華民族稱自己爲「龍的傳人」感到難於理解。西方把「亞洲四小龍」譯爲「亞洲四小虎」，經過文化轉換，這便於西方讀者的理解。在教學上，如果能使學生瞭解這點，就可減少學習上的許多困惑。當他們自行閱讀時，遇到與「龍鳳」搭配的詞語如「望子成龍」「望女成鳳」時就不會感到不可理解，也不需死背硬記。

其他動物如「狗」，色彩詞、禮貌語、稱謂語、忌諱語等等，都存在著文化差異，都應該加以解釋清楚。

㈡思　考

在教學時，帶動學生思考一些有趣的語詞，能引起學生的興趣。有些有答案，有些沒有，目的是讓學生廣泛而深入地去思考，有時也可達到創意的目的。如「掛羊頭賣狗肉」。教師可以設問：「爲什麼要賣狗肉，而不賣豬肉或牛肉？」「狗肉與羊肉的味道難道相同？」「有哪些人是不吃狗肉的？」這可能不會有定論，但經過這一番思考，學生肯定會留下深刻印象。

㈢討論分析：

誦讀李白〈黃鶴樓送孟浩然之廣陵〉後討論分析。

故人西辭黃鶴樓，煙花三月下揚州
孤帆遠影碧空盡，惟見長江天際流。

這是一首膾炙人口的送別詩，表現了李白對友人孟浩然遠行的惜別和依戀之情。他並沒有把送別時的一切情景都寫進詩裡去，只用28個字，把詩人最激動的心情，通過具體感性的形象抒發出來，達到言有盡而意無窮的境界。如果只是這樣的分析還是不夠的。應該再安排一個討論的問題：「你從哪裡可以看出李白對友情的深厚？」如果能用幾個連續圖片畫出李白站在黃鶴樓頭望著孟浩然的離去，漸行漸遠以至看不見（因爲地球是圓的，船行至遠處自然湮沒在弧形下），李白還在那兒望著。足見友情的深厚。今人送友人登機，可有如此現象？這樣的討論分析，對李白詩的理解更深，也提高學生的思維能力及語文的技能。

這裡只是略舉數例以說明華文教學時並不需特意去教文化（但如果時間許可，有專門的文化課，那自然是更上一層樓），而必須隨機地帶出文化意義與內涵。學生學習語文，再也不是苦差，而是一種有趣的學習過程。他們不但學了語文，也學了文化；不但理解了文化含義，也加深語文的認識；不但明白文化差異所在，也提高雙語的運用與溝通的能力。

# 緯書篇目命名的語言策略

殷善培*

## 一

漢代緯書（讖緯、圖緯）的篇目絕大多數都是如〈援神契〉、〈考異郵〉、〈元命苞〉這類難解的三字名❶，這種以三字取名的現象，王利器以爲是「三可以包舉一切，可以寄言出意」❷；至於名義的難解，王利器認爲是「對音」現象，「三字之名的廣泛出現，絕大部份和三楚有關，我很懷疑這是楚文化的產物，換言之，也就是楚語的對音」❸。古籍中「對音」的現象的確存在，林河就曾從南方少數民族語言的角度，指出《楚辭》中的〈九歌〉其實是沅湘一帶

---

* 淡江大學中國文學系副教授

❶ 僅有《論語讖》的〈比考〉、〈撰考〉、〈素王受命讖〉，河圖的〈玉版〉、〈龍文〉、〈考鉤〉、〈秘徵〉、〈天靈〉、〈著命〉例外。

❷ 王利器〈讖緯五論（二）：讖緯以三言爲大題及其他〉，收在張岱年等著、《國學今論》，(遼寧：遼寧教育，1992年)，p.112-8。

❸ 前揭書，p.114。

古老的民歌ga jiu，jiu爲神靈，也就是情人，ga jiu 譯爲漢語就是「九歌」（「九」之歌）❹，「九歌」之「九」實與數字無涉，若執於數字之「九」來論十一篇之〈九歌〉，難免要將十一篇截頭去尾、併篇合觀，也因此千百年來終乏共識。但是緯書這類難解的篇目果眞是三楚之「對音」？若眞是「對音」，如無法乞靈於古音，則這些篇目恐怕眞是無從詮解了。但，事實上，緯書篇目的三字名泰半能解，漢末鄭玄、宋均就已著手解題，陳槃發表在史語所學刊的一系列解題更是緯書研究的經典，從這些解題中實在看不出有三楚對音的現象，反倒有一些是漢人的恆辭❺，可見「對音」說並不足以解釋這一問題。

終身致力於緯學研究的安居香山提出了另一種理解觀點，認爲：〈考靈曜〉、〈稽耀嘉〉、〈考曜文〉均與考察星象有關，因此緯書的書名是從觀察星的運行狀況以此判定吉凶的天文占中得來；又說：蒼帝靈威仰，赤帝赤熛怒、黃帝含樞紐、白帝白招矩、

---

❹ 林河又舉了許多的例子，如文學史中難解的〈越人歌〉以侗族語言解譯則清楚地呈現近乎〈九歌〉的風貌，與古傳漢譯〈越人歌〉其譯亦相近；再如，越王勾踐，在侗族語中勾踐其實就是越王，詳見林河，《〈九歌〉與沅湘民俗》（上海：三聯，1990年）。如果林河所言確是實情，則在楚辭學史上會是一個有趣的課題，即詮釋學中本義（meaning）與衍生義（significance）之間的問題。本義或原始意義是一回事，衍生義或時代意義又是另一回事，兩者甚至可以毫不相關。此外，蕭兵對〈九歌〉及〈越人歌〉另有新解，參見蕭兵，《楚辭的文化破譯》，(湖北：湖北人民，1991年)，第二部份。

❺ 陳槃就指出「佐輔」、「佐助」、「神契」等爲漢人恒辭、常辭，詳見陳槃《古讖緯研討及其書錄解題》，(臺北：國立編譯館，1991年)，p317、351。

黑帝汁光紀，這些神名是三個字的，緯書的三字名大概與星神有關，但他強調這種理解不能推廣到全部緯書。不過，安居對緯書與天文的關係並不確定，所以又引述福井康順的觀點以爲：「儒家命名多二字，道家莊子多三字，順此思考，各書篇名字數的不同，恐怕就是因爲儒道對立意識所引起的」❻。說緯書篇目與天文占有關是相當準確的論斷❼，至於以儒道對立來說明緯書的命名就不恰當了，因爲《莊子》卅三篇，以三字命名的不過內七篇，及外篇的〈田子方〉、〈知北遊〉，雜篇的〈庚桑楚〉、〈徐无鬼〉、〈列禦寇〉十二篇而已，難說已形成莊子的特色；再則，《莊子》的成書及篇目歷來也頗有爭議，《漢志》載有五十二篇，是郭象前通行的本子，現今仍可考《莊子》佚篇尚有〈閼奕〉、〈意脩〉、〈危言〉、〈游鳧〉、〈子胥〉、〈惠施〉、〈畏累虛〉、〈馬捶〉、〈重言〉等篇❽，除〈畏累虛〉外均是以二字爲篇名，可見莊子書仍是二字爲篇居大多數。說者當然也可以說並不在數量多寡而在於命名的特色，莊子書中自然以三字爲篇者最俱特色，此語固不虛，但只要再進一步分析便可發覺《莊子》的篇目結構與緯書其實大不相同。因爲《莊子》內七篇的篇名：〈逍遙遊〉、〈齊物論〉、〈養生主〉、〈德充符〉、〈人間世〉、〈大宗師〉、〈應帝王〉，除〈德充符〉要經一番推敲外，其餘字面並無難解，當然隨義理闡微自會有些不

---

❻ 安居香山著，田人隆譯，《緯書與中國神秘思想》，(河北：河北人民，1991年)，p.143-5。

❼ 緯書之所以稱「緯」，實即與天文占有絕對關係，參見：殷善培，《讖緯思想研究》，政大中研所博士論文，民國1991年，本論·第一章。

❽ 詳見：崔大華《莊學研究》（北京：人民出版社，1992年），第二章。

同見解出現，如〈齊物論〉究竟該讀爲「齊／物論」抑或是「齊物／論」就有爭議，但這種爭議是義理之爭而非字義之爭，且更涉及莊子思想的解讀，這與緯書篇目字義的費解迥不相侔，如以爲同是三字命篇兩者就有淵源，實爲皮相。若眞要如此思考，爲何不說《春秋繁露》是緯書命名的始祖？《春秋繁露》與緯書的關係頗爲密切，《四庫總目》且稱《春秋繁露》「核其文體，即是緯書」，其中〈楚莊王〉、〈盟會要〉、〈服制像〉、〈離合根〉、〈命元神〉、〈保位權〉、〈考功名〉、〈通國身〉、〈仁義法〉、〈五行對〉、〈陰陽位〉、〈陰陽義〉、〈郊祀對〉、〈山川頌〉十四篇是三字名的，尤其〈離合根〉、〈命元神〉、〈保位權〉像極了緯書的篇名，較之莊子內篇，實與緯書更爲切近，是否我們也可說緯書命名乃師法董仲舒而來？這似乎比前數說都要「合理」，但，究其實都只是形似而非本質上的契合！

然則究竟該如何看待緯書的篇目？我們以爲這與「詭爲隱語」所留下詮釋空間有一定的關係，也唯有從「詭爲隱語」這一角度思考才有可能找到答案。

「讖者詭爲隱語，預決吉凶」是《四庫總目》總論緯書時所做的評論，「詭爲隱語」是一種表達形式，緯書的三字篇名正是「詭爲隱語」的具體表現，舉例言之：「乾鑿度」三字單從字義是難以說出所以然來，除非將乾釋爲「天」，鑿訓「開」，度解爲「路、徑」，才能得一模糊的「天開路」概念。只是「天開路」究竟指什麼？這又是一個麻煩的問題，〈乾坤鑿度〉對此的解釋是「聖人鑿開天路，顯彰化源」，顯然是將「天開路」釋爲「開天路」，開天路的是未指出的「聖人」；但王令樾則解爲：「名之爲『乾鑿度』，即以乾與坤配合，而鑿爲抉啓，也就是說此爲開始抉啓乾坤的大法」❾。二者明顯不同；再如〈考異郵〉，孫瑴說「郵與尤通」，王令樾順此解爲「即談物應中尤爲有應的」❿，但郵不必訓爲「尤」，郵本可解爲「驛」，即傳達，〈考異郵〉可理解爲天人相應中種種殊異現象或種種規律……這些都在在表明了緯書篇目本身就是刻意形成「詭爲隱語」的現象，這和《莊子》內篇三字篇則接關係的是深刻的義理詮解，兩者是極爲不同的。

至於緯書篇目爲何要採用「詭爲隱語」的表達方式？這種方式有何效能？或者，緯書「作者」想要達到的預期效能是什麼？接受者又如何看待這種隱晦難解的篇名？這些問題所觸及的正是緯書的語言策略，要回應這些問題我們最好先對「命名」的問題略做分析，從命名的哲學來理解緯書的命名「策略」，再對「詭爲隱語」的意義、歷史做一考察，最後由文化語言學的角度來進行綜攝。

## 二

「命名」是一種就是對「物」的覺知，知道此物之爲此物，所以「命名」的過程也就是分類的過程，簡單地說，「命名」就是一種認識，有了「名」之後，彼此在這意義之網中就有了定位，循名則得其實，秩序也從而建立。而「意義」就在「能指（signifier）」（或稱爲意符、符徵、符號具、記號具）與「所指（signified）」（或稱爲

---

❾ 王令樾，《緯學探原》，(臺北：幼獅出版社，1984年)，p.18。

❿ 前揭書，p.18。

意旨、符旨、符號義、記號義）的「對譯」中呈現。然而能指與所指並不是恆相對舉的，能指、所指在許多情況下均有可能取得優勢，如「望梅止渴」，言語中的梅（能指），喚起了梅的屬性（所指），而不必眞有梅，這就是能指優勢；更重要的能指優勢是文學藝術的語言、種種的宗教儀式與因襲不改的風俗，象徵意義也非得在這些儀典之中才得彰顯，孔子的「賜也，爾愛其羊，我愛其禮」（《論語·八佾》）正可以從這角度理解。所指優勢則是大多數日常語言，科學語言所運用，所謂「得意忘言」、「得魚忘筌」。若從符號學「能所」對譯角度來看緯書篇目，同一篇名可以從字面上產生多種不同理解，則緯書篇目所表現的正是「能指優勢」。當然一字多義本是中國語言的特性，尤其在經典命名中也常有這樣的現象，如「易一名而含三義，所謂易也，變易也，不易也」（《易緯·乾鑿度》）、「詩有三訓：承也，志也，持也。作者承君政之善惡，述己志而作時，所以持人之行，使不失墜，故一名而三訓也。」（《毛詩正義·序》），一字多義且多義可以同時並用，從而增加「名」（能指）的豐富性。不過，這並不表示緯書篇目與《詩》、《易》就屬同科，因爲易有三名、詩有三訓乃是後人的訓解，不可說是本有其義故據以命名，但緯書篇名就不同了，它是有意造成這種一字多義的現象，致使解釋者難以慣性理解須多方推敲，彷彿其義。這種命名的「策略」（ strategies ）用意安在？簡單地說，就是從而形成緯書的神秘性。

再從符號學的角度看，完整的符號行爲是這樣的：

發送者——→能指——→所指－－→接收者
（編碼）　　（信息）　　（解碼）

但緯書篇目命名的符號行爲卻是缺乏發送者的不完整符號行爲：

？ ———→能指———→所指———→接收者

（編碼？） （信息） （解碼）

既然欠缺發送者，則所傳達的訊息究竟是什麼？這就成了問題。於是接受者在解碼過程中就得模擬編碼，再進行解碼，一旦解碼出錯，接受者必得重新解碼。在這模擬編碼中其實就是將編碼者預設爲神、爲聖人，如此一來天垂象，所示現的就是上天的信息了。

緯書篇目的命名策略就是將發送者神秘其事，使得緯書充滿天啓式的權威，而神秘其事的最簡便方法就是與世俗保持一定距離，「宗教之所以爲宗教，就在於具有其『神聖』的性質。所謂『神聖』（scared），依據杜爾幹的說法， 那就是有別於世俗（profone）的東西，而避免被世俗所接觸而污染者。神的境界之所以被人崇奉，就在於那點不同於一般世俗的神聖性質，假如和平常世俗生活一樣，那就毫無特殊之感可言，也就不會爲人所崇拜了。」⓫這種神聖、神秘其事的語言策略其實在祭祀行爲中早已有之，《禮記．曲禮下》就載有：「凡祭宗廟之禮，牛曰一元大武，豕曰剛鬣，豚曰腯肥，羊曰柔毛，雞曰翰音，犬曰羹獻，雉曰趾，兔曰明視，脯曰尹祭……」，鄭玄說這是「號牲物者異於人用也」，大體近之。祭祀中運用另一套語彙以示尊崇，就是神聖、神秘其事的現象，我們

⓫ 李亦園，〈神聖與神秘〉，收在《文化的圖像（下）》（臺北：允晨，1992年），p.202。又黃奇逸《歷史的荒原：古文化的哲學結構》，(四川：巴蜀書社，1995年)。

以為緯書篇目命名就是這種情況⑫。

## 三

何謂「隱語」？劉勰《文心雕龍・諧隱》說：「讔者，隱也；遯辭以隱意，譎譬以指事也……夫觀古之為隱，理周要務，豈為童稚之戲謔，愽髀而抃笑哉！」這是就文類中的「隱」而說的，形式上是「遯辭」、「譎譬」，也就是不直說其事，為何不直說其事而要譎遯其辭？這自然與所言述的對象或目的有關。若將「隱」用成表達方式，則「隱」就成了修辭技巧，《文心雕龍・隱秀》就說：「隱也者，文外之重旨者也……夫隱之為體，義主文外，秘響傍通，伏采潛發，譬爻象之變互體，川瀆之韞珠玉也。」所謂「文外之重旨」、「義主文外」、「秘響傍通」在在都說明了「隱」這種形式在語言表達上留給了接受者極大的聯想空間，這種表達的手法就是比興、隱喻了。緯書既是有意形成隱語，接受者的聯想及詮釋空間自然擴大，這也造成同一讖語可以有不同理解的現象，如《後漢書・公孫述傳》就載公孫述引《錄運法》：「廢昌帝，立公孫。」《括地象》：「帝軒轅受命，公孫氏握。」、《援神契》：「西太守，乙卯金。」等緯書，以為「謂西方太守而乙絕卯金也。五德之運，

---

⑫ 馮蒸以為《禮記・曲禮下》的這種語言現象是一種文化現象，且可能就是古代雅言，他以為雅言與非雅言的區別可能在詞彙上，而不一定是在語言上，詳見〈古漢語詞彙研究與人類語言學〉，收在申小龍、張汝倫主編《文化的語言視界》，(上海：上海三聯書店，1991年)，p.221-234。

黃承赤而白繼黃，金據西方爲白德，而代王氏，得其正序……（光武）帝患之，乃與述書曰：『圖讖言「公孫」，即宣帝也。代漢者當塗高，君豈高之身邪？及復以掌文爲瑞，王莽何足效乎？……』」《華陽國志》則載光武云：「《西狩獲麟讖》曰『乙子卯金』，即己未歲授劉氏，非西方之守也。『光廢昌帝，立子公孫』，即霍光廢昌邑王，立孝宣帝也。黃帝姓公孫，目以土德，君所知也。『漢家九百二十歲以蒙孫亡，受以承相，其名當塗高』，『高』豈君耶？吾自繼祖而興，不稱受命……」可見兩人對「公孫」的理解就有不同。這裡提到的「代漢者當塗高」更爲有趣，此讖言眞正發揮影響力是在東漢末：

> 周群字仲直，巴西閬中人也……時人有問：「春秋讖曰：代漢者當塗高，此何謂也？」舒曰：「當塗高者魏也。」鄉黨學者，私傳其語。（《三國志．蜀書．周群傳》）
>
> 舒既沒，譙又問術士杜瓊曰：「周徵君以爲當塗高者魏也。其義何在？」瓊曰：「魏、闕名也，當塗而高。聖人以並言耳。」又問周曰：「寧復有所怪邪？」周曰：「未達也。」瓊曰：「古者名官職，不言曹。自漢以來，名官盡言曹。吏言屬曹，卒言侍暫，此殆天意也。」周曰：「魏者，大也。曹者，眾也。眾而且大，天下之所歸乎？（《宋書．符瑞志》）
>
> 《典略》曰：（袁）術以袁姓出陳。陳，舜之後，以土承火，得應運之次，又見讖文云：代漢者當塗高也。自以名字當之，乃建號稱仲氏。（《三國志．魏書．袁術傳》）

「當塗高」究竟指什麼？是姓「當塗」，名「高」？還是「當塗而高」？抑是其或有他意思？這就是標準的「詭爲隱語」，值得一提的是，這種「詭爲隱語」的表達方式自然是簡短有力，這種方式可能是從謠諺（童謠）獲得啓示！「徒歌爲謠」，可見謠是隨興而發的歌詠，就因爲是隨興而致，毫無矯飾，所以謠諺在渲泄情感之餘，就有了政治批判的功能在其中，這是因爲：其一，吟誦者本爲局外人，所謂旁觀清，反倒能「預決吉凶」；其二是採詩制度的影響，姑不論西周時期是否眞有採詩以觀民風的舉動，但漢代確實是將採詩制度落實，這也正是武帝立樂府的意義所在⓭。有心者藉謠諺傳達一定的訊息，所謂「下以風刺上，上以風化下，主文而譎諫，言之者無罪，聞之者足以戒」（〈毛詩大序〉），正是此意。其三，謠諺所反映出的正是民間最眞實的聲音，治世、亂世、俗之美惡均可在謠諺中窺知，這種「判讀」謠諺不正是「預決吉凶」？所以這些無名氏所爲的謠諺每每反映出一定的政治問題，而童謠以其「無心」，更是謠諺精神的極致發展。《晉書·天文志·中》說：「凡五星盈縮失位，其精降于地爲人：歲星降爲貴臣，熒惑降爲兒童，歌謠嬉戲；填星降爲老人、婦女；太白降爲壯夫，處於林麓；辰星降爲婦人。吉凶之應，隨其象告。」「歌謠嬉戲」既有「吉凶之應」，則「詭爲隱語，預決吉凶」的功能就顯而易見了。舉例來看：《後

⓭ 《漢書·藝文志》：「古有采詩之官，王者所以觀風俗，知得失，自考正也。」《漢書·食貨志》：「春秋之月，群居者將散，行人振木鐸，徇於路以采詩；獻之以師，比其音律，以聞於天子。古曰：王者不窺牖户而知天下。」《禮記·王制》：「歲月，東巡守，至於岱宗，柴而望祀山川。覲諸侯，問百年者就見之。命太師陳詩，以觀民風。」這都是說古有採、獻詩之事。

漢書·公孫述傳》載：「黃牛白腹，五銖當復」，形式是謠諺，但「黃牛」指尚黃的王莽，「白腹」指尚白的公孫述，「五銖」代指漢代，所運用的正式「義主文外」的隱語。再如，《後漢書·皇甫嵩傳》的「蒼天已死，黃天當立，歲在甲子，天下大吉」，形式亦爲謠諺，而表達方式仍是隱語，「歲在甲子」指的是靈帝中平元年（184），「蒼天已死」乃春末，「黃天當立」指春夏之交，亦即中平元年春夏之交將舉事⓮，這種「詭爲隱語」的謠諺眞得要「秘響旁通」才能得尋繹其解。其中更有將謠諺譜成離合文字者，如，《三國志·董卓傳》注引《英雄記》：「千里草，何青青；十日卜，不得生」，離合爲「董」，「十日卜」離合爲「卓」，且以「何青青……不得生」秘指董卓橫暴之不長久。這種離合文字的伎倆在緯書中更常見，又如《漢書·王莽傳》、《後漢書·光武帝紀》、《宋書·符瑞志·上》均載的「劉秀發兵捕不道，卯金修德天子」，「卯金」就離合爲「劉」的偏旁⓯，《尚書中候》的「自號之王，霸姓有工」即西楚霸王項羽的離合文字，易緯雜讖書《運期授》有「言居東，西有午，兩日並光日居下」離合爲「許昌」。所以《文心雕龍·明詩》會稱：「離合之發，則萌於圖讖。」。這些離合文字而

---

⓮ 這裡的蒼天、黃天不能解爲木德、土德，只能解爲五行配四時下的季節，若要解爲木德、土德，則東漢以後明明以火德自居，又怎麼會成了木德？參見劉九生《循環不息的夢魘》，(北京：國際文化出版社，1989年)，P.82-7。

⓯ 類似離合劉字例子甚多，如《孝經·右契》「寶文出，劉季握，卯金刀，在軫北，字禾子，天下服」、《春秋·演孔圖》「卯金刀，名爲劉，中國東南出荊州，爲赤帝後，次代周」、《尚書·考靈曜》「卯金出軫，握命孔符」。

成的讖言，解者都得「說文解字」一番，在「說文解字」的過程中，其實也就是將緯書所言視爲天書，如何勘透就成了秘術，並不是人人都能夠詮解的，所以道教門徒更喜歡這種表達方式以神秘其事⓰。

## 四

由緯書篇目的命名策略及詭爲隱語的表達方式中，我們可以看到造作緯書者神秘其說的企圖，接下來我們要藉由文化語言學的觀點，分析緯書的篇名結構及接受者的領受狀態。

文化學者有這樣的說法：每一種文明都通過自己獨特的語言系統和符號系統（藝術的、宗教的和科學的語言）來理解世界，這些系統是人類根據自身的經歷和從前輩承襲的傳統，在實踐活動過程中形成的⓱。於是研究一種特定對象如何運用語言與符號系統就是一種極爲有意思的工作，譬如在宗教活動中，「某些獨特的修辭手法，如象徵、比喻、誇張等，無疑對人們的理性思維起到了一種粉碎的作用，從而在頭腦中建立起感性的想像的思維機制，最後產生神秘的幻想，從而形成宗教信仰。」⓲，準此，緯書「詭爲隱語」的表達手法是否也形成了自己獨特的語言系統和符號系統？若從研究語

⓰ 參見王利器，〈眞誥與緯書〉，《文史》第三十五輯。此文亦譯成日文，收在中村璋八編《緯學研究論叢：安居香山博士追悼》，1993年。

⓱ 「文化語言學是研究語言的文化屬性，研究語言和文化的相互關係以及通過語言探求人類文化的交叉學科」，刑福義，《文化語言學》（湖北：湖北教育出版社，1991年），p.17。

⓲ 路易·加迪，《文化與時間》，(臺北：淑馨出版社，1992年)，p.284。

言的文化屬性，研究語言和文化相互關係以及通過語言探求人類文化的學科之語言文化學的角度，是否有助於說明緯書「詭爲隱語」在語言及文化上的現象⓳？如何回應這些問題？且讓我們分析緯書的篇目結構！

「河洛五九、六藝四九」⓴再加上孝經緯二篇，論語讖八篇，總計是九一篇。我們可將這九一篇目用字分爲十五類：

1.「稽、考、鉤」類：十四種

河圖：〈稽曜鉤〉、〈眞紀鉤〉、〈考鉤〉、〈稽命徵〉、〈考靈曜〉

易緯：〈稽覽圖〉

書緯：〈考靈曜〉

禮緯：〈稽命徵〉

樂緯：〈稽曜嘉〉

春秋緯：〈文曜鉤〉、〈考異郵〉

孝經緯：〈鉤命抉〉

論語讖：〈比考讖〉、〈撰考讖〉

2.「符、命」類：十三種

河圖：〈赤伏符〉、〈會昌符〉、〈稽命徵〉、〈揆命篇〉、

⓳ 參見高長江，《符號與神聖世界的建構：宗教語言學導論》，(吉林：吉林大學出版社，1993年)，p.233。

⓴ 「河洛五九，六藝四九」(語出《後漢書·張衡傳》李賢注引張衡〈上事〉)，合計八十一篇，這也就漢代「宣布圖讖於天下」的官方版本。

〈紀命符〉、〈聖洽符〉

書緯：〈帝命驗〉

禮緯：〈稽命徵〉

春秋緯：〈元命包〉、〈感精符〉、〈命歷序〉

孝經緯：〈鉤命抉〉

論語讖：〈素王受命讖〉

3.「徵、驗」類 ：八種

河圖：〈秘徵〉、〈說徵祥〉、〈稽命徵〉

洛書：〈說徵示〉

易緯：〈通卦驗〉

書緯：〈帝命驗〉

禮緯：〈稽命徵〉

樂緯：〈叶圖徵〉

4.「樞、鈐」類：六種

洛書：〈兵鈐勢〉

春秋緯：〈運斗樞〉

易緯：〈萌氣樞〉

詩緯：〈汜歷樞〉

書緯：〈璇璣鈐〉

春秋緯：〈運斗樞〉

5.「運、期」類：五種

河圖：〈錄運法〉
洛書：〈錄運期〉
書緯：〈運期授〉
春秋緯：〈運斗樞〉、〈佐助期〉

6.「天、地、神、靈、精」類：十二種

河圖：〈括地象〉、〈考靈曜〉、〈坤靈圖〉、〈保乾圖〉、〈天靈〉、〈靈武帝篇〉
洛書：〈靈準聽〉
易緯：〈乾鑿度〉、〈坤靈圖〉
詩緯：〈含神霧〉
春秋緯：〈感精符〉
孝經緯：〈援神契〉

7.「曜」類：四種

河圖：〈稽曜鉤〉
洛書：〈甄曜度〉
春秋緯：〈文曜鉤〉
樂緯：〈稽曜嘉〉

8.「斗」類：三種

洛書：〈斗中圖〉
禮緯：〈斗威儀〉
春秋緯：〈運斗樞〉

9.「度」類：

洛書：〈甄曜度〉
易緯：〈乾鑿度〉
詩緯：〈推度災〉

10.「帝」類：六種

河圖：〈帝覽嬉〉、〈帝通記〉、〈帝視萌〉、〈龍帝記〉、〈靈武帝篇〉
尚書緯：〈帝命驗〉

11.「契、握」類：三種

河圖：〈握矩記〉
孝經緯：〈援神契〉
春秋緯：〈握誠圖〉

12.「輔、佐、助」類：三種

河圖：〈挺佐輔〉
論語讖：〈摘輔象〉
春秋緯：〈佐助期〉

13.「授」類：二種

河圖：〈闓苞授〉
書緯：〈運期授〉

14.「圖、錄、版」類：十二種

河圖：〈始開圖〉、〈龍魚河圖〉、〈玉版〉
洛書：〈斗中圖〉
易緯：〈稽覽圖〉、〈坤靈圖〉
樂緯：〈叶圖徵〉
春秋緯：〈稽覽圖〉、〈演孔圖〉、〈合誠圖〉、〈保乾圖〉、〈握誠圖〉

15.「記、紀、篇、表、文、序」類：

河圖：〈握矩記〉、〈合古篇〉、〈叶光記〉、〈帝通紀〉、〈龍帝記〉、〈龍文〉、〈揆命篇〉、〈要元篇〉、〈提劉篇〉、〈靈武帝篇〉、〈龍表〉、〈表記〉
春秋緯：〈命歷序〉

由上述的分類中可以看出：

第一、「稽、考、鉤」這類稽考、察核的用詞數量最多，佔了14%，但稽考、察核什麼呢？「曜、靈、命」是最常稽考、察核的，「曜」爲星耀，「靈」爲神靈都可以指天，可見以稽考「天」的狀況爲主。因爲在天人同構的系統中，稽考天也就是稽考人事，天所反應的正是人事的種種㉑。「天垂象，見吉凶」在象與吉凶之間

㉑ 卡西勒（Ernst Cassirer）《人論》中就說：「人在天上所眞正尋找的乃是自己的倒影和那人的世界的秩序。人感到了自己世界是被無數可見和不可見的紐帶而與宇宙的普遍秩序賢密聯繫的——他力圖洞察這種神秘的聯繫……爲了組織人的政治、社會的和道德的生活，轉向天上被證明是必要的。似乎沒有任何人類現象能解釋它自身，它不得不求助於一個相應的它所依賴的天上現象來解釋自身。」(臺北：結構群出版社，1989年)p.76-81。

的對應關係就得看通曉天文者的詮解了，所以，緯書篇目用字中的天象詞就包括了「天、地、神、靈、精」、「曜」、「斗」三類十九種。而「度」、「樞、鈐」則是「稽、考、鉤」的目的，掌握天體運行的規律。

第二、「徵、驗」可以說是「稽、考、鉤」的另一種說法，不過兩者之間有積極、消極之別。「稽、考、鉤」的重點是過程，而「徵、驗」則接受者只有被動接受，所以強調結果，所以「徵、驗」可以與「運、期」合在一起看。「運、期」，五運之期，五運之期自有徵、驗。而「徵、驗」的反面就是「授」了。

第三、以「符、命」命名的也多達十三種，而「符應與天命」可說是「稽、考、鉤」與「徵、驗」的具體展現；也是所謂「天心」、「天意」所在。

第四，「輔、佐、助」及「契、握」二類，這類頗有神靈奧援的意味。

第五、「圖、錄、版」、「記、紀、篇、表、序」的命名是指記錄的形態。

我們可以將這些用字分爲三個類型：

甲、動詞性質：稽、考、鉤、徵、驗、樞、鈐、握、輔、佐、助、授

乙、名詞性質：符、命、運、期、天、地、神、靈、精、曜、斗

丙、篇卷性質：圖、錄、紀、序、記、篇、表、文

緯書篇章命名基本上就是這三個範疇問的組合，每一範疇或取其一、或取其二，但絕不會同在一範疇中命名，即：

動詞性質
稽、考、鉤、徵、驗、樞、
鈐、握、輔、佐、助、授

名詞性質
神、靈、精、曜、斗符、
命、運、期、天、地

圖、錄、紀、
序記、篇、表、文
篇卷性質

無法歸在這些用字系統下的篇目尚有十六種：

河圖：〈絳象〉、〈著明〉、〈皇參持〉、〈玉英〉

洛書：〈摘六辟〉

易緯：〈天人應〉

書緯：〈刑德放〉

禮緯：〈含文嘉〉

樂緯：〈動聲儀〉

春秋緯：〈潛潭巴〉、〈說題辭〉、〈漢含孳〉

論語讖：〈摘襄聖〉、〈崇爵讖〉、〈糾滑讖〉、〈陰嬉讖〉

但〈絳象〉爲〈緯象〉之訛，「緯」是天象，與6.、7.、8.同類；〈著明〉即〈著命〉，意爲「受命」，與2.同類；〈皇參持〉的「參」是指「三皇」，意爲「三皇握持此（圖）」，本此，眞正無法歸入的只有河圖、洛書、易緯、書緯、禮緯、樂緯各一種，春秋緯三種及論語讖四種，合計十三種，如何看待這十三種規則之外的篇目？

〈玉英〉是寶物，《尸子》：「龍淵生玉英」，《尚書・帝命驗》：「人有雄起載玉英。」鄭玄注：「玉英，寶物之名」，《春秋繁露》就有〈玉英〉篇，河圖中的「玉英」更有受命之符的意思，所以與2.「符、命」類別無區別。《洛書·摘六辟》爲《洛書·摘亡辟》之訛，舉出亡國之君，國亡乃是期運之會，所以與5.相近。《易·天人應》名稱即表明與天人相關，《尚書緯·刑德放》是呼應《尚書·呂刑》而作；《禮緯·含文嘉》，文即禮文，有禮則美，與《禮》相配合；《樂緯·動聲儀》與樂律人心交感有關，這四篇的命名與所屬之經有關。至於《春秋緯·說題辭》爲《春秋緯》總序，不是刻意命名，故不在規則之內；〈漢含孳〉之義陳槃解爲「再受命」，則與2.意同；可見眞正逸在規則之外的並不多。

這樣的命名對接受者產生怎樣的影響呢？我們可以發現緯書命名的策略就是著意強調天人相應，以示一切有命數，有安排，無形中也使接受者感受到此種氣氛而難以掙脫。這種命名策略後來頗爲道教所採用，如《眞誥》的篇名：〈運象〉、〈甄命授〉、〈協昌期〉、〈稽神樞〉、〈闡幽微〉、〈握眞輔〉、〈翼眞檢〉均是運用三單字擠壓所形成的張力來暗示及形成特殊的氛圍。

# 同文同種的中國幻想曲：中、臺、新中華語言文化比較研究

吳英成*

## 摘　要

雖然號稱「同文同種」，中國大陸、臺灣和新加坡三地華人，卻早已因爲近百年來各自不同的歷史命運，加上華語與當地通行的華族方言以及外族語言的融合等因素，自然衍生成三種不同的中華文化類型。單在五千年傳統中國文化圖騰下的外貌仿佛形似，但細究內裏，不管是文化價值觀或族群意識，已呈現南轅北轍的差異。

詞彙是語言符號中最敏感且變化最大最快的部分，也最能具體反映出社會文化變化的面貌。故本論文具體列舉具代表性的三地詞彙（例如：同樣爲華族的族群共通語，中國大

* 新加坡南洋理工大學中國語言文化系助理教授

陸稱之爲「普通話」，臺灣稱之爲「國語」，新加坡稱之爲「華語」）及語碼混用現象進行比較分析，從而了解各地不同的文化意識形態及華語的特殊應用環境。結語則以全球英語的擴散而形成不同區域英語變體爲參照，探討三地應如何重新定位各自長期發展的華語變體，以促進世界各地使用華語地區進行有效的溝通，同時也保留本土意識認同。

## 一、序　言

立基於「中國人」這一「想象共同體」（imaginedcommunity）❶的認同之上，新加坡華人原先總認定自己與中港臺等地華人（甚至全球華人）皆屬同文同種，應當很容易進行血濃於水的交流與合作。但是，近年來中國、臺灣、新加坡三地的政經接觸卻出現許多不愉快的摩擦，其中兩岸談判的僵局、新中蘇州工業園合作開發案的觸礁，以及新加坡電信收購香港電信的投標失敗案，都是明顯的例子。

新加坡貿工部長楊榮文曾直言：「蘇州的經驗顯示跟在中國的華人比較起來，我們已經變得多麼不同。追根究底，蘇州的問題是一個文化的問題。」（《聯合早報》1999.6.19）。對中國抱著親切好感及熱烈期待的新加坡華人，在現實商戰中頻頻受挫後開始認知：雖

---

❶ 此概念源自Anderson, Benedict.（1991）*Imagined Communities: Reflecti on son the Origin and Spread of Nationalism*. London, New York: Verso. 中譯本見吳睿人譯：《想象的共同體：民族主義的起源與散布》，臺北：時報文化，1999年。

然新加坡和臺灣的華人多數是來自中國東南沿海的移民，在宗教、文化或語言上容或相似，但數百年來由於各自不同的歷史命運（中國大陸的共產專政、臺灣經過日本五十年殖民統治、新加坡由英國開埠殖民後扶持立國），加上華語與當地通行的華族方言以及外族語言的融合等因素，中國及海外華人早已衍生出不同的族群認同、生活價值體系及語言變體❷。

姑且不論新加坡華人與中國、臺灣華人的差異，即使是同居於新加坡島國的黃皮膚黑頭髮華人，也戴著不同的面具（文化認同）。中臺的華人還都利用華語來陳述各自的文化故事，新加坡便出現一批不會或不願說華語的「英校生」，他們以血統、姓氏、習俗、信仰爲族群的核心價值❸。這些「同種不同文」的華人，英文讀寫能力十分強，家人多以華族方言溝通。他們與新加坡另一批「華校生」形成強烈對比，後者趨向以語言（華語）作爲建立與傳遞族群認同的主要指標，將華人定義局限在（中華）文化認同：說華語、寫華文、讀中文書籍、了解中國歷史❹。比起新加坡華校生以嚴格的同「文」定義「中國人」，我們可以說英校生的自我認定較偏於「人類學的」❺。

---

❷ 語言變體的內容包括語音(例如：三地華人所帶的特殊地域口音：中國普通話兒化韻：小雞兒(tciər)、臺灣國語的〔fan〕(飯)讀成〔huan〕、新加坡華語的「第五聲」等都已成爲典型華語區域變體的認同標志。)、詞彙與句法。本論文主要探討詞彙的差異。

❸ 參見Pakir, Anne.(1993).Two tongue tied: bilingualism in Singapore. *Journal of Multilingual and Multicultural Development*,p85.

❹ 同前註。

❺ 這與馬來西亞晚期移民(華教運動的倡導者及支持者)以文化來定義種族，

本論文將在下節先分別論述華語在中國、臺灣及新加坡三地的社會地位，而後以實例舉證三地的詞彙變化及不同的語碼混雜方式。由這些語言變體的實例，我們可以很清楚地看到：即使是使用同樣的文字，雞同鴨講的文化溝通障礙仍隨時可能發生。

## 二、華語在三地語言社群的地位

自十八世紀，歐洲各國大規模地向美洲移民，殖民帝國的母國以強大的軍事、經濟和科技力量，有效地支配歐裔移民的官僚及意識形態機構。這樣深入的影響，導致十九世紀南北美洲民族國家全面興起後，英語或西班牙語仍是當地被普遍接受的主要行政用語。相對而言，明清以後移居東南亞的華人在政治上卻與北京完全斷絕關係，而且這些華工苦力多半是操著彼此無法溝通的漢語方言文盲，其中有些後來致富的華人更徹底地附庸於當地殖民者（不管是歐洲或日本）政權，並通曉他們的語言。因此，中國歷代政府對海外移民的消極態度，也可能是今日華語地位無法像英語隨本族移民影響力遍及全球的原因之一❻。

由於這樣的歷史淵源及主政者的定位差異，三地通行的華語雖然是同一語言實體，名稱卻自然有別。在中國稱之爲「普通話」，在臺灣稱之爲「國語」，新加坡則稱之爲「華語」，而這三個名稱

---

而土生華人(Baba,peranakan)（較早移民的華人）則以最寬泛的標準來定義華人（如膚色、生活習慣）相似。有關馬來西亞華人文化論述，詳參黃錦樹《馬華文學與中國性》，(臺北：元尊文化，1998年)頁112。

❻ 有關歐洲與中國移民的論述，詳見註❶，Anderson之著作 。

便各自表露其內在深層文化的意義。

中國自五十年代末期積極推廣普通話❼，1982年中國憲法規定：「國家推廣通用的普通話」，認定普通話不僅是漢民族的共同語，也是中國境內各民族的通用語。同時，它也是唯一的官方語言與重要的國際交際語❽。從語言使用場合及其社會功能而觀，普通話屬於強勢的高階語言（highlanguage）。舉凡政治、經濟、法律、科技、教育、學術、傳媒等領域與較正式場合，無不以普通話爲主導語言，而大部分的學校也以普通話爲主要教學媒介語。

在中國的各民族語言和各地區的漢語方言，則屬於弱勢的低階語言（lowlanguage），一般局限在非正式場合（例如：家庭域、市場域等）使用。然而由「普通話」這一名詞也可知道，中國當局只是強調華語的通行價值，並未因此而貶低人民大眾使用的其他民族語或地方方言的地位。

來自中國大陸的國民黨政府自1949年退守臺灣地區後，強力推動在各領域（例如：法律、科技、學術等）與正式場合以華語爲主導語言，華語同樣也成爲學校的主要教學媒介語，當時在校內以閩南方言交談的學生還會受到嚴厲處罰。由華語被稱爲「國語」一詞可想見，推廣時期行政當局曾極力賦予它不容挑戰的正統地位。

---

❼ 有關中國普通話的推廣工作及其成效，詳參周有光《中國語文的時代演進》，(北京：清華大學出版社，1997年)頁17 — 20；Chen,Ping〔陳平〕.（1999）*Modern Chinese: History and sociolinguistics*. Cambridge: Cambridge University Press.pp.23-30.

❽ 中國外交部以普通話所發布新聞，而且領導人在國外發表演說以及在國內接見外國貴賓時也以普通話交流。

直至近年來臺灣（尤其是閩南語與客家話）本土意識興盛，原處受壓抑地位的本土漢語方言開始被賦予高度的政治內涵，成爲爭取族群認同的利器。本土漢語方言的使用也不再局限於非正式場合，連國會殿堂、廣播電台、電視台等正式場合也可使用。但是，其使用場域及普及度與國語相比較，還是頗受限制❾。

在新加坡立國初期，以英語爲主要行政語言的政府，針對那些只能以各自的祖籍方言溝通的中下階層華人，從1979年起大力推行「講華語運動」，成果斐然，以祖籍方言（例如：閩南語、粵語、客家話等）作爲主要家庭用語的人口，由1980年的76.2％急劇下降至1990年的48.2％，反觀以華語作爲主要家庭用語的人口，從1980年的13.1％急速上升至1990年的30％❿。這些數字標識著華人祖籍方言終於失去最保守語言堡壘（家庭域）的主導地位，華語「名符其實」成爲所有新加坡華族的共同語。

雖然目前華語已成爲新加坡華人最普遍使用的家庭用語，然而英語卻一直是政治、經濟、法律、教育、科技、行政等公共領域的高階與強勢語言，無論在工作場合或行政機構等正式情境，英語都被視爲主導語言。據1990年的人口普查統計，在家裏使用英語交談的華人家庭，已由1980年的10.2％倍增到1990年的21.4％⓫。而且在

---

❾ 有關臺灣社會語言、語言政策的探討，詳參黃宣範《語言、社會與族群意識》，(臺北：文鶴出版有限公司，1993年)、曹逢甫《族群語言政策：海峽兩岸的比較》，(臺北：文鶴出版有限公司，1997年)等著作 。

❿ Lau, Kak En.（1993）. *Singapore census of population 1990: Literary, language spoken and education.* Singapore: Department of Statistics. 頁6。

⓫ 同前註。

以英語爲主要教學用語的教育體系中，能熟練地運用英語的年輕一代正日漸增加，英語取代華語成爲新加坡主要家庭用語指日可待。

目前在新加坡這個雙言制社會（diglossicsociety）裏，英語與華語具備不同社會語言功能：英語的實用功能高，普遍應用於日常的工作環境，而且被定位爲進入國際社會的橋樑，屬於高階語；華語則偏向文化傳承的情感功能，屬於低階語。相對而言，中國和臺灣則是漢語體系內的雙言制社會，在兩地，基本上華語還是高階語，各地的漢語方言則屬於低階語。

## 三、華語變體：中、臺、新華語詞彙比較

詞彙是語言符號中最敏感且變化最大最快的部分，也最能具體反映出社會文化變化的面貌。中、臺、新三地特有的華語詞彙或以同名異實的形式出現，或以同實異名的形式存在，然而這些相對應的詞彙相互之間卻是無法任意替代的，因爲它已經深深地打上該社會特有意識形態的烙印。三地的華語甚至還出現不少本土自爲的特有詞彙，反映了該社會特有的政治、經濟、文化風貌，即使一樣是方塊字，但在其他地方硬是無法找到任何對應的詞彙。

### 3.1　同實異名的詞語——本土認同的標志

華（漢）族的共同語及演奏的傳統音樂，三地便出現名稱迥異的詞彙：

| 中國大陸 | 臺灣 | 新加坡 |
|---|---|---|
| 漢語、普通話 | 國語 | 華語 |
| 民樂 | 國樂 | 華樂 |

各地選用的名稱可謂社會意識形態沈澱的結果。中國大陸稱之「漢語」強調其爲漢民族的共同語，以區別於其他少數民族語言；稱「普通話」則與傳統名稱——「官話」相對，強調此語言的普及通用特性，乃人民大眾的語言，不具任何特權性質，此名稱與中國大陸政權所標舉的共產意識緊密相連。臺灣稱之「國語」乃沿襲國民黨在中國大陸建立中華民國時的名稱，強調其作爲「國家語言」的地位。在多元種族的新加坡社會中，華人以「華族」作爲族群的身份表徵，與他族（馬來族、印族等）形成對照，自然把華人的共同語稱爲「華語」，以強調其海外華人的認同。許多詞語（例如：華裔、華社、華校、華教）也以「華」作爲詞素，以突顯其民族性。

以此類推，三地炎黃子孫也以各自的語言意識形態爲中國民間樂器演奏的音樂命名：「民（族）（音）樂」（中國大陸）、「（中）國（音）樂」（臺灣）、「華（族）（音）樂」（新加坡）。

「舊詞語」的存留更替也體現三地的社會心理：例如：清道夫（臺灣）、清潔工人（新加坡）、清潔工人或環衛工人（中國大陸）。新加坡及中國大陸以新詞替換舊詞意味著社會觀念的轉變，而臺灣沿用清道夫此一舊詞則意味著傳統的承繼。

外來新事物⑫的譯名本應比較中立，但是某些譯名與當地的社會心理發生聯繫後，就會有不同的「文化」內涵。例如：德國生產的"Mercedes-Benz"便有不同譯名：奔馳（中國大陸）、賓士（臺灣）、馬賽地（新加坡），由此可看出三地對象徵財富和身份的名牌汽車有不同的涵義。

## 3.2 同名異實的詞語——文化分化的標志

同名異實的詞語有兩種類型：一種是一地已經消失的義項仍在另一地存留使用，例如：「檢討」一詞原本有兩個義項，可指正面或負面的「對事情進行反思」，在中國大陸經過文革後，此詞彙大多只使用負面的「對錯誤的反思」義項，而在臺灣與新加坡此詞彙的兩個義項還被存留。另一種是一原來通用的詞語在一地加入新的義項，而在他地則仍用原來的義項，例如：「同志」一詞原指「志同道合的人」，新加坡也以同志作為稱謂，但是僅用於政黨內部。在中國也作為人民之間的稱呼，而在臺灣則新增「同性戀者」的意思。

---

⑫ 新近科技詞語(例如:"intenet")，三地的名稱也不一：在中國大陸的譯名就有大聯網、互聯網、因特網、英特網、交互網、網際網、網際網絡等十餘種之多，(中國)「全國科學技術名詞審定委員會信息科學新詞審定組」還為此進行漢語定名工作。臺灣大多用「網路」(例如：「網路情報雜志」)、新加坡則多用「網際網絡」。三地譯名不一，似乎不涉及文化認同的差異。但是，倘若未能加以規範化，這將直接影響世界各華語使用地區的交流。詳參Goh Yeng Seng〔吳英成〕(1999)Challenges of the rise of global Mandarin, *Journal of the Chinese Language Teachers Association*, 34.3：41-48.。

## 3.3 自產的特有詞語——本土社會文化的鏡子

三地自產的特有詞語或流行語，最能反映三地特定社會生活的變遷，而且在其他地區常常無法找到對應的詞語，因為它與特定地區的政治、經濟、文化生活緊密相連，可謂社會文化的鏡子。

中國大陸早期共產社會的用語，例如：集體領導、半邊天、紅衛兵、臭老九、五講四美等，記錄了當時的變革情況。近二十年改革開放的腳步也留下許多語言印記：經濟特區、萬元戶，反映改革開放初期的社會生活；房改、下崗、機構改革、創收、國有企業關停並轉，則是近年來改革深入的寫照。

從臺灣流行語就可管窺當地的「花花世界」，其中包括臺語（閩南語）流行語：「盈盈美黛子」（形容這個人太閑沒事做）；數字流行語：「119」（求救代號）、「520」（我愛你）；日語轉換的流行語：「秀鬥」（腦筋短路、遲鈍的意思）；歧義流行語：「淑女」（「俗」氣的「女」人）；洋腔流行語："BMW"（Big Mouth Woman；形容大嘴巴的女人）⓭。

新加坡建國以來的自產特有詞語中：人民協會、公民咨詢委員會、居民委員會、社區發展理事會、集選區，反映本地的政治生態；組屋、大牌、小牌、建屋發展局，反映政府推行的住房制度；擁車證、限制區、現金卡、閱卡器，反映政府特有的交通管制方法；樂齡（指老年）詞彙鏈 —— 樂齡中心、樂齡公寓、樂齡村、樂齡網、樂齡俱樂部、樂齡周、樂齡綜合服務中心，反映政府提倡的「關懷」與「分享」政策。

---

⓭ 以上臺灣流行語的例子摘自沈芸生《世紀流行大詞典》（上、下輯），臺北：旺角出版社，1999年。

# 四、語碼混用：由句內層擴散至句間層

新加坡政府從今年四月起展開「講正確英語行動」（Speak Good English Movement）（《聯合早報》2000.3.10），這個語言行動的對象是針對四十歲以下的學生與工作人士，希望糾正他們所說的不合規範「新加坡式英語」（Singlish）。其實在一個雙語或多語的社群中，說話者很容易在交際中，同時（摻雜）使用兩種或者以上的語碼或者語言變體，像「新加坡式英語」這種語言現象叫做語碼混用（code-mixing）⓮。

在「新加坡式英語」中，混用或者轉換的語碼是不同的語言（華語、英語及馬來語），有時語碼混用也可以是不同方言變體或者語體。例如在中、臺、新三地，經常出現華語對話中，同時夾雜漢語方言發音的詞彙與句子；或者是漢語方言對話中，夾雜以華語發音的詞彙或者句子，這兩種語碼混用的類型都非常普遍，但是其社會語言功能並不相同。

就以臺灣為例，2000年總統選舉期間，外省籍候選人宋楚瑜為了爭取本省（閩南、客家）族群票源，在華語講詞中有意無意地夾雜

---

⓮ 本論文不區分語碼混用與語碼轉換(code-switching)，前者指句子與句子之間的轉換，後者指句子之內的混用。但是，二者的差異並非涇渭分明，所以我把二者視為同一個概念，統稱語碼混用。詳參Gibbons, J. （1987） *Code-mixing and code choice: A Hong Kong case study*, Clevedon: Multilingual Matters. 及Tay, Mary Wan Joo.（1989）. Code-switching and code-mixing as a communicative strategy in multilingual discourse, *WorldEnglishes*, 8.3：407-417.。

以閩南語、客家話發音的詞彙與句子，象徵他對本省族群成員的認同。另一方面，由於華語在臺灣屬於強勢語言，許多新興詞彙爲本省語言所無，因此，後來當選爲總統的本省籍候選人陳水扁在以閩南語發言時，也必須夾雜以華語發音的詞彙與句子。在中國大陸，這種華語夾雜方言或者方言夾雜華語的語碼混用現象在各漢語方言區也非常普遍。由於這屬於同一語言中的方言與方言之間的語言混用現象，華人都不覺得怪異或者不自然。

然而，當屬於不同語族的語言（例如華語夾雜英語）互相混用時，許多提倡「純淨」語言的衛道者就會大加斥責，認爲這是語言能力低落者的副產品，這也正是新加坡社會不斷出現講正確英語或講標準華語相關呼籲的原因。

其實，「新客」初到新的語言環境中，爲了適應新的語言情境需要而採取語碼混用的語言交際策略也頗爲自然與普遍。例 1 是一位年輕的留美中國學生的語言實錄：

1.一個24歲的北京鋼鐵學院的畢業生，1988年到美國明尼蘇達州某大學攻讀金屬切割專業。半年後，給當年的同學們寫了下面這封信：

> 嗨，各位，本人經過一番苦學，混了兩個「B」，便開著新買的舊豐田皇冠車東進。第一站 Chicago（芝加哥），在一家 BigBoy 的店裏吃了一頓自助餐，因 service（服務）頗差，決定不給 tip（小費），以示無產階級的志氣。本想去城中聽一場音樂會，結果拐進了那裏的「42街」，無非是從 topless 到 bottomless（脫衣舞表演），一看就全明白了。

第二站到了 Pittsburgh（匹茲堡），車 park（停）在繁華之地，行李未取出，回來時發現車窗被砸，行李被盜。Shit!（操蛋!）初步估算，損失達500美元。⓯

例１顯示這位「新客」爲了描寫新語言環境中的新事物，直接以當地通行詞彙（英語）加入華語句子，其中以名詞（例如：Bigboy,Chicago,tip等）爲主，較少動詞（例如：park）。但是，整個句子仍嚴格遵守華語的句法結構。換句話說，這位「新客」所代換的詞項並非任意的，而是爲了表達他追逐美國潮流的心態。

在新加坡這個多元語言的社會中，華英（或者英華）語碼混用⓰的現象更是屢見不鮮。例２是兩位華族小姐在地鐵站交談時的對話：

2.甲：Miss Tan, weekend我和Miss Ong一起到Orchard Road Centre Point的Robinson shopping, then我們又一起去Mc

---

⓯ 見錢寧《留學美國——一個時代的故事》，南京：江蘇文藝出版社，1996年。

⓰ 新加坡的語碼混用現象可以分爲以華語爲主體語(hostl anguage)英語爲嵌入語(embed dedl anguage)的華英語碼混用；以英語爲主體語華語爲嵌入語的英華語碼混用兩大類型。由於兩者所涉及的語言層面不同，所以在分析語料時應該分開處理。詳參Myers-Scotton, Carol.（1993）.*Duelling languages: Grammatical structure in codeswitching*, Oxford: Clarendon Press.,；Tay, Mary Wan Joo.（1989）. Code-switching and code-mixing as a communicative strategy in multilingual discourse, *WorldEnglishes*, 8.3：407-417.；吳英成（1988）「羅惹華語」——新加坡華語訊碼轉換分析，《華文研究》第2期，頁70-73.； 王曉梅（1999）《新加坡華人英語、華語語碼轉換策略的研究》，新加坡：南洋理工大學中華語言文化中心碩士論文。

Donald吃hamburger。

乙：哎呀！都沒page我，我也想去McDonald買HelloKitty攤貓證。

初到新加坡的中、臺旅客乍聽到例2的對話，或許還以爲他們正在以英語交談。早期語碼混用的現象源於英語爲新加坡強勢語言，在六、七十年代，英語口語能力不強的華校生，爲求時髦，提升自己的社會地位，因此特意在言談中加入部分英語語碼，這種在華語系統內包含著英語、漢語方言、馬來語等不同語言的語碼混用現象，形成本地獨有的雜燴式華語特質。當然，說話者也可自由選擇保留華語的詞項，尤其是在講究「正統」華語的正式場合，以免遭人詬病或者批評。

新加坡教育部自七十年代末期，逐漸取消以往華英校有別的二元學制，轉而在中小學廣泛推行英語爲主要教學媒介語，「母語」淪爲一門必修科目。教育部原先的構思是期望通過新的雙語教育制度培養出大量左右逢源的雙語人。但是目前卻出現許多雙語水準皆屬二流的「灰色陰陽人」⓱，這是因爲學生在學校接觸英語的頻率比華語高出許多，無論來自哪種家庭語言背景，一般上掌握英語的能力逐漸高於華語，以致在日常華語交談中陷入詞彙不足的困境，中英文語碼混雜的現象日漸加劇，而且成因跟早期追求時髦的華校生心態截然不同。

---

⓱ 如果將以往分別接受華校及英校教育的華人以黑白兩色作比喻，接受雙語教育的年青一輩，相較之下，華語能力比以前的英校生強，英語比以前的華校生流利，然而總體而言，中英語言能力的表現卻不突出，因此可稱之爲介於中間灰色地帶的雙語人。

現在新加坡學生講華語時經常出現語碼混雜的情形，多半是因爲無法找到相應的華語詞彙，他們常在華語句式中摻雜新加坡社會通用的英語詞彙，雜燴式華語成爲新加坡社會不同於其他使用華語地區獨特的語言現象。例3是新加坡大學生在校園討論課業的對話實例：

在大學學生餐廳裏，兩位被作業壓得透不過氣來的學生正在交談⓲：

甲：這個assignment的deadline是幾時huh?

乙：好像是下拜一，你還沒有start咩〔mie[1]〕？

甲：Wheregottime，這樣多東西做，這個semesterreally likehell。

乙：Ai tsai（勸人要保持冷靜、鎮定），還有三個禮拜，thinkabout 你的方帽子lor，then got motivation。

值得注意的是例3與例1（中國留美學生）及例2（新加坡華校生）所使用的語碼混句式有明顯的差異：中國留學生及華校生的混雜只停留在句內層（intra-sentential level），代換的項目多爲詞彙。現在新加坡學生的雜燴華語句子成分，不僅在句內層，同時在句間層（inter-sentential level）也存在代換成分，例如：「Where got time, 這樣多東西做，這個semester really like hell」同時包含從主體語（華語）對譯的子句：Where got time（哪裏有時間）；華語子句：這樣多東西做；英語爲主體語，華語爲嵌入語的混用語碼：這個semester really likehell。

句間語碼混用現象已不是爲求時髦地任意代換詞彙而已，說話

---

⓲ 這份語料由林惜萊提供。

者其實已陷入詞彙缺乏的困境，這種句間語碼混用現象，通常被視爲語言不熟練的半語說話者（semi-speaker）無法有效地使用雙語的證據⓳。

## 五、結　語

相對於中國的「正統」華語，臺灣及新加坡華語因爲社會環境的不同而出現豐富多元的（詞彙、語音及語法）變體，我們應以平常心看待。就如同英語隨著十九世紀英國的對外軍事擴張與殖民統治，加上二十世紀美國崛起成爲軍事與經濟超級強國，散布至全球各地的英語，已逐步從英式英語衍生成今日的各種英語變體：美式英語、澳式英語、紐式英語、印度英語、甚至新馬英語⓴。

區域語言變體自有其存在的文化認同價值，同時也必會造成部分的溝通障礙，但是透過入境隨俗的學習管道及編纂各地特有詞語詞典㉑（例如：汪惠迪（1999）《時代新加坡特有詞語詞典》）等方法都可

---

⓳ Holmes, Janet.（1992）. *An Introduction to sociolinguistics*. London and New York: Longman. 頁40—53。

⓴ Crystal, D.（1997）. *English as a global language*. Cambridge: Cambridge University Press. 中譯本見鄭佳美譯《英語帝國》，臺北：貓頭鷹出版社，2000年。

㉑ 由聯邦出版社(Federal Publications)、閣樓哈樂出版社(Chambers-Harrap Publishers)與新加坡國立大學英國語言文學系共同編纂的《時代閣樓必備英語詞典》(Times-Cham bers Essential English Dictionary)(簡稱《時代》)，編輯在考慮新馬地區英語學習者的需要後，特地添加一千個本地區常用英語詞條，讓學習者借以分辨國內與國外地區英語的應用，參

稍稍彌平。最危險的溝通陷阱莫過于武斷地以「正統」華語爲圭臬，把本土語言變體視爲離經叛道的不入流語言，或故意忽略各地華語背後不同意識形態的指涉，這種採取強硬的「定於一尊」作法，不但無法促進三地的實質文化交流，反而使彼此的關系漸行漸遠，阻礙全球華語的平穩擴散。我們應正視三地華語及其內在的意識形態早已轉變的事實，並進一步在促進語言溝通（求同）與保留本土意識（存異）間取得適當的平衡。

在新加坡，以英語作爲主要交際用語的人口持續增加已是不可擋的大趨勢。但是，從年青一代句間語碼混用現象來看，他們這些雙語不熟練的半語說話者（semi-speaker），雖然在新加坡國內進行人際溝通不會出現太大的問題，但是在與其他地區的華人進行涉及專業範疇的溝通時，這些華語詞彙匱乏的「半桶水」雙語人恐怕就會左支右絀、處處碰壁。

隨著中國門戶的開放與重新崛起，中國對21世紀全球經濟、政治、軍事的影響正逐步擴大，而華語借助網際網絡或衛星電視節目傳播，也順勢成爲當前重要的新興全球語言㉒。如何積極培養華語專才，建立21世紀大中華市場中語言競爭的優勢，成爲新加坡教育當局在新世紀面臨的最大考驗。

---

見吳英成〈告別正統，華語才能百花齊放〉，(《聯合早報》一九九九年一月十九日)及〈讓華語成爲現在進行式語言〉，(《聯合早報》一九九九年十月三日)兩文。

㉒ 參見同註⑫。

# 漢字文化圈的混合文字現象

張學謙*

## 摘　要

漢字文化圈的演變主要有三個方向：沿用漢字、混合漢字和拼音字、改用拼音字。其中以混合文字最爲特殊，是本文探討的重點。本文將考察日文、韓文、廣東話文及臺語文的混合文字現象，主要分析這四種混合文如何選用漢字和拼音字，並以此爲基礎對臺語語文規劃提出建議，包括：提升本土語文的地位與功能，制定漢字表以規範漢字的使用，採用羅馬字爲臺語的拼音文字，以漢羅文爲主要的書面語，全羅文爲附屬的書面語。本文同時建議應從跨學科的觀點分析比較各種書面語形式的優缺點。

關鍵詞：漢字文化圈　雙文字　混合文字　臺語文　日文　韓文　廣東話文

* 國立臺東師範學院語教系助教授

# 一、前　言

漢字文化圈是研究語言調適或語言改造（language adaptation）的絕佳場域❶。由於漢字文化圈包括非漢語的語言，如果要以漢字來書寫這些語言，那麼勢必要對漢字作一定程度的改造。當然，除了改造漢字之外，還有創造或引進拼音字的選擇。由漢字和拼音字的組合關係，我們可以看出漢字文化圈演變的三個方向：沿用漢字、混合漢字和拼音字、改用拼音字。

本文探討漢字文化圈的混合文字（mixed scripts）現象，嘗試理解混合文的語言調適策略：改造漢字、創立拼音字及混合漢字和拼音字的方法。這些語言調適策略的研究不但在理論上增進我們對漢字文化圈的理解，同時對現階段的臺語文書寫的發展也有相當的啓示和參考價值。本文的目的即在探討漢字文化圈的混合文字現象（包括日文、韓文、廣東話文及臺語文），並對臺語文的語言規劃提出建議。本文的組織如下：前言之後，第二節運用雙文字的理論分析漢字文化圈文字使用的幾種類型；第三節分別探討日文、韓文、香港廣東話文及臺語文的混合式書寫形式；第四節是結論與建議。

# 二、漢字文化圈的雙文字現象

雙文字現象（digraphia）是指一個語言或者是語言變體，同時

---

❶ 關於語言調適的理論說明，請參見Coulmas, Florian. 1989. *Language Adaptation*. Cambridge University Press.。

使用兩個或兩個以上的文字系統❷。雙文字理論是了解漢字文化圈演變的重要概念。從漢字文化圈的發展歷史來看，非漢語的語言借用漢字書寫本地語言大概會經過四個演變階段：(1)學習階段，學習漢字文言；(2)借用階段，用漢字來寫母語：借音，借意；(3)仿造階段，做新字；(4)創造階段，創造拼音字 ❸。這些演變階段事實上也可以理解爲不同的語言調適策略。

一般而言，這些地區會引進或是發展出兩種文字：漢字及拼音符號（諺文、片假名、注音符號、漢語拼音、羅馬字）。這兩種文字可以組合出三種書面系統：完全使用漢字（如中國）、完全使用非漢字的拼音文字（如越南的Quoc Ngu及北韓的諺文）、或混合這兩種文字的書面語（日本及南韓）。拼音字在漢字文化圈有四種功能：(1)作漢字注音的符號；(2)漢字的補助文字；(3)和漢字平等的並行文字；(4)脫離漢字變成取代式的獨立文字 ❹。圖1是漢字文化圈雙文字發展的簡要示意圖：

---

❷ 本節參考張學謙〈雙文字的語文計劃：走向21世紀的臺語文〉，《教育部獎勵漢語方言研究著作得獎作品論文集》，(教育部國語推行委員會、清華大學語言學研究所，1998年) 4:1－4:19。

❸ 參見周有光《世界字母簡史》，(上海：上海教育出版社，1988年)。

❹ 參見Chen, Ping. 1994. “Four Projected Functions of New Writing Systems for Chinese.” Anthropological Linguistics. 36 (3) : 366－381. 及1996. “Toward a Phonographic Writing System of Chinese: A Case Study in Writing Reform.” International Journal of the Sociology of Language.122: 1－46.

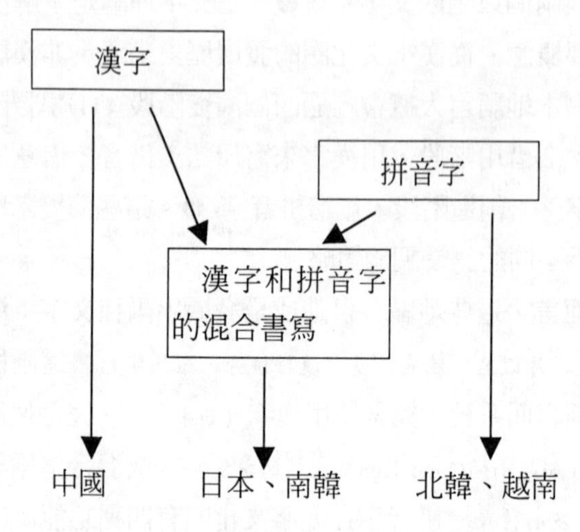


圖1・漢字文化圈的雙文字發展示意圖

## 三、漢字文化圈的混合文字現象

DeFrancis 將雙文字現象分爲「眞正的」和「邊緣的」情形。他認爲眞正的雙文字限於「僅應用於講同一語言的人們的情況」，因此，轉寫（transliteration）、照錄（transcription）只是邊緣的情形❺。第二種邊緣的情況是「相繼的文字雙軌制」（sequential

---

❺ 眞正的雙文現象相當少見，Defrancis舉出其中三種：塞爾維亞—克羅地亞語、印地—烏爾都和漢字—漢語拼音。前兩種都是因爲宗教的因素導致雙文字的現象。第三個例子，漢語，還不是現存的雙文字，它只不過是正在出現的或者規劃中的雙文字現象。參見DeFrancis, John. 1984a. The Chinese Language: Fact and Fantacy. Honolulu: University of Hawaii Press. 頁60－63。

digraphia），即「在長時期中，一種語言可能使用好幾種文字」。第三種邊緣情況就是本文所探討的混合文字現象，稱爲「共存的文字雙軌制」（concurrent digraphia）。本節將分別考察日文、南韓文（簡稱韓文）、香港廣東話文和臺語文的混合文字現象。

## 3·1·日文的混合文字

漢字和漢文大約在西元三世紀時，由韓國引進日本。七、八世紀時，日本開始借用漢字來書寫日語。日語和漢語的語言類型不相同，漢語是孤立語很少有屈折變化，而日語是粘著語（agglutinative language），動詞和形容詞尾有屈折變化，因此，以漢字書寫日語，並不方便，需要對漢字加以改造或創新。

### 3·1·1·日文漢字的類型

日文借用漢字書寫主要透過三種方式：音讀、訓讀、造字。音讀是指借用漢字讀音來表示和日語讀音相同或相似的語詞。音讀有兩種情形，一種是兼借音意的漢字，如“sui”（水）。另一種音讀字，可以說是假借字，即借用漢字音來寫日語，而不考慮漢字的語詞意義，如以「久」（ku）和「母」（mo）來表示kumo（雲）。訓讀是日文借用漢字的第二種方法：借用漢字語詞的意義來寫日語詞，而不考慮漢字的讀音，例如：「山」被借來表記日語的yama。日文以訓讀的方式借用漢字，對臺語漢字的選用有很大的影響力❻。除了用漢字的音義外，日文也仿照漢字創造一些新漢字，稱爲「倭字」，

---

❻ 鄭良偉《演變中的臺灣社會語文》，臺北：自立出版社，1990年。

又稱「國字」。

3・1・2・假名的創造

西元九世紀時，日本人將漢字字型簡化創立假名。假名包括平假名和片假名。假名是完備的表音文字系統，任何日語詞彙都可以假名表示。假名一開始是漢字的「旁注」工具，慢慢的發展成補助漢字不足的「輔助文字」，另外，又可充當完整表記日語的「並行文字」。不過，在過去假名的社會地位相當低落，主要是婦女和下階層民眾的文書工具，因此平假名又被稱爲*onnade*「婦女字」，而男人和貴族則使用漢字❼。漢字和假名的混合文出現在十三世紀，現在漢字假名混合文是日本的正式書寫系統，二次大戰後，漢字逐漸減少，假名逐漸增多❽。

3・1・3・漢字、假名混合文

漢字、平假名和片假名在混合文的不同功能可由表1❾表示。一般而言，漢字用以書寫實詞，包括名詞、動詞、形容詞、副詞，和一些連接詞。平假名則用來寫語法虛詞，包括附屬詞、屈折詞綴、方位詞，助動詞、以及連接詞❿。平假名及片假名都可用於表示口

---

❼ 參見Chiang, William W. 1995. "We two know the script; we have become good friends": linguistic and social aspects of the Women's script literacy in Southern Hunan, China. University Press of America.，頁118。

❽ 周有光《文字類型學初探》，(《民族語文》第6期，北京，1987年)頁55。

❾ Backhouse, A.E. 1984. Aspects of the graphological structure of Japanese. *Visible Language*. 18（3）:219－228.

❿ 同前註。

語常用的擬情詞及擬聲詞（expressives, mimetics）。片假名還用於拼寫外來語。註解的假名（*furigana*）則用於注記漢字的發音或意義，註解的假名直寫時是置於漢字的右側，橫寫的置於漢字上方。日據時期，日本政府所出版的臺語字典及教科書以註解的假名標記漢字讀音。現行的臺語教科書一般採逐字對照的方式編寫，可能也是受到它的影響。

表1・三種書寫文字系統在混合文的功能區分

| 文法虛詞 | | 平假名 |
|---|---|---|
| 詞彙 | 一般詞匯 | 漢字 |
| | 擬情詞、擬聲詞 | 平假名、片假名 |
| | 西方外來語 | 擴充的片假名 |

3・1・4・混合文的閱讀效果

許多研究結果都顯示閱讀漢字平假名混合文比閱讀全是平假名的文章快的很多。Nakano以三種書面語測試大學生的閱讀速度，結果漢字平假名文的閱讀速度最快，其次是全使用平假名的文章，最慢的是全使用片假名的文章⓫。平假名和片假名的閱讀速度差異可能是因為文字的熟悉度的不同，平假名比片假名較常在日文中出

⓫ 參見Nakano Sukezo and Nagno Masaru. 1958. Problems with national writing. Kotoba no kogaku. Vol.6. InEndo Yoshimoto et al.（eds.）Kotoba no kagaku. Tokyo: Nakayama Shoten.

現。同理，混合文閱讀速度較快的原因可能是因爲受試者習慣閱讀混合文，卻很少有機會閱讀沒有漢字的文章⓬。另外，也有可能因爲混合文的實詞（通常是漢字）和虛詞（平假名）在字型上有所區隔，讀者較容易辨認語義重點。假名文則缺少這樣的區別，篇幅又較混合文長，因此閱讀速度較慢⓭。

3・1・5・文字的刻板印象

除了漢字、平假名和片假名這三種主要文字外，羅馬字、英文字母和各式各樣的符號亦常在日文中出現。由於語言接觸的關係，羅馬字在日文的使用劇增，特別是在廣告。對日本人而言，羅馬字被視爲正式文字之一，並不是外在於日文的文字。就此而言，日文可說是世界上極爲特殊的書面語系統：同時融和漢字、假名和羅馬字這三種文字⓮。表2⓯顯示對這四種文字的刻板印象。

---

⓬ Brown指出混合文是否比假名文容易閱讀並不易測試，因爲類似的比較都受到熟悉程度、語義和詞類等因素的影響。參見Brown, Robert. 1986. The expressive necessity of Kanji in Japanese. *Asian and Pacific Quarterly*. 18（2）:32.

⓭ 參見Taylor, Insup and Taylor, Martin. 1995. Writing and literacy in Chinese, Korean and Japanese. John Benjamins Publishing Company.

⓮ 參見Saint-Jacques, Bernard. 1987. Bilingualism in daily life. Visible Language. 22: 101.

⓯ 引自Smith, Janet and Schmidt, David.1996. Variability in Written Japanese: Towards a Sociolinguistics of Script Choice. *Visible Language*. 30（1）:50.

表2　四種文字的刻板印象

| | 作者、讀者特徵 | 風 格 特 徵 |
|---|---|---|
| 漢字 | 男性、中年人、老人 | 博學 |
| 平假名 | 女性、年輕人 | 柔弱纖細、女性氣質 |
| 片假名 | 年輕人、特別是男性 | 現代性、大眾文化 |
| 羅馬字 | 年輕人、特別是女性 | 廣告 |

3·1·6·混合文的漢字比率

從歷史發展的角度來看，漢字在混合書寫形式的使用逐漸減少。有一項研究調查自1906年至1976年間每隔十年漢字比率的消長，結果發現漢字的使用自1906年的46.8%下降到1956年的36.2%，不過1956年之後漢字的比率漸趨平穩，1966年，37.8%，1976年38.0%[16]。樺島忠夫指出現在日文各種文字的使用量依序爲：平假名>漢字>片假名>羅馬字，他預測未來發展的方向是：平假名>片假名>漢字>羅馬字[17]。Kaiho & Nomura對日本大學生的調查顯示：有5.3%的學生認爲將來漢字的使用會增加；44.0%認爲漢字會保持目前的情況；49.3%認爲漢字會減少使用；但是只有1.3%的學生認爲漢字會消失，成爲僅用假名[18]。由此看來，漢字使用可能會維持現狀或減少使用，但不大可能完全消失。除了假名取代部分漢字的使用

[16] 同註[13]，頁338。

[17] 參見樺島忠夫〈複雜na日本語no文字to表記no未來〉(1991年)，見西協彰人編《日本語漂流記》，創現社，頁58－64。

[18] 見Kaiho Hiroyuki and Nomura Yukimasa. 1983. *Kanji jyohoshori no shinrigaku*. Tokyo: Kyoyuku Shuppansha.

外，漢字減少的主因是日本政府限制漢字的字數。

### 3·1·7·日本的文字改革：限制漢字

限制漢字數是日本語言改革最主要的部份，自1872年開始實施至今。漢字限制的數量時增時減，不過整體而言是走向減少漢字使用。限定漢字的方法是制定政府機關及一般社會使用的漢字表。在過去的五十多年來，漢字表經過多次的修改：1942年的《標準漢字表》有2,669個漢字；1946年的《當用漢字表》有1,850個漢字；1981年的《常用漢字表》則有1,945個漢字，日本官方規定《常用漢字表》是「表達法令、公文、報紙、雜誌、廣播及一般日常生活用語中的標準常用漢字」⑲。

《常用漢字表》提供社會大眾漢字使用的依循。不在《常用漢字表》的語詞，建議以假名書寫。但是，《常用漢字表》並沒有強制性，漢字的使用還是有彈性應用的空間。《常用漢字表》根據以下的原則選用漢字：

1.使用頻率高、造詞能力強或使用領域廣的漢字，列入漢字表；

2.以假名書寫不容易理解，特別需要漢字才能完整表達的詞。因此，就算這個詞不常用、造詞功能不強，也列入漢字表；

3.主要用於專有名詞的漢字（地名、人名等）不列入漢字表；

4.用於感歎詞、助動詞和助詞的漢字不列入漢字表；

5.採用廣泛使用於代名詞、副詞以及連接詞的漢字。

6.盡量避免有相同讀音的漢字；如果是慣用的漢字或為了避免

---

⑲ 參見余煥睿〈日本漢字政策的演變〉，收入《世界華文教學研討會論文集》，1990年，頁314－319。

岐義時，可以採用漢字。

7.盡量避免不同的漢字有同樣的訓讀的情形，不過這類的漢字要是有功能的區分或是習慣用法，可以採用。

8.借用漢字語音的假借字或漢字組合成詞後有不規則的訓讀，如果已經長期廣泛的使用，也包括在漢字表。[20]

日文的漢字假名混合文對一般教育的推展很有幫助。假名除了補足漢字無法有效表達發音的缺點外，又減少漢字的字數，因而可以減輕學生的學習負擔，提昇教育的品質。

## 3·2·韓文的混合文字

### 3·2·1·漢字的改造

漢字大約在西元一世紀引入韓國。至少在西元三世紀以前，韓國人已經開始使用漢字、漢文。西元四世紀前後，開始以漢字書寫韓語。韓語是阿爾泰語系的一分支。韓語是粘著語和孤立語的漢語大不相同：韓語的詞序是SOV，有粘著詞綴，後置詞（postposition）和多種音節結構的本土詞語[21]。因此，漢字並不能準確的表達韓語，需要改造漢字才能表記韓語。

韓文借用漢字書寫的方法，和日文一樣，主要透過三種方式：假借、訓讀和造字。假借是以借用漢字的讀音，而不管漢字原來的意義，來書寫韓語語詞。如借用「久」來表示韓語詞*ku*。不過，韓

---

[20] 參見Seeley, Christopher. 1991. *A history of writing in Japan*. E. J. Brill.，頁167－168。

[21] 參見Hannas, Wm. C. 1997. *Asia's orthographic dilemma*. University of Hawaii Press.，頁49。

語的音節結構比漢語複雜，因此，仍然有很多的韓語詞無法以漢字妥善的表音。訓讀是借用漢字的意義來書寫韓語詞，不考慮漢字原本的發音，如以「水」表記韓語的*mor*。韓文也有一些獨創的漢字，例如「木飛」表示「梯子」㉒。

諺文創制之前，韓國的漢字書面語有三類：漢文、鄉扎及吏讀。表3 ㉓是韓國漢字三種書面語的摘要。漢文是中國的文言文，也是主要的書面語形式，享有崇高的社會地位。鄉扎以借用漢字爲音符，依韓語語法，書寫韓語，主要用於記錄民間的歌謠。吏讀是低階的官方文書，以訓用的漢字表記實詞，以假借的漢字表記虛詞，語法介於漢語和韓語之間。

表3·韓國漢字書面語摘要

| 形式 | 句法 | 使用範圍 |
| --- | --- | --- |
| 漢文（漢語文言文） | 漢語語法 | 使用於各類文體：歷史、文學、宗教、學術等領域 |
| 鄉扎 | 韓語語法 | 鄉土歌謠、詩 |
| 吏讀 | 介於漢語和韓語之間 | 低階官方文件、私人文件、碑文 |

3·2·2·諺文的創造與流傳

雖然，透過漢字的借音和借義的方式，可以將韓語記錄下來。不過，漢字書面語太過於複雜、不夠完善，並不方便韓國人的文字

㉒ 韓國獨創的漢字超過150個，大多用來書寫本土語詞，人名及地名。引自Kim, Yong-Jin. 1990. *Register Variation in Korean: A Corpus-based Study*. Ph.D. Dissertation. University of Southern California.，頁218。

㉓ 引自前註書，頁11。

溝通。因此，韓國國王世宗（1419－1450）創制「訓民正音」以彌補漢字的缺陷。世宗在1446年頒布「訓民正音」[24]。諺文是漢文化圈首次產生的音素字母，原有26個字母，現代使用24個字母。由於漢字的影響，諺文字母並不是線形排列，而是排成音節方塊。諺文的字母相當特殊，不但反映發音部位和發音方法，同時也反映出儒家的宇宙觀。諺文的設計相當精密，常爲語言學家所稱道，Watanabe & Suzuki就稱贊諺文爲「世界上最合理的文字系統」[25]。

諺文比吏讀等漢字書面語更能完整的表記韓語，照理說應能取代吏讀。其實不然，諺文創制後，吏文仍然是官方書面語，享有較高的地位和聲望。知識份子認爲諺文是不登大雅之堂的「俗字」，強烈的反對諺文，諺文的應用並不普遍，漢字書寫一直主導韓國的書寫文化直到二十世紀初。知識份子一如往昔繼續使用漢語文言文，漢文仍然是主要的書面語，用於政府、行政、學術、知識生活。低階官吏開始使用諺文，中產階級則使用吏讀和諺文漢字混合文，平常人則以諺文處理日常事務，如寫信、記賬等[26]。

一直到十九世紀末，諺文才逐漸受到重視。1896年進步黨的成員So Chepil創立第一份完全使用諺文的報紙——獨立新聞（1896－1899）。全用諺文的雜誌也在這個時期出現。基督教傳教士也以

[24] Hangul「諺文」這個詞創於20世紀初，han的字義是「偉大」或「韓國」，gul是「字」的意思。「訓民正音」又簡稱爲「正音」，另外，又被稱爲*onmun*「俗字」。

[25] 參見Watanabe Kiruyon and Suzuki Takao. 1981. Chosengo no susume. Tokyo:Kodansha.，頁137。

[26] 和日文的假名一樣，諺文在過去也被認爲是女人使用的文字。

諺文翻譯聖經及相關的宗教作品，對諺文的推廣也有相當的貢獻[27]。可惜，諺文運動因日本殖民統治（1910年－1945年）被迫終止。日本當局禁止諺文（1933年）和韓語的使用（1938年），諺文的出版因而停止。

日本戰敗後，韓國脫離日本的殖民統治，在民族主義的驅策之下，諺文受到重視，成爲韓國人重要的認同象徵[28]。由於民族自決和馬克思列寧主義的影響，北韓在1949年廢除漢字、採用韓國字爲官方文字[29]。北韓在1960年代又恢復漢字教育，不過，漢字並不用於書寫韓文。南韓則使用諺文漢字混合文。南韓廢除漢字的政策搖擺不定。1957年至1964年間和1970年至1972年間，南韓政府曾下令禁止漢字使用。1974年恢復漢字教育，小學不教漢字，初中的時候，學900個漢字，高中學另外900個漢字[30]。表4是南韓、北韓和日本漢字教育的漢字量[31]。由表4可知北韓的漢字教育所教授的漢字比南韓多。

---

[27] DeFrancis, John. 1989. Visible speech: the diverse oneness of writing systems. Honolulu: University of Hawaii.，頁198 — 199。

[28] 韓國是世界唯一紀念發明文字的國家。韓國文字節在10月9日，當日全國放假。

[29] 南韓和北韓的語言差異不但表現在語詞、語音、語法和語用上，連文字也有所不同。北韓不使用「諺文」這個稱呼，而稱之爲*cosenkul*「韓國字」或*wuli kulca*「我們的文字」。（參見Sohn, Ho-min. 1997. Orthographic divergence in South and North Korea: toward a united spelling system. In Young-key Kim-renaud（ed.）*The Korean alphabet: it's history and structure*. University of Hawai'i Press. 193－218.）

[30] 參見Brown, Robert. 1990. Chinese character education in Japan and South Korea. *Language & Communication*. 10（4）:299－309.

[31] 引自Hannas, Wm. C. 1997. *Asia's orthographic dilemma*. University of Hawaii Press.

表4·韓國和日本漢字教育的字數

| 年級 | 北韓 | 南韓 | 日本 |
| --- | --- | --- | --- |
| 1 | | | 80 |
| 2 | | | 160 |
| 3 | | | 200 |
| 4 | | | 200 |
| 5 | 500 | | 185 |
| 6 | | | 181 |
| 7-9 | 1.000 | 900 | 939 |
| 10-12 | 500 | 900 | |
| 總數 | 2.000 | 1.800 | 1.945 |

3·2·3·諺文漢字混合文

南韓的混合文和日語的混合文很相像。不過，韓文比日文簡單的很多，韓文不但漢字使用的比較少，用法也較爲一致。漢字僅用於漢語詞，本土詞一定以諺文書寫㉜。漢字的訓用方法，已經不再使用。韓文的漢字用法簡單明瞭，每個漢字只有一個讀音，不像日文有將近60％的常用漢字同時具有音讀和訓讀。南韓文的漢字使用比率也比日文低。南韓混合文中漢字的比率，依讀者、主題、作者、政府政策等因素而異。Taylor & Taylor初步的調查顯示報紙、雜誌、

㉜ 韓文的漢字主要使用於地名、人名、政治團體、政府的機關，或者是一些政治、經濟及社會學的觀念。

一般讀物的漢字使用都在10%以下，這些刊物的漢字大多數是人名、地名、機構的簡稱、片語、成語或是罕見的漢語詞㉝。由表5可知，南韓的混合文中漢字的使用逐年下降㉞。

表5·1948–1988年間諺文和漢字使用比率

| 年度 | 1948 | 1953 | 1958 | 1963 | 1968 | 1973 | 1978 | 1983 | 1988 |
|---|---|---|---|---|---|---|---|---|---|
| 諺文 | 40.8% | 46.7% | 45.6% | 49.5% | 64.0% | 63.2% | 76.5% | 83.1% | 86.0% |
| 漢字 | 59.2% | 53.3% | 54.3% | 50.5% | 36.0% | 36.8% | 23.5% | 16.9% | 14.0% |

3·2·4·韓語混合文的閱讀效果

1962年的一項調查顯示讀者對3種不同漢字混合比率的喜好程度依次是：25%的漢字、50%或以上的漢字、完全不使用漢字。由於漢字政策搖擺不定結果造成漢字能力有世代不均等的現象。年輕人能毫不費力的閱讀全諺文文章，習慣混合文的老一輩卻常常抱怨全諺文文章不易閱讀。由於漢字的使用逐漸減少，現代的韓國大學生最常閱讀的是完全使用諺文的文章，他們閱讀這類文章也比其他摻雜不同比率漢字的文章要來得快。Taylor & Park測試大學生對包含不同漢字比率的韓文的閱讀速度，結果發現閱讀速度從快到慢依

㉝ 同註⑬，頁250。

㉞ 引自德川宗賢、眞田信治編《新·方言學*o*學*bu*人*no tameni*》(京都：世界思想社，1993年 )頁186。

次是0％漢字，10％漢字，50％漢字㉟。

## 3．3．廣東話文的混合文字

廣東話的書面語在明朝晚期就已經出現，主要是民間流傳的歌謠。清朝晚期則出現廣東話的劇本和一些啓蒙讀物。1950年代廣東話文在廣州差不多絕跡了，香港的廣東話文則持續成長。1950、1960年香港的一些專欄和連載小說以夾雜廣東話、文言文和華文書寫。1970年代晚期開始廣東話的媒體文化（media culture）勃興，廣東話文的使用也隨之增加。1980年代出現完全以廣東話口語書寫的平裝書，其中《小男人週記》，在1987至1989年間，甚至連續打破銷售記錄。到了80年代晚期香港的華文報紙大多固定有一、兩篇廣東話的文章。目前，華文在香港仍然是出版的大宗，而廣東話文也有相當數量的出版品㊱。廣東話文使用的文類包括：卡通、廣告、塗鴉、政府告示、一般書信往來、警察筆錄等㊲。廣東話文用於非正式的場合，如報紙雜誌的影劇版或短篇故事。很少用於正式文體。廣東話文有傳達親切、本土色彩和幽默的效果；而普通話則用於正式文體，聲望高。知識份子通常瞧不起廣東話文，不過廣東話文有

---

㉟ 參見Taylor, Insup and Taylor, Martin. 1995. *Writing and literacy in Chinese, Korean and Japanese*. John Benjamins Publishing Company.

㊱ 參見Snow, Donald. 1993. Chinese dialect as written language: the case of Taiwanese and Cantonese. *Journal of Asian Pacific Communication*. 4（1）:16-18.

㊲ 參見Bauer, Robert. 1988. Written Cantonese of Hong Kong. *Cahiers de Linguistique Asie Orientale*. 17（2）:277.

促進本土文化認同的作用，有其重要的象徵意義㊳。

廣東話書面語最明顯的特徵是漢字使用不一致，缺乏標準。廣東話的漢字使用原則有：假借、訓用、本字和造字（如：口左 *tsuo.3*「了」）㊴。其中以借用漢字讀音的假借法最為常用。由於廣東話是漢語的一個分支，傳統上以漢字為主要的書寫工具，不過由於和英語接觸的關係，也引進英文字母作為音節的音標，以下就是以英文字母表示廣東話詞素的例子：

成　日　都　口吾　望　後　面！
Seng.2 jat.8 tou.1 M.2 mong.6 hau.6 min.6
後　面　D　位　平　D　呀？
hau.6min.6 TI.1WAI.3 PHENG.2 TI.1a.5

「（她）整天都不往後看！難道說後面的位子比較不值錢？」㊵在這個例子，第一個D表示*ti.1* 複數標記「些」第二個D表比較的*ti.1*「點」。以英文字書寫英文借詞的例子比較常見，如：K士 *khei.1si.3* "case"、BB *pi.2 pi.1* "baby"。Bauer指出廣東話文已經逐漸發展出包括漢字和英文字母的表音音節，用以補充表意漢字的不足㊶。這種混合文字的書面語有如韓國或日本的混合文。香港廣東話的羅馬字使用並不一致，不過並沒有構成閱讀的障礙。拼音文字在香港

---

㊳ 參見Cheung Yat-shing. 1992. The form and meaning of digraphia: The case of Chinese. In Kingsley Bolton and Helen Kwok （eds） *Sociolinguistics Toady: International Perspectives*. London: Routledge.

㊴ 關於廣東話寫法的詳細描述，請參見註㊲，頁257－277。

㊵ 同前註，頁264。

㊶ 同前註，頁276。

的廣東話書面語中以下列方式使用：

1.羅馬字母取代原本的漢字方言詞字。如「口的」*ti*被“D”取代。

2.羅馬字母直接用於英語借詞，如OK、DJ和DDT。

3.英文詞保留本來的形體，不加修改，以廣東話的口音來念，如*show*，*face*，分別念成〔sou〕和〔fei si〕。

4.英文的字、詞或者是短句穿插於香港廣東話文和普通話文，以英語發音。如：「兩晚的演出百分之九十是ENJOYABLE，最討厭的是一班SECURITY GUARDS。」

5.羅馬字用於拼寫尚無漢字表記的方言詞，如*亞gee亞jor*「廢話」，*where銀*「賺錢」[42]

Cheung發現香港的廣東話和普通話文章都有混合文字的情形。他更進一步的指出混合式書寫形式在香港是愈來愈普遍了。在這種情形之下，傳統的「書同文」的觀念已經開始瓦解，逐漸邁向混合文字書寫的時代。

## 3·4·臺文的混合文字

### 3·4·1·臺語雙文字歷史簡述

臺語有三種書面形式：完全使用漢字（全漢文）、完全使用羅馬

[42] 參見Cheung Yat-shing. 1992. The form and meaning of digraphia: The case of Chinese. In Kingsley Bolton and Helen Kwok （eds） *Sociolinguistics Toady: International Perspectives*. London: Routledge. 頁212－213。

字（全羅文），以及漢字羅馬字混合使用的形式（漢羅文）[43]。

臺語的漢字作品主要是口語文學的筆錄。1930年代的「臺灣話文運動」嘗試以漢字書寫臺語，臺語文字化的議題在當時曾引起廣泛的討論，不過對漢字使用的原則，並沒有達成共識。這個時期主要的貢獻是臺語口頭文學的筆錄，包括：民歌、囝仔歌、民間傳說、笑話、謎猜，以及俗語。這項運動因中日戰爭爆發而被迫結束。臺語文的發展與民族主義和民族認同緊緊相連。「臺灣話文運動」主要是爲了抵抗日本殖民政府的同化政策。臺語的漢字使用有文字化和標準化的問題。漢字有四種方法來標記臺語詞：訓讀字（借意思）、本字（依照語源）、假借字（借音），以及本土字（造字）。由於漢字選用原則的多樣性，漢字的標準化相當困難。

臺語全羅的寫作已經有150年的歷史。長老教會最先推行羅馬字，主要是爲了傳教的目的。除了宗教作品外，羅馬字也用於其他的出版品，例如：護理教科書、中國古典文學翻譯、臺語報紙、臺語教學讀本，及十多套字典。臺灣第一份報紙《臺灣府城教會報》（1885-1942）是完全以羅馬字書寫的臺語報紙。近年來人們不斷的有新的羅馬字方案提出，不過，迄今爲止，仍然以教會羅馬字最爲通用。全羅的書面語目前比較少見，羅馬字一般都用於漢字注音或以羅馬字取代一部份的漢字，成爲漢羅合用文。

漢羅合用文的歷史最短，不過卻是目前最有發展潛力的臺語書

---

[43] 本節參考張學謙〈雙文字的語文計劃：走向21世紀的臺語文〉，《教育部獎勵漢語方言研究著作得獎作品論文集》，(教育部國語推行委員會、清華大學語言學研究所，1998年)，4:1-4:19及張學謙〈海外的臺語文運動：以「臺灣青年」爲例〉，《東師語文學刊》第12期，1999年，頁203－236。

面語。1931年，林鳳歧曾提議以羅馬字取代有音無字的臺語詞。1964年，王育德也曾在日本發行的《臺灣青年》這份雜誌中提出漢羅的主張。但是，王育德本身並沒有漢羅的作品。一直到1967年才有人在《臺灣青年》以漢羅文書寫臺語。另外，1977年《臺灣語文月刊》在美國推動漢羅書寫運動㊹。漢羅合用文在1980年代晚期開始流行。雖然歷史最短，卻是目前最爲常見的臺語書面語形式。漢羅並用的主張是鄭良偉教授在1980年代後期，透過實際的作品以及理論的說明引進臺灣。以漢羅書寫的文類相當的多樣，除了詩歌創作以外，也有小說，散文，戲劇的文學創作，甚至有好幾篇學術論文是以漢羅書面語寫成的。從寫作的文類來觀察，漢羅文的發展是以文學化和現代化爲主要的方向。

### 3·4·2·漢羅書面語：羅馬字的補助功能

陳平（Chen）指出，對漢字來講，一個新的書寫系統會使有四種可能的功能：附屬式的（auxiliary）注音工具、補助式的文字（supplementary）、並行式的文字（alternative），以及取代式的文字（superseding）㊺。漢羅合用文中的羅馬字屬於補助式的文字。羅馬字的補助功能是羅馬字及漢字混合使用，一般稱呼作漢羅。漢羅書面語中，漢字的使用仍佔多數，羅馬字僅用於漢字不適合標記的地方，所以羅馬字這種功能是補助性的文字。

---

㊹ 張學謙〈海外的臺語文運動：以「臺灣青年」爲例〉，《東師語文學刊》第12期，1999年，頁203－236。

㊺ 同註❹。

### 3·4·3·漢羅書寫形式的原則

臺語特別詞不容易以漢字表示，所以漸漸有人以羅馬字來表示這些語詞。也就是說，臺語詞及華語詞共通的語詞以漢字表示，漢字不夠用或不適合用的情況就以羅馬字表示[46]。鄭良偉指出漢羅有以下的優點：⑴漢字及羅馬字之間的選擇很有彈性；⑵可以避免漢字書面語的困難；⑶解決臺語漢字書面語的特殊困難；⑷漢字及羅馬字本身的優點可以保留；⑸照顧現代及將來的文化交流；⑹培養訓練不同的認知能力[47]。鄭良偉曾提出漢羅文選用漢字或者是羅馬字的原則：

下面情況之下會使用漢字：

1.漢字本字明確的詞；

2.相當有標準性的漢字的詞；

3.跟華語、客語通用的詞；

4.漢字字形，筆劃簡單的詞；

5.學生已經學過的漢字。

下面的情形用羅馬字：

1.本字不明確的詞；

2.漢字還沒有標準化的詞；

3.跟華語或客語不能通用的詞；

---

[46] 不適合以漢字表達的臺語詞差不多佔一般文章的15%，參見鄭良偉《演變中的臺灣社會語文》，(臺北：自立出版社，1990年)。

[47] 同前註，頁227－231。

4.漢字複雜或罕見的詞；

5.漢字用借音原則形成的詞；

6.一字多音多義、容易引起誤讀、誤解的詞；

7.外國人名或地名的譯音詞；

8.表達文法關係的虛詞；

9.學生沒有學過的漢字詞。[48]

這些原則是書寫漢羅合用文的重要參考。書寫臺文時，作者可以根據本身對漢字、羅馬字的熟練的程度，或是考慮讀者的能力，來決定使用哪種文字。重要的是作者在同一篇文章要用字一致。客觀的閱讀測驗顯示漢羅的閱讀效率比全漢字的文章高[49]。漢羅文使用羅馬字書寫的臺語詞可分爲：虛詞、借詞、擬聲詞及合音詞，以及臺語本土的實詞，以下分別舉例：

1·虛 詞：

新工具 e 使用會改變生活 e 腳步，裁縫車仔對媽媽 e 方便閣親像蒸汽機發明了後，致使第一次 e 工業革命……

（引自張春鳳1994：67，《青春 e 路途—我 e 生活臺文》，臺笠出版社）

2·借詞或英文詞句：

雖然這款故事四界攏有，m7-koh Aukele 神話內底有一koa2是kan-taN Polynesian 才有 e 5。

---

[48] 同前註，頁228－229。

[49] 同前註，頁247。

（節錄自吳宗信1997，《Aukele the Fearless》）

犯罪來o-lo2上帝是m7是新的臺灣神學理論。因爲臺灣牧師及長執若用英語司會，十個九個攏是ka7會眾講：Let's sin to praise God!（節錄自謝淑娟1993，《趣味臺語》，旺文出版社）

3·擬聲詞及合詞：

半暝仔，月娘哪猶未beh出來？外面 e 5冷風siu3-siu3叫，大溝邊 e 5竹仔pho7 siN-siN-soaiN7-soaiN7。

（《臺文通訊》,王毬仁1994（27）：13）

合音詞的例子：*siang5*（*siaN2* 和 *lang5*）、*loai3*（*loh* 和 *lai5*）、*chang5*（*cha* 和 *hng*）等等。例文4是擬聲詞在漢羅文中的用例：

4·臺語本土實詞：

*Toe3* ti7 伊 e 5 *kha-chhng* 後面*peh*起來，有千千萬萬人
動詞 名詞 動詞

（《臺文通訊》, 1994 （29）:1）

# 四、結論與建議：混合文字與臺語文規劃

本文的目的是考察漢字文化圈混合文字的語言調適策略，以作爲臺語語言規劃的參考。本文第三節已經分別刻畫了日文、韓文、廣東文及臺語文的混合文字現象。在這個基礎下，本節將對臺語語言規劃提出建議，包括臺語文的地位規劃（status planning）和語文

本體規劃（corpus planning）。

## 4·1·地位規劃

地位規劃指的是刻意的影響語言功能分配的活動。地位規劃所涉及的語言功能相當多樣[50]。爲了提升低階語文的地位規劃最常用的方式是將之作爲官方語言、教育語言和文學語言。當然，民族語文地位的提升需要相當長的時間，不過並非不可能。日文和韓文的經驗值得臺語文參考。這兩個國家的本土語文發展都是從低階功能擴展到高階功能，從漢字、漢文主導的社會慢慢的轉爲本土語文爲正式語文的混合文字社會。西方的本土語文發展也是如此。在中世紀時，拉丁文是宗教、文化、政治方面的標準語，但後來拉丁文爲起先只在低階層社會中使用的本土語言所取代。當初大家認爲難登大雅之堂的方言，後來發展成爲獨立的語言，適用在上流社會的各種場合中[51]。

由上述的例子可知臺語文應該努力提升其社會功能和地位，包括追求官方語言的地位、建立文學傳統和教育語言的功能。本土語言地位的提升，需要大家的努力打拼，有如Fishman所指出：

---

[50] 關於地位規劃所涉及的語言功能的類型分析，請參考Stewart, William. 1968. A sociolinguistic typology for describing national multilingualism. In Joshua A. Fishman（ed.）, *Reading in the Sociology of Language*. The Hague: Mouton. 531－545.

[51] Fishman, Joshua. 1972. *The Sociology of Language*. 黃希敏譯，《語言社會學》，臺北：巨流出版社。

「英雄非天生，乃由努力來」，同一語系的各種語言要想自成一格也是這樣——唯有努力才能「出頭」。它們之所以能夠各自發展，並不是由於先天的語言距離(abstand)，乃是由於後天的奮鬥或法令（ausbau）而來[52]。

## 4・2・語文本體規劃

語言地位的提升需要有語言本體規劃的配合才能成功。語文計劃分爲三大類：文字化（graphization）、標準化（standardization）和現代化（modernization）。與臺語文發展最相關的語文議題是：漢字應該如何處理規劃、拼音字應該採用何種形式及漢字與拼音字如何配合的問題。

### 4・2・1・漢字的規劃

漢字文化圈的漢字改造策略主要是訓用、假借和造字。不同的語言對漢字使用方法有不同的偏好：韓文對漢字的處理最乾脆，本土語詞一律以諺文書寫，漢語詞才以漢字書寫；日文則以設定的漢字選用標準（如：通用性、功能性、辨義性等）選擇漢字，制定漢字表，以規範漢字使用；香港的廣東話文偏向使用借音的漢字；臺語的漢字以訓用爲主要的方式。從文字和語言的配合度來說，訓用並不理想，過多的訓用字將使得讀寫臺語文猶如翻譯，除了造成閱讀、書寫困難外，也失去本真性（authenticity）。本文認爲臺語漢字的規

---

[52] 同前註，頁23。

範可以採用日本的漢字規範法，根據漢字選用原則，制定漢字表[53]。如此一來，除了漢字使用有規範，又可以降低漢字量，減輕學習負擔。

### 4·2·2·拼音字的形式

臺語和廣東話都以羅馬字作爲拼音文字，而日語和韓語則使用漢字式的拼音字。諺文和假名的字型都受到漢字的影響，前者將音素字母排列成音節方塊，後者則是由漢字筆劃簡約而來，由於外觀上與漢字神似，相當適合與漢字夾用。洪惟仁極力倡導以諺文式方塊拼音字和漢字夾用[54]。諺文的確是相當完美的文字，不過在臺灣並沒有社會基礎，國際上也不通用，和以羅馬字爲主的電腦軟體也不相容。

注音符號是假名式的拼音符號，有漢字的外觀，又有相當的社會性，按理說，應當適合作爲臺語的拼音字。不過，就符號設計和社會因素的比較，注音符號都不如羅馬字。

在符號設計方面，注音符號有以下的缺陷：⑴注音符號無法完全的表達臺語，羅馬字可以精確的表示臺語音；⑵注音符號使用過多的符號，需要另造15個新的注音符號，才能標記臺語，而臺語羅馬字只使用18個字母；⑶羅馬字是音素文字，比較精密、靈活，可

---

[53] 鄭良偉、許極燉、洪惟仁等學者曾提出漢字選用的原則可供參考，鄭良偉《演變中的臺灣社會語文》，臺北：自立出版社，1990年；許極燉《臺語文字化的方向》，臺北：自立出版社，1992年；洪惟仁《臺語文學與臺語文字》，臺北：前衛出版社，1992年。

[54] 洪惟仁〈論閩南語教材的文字問題〉，「臺灣閩南語母語研討會」(新竹：清華大學，1994年)。

以表示各種音節結構，容易拼寫外語，注音符號（半音素、半音節的系統）不能；(4)注音符號不容易連寫，詞的界限又標示不清，不合文字的要求；(5)注音符號不方便資訊處理，羅馬字的資訊處理十分方便，也有多套輸入法可以使用。(6)注音符號不利學習轉移。羅馬字可以轉移到本土其他語言及外語的學習，具有學習的連續性，注音符號則否。

在社會因素方面，注音符號有以下的缺點：(1)缺乏通用性：羅馬字是全世界120多個國家的官方文字，世界最通行的文字。注音符號只有臺灣在使用而已，沒有國際性，不便國際交流；(2)注音符號的歷史性和社會流通性都不如羅馬字。羅馬字已經有150年的歷史，有很多材料、詞典、文獻，而以注音符號作爲語音工具的臺語文獻卻十分罕見[55]；(3) 注音符號與社會生活脫節，羅馬字則是日常文字生活的一部分，普遍的用在街道譯名、護照、牌照、商標。

由上討論可知，臺語羅馬字比其他的注音符號更能滿足臺語文字化、現代化和國際化的需求。臺語的拼音字應該採用羅馬字，不需要注音符號，也不需要另外設計漢字式的拼音字。

4·2·3·漢字與拼音字的配合

韓文和日文都是以混合文作爲主要的書面語形式，全拼音字的文章則是附屬的書面語形式，全漢字書面語已經不存在。我們已經指出全以漢字書寫臺語有難以克服的文字化和標準化的問題，因而

---

[55] 一般反對羅馬字的理由是：從來源或外觀來看，羅馬常被視爲外來文字。這種看法犯了形式主義的錯誤。如果將羅馬字擺在臺灣的社會歷史脈絡，我們會發現羅馬字事實上是比注音符號更「本土」的文字。

應該以羅馬字補充漢字的不足。香港的廣東話文也是以羅馬字補充漢字的不足，特別常用語外來語的移借56。韓文和日文的混合文中，主要是以拼音字爲主、漢字爲副。但是，臺語文的書面語中，漢字和羅馬字的搭配最好是以漢字爲主，羅馬字爲補助的文字，因爲臺語和華語有親屬關係，共通詞佔大多數。另外，臺語文以羅馬字的並行式功能作爲補助的書面語，用於人名、路名、地名、幼兒教育、電腦文書處理、國際間的溝通（如E-mail通信）和對外臺語教學等場合。這樣臺語文就有兩種書面語，形成雙文字，漢羅混合文是正式、主要的書面語形式，而全羅文則是次要的補助書面語57。至於漢字羅馬字混用的比率應該根據客觀的心理語言學研究結果來作進一步的規劃。目前，臺語還缺乏這方面的研究，值得語言心理學家投入，爲臺語文的讀寫歷程提供確實可靠的分析。

## 4・3・結　論

臺語漢羅書面語是相當重要的語文現象，本文探討漢字文化圈混合文現象，並以此爲基礎對臺語語文規劃提出建議，包括：提升本土語文的地位與功能，制定漢字表以規範漢字的使用，採用羅馬字爲臺語的拼音文字，以漢羅文爲主要的書面語，全羅文爲附屬的

---

56 語詞的移借常是伴隨文字產生的，日語、韓語當初引進漢文是就是如此，現在英語影響力日增，可預期羅馬字將伴隨英語借詞的移借更加普遍，導致漢字夾用羅馬字混合文的產生。事實上，英語詞和羅馬字已經在臺灣華語的書面語裡大量出現。

57 關於中國的雙文制，請參考DeFrancis, John. 1984. “Digraphia”. *Word*. 35:59－66.

書面語。臺語文的發展除了需要實際讀寫外，也需要從各種學科的觀點分析比較各種書面語形式的優缺點。漢羅書面語的研究應該是跨學科的，鄭良偉建議從各種角度分析漢羅書面語：

> 漢羅書面語的問題，不只是純粹的文字本身的問題，它廣泛地牽涉到政府的政策，社會的語文習慣和態度，以及學術界的風氣及興趣；它也牽涉到人的記憶、認字，和閱讀心理跟不同的文字系統之間的關係[58]。

目前，關於臺語書面語的研究大多限於文字本身的研究，未來的研究應該朝向跨學科的方向，如此，我們對漢字文化圈的了解將更爲全面，同時也可提供臺語文實踐的重要參考。

---

[58] 同註[6]，頁234。

# 異文化的時空接觸

## —— 論閩南語中的底層詞彙殘跡

程俊源*

## 摘　要

語言是文化的一個面向，更是表徵文化的重要關鍵。古百越民族早於太古時代便與北方漢族有所接觸，異文化的接觸後帶來了語言的交融，漢語的東南方言之迥異北方漢語，正因此底層質素的干擾，而東南方言相互間雖姿態紛呈，形貌各異，但卻又猶有聯繫，也正因此底層母體的聯繫。因此底層詞的研究，成爲研究者努力的目標，但對閩南語底層詞的研究，從量上看學者較側重於壯侗系語言的比較，但筆者認爲苗瑤語族亦很大程度上與閩地、閩語有所聯繫，準此筆者論述了臺灣彰化埔鹽之閩南語「母親」

*　明志技術學院講師

曰「au5」，應是一底層詞的殘餘，工作的基礎雖在於宏觀地審視各語系的表現，但假設的證成正在於與苗瑤語間的比較。以下分四小節論述之：

關鍵詞　底層詞　百越族　文化母體

## 緒　說

薩丕爾認爲「言語是一種非本能性的、獲得的、『文化的』功能。」「因爲它純然是一個集體的歷史遺產，是長期相沿的社會習慣的產物」❶，故自《語言論》（Language）以後，「語言」常被視爲一種社會現象，或是文化現象來探討，因此當我們審視一個「語言」的貫時發展（diachronic）或共時變化（synchronic）時，附帶的我們也能看到孕涵在其中諸多的「文化」面向。

閩語的形成，若由回顧（backward）的眼光看，學者總試想尋繹出那遙遠的歷史起點，林語堂即指出閩方言的形成有因歷朝徙民遷居而留有層次的痕跡❷，換言之，漢人種性移徙入閩生聚，是漢語分化成閩方言的主要原因，而這多波的移民潮也造成了閩語文、白系統的分層疊置，羅杰瑞（Norman）首先揭示性地提出閩語包含

---

❶ 薩丕爾《語言論》，陸卓元譯、陸志韋校，（北京：商務印書館，1921年）頁4。

❷ 見林語堂1933年著〈閩粵方言之來源〉，收入《語言學論叢》，（臺北：文星書店，1967年臺一版）頁201—202。

了三個重要的詞彙層次——漢朝、南朝後期與唐朝後期，張光宇則對閩語的形成與發展再詳加剖析區分，認為閩語形成可分作三個階段，四個層次 ❸，亦即閩語的語言層可以有三個時代階段，四個地域來源的異質疊置，語言現狀是歷史的積澱，不同的歷史質素，匯整熔冶成共時的系統，不過雖然閩語語層的歷史層迭（historical stratification）容或紛雜交涉，但各層次間自成系統則又是可認識徵別的，羅常培、袁家驊即指出閩南語的文白幾乎各成系統，以今天的認識文白各自間也許尚不只一個系統 ❹，因此楊秀芳對閩南語的文白系統與音韻層次從系統與對應的角度作了探索與示範，一定程度上判別還原了閩南語的文白音韻史 ❺。

因此當我們試圖由古文獻的反映與現代漢語方言的音韻對當關係中研究，或許可以簡切地觀察出閩南語在漢語史上應有的位置 ❻。不過當我們發現愈來愈多的基本詞彙，並非與漢語的系統有所對應，反倒是與南方諸多的民族語言有甚多關涉時，那麼率性的將閩南語置入了漢語史的時空脈絡，顯示的可能並非歷史的眞實面貌。

倘若我們轉換個視角從人群的角度思維時，廣域的東亞大陸，

---

❸ 參見張光宇《閩客方言史稿》，（臺北：南天書局有限公司，1996年初版1刷）頁59—72。

❹ 見羅常培《廈門音系》第二章，（北京：科學出版社，1956年新1版）及袁家驊《漢語方言概要》（北京：文字改革出版社，1989年二版3刷）頁249。

❺ 參見楊秀芳《閩南語文白系統的研究》，（臺灣大學中文所博士論文，1982年）

❻ Pang Hsin Ting (丁邦新) "Derivation Time of Colloquial Min from Archaic Chinese" （1983）Bulletin of the Institute of History and Philology, Academia Sinica 54.4:1-14。

歷史上其實上演過數不清卻又精彩紛呈的異文化撞擊與接觸。漢文化父祖順著移民潮一波一波由北往南徙居，而溫柔婉約的原居在地母祖便也接納了這一波波的異文化它者（the other）進入，由此種族、語言、文化統一於這片地理範域，消融了此疆彼界，從此共營共生。當我們認識到這一點，我們才能明當地說明為何閩南語中一些找不出漢字的詞彙諸如：ka-thuaʔ（蟑螂）、tɔ-un（蚯蚓）、bah（肉）、tsa-pɔ（男人）、tsa-bɔ（女人）等反而與壯侗、苗瑤等南方民族語言有所對應，甚或能夠尋繹出漢字的，亦可能並非漢語系統，如骹kha（腳）、治thai（殺）❼、童乩tang-ki（乩童）❽。

因此當我們發現如上述這種底層詞（substratum）的例證，隨著數量的增多而變得更為有力的時候，我們得重新將閩南語的形

---

❼ 「治」thai5（殺）的形式在壯侗（proto-Miao **tai*）、苗瑤語（proto-Tai **daih*）中有明顯地對應，由臺、苗語中「殺」tai與「死」dai音義上的相關，可能屬於早期的一種形態構詞(見張琨〈苗瑤語比較研究〉，臺北：《書目季刊》第9卷第3期，頁73)。但羅杰瑞和梅祖麟指出《周禮注疏》「越人謂死為札」，故「治」是少數民族借自古漢語，而古越語的原有詞是「札」（**tsεt*、**tsət*）(見Jerry Norman & Tsu Lin Mei "The austroasiatics in Ancient South China: some lexical evidence" 1976. Monumenta Serica 32)頁277—179。不過鄧曉華提供另一對應參考，指出「治」亦與南島語有關係，很大程度上可以認為是古百越原有詞。(見鄧曉華〈南方漢語中的古南島語成分〉，《民族語文》3，北京1994年)頁38 — 39。

❽ 參見橋本萬太郎著、余志鴻譯《語言地理類型學》（北京：北京大學出版社1985年一版）頁198；Jerry Norman & Tsu Lin Mei "The austroasiatics in Ancient South China: some lexical evidence"(Monumenta Serica 32，1976年)頁274—301；Jerry Norman "The verb「治」—A note on Min etymology"（《方言》3，北京1979年）頁181。

成，置入一新的視域，不能僅止於漢文化的視野，反倒得多元地考察其在各民族間的融合痕跡。正如薩丕爾（Sapir）所說：

> 語言，像文化一樣很少是自給自足的。交際的需要使說一種語言的人和說鄰近語言的或文化上佔優勢的語言的人發生直接或間接接觸。交際可以是友好的或敵對的。可以在平凡的事務和交易關係的平面上進行，也可以是精神價值——藝術、科學、宗教——的借貸或交換。很難指出有完全孤立的語言或方言，尤其在原始人中間。❾

## 一、百越與閩語底層

中國南方自古便是百越民族的原住地，所謂「楊漢之南、百越之際，敝凱、諸夫、風余虛之地，縛婁、陽禺、驩兜之國，多無君。”（《呂氏春秋·恃君》）因此百越當時分布於漢水下游，南至湘江流域一帶，還遍佈於長江以南及嶺南、滇黔各地❿。除了分布地域廣袤，種族更是繁多，正是「自交阯至會稽七八千里，百越雜處，各有種性。」（《漢書·地理志》）所以以「百越」合稱之。而「閩」正是當中一支，「閩，東南越，蛇種」（《說文解字·虫部》），因此中國東南沿海的閩地，古代散居著百越民族，有著文獻上的考實。不過古百越族到底操何系語言，則因族系繁多，難能遽以論定其後

❾ 同註❶，頁173。

❿ 見何光岳《百越源流史》，（南昌：江西教育出版社，1992年一版2刷）頁8—9。

裔，但一定程度上與今苗瑤、壯侗 ⓫、甚或南島語 ⓬有所聯繫。

千百年來百越族系散佈著整個古南方中國，但漢文化強勢的移入，卻也一樣具有長遠的時間跨度（time span），影響力無遠弗屆，頻繁的文化交流與語言接觸，使得在地的原住民族放棄己俗改習漢語，現今整個漢語的東南方言 — 吳、湘、徽、閩、客、贛、粵、平話，或多或少都殘留著古百越民族的底層文化質素積澱，諸如干欄式建築，蛇圖騰崇拜、懸棺葬等 ⓭，甚或栽培稻的植作文化亦是百越民族的特色 ⓮。而對漢語影響的層面，各方言間除了詞彙介面的羼入外 ⓯；語音成素的異化，諸如先喉塞音的聲母形式、粵語元音

---

⓫ 見覃曉航《嶺南古越人名稱文化探源》，（北京：中央民族大學出版社，1995年一版）；羅美珍、鄧曉華《客家方言》，（福州：福建教育出版社，1995年一版）。

⓬ 參見倪大白〈南島語與百越諸語的關係〉，（《民族語文》3，北京1994年）頁21—35；鄧曉華〈南方漢語中的古南島語成分〉，同前書，頁36—40。

⓭ 參見周振鶴、游汝杰《方言與中國文化》，（上海：上海人民出版社，1998年一版5刷）；鄧曉華〈南方漢語中的古南島語成分〉，同前書，頁36—40。

⓮ 參見游汝杰〈從語言地理學和歷史語言學試論亞洲栽培稻的起源和傳佈〉，（《中央民族學院學報》3，北京，1980年）頁6—17；鄧曉華《人類文化語言學》，（廈門：廈門大學出版社，1993年一版）頁108—110；李錦芳〈中國稻作起源問題的語言學新證〉，（《民族語文》3，北京，1999年）頁35—41。

⓯ 參見吳安其〈溫州方言的壯侗語底層初探〉，（北京：《民族語文》4）頁37—42；李敬忠〈粵語中的百越語成分問題〉，（《學術論壇》5，廣西，1991年）頁65—722；李錦芳〈粵語中的壯侗語族語言底層初析〉，（北京：《中央民族學院學報》6）頁71—76；及林倫倫〈廣東閩方言中若干臺語關係詞〉、張均如〈廣西平話中的壯語借詞〉等篇。

的長短與聲調分化等 ⓰；語法結構的型貌，如句法上的順行結構（progressive structure）⓱、量詞用法上的特色 ⓲，動詞特式重疊等⓳。由於語言結構上詞彙、語音、句法各介面的異質吸收⓴，造成現今漢語東南方言與北方方言風格的迴異，使得整個亞洲大陸各「語系」的差異，形成一個完整的結構連續體（continuum）。而從文化的交涉看，這些漢語方言也許僅只是「古百越」族語言轉用後，「漢化」的結果，文化的母體仍在百越。

當我們相信漢語東南方言中保留了諸多的底層成份，那麼閩語語層中也許亦可反映出一定程度的古百越底層質素，不過我們或許還得關注一個思考面向，古閩地的原住民族與現今諸多的少數民

---

⓰ 陳忠敏〈漢語、侗臺語和東南亞諸語言先喉塞音對比研究〉，（《語言研究》1，1989年）頁113—119；陳佩瑜〈粵方言與侗臺語語音系統的比較〉，（《第二屆國際粵方言研討會論文集》，廣州：暨南大學出版社1990年）頁139—143。

⓱ 參見前註❽，橋本萬太郎之著作。

⓲ 游汝杰〈論臺語量詞在漢語南方方言中的底層遺存〉，（北京：《民族語文》2）頁33—48。

⓳ 李如龍〈閩方言與苗、壯、傣、藏諸語言的動詞特式重疊〉，（《方言與音韻論集》，1996年）頁288—297。

⓴ 當然語言接觸時「輸入」與「輸出」常是雙向而非單行，漢語中加入了百越語的成分，百越民族亦相形的移借漢語質素，各語言對向影響，互相活化彼此的語言，如壯語中的早期借詞，平話對壯侗語族的影響，苗瑤語的漢語借詞，而移借的情形更不限於一時期，古代、近代、現代皆然，甚至現代社會功能性加強，新詞的輸入尤烈，如海南臨高語各時期的借詞。參見梁敏、張均如、楊世文、應琳、唐納G. B. Downer、張琨、趙春金等人相關著作。

族，以何族較爲對應？換言之如果我們能夠聯繫閩地古今的居民，那麼對於尋繹出其語言間的對應詞彙便更形有力。

張琨提出了一個有趣的思考線索，或許能對上述的問題提供一有效的突破口，即苗族之謂「苗」，乃在於苗語對「人」這一詞項的說法：

| 苗語 | 高坡 | 廣順 | 荔波 | 永從 | 榕江 | 台拱 |
|---|---|---|---|---|---|---|
| 人 | mhoŋ | Mhaw | mhou | hŋ | mu | mho |

而這一詞項對應於瑤語則說成：

| 瑤語 | 泰國北部 | 寮國北部 | 廣西興安 | 越北大板瑤 | 越北海寧 | 廣東北部 |
|---|---|---|---|---|---|---|
| 人 | myon | miən | miên | mun | mun | men |

而這樣的語音形式，可能即對應著漢語的「蠻」，「苗」字於漢語上古音系統收*-g韻尾，而「蠻」則收*-n韻尾，乍看起來並不相應，但漢語卻有一些-g、-n相應的詞彙，例如：

| | |
|---|---|
| 猿（-n） | 猴（-g） |
| 船（-n） | 舟（-g） |
| 蠻（-n） | 苗（-g） |

如此的對應形式，暗示了「苗」與「蠻」在詞源上的交涉 [21]。李永燧亦是如此認爲「蠻」雖後世用於貶稱，不過從語言的角度，其實是對譯自古苗瑤語的自稱 [22]。語音的關係常能夠說明這一類的族源文化問題。因此經驗上我們考慮到「蠻」與「閩」在音韻與意義亦有所關涉，《說文・虫部》「蠻，南蠻，蛇種。」、「閩，東南越，蛇種。」在音韻上「蠻」上古屬元部，而「閩」爲文部，更相似的是閩南語中兩者俱讀"$ban^5$" [23]。由《說文》對「閩」、「蠻」的字源解釋判讀看，兩者俱屬蛇圖騰崇拜的南方民族，若再聯繫「苗」的例證，則古閩地的原居民族，極大的成份上與今之苗瑤語族有關。

當然這樣的論述毋寧還是屬於語文學上的解釋，尙屬片面，如果我們能在移民上找到證據，便顯得更具說服力，能得到較普遍的保證。苗瑤語族目前在中國主要散居於貴州、雲南、四川、廣西、廣東、湖南、湖北等省，中國境外則主要分布於越南、寮國、泰國等地。而對於福建一地較常見的畬族，毛宗武、蒙朝吉認爲與苗語支接近，但陳其光則認爲與瑤語支的勉話關係較密，不過差別只在於或歸苗或歸瑤，因此畬語的系屬一般認爲屬苗瑤語支。那麼我們再細究苗、瑤、畬在的移民歷史過程，仍可得到與閩地的聯繫。何光岳指出苗瑤族藍姓《藍氏宗譜》記載，「元末明初，戰亂頻仍，福建上杭縣蘆葦山藍芳村瑤民藍太建率家逃來廣西，落於柳州東江

---

[21] 張琨〈苗瑤語比較研究〉，（臺北：《書目季刊》第9卷第3期）頁57—73。

[22] 李永燧〈關於苗瑤族的自稱－兼說「蠻」〉，（北京：《民族語文》第6期）頁16—22。

[23] 當然這樣的音讀形式，可能只是語層間形式的偶合，因此我們論述的重點仍在於兩者意義上的關涉。

鎮」[24]。再如都安縣菁盛鄉文華村、加禾村的藍姓布努瑤也說其祖先從福建遷來，先到東蘭，後遷都安高嶺鄉齊東村，再逃拉烈鄉上育村，最後定居加禾。加文鄉布努瑤蒙、藍、韋、羅、袁、潘、盧七姓傳說是在千多年前，從廣東遷來廣西的。而這些廣東、福建的藍姓瑤人，與藍姓畲人爲同族。因此雖今之苗瑤語族多散居於川、桂、滇、黔等地，但其祖先原居於古閩地並非無徵。

如果我們相信「地名」也可能反映一族群的文化歷史背景，福建地名的分布便足以訴說苗瑤族在閩地的這段歷史。福建全省中，閩北、閩東、閩南、閩西、閩中幾乎都存有著畲字的地名，尤其以閩西、閩南爲愈，閩西的客家人與畲族人幾乎已血脈相連，難辨爾我，而閩南區畲地名的保留，暗示了先族們所留下的痕跡。茲舉閩南區爲例[25]

南安　壩頭畲、下畲

安溪　中隴新畲、崎畲

德化　仁金畲

雲霄　上梨畲、下梨畲、桃畲

詔安　火畲

平和　後畲、畲坑

南靖　大林畲、桂竹畲、上麻畲、後畲

華安　官畲

---

[24] 同註[10]，頁403 — 404。

[25] 參見張光宇〈福建畲字地名與畲話〉，《切韻與方言》（臺北：臺灣商務印書館，1990年）頁52。

龍巖　高畲、郭畲、羅畲、下畲、洋畲、丹畲、畲背、下經畲
漳平　百種畲、羅畲、謝畲、下畲
龍溪　下畲

福建的畲字地名如此大量的集中於閩西客話區與南部的閩南話區，閩地與畲、苗、瑤實有不可分割的歷史聯繫。

那麼關於閩語底層詞的探索與研究，在學者的努力探索下，論列多有，達到一定的成績，有了客觀的基礎，如余藹芹（A. Hashimoto）、羅杰瑞、梅祖麟（Norman & Mei）、林倫倫、趙加、鄧曉華、董忠司、盧溢棋、曹廣衢等，不過對於「苗瑤語」，學者雖亦有所參酌，但研究傾向上與壯侗族的「侗臺語系」（Kam-Tai）語言的比較著墨較多。如果上面的推斷無誤，那麼從而在「苗瑤語」中作探尋，亦應可找到一定程度的底層詞彙例證。

因此我們順此角度向問題靠近，在前人的基礎上以「苗瑤語」爲主，進一步比較考索，其在閩南語中的底層積澱。

# 二、閩南語中的底層詞

## 2.1　$au^5$－母親

丁鳳珍〈$Au^5$的外頭〉一文刊載於《臺文罔報》雜誌30期，爲一篇以臺文創作的短文，內容描寫其母親婆家的點滴與初其爲人母的心情㉖，當中“$au^5$”的詞項正意指「母親」，這個音讀形式十分

㉖　丁鳳珍〈$Au^5$的外頭〉，《臺文罔報》30，(臺北：臺文罔報雜誌社，1999年)頁1 — 3。

特殊，作者爲彰化埔鹽人㉗，“au⁵”在埔鹽是個十分具有特色的詞彙。

閩南語系對「母親」這一詞項，除使用日語詞彙（o-）ka-saN或華語詞彙「媽媽」外，較常見的多讀「母」字，爲“bu²、bo²”」的語音形式，如：臺灣普遍讀「老母」、「阿母」，次方言間如：廈門「老母」、「阿母」、「媽媽」，泉州「阿母」，漳州「阿姐」、「阿母」「阿媽a-ma¹」，漳平「安嬭an-nẽĩ」、「姆仔m-a」，長泰「老母」、「娘嬭nĩõ-lue」，雷州「嬭mɛ」、「母」、「姨」、「尼姨ni-i」㉘，因此在閩南系語言中似乎找不到與“au⁵”相應的形式，若我們跳高一層，擴大比較的視域，進一步觀照整個閩語區。㉙

---

㉗ 經筆者求證，將「母親」稱爲“au5”在彰化埔鹽亦不普遍，作者指出其於小學同學會時，曾將此詞轉問其他同學，當中也有些許人亦是將「母親」呼爲“au5”，換言之“au5”在當地亦有一定的使用人口。

㉘ 語料來源—臺灣（張振興1993:85）、廈門（周長楫1991:175）、泉州（林連通1993:230）、漳州（馬重奇1994:272）、漳平（張振興1992:145）、長泰（林寶卿1994:77）、雷州（張振興1998:115,156,21,9），參見附錄。

㉙ 語料來源—建甌（李如龍、潘渭水1998:16,130,47）、福州（馮愛珍1998:351,18）、福清（馮愛珍1993:186）、永安（周長楫、林寶卿1991:165）、莆田（陳章太、李如龍1991:117），參見附錄。除此之外，其他的閩方言點：

| | 古田 | 寧德 | 周寧 | 福鼎 | 永春 | 龍巖 | 大田 | 龍溪 | 沙縣 | 建陽 | 松溪 |
|---|---|---|---|---|---|---|---|---|---|---|---|
| 母親 | 娘奶<br>nun nɛ | 娘奶<br>nun nɛ | 娘奶<br>nun ne | 阿奶<br>a nɛ | 老母<br>lau bu | 老母<br>lo bo | 阿姐<br>a tsia | 阿姐<br>a tsia | 老媽<br>lɔ mã | 奶<br>nai | 奶<br>nai |

| | | | | | |
|---|---|---|---|---|---|
| 閩北區 | | | | | |
| 建甌 | 依呀i-ia | 奶nai | 媽媽ma-ma | | |
| 閩東區 | | | | | |
| 福州 | 娘奶nouŋ-nɛ | 依奶i-nɛ | 依媽i-ma | | |
| 福清 | 娘奶nyoŋ-ne | 依奶i-ne | 依娜i-na | □娜n-na | 依□i-mie |
| 閩中區 | | | | | |
| 永安 | 俺媽õ-ba | 俺奶õ-lĩ | | | |
| 莆仙區 | | | | | |
| 莆田 | 娘奶niau-le | | | | |

上述的比較，對「母親」這一詞項，各語區中可能因「背稱」、「面稱」或其他因素，大多有幾個形式並時共存，但閩語區中意義上與「母親au⁵」相應的詞項裡，我們找不到與"au⁵"相應之語音形式，因此"au⁵"的詞源仍令人困索。而進一步比較其他的漢語方言的表現，從目前能夠掌握的語料上看，也得不到直接的支持。

| | | | |
|---|---|---|---|
| 北京 | 媽（媽）、娘 | 蘇州 | 娘、姆媽 |
| 濟南 | 媽、娘 | 溫州 | 阿媽、阿奶、奶 |
| 西安 | 媽 | 長沙 | 娘（老子）、媽媽、姆媽 |
| 太原 | 媽媽、媽 | 雙峰 | 娘、姆□m-mæ̃ |
| 武漢 | 姆媽m-ma、媽媽 | 南昌 | 娘、姆媽 |
| 成都 | 媽（媽） | 梅縣 | 女哀□ɔ-ɛ、阿姆、阿嫲a-ma |
| 合肥 | 媽、媽爺 | 廣州 | 老母、阿媽、媽媽 |
| 揚州 | 媽媽、姆媽 | 陽江 | 阿奶、阿媽、阿娘 |

當我們無法直接從各漢語方言對應的詞項上，找到相應的語音形式時，經驗上我們尚可以有三項的思考假設，或者這個形式是存古的（conservative），因此不經離析不易辨認；或者這個形式是創新的（innovative），因此形式特殊不同於一般；亦或其實該詞項是語言的底層詞，因此根本不對應於上述漢語方言中的任何一詞。上述中哪一樣的看法才是我們工作上有利的關節點？

「保守」與「創新」的判斷，皆在於音韻的行爲表現上，因此臺灣閩南語"au5"的形式，從古音的歷史線索看，大概來自古效、流兩攝、濁母、平聲字㉚，由此音韻地位回溯覓字，在此兩攝中目前我們尚找不到較符應於「母親」au5的詞項。不過效攝上聲的「媪」，《說文》云「母老偁也，讀若奧」，大徐「烏皓切」㉛，上古漢語屬影母、覺部。從意義出發合於「母親」義，但音韻對應上，上古音的形式不合於"au5"，而漢代讀若「奧」與大徐的反切則合於韻母「-au」，不過「聲母」影母、「聲調」上聲，並不諳合於"au5"的形式。

另外中古遇攝的「嫗」，《說文》云「母也」，大徐「衣遇切」

---

㉚ 我們這裡較著眼於語層與古音的系統對應，故"au"的形式大致來自，古效攝文讀層，如"草tshau2"，古流攝白讀層，如"流lau5"。但其實尚有個別對應的可能，例如古遇攝「數」唸siau3…，「柱」唸thiau7，解釋上可以詮釋爲《廣韻》一系的方言將「數」、「柱」入「遇攝」，但閩南系語言仍入「流攝」，故讀"-iau"韻，並不屬例外。另外「siau5（精液）」也許與吳語有所聯繫，來自古通攝三等（詳容切），不過這屬於較特殊的移借形式，並非成系統的語層，亦即通攝唸"au"韻僅此一例，因此工作上我們不擬計較通攝的來源。

㉛ 段玉裁《說文解字注》，（板橋：藝文印書館印行，1989年6版）頁621上。

㉜，上古在影母、侯部，意義相合，從音韻地位上看，亦具有讀“-au”的可能 ㉝，不過「嫗」爲影母、去聲，而閩南語的“au⁵”應來自濁平，故「嫗」的「聲母」、「聲調」皆與閩南語對應的不甚妥貼。

因此無論我們利用「尋音」、「覓字」㉞甚或「探義」㉟，都無法在古今漢語中找到與“au⁵”相對應的詞。當然如果我們仍期待“au⁵”能屬於漢語系統，也許我們能再提高比較的尺度，從漢藏語系入手，尋覓其可能 ㊱。

| 藏文 | ma / ʔa ma | 景頗 | nu | 怒蘇怒 | a m |
|---|---|---|---|---|---|
| 拉薩 | a ma | 獨龍 | ɑ mɑi | 南華 | ɑ mo ; ŋo mo |
| 巴塘 | ʔa ma / ma g | 阿儂怒 | ɑ mai / ɑ mɯ | 栗粟 | zɑ |
| 羌 | mɑː | 格曼登 | nauŋ | 墨江 | ɔ mɔ |
| 嘉戎 | tə mo | 緬文 | ɑ me | 拉古 | ɔ e ; ne e |
| 道孚 | a mə | 阿昌 | mauʔ | 白 | ɑ mo |
| 卻域 | mi | 浪速 | a m ji | 土家 | a ńie |
| 貴瓊 | ňĩ /a ma | 波拉 | a nuŋ | 克倫 | a mo |

㉜ 段玉裁《說文解字注》，（板橋：藝文印書館印行，1989年6版）頁620下。

㉝ 參見註❺，頁70—75。

㉞ 參見梅祖麟〈方言本字研究的兩種方法〉，（《中國東南方言比較研究叢書》1，上海，1995年）頁1—12。

㉟ 參見楊秀芳〈方言本字研究的觀念與方法〉，（《臺灣語言學的創造力學術研討會論文》，臺北，2000年）。

㊱ 參見黃布凡等編《藏緬語族語言詞彙》，（北京：中央民族學院出版社，1992年一版）頁73。

比較整個藏緬語族對「母親」一詞的讀法，僅有格曼登與阿昌語元音的表現形式近於“au$^{5}$”的韻母，不過一收陽聲尾（-ŋ），一收入聲尾讀（-ʔ），聲母形式亦不同，我們很難逕直地指認其與閩南語「au$^{5}$」的關係。換言之，經由上述的論述“au$^{5}$”很大程度上可能並非源自漢藏系的語彙。

從比較上看“au$^{5}$”只出現於臺灣，我們考慮到臺灣的歷史社會及多語背景，臺灣早期原住民族的勢力甚於漢人，而漢人也多與南島民族通婚，閩南語俗諺云：「有唐山公，無唐山媽。」正是這個社會族群融合的寫照，南島語的語彙也可能就此進入漢語，因此我們嘗試比較臺灣南島語對「母親」這一詞項的表現形式[37]。

| 泰雅（Atayal） | ʔajaʔ | 布農（Bunun） | tina |
|---|---|---|---|
| 賽德克（Sediq） | bubu | 魯凱（Rukai） | tina |
| 鄒（Tsou） | ino | 賽夏（Saisiat） | tinæh |
| 沙阿魯阿（Saaroa） | inaʔa | 卑南（Puyuma） | tajnajan |
| 卡那卡那富（Kanakanavu） | tsiina | 邵（Thao） | ina |
| 排灣（Paiwan） | ʔina | 雅美（Yami） | ina |
| 阿美（Amis） | wina | | |

共時上臺灣南島系各語言的表現，並不能對應論題，若回溯探求歷史文獻的記載，西元1836年，發現的荷蘭人治臺時記錄之南島

---

[37] 參見陳康編《臺灣高山族語言》，(北京：中央民族學院出版社，1992年一版)頁313。

語新干（Sinkan）方言的語料「女人」－ina、「新娘」－ina ka vacho、「已婚婦女」－kegaing、「母親」－sena。漢人記錄的文獻1917年（清康熙54年）周鍾瑄之《諸羅縣志》記載的南島民族語彙：「母親」－兒喇 ㊳。從目前的語料顯示，閩南語的“au[5]”應與南島語無涉。

如果我們由閩南語近期與南島語交涉，及亙古以來漢藏系語言的反映中都尋繹不出源頭，也許可以轉個想頭，從第三個面向思考，“au[5]”可不可能來自古百越的「底層詞彙」？爲此，我們先由苗瑤語中探尋 ㊴。

| 漢譯 | 黔東苗 | 湘西苗 | 川黔滇苗 | 滇東北苗 | 布努瑤 | 勉瑤 | 標敏瑤 | 頁 |
|---|---|---|---|---|---|---|---|---|
| 母親 | mɛ | mi, ne | na | nie | mi | ma | ńa | 22 |
| 大老婆 | mɛ lu | bha qɔ | na lau | lωńie a laω | ve ɬo | tom au | tau kau | 22 |
| 小老婆 | mɛ niu | bha ʐaŋ | mi na | la ŋa nie | ve iγu | au tɔːn | ńi kau | 22 |
| 寡婦 | mɛ na | bha wu tɕhi | po na ndʐua | po ti ntsa | veɕi | au kua | kua kau | 22 |
| 妻子 | vi | bha | po | nie | ve | au | kau | 32 |
| 婦女 | t ɕi mɛ | qo bha | po | a po | pu mpha | mien sie | ńəu min | 106 |

「苗瑤語」各方言間對「母親」這一詞項的語音表現並不直接符應於“au[5]”的形式，不過我們考慮到白保羅（Paul K. Benedict）

---

㊳ 同前註，頁403—456。

㊴ 中央民族學院苗語研究室編《苗瑤語方言詞彙集》，（北京：中央民族學院出版社，1987年一版）。

對判斷「同源詞」時所提出的兩條原則：「密切但不嚴格的語義相當（epui-valence）優於嚴格的語義相當。完善的語音對應優於有問題的語音對應。」㊵這是因爲語言在長遠的時空源流中發展，或多或少都會產生變化，因此意義上嚴密的對應，反而可能是偶合的情形，但是若音韻上有著系統的對應，在詞源比較上始有較堅實普遍的保證。

上述判別「同源詞」的原理原則，其實對於時間上具有縱向深度的「早期借詞」亦不妨適用，理由除「早期借詞」與「同源詞」的不易析分外㊶，「早期借詞」可能因移借時間深遠，導致詞義內涵或外延應用時，範圍上都會有所變化，例如：閩南語系的kha[1]（腳），從漢語文獻的角度可以追溯到《說文》的記載「骹，脛也」㊷。由文獻記載與語言實證兩相對照來看，其實語義已有改變，閩南語的「骹kha[1]」指的是整支腳，但文獻的本義「骹」只是指小腿，如「脛，胻也，膝下踝上曰脛」㊸，所以段玉裁說「骹，膝下也」。不過「骹kha[1]」的例證以現在的認識，並非源自漢語，很大程度得聯繫於古南方民族，我們不能因此漢語的早期歷史文獻收入了該詞，便理所當然的認爲是漢語詞，這在方法論上毋寧較爲直觀。㊹

---

㊵ 轉引自鄧曉華《人類文化語言學》，（廈門：廈門大學出版社，1993年一版）頁198 — 199。

㊶ 學界對於尚無法確切指認其爲「同源詞」或「借詞」時，目前暫時以「關係詞」稱呼之。參見邢公畹〈論漢語臺語「關係字」的研究〉（《民族語文》10，北京，1989年）頁7—15。

㊷ 段玉裁《說文解字注》，（板橋：藝文印書館印行，1989年6版）頁167下。

㊸ 段玉裁《說文解字注》，（板橋：藝文印書館印行，1989年6版）頁127下。

㊹ 羅杰瑞「犢」的例證亦恰當地說明了這類的情形，雖然「犢」早已於《說

因此「早期借詞」仍有可能在移借後，意義發生了改變。如此我們對照上表中「苗瑤語」的反映時，雖「母親」這個詞項，語音形式並不對應著閩南語的“$au^5$”。但進一步比較意義相關的詞彙項時，卻能提示我們見到一些柳暗花明。

苗瑤語中「母親」的詞項，雖不合於我們的期待，但瑤語勉方言中卻有“au”的形式，不過使用於「大老婆」、「小老婆」、「妻子」等詞彙項，首先我們得認識“au”在這幾個詞彙項中所擔任的語義成份，苗瑤語與壯侗語相同，在名詞短語的構詞詞序上一般是「中心詞+修飾成份」、「大類名+小類名」，亦即修飾成份放後面（N+A），如「雞母（母雞）」，這也是東南方言中如吳、湘、閩、客、贛、粵語等保有這類詞序之主因 ㊺。不過在北方漢語的強勢影響下，亦可能出現「修飾成份+中心詞」（A+N）的情形，不過整體上以修飾成份後置N+A爲其固有的詞序，修飾成份前置的A+N結構，則爲語言接觸後新吸收的詞序。㊻

---

文》中有所記載，但應是漢語早期借自阿爾泰語的詞彙。參見羅杰瑞〈漢語與阿爾泰語互相影響的四項例證〉(舒志武譯)，《音韻學研究通訊》8，1990年，頁27。

㊺ 同註❽，頁55—71。

㊻ 上述語法類型的轉換乍似特殊，一般總是認爲語言間因社會交際需求，難免相互移借，但當中以「詞彙」的借用最爲激烈，「語音」次之，而「語法」則最爲固著。不過正如馬提索夫（J. A. Matisoff）指出「近來發現，語法可能很容易起變化。一個語言甚至可以很容易地改變它的基本詞序，而過去習慣的想法是語法很穩固，抗拒變化。事實上，語法可能比基本詞彙變得快。」例如南島系的卡姆語（Cham）在南亞系的孟一高棉語的影響下改變了語言的整個類型特徵。參見徐通鏘整理〈美國語言學家談歷史語言學〉，《語言學論叢》13（北京：商務印書館，1984年）頁219—224。

準此我們可以見到瑤語勉方言中“au”的形式，應即是用於「妻子」或說是「已婚婦人」，「大老婆」唸“tom-au”的詞序，應是漢語的影響，比較「大伯tom-pɛ」可知 ㊼。亦即勉瑤語中「母親」用ma、「已婚婦人」用au。但若將視野及於苗語，如黔東、川黔滇、滇東北的苗語「母親」與「已婚婦人」常是共形。而不共形的湘西苗語，其「母親」的語音形式正與瑤語相當，當然亦與苗語相當，只是重點在於詞彙分工的類型上其與瑤語相同－「母親」與「已婚婦人」的詞形職能分工，並不相同。

那麼我們便不難作這樣的推論，原始苗瑤語中「母親」與「已婚婦人」應是共形的，後來的不共形顯然是「母親」這一詞項借用了漢語或別的語言，理由在於如湘西苗語「已婚婦人」作bha，形式只能聯繫苗語內部或瑤語如布努瑤「婦女pu-mpha」，但不易與漢語、藏緬等作比較 ㊽，看來是苗瑤語固有的，而「母親」mɛ等的形式則大致同於漢、藏緬、侗臺諸語言 ㊾。

| | 壯（武鳴） | 壯（龍州） | 布依 | 傣（西） | 傣（德） | 侗 | 么佬 | 水 | 毛難 | 黎（通什） | 黎（保定） |
|---|---|---|---|---|---|---|---|---|---|---|---|
| 母親 | me | tɕa | me | mɛ | me | nəi | ni | ni | ni | pi | pai;pai za |
| 女人 | me bωk | ti me | lɯʔ　bɯʔ | kun jiŋ | pu jiŋ | ń ən mjek | ti pwa | ni bjaɪk | ti po | pi kho | pai khau |

---

㊼ 同註㊴，頁13。

㊽ 同註㊱，頁58—84。

㊾ 參見王均等編《壯侗語族語言簡志》，（北京：民族出版社，1984年一版）頁817—820。

由此我們回到論題本身，瑤語勉方言的“au”原始應同時具有著「母親」與「已婚婦人」兩個義項，但在借入「母親ma」後，“ma”即取代原來“au”擁有的「母親」之義項，因此使得「母親」與「已婚婦人」不共形。那麼閩南語「母親au[5]」便也不難詮解，當可與瑤語有所聯繫，而且可能屬於早期的借詞，也因爲是借詞故移借時只借用一個義項，而不是全借，這也是一般語言借用時的普遍性[50]。至於爲何只保留於臺灣彰化埔鹽，反而中國等地方言並不保存，這也應不難理解，語言跟著移民走，而且常是「移民」的語言比「本土」的語言更存古，例如美國英語與英國英語，美國洛杉磯日語與標準日語的差別，這也是爲何客語比之其他漢語方言更易於擬構古形式之因。因此我們認爲臺灣閩南語「母親au[5]」應是一與古百越有聯繫的底層詞彙殘跡。

而對於親屬稱謂中義項的轉移，白保羅（Paul K. Benedict）曾指出「現在可以證實絕大多數漢語親屬稱謂和身體部份的基本詞在藏－緬語言中都有同源詞，而且一般詞義很少變化，……只有當我們涉及非基本詞彙範圍時，同源詞的數目才少一些。」[51]這裡雖然談的是漢語與藏緬語的問題，重點是親屬稱謂其實有其一定存古性質，意義改變不大，所以斯瓦迪士（M. Swadesh）基本詞的兩百詞表中亦收列了「43.father父親」、「97.mother母視」這些基本詞彙[52]。不過

---

[50] 也因爲「借詞」大多只是借單個義項，才使的董爲光、曹廣衢、嚴學宭以「詞族」判斷同源詞，或邢公畹提倡的「語義學比較法」於方法論上有其一定的效度。

[51] 參見徐通鏘《歷史語言學》，（北京：商務印書館，1991 年一版）頁 62。

[52] 同前註，頁429。

這仍是言其一般態勢時如此，特殊的例子在世界的語言間並不少見，俞敏曾指出漢語中「媽」和「姐姐」的稱呼有過轉移的現象，如《說文》言「蜀人謂母爲姐」[53]。而無獨有偶的，印歐語系中亦有著相類似的變化。

| 語言 | 梵 | 拉丁 | 英 | 阿爾巴尼亞 |
|---|---|---|---|---|
| 詞 | mātr | mater | mother | motrë |
| 意思 | 媽 | 媽 | 媽 | 姐姐、妹妹 |

在一般現今的印歐語中如拉丁、英語等，甚或古印歐語如印度梵文，「媽」的義項今古一貫並沒有改變，但在阿爾巴尼亞語卻已轉爲「姐姐」或「妹妹」了。語言的變化有其普遍的通則（language universals），其間有可能是語言類型的偶合，但亦可能反映出人類語言使用的心理實在性（psychological reality）。上述這個現象令我們的眼界能較爲鬆綁，也爲本文的論述提供一有力的旁證。

## 三、結　論

民族的融合帶來了文化的交流、語言的接觸，而隨之的是相互的間競爭、妥協、職能分工，甚而最後使語言間聚合趨同（convergence），亦或強勢取代從而涵化（acculturation）而未覺。

---

[53] 參見俞敏《中國語文學論文選》，（東京：光生館株式會社，1984年一版）頁61。

因此語族對本身語言的棄守，通常也代表了對本族文化的放棄，古百越族對漢語、漢文化的吸收正是此例，現今的漢語東南方言，很大程度上是屬於越人的漢化，易言之，是個以越人的底子，去習得漢語，難免「南染吳越」般的留有舊習，但也因爲北方強勢漢文化的披靡，因此古百越的質素也只能沉積於最底層，而難爲人所覺，這種交融背景提供了研究語言滲透理論的可能。而「底層詞」恰是在這種表層滲透、底層遺留的情況下產生，這也正是我們研究語言史的極佳窗口，本文接續前輩學人之後，進一步對閩南語中「母親 $au^5$」作一大尺度的比較分析，論述其爲底層詞的可能，當這個工作愈往前進，我們便愈能還語言原貌，我們相信閩南語中尚有許多底層詞彙，還可待研究者努力發掘。

# 附錄

張振興《漳平方言研究》，北京：社會科學文獻出版社，1992 一版。

張振興《臺灣閩南方言記略》，臺北：文史哲出版社，1993 年一版。

張振興、蔡葉青《雷州方言詞典》，南京：江蘇教育出版社，1998 年一版。

周長楫《閩南話與普通話》，北京：語文出版社 1991 年一版。

周長楫、林寶卿《永安方言》，永安：永安市地方志編纂委員會，1990 年一版。

林連通《泉州方言志》，北京：社會科學文獻出版社，1993 年一版。

林寶卿《長泰縣方言志》，長泰：長泰縣地方志編纂委員會，1994 年一版。

馬重奇《漳州方言研究》，香港：縱横出版社，1994 年一版。

李如龍、潘渭水《建甌方言詞典》，南京：江蘇教育出版社，1998 年一版。

陳章太、李如龍《閩語研究》，北京：語文出版社，1991 年一版。

馮愛珍《福清方言研究》，北京：社會科學文獻出版社，1993 年一版。

馮愛珍《福州方言詞典》，南京：江蘇教育出版社，1998 年一版。

# 《中山傳信錄》琉漢對音中反映的吳方音和官話音

丁　鋒*

## 一、前言:《中山傳信錄》及其對音

《中山傳信錄》是清代赴琉球國冊封使徐葆光編纂的一部冊封使錄，在明清兩代十數種使錄中以詳實精細見稱。全書六卷，第六卷卷末錄有以漢字註音的琉球假名〈字母〉和琉球詞彙〈琉球語〉，收假名四十八個，語詞六百零六條，是研究當時琉球語和漢語音韻的寶貴資料。

《中山傳信錄》成書於康熙五十九年（1720），次年初版，流布於世，爾後在中國、日本有多種版刻出現❶。作者徐葆光，蘇州

---

* 日本熊本學園大學外國語系中文專業副教授

❶ 中國有康熙六十年徐氏二友齋原刊本、道光二十三年鄭光祖輯《舟車所至》本和光緒十七年王錫祺輯《小方壺齋輿地叢鈔》（第十帙）本，後出本多

府長洲（今江蘇省蘇州市吳縣）人，字亮直，生卒年未詳。據《吳縣志》和《明清江蘇文人年表》「康熙四十四年南巡，以諸生獻詩賦，被取至京舉。……五十七年奉旨充冊封琉球副使。……歷二十餘年不遷，以病告歸，卒。」「乾隆三年，長洲徐葆光解京職南還。」的記載，當生於康熙前期，卒於乾隆初。赴琉球冊封是上京後的第十三年。

《中山傳信錄·琉球語》在編寫中參攷沿襲了明清前代冊封使錄的一部分內容❷。在用琉球語資料進行解讀後❸，除去相同部份，連同〈字母〉對音，共有一千零七十餘音節，三百二十九個對音字。這些語料能如實反映記音人徐葆光的語音實際，是本文用於探討《中山傳信錄》琉漢對音中漢語記音的依據。

鑒於徐葆光有在家鄉蘇州和京城北京兩地長期生活的經歷，加之對音資料記音中不可避免的參差，尤其是完整反映蘇州語音的歷

---

有刪節。日本有江户明和三年（1766）服部天遊（蘇門）訓點，永田忠厚校，根據原刊的平安蘭園仿刻本、天保十一年（1840）平安石山治兵衛再刊本等。本文使用原刊本，文後附明和本影本，以供參照。

❷ 《中山傳信錄·琉球語》識語「萬曆中冊使夏子陽給諫使錄刻有琉語。本朝張學禮冊使亦略載雜記中。今就其本少加訂正， 對音參差，輕重清濁之間，終不能無訛也。」夏子陽著《使琉球錄》所收琉語部份全文承襲前代萬曆冊使蕭崇業《使琉球錄》所收〈夷語〉、〈夷字〉。張學禮康熙二年赴琉，所著《使琉球記》和《中山記略》中收零星寄語二十餘條。據攷查，《中山傳信錄·琉球語》與《蕭錄》全同條目一百三十七，改字條目一百七，新增條目約三百。改字部份與新增條目爲本文研究對象。

❸ 解讀所用琉球語資料主要有古代琉球民歌、近代琉歌、近代琉劇、西文和韓文記音資料、琉球語辭書和沖繩方言辭典。因篇幅關係，這裏未能全文納入逐詞解讀結果。

史資料的缺乏，增添了這一研究的難度。本文力圖詳細分析對音分佈，探究當時吳語、官話的聲韻面貌。

以下按漢語拼音的字母順序列出《中山傳信錄》琉漢對音字表，隨後分聲母韻母進行討論。

阿a$_{20}$ aʔ Φa 捱iai 安aɴ 巴ba$_3$ boː 八ba$_4$ 伯ba 班baɴ 彼bi 必bi$_4$ 弼bi 波bu 卜bu 布bu$_2$ 層ʤiɴ$_2$ 茶ʧa 柴saː 池ʧi$_2$ 癡ʧi 沖ʧuɴ 廚ʤɪ 磁tsi 徂ʤuː$_{16}$ 錯so 搭ta$_9$ da taː 答ta$_2$ 達ta 韃ta$_3$ 打da$_3$ ta 大ta 得tiː 堤tiː$_2$ 抵ti$_2$ 的ti$_7$ di$_4$ tiː 帝ti$_2$ 冬tuɴ 動duɴ 都tu$_2$ du 獨du$_3$ 多tu$_4$ du tuː 而e 法Φa$_2$ 番Φaɴ$_2$ 非Φi$_4$ 飛Φi$_2$ 蜚Φi 風Φuɴ 夫Φu$_4$ 福Φu$_4$ Φuʔ$_3$ 敢gaɴ 哥ku$_2$ 格kaː ki kiʔ 革ki 噶ga$_4$ ka$_2$ 梗gaɴ 公kuɴ 孤kugu 沽ku 姑ku$_{10}$ gu$_4$ 古ku$_9$ guː$_3$ gu ku 谷ku$_2$ gu 乖kua 貫kuaɴ 慣kuaɴ 過ku 哈Φa$_3$ ka 呵koː Φu 河Φa 荷Φu 和Φoː 賀Φu 烘kuɴ 胡Φu 虎Φu 戶u 花Φa 滑kueː ua 華uoː 化Φa 灰Φi Φu 揮Φi 晦Φi$_2$ 會ui$_5$ 渾Φuɴ$_2$ 火Φoː Φu 豁Φa$_3$ Φaː 雞ki$_3$ gi 基ki 及gi 急ki 吉ki$_8$ gi$_3$ 即ʧɪ tsi 几ki$_6$ gi$_3$ 己ki 既ki$_2$ 紀ki 加ka$_4$ 夾ga$_3$ ka$_5$ 甲ka$_2$ 腳ʤia dzia 街ka 介ka$_{16}$ gaː 景kiɴ 就ʃiu 疽ʧi 局ʃiuː$_2$ 科koː$_2$ ku$_2$ 可ku$_2$ 客ka kaː 喀ka$_{21}$ ga 空kuɴ 枯ku$_4$ kuː 哭ku$_4$ Φu 窟ku 苦ku$_3$ 庫ku 夸Φa 坤kuɴ 括gua$_{13}$ kua$_2$ 濶ku 拉ra$_5$ 喇ra$_4$ 來rai$_2$ 藍raɴ 嬾raɴ 里ri$_3$ 禮ri$_2$ 力ri$_4$ 利ri riː 鄰riɴ 臨riɴ 菱riɴ 六ru$_6$ 魯ru$_4$ nu 陸ru 祿ru 亂roːɴ 羅ru$_{11}$ 唔ɴ 口五u$_3$ ɴ$_6$ bu 媽ma$_3$ maʔ 麻ma maː 馬ma$_5$ maː$_2$ mi 埋ma 買mai 賣mai ma 麥ma

漫maN 毛mu 貿$ma_2$ 眉$mi_3$ 梅$mi_5$ 霉mi 美$mi_3$ miː bi 浼mi 彌$mi_2$ 迷mi 米$mi_8$ 密$mi_2$ 綿miN 妙miioː 乜mi 閔$miN_3$ 名miN 麼$mu_2$ 膜$mu_2$ 摩mu 莫$mu_4$ 墨mi 末maʔ 沒ma 某mu 母$mu_4$ N 姆$N_3$ mu 木$mu_5$ 拿$na_4$ 那$na_{11}$ $ra_3$ naː 納na 乃$nai_4$ 南$naN_3$ 內nuʔ 泥$ni_{23}$ 尼$ni_2$ 你$ni_2$ $mi_2$ niː neː 膩$ni_{17}$ 濃nuN 奴$nu_{11}$ 挪nu na 爬p'a 盤baN 培bi 皮$mi_2$ pi bi 脾bi 平piN 菩pu 七tʃi 齊tʃi dʒi 其gi ki 棋gi 綺ki 啓ki 起ki 乞$ki_3$ 氣$ki_2$ 掐$ka_3$ 茄ga 衾kiN 輕kiN 榮iuN 容riuːN iuN 撒sa 薩soː 三$saN_4$ dzaN 色si ʃi 沙$sa_5$ su ʃioː 煞$sa_{37}$ saː dza ʃia 山saN 燒ʃioː 沈ʃiN 生ʃi tʃi 施ʃi 失$ʃi_{14}$ Φi 什$ʃi_4$ ʃiː ʃiu 十ʃi 石$ʃi_2$ dʒia 矢ʃi 使si 世ʃi 士ʃi 市ʃi 式$ʃi_2$ 是ʃi 書ʃi 孰dʒiuː 爍ʃia 司si 思$si_3$ ʃi 四$si_2$ 蘇su 俗dzu 速suʔ 素su suː 雖ʃi 綏seː 摻saN 他taː ka 塔ta 台dai 擡dai 叨toː 梯ti tiː 蹄tiː 町$tiN_3$ 禿tuː 徒ru 土$tu_2$ tuː 推tui 托toː da 拖$tu_2$ $tuː_2$ 窀$Φa_2$ ua 哇ua uaː 歪ua 碗uaN 威$ui_2$ $uiː_2$ $ʔiː$ 喂$ueː_2$ ui 倭uo 烏$u_{11}$ uː uʔ ui 屋$u_3$ $uʔ_2$ 務u 吾gu 五u 嘸u mu N 兀$ʔu_3$ ku 昔ʃi 西si 稀ʃi 錫ʃi 洗$siː_3$ 細ʃi 瞎$Φa_6$ ka 蝦ʃu 夏ʃio Φia 先siN 現iaN 小seː 心ʃiN ʃi 兄tʃiuN 需ʃi 鴉ioː 丫oː 呀$ia_6$ 牙$ia_3$ a 啞oː 軋ia ga 夭$iu_2$ 耶$ia_5$ $iaː_2$ 一$i_{18}$ $iʔ_2$ 依$i_3$ 衣$i_4$ 飴i 夷$i_2$ 亦iː 義ni 意i 因iN 陰$iN_2$ 殷niN 憂iu 優iu 油iuː 由iu iuː 又$iu_2$ 鬱iuʔ 唷$iu_3$ $iuʔ_2$ 欲i 約iaʔ 齋dzai 爭tsiN 之$tʃi_{28}$ $tsiː_9$ $dʒi_9$ $dza_3$ 汁$tʃi_2$ 執$dʒi_2$ 直tʃi 志ʃi 周$tʃiu_3$ 躅$dʒiuː_3$ 主dʒi 著$tʃia_6$ $dʒia_2$ ʃia 濁dʒioː 子$tsi_{28}$ $tʃi_{21}$ $dʒi_5$ $dzi_4$ tsu ʃi 足tsi 左tsu 坐$dʒuː_5$ 作sa

# 二、《中山傳信錄》對音的聲紐

## 2.1 全濁塞音、塞擦音聲母

琉球語有b、d、ʣ、ʤ、g等濁輔音，與之對應的中古全濁字有「彌盤培皮脾、動獨$_3$台擡、層$_2$徂$_2$坐$_5$齊廚躅$_3$著$_2$濁、及其棋茄」等字。全清、次清字也有對應濁輔音的。前者有「巴$_4$八$_4$伯班彼必波布$_2$、搭打$_3$的$_4$都多、齋子$_9$、之執主、敢噶$_4$梗孤姑$_4$古$_4$谷雞吉$_3$几$_3$夾$_3$腳$_2$介括$_{13}$」，後者有「喀托」。從清音字用例以全清音字爲主來看，符合琉球語濁輔音不送氣的特徵❹。在全濁漢字對應例中有平聲字十五例，仄聲字十七例，在北京官話中分別讀送氣音和不送氣音，《中原音韻》以來即如此。我們很難用北京音來解釋琉漢濁濁對應現象，因勢必與上述全清用例傾向相背離。可取的看法是它們來自吳語，是蘇州音全濁塞音、塞擦音字不送氣的反映。

## 2.2 匣 母

琉漢對音中，曉匣二母字都對應琉球語的雙唇擦音Φ，分別有「哈$_4$呵虎花化灰揮晦火$_2$ 豁$_4$瞎$_6$」和「河荷和賀胡渾$_2$ 夏」。來自非敷母的「法$_2$番$_2$非$_4$飛$_2$蜚風夫$_4$福$_7$」等字也都全部對應Φ。這緣由於琉球語當時處在由Φ向h的，發音部位由雙唇轉向舌根化的語音進程中，是與漢語的〔f〕、〔x〕或〔ɣ〕互相交叉重疊的結果。

---

❹ 日語、琉球語的濁輔音祇有一套，理論上沒有送氣與否之對立，但一般讀不送氣。

匣母有一組字對應零輔音，它們是「戶（u）滑（uɑ）華（uoː）會（$ui_5$）現（iaN）」。與此相似，喻母十一個對音字的二十四次用例也全都對應零輔音。吳語匣喻合一現象有元代《南村輟耕錄·射字法》、明代《聲韻會通》、《併音連聲字學集要》、清代《太古元音》、《古今韻表新編》等多種資料的印證，蘇州音也是匣喻合流爲濁喉音〔ɦ〕的地區，我們可以把《中山傳信錄》匣母看作濁喉音，但從匣喻二母字一個有，一個沒有對應琉球語Φ的分佈看，二者有微妙的差異。

## 2.3 疑母和娘母

《中山傳信錄》的疑母對音字有「吾（gu）五（u）兀（$ʔu_3$ ku）義（ni）牙（$ia_3$ ɑ）」，其中「吾兀」可斷定仍保留疑母。疑母細音字與泥母細音字在吳語中讀如娘母。而琉球語的ni類音與相對的舌面鼻音〔ɲi〕屬自由變體。因此上述的「義」和泥母細音的「泥$_{23}$尼$_2$膩$_{17}$」都可視爲娘母字。「牙五」在蘇州現代方言裏有文讀白讀之分，「牙」的第一對音（$iɑ_3$）和「五」的對音（u）可視爲文讀（→ɦiɑ和→əu），「牙」的第二對音（ɑ）可視爲白讀（→ŋɑ）的殘缺記音。

## 2.4 莊　組

《中山傳信錄》對音中有「齋柴爭士煞沙山使生色摻」等十一個莊組字，五十八個用例中五十二例對應如同精組發音的ʦ、ʣ、s類舌尖前輔音，莊組歸精是吳語的普遍現象，上述對音正是這種反映。

## 2.5 精莊與知章

現代吳語的許多方言，包括蘇州話（新派）都已精莊知章四組合一。《南村輟耕錄·射字法》已通過相混助紐字反映了古知照組向精組過渡的消息❺，明代《聲韻會通》《併音連聲字學集要》、清代《古今韻表新編》《荊音韻彙》則明確表明了知章組向精組的歸併。但蘇州城區老派在二十世紀二十年代，蘇州郊區和吳縣的大片地區至今也知章不與精組混同❻。在《中山傳信錄》對音中，知章組對音字對應琉球舌葉音，衹有極少的例外，與精莊組畛域各異。這種現象與蘇州音韻實際是吻合的。

## 2.6 尖團音

《中山傳信錄》精組見系的對音不混，精組對應舌尖音，見系主要對應舌根音或零輔音。這樣，精組細音與見系細音也不混，即尖團不混。見系二等在現代有文白異讀的「加夾甲街介掐茄」等字，也衹與ka、ga對應，尚未產生相對的文讀。

較早記錄吳語見系細音舌面化的是成書於一七九〇年前後的《荊音韻彙》❼，晚於《中山傳信錄》約八十年。精組細音舌面化在《荊音韻彙》中尚未出現，其發生並且尖團合流就是更爲晚近的事情了。

---

❺ 參見魯國堯《〈南村輟耕錄〉與元代吳方言》，《中國語言學報》第三期，（北京：商務印書館，1988年）

❻ 參見葉祥苓《蘇州方言詞典》，（江蘇教育出版社，1993年）

❼ 參見耿振生《明清等韻學通論》，（語文出版社，1992年）

## 2.7 自成音節的鼻音

蘇州音在遇攝一部分明微母、泥母、疑母字的情況下產生m、n、ŋ等音節。這種音節在《中山傳信錄》裏也出現。以下是其用例。

口五　198　擔桶　口五格　uke　（おけ）
　221　瓢　彌口五　miu　（みよう）
　463　飯　口五班　ubaN　（おはん）
　220　瓦礶　之口五　ʧibu　（つぽ）
　205　牙刷　番口五　腳雞母魯　ΦaNgakimuru　（はがけもの）
　　雷　喀口五　渺（誤字）一　gaNrai　（かんらい）
　310　我　窰口五　uaN　（フレ）
　130　梅　口五梅　Nmi　（うめ）
　133　木頭　梅（衍字）　口五梅拿乃　Nminanai　（うめのミ）
　542　重　口五卜煞　Nbusa　（オモサ）
唔　466　油　阿唔打　aNda　（アブラ）
嘸　11　霜　什嘸　ʃimu　（レも）
　46　後　嘸什的（誤字）　uʃiru　（うしろ）
　157　馬　嘸馬　Nma　（うま）
姆　518　六　姆子　muːtsi　（むつ）
　224　算盤　山姆盤　saNbaN　（さんばん）
　297　孫子　姆馬噶　Nmaga　（オマゴ）
　332　娘　阿姆買　aNma　（あま）
母　580　看　妙母　miioː　（みよう）
媽　字母　媽　N　（ん）

琉球語的N是一個鼻音音位，分別讀作 n、m 還是 ŋ 都沒有辨義作用。「呧」的五至十、「呧」、「嘸」的三、「姆」的二至四等用例都與「N」對應，無疑是一鼻音節。「姆」來源於文讀 mu，其字第一例對音 muː也表明當時仍有該讀。加之「姆」的二至四用例均在 b 或 m 雙唇音前，從自然發音的關聯上看作「m」是不會有問題的。其後的「母媽」各有一例對應N，又各自對應 mu、mɑ，也可視爲 m 音節的反映（「母」記的是音尾的閉唇動作）。「母媽」與「姆」同時在音義上有淵源關係，亦能佐證。

「嘸」是一個晚起口語用字，字書不載。從字符看可能來源於微母。微母在吳語裏大多有 m、v 兩讀，元音脫落後的音節讀 m，既合蘇州音實際❽，又合音理，也符合對音中「mɑ」前的用法。「嘸」的三個對音反映了「嘸」的三種讀法。

「唔」也是一個新起字。大概因來自疑母，全國各地多有讀 ŋ 音節的。蘇州方言裏讀 n ❾，從對音用例處在舌尖前音 d 前看，倒是一致的。

「呧」亦是新起字，大致可看爲「唔」的異體。與「五伍」等字亦有同聲韻的關係。蘇州方言的疑母模韻字組「五伍午」等有兩讀，白讀爲 ŋ 音節，文讀爲零輔音音節〔ɜu〕（←u）。回過頭來看對音用例，「呧」的前三例和後六例可分別認爲是蘇州音 u、ŋ 的對應。第四例對應 bu，當是誤記。後五例裏「呧」後發音有 g、r、m、b 多種類型，難以借助判斷「呧」的發音部位。

---

❽ 參見葉祥苓《蘇州方言志》，（江蘇教育出版社，1988年）頁181。
❾ 參見葉祥苓《蘇州方言志》，（江蘇教育出版社，1988年）頁181及汪平《蘇州方言語音研究》，（華中理工大學，1996年）頁190。

經見的蘇州方言著作中都未見收有「呧」字。《漢語大字典》「呧」下代詞用例引了《綴白裘》和《中國地方戲曲集成》江蘇卷的用例。其中的「呧篤」應當就是蘇州方言的「唔篤」❿。蘇州讀 m 音節的字都來自明微母（姆畝墓嘸無），讀 ŋ 音節的字都來自疑母（吳魚五伍午忤仵），而同樣來自疑母的「呧唔」卻讀入 n 音節，這很費解。如果它們是本字的話，這可能是爲了避開「五伍午忤仵」等同音字而造成的轉移和分化。但更可信的說法似乎是「你」爲本字、「呧篤」、「唔篤」即「你篤」⓫。這樣既合音義，又合音理。

自成音節的鼻音不啻在清代，早於《中山傳信錄》約八十年的明代蘇州吳江人沈寵綏《度曲須知》中就有記載。文稱「收鼻何音，吳字土音。閉口何音，無字土音。舐舌何音，你字土音。」，指出「吳無你」在吳俗中讀鼻音節，如同中原音的鼻韻尾－ŋ、－m、－n。

從上述分析看來，《中山傳信錄》聲母對音具有很強的吳語特色。與此相類的其他個別現象，如影母「軋」有「ga」的對音，「括」十數次對應都是gua、kua，均與蘇州音暗合，而不同於官話的〔ia〕、〔kuo〕或〔k'uo〕的發音⓬。

對音中有日母「而」、微母「務」、以母「容」各一次對應 e、u、riuːN 的孤例。「而」尾是蘇音的 –l 還是京音的 －r（兒音），

---

❿ 同前註。

⓫ 「你篤」一詞轉引自古屋昭弘《〈度曲須知〉に見る明末の吳方言》，（東京都立大學人文學報156，1982年）頁70。

⓬ 據《度曲須知・入聲正訛考》「括聒适栝　古活切　非刮」。明末吳江地區「括刮」不同音，現代蘇州音二字同音kuaʔ。

「務」字本身是讀蘇音的 v 聲母，還是京音的零聲母，「容」的對音是否受了北京音 rong 的影響⓭，這都雖不能遽下斷語，但用例是饒有意味的。

上文未涉及到的聲母，除來母字對應琉球 r 輔音（舌尖前閃音），端透、精清四母分別對應琉球語無送氣與否對立的 t、ʦ，書審二母對應 ʃ 之外，明泥（洪音）心影母與琉球語 m、n、s 和零輔音分別對應完全一致。

精莊與知章兩組聲母字在分別對應琉球語舌尖前音 ʦ、ʣ、s 與舌葉音 ʧ、ʤ、ʃ 時互相有些交叉對應的情形，這大致與受過良好漢文、日文教育的琉球國貴族、武士家族的成年男子跟平民、婦女、孩子在這兩組音上有發音差別的關係⓮。前者能很好地區別這兩組音，後者則多有混雜。在語言調查時，隨發音人不同，亦多少導致兩相夾雜。

對應中「哈」或對應 ka，「軋」或對應 ia，以及莊組字「煞沙色生士」等對應舌葉音的用例，或多或少傳達了北方官話的意味，也是應當充分留意的。

對音中，還有「阿哭夸失乞」對應Φ，「他烘瞎」對應 k，「局蝦夏」對應 ʃ，「徒」對應 r，「皮」對應 m，「魯」對應 n，「那」對應 r（3次）等不規則現象，反映了對音精確度的相對性。

據琉球音韻學家的研究，琉球語的は行音讀，經歷了由 p 到

---

⓭ 「容」在明代北京官話裏已出現r聲母，見徐孝《合併字學集韻》（1606）。

⓮ 參照《沖繩語辭典·解說篇》，（日本：國立國語研究所，國立國語研究所資料集五，大藏省印刷局，1963年）。

Φ的發音方法摩擦化和由Φ到 h 的發音部位舌根化的兩個演變階段。《中山傳信錄》對音中濁母的「爬皮平菩」各有一例對應在十八世紀仍有殘留的 p。這種對應是必然還是純屬偶然，全濁不送氣的特徵與 p 有何種關連，若另作認眞深入的探討，對解剖琉球語的音韻發展進程是有裨益的。

# 三、《中山傳信錄》對音的韻母

## 3.1 果 攝

《中山傳信錄》中果攝對音字的元音部份對應如下：

ɑ 類　歌：阿$_{22}$ 大河那$_{15}$ 挪他$_{2}$　戈開二：茄

u 類　歌：多$_{6}$ 哥$_{2}$ 呵賀荷可$_{2}$ 羅$_{11}$ 挪左拖$_{4}$　戈合一：波遇科$_{2}$ 麼$_{2}$ 摩坐$_{5}$

o 類　歌：呵和火科$_{2}$

uo 類　戈合一：倭

中古時代，果攝的主體元音就是 ɑ，「阿大那他」等字保留了中古基本發音，率先穩定，這在官話和蘇州音裏都一樣。其中「大」在蘇州屬文讀。「茄」讀 ɑ 是蘇州獨有的。u 類音都是蘇州音，即現代音ɜu的前身。o、uo 類音是官話型音，其中的對音字在蘇州方言中都讀ɜu，《中山傳信錄》時代亦當讀 u。

所有字中「科呵」兼有 u、o 兩讀。ɑ 類的「河挪」兩字音不合，但可視爲 o 的近系，當時的發音實際上也許是比 o 開口度更大的元音〔ɔ〕。「摩」因爲是明母字，在蘇州方言中讀 o，與其他字不同。

## 3.2 假　攝

麻韻有對音字二十三個，對音的元音有：

o　類　開二：巴沙丫啞

uo 類　合二：華

io　類　開二：夏鴉

ɑ　類　開二：巴$_3$ 茶哈$_4$ 加$_4$ 麻$_2$ 馬$_7$ 拿$_4$ 爬牙沙$_5$　合二：化花夸

iɑ　類　開二：夏呀$_6$牙$_3$　開三：耶$_6$

uɑ 類　開二：哇$_2$

u　類　開二：蝦沙

i　類　開二：馬　開三：乜

o、uo 類是蘇州音。io 類的 i 介音和 iɑ 類一樣，顯示了二等牙喉音的細音化面貌。「巴茶麻爬沙化花夸夏」在蘇州音讀 o，所以 ɑ、iɑ 類應是官話音的反映。「耶」雖在中古讀 iɑ，但在《中原音韻》時代已演化爲〔ie〕，因此對音表現的當是蘇州音。u 類字音不協調，應是 o 類的曲折表現形式。「乜」的i發音近於同屬開口三等的「冶野也且」等字在現代蘇州音裏 iι 的讀法。

## 3.3 遇　攝

模、魚、虞三韻對音字的對音分佈如下：

u 類 模：布$_2$ 徂$_{16}$ 都$_3$ 姑$_{14}$ 沽孤$_2$ 古$_{10}$ 虎胡戶枯$_5$ 五吾烏$_{13}$ 素$_2$土$_3$ 庫苦$_3$ 魯$_5$呩 $_6$ 姆奴$_{11}$ 菩蘇徒　虞：夫$_4$務嘸$_3$

I　類 魚：疽書　虞：廚需主

鼻音節模：唔呒$_3$ 嫣姆$_3$　虞：嘸

u 類音與官話是一致的。當時的蘇州音也可能讀 u。在現代蘇州方言裏，除唇音（包括輕唇與重唇）字的韻母讀 u 外，其餘都讀 ɜu。

i 類字大致是三等合口，即撮口 y 的曲折對音，即失記了圓唇特徵。這在琉漢、日漢對音中比較普遍。i 類字分屬精組（疽需）與知章組（主廚書）。從與《中山傳信錄》時代相近的《李氏音鑑》來看，知章組的遇攝字已由撮口讀爲合口，所以精組字雖合官話音，知章組字卻不然。在蘇州方言裏，遇攝三等韻大體上唇音讀〔u〕，牙喉音讀〔y〕，精組字讀〔i〕，知章組字讀〔ɥ〕。具體來說，「疽需」讀〔i〕韻母，「主廚書」讀〔ɥ〕韻母。〔ɥ〕韻母是受聲母影響由 y 變化來的。從《度曲須知・鼻音抉隱續篇》「以蘇城之呼書爲詩，呼住爲治，呼朱爲支，呼除爲池之故」和《問奇集》、《山歌》註「豬爲知」，「珠知相似」的說法看來，明代早已有這種現象了⑮。

鼻音節的敘述已見上一章。

## 3.4　蟹攝一二等韻

對音字和對音元音有：

ɑi 類　咍：來$_2$ 乃$_4$ 台擡　皆開：揑齋　佳開：買賣

ɑ　類皆開：街介$_{17}$ 埋　佳開：柴賣

uɑ 類皆合：乖　佳合：歪

---

⑮　同註⑪。

u 類 灰：灰內

i 類 灰：灰晦梅浼培

ui 類 灰：推 泰合：會$_5$

ai 類音合於官話。這類字來自咍韻，在蘇州話裏念 E，是由 ai 合音短縮變化而來的。皆佳二韻的開口有 ai、a兩讀，a i 多屬文讀，a 屬白讀，這從「賣」字兩屬也可看出來。《度曲須知·收音總訣》所稱「土音唱捱，勿切衣皆」，指的正是「捱」字 a 的白讀，與例字的「捱」（iai）相對。與此相配，合口的 ua 類音也是蘇白，不合官話 uai 的發音。

灰韻和泰韻合口的演變，在官話裏是 i 韻尾強勢，韻腹往往失落讀作 ai；在蘇州方言裏是韻腹強勢，i 韻尾失落，讀作 uE，但二者在音感上差距並不大。對音組中，ui 類是完整的，而 u、i 兩類在「灰內晦」字上各有殘缺，要麼缺頭，要麼缺尾。灰韻的唇音照例失去 u 介音，對應 i 反映的活語音準確地說應是 ei 或 E。

## 3.5 止攝和蟹攝三四等韻

所屬韻的對音主體上是 i 和 ui。

i 類 支開：彼池$_2$ 彌$_2$ 皮$_4$ 脾綺施是義 脂開：几$_9$ 利$_2$ 美$_5$ 霉眉$_3$ 尼$_2$ 膩$_{17}$ 矢四夷 之：癡磁基己紀里$_3$ 你$_5$ 棋氣$_2$ 其$_2$ 起使市思$_4$ 士司意飴之$_{46}$ 志 微開：衣$_4$ 稀既$_2$ 依$_3$ 祭開：世 齊開：堤$_2$ 抵$_2$ 帝$_2$ 雞$_4$ 禮$_2$ 米$_8$ 迷泥$_{23}$ 啓$_2$ 梯$_2$ 蹄洗$_3$ 細西 微合：非$_4$ 蜚飛$_2$ 揮威 心脂合：雖

ui 類 支合：喂 微合：威$_4$

eː 類　合：綏　之：你$_2$

ueː類支合：喂$_2$

e 類　之：而

i 類音字有幾種情形。一是止攝精組字。「磁tsi使si思si$_3$司si四si$_2$」的對音表明這些字的韻母是舌尖前元音，山母的「使」因聲母讀入心母，也歸屬同類。二是止攝知章組字，在蘇州音中有一部份的韻母演變成舌尖後圓脣元音〔ɥ〕，有「池矢之癡志」幾個，所謂「豬知」、「珠知」同音現象。據《度曲須知》的記載在明末早已出現，但對音中未能反映這種跡象。三是齊韻精組「齊細西洗」等字在對音時代尚未聲母顎化。其中的「洗」作爲例外字，至今仍讀心母，與對音非常接近。四是微、脂二韻合口字「非蜚飛揮」等因與琉球語雙唇擦音Φ對應，當視爲有合口的意味，與「威雖」對應i，與本音不一致的情形不同。

eː、ueː 類音是 i、ui 的曲折形式，祇是 e 舌位比 i 略低一些。e 類的日母字「而」是個孤例。本來當時琉球語的 e 類音已大體歸於 i 裏。但在假名歌中「而」對應え假名，我們很難想像它當讀 i。

## 3.6 效 攝

效攝有豪韻「毛mu 叨toː」、宵韻「妙miioː 燒ʃioː 夭iu$_2$ 小seː」六個字。其中 u 的對音應是 o 的曲折形式，o 是效攝字對音的主要特徵。效攝的元音，在官話中是 ɑu，在蘇州音中是 æ。我們能發現「小」的元音對音 eː 是與此很相近的。效攝元音組合在蘇州音裏大體經歷了由 ɑu 向 o 或 ɔ 的短縮折衷變化過程後，再逐漸非圓唇化、前化而成爲 æ 的。《中山傳信錄》的 o 對應可以說是第一階段變化的反映。

## 3.7 流 攝

iu類　尤：就憂優周$_3$油由又$_2$

其他　侯：貿ma$_2$ 某mu 母mu$_4$N

蘇州音的流攝主體韻母與北方官話的 ou 或 ɜu 不同，和 ai、ao 等複韻母一樣經歷了複韻母單韻母化的過程。由 ɜu 到結合 ɜ、u 特點的圓唇央元音 ʉ 是一步，再 ʉ 前化爲Y是第二步。尤韻對應的 iu，與官話的 iɜu、蘇州的 iʉ，相去都是很近的。一等侯韻的明母字在音韻史上變化比較特異。北方官話裏，「母」多讀 mu，「某」多讀 mou，或讀 mu（如《中原音韻》）。「貿」在現代讀 mau，在明清時代和某些現代官話口語中仍多讀 mou。蘇州方言裏，「貿某」讀〔mY〕，「母」讀〔mo〕。前者來自 ʉ，後者來自唇音條件下 ou 主元音脫落的 u。因此「某母」的 mu 對音都可與上述演變相吻合。「貿」對應 ma 很難解釋。在中原系韻書中雖從《中原音韻》到《五方元音》「貿」均讀 mou（或mɜu），但清末的《官話萃珍》所記北京音已讀 mau，在現代京畿方言中也有侯韻字讀 au 的方言（如井陘方言）。這樣似乎不能排除《中山傳信錄》時代的康熙年間京城已有「貿」讀 mau 的可能性，「貿」的對應 ma 其實是 mau 的殘缺對音。但無法立證，終是一種猜測。但我們可以說，「貿」的 ma 對音用蘇州話是解釋不通的。

## 3.8 鼻韻尾

琉球語存在撥音 N，是個 n、ŋ、m 不拘的音位。既可出現在音節尾，也可出現在全濁音和鼻音輔音前，作爲音綴，被記錄在前一音節的末尾。琉漢對音中兩者都用鼻韻尾字對應。

《中山傳信錄》對音除缺江宕二攝用字外，咸深山臻曾梗通攝各韻有五十二字。用例七十次中六十三次對應 N，可見鼻韻尾都是存在的。例外有「打$da_3$、ta、生ʃi、ʧi、心ʃi」等三字。梗攝二等庚韻「打」字早在《中原音韻》中就讀〔ta〕，脫落韻尾。所以對音應是反映了官話音。現代吳語裏，「打」字隨整類音的變化讀成陰聲韻的地區有不少，但這是晚近纔發生的現象，與官話音不能同日而語。吳語的大部份地區「打」字仍保留鼻韻尾，或變化快的讀作鼻化特徵，蘇州音即如此。與「打」同韻的「生」和侵韻的「心」，在官話和吳語裏都找不到十八世紀已失落鼻韻尾的根據，是爲例外對音。我們懷疑對應 ʃi 或 ʧi 的「生」是「失」的誤字。

閉口韻在官話裏向 –n 尾的轉化，約在十六世紀就完成了⑯，吳語裏因爲各種相對立的記錄都存在，難以遽斷，但在明末清初吳語區晚於官話區還存在（至少部份存在）閉口韻是可信的⑰。對音中後續音節如果是 b、m 等鼻音的話，能爲證實前一音節帶有 –m 尾找到些零星的線索。《中山傳信錄》閉口韻對音字的後續音節的輔音分佈如下：

---

⑯ 參見楊耐思《近代漢語音論》，（北京：商務印書館，1997年）頁60。

⑰ 同前註❼。

有後續輔音 g　南$_3$三陰$_2$

有後續輔音 n、ʤ、ʣ　敢藍$_2$心摻三$_3$

無後續輔音　臨衾沈三

完全沒有與閉口韻相關的對應。據此可以推測當時在徐葆光的語音裏已很難有成形的閉口韻了。吳語區範圍廣大，但從《度曲須知·鼻音抉隱》「即如閉口字面，設非記錯譜旁，則廉纖必犯先天，監咸必犯寒山，尋侵必犯眞文。」看來，蘇州一帶在明末已失去閉口韻了。現代蘇州方言裏，不僅宕江兩攝全部和曾梗兩攝的 ɑ、a 系字的鼻韻尾已轉化成元音的鼻化特徵，曾梗兩攝大部份字的鼻韻尾由收鼻變成舐舌，而且山咸兩攝鼻韻尾已經完全消失，讀成陰聲了。保留鼻韻尾的只有梗攝一部分合口字和通深臻三攝。上述變化除曾梗與深臻合流，有《度曲須知》「吳俗承訛既久，庚青皆犯眞文，鼻音誤收舐齶」爲證，除早於《中山傳信錄》外，其他都是《中山傳信錄》以後產生的語音演變。

## 3.9　入聲韻尾

現代蘇州話的入聲韻尾只有喉塞音一個。從《度曲須知·入聲正訛考》中沈寵綏「叶某，不作某」的記述看，蘇州一帶在明末入聲韻尾尚未合流。周仁《荊音韻彙》（1790年前後）爲入聲單獨設部，異於《聲韻會通》以來陽入同韻的作法，是入聲韻尾合流可信的早期材料。更早的有康熙《嘉定縣志》（1671年）「尺赤拆呼爲察音」的記載，當時 –k 尾昔韻字（尺赤）、陌韻字（拆）已與 –t 尾黠韻字（察）同韻尾。嘉蘇相去未遠，如果蘇州入聲也像嘉定變化一致的話，《中山傳信錄》（1720年）時代現代蘇州入聲韻尾的佈局就已形成了。

琉球語裏也存在喉塞音尾，可作爲考查漢語對音裏是否存在入聲的依據。對音裏出現的喉塞尾對音有「末（末）一$_2$（質）鬱（物）約（藥）格（德）卜屋$_2$速福$_3$唷$_2$（屋）阿（歌）媽（麻）內（灰）烏（模）」共十九例。其中十五例，占約百分之八十是入聲字，看來徐葆光是有意識以蘇州入聲去對應琉球喉塞音的。

因爲入聲字，單元音韻母字多，合乎日語、琉球語特點，所以在琉漢、日漢對音中使用入聲字是各種資料的共同點。《中山傳信錄》使用入聲字八十八個，用例三百三十五次，其中祗有不到百分之二的概率用於對應琉球喉塞音尾。

## 3.10 咸山宕江四攝的對音

a 類　合：搭$_{11}$ 答$_2$ 拉納　盍：塔喇$_4$　洽：夾$_8$ 掐$_3$　狎：甲$_2$　乏：法$_2$　曷：達 韃$_3$ 噶$_6$ 撒　黠：八$_4$ 煞$_{39}$　鍺：瞎$_7$軋　末：豁末　鐸：托作

ua 類　末：括$_{15}$　鍺：滑空$_3$

u 類　末：豁$_3$ 濶　鐸：錯膜$_2$ 莫$_4$

ue:類　黠：滑

o 類　鐸：托$_2$　曷：薩

io:類　覺：濁

ia 類　藥：腳爍約着$_9$　鍺：軋　黠：煞

aN類　覃：南$_3$　談：敢藍三$_5$　咸：摻　寒：安孄山　刪：班　桓：漫盤　元：番

uaN類　桓：貫碗　刪：慣

iaN類　先：現

in 類　仙：綿　先：先

oːN類　桓：亂

這四攝有對應 a 的共同點。陽聲祗咸山兩攝有字。從上入下陽的排列看，元音彼此沒有什麼大的差別。咸攝字不論陽入都作 a，沒有例外。山攝主體上開口一二等作 a，合口一二等作 ua，開口三四等作 ia 或ie。例外有合口末韻「豁」對應Φa，也當視同合口。這一韻的「豁濶」對應 u，主元音失記了。二等的「軋煞」各有對應 ia 的用例，可能與官話音有關。「亂」的 oːN 對音接近 uaN，「滑」的 ueː 對應接近 ua，「薩」的 oː 對應接近 a。細音三等的「先綿」對音作 iN，可能當時的主元音已經開口度變小，不再是a 了。這從山攝三四等字主元音在現代蘇州方言中已經讀成高元音來看，是合乎演變趨勢的。不僅三四等主元音高化，咸山二攝不論陽入後來全部都主元音高化了。在陽聲韻裏主元音由 a 變成 ϕ、E、ɩ，在入聲韻裏則從 a 裏分化出一個 ɜ 韻母，元音都往高處走了。

蘇州方言和明清的多種吳語韻書所反映的一樣「江宕不分」[18]，即宕攝一等加上三等的合口與江攝合流，宕攝三等開口自成一類。在入聲韻裏前者主元音讀 o，後者讀 a 或 ia。在《中山傳信錄》對音中，後者與 ia 對應。一等鐸韻和覺韻字比較亂，有 a、u、oː（包括ioː）三種對應。當時的主流元音應是 o（或ɔ），u 比 o 開口度祗小一點點，容易誤聽誤記，好理解。主流元音不可能是 a，因

---

[18] 同前註。

為這樣勢必造成與宕攝三等的元音相同，那蘇州現代方言的 o、ɑ 對立就無法解釋了。蘇州現代方言陽聲韻的元音有〔a〕、〔ɑ〕的對立，隨著演變的推移，二者走上合流祇是時間的問題。到那時，江宕兩攝就完全歸併了。

## 3.11　通攝的對音

u 類　屋：卜屋$_5$ 獨$_3$ 谷$_3$ 哭$_5$ 祿木$_5$ 速福$_7$ 六$_6$ 陸禿　燭：俗

iu 類　屋：孰唷$_5$　燭：局$_2$ 躅$_3$

i 類　燭：俗欲足

o 類　屋：卜

uN類　東：動公烘空沖風　鍾：濃

iuN類　鍾：容

通攝字與 u 多有對應。u、uN 與 iu、iuN 基本上是一等與三等的分佈，比較整齊。o 近 u。i與遇攝對音相似，屬於 iu 的合口省略，「俗欲足」都是三等字。一三等有些字相混，這是通攝的特點。與咸山兩攝元音高化的演變相反，通攝在蘇州方言裏由 u 變 o，走的是元音低化的路子。

## 3.12　深臻曾梗四攝的對音

i　類　緝：及急什$_5$ 十汁$_2$ 執$_2$　質：必$_4$ 弼吉$_{11}$ 密$_2$ 七失$_{15}$ 一$_{20}$　迄：乙$_3$　德：得墨　職：即$_2$ 力$_4$ 色式$_2$ 直　陌開二：格$_2$　麥開：革　昔：亦昔石$_2$　錫：的$_{12}$ 錫　侵：心　庚開二：生$_2$

u　類　沒：窟兀$_4$

iu 類　物：鬱　緝：什

ɑ 類　沒：沒　陌開二：伯格客$_2$喀$_{22}$　麥開：麥　庚開二：打$_4$　昔開：石

iN 類　侵：臨衾沈陰$_2$心　眞：鄰閔$_3$因　殷：殷　登：層$_2$　蒸：菱　庚開二：爭　庚開三：景平　青：町$_3$　清開：輕名

uN 類　魂：渾$_2$坤

iuN類　庚合三：榮兄

ɑN 類　庚開二：梗

這四攝有對應 i，其中合口韻有對應 u 的共同點，不拘陽入，深攝臻攝開口韻、曾攝三等韻、梗攝開口三四等韻字除「什」有一次對應 iu 的例外，都是 i 對音，這與吳語的普遍性是一致的。上述韻在明末清初就可能同韻尾同元音了。在蘇州方言裏，隨知章組聲母捲舌化出現的元音開口化（讀作ɜ）的現象，也應該是在後來形成的。

臻攝合口韻在北方官話還是蘇州方言中都有一個共同的韻腹ɜ。對音的「魂沒物」各韻相關用字「渾坤窟兀鬱」等的元音對音是u 或 iu。從發展上來說當初在 u 或 iu 後都應有個 ɜ。「沒」有一次對音 ɑ，多少給了我們一點當時的蘇州口語裏存在的正好就是開口度比 ɑ 小的 ɜ 的暗示。這個 ɜ 在北京話陽聲裏保留了，入聲都消失了，而蘇州話裏陽入都保留著，沒有變化。

曾攝的一等登韻照例應該有一個開口元音。但在對音中「層$_2$得墨」三字的元音都是 i，有些不自然。尋索它們的用例「498錢　一層（ziN）」、「537錢　層（ziN）」、「403拿來　一得（ti）姑」、

「397　敕書　倭眉腳都司墨（mi）」，其中「層」的兩次對音都是せん（ziN），「得」的對音是て（te）假名。琉球語在《中山傳信錄》時代已完成了由 a、o、e、i、u 五元音向三元音的音韻演變（o併入u，e併入i）。攷慮到當時可能尚有 e 發音的殘存的話，上述字的對音也許就可以理解了。

北京官話與蘇州方言的梗攝的開口二等韻有很大的差異。一是在陽聲韻裏前者讀 eng，後者有白讀 ang（ng在現代演變成鼻化特徵）和接近官話 eng 的文讀 en 的對立。對音中，「梗」與 aN 對應，「爭」與 iN 對應，反映的應是蘇州音一白一文的狀況。二是在入聲韻中，北京官話有 e 與 ai 的文白對立，蘇州方言有 e 與 a 的文白對立。陌麥二等開口對音字「伯格客喀麥」的 a 對應，反映的是蘇州白讀音。陌麥二韻字「格華」的 i 對音接近 e，當屬文讀。蘇州梗攝的文白讀對立也滲透到三四等。三等昔韻的「石」對音 ia，反映的即是白讀音。

梗攝的合口韻在蘇州與通攝合流。對音中有三等的「榮兄」對應 iuN，與上述通攝對應狀況是一致的。在現代蘇州方言裏，它們的主元音都變成 o 了。

## 四、結　論

通過以上兩章對《中山傳信錄》對音字在對音中的聲母韻母分析，總的看來，對音反映的漢語音韻特徵以吳語蘇州音爲主。明顯反映北京官話特色的有「打」讀舒聲和果攝、假攝、遇攝的一些音類以及其他一些字的零星讀法。其中我們也能看到一批北京官話和蘇州方言一致的地方，但是與其把它們視為官話現象，倒不如視為吳語現象，因為很難想像在有鮮明蘇州音記音特點的資料中，那些與官話同性質的蘇州發音不應屬於蘇州音，而恰好，這些部分既是蘇州式對音的有機部份，也是《中山傳信錄》裏不容割裂的自然整體中的一部份。

我們能感覺到通過攷據得知的《中山傳信錄》時代的蘇州音，遠比現代蘇州方言音更接近官話。同樣的感覺在我們研究明清之際的韻書、韻圖時也會有。這是因為吳語在後來的一二百年中迎來了語音急劇連鎖變動的時代，以致吳語語音變得面目全非，離官話越來越遠了。

從《中山傳信錄》以蘇州音為主體對應琉球音來看，作者徐葆光在京城任職十三年之久，北京官話對他的口音的影響是很有限的。他縱然多才多藝，詩文並秀，但「歷二十餘年不遷，以病告歸」，終老一生。這與他不諳官音恐怕也難說是絕對沒有關係的。

對音聲韻的分析，使我們獲得《中山傳信錄》琉漢對音中反映的十八世紀二十年代前後吳語，尤其是蘇州音韻的認識。材料涉及到當時的蘇州音有如下一些特點。

· 有全濁塞音、塞擦音聲母。
· 有匣母、疑母和娘母。
· 莊組歸精。
· 尖團音不混，精組聲母在細音前不齶化，見系聲母在細音前有零星的齶化。
· 有鼻音音節。
· 果攝主元音多讀 u。

・假攝主元音多讀 o。

・遇攝主元音多讀 u，果攝、遇攝部份合流。

・效攝主元音多讀 ɔ。

・中古陽聲韻都保留鼻韻尾。閉口韻歸入舐舌韻。曾梗二攝細音歸入深臻二攝。

・有入聲，韻尾可能已合併爲喉塞音 ʔ。

・咸山二攝主元音讀 ɑ，其中三四等的主元音比ɑ開口度小 。

・江宕不分，陽入聲韻主元音都有 o、ɑ 對立。

・通攝主元音讀 u。

・深攝、臻攝開口韻、曾攝三等韻與梗攝開口三四等韻主元音讀 i。

・蟹攝一二等、假攝三等、果攝一等、梗攝、遇攝有文白異讀。

對比現代蘇州方言音，材料所及，當時尙未形成的音韻變化有以下方面。

・知章組聲母尙未捲舌化，進而自然也沒有出現後來的知章歸精的演變。

・尖團音尙未形成，更談不上尖團不分。

・果攝白讀和遇攝元音尙未由 u 讀作 ɜu。

・蟹攝白讀和止攝部份字尙未讀作 E。

・效攝主元音尙未由 ɔ 讀作 æ。

・流攝主元音尙未讀作 Y。

・江宕曾梗四攝的鼻化元音尙未產生。

・山咸兩攝的鼻韻尾尙未消失，主元音也尙未全面高化。

・江宕梗三攝陽聲韻主元音尙未形成前後 ɑ 的對立。

·通攝主元音尚未由 u 變成 o。

·深臻兩攝、曾梗兩攝開口細音的知章組韻母 en 尚未形成。

·二等見系尚未全面產生 i 介音。

受材料的限制，吳語和蘇州音中其他一些有趣的音韻現象，如奉微母的文白異讀、匣喻同母、日母的文白讀、「豬知」「珠知」不分、撮口韻等未能涉及。已涉及到的音韻面也因缺韻少字，難以作深入全面令人完全信服的探究。對音研究本身伴隨著風險，文中判斷失當的地方定所難免，請大家方正不吝賜教。

# 從押韻現象看《京本通俗小說》各篇的創作時代

王書輝*

## 摘　要

《京本通俗小說》自刊行以來，學者多從書目資料、小說本身的文字內容以及《京本通俗小說》與《三言》之間的比較來討論各篇話本的時代問題，並未就詩文押韻的現象進行分析。本文歸納《京本通俗小說》中七十一首韻文的韻字，分別與《廣韻》及《中原音韻》相互對照，發現某些詩文的押韻較接近元明以後的韻讀，甚至反映了閉口韻尾已經消失的音韻變化，這顯示《京本通俗小說》裡確有元明時人的手筆。本文一方面可作爲宋明時期俗文學

*　長庚大學講師

材料用韻現象的研究素材，一方面也提供研究本書各篇話本的時代問題時，另一種不同角度的思考。

關鍵詞　京本通俗小說　話本　韻母

## 一、前　言

現今所見的《京本通俗小說》，收錄了〈碾玉觀音〉、〈菩薩蠻〉、〈西山一窟鬼〉、〈志誠張主管〉、〈拗相公〉、〈錯斬崔寧〉、〈馮玉梅團圓〉等七篇話本。全書係於民國四年（西元1915年）由江東老蟫（即繆荃孫）刊行。書末有繆氏跋云：

> 余避難滬上，索居無俚，聞親串粧奩中有舊鈔本書，類乎平話；假而得之，雜庋於「天雨花」、「鳳雙飛」之中，搜得四冊，破爛磨滅，的是影元人寫本。首行「京本通俗小說第幾卷」，通體皆減筆小寫，閱之令人失笑。三冊尚有錢遵王圖書，蓋即也是園中物。「錯斬崔寧」、「馮玉梅團圓」二回，見於書目。而宋人詞話標題「詞」字，乃「評」字之訛耳。所引詩詞，皆出宋人，雅韻欲流。并有可考者，如「碾玉觀音」一段，三鎮節度延安郡王指韓蘄王，秦州雄武軍劉兩府是劉錡，楊和王是楊沂中。官銜均不錯。尚有「定州三怪」一回，破碎太甚；「金主亮荒淫」兩卷，過于穢褻，未敢傳摹。與也是園有合有不合，亦不知其故。

據繆氏自述，他所發現的本子，是「影元人寫本」。起初，繆氏的說法並沒有人質疑，如王國維在民國十一年（1922年）撰成的《兩浙古刊本考》裡，認爲本書是「影元鈔本」❶；魯迅的《中國小說史略》也將本書放在「宋之話本」裡討論。❷後來中國古典小說逐漸受到學界的重視，研究者日漸增加，於是開始有人懷疑繆氏的說法是否可信，如日本學者長澤規矩也認爲本書「七篇原作的年代或在宋時」❸，然而合編成《京本通俗小說》一書，「大概是把宋代初步的加以增減，並且爲引起讀者之感興起見，也許還加入明代的語物」❹。鄭振鐸也認爲〈錯斬崔寧〉、〈馮玉梅團圓〉、〈碾玉觀音〉、〈西山一窟鬼〉四篇「大約都是毫無疑義的爲宋人小說」❺，而〈拗相公〉、〈菩薩蠻〉與〈志誠張主管〉「這三種都有是宋人著作的可能」❻；至於本書的編集，則明確地界定爲「當是明代隆、萬間的產物；其出現當在《清平山堂所刻話本》後，而在馮夢龍的《三言》前」❼。參與編輯《宋元以來俗字譜》的李家瑞先生根據繆氏刊本所用的俗字，考證本書「必是明人鈔寫的，最早還

---

❶ 王國維：《兩浙古刊本考》卷上，《海寧王靜安先生遺書》（臺二版，臺北：臺灣商務印書館，1979年），頁4287~4504，引文見頁4359。

❷ 魯迅：《中國小說史略》，《魯迅小說史論文集》（臺北：里仁書局，1992年），頁1~273，相關論述見頁98~101。

❸ 長澤規矩也著，東生譯：〈京本通俗小說與清平山堂〉，《小說月報》第20卷第6號（1929年6月），頁969~985，引文見頁973。

❹ 同前注，頁979。

❺ 鄭振鐸：〈明清二代的平話集（上）〉，《小說月報》第22卷第7號（1931年7月），頁933~957，引文見頁940。

❻ 同前注，頁941。

❼ 同前注，頁942。

不能過宣德年間」❽。樂蘅軍先生則是採取「比較保守的態度，暫認是明中晚期後的話本集」❾。胡士瑩先生亦認爲「說這個集子是明代中葉時所編，較爲可信，……其中所收的話本，大都是宋元人作品。文字流利通暢，可能是經過明人潤色的」❿。

有些學者甚至認爲本書根本就是出自繆氏的僞造，如馬幼垣、馬泰來二位先生先分別重訂本書所收各篇話本的創作年代，再綜合討論全書的編集年代，除了得到「《京本通俗小說》毫無疑問是從《警世通言》和《醒世恆言》抽選出來的，編集年代自然也後於《三言》」，「此書雖爲僞本但所錄的各篇，除〈拗相公〉是元人話本，〈馮玉梅團圓〉和〈金主亮荒淫〉二種是明人作品，其餘都是宋人舊遺」⓫的結論外，同時也推測本書的編者「很可能就是繆氏」⓬。胡萬川先生以兼善堂本《通言》、三桂堂本《通言》與本書校勘，也發現：

> 其實，所謂的京本通俗小說並不是眞的「元人寫本」的「宋人平話」，而是後人，最可能的就是繆氏本人，將他所發現的三言——古今小說、警世通言、醒世恆言——的殘卷，略

---

❽ 李家瑞：〈從俗字的演變上證明京本通俗小說不是影元寫本〉，《圖書季刊》第2卷第2期（1935年6月），頁115~117，引文見頁117。

❾ 樂蘅軍：《宋代話本研究》（臺北：國立臺灣大學文學院，1969年），頁139。

❿ 胡士瑩：《話本小說概論》（北京：中華書局，1980年），頁492。

⓫ 馬幼垣、馬泰來：〈京本通俗小說各篇的年代及其眞僞問題〉，《清華學報》新5卷第1期（1965年7月），頁14~29，引文見頁24。

⓬ 同前注，頁25。

> 動手腳，更動幾個人名字句所編成的。⓭
>
> 它們文字上的差異，並不是馮夢龍根據京本小說，然後加以更動而編撰他的三言，實際上卻是三桂堂的這本通言後印本已經更改了它的前本兼善堂本的字句，而所謂的京本通俗小〔案：原文誤脫一「說」字。〕的編者（如前引馬文所說，很可能就是繆荃蓀本人。）即便根據他所得到的這幾篇三桂堂本通言零篇，加上恒言的一篇錯斬崔寧而成。⓮

蘇興先生也認爲「這部書是繆荃孫假造的：話本不假，話本匯集爲此書是假」⓯。

此外，也有人主張本書並非後人假造，而是在馮夢龍《三言》之前就已存世的書。如那宗訓先生即一反前人之說，認爲「京本通俗小說是一本獨立存在的小說，絕對不是從三言中抽出來的僞造品。在三言印行以前，早就有的」⓰。

綜觀前述各家的考證，大抵都是從書目資料、小說本身的文字內容以及《京本》與《三言》之間的比較來進行討論。這些討論對於本書的一些疑問，尤其是繆氏跋語裡啓人疑竇的問題，其實都已得到進一步的釐清。本文擬從《京本通俗小說》所收各篇話本的用

---

⓭ 胡萬川：〈「京本通俗小說」的新發現〉，《中華文化復興月刊》第10卷第10期（1977年10月），頁37~43，引文見頁37。

⓮ 同前注，頁41。

⓯ 蘇興：〈《京本通俗小說》辨疑〉，《文物》1978年3期（1978年3月），頁71~74，引文見頁71。

⓰ 那宗訓：〈京本通俗小說新論〉，《京本通俗小說新論及其他》（臺北：文史哲出版社，1985年），頁1~50，引文見頁37。

韻現象，與《廣韻》及《中原音韻》相互對照，進行初步的考察，一方面可作爲宋明時期俗文學材料用韻現象的研究素材，一方面也希望能從中獲得一些線索，提供討論本書各篇話本的時代問題時，另一種不同角度的思考。

利用語音現象討論文學作品的時代，可以確定的是：只符合後代聲韻現象而與前代不合的作品，應即後代之人所作，而不是出自前代人的手筆，因爲前代人不可能預知未來的音韻變化，而採用後代的語音進行創作。如果在本書的韻文裡，確實有符合元明時期的用韻，且與宋代韻讀不合的例子，那麼我們應當就可以認定這些話本裡存在著元明時人的手筆（這不表示否認這些話本的底本有出自宋人的可能）。當然，從押韻現象研究話本的年代，並不能保證能得到十分可靠的結果，原因在於這種方法存在著先天上的缺陷。張雙慶先生在分析《全相平話五種》的韻母系統時，就已明白指出此一方法的缺點：

> 其一是古典白話小說的因襲和模仿性很強，不只題材多陳陳相因，平時用的詞彙術語也缺乏創新，一些詩詞更是一再引用。換句話說，年代較後的作品也可能沿用年代較早的作品的詩詞。……
>
> 其二，早期話本的另一個缺點是草率簡單。……這些草率的文字，出現在韻母上的問題有二，一是錯字，……二是不規則的押韻。⑰

⑰ 張雙慶：〈《全相平話五種》的韻母系統〉，《中國語文研究》創刊號（香港中文大學，1980年4月），頁45~58，引文見頁46~47。

這是採用俗文學材料分析聲韻現象時，不可避免的困擾。因此，在歸納韻部的過程中，必須採取權宜措施，使分析所得的結果與當時的實際語音不致相差太多。例如有些押韻不規則的現象，如果分析的結果與音韻的演變有關，則在本文結語中進行討論；如果只是草率的用韻，則根據實際的情況，排除那些有問題的韻字。如〈西山一窟鬼〉裡的三首詞：

> 零落殘紅似胭脂顏色。一年春事，柳飛輕絮，筍添新竹。寂寞，幽對小園嫩綠。　登臨未足，悵遊子歸期促。他年清夢千里，猶到城陰溪曲。應有凌波，時爲故人凝目。
>
> 脈脈春心，情人漸遠，難托離愁。雨後寒輕，風前香軟，春在梨花。　行人倚棹天涯，酒醒處殘陽亂鴉。門外秋千，牆頭紅粉，深院誰家？
>
> 簾幕東風寒料峭，雪裏梅花先報春來早。而今無奈寸腸思，堆積千愁空懊惱。　旋煖金爐薰蘭澡，悶把金刀剪彩呈纖巧。繡被五更香睡好，羅幃不覺紗窗曉。

第一首詞是〈品令〉，按照格律，第一句的「色」字應與其他韻字「竹」、「綠」、「足」、「促」、「曲」、「目」等字押韻，但是在《廣韻》與《中原音韻》裡，「色」字分屬曾攝、皆來韻，與其餘六字分屬通攝、魚模韻不諧；第二首詞是〈柳梢青〉，按照格律，第三句的「愁」字應與其他韻字「花」、「涯」、「鴉」、「家」等字押韻，但是在《廣韻》與《中原音韻》裡，「愁」字分屬流攝、尤侯韻，與其餘四字分屬假攝（「涯」字屬蟹攝）、家麻韻不諧；第三首詞是〈蝶戀花〉，按照格律，第三句的「思」字也應與「峭」、

「早」、「惱」、「澡」、「巧」、「好」、「曉」等字押韻，但是「思」字在《廣韻》與《中原音韻》裡分屬止攝、支思韻，與其他韻字分屬效攝、蕭豪韻不諧。這些按照格律應押韻而顯未押韻的字，分析時均不當作韻字處理。

此外，本書的韻文中，有一些被指爲前人創作的作品，如〈碾玉觀音〉中有王荊公、蘇東坡、秦少游、邵堯夫等人的詩，蘇小妹、劉兩府等人的詞；〈西山一窟鬼〉中有陳子高、李易安、歐陽永叔、柳耆卿、秦少游、周美成等人的詞。一般而言，文人作品的用韻多依照韻書，比較不易反映出寫作者當時的實際音韻現象。然而在本書所見的這些作品，不乏有後人依託改寫的作品，例如〈西山一窟鬼〉引李易安〈品令〉（見前引），《全宋詞》收錄曾紆〈品令〉一首：

> 紋漪漲綠。疏靄連孤鶩。一年春事，柳飛輕絮，筍添新竹。寂寞幽花，獨殿小園嫩綠。　登臨未足。悵遊子、歸期促。他年清夢千里，猶到城陰溪曲。應有凌波，時爲故人凝目。

下注云：「案：《京本通俗小說・西山一窟鬼》此首誤作李清照詞。」⑱又同篇引晁無咎〈清商怨〉：

> 風搖動，雨濛鬆，翠條柔弱花頭重。春衫窄，嬌無力，記得當初共伊把青梅來摘。　都如夢，何時共？可憐歆損釵頭鳳！關山隔，暮雲碧，燕子來也，全然又無些子消息。

---

⑱　唐圭璋：《全宋詞》（再版，臺北：洪氏出版社，1981年），頁733。

《全宋詞》收錄無名氏〈擷芳詞〉一首：

> 風搖蕩，雨濛茸。翠條柔弱花頭重。春衫窄。香肌溼。記得年時，共伊曾摘。　都如夢。何曾共。可憐孤似釵頭鳳。關山隔。晚雲碧。燕兒來也，又無消息。

下注云：「案：此首別誤作晁補之詞，見《京本通俗小說·西山一窟鬼》。」⓳這些作品很可能是話本作者爲使故事內容更淺白通俗，以迎合大眾需要，於是隨取前人的作品稍加改易。因此歸納韻部時，這些韻文仍將進行分析。

## 二、韻部比較

### 凡　例

一、《京本通俗小說》最早收錄在繆荃孫所編《煙畫東堂小品》叢書中，世界書局與臺灣商務印書館並有鉛字排印本行世。本文以世界書局排印本爲底本，並以臺灣商務印書館排印本參校。

二、《京本通俗小說》中的韻文以詩、詞最多，間有聯句、短韻等作品，合計七十一首。爲求醒目起見，各篇的韻文分別編號如下：

| | |
|---|---|
| 〈碾玉觀音〉 | 1～01　—　1～14 |
| 〈菩薩蠻〉 | 2～01　—　2～14 |
| 〈西山一窟鬼〉 | 3～01　—　3～17 |

⓳ 同前注，頁3840。

〈志誠張主管〉 4～01 — 4～05

〈拗相公〉 5～01 — 5～12

〈錯斬崔寧〉 6～01 — 6～03

〈馮玉梅團圓〉 7～01 — 7～06

這七十一首韻文的內容與編號對應另附文末。

三、凡作品中託名前人的作品，一律在編號後加注 * 號，以資區別。四、韻字的排列，悉依韻書的韻部次序，以利檢尋；同一韻部的各個韻字，則依作品中的押韻順序排列。

五、有些韻字不見於《廣韻》或《中原音韻》，則加方括號置於所有韻字之後。

## (一) 與《廣韻》比較

通攝東韻獨用

2~14 聾中功

3~09* 紅同

4~01* 窮空鴻紅風

5~09 忠風蒙

5~12 翁風中

通攝東韻、鍾韻同用

1~02 中風驄籠重（東） 濃（鍾）

1~03* 櫳紅東窮風（東） 濃（鍾）

1~08* 叢空（東） 濃（鍾）

通攝董韻、腫韻、送韻同用

3~07* 動（董） 重（腫） 鬆（送）

通攝腫韻獨用

2~05　重寵

2~06　重寵

2~07　重寵

通攝腫韻、送韻同用

2~08　重（腫）　痛（送）

通攝送韻、用韻同用

3~07*　夢鳳（送）　共（用）

通攝屋韻、沃韻、燭韻同用

2~13　速目（屋）　毒（沃）　浴玉足辱曲燭（燭）

通攝屋韻、燭韻同用

3~03*　竹目（屋）　綠足促曲（燭）

止攝支韻、之韻同用

5~02*　知（支）　時（之）

止攝支韻、微韻同用

2~07　奇（支）　飛（微）

3~11*　垂（支）　飛（微）

止攝之韻獨用

2~05　期時

止攝微韻獨用

1~11*　非歸飛稀衣

3~11*　歸衣

遇攝魚韻獨用

2~11　書除

遇攝魚韻、模韻同用

2~06　初（魚）　蒲（模）

遇攝虞韻、模韻同用

7~04　夫（虞）　塗吾（模）

遇攝語韻、麌韻、姥韻、御韻、遇韻、暮韻同用

1~10*　處（語）　雨縷（麌）　吐浦（姥）　去（御）　住（遇）

度（暮）

遇攝姥韻、暮韻同用

2~05　補（姥）　誤（暮）

遇攝御韻、遇韻同用

3~09*　處（御）　住（遇）

蟹攝皆韻、咍韻同用

2~09　排（皆）　台（咍）

3~16　懷（皆）　開來（咍）

蟹攝咍韻獨用

6~02　哀開來

臻攝眞韻獨用

3~17　塵人身

臻攝眞韻、文韻同用

7~05　人（眞）　分（文）

臻攝魂韻獨用

1~09*　存昏

山攝元韻、先韻同用

7~06　鴛（元）　天（先）

山攝元韻、先韻、仙韻同用

2~04　原（元）　先（先）　緣（仙）

山攝先韻、仙韻同用

2~12　先（先）　緣（仙）

4~04　烟天眠（先）　錢仙（仙）

7~03　天（先）　圓（仙）

山攝願韻、霰韻同用

3~09*　怨（願）　見（霰）

山攝月韻、屑韻、薛韻同用

5~01　月（月）　結血鐵（屑）　悅徹絕別拙（薛）

山攝屑韻、薛韻同用

2~11　節（屑）　滅（薛）

效攝蕭韻、宵韻、豪韻同用

2~03　條（蕭）　腰（宵）　遭（豪）

效攝宵韻、豪韻同用

5~08　苗（宵）　豪曹濤毛（豪）

效攝篠韻、小韻、皓韻、號韻同用

3~06*　曉（篠）　少（小）　抱好道草老（皓）　到（號）

效攝篠韻、巧韻、皓韻、笑韻同用

3~15*　曉（篠）　巧（巧）　早惱澡好（皓）　峭（笑）

果攝歌韻獨用

2~07　荷多

5~10　河多何

5~11　多何河

果攝歌韻、戈韻同用

2~08　何（歌）　磨（戈）

果攝歌韻、果韻同用

2~08　荷（歌）　麼（果）

假攝麻韻獨用

1~05*　花家

1~14　牙家

2~06　家花

宕攝陽韻獨用

2~02　嘗強長

宕攝陽韻、漾韻同用

1~12　長裳香狂（陽）　樣（漾）

宕攝鐸韻獨用

1~04*　惡落

梗攝庚韻、清韻同用

3~08*　生（庚）　情成（清）

5~04　明平（庚）　情（清）

5~05　平更明生（庚）　聲（清）

5~07　明（庚）　成輕情名（清）

梗攝庚韻、青韻同用

5~03　明平（庚）　聽（青）

梗攝梗韻、靜韻、徑韻同用

3~08*　影（梗）　靜（靜）　定徑（徑）

梗攝靜韻獨用

3~11* 靜整

曾攝蒸韻、登韻同用

2~01 憑（蒸） 燈僧（登）

流攝尤韻獨用

7~02 州愁州

流攝尤韻、侯韻同用

3~09* 愁（尤） 樓（侯）

7~01 油舟遊愁州（尤） 樓謳甌（侯）

流攝有韻獨用

2~08 酒守

江攝覺韻，宕攝鐸韻同用

2~06 角（覺） 索（鐸）

止攝支韻、脂韻、之韻，蟹攝灰韻同用

5~06 知（支） 遺（脂） 時基（之） 推（灰）

止攝支韻、之韻，遇攝虞韻同用

6~03 危（支） 基（之） 軀（虞）

止攝支韻、微韻，蟹攝齊韻同用

3~04* 知（支） 飛依（微） 低啼（齊）

止攝脂韻，蟹攝齊韻同用

4~03 遲（脂） 迷（齊）

止攝微韻，蟹攝齊韻同用

1~06* 歸（微） 西（齊）

止攝止韻，遇攝語韻、麌韻、御韻同用

3~12* 子（止） 語緒阻（語） 雨宇（麌） 去絮處（御）

止攝至韻，蟹攝齊韻同用

2~07　利（至）　細（齊）

遇攝語韻、御韻、遇韻、暮韻，流攝有韻同用

3~10*　語（語）　去處（御）　付（遇）　暮露訴（暮）　負（有）

遇攝姥韻、御韻，流攝有韻同用

2~10　午午午午苦（姥）　去（御）　負（有）

蟹攝佳韻，假攝麻韻同用

1~01　佳（佳）　沙芽鴉家花（麻）

3~05*　涯（佳）　花鴉家（麻）

蟹攝佳韻、皆韻、灰韻、咍韻同用

1~13*　街（佳）　懷（皆）　梅（灰）　開來（咍）　〔篩〕

臻攝眞韻，梗攝庚韻，曾攝登韻，深攝侵韻同用

6~01　眞人（眞）　生（庚）　憎（登）　深（侵）

臻攝眞韻，深攝侵韻同用

3~13*　塵人（眞）　金（侵）

4~05　人（眞）　淫侵（侵）

臻攝軫韻，梗攝徑韻同用

3~11*　盡（軫）　定（徑）

山攝月韻、屑韻，咸攝葉韻同用

1~07*　月（月）　切（屑）　劫（葉）

梗攝庚韻，曾攝登韻同用

2~05　生（庚）　僧（登）

梗攝陌韻、麥韻，曾攝職韻同用

3~07*　窄（陌）　摘（麥）　力（職）

4~02*　格陌客白（陌）　摘（麥）　色側惻（職）

梗攝陌韻、麥韻、昔韻、錫韻，曾攝職韻同用

3~01*　陌（陌）　脈摘（麥）　積（昔）　的（錫）　色息（職）〔拆〕

3~14*　客（陌）　隔（麥）　碧惜（昔）　的（錫）　息色（職）

梗攝麥韻、昔韻，曾攝職韻同用

3~07*　隔（麥）　碧（昔）　息（職）

梗攝昔韻、錫韻，曾攝職韻、德韻，深攝緝韻同用

3~02*　碧（昔）　寂壁滴（錫）　食力（職）　得（德）　濕（緝）

## (二)與《中原音韻》比較

一東鍾

1~02　中濃風驄籠重

1~03*　濃櫳紅東窮風

1~08*　濃叢空

2~05　重寵

2~06　重寵

2~07　重寵

2~08　重痛

2~14　聾中功

3~07*　動鬆重

3~07*　夢共鳳

3~09*　紅同

4~01*　窮空鴻紅風

5~09　忠風蒙

5~12　翁風中

二江陽

1~12　長裳樣香狂

2~02　嘗強長

四齊微

1~06*　歸西

1~11*　非歸飛稀衣

2~07　細利

2~07　奇飛

3~02*　碧食寂濕力得壁滴

3~04*　低飛啼知依

3~11*　垂飛

3~11*　歸衣

4~03　遲迷

五魚模

1~10*　住度去雨吐縷處浦

2~05　誤補

2~06　蒲初

2~10　午午午午負苦去

2~11　書除

2~13　浴玉足辱曲速毒燭目

3~03*　竹綠足促曲目

3~09*　處住

3~10*　暮露語去負訴處付

7~04　夫塗吾

六皆來

2~09　排台

3~16　懷開來

4~02*　格色陌側摘客白〔惻〕[20]

6~02　哀開來

七眞文

1~09*　存昏

3~17　塵人身

7~05　人分

十先天

2~04*　原緣先

2~12　先緣

3~09*　怨見

4~04　烟錢天眠仙

7~03　圓天

7~06　鴛天

十一蕭豪

2~03　腰遭條

2~06　角索

3~06*　抱好道草曉到少老

3~15*　峭早惱澡巧好曉

---

[20] 「惻」字《中州音韻》在皆來韻。

5~08　豪曹濤苗毛

十二歌戈

1~04*　惡落

2~07　荷多

2~08　磨何

2~08　荷麼

5~10　河多何

5~11　多何河

十三家麻

1~01　佳沙芽鴉家花

1~05*　花家

1~14　牙家

2~06　家花

3~05*　花涯鴉家

十四車遮

1~07*　月劫切

2~11　節滅

5~01　月悅結血絕鐵別拙〔徹〕[21]

十五庚青

2~01　憑燈僧

2~05　僧生

3~08*　定影徑靜

---

[21] 「徹」字《中州音韻》在車遮韻。

3~08* 情成生

3~11* 靜整

5~03 聽明平

5~04 明平情

5~05 平更明生聲

5~07 成輕情名明

十六尤侯

2~08 酒守

3~09* 愁樓

7~01 樓油謳甌舟遊愁州

7~02 州愁州

三支思、四齊微同用

2~05 時（支思） 期（齊微）

5~02* 時（支思） 知（齊微）

5~06 時（支思） 推知基遺（齊微）

三支思、五魚模同用

3~12* 子（支思） 去絮語緒阻處雨宇（魚模）

四齊微、五魚模同用

6~03 危基（齊微） 軀（魚模）

四齊微、六皆來同用

1~13* 梅（齊微） 街篩懷開來（皆來）

3~01* 息的積（齊微） 色脈摘陌（皆來） 〔拆〕

3~07* 力（齊微） 窄摘（皆來）

3~07* 碧息（齊微） 隔（皆來）

3~14* 息碧惜的（齊微） 客色隔（皆來）

七眞文、十五庚青同用

3~11* 盡（眞文） 定（庚青）

七眞文、十五庚青、十七侵尋同用

6~01 眞人（眞文） 生憎（庚青） 深（侵尋）

七眞文、十七侵尋同用

3~13* 塵人（眞文） 金（侵尋）

4~05 人（眞文） 淫侵（侵尋）

## 三、結　語

綜觀《京本通俗小說》所見的七十一首韻文的韻字，押韻符合《廣韻》而與《中原音韻》不合者，只有二首；同時符合《廣韻》與《中原音韻》者，合計四十六首；與《中原音韻》符合而與《廣韻》不合者計十三首。以下分別討論這裡面的一些問題。

第一，押韻符合《廣韻》而與《中原音韻》不合的，是2~05的「期」、「時」二字與5~02的「時」、「知」二字。這是不是反映了這二首作品的時代不得與《中原音韻》同時或較晚？其實恐怕不然。在《中原音韻》裡，「期」、「知」二字屬齊微韻，「時」字屬支思韻，從二韻音值的擬測（參注㉘）以及齊微韻的齊齒音與支思韻在明清以來的《十三轍》裡歸併為一七轍㉒的現象來看，顯示這

㉒ 黎錦熙：〈北平音系十三轍序〉，教育部國語推行委員會編：《國語周刊》

兩個韻部的音讀始終相當接近。因此，《京本通俗小說》裡這二首作品的時代，恐怕與另外四十六首押韻同時與《廣韻》及《中原音韻》吻合的作品一樣，不能只根據用韻的狀況來推測寫作的時代。

第二，《京本通俗小說》有十三首韻文的押韻與《中原音韻》吻合，而與《廣韻》的差距較大。茲將這類韻文的韻字與《廣韻》、《中原音韻》的比較列表如下：

| 編號 | 韻字 | 《廣韻》 | 《中原音韻》 |
|---|---|---|---|
| 1~01 | 佳<br>沙芽鴉家花 | 佳韻開口二等（蟹攝）<br>麻韻開口二等（假攝） | 十三家麻 |
| 1~06 | 歸<br>西 | 微韻合口三等（止攝）<br>齊韻開口四等（蟹攝） | 四齊微 |
| 1~07 | 月<br>劫<br>切 | 月韻合口三等（山攝）<br>葉韻開口三等（咸攝）<br>屑韻開口四等（山攝） | 十四車遮 |
| 2~05 | 僧<br>生 | 登韻開口一等（曾攝）<br>庚韻開口二等（梗攝） | 十五庚青 |
| 2~06 | 角<br>索 | 覺韻開口二等（江攝）<br>鐸韻開口一等（宕攝） | 十一蕭豪 |
| 2~07 | 細<br>利 | 霽韻開口四等（蟹攝）<br>至韻開口三等（止攝） | 四齊微 |

262期（(北平)世界日報，1936年10月10日）；又見教育部大辭典編纂處編：《北平音系十三轍》（臺北：天一出版社，1973年），頁17。

| | | | |
|---|---|---|---|
| 2~10 | 午苦<br>負<br>去 | 姥韻合口一等（遇攝）<br>有韻開口三等（流攝）<br>御韻開口三等（遇攝） | 五魚模 |
| 3~02 | 碧<br>食力<br>寂壁滴<br>濕<br>得 | 昔韻開口三等（梗攝）<br>職韻開口三等（曾攝）<br>錫韻開口四等（梗攝）<br>緝韻開口三等（深攝）<br>德韻開口一等（曾攝） | 四齊微 |
| 3~04 | 低啼<br>飛<br>知<br>依 | 齊韻開口四等（蟹攝）<br>微韻合口三等（止攝）<br>支韻開口三等（止攝）<br>微韻開口三等（止攝） | 四齊微 |
| 3~05 | 花<br>涯<br>鴉家 | 麻韻合口二等（假攝）<br>佳韻開口二等（蟹攝）<br>麻韻開口二等（假攝） | 十三家麻 |
| 3~10 | 暮露訴<br>語<br>去處<br>負<br>付 | 暮韻合口一等（遇攝）<br>語韻開口三等（遇攝）<br>御韻開口三等（遇攝）<br>有韻開口三等（流攝）<br>遇韻合口三等（遇攝） | 五魚模 |
| 4~02 | 格陌客白<br>色側惻<br>摘 | 陌韻開口二等（梗攝）<br>職韻開口三等（曾攝）<br>麥韻開口二等（梗攝） | 六皆來（惻字《中原音韻》未收） |
| 4~03 | 遲<br>迷 | 脂韻開口三等（止攝）<br>齊韻開口四等（蟹攝） | 四齊微 |

這十三首韻文只出現在〈碾玉觀音〉、〈菩薩蠻〉、〈西山一

窟鬼〉與〈志誠張主管〉四篇，其餘三篇未見。從這些韻文的押韻現象可推測這四篇話本應有元明時人的手筆。

第三，有一些韻文的押韻既不符合《廣韻》，也不符合《中原音韻》。下表是這些韻字與《廣韻》、《中原音韻》的比較情形：

| 編號 | 韻字 | 《廣韻》 | 《中原音韻》 |
|---|---|---|---|
| 3~01 | 色 | 職韻開口三等（曾攝） | 六皆來 |
| | 脈摘 | 麥韻開口二等（梗攝） | 六皆來 |
| | 陌 | 陌韻開口二等（梗攝） | 六皆來 |
| | 息 | 職韻開口三等（曾攝） | 四齊微 |
| | 的 | 錫韻開口四等（梗攝） | 四齊微 |
| | 積 | 昔韻開口三等（梗攝） | 四齊微 |
| 3~07 | 窄 | 陌韻開口二等（梗攝） | 六皆來 |
| | 力 | 職韻開口三等（曾攝） | 四齊微 |
| | 摘 | 麥韻開口二等（梗攝） | 六皆來 |
| 3~07 | 隔 | 麥韻開口二等（梗攝） | 六皆來 |
| | 碧 | 昔韻開口三等（梗攝） | 四齊微 |
| | 息 | 職韻開口三等（曾攝） | 四齊微 |
| 3~11 | 盡 | 軫韻開口三等（臻攝） | 七眞文 |
| | 定 | 徑韻開口四等（梗攝） | 十五庚青 |
| 3~12 | 去絮處 | 御韻開口三等（遇攝） | 五魚模 |
| | 語緒阻 | 語韻開口三等（遇攝） | 五魚模 |
| | 子 | 止韻開口三等（止攝） | 三支思 |
| | 雨宇 | 麌韻合口三等（遇攝） | 五魚模 |

<table>
<tr><td rowspan="2">3~13</td><td>金</td><td>侵韻開口三等（深攝）</td><td>十七侵尋</td></tr>
<tr><td>塵人</td><td>眞韻開口三等（臻攝）</td><td>七眞文</td></tr>
<tr><td rowspan="6">3~14</td><td>息</td><td>職韻開口三等（曾攝）</td><td>四齊微</td></tr>
<tr><td>碧惜</td><td>昔韻開口三等（梗攝）</td><td>四齊微</td></tr>
<tr><td>客</td><td>陌韻開口二等（梗攝）</td><td>六皆來</td></tr>
<tr><td>色</td><td>職韻開口三等（曾攝）</td><td>六皆來</td></tr>
<tr><td>隔</td><td>麥韻開口二等（梗攝）</td><td>六皆來</td></tr>
<tr><td>的</td><td>錫韻開口四等（梗攝）</td><td>四齊微</td></tr>
<tr><td rowspan="2">4~05</td><td>淫侵</td><td>侵韻開口三等（深攝）</td><td>十七侵尋</td></tr>
<tr><td>人</td><td>眞韻開口三等（臻攝）</td><td>七眞文</td></tr>
<tr><td rowspan="5">5~06</td><td>時</td><td>之韻開口三等（止攝）</td><td>三支思</td></tr>
<tr><td>推</td><td>灰韻合口一等（蟹攝）</td><td>四齊微</td></tr>
<tr><td>知</td><td>支韻開口三等（止攝）</td><td>四齊微</td></tr>
<tr><td>基</td><td>之韻開口三等（止攝）</td><td>四齊微</td></tr>
<tr><td>遺</td><td>脂韻合口三等（止攝）</td><td>四齊微</td></tr>
<tr><td rowspan="4">6~01</td><td>生</td><td>庚韻開口二等（梗攝）</td><td>十五庚青</td></tr>
<tr><td>眞人</td><td>眞韻開口三等（臻攝）</td><td>七眞文</td></tr>
<tr><td>深</td><td>侵韻開口三等（深攝）</td><td>十七侵尋</td></tr>
<tr><td>憎</td><td>登韻開口一等（曾攝）</td><td>十五庚青</td></tr>
<tr><td rowspan="3">6~03</td><td>軀</td><td>虞韻合口三等（遇攝）</td><td>五魚模</td></tr>
<tr><td>危</td><td>支韻合口三等（止攝）</td><td>四齊微</td></tr>
<tr><td>基</td><td>之韻開口三等（止攝）</td><td>四齊微</td></tr>
</table>

這些例子大致可以分爲二類：

(一) 3~11是眞文與庚青二韻通押，3~13及4~05是眞文與侵尋二韻通押，6~01是眞文、庚青與侵尋三韻通押。眞文、庚青、侵尋三韻的主要差異在韻尾的不同。汪經昌在《中原音韻講疏》庚青韻之末疏云：「明人傳奇中，庚青、眞文、侵尋三韻雜用，無論南北。」㉓實則眞文、庚青、侵尋三韻混用，是明代俗文學作品押韻的一種普遍現象。張雙慶先生在分析《全相平話五種》的押韻現象時，也發現不少眞文、庚青通押的例子，他認爲：

> 真文部的字現代北方話多讀為〔in〕或〔ən〕，而庚青部則多讀為〔əng〕或〔ing〕。如上所說，這些韻母的主要元音〔i〕及〔ə〕的發音部位較為接近，而韻尾〔n〕及〔ng〕都是鼻音韻尾，所以這兩部的通押是十分普遍的。京劇中，生角、旦角唱念把「京」讀成「斤」，「英」讀成「因」的習慣已保留很久了。此外不少方言，如吳方言、內蒙、湖北、安徽等地都有〔n〕及〔ng〕互混的現象，可見有它長遠的歷史淵源。㉔

至於侵尋與眞文二韻通押，則是由於閉口韻尾的消失所造成的。羅常培先生曾很清楚地討論過閉口韻消失的現象：

> 在《中原音韻》的「正語作詞起例」裏已然列舉「針有眞」、「金有斤」、「貪有灘」、「南有難」、「詹有氈」、「兼

---

㉓ 汪經昌：《中原音韻講疏》，汪經昌校輯：《曲韻五書》（臺北：廣文書局，1961年），頁31。

㉔ 張雙慶：〈《全相平話五種》的韻母系統〉，《中國語文研究》創刊號，頁58。

> 有堅」等 -m -n互混的現象，可見閉口韻的消變由來已久。在《韻略易通》裏還遵守著《中原》和《洪武》的規模，沒敢公然取消侵尋、緘咸、廉纖三部，到了《韻略匯通》，就毫不客氣地把侵尋併入眞尋，緘咸併入山寒，廉纖併入先全。從此以後，在這一系韻書裏就找不著閉口韻的踪影了。㉕

《中原音韻》是一部反映著書當時語音現況的一部韻書，書裡的侵尋、監咸、廉纖三韻都是閉口韻尾，表示元代仍保留著一些閉口韻尾的字。閉口韻的消失，大約完成於十五世紀，3~13、4~05與6~01這三首作品很可能正透露出創作當時閉口韻尾已經消失的音韻變化；另一方面，按照汪經昌的說法，這四首韻文也符合明代的押韻習慣。因此這幾首作品很可能是明代人的改寫或創作。

（二）3~01、3~07、3~12、3~14、5~06、6~03六首韻文也發現有異韻通押的現象：3~01、3~07、3~14是齊微與皆來二韻通押；3~12是支思與魚模二韻通押；5~06是支思與齊微二韻通押；6~03是齊微與魚模二韻通押。㉖張雙慶先生分析《全相平話五種》的韻母系統，也發現一些支思、齊微、魚模、皆來等部通押的例子，他的解釋是：

> 這些韻部屬陰聲韻，又稱開尾韻，在性質上原已較爲接近。

---

㉕ 羅常培：〈京劇中的幾個音韻問題〉，中國科學院語言研究所編：《羅常培語言學論文選集》（北京：中華書局，1963年），頁157~176，引文見頁162。

㉖ 6~03這首詩第一句的韻字「軀」是魚模韻，第二、四兩句的韻字「危」、「基」是齊微韻。第一句其實可以不押韻，但是「軀」字是平聲字，因此本文仍將其視爲韻字處理。

在一些方言中，如北方話地區的《十三轍》中，一七轍和灰堆轍，姑蘇轍和由求轍都可以互押，其原因主要還是發音部位及原理都較爲接近的緣故，宋元時代這些韻部的通押，道理也是一樣。[27]

再從這四個韻部的音值擬測來看，[28]齊微、皆來二韻的韻尾相同，且主要元音接近；支思與齊微、魚模二韻的音讀也很接近。因此這幾個韻部的通押，可以認爲是發音方法與音值接近所造成。

綜上所論，《京本通俗小說》裡的韻文的押韻情形大致與《中原音韻》吻合，異部通押的現象也合乎元明以來韻文的押韻習慣。而在七篇話本之中，除了〈拗相公〉與〈馮玉梅團圓〉二篇在押韻方面沒有明顯的證據顯示其創作時代之外，〈碾玉觀音〉、〈菩薩

[27] 張雙慶：〈《全相平話五種》的韻母系統〉，《中國語文研究》創刊號，頁58。

[28] 茲舉幾位學者對於《中原音韻》支思、齊微、魚模、皆來四韻的音值擬測列表如下：

| 韻部＼擬測者 | 董同龢 | 陳新雄 | 王力 | 謝雲飛 |
|---|---|---|---|---|
| 支思韻 | -ï | -ï | -ʅ, -ɿ | -ï |
| 齊微韻 | -i, -iei, -uei | -i, -ei, -uei | -əi, -i, -uəi, -yi | -i, -ei, -uei |
| 魚模韻 | -u, -iu | -u, -iu | -u, -iu | -y, -u |
| 皆來韻 | -ai, -iai, -uai | -ai, -iai, -uai | -ai, -iai, -uai | -ai, -uai |

表列各家擬音詳見董同龢：《漢語音韻學》（十一版，臺北：文史哲出版社，1991年），頁63~64；陳新雄：《中原音韻概要》（二版，臺北：學海出版社，1983年），頁35~36；王力：《漢語語音史》（北京：中國社會科學出版社，1985年），頁331、335、341、344；謝雲飛：《中國聲韻學大綱》（臺北：臺灣學生書局，1987年），頁67。

鸞〉、〈西山一窟鬼〉、〈志誠張主管〉與〈錯斬崔寧〉五篇均可發現元明以後的押韻現象。換言之，透過韻字的分析，可以確知繆荃孫所編錄的這五篇話本，最後寫成的時間應在元明以後，繆氏所謂「影元人寫本」，確是值得商榷的。

# 附錄：《京本通俗小說》韻文集錄

1~01　山色晴嵐景物佳，煖烘回雁起平沙。東郊漸覺花供眼，南陌依稀草吐芽。　堤上柳，未藏鴉，尋芳趁步到山家。隴頭幾樹紅梅落，紅杏枝頭未著花。

1~02　每日青樓醉夢中，不知城外又春濃。杏花初落疎疎雨，楊柳輕搖淡淡風。　浮畫舫，躍青驄，小橋門外綠陰籠。行人不入神仙地，人在珠簾第幾重？

1~03　先自春光似酒濃，時聽燕語透簾櫳。小橋楊柳飄香絮，山寺緋桃散落紅。　鶯漸老，蝶西東，春歸難覓恨無窮。侵堦草色迷朝雨，滿地梨花逐曉風。

1~04　春日春風有時好，春日春風有時惡。不得春風花不開，花開又被風吹落。

1~05　雨前初見花間蕊，雨後全無葉底花。蜂蝶紛紛過牆去，卻疑春色在鄰家。

1~06　三月柳花輕復散，飄颺澹蕩送春歸。此花本是無情物，一向東飛一向西。

1~07　花正開時當三月，胡蝶飛來忙劫劫。採將春色向天涯，行人路上添淒切。

1~08　花正開時艷正濃，春宵何事老芳叢？黃鸝啼得春歸去，無限園林轉首空。

1~09　杜鵑叫得春歸去，吻邊啼血尚猶存。庭院日長空悄悄，教人生怕到黃昏。

1~10　妾本錢塘江上住，花開花落，不管流年度。燕子啣將春色去，紗窗幾陣黃梅雨。　斜插犀梳雲半吐，檀板輕敲，唱徹黃金縷。歌罷綵雲無覓處，夢回明月生南浦。

1~11　怨風怨雨兩俱非，風雨不來春亦歸。腮邊紅褪青梅小，口角黃消乳燕飛。蜀魄健啼花影去，吳蠶強食柘桑稀。直惱春歸無覓處，江湖辜負一蓑衣！

1~12　深閨小院日初長，嬌女綺羅裳。不做東君造化，金針刺繡群芳樣。斜枝嫩葉包開蕊，唯只欠馨香。曾向園林深處，引教蝶亂蜂狂。

1~13　竹引牽牛花滿街，疎籬茅舍月光篩。琉璃盞內茅柴酒，白玉盤中簇荳梅。　休懊惱，且開懷，平生贏得笑顏開。三千里地無知己，十萬軍中掛印來。

1~14　咸安王捺不下烈火性，郭排軍禁不住閒磕牙，璩秀娘捨不得生眷屬，崔待詔撇不脫鬼冤家。

## 〈菩薩蠻〉

2~01　利名門路兩無憑，百歲風前短焰燈。只恐爲僧僧不了，爲僧得了盡輸僧。

2~02　齊國曾生一孟嘗，晉朝鎮惡又高強。五行偏我遭時蹇，欲向星家問短長。

2~03　四角尖尖草縛腰，浪蕩鍋中走一遭。若還撞見唐三藏，將來剝得赤條條。

2~04　香粽年年祭屈原，齋僧今日結良緣。滿堂供盡知多少，生死工夫那個先？

2~05 平生只被今朝誤，今朝卻把平生補。重午一年期，齋僧只待時。 主人恩義重，兩載蒙恩寵。清淨得為僧，幽閒度此生。

2~06 包中香黍分邊角，綵絲剪就交絨索。樽俎泛菖蒲，年年五月初。 主人恩義重，對景承歡寵。何日玩山家，葵蒿三四花。

2~07 天生體態腰肢細，新詞唱徹歌聲利。出口便清奇，揚塵簌簌飛。 主人恩義重，宴出紅粧寵。便要賞新荷，時光也不多。

2~08 去年共飲菖蒲酒，今年卻向僧房守。好事更多磨，教人沒奈何。 主人恩義重，知我心頭痛。待要賞新荷，爭知疾愈麼？

2~09 鼕鼕牙鼓響，公吏兩邊排。閻王生死案，東岳攝魂台〔商務本作「臺」〕。

2~10 生時重午，為僧重午，得罪重午，死時重午。為前生欠他債負，若不當時承認，又恐他人受苦。今日事已分明，不若抽身回去。

2~11 五月五日午時書，赤口白舌盡消除。五月五日天中節，赤口白舌盡消滅。

2~12 留得屈原香粽在，龍舟競渡盡爭先。從今剪〔商務本作「翦」〕斷緣絲索，不用來生復結緣。

2~13 重午本良辰，誰把蘭湯浴？角黍漫包金，菖蒲空切玉。須知妙法華，大乘俱念足。手不折新荷，枉受攀花辱。目下事分明，唱徹陽關曲。今日是重午，歸西何太速？寂滅本來空，管甚時辰毒。山僧今日來，贈與光明燭。憑此火光三昧，要見本來面目。

2~14 從來天道豈癡聾？好醜難逃久照中。說好勸人歸善道，算來修德積陰功。

## 〈西山一窟鬼〉

3~01　杏花過雨，漸殘紅零落胭脂顏色。流水飄香，人漸遠，難托春心脈脈。恨別王孫，牆陰目斷，誰把青梅摘？金鞍何處，綠楊依舊南陌。　消散雲雨須臾，多情因甚有輕離輕拆？燕語千般，爭解說些子伊家消息。厚約深盟，除非重見；見了方端的。而今無奈，寸腸千恨堆積。

3~02　柳絲碧，柳下人家寒食。鶯語匆匆花寂寂，玉階春草濕。　閒憑熏籠無力，心事有誰知得？檀炷繞窗背壁，杏花殘雨滴。

3~03　零落殘紅似胭脂顏色。一年春事，柳飛輕絮，筍添新竹。寂寞，幽對小園嫩綠。　登臨未足，悵遊子歸期促。他年清夢千里，猶到城陰溪曲。應有凌波，時為故人凝目。

3~04　無力薔薇帶雨低，多情胡蝶趁花飛，流水飄香乳燕啼。　南浦魂銷春不管，東陽衣減鏡先知，小樓今夜月依依。

3~05　脈脈春心，情人漸遠，難托離愁。雨後寒輕，風前香軟，春在梨花。　行人倚棹天涯，酒醒處殘陽亂鴉。門外秋千，牆頭紅粉，深院誰家？

3~06　傷春懷抱，清明過後鶯花好。勸君莫向愁人道，又被香輪輾破青青草。　夜來風月連清曉，牆陰目斷無人到。恨別王孫愁多少，猶賴春寒未放花枝老。

3~07　風搖動，雨濛鬆，翠條柔弱花頭重。春衫窄，嬌無力，記得當初共伊把青梅來摘。　都如夢，何時共？可憐歆損釵頭鳳〔商務本誤作「鳳頭」〕！關山隔，暮雲碧，燕子來也，全然又無些子消息。

3~08　陰晴未定，薄日烘雲影。金鞍何處尋芳徑，綠楊依舊南陌靜。　厭厭幾許春情，可憐老去難成。看取鑷殘霜鬢，不隨芳草重生。

3~09　飛花自有牽情處，不向枝邊住。曉風飄薄已堪愁，更伴東流流水過秦樓。　消散須臾雲雨怨，閒倚欄干見。遠彈雙淚濕香紅，暗恨玉顏光景與花同。

3~10　記得來時春未暮，執手攀花，袖染花梢露。暗卜春心共花語，爭尋雙朵爭先去。　多情因甚相辜負？有輕拆輕離，向誰分訴？淚濕海棠花枝處，東君空把奴分付〔商務本作「吩咐」〕。

3~11　楊花飄盡，雲壓綠陰風乍定。簾幕閒垂，弄語千般燕子飛。　小樓深靜，睡起殘妝猶未整。夢不成歸，淚滴斑斑金縷衣。

3~12　何事東君又去？空滿院落花飛絮。巧燕呢喃向人語，何曾解說伊家些子。　況是傷心緒，念個人兒成暌阻。一覺相思夢回處，連宵雨；更那堪聞杜宇。

3~13　梅凋粉，柳搖金，微雨輕風斂陌塵。厚約深盟何處訴？除非重見那人人。

3~14　梅花漏洩春消息，柳絲長，草芽碧。不覺星霜鬢白，念時光堪惜！　蘭堂把酒思佳客，黛眉顰，愁春色。音書千里相疏隔，見了方端的。

3~15　簾幕東風寒料峭，雪裏梅花先報春來早。而今無奈寸腸思，堆積千愁空懊惱。　旋煖金爐薰〔商務本作「熏」〕蘭澡，悶把金刀剪〔商務本作「翦」〕彩呈纖巧。繡被五更香睡好，羅幃不覺紗窗曉。

3~16　無形無影透人懷，二月桃花被綽開。就地撮將黃葉去，入山推出白雲來。

3~17 一心辦道絕凡塵，眾魅如何敢觸人？邪正盡從心剖判，西山鬼窟早翻身。

## 〈志誠張主管〉

4~01 誰言今古事難窮，大抵榮枯總是空。算得生前隨分過，爭如雲外指溟鴻。暗添雪色眉根白，旋落花光臉上紅。惆悵淒涼兩回首，暮林蕭索起悲風。

4~02 平生性格，隨分好些春色，沉醉戀花陌。雖然年老心未老，滿頭花壓巾帽側。鬢如霜，鬚似雪，自嗟惻。　幾個相知勸我染，幾個相知勸我摘。染摘有何益？當初怕成短命鬼，如今已過中年客。且留些粧晚景，儘教白。

4~03 歸去只愁紅日晚，思量猶恐馬行遲。橫財紅粉歌樓酒，誰爲三般事不迷？

4~04 清明何處不生烟，郊外微風挂紙錢。人哭人歌芳草地，乍晴乍雨杏花天。海棠枝上綿蠻語，楊柳堤邊醉客眠。紅粉佳人爭畫板，綵絲搖曳學飛仙。

4~05 誰不貪財不愛淫？始終難染正心人。少年得似張主管，鬼禍人非兩不侵。

## 〈拗相公〉

5~01 得歲月，延歲月；得歡悅，且歡悅；萬事乘除總在天，何必愁腸千萬結！放心寬，莫量窄，古今興廢言不徹。金谷繁華眼底塵，淮陰事業鋒頭血，臨潼會上膽氣消，丹陽縣裏簫聲絕。時來弱草勝春花，運去精金遜頑鐵。逍遙快樂是便宜，到老方知滋味別。粗衣澹飯足家常，養得浮生一世拙。

5~02　周公恐懼流言日，王莽謙恭下士時。假使當年身便死，一生眞僞有誰知？

5~03　毀譽從來不可聽，是非終久自分明。一時輕信人言語，自有明人話不平。

5~04　祖宗制度至詳明，百載餘黎樂太平。白眼無端偏固執，紛紛變亂拂人情。

5~05　五葉明良致太平，相君何事苦紛更？既言堯舜宜爲法，當效伊周輔聖明。排盡舊臣居散地，儘爲新法誤蒼生。番〔商務本作「翻」〕思安樂窩中老，先識天津杜宇聲。

5~06　初知鄞邑未陞時，爲負虛名眾所推。蘇老辨奸先有識，李丞劾奏已前知。斥除賢正專威柄，引進虛浮起禍基。最恨邪言三不足，千年流毒臭聲遺！

5~07　文章謾〔商務本作「漫」〕說自天成，曲學偏邪識者輕。強辯鶉刑非正道，誤餐魚餌豈眞情？姦謀已遂生前志，執拗空遺死後名。親見亡兒陰受梏，始知天理報分明。

5~08　生已沽名衒氣豪，死猶虛僞惑兒曹。既無好語遺吳國，卻有浮辭誑葉濤。四野逃亡空白屋，千年嗔恨說青苗。想因過此來親覩，一夜愁添雪鬢毛。

5~09　富韓司馬總孤忠，懇諫良言過耳風。只把惠卿心腹待，不知殺羿是逢蒙。

5~10　高談道德口懸河，變法誰知有許多。他日命衰時敗後，人非鬼責奈愁何？

5~11　熙寧新法諫書多，執拗行私奈爾何！不是此番元氣耗，虜軍豈得渡黃河？

5~12 好個聰明介甫翁，高才歷任有清風。可憐覆餗因高位，只合終身翰苑中。

## 〈錯斬崔寧〉

6~01 聰明伶俐自天生，懵懂癡呆未必眞。嫉妬每因眉睫淺，戈矛時起笑談深。九曲黃河心較險，十重鐵甲面堪憎。時因酒色亡家國，幾見詩書誤好人？

6~02 世路崎嶇實可哀，傍人笑口等閒開。白雲本是無心物，又被狂風引出來。

6~03 善惡無分總喪軀，只因戲語釀災危。勸君出語須誠實，口舌從來是禍基。

## 〈馮玉梅團圓〉

7~01 簾捲水西樓，一曲新腔唱打油。宿雨眠雲年少夢，休謳，且盡生前酒一甌。　明日又登舟，卻指今宵是舊遊。同是他鄉淪落客，休愁，月子彎彎照幾州。

7~02 月子彎彎照幾州，幾家歡樂幾家愁，幾家夫婦同羅帳，幾家飄散在他州。

7~03 劍氣分還合，荷珠碎復圓。萬般皆是命，半點盡由天。

7~04 夫換妻兮〔商務本作「來」〕妻換夫，這場交易好糊塗。相逢總是天公巧，一笑燈前認故吾。

7~05 風高放火，月黑殺人。無糧同餓，得肉均分。

7~06 十年分散天邊鳥，一旦團圓鏡裏鴛。莫道浮萍偶然事，總由陰德感皇天。

# 「名所」と「悪所」
# —近世日本の文化環境—

若木太一*

## 摘　要

「歌枕」是指詩歌所歌詠的名所（即名勝古蹟之所，爲行文之便，以下逕用「名所」一詞。）就語言的歷史的而言，是起源於古代新嘗祭的歌詞。宮中祭祀而祭祀天照大神、天神與地祀時，由預先指定的郡國分別於東（左）設置「悠紀」、西（右）設置「主基」的祭壇，供奉祭饗，並進獻歌詠其地之名的詩歌。從十世紀初的『古今集』以後，於勅撰集的時代，「歌枕」逐漸齊備，不但被屏風繪的詩歌或「歌會」（詩歌吟詠大會）的詠題所歌詠，各地的名所也被指定。「歌枕」不但是具體存在的地名，也具有未嘗探訪某地之人創造美感象徵的語言表象的意義。以『能因歌枕』爲首，中世以來『歌枕名寄』、『類字名所和歌集』、『松葉名所和歌集』等歌枕集大量編纂問世，並且歌詠名所的詩歌也

---

*　長崎大學環境科學部

添增了華力的修飾，附加精美插畫的名所導遊記或名所圖繪之類的書籍畫冊，紛紛出版問世。此類出版文物意味著對土地、勝景熱愛的「場」，此人文構築的美感空間，又爲大眾所認同，促美感意識形成普遍化的現象，吾人所創造出的文化環境因而得以成立。

與遊郭和劇場有關「惡所」（即聲色冶遊之所，爲行文之便，以下逕用「惡所」一詞），也是產生於古代社會的歷史空間。遊郭雖有制度藉以維繫，然通過金錢的媒介，被稱是超越權力結構和世俗階級、貴賤、身分而建立的人際關係的宮廷。遊女的原型可以追溯至巫女、白拍子的遊藝者（平安時代類似巫女的身着而行走江湖的藝妓），被賦與具有普賢菩薩化身之，傳承的神聖意義。其所營設的「場」是「粹」（文）和「瓦智」（質），即冶遊之洗練和粗豪共同並存的世界，此文質共存的美感價值則是異於其他分野而具有唯一性的判定基準。歌舞伎之「婆沙羅」、「傾」是中世到近世的時代粧扮，其華美的表象，正是反映當時風俗的劇場空間的藝術表此世稱「惡所」的遊郭與劇場皆是華美與超俗的表象，分析其內在世界，則是輕薄之徒所營設的虛構的演劇世界，也是巧妙的人間舞台。

「名所」與「惡所」是具有吾人棲息之現實世界與虛構世界之二重性格的文化環境。此同時具有「實」與「虛」，即Reality Space與Imaginary Space的「場」，是自然觀環境所未展現的現象，乃是吾人獨自營爲的文化環境的特色。確立「名所」與「惡所」之具備虛實雙重意義的同時，由於此「場」是存在於世界各地的文化環境，因而又具有普遍性。在未來社會所形成的全球網路空間(Cyber Space)中，其虛實並存之創造空間的複雜性，雖然有超越吾人想像的所在。但是吾人於歷史的流衍中，既已共同保有此文化環境，通過虛實並存空間的歷史體驗，自能毫無疑惑地領會其存在的意義。

## 近世日本の文化環境ー「名所」と「悪所」ー

「歌に詠まれた名所」を指す言葉「歌枕」は、歴史的にみるとその源流は古代の新嘗祭の歌に求められる。宮中行事として天照大神および天神と地祇を祭り、あらかじめ定められていた国郡からそれぞれ東（左）に悠紀（ゆき）、西（右）に主基（さき）の祭壇に供物を供えるが、その際その地名を詠み込んだ歌を奉った。10世紀の初め『古今集』以降、勅撰集の時代は「歌枕」が次第に調い、屏風絵の歌や歌会の題詠としても詠まれ、各地の名所として定められていった。すなわち「歌枕」は現実の地名であるとともに、そこを訪れたことのない人にとっても美的なイメージを創造させる言語表象として意味をもった。『能因歌枕』をはじめ、中世以来『歌枕名寄』『類字名所和歌集』『松葉名所和歌集』など多くの歌枕集が編纂され、さらに名所を詠んだ詩歌で装飾し、美しい挿絵を添えた名所案内記や名所図絵の類がおびただしく出版されている。これらはそれぞれの土地、風景への愛着が生みすハポスとしての美的空間であり、大衆に支持され共有されていることを意味する。すなわち美意識の地平の普遍化が認められ、創造された文化環境の成立を意味する。

遊郭と劇場に関わる「悪所」もまた古代社会に発祥した歴史的空間である。遊郭は制度で守られ金銭を媒介するが、周囲の権力構造や世俗的身分、階級、貴賎を超えて人間関係を作り立たせるもう一つの宮廷といえる。遊女の原型は巫女、白拍子の遊芸者などに求められ、普賢菩薩の化身として伝承される聖性が指摘される。かれらの営みの現場では「粋（すい）」と「瓦智（がち）」すなわち遊びにおける洗練と野暮が唯一の美的評価の基準とされる。また歌舞伎は「婆沙羅」「傾（かぶ）く」などの中世から近世にかけての時勢粧（いまようすがた）を表象する華美で派手な時代風俗に発した劇場空間でのパフォーマンスである。遊郭と劇声すなわち「悪所」はどちらも華美で異様で軽薄な好色の徒がうごめく虚構の演出世界であり、技巧的な人間の舞台である。

このような、「名所」と「悪所」は人間が棲む現実の世界であるが、同時にそこは虚構の世界としての二重性をもつ文化環境である。「実」と「虚」すなわちReality Spaceと Imaginary Spaceの同時性をもつこのような《場》は自然環境には見られない人間の独自の営為を意味する文化環境の特長である。「名所」と「悪所」の重層的意味を確認するとともに、このような《場》は世界の各地に存在する文化環境であり、それが普遍的であるゆえに近未来社会におけるサイバースペース Cyber Space はさらに進化し複雑化していくと予測されるが、すでにわれわれはこうして歴史的に文化環境を共有し、その体験をとおして違和感なく受容しうる意味をここに求めることができる。

## 0.環境位相について

人間と環境との関係が作り出す心理的場を tpoprogical psychology 位相心理学とよんでいる。本来位相幾何学の概念であったが、一方、地勢学や風土研究についてもこの用語を使ってきた。そして現在トポス ropos という用語は、文学の修辞法において定型した主題〔概念〕や常套的表現をいうところへと拡がりをもつ。それは時間的あるいは空間的に、縦横・左右にあるいは上位下位、あるいは晴や褻、雅や俗などさまざまな領域や世界に顕れる関係性によって導かれる表現の地平である。その表現の地平の在りようを把握する方法として、文化環境としての位相という考え方を提示しておきたい。

ここでは「名所」と「悪所」という日本の近世（徳川時代）に顕れた実在空間が隠喩としての《場》、すなわち虚構の空間として修辞化した二重性をもつ文化環境として理解しうることを述べる。すなわち歌枕は、具体的な《場》であると同時に「名所」を意味する内的媒質としての言語世界をもつ。同様に「悪所」もまた遊郭・劇場という舞台装置化された虚構世界である。両者の内的媒質性は、言語と演技という表現に顕わされる心象ないし形象（イメージ image）そのものとして立ち上がっているのである。

## 1.歌枕という「名所」の発生ー言語構造ー

「歌に詠まれた名所」を指す言葉「歌枕」は、歴史的にみるとその源流は古代の新嘗祭の歌に求められる。宮中行事として天照大神および天神と地祇を祭り、あらかじめ定められていた国郡からそれぞれ東（左）に悠記（ゆき）、西（右）に主基（さき）の祭壇に供物を供えるが、その際その地名を詠み込んだ歌を奉った。すでに八世紀半ばに成立した『万葉集』に見られるように、和歌には富士山や吉野山などの霊峰、「明日香清御原（あすかかのきよみはら）」や「楽浪乃大津宮（ささなみのおほつのみや）」などと地名を詠み込み言祝（ことほ）いだ。やがて美的景観として純粋に風景や地名を繰り返し共感しつつ詠んだ歌が陸続と登場する。すなわち歌の技巧として掛詞、縁語とともに「名所」が詠まれた。『伊勢物語』や『大和物語』などの和歌説話のいくつかは、そうした地名にまつわる縁起・伝承が語られている。10世紀の初め『古今集』以降、勅撰集の時代は「歌枕」が次第に調い、屏風絵の歌や歌会の題詠としても詠まれ、各地の名所として定められていった。

片桐洋一氏は、「歌枕」とは単は歌に詠まれた地名を言うだけではなく、「土地（地名）という自然的事物事象について、特定の観念、特定の人事的事象を結合させてこそ歌枕となり得るということであるが、かような結合『人事や自然を概念化し、それを一つの論理の中で説明しつくす』という古今集的表現の確立の中にこそ成り立ち得るものである。」と説き、歌枕の成立が、すなわち古今集的表現の成立に他ならないと述べている❶。

---

❶ 片桐洋一「歌枕の成立—古今集表現研究の一部として—」（『国語と国文学』554号、1970年4月）。

こうした「歌枕」は言語でありながら、その土地や景観に対する美的共感を喚起するもの（トポロジカル・ワード tpoplogical words）として、またときには信仰や霊的対象として存在したといえよう。すなわち歌枕はトポス言語であると理解することができよう。

『伊勢物語』第八十一段には河原院とよばれた源融の屋敷に奥州の塩釜の風景を庭に造作した話しがでる。また『今昔物語』巻二十四「於河原院歌読共来読和歌語」および同書巻二十七「川原院融左大臣霊宇多院見給語」には塩釜の風景を庭園に模造し、歌枕の景観を詠もうとした説話が記されている❷。

また『無名抄』（鴨長明）には「五月かつみ葺事」「為仲宮城野萩」などの歌枕説話が記されている。歌枕を探すということは、その現場は実際どのような風景か確かめるということであるが、ほとんどの場合都にいて「歌枕」という言語を媒体としてその風景を想像し、歌を詠んだ。歌の構造からいえば、「歌枕」とは歌の「名所」を表象する言語ないしは記号である。

## 2. トポスとしての美的空間

すなわち「歌枕」は現実の地名であるとともに、そこを訪れたことのない人にとっても美的なイメージを喚起し、創造的感興を催させる言語表象として意味をもった。『能因歌枕』をはじめ、

---

❷ 後藤祥子「河原の院『塩釜』庭園の命名者」（『日本の美学』30 号、2000 年 3 月）では、潮を汲みいれた難波の海を付加していく歌枕説話の変容を論じている。

中世以来『歌枕名寄』『類字名所和歌集』『松葉名所和歌集』など多くの歌枕集が編纂され、さらに近世中期には名所を詠んだ詩歌を添え、美しい挿絵で装飾した名所案内記や名所図絵の類がおびただしく出版されている。これらはそれぞれの土地、風景への愛着が生み出トポスとしての美的空間が大衆に支持され、共有されていることを意味する。すなわち言語を媒体とした美意識の普遍化が認められ、創造された文化環境の成立を意味する。

近世初期から中期にかけて出版され、利用された代表的な歌枕集には次のようなものがある。

A、『歌枕名寄』38 巻、澄月編、14 世紀頃成立。万治 2 年(1659) 刊など。

B、『夫木和歌抄』36 巻、勝田長清編。15 世紀頃成立。寛文 5 年(1665) 刊。

C、『名所方角抄』1 巻、伝宗祇編、15 世紀後半成立。寛文 6 年(1666) 刊など。

D、『類字名所和歌集』8 巻、昌琢編、元和 3 年 (1617) 刊など。

E、『松葉名所和歌集』15 巻、内海宗恵編。万治3年(1660)刊など。

F、『歌林名所考』5 巻、西順編。近世初期成立、刊(刊年未詳)。

G、『楢山拾葉』7 巻、石川清民編。万治 3 年成立、寛文 11 年(1671) 刊。

H、『夫木和歌集抜書』2 巻、西順編。延宝 2 年 (1674) 刊。

I、『一目玉鉾』4 巻、西鶴編。元禄 2 年 (1689 刊) ❸。

---

❸ 西鶴の『一目玉鉾』には陸奥の風景のなかに「奥の細路」と記載する。

J、『歌枕秋の寝覚』2巻、有賀長伯編、元禄5年（1692）刊。

このほか写本で伝来した『勅撰名所和歌要抄』20巻（編者未詳、14世紀頃成立）や『勅撰名所和歌抄出』2巻（宗碩編、永正3年〔1506〕成立）などがある。また連歌のための語彙集で名所を掲載する代表的なものに次のようなものがある。

K、『藻塩草』20巻、宗碩編、永正10年（1513）成立、寛永古活字版。また、名所を詠んだ俳諧を分類したものがある。

L、『誹枕』3巻、幽山編、延宝8年（1680）頃成立、刊。

M、『俳諧名所小鏡』3巻5冊、蝶夢編、寛政7年（1795）刊。

このうち『一目玉鉾』4巻は、西鶴が編集したもので名所歌を紹介するとともに絵巻風の挿絵が入っており、地誌的、名所図絵的性格を併せもっている。近世前期に次々と出版された『京童』『江戸名所記』などの名所記、地誌に分類される仮名草子の一群は、街道が整備され、公務や商用、あるいは巡礼、寺礼参詣、観光といった旅が楽しみとして試みられる時代になったことを象徴するものである。これらの多くには名所の図と名所歌が掲げてある。時には自作の歌や発句、狂歌のたぐいまで出ているものもあり、これは事例としては派生的ともいえようが、名所へ心を寄せる伝統の連綿たる蓄積と、その表現に歌枕を駆使する構造的な言語文化の諸相として指摘することができる。

ここで芭蕉（1644~1694）の紀行文を検討してみたい。初期の紀行文「野ざらし紀行」には旅先の地名はつぎつぎに出てくるが名所として意識した地名はほとんどない。だが、次の『笈の小文』のなかで芭蕉は抱懐する紀行文論を述べ、「道の日記」は紀貫之、鴨長明、阿仏尼らの漕粕を改めることは極めて難しく、浅智短才の筆には及びがたい。だから黄奇蘇新のたぐいでなければさらに言う必要はないわけだが、「されども其所々の風景心に残り、山舘野亭のくるし愁も、且ははなしの種となり、風雲の便りともおもいなして、わすれぬ所々跡や先やと書集侍る」とことわり、行く先々の地名を詠み込んでいる。

その一例、「鳴海にとまりて」と前書きして詠んだ句。

星崎の闇を見よとや啼千鳥

これは貞享 4 年（1687）11 月 7 日鳴海の寺島安信亭に迎えられ、挨拶の句として詠んだもので、当然ながらその土地柄を称えたものである。これを発句として歌仙が播かれ、『冬の日』に続いて『春の日』『曠野』が公刊されいわゆる蕉風俳諧が世間に知られていった。地名を「名所」として詠みこんでいるが、いまだ意識的に歌枕への関心を示しているわけではない。

芭蕉が歌枕を強く意識したのは元禄 2 年（1689）の『おくのほそ道』の旅である。この年芭蕉は 3 月 27 日から 9 月 6 日までの約 5ヶ月の陸奥から平泉を訪れ、山形、秋田へ巡って日本海側沿岸の越後路を経て湖東を通り岐阜の大垣、桑名の港から伊勢へ向かっての船出までを記した紀行文である。

『おくのほそ道』の冒頭には、当時よく読まれた李白の「春夜宴桃李園序」（『古文真宝後集』）を引いて、流れていく永遠の時間と自然のなかでの人間の種々の営みのありようを旅の形で表象した主題が提示されている。この詞章こそが近世日本人の生き方に多大な影響を及ぼしたものであると私は考えるが、そのことは別に述べているのでここでは省略する。

月日は百代の過客にして、行かふ年も又旅人也。舟の上に生涯をうかべ馬の口とらえて老をむかふる物は、日々旅にして、旅を栖とす。古人も多く旅に死せるあり。予もいづれの年よりか、片雲の風にさそはれて、漂泊の思ひやまず、海浜にさすらへ、去年の秋江上の破屋に蜘蛛の古巣をはらひて、やゝ年も暮、春立てる霞の空に、白川の関こえんと、そゞろ神の物につきて心をくるはせ、道祖神のまねきにあひて取もの手につかず、もゝ引の破をつゞり、笠の緒付かえて、三里に灸すよるより、松島の月先心にかゝりて、住める方は人に譲り、杉風が別墅に移るに、

草の戸も住替る代ぞひなの家

芭蕉の旅の舞台は予定されていた歌枕の地であった。李白(701～762)や杜甫(712～770)、西行(1118～1190)や宗祇(1421～1502)ら旅の生涯を終えた古人を慕い、とりわけ西行の足跡を辿る道筋でもあった。

この旅のために同行の河合曾良は『種字名所和歌集』（元和 3 年刊、寛永版、承応版、寛文 8 年版がある。里村昌琢編）や『楢山拾葉』（寛文 11 年刊、石川清民編）などから歌枕を書き抜いた「名勝備忘録」と『延喜式』からの抜き書き「神名帳抄録」などを準備した。

また、出発直前に書いた次のような芭蕉の書簡がある。「拙者三月節句過々松嶋の朧月見にとおもひ立候。白川、塩釜の櫻御う

らやましかるべく候」（元禄2年2月15日付け桐葉宛書簡）といい、また「又々たびごこゝちそぞろになりて、松嶋一見のおもひやまず、此廿六日江上を旅立出候」（元禄2年3月23日付落梧宛書簡）とも書いている。「白河の関」「松島の月」は芭蕉の旅の目的とした「歌枕」の地であった。

陸奥への一歩を踏み入れた白川の関での感動を、芭蕉は次のように記している。

心許なき日かず重るまゝに、白川の関にかゝりて旅心定りぬ。aいかで都へと便求しも断也。

中にも此関は三関の一にして、風騒の人心をとゞむ。b秋風を耳に残し、c紅葉を俤にして、青葉の梢猶あはれ也。d卯の花の白妙にd、茨の花の咲そひて、e雪にもこゆる心地ぞする。古人冠を正し衣装を改し事など、清輔の筆にもとゞめ置れしとぞ。

卯の花をかざしに関の晴着かな

白川の関は東国三関の一つに数えられる古代の史跡で、かつては蝦夷に対して構えられた関である。この時すでに古関、新関の跡があり、どちらが実際の関跡か定かではなかったようだ。芭蕉らは陰暦の4月21日（陽暦6月8日）にここを尋ねて来た。同行した曾良は須賀川の宿の相良等躬から聞いた歌枕「白河の関」について「名勝備忘録」には「白河關。下野・奥州ノ堺、並テ両国ノ堺ノ明神両社有。前ハ茶ヤ也。古ノ関ハ東ノ方貳リ里半程ニ旗ノ宿ト云有。ソレヨリ壱リ程下野ノ方追分（ト）云所也。今モ両國ノ堺也」と記録している。往昔の白川の関とは2里半ほど位置が変わっていたのである。「曾良随行日記」も同様で確たる場所を定められなかったようである。しかし、芭蕉は実際の場所の穿鑿よりも「歌枕」としての伝承の地としての「白川の関」に到ったことに感動している。

この文章は、次のように和歌を踏まえて修辞的に構成されている。

a、「いかで都へと便求し」

便りあらばいかで都へ告げやらむけふ白河の関は越えぬと　平兼盛（『拾遺集』別）

b、「秋風を耳に残し」

都をば霞とともにたちしかど秋風ぞ吹く白河の関　能因（『後拾遺集』羇旅）

c、「紅葉を俤にして、青葉の梢猶あはれ也」

都にはまだ青葉にて見しかども紅葉散りしく白河の関　源頼政（『千載集』秋下）

d、「卯の花の白妙に」

見て過ぐる人しなければ卯の花の咲ける垣根や白河の関　藤原季通（『千載集』夏）

e、「雪にもこゆる心地ぞする」

白河の関の秋とは聞きしかど初雪分くる山のべの道　久我通光（『夫木抄』關）

芭蕉は須賀川の等躬の屋敷に四、五日滞在するのだが、そのとき「白河の関いかにこえつるや」と問われて、「長途のくるしみ、心身つかれ、且は風景に魂うばはれ、懐旧に腸を断ちて、はかばかしう思ひめぐらさず」と答えている。「白河の関」は冒頭にも掲げるように『おくのほそ道』の旅の第一の目的であった。古人が冠をただし、正装して越えた関を、旅装ながらせめて「卯の花をかざしに關の晴着」として越えようというのである。少なくとも古人に連なる風騒の者（詩人）として、ここは褻形（けなり）では通行しえなかったのであろう。

こうした芭蕉と曾良の歌枕の旅は、詩歌の伝統を背負ったものであった、この修辞の累層の読解を通して、「歌枕」という美的言語が喚起する観念の世界として「白河の関」が表象するところが理解されるのである。「歌枕」の言語機能とは、このような地名のもつ詩歌の伝統を表象する意味化作用と言い換えることもできよう。

## 3.「悪所」の発祥一遊郭と劇場一

遊郭と劇場に関わる「悪所」もまた古代社会に発祥した歴史的空間である。遊郭は制度で守られ金銭を媒介するが、周囲の権力構造や世俗的身分、階級、貴賤を超えて人間関係を成り立たせるもう一つの宮廷といえる。遊女の原型は巫女、白拍子の遊芸者などに求められ、普賢菩薩の化身として伝承される聖性が指摘される。かれらの営みの現場では「粋（すい）」と「瓦智（がち）」すなわち遊びにおける洗練と野暮が唯一の美的評価の基準とされる。また歌舞伎は「婆沙羅」❹「傾（かぶ）く」❺などの中世から近世にかけての時勢粧（いまようすがた）を表象する華美で派手な時代風俗に発した劇場空間でのパフォーマンスである。遊郭と劇場すなわち「悪所」はどちらも華美で異様で軽薄な好色の徒がうごめく虚構の演出世界であり、技巧的な人間の舞台である。

「悪所」とは、険しい道や難所を指していうが、仏教語では「善所」にたいする語彙で人間が犯した悪業の因果によって往く「悪趣」（地獄道・餓鬼道・畜生道）を意味する。また『塵添壒嚢鈔』（1532 年成立、近世初期刊）巻十には「凶宅ノ事」として「鬼神等其ノ家ニ住シテ人ヲ損ジ種々ノ形ヲ現ズル」家や「住スル人、物悪ク衰ヘヤミナドスルコト打続スレバ、是ヲ家ノタタリト思テ、悪所ト名テ、人居ラズ」と説明する。「悪趣」も「凶宅」もまともな人間が行くべき場所ではなく、住んだりする場所ではない。

---

❹ 「婆沙羅（ばさら）」は、１、梵語 vajra の音訳で、あらゆる物を砕く「金剛」を意味する。転じて密教で煩悩を砕き、魔神を降伏させる力をもつ象徴としての法具独鈷。

２、室町時代の流行語である「時勢粧（いまようすがた）」を表す荒々しく派手な振る舞いや、贅沢な様相をいう。

３、荒っぽい、粗雑なことをいう方言として現在も九州地方に残る（熊本南部、天草、佐賀）。

❺ 「傾く（かぶく）」は、１、傾く。２、派手で異様な衣装をつけ、好色めいた言動や風俗をすること。３、歌舞伎踊りをすることなど。また「歌舞伎者」「傾き者」とは中世末から近世初期に流行した華美な衣装をつけ、異様な行動をとった伊達者をさしていった。また、歌舞伎踊りの娘や、歌舞伎役者などの通称ともなった。

これから転じて、江戸時代になって遊郭と劇場のある歓楽街一帯を指して言うようになった。悪場所ともいい、まず三都郭では江戸の吉原、京都の島原、大坂の新町はじめ各地に遊郭や岡場所などと称する私娼街があった。また芝居小屋の周辺には、色茶屋、料理茶屋などが軒を並べ、芝居町一帯も歓楽の巷となっていた。そこは日常の秩序・倫理を超えた自由な遊興空間で、人間の欲望を金銭で購うとともに、さまざまな流行や風俗を生み出す創造的な場所でもあった。かれらの遊興、歓楽の深層に共有される情緒的論理は「粋・通・意気」や「月・野暮」などの美意識である。この論理は「悪所」から生まれて拡がり、やがて世俗の価値観として世間へ浸透した。ここでまた「悪所」とは本来「悪趣」を意味し、想像された場所である異界や冥界という虚の世界を指していることを思い合わせたい。遊郭と劇場は「実」の世界から虚構空間へ一歩踏み込んだ「虚」の世界でもあった。壁や堀がめぐらされた遊郭も劇場の舞台（ステージ）も演技的世界であり、いわば小説や演劇の世界と同質である。しかしながら現実に金銭を購いながら物語的世界を歓楽するかれらの遊戯的人生は「実」でありつつ、想像と観念によってつくられた「虚」の世界に生きてもいた。すなわち「悪所」とは、かれらの時代の価値観が表象する「虚」・「実」の二重性を文化環境と見なしよるであろう。

## 4.「憂世」から「浮世」への精神史

こうした「悪所」の存在を意味づける近世的価値観の基層に大きな精神史的転換があったことを指摘できる。すなわち中世的無常観にねざす彼岸思想から、現世肯定思想への転換である『平家物語』や『方丈記』（鴨長明）、『徒然草』（兼好法師）などに見られた仏教的無常観は戦国時代（室町時代から安土桃山時代）を経過して徳川幕府時代になると顕著な価値観の変化を生じた。

『閑吟集』（1518 年頃成立、編者未詳）は中国の『詩経』に習って世間流行した歌謡「三百余種の謳歌」を集めたものであるが、そなかに次のような小歌がある。

世間はちろりに過る、ちろりちろり。

なにともなやなふ、なにともなやなふ、うき世は風波の一葉よ。

なにともなやなふ、なにともなやなふ、人生七十古来まれなり。

なゞ何事もかごとも、ゆめまぼろし（夢幻）や水のあわ（泡）、笹の葉にをく露のまに、あぢきなの世や。

夢幻や、南無三宝。

Aくすむ人は見られぬ、夢の夢の夢の世を、うつつ(現)顔して。

なにせうぞ、くすんで、一期は夢よ、ただ狂へ。

A「くすむ」とは「黒ずむ」ことをいい、ここでは「生真面目な人は見ちゃおれないや、夢の夢の夢そのものの世の中で真面目くさってさ」「いったいどうするんだ、まじめくさってさ。人の一生は夢なんだよ、ただ物狂いし戯れて遊ぼう」と謳歌する。

また『隆立小歌集』（1593 年頃成立）には、次のような小歌がある。編者隆立（1527~1611）は 12 世紀に博多に渡来した劉氏の子孫で堺の薬種などを扱う貿易商の子孫である。

B花よ月よと、くらせただ、程はないもの、憂世は。

憂世は夢よ、消てはいなぬ、とかいなふ、とけてとかいの。

B「花よ、月よと愛でて、ひたすら楽しく暮らそう。一生は短いんだ、この憂き世は」「憂き世は夢のようなものだ、だが夢幻泡沫と消えちゃだめだ。気持ちを大らかに解いて解き拡げよう」と歌う。生きるのは辛い苦労ばかりのこの世を「憂世」と表現しているが、これらの流行歌には刹那的な歓楽を求める生き方が表われている。これらの歌に共通して流れているのは、「どうせ辛い世の中なら、楽しくやろうぜ」という、無常観にたいする居直りの思想である。「憂世（辛い世の中）」から「浮世（浮き浮かれる世の中）へという中世から近世への価値観の転換点が認められる。

また、次の浅井了意作『浮世物語』（寛文年間1664，5年頃成立）巻1「浮世といふ事」には次のようにある。

今は昔、国風の歌に「いな物ぢや、心は我がものなれど、ままになるぬは」と高きも賎しきも、男も女も、老たるも若きも、皆歌ひ侍べり。萬につけて心に叶はず、ままにならねばこそ浮世とは言ふめれ。（中略）

世に住めば、なにはにつけて善悪を見聞く事、皆面白く、一寸先は闇なり。なんの糸C瓜の皮、思ひ置きは腹の病、当座々々にやらして、月・雪・花・紅葉にうち向くにね歌を歌ひ、酒飲み、浮に浮いて慰み、手前の摺切も苦にならず。沈み入らぬ心立の水に流るる瓢箪の如くなる、これを浮世と名づくるなりと言へるを、それ者は聞て、誠にそれそれと感じけり。

「一寸先は闇」だから、「その場その場で適当にやって、月見や雪見、花見に紅葉狩りに明け暮れて、歌を歌い、酒を飲んで、浮きに浮かれて楽しもう。貧乏なんて気にしない。水に浮かんで沈まない瓢箪のような人生、これを浮世というんだよ」と宣言する。これは浮世坊という主人公の摺切り坊主の生き方を表明したものだが、李白の「春夜宴桃李園序」の庶民版と見なしうる。

庶民へ瀰漫した「浮世」観は、刹那を歓楽に浸って生きる近世人の価値観となった。鎖国という閉鎖的な身分社会で儒教倫理や儒教思想が政治の基底システムとして一見強く働いてはいたが、精神史からみれば感性優先の刹那主義を選択していたのは明白である。

さまざまに姿形を変貌させながら倫理・道徳を超えて現在まで連綿と続いている「悪所」という文化環境は、人間がいるかぎり存在する普遍的なもののように思える。

## 5. 文化環境の実と虚—サイバースペースへの展開—

このような「名所」と「悪所」は人間が棲む現実の世界であるが、同時にそこは虚構の世界としての二重性をもつ文化環境である。「実」と「虚」すなわちReality Space とImaginary Spaceの同時性をもつこのような《場》は自然環境には見られない人間の独自の営為、美意識と欲望を表象する文化環境の特長である。「名所」と「悪所」の意味の重層性を確認するとともに、このような《場》は世界の各地に存在する文化環境でもある。

そして「名所」と「悪所」が言語や演技が表象する記号的性格をもち、人の感性にゆだねる幻想世界である。これは文化環境として見れば、ある意味では仮想現実的(Virtual Reality)と共通する構造をもつ。近未来社会におけるサイバースペース Cyber Space はさらに進化し複雑化していくと予測されるが、すでにわれわれは歴史的には前近代のものであるが構造的には同様の文化環境システムを共有していたのであり、こうした過去の歴史的体験をとおして違和感なく受容している理由をここに求めることができる。

# 《詩品》之形象喻示批評

張愛東*

鍾嶸是中國南北朝時期傑出的詩歌理論批評家。他的《詩品》是中國古代第一部詩歌理論批評專著。與前代政教爲中心的詩學截然不同的是，他的詩論著眼於詩歌作爲審美創造的特點和規律。強調詩歌運用「即目」、「直尋」可產生「文已盡而意有餘」之效果的「興」體語言。論述詩人與詩作也著重於藝術風格和審美效果。《詩品》序言：五言詩發展史、理想詩歌之標準、批評不良詩風。《詩品》正文：評論漢魏至齊梁122位五言詩人和作品，定品位、顯優劣。

## 一、形象喻示批評法

鍾嶸在《詩品》中常常運用「形象喻示批評」的方法來評論詩作。這即是將具體形象特別是自然界之物象運用於文學批評的方法。此處且以其對謝靈運的評價爲例觀之。在概括了謝詩源出於某

* 新加坡南洋理工大學中國語言文化系助理教授

人，摻雜某體後他評論道：

> 嶸謂：若人興多才高，寓目輒書，內無乏思，外無遺物，其繁富，宜哉！然名章迥句處處間起；麗典新聲，絡繹奔會。譬猶青松之拔灌木，白玉之映塵沙，未足貶其高潔也。❶

鍾嶸品評詩人詩作往往如此：首先溯源流、辨文體，繼之作抽象的概括性評價，接下來便選用適當的形象來喻示、闡明他的觀點。下面不妨多看幾例：

> 範詩清便宛轉，如流風回雪。
>
> 丘詩點綴映媚，似落花依草。

——這是對詩人之詩風詩才進行總體的概括。

> 湯惠休曰：「謝詩如芙蓉出水，顏如錯采鏤金。」
>
> 陳思之于文章也，譬人倫之有周孔，鱗羽之有龍鳳……
>
> 陸才如海，潘才如江。

——此乃引用他人形象化的評語說明鍾氏自己的觀點。

> 我詩有生氣，須人捉著。不爾，便飛去。（評袁嘏）

——這裏是運用詩人對自己詩歌之評價來作表述。

對形象喻示批評的看法可謂是見仁見智。學者們的看法不盡相

---

❶ 鍾嶸《詩品》，陳延傑注，（北京：人民文學出版社，1958年。）以下所引鍾氏語皆出自此注本。

同，可大致歸納如下：

贊成此法的人認爲：理論與形象之間沒有不可逾越的鴻溝。「形象批評」就其性質而言是用具體可感的形象表示了抽象概念。其次，抽象本身意味著篩選和遺漏，而形象喻示則可用完整的審美經驗揭示藝術作品的總體風格。

不贊成這種用法的人認爲此種批評缺乏理性和理論基礎，不確切、沒有客觀標準，容易引起歧見，因爲形象內涵完全可以有不同的解釋。

## 二、鍾嶸緣何採用此種批評方式？——六朝的品評實踐

這裏僅用一些學者說的「傳統詩學理性思維上的先天不足」來解釋鍾嶸「形象喻示批評」的方法就過於簡單化了。❷我們知道，一種批評方式和闡釋習慣的形成往往是由多種因素決定的，民族思維、心理習慣、歷史文化意識、哲學思維的發展都會對其有所影響、制約。中國詩學有著自己獨特的範疇系統，鍾嶸對形象喻示批評方法的偏好和運用也必有原因，應予考察。下面我將對此展開分析。

### ⑴魏晉人對山水自然美之由衷欣賞與良多體悟。

孔子嘗曰：「智者樂水，仁者樂山。」（《論語·雍也》）於此

❷ 韓經太《中國詩學與傳統文化精神》（成都：四川人民出版社，1989年），頁153。

孔老夫子還是將山水與人的品德、素質相聯繫。漢以前詩文中涉及山水的文字亦常是政治教化的陪襯和比附之物。

與先秦兩漢不同的是：魏晉六朝時期人們開始用審美的眼光來看待山水。兩晉的士族文人登臨遊覽之風極盛。西晉王羲之〈蘭亭集序〉曰：「是日也，天朗氣清，仰觀宇宙之大，俯察品類之盛；所以遊目騁懷，是以極視聽之娛，信可樂也。」此處，置身大自然懷抱，盡情啜吸萬物之美的情致一覽無餘。與鍾嶸同時代的吳均亦如此描述：

> 風煙具淨，天山共色，從流飄蕩，任意東西。自富陽至桐廬，一百許里，奇山異水，天下獨絕。（〈與宋元思書〉）

此乃對山水風光發自心底的稱許。不難見出作者審美感覺的敏銳和細膩。而以謝靈運為代表的山水詩的形成進一步說明山水之美已成為獨立的審美對象來加以表現了。

> 昏旦變氣候，山水含清暉。
> 清暉能娛人，遊子憺忘歸。
> 出穀日尚早，入舟陽已微。
> 林壑斂暝色，雲霞收夕霏。（〈石壁精舍還湖中作〉）
>
> ……
>
> 山行窮登頓，水涉盡迴沿。
> 岩峭嶺稠疊，洲縈渚連綿。
> 白雲抱幽石，綠筱媚清漣。（〈過始寧墅〉）
>
> ……

作者對山水及其變化觀察非常愼密，體味尤爲深刻。這裏既看不到漢以前的將客觀景物比附政治教化，也沒有建安以來宴遊、行旅之作中所常有的以情感統攝景物的傾向。確切地說，在以前的那些作品中，儘管也時有景物出現，但作者毋寧說是借物言情、寄情於物，從景物中看到自己的靈魂和生命。而在謝氏詩作中，不單單是景物成分的增多，其描繪也愈加精微。他善於捕捉山水景物的個性，細細體察一草一木的形貌。尤爲不同的是，這些山水景物本身就是被詩人贊美與謳歌的主體，就是引起詩人泉湧般詩思的直接原因，而不僅僅是言志寄情的載體。劉勰用「窺情風景之上，鑽貌草木之中。」（《文心雕龍·物色》）來形容這一時期文人創作傾向眞可謂維妙維肖。

鍾嶸在《詩品·序》中以優美動人的筆觸描繪了人與自然景致之間的交流默契：「春風春鳥，秋月秋蟬，夏雲暑雨，冬月祁寒，此四候之感諸詩矣。」四季更替，物換星移。當這些千變萬化的大自然的景物與詩人的情志猝然相會時便會激發出感人的詩章。

總之，這一時期，文人從大自然的山水景物形象中發現了美，發現了神奇和力量而不僅僅是發現了自己。這種對自然形象的眞切感受和由衷的讚美，對其象徵意趣的領悟、聯想和欣賞很有可能是鍾氏喜用形象喻示批評的一個原因。

### ⑵對美的形象和大自然好尚之審美趣味直接反映在人物品藻和書法評論中。

翻開六朝筆記小說《世說新語》，不難發現，當時的人物品藻用語中存在著大量以自然景物比附於人或人品的傳神之筆：

庚子嵩目和嶠：「森森如千丈松……。」（《世說新語·賞譽》）

劉尹雲：「清風朗月，輒思玄度。」（《世說新語·言語》）

時人目王右軍：「飄如遊雲，矯若驚龍。」（《世說新語·容止》）

（王公形貌）濯濯如春月柳。（同上）

唯會稽王來，軒軒如朝霞舉。（同上）

裴令公目王安豐：「眼爛爛如岩下電。」（同上）

漢魏六朝如宗白華先生所指：「是中國政治上最混亂、社會上最苦痛的時代。」❸這一時期充滿了矛盾與危機，著名的八王之亂、五胡亂華、南北朝分裂造成了無數人間悲劇。而與此同時，也正因爲這動亂造成了社會秩序的解體、禮教的崩潰、精神的解放、信仰的自由，這一切使文學藝術的勃興成爲可能。

這是「精神史上極自由、極解放，最富於智慧、最濃於熱情的一個時代。」（宗白華語）且看人物品藻中所涉及的這些自然形象：千丈松、清風朗月、遊雲、驚龍、春月柳樹、軒軒朝霞，這皆是大自然中美、勁健與力量的象徵。說明這一時期的文士對自然的觀察與體悟是十分獨特深刻的。他們崇尚自然，用審美的眼光審視自然同時也尊重人的個性。他們在讚美個體人物的時候超越了早期的「君子比德」說和儒教禮法束縛，直截、大膽、毫無顧忌地讚美人的外貌、體態、風度、個性和品格。體現了文士們的美的理想和瀟灑的胸襟、意趣。

王瑤先生認爲：中國文論從開始起，即和人物識鑒保持著極密

---

❸ 宗白華《美學散步》（上海：上海人民出版社，1981年），頁177。

切的關係。他提出：「《詩品》之衡詩爲上中下三品，是受了當時人物品評的進一步的影響。」❹鍾氏本人在《詩品·序》中確實提到：「昔九品論人，七略裁士」，可見王瑤先生的論斷是有根據的。

魏晉時代是中國書法藝術發展的重要階段。行書、草書和楷書就是於此時出現的。與此同時，書法評論也出現並蓬勃發展起來。

> 仰而望之，鬱若霄霧朝升，遊煙連雲；俯而察之，漂若清風厲水，漪瀾成文。❺
>
> 操筆假墨，抵押毫芒……。爛若天文之布曜，蔚若錦繡之有章。或輕拂徐振，緩按急挑，挽橫引縱，左牽右繞，長波鬱拂，微勢縹緲。❻
>
> 其布好施媚，如明珠之陸離。其發翰攄藻，如春華之揚枝。其提墨縱體，如美女之長眉。（楊泉《草書賦》）沈若雲鬱，輕若蟬揚。稠必昂萃，約實箕張，垂端整曲，裁邪制方。❼

這裏，書法家們強調了用筆、點畫揮寫的審美效果。其美的形態恰恰與宇宙的豐富、大自然多姿多彩的現象相一致。這並不是說書法評論家刻意作如此解釋，而是書法本身即受到宇宙萬象的啓發。唐代文學家韓愈曾形容張旭草書即是觀物之結果：「觀於物，見山水崖穀，鳥獸蟲魚，草木之花實，日月列星，風雨水火，雷霆

---

❹ 王瑤《中古文學史論》（北京：北京大學出版社，1998年），頁85。

❺ 成公綏《隸書體》引自陳方既、雷志雄《書法美學思想史》（河南美術出版社，1994年），頁118。

❻ 成公綏《隸書體》，見引前書，頁111。

❼ 王僧虔《論書》見引前書，頁145。

霹靂，歌舞戰鬥，可喜可愕，一寓於書。」（〈送高閑上人序〉）❽就是這樣，自然萬物「垂象表式，有模有楷」（成公綏），書法家恰是在這些生動楷模的啓迪下從事藝術創造的。

這類書法評論起初用於對理想風格的泛論，後來漸漸用於對個別書法家特點之喻示。如南朝書畫家袁昂《古今書評》以此法評了二十八位書家：

> 如插花美人，舞笑鏡台。（便娟有餘，剛健不足）
> 飄風忽舉，鷙鳥乍飛。（遒勁）

這是有史以來第一部書評。袁昂注意到書法的動感、個性風貌和審美特徵，並以駢儷的語言加以表述。其鑒賞觀點也與魏晉以來的人物品藻傳統完全一致。

書法評論中大量運用自然界之形象，如：遊雲、朝霧、漪瀾、清風、春花、閃電、冰雪、風暴等等。這充分顯示出那一時代人們對美的追求、對美的理解與詮釋。此種評論方式也使人自然想起鍾嶸《詩品》對詩人及其作品以形象喻示的評論方式。而自鍾嶸後，運用此法者更是絡繹不絕。

## 三、魏晉時期對言意關係思考

### ⑴此前的「言意之辨」：「立象以盡意」問題的提出

在魏晉人看來，「意」亦即精神本體在人的思維領域中的表現，

---

❽ 錢伯城《韓愈文集導讀》，頁228。

它是不可言說的。「言之者失其常，名之者離其眞。」（王弼《老子指略》）王弼認爲任何語言文字都不能把事物內在的精神實質及人的思想意蘊完全表達出來。概念判斷不能全面準確地反映事物內在的精神實質。這是他的「言不盡意論」。

王弼在《周易略例·明象》中又有論述：「盡意莫若象，盡象莫若言……。言者所以明象，得象忘言。象者所以存意，得意而忘象。」這看似說「言亦可以盡意」，並使人想起莊子「得魚忘筌，得兔忘蹄」之論。但他實際上強調的是，若眞要達到「得意」、「得象」就必須「忘言」、「忘象」。但從他的其他論述，如「觸類可爲其象，合義可爲其徵」便可見出，他並不主張拘泥於某一固定的「象」和固定的「言」，因爲它們仍然是有限的。所以最終他還是講「言不盡意」。

湯用彤先生對此作了如下解釋：「言爲象之代表，象爲意之代表，二者均爲得意之工具。吾人解易要當不滯於名言，忘言忘象，體會其所蘊之義，則聖人之意乃昭然可見。……言象爲工具，只用以得意，非意之本身。」❾

李澤厚進一步闡述道：眞正的對於「意」的了解是一種既需要象又超脫於象的領悟：同樣，對於象的了解也是一種既需要「言」但又超脫於「言」的領悟。❿

眾所周知，以上有關「言意」之思考並非在魏晉南北朝首次出

---

❾ 湯用彤《魏晉玄學論稿》（北京：人民出版社，1957年），頁29。

❿ 李澤厚《中國美學史》二卷上，（北京：中國社會科學出版社，1987年），頁121、127。

現。先秦時已見端倪：

《周易·繫辭上》：子曰「書不盡言，言不盡意。」

子曰「聖人立象以盡意，設卦以盡情僞，繫辭焉以盡其言。」

《老子》曰：「道可道，非常道，名可名，非常名。」

《莊子·天道》：「語有貴也，語之所貴者意也。意有所隨，意之所隨者不可以言傳也。」

《莊子·秋水》：「可以言者，物之粗也，可以意致者，物之精焉。」

這種關於語言難以表達人的主觀之意的看法早已植根於士大夫之觀念。先哲們似早就被言意之關係所困擾，感覺到言意關係之複雜。他們已經意識到語言並非總是有力量的，並非總是能得心應手地準確表達主觀之意的。主觀之意一經綴爲文字即已面目全非，既「非常道」又乃「物之粗也」。留下的不過是些粗略的梗概，精髓已蕩然無存了。

魏晉時期的「言意之辨」則可視爲此類思考之餘緒，是老莊思想的新的發展。魏晉名士顯然對言意關系，言是否能夠盡意有很多思考和表述：

陶淵明〈飲酒·其五〉曰：「山氣日夕佳，飛鳥相與還。此中有眞意，欲辨已忘言。」

陸機〈文賦〉稱：「每自屬文，尤見其情，恒患意不稱物，文不逮意……」

劉勰《文心雕龍·神思》云：「方其搦翰，氣倍辭前，暨乎篇成，半折心始。何則？意翻空而易奇，言徵實而難巧。」

陶淵明遠離官場後，采菊東籬、悠然見山的那種與大自然之間的默契和他置身其中的境界裏所蘊含的「眞意」是只可意會，不可言傳的。任何語言此時皆顯得無力，所以就只能是得意忘言了。

陸機創作中的困擾則來自兩個方面：主觀的理解、體察和構思是否能完整準確地反映所欲描寫之事物？而創作所假之文辭又是否能恰如其分地表達作者主觀的理解、體察？

劉勰所反映的更是一種普遍現象：創作前，文人墨客往往雄心勃勃、氣勢旺盛，至作品完成之後，才發現其語言表達連之前構想的一半都沒達到。腦海中翻新立意容易，用具體語言表達就難以精巧準確了。

### (2)鍾嶸對言意關係之思考

鍾嶸顯然意識到了「文」與「意」的微妙關係，在提出「興」之爲詩歌創作最爲重要的表現手法時，他提出了「文已盡而意有餘」之概念。這即是致力於探索一種作用於欣賞者的語意價值。其特徵是文辭表達雖已結束，而文意的顯示卻不受限制（不是「文繁意少」或「意浮文散」），在「興」的作用下色彩紛呈，無限延展。而與形象緊密相連的「興」的語言不正可以打破抽象推理概括的局限，有助於對文意的整體、寬視界的理解嗎？

「言在耳目之內，情寄八荒之表」（評阮籍）乃是鍾嶸對上乘詩作的要求，也是對詩歌效果的言（近）意（遠）的考慮。唯有那種不拘泥，不過於「質實」語言才能留給欣賞者以心理空間和自由去體悟那堪「寄八荒之表」的主觀情意。

與此相關，鍾嶸論詩強調詩「味」，而對「理過其辭，淡乎寡味」之詩不以爲然。強調詩歌當令「味之者無極，聞之者動心」，上乘詩作應以無窮的餘味「感蕩」讀者的心靈。可是，如何使讀者味之無極，聞之動心呢？「文已盡而意有餘，興也」，訴諸形象的「興」的語言正具有喚起人類普遍的（不可言傳的）感受體驗和情感共鳴的作用。那麼，形象喻示論詩可否看作鍾嶸爲達到他的上述詩學理想的躬親實踐呢？

## 四、「形象喻示批評」的文化審美基礎

鍾嶸的「形象喻示批評」法對後世影響很大。《詩品》曾被歷代批評家反覆引用，而在中國文學批評史上舉足輕重的批評家司空圖、嚴羽皆在其詩論中採用了「形象喻示」的批評方式。

「形象喻示批評」法能爲後世接受並沿用是有其道理的：首先，形象欲爲人接受、理解、喜愛則必須符合民族文化心理，與此同時它們也須符合民族的審美情趣和習慣。這些形象應具有普遍意義和類型化的品格，才能被認同，取得共識。

### 芙蓉出水

這一形象在《詩經》、《楚辭》中皆大量出現，至鍾嶸方正式成爲詩歌批評之語言，用以形容一種清新自然之美，反映了其崇尚自然眞美的詩學理想。至唐代大詩人李白又有「清水出芙蓉，天然去雕飾」之千古名句，以嘉賞其友韋氏之詩作。文學批評家皎然、

司空圖皆用以評論其所推重之詩歌風格。其諭示的高潔品質也歷來為人稱頌，在此方面則有宋周敦頤之佳作〈愛蓮說〉。下面聊看幾例：

《詩經》：「山有扶蘇，隰有荷花，不見子都，乃見狂且。」
屈原《離騷》：「製蕟荷以為衣兮，集芙蓉以為裳。」
曹植〈洛神賦〉：「遠而望之，皎若太陽升朝霞，
迫而察之，灼若芙蕖出淥波。」
皎然《詩式·品藻》：「華豔如百葉芙蓉，菡萏照水。」
司空圖《詩品》：「畸人乘眞，手把芙蓉。」

荷花正是以其外觀之天然清新、雅潔靈秀之美的資質博得了歷代文人墨客之喜愛，也同時觸發了無數的聯想和詩思。

## 青　松

青松之拔灌木（評謝靈運詩）

青松的形象在人們的心目中有著歷久不衰的地位。

《論語·子罕》：「歲寒，然後知松柏之後凋也。」
劉向《説苑》：「草木秋死，松柏獨存。」
左思〈詠史〉：「鬱鬱澗底松，離離山上苗，以彼徑寸莖，
蔭此百尺條。」

青松有著堅毅、不畏嚴寒的特質和挺拔、峻峭的外形，於是引起人們的尊崇、謳歌。

## 白 玉

白玉之映塵沙（評謝靈運詩）

《禮記》中對修養有成的君子如玉一般之品格加以描述贊頌：「溫潤而澤」、「縝密以栗」、「廉而不劌」、「垂之如隊」。

《北齊書》：「寧可玉碎，不能瓦全」。

《詩經》、《世說新語》則有更多用玉來贊揚美的形貌或美的舉止風度的例子。

玉具有溫潤美麗、晶瑩而光潔的外觀。它可堪琢磨，質堅而不腐，又有很好的延展性，所以從古至今，美玉一直受到中國人的喜愛和贊譽。

《詩品》中出現的上述形象和其它一些形象如「江」、「海」、「龍鳳」、「落花依草」、「流風回雪」等都因爲其豐富而具象徵性的審美內涵，凝結了某些約定俗成之類型化品格，成爲歷代共同的審美趣尙。

# 五、結語：對「形象喻示批評」的思考

⑴既爲中國古代第一部詩歌理論批評專著，鍾嶸之前本無詩學批評模式可供借鑒。鍾氏具開創意義的《詩品》是理性概括和文學情趣相結合的產物。它爲我們展示了中國傳統詩論將批評過程和創作過程的融合的趨向。采用鮮明而內涵豐富的形象和詩一般的語言（駢偶句式）品評詩歌、提喻風格，這本身就是批評家對詩美和詩藝

的創造性詮釋和形象化的展示。這樣的方式不僅有助於對抽象評述的接受、感知和體悟，也使人在閱讀批評著作的同時獲得審美的愉悅。

⑵從文體本身的句法來看，詩歌本來有著自己的審美創造的特點和規律。詩歌往往離不開形象思維。形象對於詩歌意象、意境的創造至關重要。同時，詩歌形象本身就有不確定性和多義性，而形象內蘊的這種豐富性恰恰造成了詩歌閱讀的「詩無達詁」，餘味無窮。

「形象喻示批評」恰恰是遵循著詩歌內在的審美創造的特點和規律進行品題提批評的。內涵的豐富性使得形象喻示時並無十分明確的指涉，但正由於其模糊性反而更具啓示性。它有著抽象批評不可替代的、獨特的、內在的情感語言和邏輯力量。當形象自身和它所喻示的詩歌風格憑其內在邏輯溝通時，便能給讀者留下足夠的再度闡釋的空間，從而加深對某一詩人的認識，而特定的詩歌風格也愈加鮮明可感。

# 莊子思想中的語言觀

高柏園*

## 一、前　言

語言是人類文化的重要內容與象徵，人類通過語言不但保存了大量的文化內容，而且也有效地傳達彼此的意向，甚至人類對未來的設計與規劃，也處處受著語言的影響。即就發生義而言，人類首先是以肢體直接表現情意，而後再發為音聲，然後再發展為圖畫，最後成熟的形式便是語言了。〈齊物論〉一開始以大塊噫氣言天籟，地籟、人籟亦正是聲音，而後再言「言非吹也」，以進至語言的層次。因此，語言的產生並非第一序的文化現象，反之，乃是十分上層的文化建構，它早已預設了人類原始而直接的情感，諸如肢體、聲音、圖畫等方式所表現的方式，亦是語言所預設的。正因為語言乃是文化的上層建構，同時又預設了諸多、甚至全體的文化內容，也因此，我們其實可以根據語言的表現，回溯其文化諸多預設，由

* 淡江大學中國文學系教授

是而以語言爲核心，展開一套相關的文化學體系，此可謂語言文化學的基本進路之一。

由正面言之，語言乃是十分形式性而又有效的溝通方式，也是文化的表現形式，它既能普遍的傳遞，又能有效地保存文化內容，我們實在很難想像沒有語言的世界究竟會是什麼情況。凡此，皆是語言在文化中的正面價值。然而，我們也由語言做爲文化上層建構的事實中發現一個事實，此即，語言之所以能成爲文化之上層建構，乃是預設了許多次級的文化內容，同時，語言的形式化其實也正是對所預設的諸多文化內容的抽象結果。蓋所謂上層建構之爲「上層」乃是預設了相對的下層建構，此中之上下，可就其形式化的程度加以區別。相對於肢體的動作、聲音、圖畫，語言顯然是更具形式化的，語言正是逐層地剝落了動作、聲音、圖畫內容之具體性及特殊性，而逐漸形成純形式的內容，此其所以預設了下層的文化內容，而爲上層文化建構者也。當然，語言的發展表現出人類抽象思維的能力，此義誠然有其正面之價值。然而，語言抽象的形式化，也導致語言與存在之間的可能距離。語言是在抽象中取得形式，也就是有意地忽略了對象的某些內容，從而抽象出普遍性的形式，而如此的忽略與抽象，也正是語言與存在之間的距離所在。語言只是將抽象後的部份內容加以把握，卻也在此中遺漏了存在的具體性、特殊性、唯一無二性，凡此，皆是語言所不可及之範圍。今既知語言之限制如此，有不可說之存在如此，則此正是止言而默的產生契機。吾人之默，不必是對語言之否定，而可視爲是另一種形式之語言的完成。也就是窮盡形式而後能掌握形式之限制及意義，進而能後設地展現出開放的心靈及文化的成長歷程，如是而能容受所有之形式，又不侷限在任何形式之中，此即爲言與默之辯證開展的重要意義所在。

若以上所論無誤，則中國哲學傳統對言與默之態度，便可有一基本之理解線索，而可以一一安立之。誠如牟宗三先生所指出，中國哲學是一套生命的學問，也是一套以實踐爲優先的學問。❶既是重生命的實踐，而實踐又必須在具體的生命中完成，因此，相對於此特色而有之語言亦有其特色。例如：《論語》、《孟子》、《莊子》、《六祖壇經》以及《宋元學案》之中，存在著大量的語錄體。即就客觀理論系統之建構而言，語錄體似乎並不如論說體來得嚴格，然而，如果我們就具體實踐之要求以及生命意義之治療而言，則語錄體顯然要較論說體，更能達到所預期之目的。此中，言是爲回應具體情境而發，而默亦是爲顯具體情境而有者，此義當爲中國哲學論、言說的主要態度所在。❷當然，各家對此共法之展現方式，

---

❶ 牟宗三：《中國哲學十九講》（臺北：臺灣學生書局，1983年10月版），頁32：「這個實踐理性用中國話來說就是良知，孔夫子講仁也是屬於實踐理性。內容的眞理、強度的眞理就在這個地方，也就在主體這個地方。用我平常的話說，這就是主體的學問，也就是生命的學問。」

❷ 同註❶，頁28：「所以唐君毅先生就曾經提出一個觀念來，他提出從我們事實上使用語言所表現的來看，當該是三分：科學語言是一種；文學語言是情感語言；至於道家、儒家所講的，這些還是學問，他們所講的是道。道不是情感，道是理性。但是這個理性我剛才說過，它不是在科學、數學裏面所表現的那個理性，它既然是理性，因此表達這種理性的語言就不是文學語言這種情感語言，可是這也不是科學語言。所以唐君毅先生提議把這種語言叫做啓發語言（heuristic language）。」
語錄體之言應是對人在具體情境中之啓發，以促使其眞實之實踐爲主要訴求。至於中國先哲對言與默之態度，唐先生《中國哲學原論．導論篇》（臺北：臺灣學生書局，1993年2月版），其中第七章〈原言與默：中國先哲對言默之運用〉可參看。

亦儘可多元而多樣，此則值得一一探討。本文的主要目標，便是試圖通過莊子的語言風格，掌握其對語言意義之理解態度，以及其對諸多論說言語之安頓之道，由是構成莊子思想中的語言觀之討論，唯文獻之依據仍將以〈齊物論〉爲主，此中原因無他，以莊子對語言之討論仍以〈齊物論〉最爲完備而深入也。

## 二、莊子的語言風格

牟宗三先生在《才性與玄理》一書中，論及老莊之同異時，曾以三點論之，其謂：

> 一、義理繫屬於人而言之，則兩者之風格有異：老子比較沉潛而堅實（More potential and more substantial），莊子則比較顯豁而透脫（More actual）。沉潛，則多隱而不發，故顯深遠。堅實，則體立而用藏，故顯綱維。顯豁，則全部朗現，無淺無深，無隱無顯，而淺深隱顯融而爲一：淺即是深，顯即是隱。透脫，則全體透明，無體無用，無綱無維，而體用綱維化而爲一：全體在用，用即是體，全用在體，體即是用。故「其書雖瓌瑋，而連犿無傷也。其辭雖參差，而諔詭可觀」。參差瓌瑋，即透脫也。連犿諔詭，即左右逢源也。此即所謂全體透明。❸

牟先生此義雖是就老莊義理型態之風格而論，然而，不同之義

❸ 牟宗三：《才性與玄理》（臺北：臺灣學生書局，1993年2月版），頁172。

理型態亦正有不同之語言型態相應表現之。牟先生以「全體透明」一義說之，所謂全體透明，正是指莊子義理型態之無執，可謂無執的存有論在道家之表現。無執即無分別，無分別即無遮無顯，因而避免了所有觀點所可能帶來的相對性及遮蔽性。所謂「道之所以虧，道之所以成」，有成有虧皆是在某一角度或觀點下之產物，是以無執則無成無虧，無遮亦無因遮而顯者，是以無遮無顯，一體而現，通體無執而透明。問題是，道本透明，其成其虧，其遮其顯，此皆乃人為造作之產物，今莊子亦深契此義，是以亦以通體透明之義理型態應之。然今不訴諸言說則已，一旦訴諸言說，自不免因形式之介入而導入相對之觀點或角度，然而對道之唯一表達，應是避免任何形式之參與或介入，此時，吾人或可以「默」對之。雖然，唯吾人若更以言與默相對視之，則言說固為一形式，即便是默，亦不得不可謂為一形式，因而亦有與言說同樣帶來偏蔽的可能。此時，吾人當將奈何？依莊子，此時吾人唯一自救之道，唯是以形式逼顯一形式之自我矛盾，藉此矛盾使吾人得以對形式予以後設之反省，進而脫離此言與默之形式限制。現在，既是以形式逼顯一形式之自我矛盾，此中之重點僅在矛盾之逼顯，至於要通過何種形式來逼顯矛盾則並無限制。進而言之，凡是能逼顯矛盾者皆是可有之形式。此所以有「謬悠之說，荒唐之言，無端崖之辭」也，理由無他，僅為逼顯一形式之矛盾而已。吾人之逼顯矛盾並非為矛盾本身，而是藉矛盾以顯一後設性之反省與自覺，當此自覺反省出現，則形式之限制及意義已被充分掌握，至於選擇何種形式皆是可有而不必有者。易言之，在自覺反省出現之前，形式必然與限制相連，然一旦反省自覺出現，則形式之限制已為自覺所對而成為隱性之存在，至於正面對道的彰顯之方便義，反而成爲顯性的意義。牟先生謂「全體在用，用即是體，全用在體，體即是用」，正是指出此自覺後之無執與方便之不二也。至於此義中最具代表性之言說形式，當即以「詭辭」爲代表了。此牟先生謂：

> 故總結曰：「萬物畢羅，莫足以歸。」既「畢羅」矣，而又「莫足以歸」。此詭詞也。羅於何處？無處可羅也。無羅無不羅，洒然各歸於其自己而已。故郭象注云：「故都任置」。而成玄英疏云：「包羅庶物，囊括宇內。未嘗離道，何處歸根？」此實極豁朗而透脱之極致。禪家一切詭辭亦不出乎此矣。此即謂玄智玄理之徹底透出，而爲「圓而無圓」之圓教也。❹

此中之「畢羅」就萬物而言，可指道之普遍義；若就形式說，則可指形式之窮盡。然「莫足以歸」又直接消解了道的實有性與積極性，所謂「咸其自取，怒者其誰邪？」亦正呼應此實有性與積極性之化除也。若就形式而言，則「莫足以歸」亦不歸於任何形式或內容，而僅歸於一無所歸之虛靈明決，以及歸一虛靜之無與自然而已。一切物只是如是如是，一切形式亦只是方便，則吾人之悟道，亦不外即此所及之一切方便言之，亦即對此一切加以呈現或描述，更不必以分解之形式加入之。此即可進入牟先生所舉之第二義：

> 二、表達之方法有異：老子採取分解的講法，莊子採取描述的講法。❺

---

❹ 同註❸，頁175。

❺ 同註❸，頁175。

又：

> 至於莊子，則隨詭辭爲用，化體用而爲一。其詭辭爲用，並非平說，而乃表現。表現者，則所謂描述的講法也。彼將老子由分解的講法所展現者，一起消融於描述的講法中，而芒忽恣縱以烘託之，此所謂表現也。芒忽恣縱以烘託之，即消融於「詭辭爲用」中以顯示之。此所謂描述的講法，非通常義。除對遮「分解的講法」外，以以下三層義理明之。首先，「以卮言爲曼衍，以重言爲眞，以寓言爲廣」。此中之卮言、重言、寓言，即是描述的講法。並無形式的邏輯關係，亦無概念的辨解理路。卮言曼衍，隨機而轉。重言尊老，並無我見。寓言寄意，推陳出新。隨時起，隨時止。「道惡乎往而不存，言惡乎存而不可」（〈齊物論〉）。聲入心通，無不圓足。故「謬悠之說，荒唐之言，無端崖之辭」，正是卮言、重言、寓言之意也。其次，在此漫畫式的描述講法中，正藏有「詭辭爲用」之玄智。此謂「無理路之理路」，亦曰「從混沌中見秩序」。全部莊子是一大混沌，亦是一大玄智，亦整個是一大詭辭。老子之所分解地展示者，全消融於此大詭辭之玄智中，而成爲全體透明之圓教。最後，此大詭辭之玄智，如再概念化之，嚴整地說出，便是一種「辯證的融化」（Dialectical reconciliation）。❻

如前所論，詭辭之爲詭辭亦可有一形式，亦即可由表面之矛盾

---

❻ 同註❸，頁176。

加以判斷，例如王弼之《老子微旨例略》謂「絕聖而後聖功全，棄仁而後仁德厚」。此亦即是「絕」與「全」、「棄」與「厚」之矛盾而顯之詭辭也。唯吾人說此矛盾之為「表面的」，乃是因為這樣的詭辭並非以矛盾為目的，而是藉此矛盾實顯一辯證之超越，由是而離此兩邊，以達中道之超越義。由絕而全，由棄而後，此皆只是運用，其本仍在心靈境界之無執也。及至莊子，則連如此形式性之詭辭亦一同超越，而直接以表現、描述之方式，凸顯此無執之境。既是無執，是以形式之邏輯關係及概念的辯解理路，皆可去之，而直以卮言、重言、寓言加以表現。如果說形式的詭辭之為用，乃是預設心靈境界之無執，則此卮言、重言、寓言所集結而成之描述，本身即為一形式之否定而成一大詭辭，此中亦正預設心靈無執之境所顯之去智也。最後，對此詭辭之玄智加以總持之說明，即顯一辯證之融合，而為一後設之方便與總結矣。唯無論是詭辭亦或是卮言、重言、寓言，皆是一無執境界下之產物，由是而有牟先生第三點之判定，即：

> 老子之道為「實有形態」，或至少具備「實有形態」之姿態，而莊子則純為「境界形態」。❼

吾人由上討論可知，牟先生乃是由莊子語言之「顯豁透脫」與「全體透明」之風格，逼顯出莊子語言觀中之詭辭性格，而且進一步說明莊子表達形式之為表現與描述，即不限於一形式之詭辭，而全體皆詭辭也。其之所以能有此詭辭之用，乃是預設一玄智為其體

---

❼ 同註❸，頁177。

而後有之用也。唯此「玄智之爲體」亦只是虛說的「漫畫式語言」❽，究其實，則玄智只是虛靈無執之無、自然之境界，由是而以境界型態總結莊子語言觀之最後精神。此中，無論是詭辭、玄智、境界、描述、表現，皆是就無執自然之種種相上說，其重心在以聖人之修養境界爲本，而後有此種種說也。易言之，其語言之重點端在生命實踐之描述，而不重在知識之客觀指謂，由是而溝通人我之意，以達相知相感之融通之境，此義即爲莊子對語言意義之所重，而爲唐君毅先生所盛發者。

## 三、語言的意義

一如前論，吾人在中國經典之中，如《論語》、《孟子》、《莊子》等，皆可發現對話體的大量使用，而筆者亦嘗以實踐優先之觀點，論其治療學之意義。❾此義即是認爲中國哲學乃是以實踐爲重，

---

❽ 關於「漫畫式的描述」，牟先生在《圓善論》（臺北：臺灣學生書局，1985年7月版），頁140中亦有提及：「人之體、天之體之平行的說法只是圖畫式語言之方便。」又在《佛性與般若（下）》（臺北：臺灣學生書局，1993年2月版），頁1051：「然則如何了解『何期自性能生萬法』？此語不可看成是直述的指謂語，乃是本『以有空義故，一切法得成』而來的漫畫式的方便語。不壞假名而說諸法實相，實相豈離萬法而爲實相耶？因此，遂漫畫式地說自性含具萬法（自性本自具足），因含具而又方便地說爲『能生萬法』矣。生者具現之謂也。不離之謂具，『性在身心存』之謂現。因此具現，遂漫畫式地方便說爲生，實則其本身實無所謂生也。這不是實體性的靈知眞性、眞心即性之生起。」漫畫式的描述實即是一種暫時之方便，唯其所以有如此之方便，乃是因爲道之圓融與不可說也。

❾ 參見拙文〈莊子思想中心靈治療學體系〉，「生命關懷與心靈治療系列學

是關心生命的自我實現，而語言之爲用，亦正是溝通人我之意，以彰顯彼此之生命內容與境界，並因此獲得修正互補之參考。例如莊子在〈秋水〉中濠梁之辯的態度，亦正是以通人我之意爲主要用心，而不同於惠施之重指謂之確定也。試觀孔子對弟子問孝、問仁、問勇等之種種答問，不正是凸顯一溝通彼此心意，以達到偏蔽之化除而後有之治療之義嗎？再如孟子對弟子言知言養氣、言不動心，以及莊子通過孔子、顏回而論心齋坐忘，亦無一不可在治療的意義下獲得善解也。果如此，則唐先生之論便是十分的當之見了。唐先生指出：

> 中國思想之傳統中，對人之如何立論、推論之形式之研究，未能如西方與印度之邏輯因明，早成爲一專科之學。此爲中國學術之短，毋容爲之諱言。然於如何運用語言以表意表義，語言運用與行爲之關係，語言運用之價值，與其限制何在，則自始有不斷之反省與論述。此大體上略同現代西方所謂語意學之問題。吾前於荀子正名及先秦名學三宗與墨子小取篇之論辯二文，已指出先秦名家及墨子荀子之論名實關係，辯論之程序，及言之多方異故等問題，皆由語言之如何指實表義，人在對辯時，如何使己意喻諸於人而引起，並嘗謂其問題，與其説爲邏輯的，不如説爲更近乎語意學的。吾本文將更進而論者，則在説明中國思想，對語意之問題之反省，乃自始注意及語言與語言之外圍之默之關係，並視語言之用，

術研討會（一）」（臺北：太平洋文化基金會、南華大學宗教文化研究中心，1999年9月）。

> 唯在成就人與人之心意之交通。此中可說有一中國之語言哲學之傳統。⑩

依唐先生，中國哲學對語言之形式問題著力較少，而將重心放在廣義的語言學上，此即包含語言之運用與意義間之關係，而今日之語言學及語用學皆可包含其中。此中，語言及其語言之外之默兩者之關係，以及語言用以溝通人我之意皆爲重點。若就中國哲學之重實踐之特色而言，則實踐之初只是生命之活動，此中雖不必發言，然不必以言爲主要內容則甚明顯。蓋實踐主要表現爲行動而非語言，語言不過是對行動之意義之輔助說明罷了。是以實踐之初原本是以默爲主，以默爲優先，言只是後起者。而此後起之言之意義，亦正在爲種種實踐所隱含之心意加以溝通，以期相知相感，相融相合。試觀唐先生文：

> 中國思想之重言與默之關係，乃初由重言行之關係而來。中國古代之思想，皆在位之哲王哲臣之思想，在位之人，原重在行而不重在言。此與西方希臘人，初爲僑居殖民地，而惟務在仰觀俯察彼天地萬物之理者固不同；亦與亡國之猶太教基督教之徒，只能以言教人者不同；更與原出自祭師之頌禱之印度宗教思想相異。行在言外，行即由默而後有者也。然特提默之一名，爲言行之樞紐，則蓋原於孔子。孔子有默而識之之語，又嘗謂予欲無言，並舉「天何言哉，四時行焉，

---

⑩ 唐君毅：《中國哲學原論・導論篇》（臺北：臺灣學生書局，1993年2月版），頁223、224。

百物生焉，天何言哉」以自況。則知言外之有默，言外有無言，乃始於孔子。而謂言皆對人而有，亦孔子之旨。⓫

此中所謂「重言行之關係」，實即是一實踐義之轉語。至於言默之間究應如何取捨選擇，此則依時而定如孔子，亦可依境之用而定如莊子「爲是不用，而寓諸庸」（〈齊物論〉）。唐先生謂：

行之有出處，言之有默語，依時而定。此即孔子所以爲聖之時。而亦見孔子于言默之際，最能執其兩端而用其中，未嘗陷於一偏，而爲中國思想中對言默之思想之一最高之典型也。⓬

若如前論，孔子之於言與默，乃是以時爲重，依時而定，而莊子則是依境之用而定，則兩者皆可兼攝言默，而此中並無明顯之高下區別，何以又謂孔子爲「對言默之思想之最高典型」呢？依筆者意，此則更須由莊子對語言之態度義加以判斷。此唐先生謂：

至於道家之老子莊子，則不似孔墨之徒，皆志在用世，蓋皆處士之流，期爲聖之清，而不期爲聖之任者。故寧退而不屑進，亦寧默而寡言。而其默也，非必待時而動，乃藉默以寄情於妙道之體證，而其言，乃唯所以指點期默中之所體證，及此所體證者之超於言意之外。於是老子有「道可道，非常道；名可名，非常名」，「行不言之教」，「善者不辯，辯者不善」，「大辯若訥」之論；莊子謂「辯也者，有不見也」，

⓫ 同註⓾，頁227。

⓬ 同註⓾，頁228。

> 「孰知不言之辯，不道之道」（〈齊物論〉），而期在有得意忘言之人與之言。此則明與墨家之流，重言辯以上說下教者，大不相同。墨子以言教行，以言論談辯之術，是以言立言，以言益言也。道家以不言爲教，以言教人證無言之境，是以言泯言也。此與孔子之言默相代以爲用者，又明爲另一型態之語言哲學。然其期在以言與忘言之人，互通心意，以相視而笑，莫逆於心，或期在萬世之後，得知其解者，以相遇於旦暮（〈齊物論〉），則又與孔墨之以言通達人我之意之旨，固未嘗不同也。⑬

由此看來，孔子之所以較莊子更爲殊勝，當在其不限於超言意之外之指點，以及以言泯言之證無言之境，而更正面有種種說，立種種教，由是而能語默兼及也。唐先生此中所謂之「以言泯言」，雖是爲教人證無言之境，然而證無言之境之方式並不必以「以言止言」爲唯一之方式，當下默然亦可是一義。因此，謂「以言泯言」乃是爲證無言之境，此是可有之義，唯更深究之，則更有其他之理由使其然，否則亦不易說明在眾多證無言之境之方法中，何以要單重「以言泯言」之義也。果如此，則筆者之說明乃是，莊子、或是道家之所以重「以言泯言」之義，應是重在對治、治療，也就是面對周文疲弊、禮壞樂崩之境，莊子所採取遮撥、治療之態度，以去種種病之方式，達到保存周文正面作用之治療目標，而此義用在個人及社會，即分別呈現爲生死與是非之問題。就個人而言，生死事大，此中對生死究應採取何種觀點及態度，乃是生命實踐之重大問

---

⑬ 同註⑩，頁230。

題所在。唯生死問題又不只是生與死二件事的問題，而更包含何以生？如何安頓生？何以死？如何安頓死等問題？如是引申，則生死之所及即生命之全部內容，而生死問題亦成爲人生問題之代稱了。生死問題及其所總攝之人生問題，乃是人無所逃之問題，人必須對此問題給予價值之選擇，此時即由此展開一價值問題，亦即一是非問題。社會既不止一人，是以大可如墨子所謂「一人一義，十人十義」之狀態，造成價值是非之難斷。⓮雖難斷，然人在行動中又不得不有所取捨，同時並對與己不同之立場提出拒絕之理由，由此形成莊子所謂儒墨顯學間的相是相非。果如此，則吾人便可順此而以「一生死、泯是非」爲莊子語言意義之進一步引申，此亦即勞思光先生所肯定者。⓯

勞思光先生在其《中國哲學史㈠》中，對莊子思想之展示乃是以一消極角度入手。依勞先生對「自我」之設準：德性我、情意我、認知我及形軀我，莊子之道家應屬以情意我爲核心之思想。何以知之？勞先生以消極的方式，說明莊子分別否定了形軀我及認知我，

---

⓮ 《墨子·尚同上》子墨子言曰：「古者民始生；未有刑政之時，蓋其語『人異義』。是以一人則一義，二人則二義，十人則十義，其人茲眾，其所謂義者亦茲眾，是以人是其義，以非人之義，故交相非也。是以內者父子兄弟作怨惡，離散不能相和合。天下之百姓，皆以水火毒藥相虧害，至有餘力不能以相勞，腐朽餘財不以相分，隱慝良道不以相教，天下之亂，若禽獸然。」

⓯ 其實，如果就歷史發生背景而論，此「一生死、泯是非」之義亦甚易解。蓋戰國時代之征戰慘烈，生命危殆，生死之壓迫尤重。此外，諸子並立，異論滋起，是非價值亦不易斷，此正可說明「一生死、泯是非」之歷史背景也。

同時又不肯定德性我，是以應屬情意我，再佐以《莊子》書之內容，由是而證成其對莊子思想之詮釋。關於此，筆者的質疑如下：首先，莊子是否「否定」形軀我及認知我？莊子誠然不會以形軀爲我，也不會以認知心爲我，但是這不表示對「形軀及認知皆做爲我的一部份」之否定。如果勞先生嚴格貫徹其否定形軀我及認知我之理路，則莊子只能肯定一意識之存在，如莊周夢蝶，無論是周夢蝶或蝶夢周，總是一意識反省之內容。然而，此意識是否就是「我」，仍可質疑也。此義我們由歷來對笛卡爾著名的「我思故我在」之論證之批評中即可見其原委。其次，否定形軀我及認知我，甚至加上否定德性我，亦不足以證明莊子肯定一情意我。蓋否定只是否定，此中並無積極之肯定內容也。而且，莊子亦儘可更否定情意我，而獨以一心靈之自由爲肯定，由是而在諸多自我之上有一超越之統覺或心靈存在。⑯凡此，皆是勞先生在論及莊子思想時仍值得商榷之處也。

今暫不論以上之問題，勞先生在論及莊子思想內容時首先由形軀我之否定展開，並以破生死、通人我爲主要論點。其次，乃由認知我之否定下手，並通過泯是非、薄辯議二義展開說明。當中，「破生死、通人我」之說顯然與前文論及莊子之一生死及唐君毅先生所謂之「通人我之意」相通，而「泯是非、薄辯議」亦可與前文「泯是非」之義相呼應。吾人由此而將牟宗三、唐君毅、勞思光三先生之論，統合爲一，由是而說明莊子對語言意義之主張所在。雖然本

---

⑯ 較詳細之論證，可參見拙文〈論勞思光先生之基源問題研究法〉，《鵝湖學誌》（臺北：東方人文基金會，1994年6月）；〈論勞思光先生對莊子思想之詮釋〉，《淡江大學人文社會學刊》（審查中）。

文能兼採牟、唐、勞三先生之論而說明莊子對語言意義主張，並見三先生所論亦可兼存互通，然其中仍有重大之差異必須說明。依牟先生，道家之老莊對周文並非採取一否定之態度，而是以否定爲策略而達到治療及保存的功能，而勞先生則認爲老莊基本上爲一文化否定論者，二者之態度完全不同。⓱總之，莊子對語言意義之理解，仍是以實踐爲優先之考量，其境界形態、心意之互通以及「一生死、泯是非」之論，皆可通過實踐優先之要求而獲得統攝。現在，進一步的問題是，這樣的語言意義在其實踐使用時又將如何展開呢？

## 四、語言的安頓及其使用策略

一如前論，莊子對語言之理解與掌握，乃是基於實踐之要求而起，是以尤重境界型態，尤重言說以通人我之意，而不重在對語言自身之討論。而實踐乃必然在一價值之選擇中展開，此中之價值乃是決定是與非之判準者，是以莊子的語言問題亦即轉化成爲一價值問題或是非問題。果如此則語言之安頓對莊子而言，實即爲價值觀、是非觀之安頓。此中可有二義：首先，爲相對主義，其次，爲實用主義。

關於莊子對是非價值及其相對語言之安頓，首先有相對主義之

---

⓱ 牟先生之說法可參見《中國哲學十九講》（同註❶），第七講〈道之「作用的表象」〉。勞先生之說可見其《中國哲學史一》（臺北：三民書局股份有限公司，1991年1月版），頁286：「蓋由知識之無限追求，推出文化上之無限追求。知識永有錯誤，故知識之追求如形逐影；人類生活中永有罪惡，文化之追求亦如形逐影。文化否定論遂由此出。」

態度：

> 勞神明爲一，而不知其同也，謂之朝三。何謂朝三？狙公賦芧曰：「朝三而暮四，」眾狙皆怒。曰：「然則朝四而暮三，」眾狙皆悅。名實未虧而喜怒爲用，亦因是也。是以聖人和之以是非而休乎天鈞，是之謂兩行。(〈齊物論〉)

〈齊物論〉之精神並非以一標準，做爲一切事物之所向，反之，是要對一切之標準進行後設之反省，由是避免觀點之封閉，進而成爲一虛靈明覺的開放心靈及境界。⓲因此，「勞神明而爲一」無他，正是試圖去建構一絕對之標準，以爲天下式。然而「一人一義，十人十義」，吾人所建構之標準並無法充分自明自證其爲唯一之眞實，是以人亦不必接受。人不必接受，而我必欲人接受，此即有「眾狙皆怒」之衝突。今知一切標準皆可接受而不必接受，相應之則接受，不相應則不接受，則標準即相對於此存在情境而決定。果如此，則不同情境儘可有不同之標準，而不同之標準不必唯一而可兼存，此即「和之以是非而休乎天鈞」，以達兩行兼存之境。〈齊物論〉謂：

> 道隱於小成，言隱於榮華。故有儒墨之是非，以是其所非而

---

⓲ 蔣錫昌：《莊子哲學》（臺北：鳴宇出版社，1980年5月版），頁53：「莊子齊物論，其唯一目的，即在息天下各派是非之辯。蓋必是非之辯息，而後內聖外王之道，可得而明也。」又，頁128：「天下，『莊周……不譴是非，以與世俗處。』『不譴是非』，即『不用』之誼；『不與世俗處』，即『寓諸庸』之誼；此即齊物論之要道，莊子固自主張之，而又實行之者也。」莊子之能「與世俗處」、「寓諸庸」，即因莊子有一開放之自覺爲其基礎也。

> 非其所是。欲是其所非而非其所是，則莫若以明。物無非彼，物無非是。自彼則不見，自知則知之。故曰彼出於是，是亦因彼。彼是方生之說也，雖然，方生方死，方死方生；方可方不可，方不可方可。因是因非，因非因是。是以聖人不由，而照之於天，亦因是也。是亦彼也，彼亦是也。彼亦一是非，此亦一是非。果且有彼是乎哉？果且無彼是乎哉？彼是莫得其偶，謂之道樞。樞始得其環中，以應無窮。是亦一無窮。非亦一無窮也，故曰莫若以明。

儒墨之所以自是而相非，乃是因為限於自身之觀點及標準之中，此觀點及標準乃可有而不必有者，今將此可有而不必有者視為唯一之必有，是以儒墨不能並存，進而自是而相非，此所謂「道隱於小成」者也。今小成之標準既是相對之標準，是以聖人不由，而以一超越後設之態度掌握之，此所謂「照之於天」。能照之於天，而後乃能因其所是而是之，因其所非而非之，充分照顧其相對性。此超後設之態度並無內容，而是能反省一切形式及內容者，此即所謂「道樞」、「環中」，亦即道家所盛讚之「無」也。是以莊子對諸多小成、標準，俱以待超越之對象視之，此為其相對主義之所在；而環中、道樞則為一能超越之心靈及境界，由此而能安立此種種相對之多也。

雖然道樞、環中可安立此種種相對之小成、標準、物論，然而人畢竟是一具體存在，在具體生命活動中勢必要在諸多小成中選擇其一，否則亦無法實際活動或運作，此時，又將如何選擇呢？依莊子，此可以實用主義立場說明之。〈齊物論〉謂：

> 道行之而成，惡乎然？然於然。惡乎不然？不然於不然。物固有所然，物固有所可。無物不然，無物不可。故爲是舉莛與楹，厲與西施，恢詭憰怪，道通爲一。其分也，成也；其成也，毀也。凡物無成與毀，復通爲一。唯達者知通爲一，爲是不用而寓諸庸；庸也者，用也；用也者，通也。通也者，得也，適得而幾矣；因是已。已而不知其然，謂之道。

「道行之而成，物謂之而然。」此中，如何行？如何謂則未定也。儒家可以有一套系統，墨家亦有一種標準，就此而言，儒者或墨者之標準皆是「可」，其標準所決定者皆是「然」，是以各可其可，各然其然。今若以己之可非他之可，以己之然非他之然，便會形成彼此之衝突，此義前文已有說明。今不必相非，則吾人在選擇參考之標準時，便須以「庸」爲標準，也就是以實用爲衡。其實，這也正是呼應莊子語言觀基礎在「重實踐」之論也。既重實踐，是以如何實踐，即須有一現實之標準以爲暫時之方便，至於選擇何者，則端視所遇之境界爲何也。果如此，則標準乃相對實用爲取捨，相對不同，取捨各異，是以不同之標準可得兼存，此所謂「用也者，通也」，能通諸多之標準也。「通也者，得也。」能通諸標準，乃能得其所應之境，而與境融通，無礙也。

然而，對那些已然以某一標準爲唯一，而執著其深者又當如何呢？此時莊子言說之策略乃是所謂「破邊顯中」。〈人間世〉匠石之齊以及南伯子綦見大木，此二故事正說明「不材」、無用之爲大用。然而，吾人亦可偏執此「不材」、無用。蓋吾人亦可同時舉出材及有用之爲大用之例。因此，莊子在此對「材」之批判以及對「不材」之肯定，皆只是策略，其眞正之用心，乃是在試圖逼顯一超越之心靈自由，由是而能「爲是不用而寓諸庸」，悠遊於材與不材之間。此心靈之自由正是超越於材與不材之層級，而爲一異質之自由。⑲是破A並非肯定非A，而是要在A與非A之上，更超越此相對以達天鈞之絕對也。此義既明，則牟先生以詭辭論莊子，亦可說是對莊子破邊顯中的另類說明，以詭辭不可落入任何之肯定或否定，而保持其超越性與絕對性也，此亦是聖人之境，而莊子學之爲境界型態，亦可由此而得到進一步之說明矣。

---

⑲ 《莊子·山木》：「莊子行於山中，見大木，枝葉盛茂，伐木者止其旁而不取也。問其故，曰：『無所可用。』莊子曰：『此木以不材得終其天年。』夫子出於山，舍於故人之家。故人喜，命豎子殺雁而烹之。豎子請曰：『其一能鳴，其一不能鳴，請奚殺？』主人曰：『殺不能鳴者。』明日，弟子問於莊子曰：『昨日山中之木，以不材得終其天年；今主人之雁，以不材死；先生將何處？』莊子笑曰：『周將處乎材與不材之間。材與不材之間，似之而非也，故未免乎累。若夫乘道德而浮遊則不然。無譽無訾，一龍一蛇，與時俱化，而無肯專爲；一上一下，以和爲量，浮遊乎萬物之祖；物物而不物於物，則胡可得而累邪！』」此中，若「材與不材之間」與材、不材置於同一層次加以理解，是以仍爲一執而未免乎累也，若能視爲與材、不材相異之層次，則可免此累，而如「乘道德而浮遊」者之「胡可得而累」矣！程兆熊先生在其《道家思想》（臺北：明文書局，1985年12月版），〈莊子別講〉部之21頁，解〈齊物論〉「因是因非，因非因是，是以聖人不由而照之於天，亦因是也。」時云：「此亦是順『是非由於成心，成心由於芒惑』而來。『以明』則不芒，『因是』則不惑。而所謂『照之於天』，則是站高一點和跳開一著。能照高一點，則知人之生，固與惑俱至。能跳開一著，則知人之心，固由芒而成。」其中，之所以能知人生之芒惑，正在其能超越反省其成心及種種是非之執也，此「站高一點、跳開一著」亦正是異質超越之代稱也。

## 五、結　語

本文主要目標在展示莊子思想中之語言觀。此中分別由牟宗三、唐君毅、勞思光三先生之論，予以整合貫串，以見諸先生所見雖有不同，然未嘗不可兼予肯定、採用，並予以一貫之整合，此本身亦是莊子齊物論之精神展現也。筆者以實踐優先爲基點，說明莊子的語言風格、語言之通人我之意，以及語言之「一生死、泯是非」之用心。⑳同時也說明莊子對語言所採取之相對主義、實用主義之立場，並以「破邊顯中」之超越義爲其辯論之策略，由是完成莊子思想中語言觀之展示。莊子已知以言泯言，本文之踵事增華，不知是是是非，尚祈 學者方家有以教我是幸。

⑳ 郎擎霄，《莊子學案》（臺北：河洛圖書出版社，1974年12月）頁108：「要而言之，夫自形而上者推之，則大道在恍惚之內，造化和雜清濁，而成陰陽，陰陽交感，乃生乃形，生則有爲，死則無爲，生來死往，變化循環，亦猶春夏秋冬，四時代序，達人觀之，何哀之有！善乎清馬其昶之言曰：『一切是非利害貴賤生死，不入胸次，忘年忘義，浩然與天地精神往來，而待解人於萬世若旦暮焉。』此逍遙之要道，亦齊物之要義也。」此中之忘年忘義，正是一切是非利害貴賤生死不入胸次，不亦是「一生死、泯是非」乎？

國家圖書館出版品預行編目資料

**文化密碼—語言解碼：**
**第九屆社會與文化國際學術研討會論文集**

盧國屏主編. – 初版. – 臺北市：臺灣學生，
2001[民 90]
面；公分；

ISBN 957-15-1073-4 (精裝)
ISBN 957-15-1074-2 (平裝)

1. 中國語言 – 論文，講詞等

802.07 90004949

# 文化密碼—語言解碼

第九屆社會與文化國際學術研討會論文集 (全一冊)

主編者：盧國屏
出版者：臺灣學生書局
發行人：孫善治
發行所：臺灣學生書局
臺北市和平東路一段一九八號
郵政劃撥帳號：00024668
電話：(02)23634156
傳眞：(02)23636334
本書局登記證字號：行政院新聞局局版北市業字第玖捌壹號
印刷所：宏輝彩色印刷公司
中和市永和路三六三巷四二號
電話：(02)22268853

定價：精裝新臺幣六二〇元
平裝新臺幣五四〇元

西元二〇〇一年七月初版

80285
有著作權・侵害必究
ISBN 957-15-1073-4 (精裝)
ISBN 957-15-1074-2 (平裝)